KB172902

스팁

오프닝 그래픽
백두리

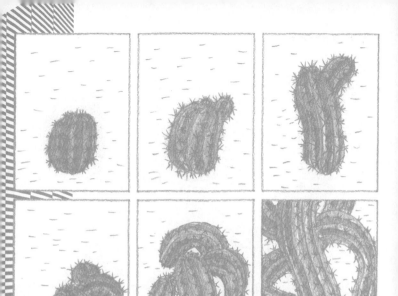
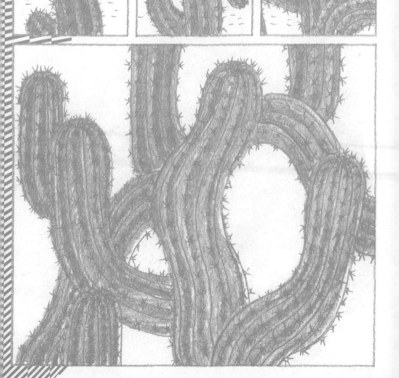

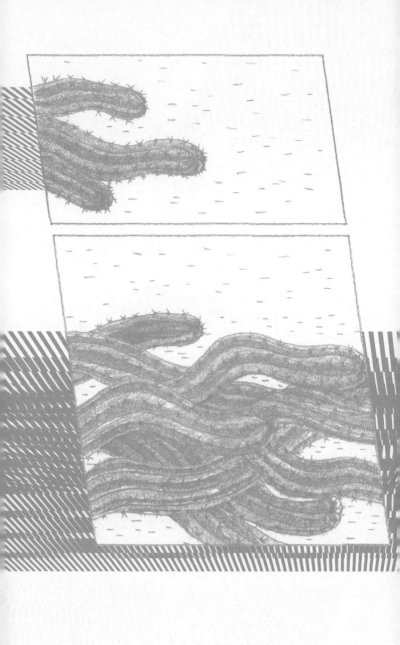

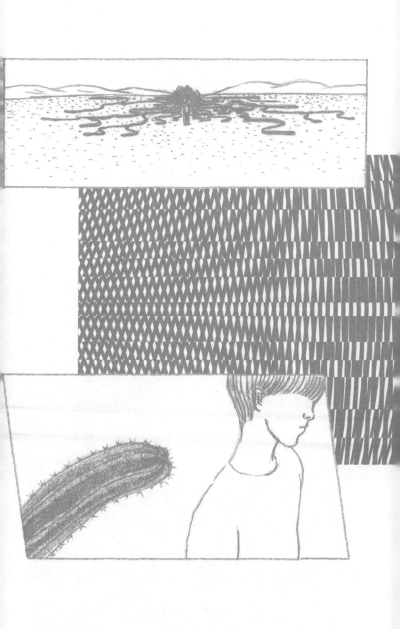

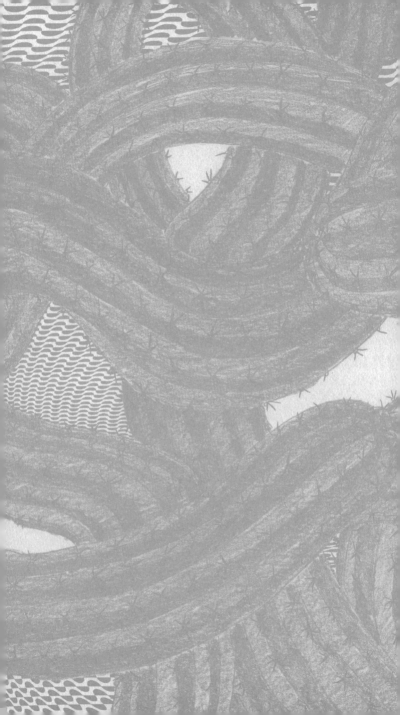

S.T.E.P

스텝

S.T.E.P
스텝

사보타주
SABOTAGE

찬호께이

✕

미스터 펫

오프닝 그래픽
백두리

강초아 옮김

차례

＞─

우연은 표본 수의 딸이다.

"헬로!"

한 여자가 페이메이구를 향해 손을 흔들었다.

"나, 아직 기억해요?"

그건 확률에 정통했던 친구가 아주 오래전에 잡담을 하다가 들려준 이야기였다. '진실은 시간의 딸이다 Truth is the daughter of time'라는 영국 속담을 살짝 비튼 거였다. 말인즉슨, 아무리 우연처럼 보이는 일이라도 표본이 충분히 거대하면 필연적으로 발생한다는 뜻이다.

"니지마… 료코 씨?"

"잊지 않았네요."

료코가 우아하게 미소 지었다.

20분 전, 메이구는 이 라멘 가게에 들어왔다. 그는 서서 먹는 것을 좋아하지 않는다. 특별한 상황이 아니었다면 이 가게에 오지 않았을 것이다. 평소 잘 가지 않는 가게에서, 비상 상황에서, 오랫동안 만나지 않은 사람과 마주치는 것. 사람들은 이런 일을 '우연'이라고 부른다.

기억 속의 모습과 비교하면, 료코의 얼굴에 몇 가닥의 주름이 더해진 듯하다. 하긴 7년이 흘렀던가…? 아니면 8년? 메이구도 30대가 되었으니, 료코의 눈에는 그의 변화가 더 커 보일지 모른다.

10분 후, 료코는 간장 라멘 한 그릇을 들고 메이구 옆에 섰다.

"바빠요?"

"조금요. 감시 대상이 조금 뒤 28분 전차를 탈 거예요. 그 전에 얼른 먹어야 하거든요."

메이구가 목소리를 낮춰 대답했다.

"탐정 일이라는 거, 힘들군요…. 내가 방해한 건가요?"

"그렇지 않다고 말하고 싶지만, 2시 방향 6미터 떨어진 곳에 감시 대상이 있는 상황이니까요. 돌아보지 말아요. 목소리도 낮추고요."

"미안해요."

"괜찮아요. 사건 의뢰나 많이 해주세요. 정부 돈은 벌기 쉬우니까."

료코는 고개를 끄덕인 뒤 라멘 그릇을 들고 국물을 마셨다. 더는 대화가 없었다.

메이구는 쓴웃음을 삼켰다. 오랜만에 만나기는 했지만 두 사람은 줄곧 연락을 해왔다. 법무성 고위공무원인 료코는 메이구에게 자주 사건을 맡기는 단골 고객이다. 료코가 의뢰하는 일들은 대개 정부의 추문과 관련되어 있다. 떳떳하게 밝히기 어려운 내용이라 두 사람은 맨 처음 사건을 의뢰할 때 몇 번 만난 뒤로 지금까지 이메일로만 연락을 주고받았다. 메이구는 의뢰받은 일에 대해서는 입이 무거웠다. 그래서인지 그가 나중에 '인과공진회人科共進會'에 가입했을 때, 료코 역시 상부에 그 사실을 알리지 않고 비밀을 지켜주었다.

두 사람은 공범의식을 갖고 상호불가침의 원칙을 지키는 비밀스러운 동료였다.

옆에 서 있는 료코가 계속 침묵하자 메이구는 오히려 마음이 불편해졌다. 그는 감시 대상을 주시하면서 조그맣게 속삭였다.

"최근 '인과人科' 사람한테 들은 건데, 프레드가 나왔대요."

"프레드? 의류 브랜드 '프레드 페리' 말이에요?"

메이구가 눈썹을 찌푸렸다.

"매슈 프레드 말입니다."

철자도 하나하나 불러줬다.

"누구? 외국인이에요?"

"기억 안 나요? 미국 오클라호마 주의 죄수요, 심각한

사이코패스라는 진단을 받았던…. 얼마 전에 출소했대
요!"

"이제 기억나요."

료코는 그제서야 생각난 듯 자기 머리를 콩콩 때렸다.
최근 몇 년의 난리법석이 매슈 프레드와 크든 작든 관련이
있었기 때문에 메이구는 료코가 당연히 알 거라고 생각했
다. 하긴 수면 위로 드러난 인물이 아니니 모르는 것도 이
상하지 않다.

이때 시야 한 구석에서 감시 대상이 움직임을 보였다.
메이구는 즉시 젓가락을 내려놓았다.

"가는 거예요?"

료코가 물었다.

"겨우 꼬리를 잡았는데 놓칠 수야 없죠. 반가웠어요. 안
녕."

감시 대상이 가게 바깥으로 이동하자 메이구도 발을 뗐
다.

"아, 나한테 초소형 위치추적기가 있어요. 발사도 가능
하고 옷에 붙일 수도 있는 그런 거예요. 그러면 힘들게 미
행하지 않아도 돼요."

료코가 핸드백 안을 뒤적였다.

"고마워요. 하지만 당신도 알다시피, 그런 과학기술보
다…."

메이구가 몸을 돌렸다.

"나 자신을 더 믿거든요."

그는 빠른 걸음으로 가게 문을 향해 걸어갔다.

EP.1
SA.BO.TA.GE.
찬호께이

sabotage 〔sǽbətɑːʒ〕
〔동사〕 (특히 내부에서 발생하는 경우를 가리켜)
의도적으로 파괴하다, 방해하다
〔명사〕 파괴 혹은 방해행위

사건번호: cas05-n-0002741-17829

사건일시: 2028년 6월 19일

재소자 성명: 매슈 프레드(38세)

복역기록: Y/N

복역원인: 2008년 협박

2012년 기물파손(형사)

2019년 폭행(가정폭력)

범행내용: 방화, 특수폭행, 살인미수

형량: ──

1

그날 내가 죽인 '옐로 몽키'는 언젠가 제 자신을 불태웠을 게 분명하다.

그렇다고 해서 내가 인종주의를 옹호한다고 여긴다면, 그건 아주 잘못된 생각이다. 나는 비록 백인이지만 한 번도 KKK단이나 네오나치를 지지한 적이 없다. 공화당에도 투표한 적이 없다. 나는 감옥에서 적잖은 흑인들과 형 동생 하며 지냈다. 인종주의자라면 그런 행동을 할 리가 없지 않은가? 물론 선택권이 있었다면 그런 놈들과 어울려 지내지 않았을 테지만, 감옥에서는 둥글게 사는 법을 배우지 못하면 몹시 고달파진다.

하지만 이미 출소했으니 더이상 남들 눈치를 보며 살 필요가 없겠지?

이렇게 말하면 유색인종을 멸시한다는 오해를 살지도 모른다. 나는 정말로 그 이민자들을 싫어하지 않는다. 그들이 인도네시아에서 오든지, 케냐 혹은 볼리비아에서 오든지 상관없다. 내 성미를 건드리지만 않으면 그들에게 아무런 유감도 없다.

하지만 이웃에 사는 그 중국인 늙은이는 괴상한 행동을 해서 나를 귀찮게 한다. 개자식!

내 집은 감옥에 가기 전에 벌써 없어졌기 때문에(이게 다 아이린, 그 더러운 창녀 탓이다) 출소 후 구시가지에 낡고 비좁은 아파트를 빌려서 살아야 했다. 가진 돈이 적어서 주정부의 구직지원센터가 나에게 공립 고등학교의 청소부 자리를 알선해줬다. 급여는 어찌어찌 방세를 내고 하루 세 끼 먹고살 수 있는 수준이다. 3층짜리 아파트는 층마다 두

세대가 산다. 나는 1층의 1호실에 살고, 그 중국인은 2호실에 산다.

그는 예순 살이 넘은 늙은이다. 작달막한 키에(아시아인 기준으로는 보통 키지만) 온 얼굴에 주름이 가득하고 등이 조금 굽었으며 듬성듬성 난 회색 머리카락이 거의 벗어진 정수리를 반나마 덮고 있다. 항상 회색이나 짙은 갈색의 중국식 옷을 입고, 얼굴에는 궁핍함이 덕지덕지 눌어붙었다. 나를 만나면 어눌한 영어로 뭐라고 중얼대는데, 늙은이가 "프레드 씨"라고 부를 때마다 놀리는 것 같아서 짜증이 솟는다. '프레드Fredd'를 꼭 '패그Fag'*처럼 발음하는 것이다. 니미럴, 감옥에 갔다 온 사람은 다 남의 똥구멍을 핥았을 거라고 생각하는 건가?

나는 관대한 사람이다. '옐로 몽키'에게 시시콜콜 따지고 들 생각은 없다. 하지만 그 늙은이는 정말 비정상이다. 200년 전이었다면 분명히 마법을 쓰는 이방인이라며 목매달거나 불태웠을 것이다. 자기 아내의 유골단지를 집 안에 놔두는 것까지는 이해한다 쳐도(처음 만났을 때 자기 집에 들어오라고 열성적으로 권하더니 선반에 놓인 중국식 단지를 가리키며 아내라고 소개했다) 노상 이상한 냄새가 나는 음식을 만들어 먹는 것 때문에 점점 미칠 지경이 되었다. 그 괴상망측한 것을 '음식'이라고 불러도 좋다면 말이다. 퇴근하

---

* 남자 동성애자(옮긴이).

고 오면 시큼한 냄새가 집 근처를 떠돌고 있다. 피자나 핫도그 같은 정상적인 음식을 먹으면 어디가 덧나나?

사실 요리보다 주술행위가 더 괴롭다.

아파트에 이사 온 지 닷새째 되던 날, 평소에는 맡기 힘든 이상한 냄새를 맡았다.

나무가 타는 냄새였다.

나는 꾸벅꾸벅 졸다가 눈을 번쩍 떴다. 방 안에 회색 연기가 자욱했다. 연기와 냄새는 바깥에서 창문을 통해 집 안으로 들어오고 있었다.

불이 난 줄 알고 옷도 제대로 못 입고 집에서 뛰쳐나갔는데, 아파트 앞에서 나로서는 절대 이해 못할 장면을 봤다.

옆집 늙은이가 아파트 옆의 길모퉁이에서 빨간색 철 양동이에다 종이를 태우고 있었다. 양동이 옆에는 불붙인 향몇 개를 꽂은 화분인지 단지인지 모를 것도 놓여 있었다. 나도 중국인에게 향을 피우는 관습이 있다는 것은 안다. 하지만 그 향이 그토록 빌어먹게 거대한 것인 줄은 전혀 몰랐다.

향 하나가 최소 지름 1센티미터, 길이 50센티미터는 되어 보였다. 화분인지 단지인지 모를 그것에 거대한 향이 대여섯 개 꽂혀 있고, 거기서 코를 찌르는 냄새가 계속 피어올랐다. 철 양동이의 다른 쪽 옆에는 중국식 만두 몇 개가 담긴 작은 접시가 놓여 있었다. 만두는 원래 흰색이었을 테지만, 지금은 사방으로 날리는 검댕이 들러붙어 검회색 반점이 잔뜩 찍혔다. 설마 저 늙은이는 재가 잔뜩 묻은 만두를 배 안에 집어넣을 작정인가?

"A씨, 지금 뭐 하는 거요?"

나는 거칠게 고함쳤다.

"프레드 씨, 안녕하시오!"

그 늙은이가 헤벌쭉 웃자 싯누런 이가 드러났다.

"제사를 지내는 거라오. 방해가 되지는 않았겠지요?"

"중국인의 전통입니까?"

눈앞에 날아드는 재를 피하느라 연신 손을 휘저어야 했다.

"그렇다오. 초하루와 열닷새에는 반드시 토지신에게 제사를 지냅니다. 그래야 가내 두루 평안하고…."

나는 늙은이가 말하는 '토지신'이니 '가내 두루 평안'이니 하는 것들이 뭔지 전혀 알아듣지 못했지만 대충 중국의 무슨 기복신앙 같은 것이려니 생각했다.

"오늘은 1일도 15일도 아닌데 왜 그걸 하는 건데요?"

"1일, 15일이 아니고 초하루, 열닷새라니까. 음력 말이오."

맞다, 중국인들은 음력을 쓴다던가…. 엇, 잠깐. 그렇다면?

"이 짓을 매달 두 번씩 한다는 거야?"

"그럼요."

그 늙은이가 고개를 끄덕였다. 손에 쥐고 있던 종이뭉치를 불이 타고 있는 철 양동이 안에 집어넣으며 말을 이었다.

"기본적으로는 매달 두 번이지만 청명절이라든가 중원절이라든가 7월에 귀문鬼門이 열리는 날이 끼면 제사를 몇 번 더 지내야지요…."

"당신 때문에 연기가 내 집까지 들어온다고."

나는 대놓고 불만을 말했다. 저 늙은이가 주워섬기는 명사들이 뭘 가리키는지 모르지만 하나는 확실히 이해했다. 이 짓거리를 한 달에 적어도 두 번 한다는 거다. 그걸 어떻게 견뎌?

늙은이는 고개를 돌려 아파트 창문을 쳐다봤다. 그러더니 다시 나를 보고 씩 웃었다.

"프레드 씨, 정말 미안합니다! 당신 집은 지금까지 쭉 비어 있었거든요. 다음부터는 좀더 멀리서 제사를 지내지요. 이렇게 송구스러울 수가! 미안해요, 프레드 씨."

영감은 사과를 하면서도 계속해서 '호모 자식'이란 말을 내뱉었다. 지금 이거, 일부러 나를 조롱하는 거지?

"멀리 옮긴다고 해도 뭐 하나 부주의하면 건물을 다 태워버릴 거라고요. 이런 오래된 건물은 목재를 많이 써서 불이 쉽게 난단 말입니다."

나는 정색하고 빨간색 철 양동이를 가리켰다. 불이 붙은 종잇조각이 바람에 날려 골목의 시멘트 바닥에 떨어지기도 했다.

"프레드 씨, 너무 예민한 거 아니오? 내가 여기 얼마나 오래 살았는데. 지금까지 아무 일도 없었으니 전혀 걱정하지 말아요."

늙은이는 여전히 실실 웃으며 신경 쓰지 않는 듯했다.

"뭘 그리 긴장하고 그래요. 어릴 때 불장난하다가 잘못해서 화상이라도 입은 건가요? 어디서 들었는데, 유년기의 경험이 그 사람의 판단에 큰 영향을 미친다더군요…"

늙은이는 말이 청산유수였다. 이 얘기 저 얘기 끝도 없이 떠들어대면서, 마치 심리학자라도 되는 양 내가 향 피우고 제사 지내는 것을 싫어하는 이유를 분석하려 들었다. 나는 입을 다물고 늙은이 혼자 떠들게 놔둔 채 집으로 돌아왔다. 늙은이의 말투가 감옥에서 겪은 불쾌한 기억을 떠올리게 했다. 그때 나는 자기가 무슨 말을 하는지도 모르는 심리상담사들을 매주 만나야 했다. 멍청하기 짝이 없는 온갖 심리 테스트도 받아야 했다. 예를 들면 시꺼먼 잉크 자국 같은 것을 보고서 연상되는 사물을 말하는 것이다. 그건 그냥 빌어먹을 잉크 자국이라고, 젠장! 난 이 잉크 자국에서 악마의 얼굴을 봤습니다, 이렇게 말하기라도 하라는 건가?

나는 쉽게 화를 내는 사람이 아니다. 그래서 내가 그 빌어먹을 늙은이에게(그리고 심리상담사에게) 얼마나 불만을 품었든지 간에 대놓고 입이나 손을 놀리지는 않는다. 바보들이나 충동적으로 행동한다. 예를 들면 저 늙은이의 빨간 철 양동이를 걷어차고 얼굴에 주먹 두어 방을 선사한 다음

21

EP.1 SA.BO.TA.GE.

경찰에게 붙잡혀 또다시 끔찍한 감옥에 처넣어지는 행동 말이다. 내가 평생 딱 한 번 충동을 억누르지 못한 적이 있다. 바로 아이린을 마구 두들겨 팼던 그때다. 그후에 꽤나 후회를 했다. 물론 은혜도 모르는 더러운 계집을 혼쭐낸 일 자체를 후회한 것은 아니다. 다만 냉정을 잃는 바람에 내가 귀찮아지지 않는 방법을 쓰지 못한 것이 후회될 뿐이다.

2주 후, 망할 늙은이가 또 골목에서 향을 피우고 종이를 불살랐다. 창문을 전부 닫았지만 연기와 재는 어딘지 모를 곳을 통해 집 안으로 들어왔다. 이 아파트는 원래도 편안하다고는 말할 수 없었다. 바퀴벌레, 이, 흰개미가 득실거리고 수도꼭지에서는 누런 녹물이 나오며 철도 근처라 기차가 지나갈 때마다 건물 전체가 덜컹댔다. 이제는 저 늙은 놈의 혐오스러운 짓까지 더해졌다. 나는 더이상 참을 수가 없었다. 감옥을 들락거렸지만 한 번도 이렇게 열악한 환경에서 살았던 적은 없다. 이 돼지우리와 비교하면 주립 교도소는 5성급 호텔이다.

한 달 넘게 참다가 결국 새 아파트를 물색했다. 지역은 역시 구시가지로, 조건도 이 아파트와 비슷한 수준으로 엉망이다. 나는 이웃 중에 빌어먹을 중국인 노인네가 없다는 점을 몇 번이나 확인했다. 마약중독자들과 같이 어울려 살지언정 다시는 A 같은 늙은이 근처에서 살고 싶지 않았다. 경제적으로는 옹색해지겠지만 그만한 가치가 있다고 여겼다.

이미 석 달 집세를 지불한 상태였기 때문에 나는 새로

구한 집으로 바로 이사할 수는 없었다. 집 주인에게 말을 꺼내봤지만 그는 내가 이사하는 데 아무런 이의가 없다고 하면서도 미리 지불한 집세를 언급하자 절대 되돌려줄 수 없다고 잘라 말했다.

"계약 이행의 의무라고 알아요? 계약, 이행의, 의무! 서명을 했으면 계약서 조항대로 따라야 한다는 겁니다. 보증금은 법률에 정해진 대로 2주 안에 돌려주지요. 하지만 입주한 지 석 달이 지나기 전에 이사한다면 남은 집세를 돌려받을 생각은 하지 않는 게 좋을 거요."

새로 알아본 아파트에는 빈 집이 많다. 두 달 뒤에 잘 곳이 없을 리는 만무하다. 집세도 그사이에 갑자기 오를 것 같지 않다. 그렇지만 앞으로의 40여 일을 어쩔 수 없이 망할 중국 놈의 이웃으로 살아야 하는 것이다. 바꿔 말하자면 이상한 냄새와 연기, 재, 그리고 A의 더러운 얼굴을 40여 일간 참아내야 한다.

내가 잘 견딜 수 있을 거라고 생각했다. 예를 들면 저녁 시간이나 쉬는 날에는 가능한 집을 벗어나 술집 같은 데서 시간을 보낼 계획이었다. 하지만 이사하기까지 40여 일 사이에 그 미친 늙은이가 기어코 사달을 낼 거라고는 짐작도 못했다.

무슨 중국식 명절이라는 핑계로 그 썩을 놈의 제사를 훨씬 많이 지내기 시작한 것이다.

원래는 2주에 한 번씩 향을 피우던 것이 매일 한 번으로 바뀌고, 이유를 알 수 없지만 종이를 태우는 의식은 3~4일에 한 번으로 바뀌었다. 어느 날, 창문을 통해 보니 빨간 철양동이 옆에 검은 점이 여기저기 찍힌 중국식 만두에다 술 몇 병, 귤 한 접시, 통째로 구운 닭 두 마리까지 놓여 있다. 늙은이는 차분한 표정으로 손에 들고 있던 종이뭉치를 불이 피워진 양동이 속에 던져 넣으면서 입속으로 무슨 주문 같은 것을 외웠다. 그 모습은 마치 아이티의 주술사 같았다. 이러다 구운 닭이 되살아나서 좀비닭이 되는 건 아닐까?

"콜록, 콜록!"

나는 재를 들이마시는 바람에 몇 차례 기침을 했다. 막 화장실에 가서 얼굴을 씻으려는데, 바퀴벌레 몇 마리가 당당하게 수도관을 타고 올라와서는 세면대 위에서 노닥거리는 것이 보였다. 나는 짜증을 내며 샤워꼭지를 틀고 그놈들에게 물을 뿌렸다. 그러나 놈들은 민첩하게 물을 피해 달아났다. 빌어먹을 노인네, 때려죽일 바퀴벌레. 둘 다 나를 놀리는 것 같다.

더는 못 참겠다.

다음 날 퇴근 후에, 나는 시내의 잡화점으로 달려갔다.

"살충제 주세요."

제품 진열대 앞에 가서 종업원에게 말했다.

"잡으려는 해충이 어떤 종류예요?"

종업원이 물었다.

"이, 바퀴벌레, 흰개미 같은 것들요."

종업원이 몸을 돌리더니 진열대에서 살충제 한 통을 내 눈앞에 내놨다. 맥주 캔 크기였다.

"아뇨, 이런 것 말고. 1~2갤런* 정도 되는 살충제 있잖아요. 고무파이프 하고 노즐이 달린 거."

종업원은 의아한 표정을 지었지만 별말 없이 진열대 뒤의 창고로 들어가서 파이프와 노즐이 달린 플라스틱 통을 두 개 들고 나왔다.

"두 종류뿐인가요?"

내가 물었다. 종업원은 이마를 찡그렸다. 성가신 손님이라 생각하는 것 같았다. 하지만 역시 순순히 창고로 들어가서 모양이 다른 플라스틱 통 두 개를 더 가지고 나왔다. 각 제품의 성분 표시를 꼼꼼히 읽어본 뒤, 흰색의 네모난 플라스틱 통에서 찾던 것을 발견했다.

"이걸로 주세요."

"손님, 이 제품은 바퀴벌레에만 효과가 있어요. 흰개미와 이도 잡으려면 여기 파란색 통을 추천할게요. 값도 이게 더 싸요."

"아뇨. 이걸 사겠습니다."

나는 종업원을 똑바로 쳐다보며 말했다. 그가 더이상 나의 결정에 토를 달지 못하도록 말이다. 종업원은 나와 이

---

* 1갤런은 미국에서 약 3.7리터에 해당한다(옮긴이).

문제로 더 입씨름할 생각이 없는지 묵묵히 돈을 받고 영수증과 거스름돈, 살충제가 가득 든 네모난 플라스틱 통을 건넸다.

"참, 순간접착제 있습니까?"

여기라면 팔 거라는 생각이 들었다.

물건을 다 사고 집으로 돌아오는 길에 골목 모퉁이를 살펴보니 내가 출근한 동안에도 그 제사인지 뭔지를 지낸 모양이었다. 거리에 온통 재와 타다 만 종잇조각이 널려 있었다. 나는 몇 장 집어 들어 흐릿한 가로등 불빛에 비춰봤다. 옅은 노란색의 종이 위에 붉은색으로 그림과 한자가 쓰여 있다. 주변에 물어보니 중국에는 신이나 유령에게 돈을 바치는 풍습이 있다고 하던데, 종이에 쓰여 있는 것은 복을 비는 내용이 아니면 바칠 돈의 액수일 것이다.

열쇠를 꺼내 아파트 문을 여는데, 늙은이가 제 집에서 노래를 흥얼거리는 소리가 들렸다. 그는 늘 시끄러운 중국식 음악, 아니, 정확히 말해서 '중국식 소음'을 듣는다. 북과 금속판을 두드리는 단조로운 소리를 어떻게 음악이라고 부른단 말인가? 늙은이는 골목길에서 제사를 지낼 때면 항상 문을 잠그지 않는다. 나는 몇 번이고 그의 집으로 뛰쳐 들어가 스피커를 부숴버리고픈 충동을 느꼈다. 다시는 소음을 만들어내지 못하도록 말이다.

물론 그렇게 하지 않았다. 나는 쉽게 화를 내는 사람이 아니라고 전에도 말했지 않은가.

집에 들어온 뒤, 살충제를 한쪽에 내려놨다. 냉동식품을 꺼내 전자레인지에 넣고 데우면서 맥주 한 캔을 땄다. 그런 다음 휴대전화를 스크린에 연결하여 텔레비전 채널을 조정하고 헤드셋을 끼는 것으로 늙은이가 만들어내는 소음에 대항했다. 나는 정상인이 할 법한 일을 해야만 했다. 그렇게 해서 나 자신의 스트레스를 해소하는 것이다.

그후 며칠간 퇴근한 뒤에는 내내 살충제를 뿌릴 방법을 고민했다. 어떻게 해야 최고의 효과를 거둘 수 있는지 연구하는 과정은 정말 멋진 일이자 예술과 같다. 더러운 바퀴벌레들이 어두운 곳에서 활개를 치며 제멋대로 거들먹거린다. 마치 빌어먹을 중국 늙은이처럼 나를 조롱한다. 흥, 마음대로 비웃으라지. 며칠만 지나면 너희들은 더이상 웃지 못하게 될 테니.

토요일 정오, 나는 설명서대로 마스크를 쓰고 살충제를 뿌리기 시작했다. 집 안 구석구석 빠짐없이 몇 번씩 살충제를 분사했다. 누군가 지금 나를 본다면 아마 미쳤다고 생각할 것이다. 나는 2갤런의 살충제를 전부 뿌렸다. 벽, 천장, 침대 밑, 어느 한구석 빠뜨리지 않았다. 설명서에 따르면 3층집 전체에 사용할 수 있는 분량이라고 한다. 하지만 2갤런으로는 내가 원하는 정도를 가까스로 맞출 수 있을 뿐이다. 살충제를 뿌리는 동안 해충들이 혼비백산하여 달아나는 꼴을 볼 수 있었다. 코를 찌르는 냄새에 숨 쉬기도 힘들 지경이지만 나는 마스크 안에서 미소를 지었다.

EP.1 SA.BO.TA.GE.

문을 잠그고 아파트를 나섰다가 골목에서 종이로 만든 돈을 태우는 늙은이와 마주쳤다.

"프레드 씨! 외출하시나요?"

빌어먹을 중국 놈이 거죽으로만 웃음을 띠며 말을 걸었다.

"네, 술집에 가서 맥주나 좀 마실까 하고요."

나는 걸음도 멈추지 않고 대답했다.

"그래요? 이렇게 일찍?"

"살충제를 뿌렸거든요. 집 안에 있을 수가 없어서요."

나는 더 말을 섞지 않고 늙은이에게 손을 흔들어주고 작고 낡아빠진 차를 몰아 근처 술집에 가서 맥주 한 잔을 시켰다. 몸은 여기 앉아 있지만 머릿속에는 여전히 집 안에 뿌려둔 살충제 생각뿐이다. 효과가 있을까?

한 시간 후, 휴대전화가 울렸다. 걸려온 전화번호는 집주인의 전화였다.

성공이로군!

나는 전화를 받아 짐짓 놀란 목소리를 꾸며냈다. 그런 다음 여유롭게 차를 몰아 아파트로 돌아왔다. 차가 아파트로 가는 마지막 모퉁이를 돌자마자 바라던 광경이 시야에 들어왔다. 말할 수 없이 기뻤다.

3층 건물 전체가 시커멓다. 아직도 검은 연기가 뭉클뭉클 창문 밖으로 빠져나오고 있다. 땅바닥에는 새까맣게 탄데다 물에 젖어 축축한 나무토막이나 잡동사니들로 가득했다. 소방관 열 몇 명과 소방차 두 대가 건물 옆에 와 있다. 구경꾼들도 몰려들어 난장판이었다. 나는 수심이 깊은 얼굴로 경찰과 이야기를 나누는 집 주인을 발견했다.

"세상에! 도대체 무슨 일이 벌어진 겁니까?"

내가 소리쳤다.

"이 미친놈아! 내 건물을 어쩔 거야! 다 타버렸다고!"

집 주인이 내 멱살을 움켜쥐자 경찰이 급히 그를 말렸다.

"내가 뭘 어쨌다고요?"

나는 깜짝 놀란 표정을 지었다.

"불이 우리 집에서 시작됐어요?"

"101호 입주자이신가요?"

경찰이 물었다.

"네, 제가 매슈 프레드입니다."

"외출하기 전에 집에 불씨를 남겨두지는 않으셨나요?"

"그럴 리가요! 전 담배도 피우지 않는데요! 게다가 전자레인지와 전기주전자만 쓰고 가스난로도 없어요. 불이 날 이유가 없다고요."

경찰은 머리를 긁적이며 말했다.

"소방관 말로는 불길이 보통 거센 게 아니었다고 하더군요. 오늘 무슨 일을 하셨습니까?"

"아! 나오기 전에 살충제를 뿌렸습니다. 집 주인이 해충 문제를 해결해주지 않으니 제가 직접 처리할 수밖에 없었어요."

"가연성 살충제를 뿌린 거 아니야?"

EP.1 SA.BO.TA.GE.

집 주인이 급히 물었다.

"내가 그걸 어떻게 알아요? 시중에서 흔히 파는 평범한 살충제예요…. 경찰관님, 바퀴벌레나 이는 그렇다 쳐도 흰개미가 있단 말입니다! 만약 천장이 내려앉아서 제가 깔리기라도 하면 어쩝니까?"

나는 억울하다는 표정을 지으며 집 주인에게 책임을 떠넘겼다. 그날 잡화점에서 '인화성 액체'라는 주황색 글씨가 적힌 라벨이 붙은 살충제를 골랐다.

"불씨가 없었다면 전기 합선으로…."

경찰이 집 주인을 돌아보며 물었다.

"이 아파트의 전기 안전검사를 언제 받았습니까?"

"어…, 생각을 좀 해봐야겠는데요…. 아마도 작년에… 아니, 재작년에…."

집 주인은 더듬거렸다. 곤란해하는 꼴을 보니 뛸 듯이 기뻤다.

"잠깐 기다리십시오."

멀리서 한 소방관이 손을 흔들고 있었다. 경찰은 우리에게 기다리라고 한 뒤 소방관에게 달려가서 몇 마디 대화를 나누고 돌아왔다.

"102호에 사는 A씨가 중국인인가요?"

경찰이 물었다.

"맞습니다."

집 주인이 대답했다.

"그 사람에게 무슨 특별한 습관이 있나요?"

"아, 맞아요!"

나는 그제야 생각이 난 척 말을 이었다.

"그 사람은 자주 아파트 바깥 골목에서 중국인의 전통 의식인가 하는 걸 치렀어요. 향을 피우고 종이를 태웠죠."

"그럼 틀림없겠군요. 그게 바로 불씨였습니다."

경찰이 고개를 끄덕이며 말했다.

"101호 창문이 잠겨 있지 않았는데, 소방관이 창가에서 타다 만 종잇조각을 발견했습니다. 창 밖에는 철 양동이가 놓여 있던데, 아마 바람 때문에 불이 덜 꺼진 종이가 집 안으로 들어가서 불이 붙은 것 같군요."

아주 좋아. 생각보다도 빨리 내가 남겨둔 단서를 찾아냈다. 그 타다 만 종잇조각은 얼마 전에 늙은이 몰래 골목에서 주워둔 것이다.

집 안에 인화성이 강한 살충제를 잔뜩 뿌린 다음 창문을 살짝 열어뒀다. 창문 틈에는 타다 만 종잇조각을 끼우고, 집을 나서기 전에 라이터로 또다른 종잇조각에 불을 붙여 던져넣고 문을 잠갔다. 오늘이 음력으로 15일이라는 것도 계산에 넣었다. 빌어먹을 늙은이는 반드시 골목에서 제사를 지낼 것이다. 이렇게 하면 모든 책임을 늙은이에게 덮어씌울 수 있다. 나는 계획을 실행에 옮기기 전에 이미 중요한 물건을 챙겨서 차에 가져다 뒀다. 어차피 출소한 지 오래되지 않아서 값나가는 물건도 가진 게 없다. 옷 몇 벌과 일상용품 약간을 남겨두면 소방관도 의심하지 않을 것이다.

"A씨는요?"

나는 기대하는 기색을 숨기려 애쓰면서 전전긍긍하는 척했다.

"자기 집에서 사망했습니다."

경찰이 대답했다.

"불이 난 것을 보고 중요한 물건을 챙기러 집에 들어왔다가 제때 빠져나오지 못한 것이겠지요."

"정말 안 됐군요…."

나는 이 말을 할 때 마음속의 기쁨이 드러나지 않도록 무진 애를 썼다. 추가로 준비한 계획까지 성공하다니!

늙은이는 분명 마누라의 유골을 꺼내려고 불 속으로 뛰어들었을 것이다.

골목에서 제사를 지내는 동안에 내가 몰래 숨어들어가서 접착제로 유골 단지를 진열장 바닥에 붙여버렸다는 사실은 몰랐을 테지.

늙은이가 불길 속에서 어쩔 줄 몰라 하는 꼴을 상상하니 크게 웃음을 터뜨리고 싶었다.

2

미국은 끝장났다. 정부 관리들은 다들 돼지새끼다.

물론 20년 전에도 그들이 쓰레기라는 것을 알고 있었다. 심지어 어떤 상원의원에게 편지를 보내 꾸짖은 적도 있었다. 그러나 나는 지금 '탐욕스럽고 무능하며 우매하기까지 한 쓰레기 공무원'에 대해 더욱더 깊이 이해하게 됐다.

멍청한 주정부에서 사법제도 개혁인가 뭔가 하는 어이 없는 짓을 하더니 결국 수감된 범죄자를 평가해서 형기를 결정하는 말도 안 되는 제도를 도입했다. 그 제도 때문에 내가 얼마나 심각한 피해를 입었는지 모른다. 언제 출소할 수 있는지도 모른 채로 감옥에 갇혀 있었고, 겨우 풀려났나 싶었는데(영문도 모르고 갑작스레 '다음 주에 형기가 만료된다'는 통보를 받았다) 꼴사나운 구직지원센터라는 곳에 끌려가서는 공립 고등학교 청소부 자리를 소개받았다. 이래 봬도 최고급 백화점에서 판매원으로 일했던 사람인데, 나에게 청소부 같은 천한 일자리를 주선하다니! 실업률이 높다느니, 경제가 불경기라느니 하는 소리는 다 핑계에 불과하다. 주정부는 전과자들을 멸시하기 때문에 애당초 보통 사람들은 하려고 들지 않는 더럽고 힘든 일만 우리에게 주는 것이다.

나는 굽힐 때는 굽힐 줄 아는 융통성 있는 남자라 불만을 잔뜩 품고서도 이 일을 받아들였다. 어쨌거나 수중에 돈이 별로 없다. 그다지 값나가지 않는 작은 자동차를 팔

아치우고 저축한 돈을 더해도 기본적인 생활조차 감당할 수 없는 처지다. 청소부 일이든 뭐든 하는 수밖에! 공립 고등학교니까 적어도 월급을 떼먹히지는 않겠지. 회사가 파산해서 사라질 걱정도 없다.

내 업무는 간단했다. 학교 건물 서편을 깨끗하게 유지하는 것이다. 최고층이 3층인 건물 서편은 교실 스무 곳, 화장실 네 곳, 계단 두 군데, 복도 세 군데가 있다. 거기가 바로 내가 청소를 담당하는 범위다. 학생들이 수업을 받는 동안 나는 복도와 계단, 화장실 등을 청소한다. 수업이 끝나면 교실을 청소한다. 교실 청소는 복도나 화장실에 비해 좀더 까다롭고 힘이 든다. 책상과 의자를 모두 옮겨놓은 다음 바닥을 닦아야 하기 때문이다. 요즘 어린 녀석들은 하나같이 버릇이 없다. 교실은 돼지우리나 진배없다. 바닥에 온통 과자봉지, 껌, 헤어젤 등이 잔뜩 널려 있다. 심지어 며칠 걸러 한 번씩은 사용하고 버린 콘돔을 줍기도 한다. 하지만 여기는 공립 고등학교니까, 솔직히 말해서 별로 놀라운 일은 아니었다.

이곳 학생들은 온갖 놈들이 뒤섞여 있다. 빈민가에서 자란 놈들부터 갱단과 어울리며 마약판매상의 싹이 보이는 놈도 있고, 아무런 미래 계획도 없는 멍텅구리도 있다. 교실에서 총알을 줍지 않은 것만으로도 이미 행운이라고 할 만하다.

학교에는 나 말고도 청소부가 몇 명 더 있다. 그중 체육관을 담당하는 녀석 때문에 이가 갈릴 정도다. 그놈은 나와 함께 채용됐다. 담당구역을 배정할 때, 나는 체육관 청소가 제일 좋다고 생각했다. 체육관은 공간이 넓은 대신 설비가 최신식이다. 에어컨으로 실내 온도를 조절하는 데다 자동으로 개폐되는 스탠드가 설치되어 있어서 단추 하나만 누르면 저절로 스탠드석이 체육관 양쪽으로 갈라져서 접힌다. 체육관을 청소하는 것이 교실을 청소하는 것보다 훨씬 편하다.

흥, 나는 그놈이 뭔가 사고 치기를 학수고대하고 있다. 실수로 전동 개폐식 스탠드를 고장 낸다면 어떻게 배상을 할지 두고 보자고.

건물 서편이 체육관보다 일하는 데 성가신 점이 하나 더 있다. 바로 죽일 놈의 어린 녀석들과 마주쳐야 한다는 것이다.

나는 이 일을 하면서 요즘 청소년들의 진짜 모습을 완벽히 알게 됐다. 그놈들은 전부 인간의 거죽을 뒤집어쓴 괴물이다.

코미디 영화나 청춘 드라마의 한 장면처럼 청소년들이 매일 입가에 미소를 띠고 마음 맞는 다정한 친구들과 유쾌하게 수업을 듣거나, 풋풋한 사랑의 감정에 휩싸여 고민하지만 결국에는 상처를 딛고 성장할 것 같은가? 그건 허구다. 수많은 대중을 만족시키기 위한 거짓말에 불과하다. 이런 '아름다운 청춘의 한 장면'이 현실 속에 존재할 수도 있겠지만, 그건 소수 중의 소수, 극소수일 뿐이다. 무엇보다도 이 공립 고등학교에서는 절대 불가능하다.

나는 매일 두 종류의 얼굴을 만난다. 하나는 음침하고 허약하며 아무런 생기도 없는 얼굴이고 다른 하나는 유쾌하고 예리한 시선에 교활함이 여실히 드러나는 얼굴이다. 학교에는 승리자와 패배자, 단 두 종류의 인간만 있다. 학생들 중 건장하고 영향력 있고 명석하며 성격이 나쁜 승리자 외에는 모두 그들이 괴롭히고 조롱하고 배척하는 패배자다. 이런 상황은 감옥의 계급관념과 아주 비슷하다. 다른 점이라면, 감옥에서는 '승리자'들이 어느 정도는 선을 지킨다는 것이다. 일이 커지면 간수들이 관여하기 때문이다. 그러나 공립 고등학교에서는 총기나 마약에 관련된 사안만 아니면 교사든 학교 경비원이든 누구도 상관하지 않는다. 승리자는 제멋대로 의지할 데 없는 패배자를 괴롭힐 수 있다.

이곳은 감옥만도 못하다.

그리고 이 학교에서 승리자 그룹의 정점에 있는 학생이 바로 올해 곧 졸업할 열여덟 살의 남학생 B다.

B는 체격이 건장하지만 머리는 딱히 좋지 않다. 하지만 그는 학교 미식축구부의 스타이자 최고의 쿼터백이라는 아주 특수한 지위를 갖고 있다. B의 경기를 본 적이 있는데, 고등학생의 실력으로 보기 어려울 정도였다. 대학 리그의 선수와 비교해도 손색이 없을 듯했다. 달리는 속도나

상대팀 수비수를 피하는 날렵함, 몸싸움을 할 때의 폭발력이나 체력까지, 그는 모든 부분에서 다른 아이들을 앞서 있었다. 학교의 미식축구팀을 이끌고 수많은 경기에서 승리했고, 학교에서는(심지어는 지역사회에서도) 그를 미래의 스포츠 스타로 대우했다. 장차 프로 리그에 진출해 수천만 달러의 연봉을 받는 최고 선수가 될 거라 여겼다.

그래서 그가 학교에서 아무리 나쁜 짓을 해도 아무도 그의 심기를 거스르려 하지 않았다.

B는 학교에서 왕과 같았다. 매일 국왕폐하다운 위세를 뽐내며 등교했고, 개미떼 같은 나머지 학생들은 아무도 그를 건드리지 못했다. B의 기분을 잡치게 만드는 녀석은 당장 얻어맞았다. 물론 고고한 국왕폐하가 직접 손을 쓰는 것은 아니다. 그의 곁에는 귀찮은 일을 기쁜 마음으로 대신 해결해줄 사람들이 넘쳤다. 이런 무리들은 왕의 위엄을 등에 업고 눈에 거슬리는 놈들(특히 멍청하게 책이나 읽는 공부벌레들)을 괴롭혔다. 쓰레기통에 던져 넣거나 사물함에 가두고 돈을 빼앗는 것이다. 국왕폐하의 부하들 사이에서 라이터로 패배자들의 눈썹을 태우는 놀이가 유행했다. 눈썹에 반창고를 붙인 학생이 보인다면, 십중팔구 국왕폐하의 부하들에게 혼쭐이 난 놈이라 보면 된다.

학교에서 최고의 위치에 있는 남자 곁에는 당연히 여자가 들끓을 수밖에 없다. 그러나 B의 곁에는 나비와 벌이 꼬여들지 않는다. 왕에게 이미 왕비가 있었기 때문이다.

열일곱 살의 치어리더 C다.

C는 학교 최고의 미소녀다. 그녀의 얼굴은 마치 영화배우 같았고, 몸매도 잡지에 나오는 모델 못지않았다. 몸에 딱 붙는 짧은 티셔츠를 입으면 탄력 있는 가슴이 더욱 도드라졌다. 게다가 눈에 띄는 치어리더, 그것도 학교 치어리더팀의 팀장이니 당연히 사람들의 주목을 받는 데 익숙했다. 그러나 그녀를 예쁘고 귀여운 여자아이라고만 여긴다면 그건 정말 엄청나게 잘못된 생각이다. 승리자 그룹의 넘버 원이 B라면, 넘버 투는 바로 C다. B는 그녀의 미모에 홀딱 빠져 있었다. C는 이 사실을 너무도 잘 알았고, B의 가치를 충분히 이용했다. 적잖은 남학생들이 C를 짝사랑했다. C는 자신을 바라보는 시선을 대개 즐기는 편이지만, 가끔 그녀가 업신여기는 패배자 그룹에 속한 남학생이 접근하거나 자기 몸매를 노골적으로 훑어보면 그들은 당장 비참한 결말을 맞는다. 왕의 부하들은 왕비의 분부를 받드는 데도 열성적이기 때문이다.

C는 확실히 예쁘다. 하지만 나는 그녀를 전혀 좋아하지 않는다. 성격이 어떻다든가 하는 것은 상관없다. 단지 체취가 싫다. 그녀의 향수는 아이린이 자주 쓰던 브랜드다. 매일 여자 화장실을 청소할 때마다 C가 화장을 고치면서 남겨놓은 향수 냄새를 맡는다. 더러운 창녀들이 쓰는 전용 향수라도 되나? C 외에 다른 여학생이 그 제품을 쓰는 것은 본 적이 없다. 아니면 이 향수가 꽤 비싸서 부하들에게

서 돈을 갈취하는 국왕폐하 정도 되어야 사줄 수 있는 건지도 모른다. 그들은 프랑스 국왕 루이 16세와 왕비 마리 앙투아네트를 닮았다. 단지 혁명을 만나 단두대에서 목이 잘릴 걱정이 없을 뿐.

청소부가 학생들과 관련될 일은 거의 없다. 승리자 그룹이 아무리 날뛴다 해도 우리에게 못된 짓을 하지는 않는다. 우리는 '규격 외'의 역할이기 때문이다. 말하자면 무생물과 다를 바 없다. 학교를 거대한 컴퓨터 게임 속 세계라고 한다면, 학생은 플레이어이고 교사나 학교 경비원, 청소부 등은 게임 진행을 돕기 위해 프로그래밍된 인물, 즉 NPC^{Non-Player Character}에 지나지 않는다. 나와 같은 NPC는 플레이어의 뒤치다꺼리를 해야 한다. 예를 들어 먼지투성이인 패배자가 사물함에 갇힌 것을 발견해 문을 열어주거나 화장실에서 얻어맞고 쓰러져 있는 책벌레를 보건실로 데려가기도 한다. 나는 학생들과 엮이고 싶은 생각이 전혀 없다. 그러나 청소 업무를 방해한다면 그들을 처리할 수밖에 없다. 그렇지 않으면 상사에게 질책을 당할 테니까.

거의 매일 패배자 그룹의 학생과 마주치다 보니 점차 몇 명의 얼굴을 익히게 되었다. 그들은 모두 유명한 '샌드백'이었다. 이런 샌드백들 가운데서도 특히 9학년을 다니는 소년 D는 인상적이었다. D는 아마도 열넷 혹은 열다섯 살일 텐데 키가 작고 콧잔등에 유리병 바닥만큼이나 두꺼운 렌즈의 안경을 얹고 다녔다. 하루도 빠짐없이 파란 체크무늬 흰 셔츠를 입었고, 호주머니에는 펜 네댓 자루를 꽂고 다녔다. 전형적인 책벌레의 모습이다. 그가 특별히 인상적이었던 이유는 '일반적인 패배자'에서 '인간 샌드백'으로 바뀌는 과정을 내가 직접 목격했기 때문이다.

사건은 어느 수요일 점심시간에 벌어졌다. 그때 나는 식당에서 점심식사를 하면서 그 죽일 놈의 어린애들이 떠들어대는 것을 냉정하게 바라보고 있었다. 배식구 쪽에서 갑자기 소란이 일었고, 그게 내 주의를 끌었다.

"이 자식이! 죽고 싶어?"

소리를 지른 사람은 바로 왕비마마인 C였다. 분홍색의 딱 달라붙는 민소매 티셔츠를 입고 있었는데 가슴 한가운데가 젖어 있었다. 그녀는 D를 향해 소리를 질러댔다.

"미, 미안해!"

D가 두 손으로 쥔 식판 위에는 넘어진 컵이 있고, 바닥에는 탄산음료가 흥건했다. 식판을 받고 돌아서던 D가 왕비마마와 부딪혀서 탄산음료가 그녀에게 쏟아진 모양이다. 물론 왕비마마께서 시녀들과 수다를 떨며 주변을 살피지 않고 움직이다가 가련한 D에게 부딪혔을 수도 있다. 누구의 잘못으로 부딪혔던 재수가 없는 것은 분명히 D일 것이다.

"이거 새 옷이라고! 어떻게 보상할 거야?"

C는 그가 용서할 수 없는 죄라도 지은 것처럼 쏘아보며 히스테릭하게 화를 냈다.

"내…, 내가 닦아…."

D는 식판을 내려놓고 손수건을 꺼내 왕비마마의 옷을 닦으려고 했다. 그 모습을 본 순간, 저 녀석 이제 끝장났다는 생각이 들었다.

"꺅! 어딜 만져!"

C는 한 발 물러서며 가슴을 가렸다. 그러고는 힘껏 D를 떠밀었다. D는 비틀거리다가 바닥에 주저앉았다. 동시에 국왕폐하와 신하들이 이 떠들썩한 무대 위로 등장했다.

"무슨 일이야?"

국왕폐하께서 물었다.

"이 자식이 날 만졌어!"

국왕폐하 앞에서 왕비마마는 가련한 표정으로 돌변하더니 괴롭힘을 당한 연약한 여자 흉내를 냈다. 그 모습은 정말 가증스러웠지만, 그녀의 연기력에는 감탄을 금할 수 없었다.

국왕폐하의 부하들은 명령을 기다릴 것도 없이 곧바로 D의 가슴을 걷어차고 식판을 그의 머리 위에 거꾸로 뒤집어씌웠다. D의 애처로운 비명소리와 함께 부하들이 그를 질질 끌고 나가는 모습이 보였다. 국왕폐하도 곧 겁먹은 얼굴의 왕비마마의 어깨를 끌어안고 그 자리를 떠났다. 이 소동에 아무도 끼어들지 않았다. 아무도 불쌍한 소년 D를 도와주려고 하지 않았다. 아무도 감히 C를, 특히 브래지어가 비쳐 보일 정도로 축축이 젖은 C의 가슴을 쳐다보지 않앉다. 물론 몰래 힐끔힐끔 눈길을 주는 놈들도 적잖았다. 식당 청소부는 그저 학생들이 다 나간 다음에 묵묵히 바닥에 널린 음식물을 치웠을 뿐이다.

그렇다. 이건 별로 특별할 것도 없는 평범한 사건이다.

다음 날 아침, 준비종이 울린 뒤 복도에서 D를 봤다. 얼굴 군데군데 퍼런 멍이 들어 있고 오른쪽 눈썹에 반창고를 붙인 꼴을 보니 얻어맞고 걷어차인 것 외에도 한쪽 눈썹을 태우는 짓을 당한 모양이다. 그는 전전긍긍 주변을 두리번거리며 사물함을 열고 교과서를 꺼냈다. 그러나 그들을 완전히 피할 수는 없었다. D가 사물함을 닫는 순간, 국왕폐하와 부하들이 모퉁이를 돌아 모습을 드러냈다.

"야, 너 우리를 피하는 거냐?"

뚱뚱한 몸집의 부하 하나가 말했다.

"아, 아니."

D는 교과서를 끌어안았다. 얼굴이 창백해졌다.

"어제 '배상금'을 가져온다고 그랬지? 그래서 우리가 널 봐준 거잖아. 돈은?"

"미, 미, 미안해. 오늘은 절반밖에 마련하지 못했어…. 왜냐하면 집에…."

D가 말을 끝내기도 전에, 이번에는 국왕폐하께서 직접 나섰다. 그의 주먹이 D의 배에 꽂혔다. 나는 상당히 멀리 떨어진 곳에 서 있었는데도 때리는 소리에 깜짝 놀랄 정도였다.

"컥, 컥…"

D는 바닥에 웅크린 채 위액을 토했다. 젠장, 이따가 또 청소를 해야 하잖아!

"이건 내 여자친구에게 무례하게 군 것에 대한 가르침이다."

국왕폐하가 차갑게 말했다.

"내가 앞으로 널 지켜볼 거다. 조심하는 게 좋아."

뚱뚱한 부하가 D의 지갑을 빼앗아 돈을 전부 꺼낸 다음 지갑을 바닥에 던졌다.

그후 일주일 동안 나는 D가 '처벌'을 받는 모습을 전부 지켜봤다. 어떨 때는 주먹으로 때렸고 어떨 때는 머리카락을 쥐어뜯었으며 또 어떨 때는 화장실 변기에 머리를 처박았다. D는 반쯤 죽다 살아날 지경으로 온갖 괴롭힘을 당하면서도 항상 사죄의 말만 늘어놓을 뿐 일절 반항하지 않았다. 어쩌면 그 방법이 옳았는지도 모른다. 일주일이 지나자 D의 처벌 시간은 전에 비해 줄어들었고, 국왕폐하도 더는 직접 모습을 나타내지 않았다. 그러나 D의 눈썹은 줄곧 원래대로 돌아오지 못했다. 며칠에 한 번씩 '눈썹 태우기' 형벌에 처해졌기 때문이었다.

근성이라곤 조금도 없는 녀석이었다.

어느 날 내가 그 녀석을 변기에서 끄집어냈는데, 얼굴에 똥오줌이 가득 묻었는데도 분노하기는커녕 한숨 돌렸다는 표정을 지었다.

43

약해 빠진 놈.

"이봐, 화도 안 나?"

한번은 몇 대 얻어맞고 한쪽 벽 구석에 웅크린 D에게 물어봤다. 그 녀석은 의아한 눈빛으로 나를 쳐다봤다. 마치 내가 그에게 말을 걸어서는 안 된다는 듯이. 그렇다, 나는 국외자이고 프로그래밍된 일만 하는 NPC니까 원래대로라면 학생들 사이에서 벌어지는 일에 왈가왈부할 수 없는 것이다.

"몇 년만 버티면 돼요."

D는 몸에 붙은 먼지를 툭툭 털고 얼굴의 멍을 쓰다듬으며 말했다.

"게다가 그 자식은 올해 졸업할 거고, 내년에 돈 많은 신입생이 들어오면 그 자식 부하들도 날 까맣게 잊겠죠."

나 참, 구제할 길이 없군.

패배자 그룹 중 많은 수가 분노하면서도 겉으로 표현하지 못한다. 그러나 D처럼 철두철미하게 얻어맞는 것을 참아내는 책벌레는 얼마 없을 게 분명하다.

그 녀석의 태도가 불쾌했다.

그날의 짧은 대화 이후로는 전혀 말을 섞지 않았다. 나는 다시 NPC로 돌아갔고 그 녀석도 내 존재를 신경 쓰지 않았다.

그러나 나는 그 녀석에게 선물을 주기로 결심했다.

청소부는 학생들의 비밀을 교사나 학교 경비원보다 더

잘 안다.

어느 날, 열세 살 혹은 열네 살 정도 되는 저학년 남학생 둘이 황급히 무슨 물건을 복도 쓰레기통에 던져 넣는 것을 봤다. 나중에 쓰레기통을 정리하면서 위에 XXX라고 적힌 디스크 한 장을 발견했다. 포르노 영화인 것 같았다. 이상한 일이다. 그들의 보물을 왜 쓰레기통에 버린 걸까? 저 나이대의 남자애들에게 성인영화는 정신의 양식일 텐데.

방과 후, 나는 빈 교실에 들어가 문을 잠그고 디스크를 컴퓨터에 넣었다. 영화가 시작되자 나는 깜짝 놀라지 않을 수 없었다. 세 남자에게 '봉사'하고 있는 여자 주인공이 놀랍게도 C였던 것이다. 남자들은 멋대로 C의 몸뚱이를 가지고 놀았고, C는 상상도 하지 못할 방탕한 모습으로 그 과정을 즐겼다. 끈적한 신음소리가 스피커에서 울려퍼졌다. 포르노 영화가 아니라 실제 정사 장면을 찍은 영상이 유출된 건가 의심하던 중, 자세히 보니 영화 속 여주인공은 C가 아니었다. 그저 닮은 사람일 뿐이었다.

영화 엔딩크레디트에는 제작자와 출연자 이름이 적혀있었고, 여주인공이 누군지도 알게 됐다. 어느 포르노 영화 제작소의 저예산 작품이리라. 곰곰이 생각해보니 이 디스크를 버린 이유도 알 것 같았다. 국왕폐하의 부하들은 종종 저학년 학생의 가방을 뒤져 휴대전화나 태블릿 컴퓨터 등의 값나가는 물건을 '징수'하곤 한다. 오늘이 바로 그 남자애들이 징수당하는 날이었다. 디스크에 담긴 영화를 국왕폐하에게 들켰다간 왕비마마에게 불경한 마음을 품었다는 이유로 D와 같은 계급으로 떨어질 게 뻔하다. 그래서 눈물을 머금고 디스크를 쓰레기통에 버린 것이다. 요즘에는 디스크에 영상물을 보관하는 경우가 거의 없지만, 포르노 영화를 몰래 보는 학생이라면 디스크가 훨씬 유용하고 좋은 매체다. 영상 파일을 휴대전화나 컴퓨터에 넣어뒀다가는 부모님의 감시 소프트웨어에 당장 덜미를 잡힐 테니까 말이다.

디스크를 도로 쓰레기 수거용 손수레에 넣으려다 문득 떠오른 생각에 마음을 바꿨다. 나는 아무도 없는 복도에서 D의 사물함을 찾았다. 학교 사물함은 오래되고 낡아서 문짝 아귀가 맞지 않는 것이 많다. 지금까지 그런 틈새에 어떤 쓸모가 있다고 생각해본 적이 없었지만, 이제 그 쓸모를 증명하게 됐다. 나는 디스크를 D의 사물함 문틈으로 밀어넣었다.

바보 같은 D 녀석이 이 영화를 보면 어떤 반응을 보일까? 나는 상당히 궁금했다.

다음 날은 목요일이었다. 아침부터 복도를 어슬렁거리며 바닥을 쓰는 척하면서 D가 등교하기를 기다렸다. 그 녀석은 평소처럼 준비종이 울린 뒤에야 나타났다. 국왕폐하와 부하들을 마주치지 않으려고 재빠르게 사물함 문을 열었다. 그 녀석이 막 사물함 안으로 손을 뻗었을 때, 나는 녀석이 움찔하는 것을 확실히 봤다. 디스크를 발견한 것이다. 녀석은 디스크를 집어 들고 의심어린 눈빛으로 뚫어지게 쳐다보더니, 주변을 두리번거렸다. 나는 여전히 고개를 숙이고 바닥을 쓰는 척하면서도 눈은 D의 행동 하나하나를 놓치지 않고 주시했다. 그는 나를 전혀 의심하지 않는 듯했다. 하지만 녀석의 다음 행동은 나를 무척 실망시켰다. 디스크를 도로 넣은 뒤 사물함을 잠근 것이다. 그런 다음 교과서를 끌어안고 교실로 들어가버렸다.

포르노 영화에 관심이 없나? 아니면 너무 순진해서 XXX가 포르노를 가리킨다는 것도 모르나? 나는 녀석이 디스크를 교과서 사이에 끼워서 가져갈 거라고 생각했다. 집에 가서 느긋하게 감상할 거라고 말이다. 그러나 그 녀석은 정직하게 디스크를 원래 자리에 그대로 뒀다. 이 자식, 허약한 정도가 아니라 아예 성불구인가?

그러나 한 시간 뒤, 내 판단이 너무 일렀다는 것을 알게 됐다.

수업 종료종이 울리자 다음 과목의 교실로 이동하기 위해서 학생들이 복도로 우르르 쏟아져 나왔다. D도 사물함 앞으로 돌아왔다. 교과서를 넣더니 재빠르게 디스크를 공책 사이에 쏙 끼웠다. 다행히 근처에서 청소를 하고 있었으니 망정이지 그렇지 않았다면 이 장면을 놓쳐버렸을 것이다.

나는 D가 목요일 이 시간마다 한 시간 수업이 빈다는 것을 기억했다. 평소 그 녀석은 학교 본관 건물을 나가서

(만약 국왕폐하의 부하에게 붙잡히지 않는다면) 대개 아무도 없는 조용한 곳을 찾아가 시간을 보낸다. 그렇다, 아까는 디스크를 교실에 가져가도 아무런 소용이 없기 때문에 꺼내지 않았던 것이다. 영상을 보려면 방과 후에 가져가는 것이 맞다. 그러나 녀석은 지금 디스크를 가져갔다. 어떻게 그 영상을 보려는 걸까?

나는 D를 따라갔다. 그는 학생사무처로 향했다. 세상에, 디스크를 교사에게 주려는 건가? 사무처 입구 근처에 서서 녀석의 행동을 지켜봤다.

"무슨 일이니?"

나이 지긋한 여직원이 불퉁한 목소리로 D에게 물었다.

"저, 노트북 컴퓨터를 빌리고 싶은데요."

D가 말했다.

"학생증."

나이 든 여직원은 무심하게 대답했다.

하, 이놈 보게. 이런 방법이 있었군그래. D가 사람이 잔뜩 있는 도서실에서 영상을 보려는 건가 의아하게 생각하던 참이었다. 그런데 녀석은 학교에서 빌려주는 노트북 컴퓨터에 생각이 미친 것이다. 공립 고등학교는 집안 형편이 어려운 학생을 위해 오래된 노트북 컴퓨터를 보유하고 있다. 학교에 신청하면 장기 대여가 가능하다. 학교가 대여하는 컴퓨터라 포르노 사이트나 온라인 도박 사이트는 접속할 수 없도록 제한 설정이 되어 있지만 디스크의 영상을 재생하는 것이야 컴퓨터의 시스템도 간여할 수 없는 일이 아닌가.

D는 대여 수속을 마치고 척 봐도 10년은 된 것 같은 검정색 노트북 컴퓨터를 들고 학생사무처를 나왔다. 녀석의 행동이 점점 더 흥미로워졌다. 녀석은 건물 서편 문으로 나가서 체육관 방향으로 걸어갔다. 대걸레를 들고 녀석 몰래 뒤를 밟았다.

몇 번이나 모퉁이를 돌아서 체육관 뒤편에 도착했다. 이곳에는 더이상 쓰이지 않는 폐기창고밖에 없다. 낡고 부서진 책상과 의자, 운동기구 등을 쌓아두는 별로 크지 않은 창고다. 청소부들도 정리할 엄두를 내지 못한다. 나는 벽에 딱 붙어 고개만 내밀고 몰래 지켜봤다. D는 창고 문 앞에서 주위를 둘러보더니 조심스럽게 문을 밀어 열고 창고 안으로 들어갔다.

D가 창고 안으로 사라진 뒤, 나는 얼른 살금살금 다가가 창고 문의 잠금장치를 살펴봤다. 이상하게도 자물쇠가 여전히 창고 문에 그대로 걸려 있다. D는 어떻게 문을 연 걸까? 다시 자세히 관찰해보니, 비밀이 금세 풀렸다. 자물쇠는 망가지지 않았다. 망가진 것은 빗장이다. 원래는 창고 문에 용접되어 있었던 금속 고리가 부러졌던 것이다. 이 창고는 D의 아지트인 모양이다. 그는 수업이 없을 때면 여기 와서 숨어 있었던 것 같다.

나는 창고 바깥을 한 바퀴 돌아보고 곧 한쪽 벽면에서

통풍창을 발견했다. 나는 조심스럽게 통풍창 안쪽으로 머리를 들이밀고 창고 내부를 살펴봤다. D가 낡아빠진 체조 매트 위에 책상다리를 하고 앉아서 노트북 컴퓨터에 빨려들어갈 듯 집중하고 있는 모습을 금방 발견할 수 있었다. 녀석은 훔쳐보는 사람의 존재를 전혀 눈치채지 못하고 있었다.

D는 공책에서 디스크를 꺼내 컴퓨터에 넣었다. 곧 영상이 재생되고, C를 무척이나 닮은 그 여배우의 나체가 화면에 나타났다. D가 펄쩍 뛰어오를 정도로 놀란 게 분명했다. 영상이 재생되자 녀석은 화살에 놀란 새마냥 반쯤 몸을 뒤로 물렀다. 그러나 그 녀석은 금세 화면 속에서 벌어지는 상황에 빠져들었다. 눈도 깜빡이지 않고 세 남자와 C를 닮은 여자를 뚫어져라 쳐다봤다. 녀석의 표정을 보면 영상 속의 여자가 C가 아니라는 것은 아는 듯했다. 그러나 그는 영상을 보는 데 온 정신을 집중했다. 얼굴에는 내가 전에는 한 번도 보지 못했던 복잡한 표정이 떠올라 있었다.

그건 남자라면 마땅히 가질 법한 표정이었다.

신음소리가 창고를 가득 채웠다. 10여 분이 흐르고, D는 갑자기 몸을 일으키더니 허리띠를 풀고 바지를 내렸다. 나는 10대 남학생이 자위하는 장면을 훔쳐보는 취미는 없으므로 녀석이 흥분한 채 자신의 성기를 붙잡고 몇 번 움직이는 것까지 보고는 자리를 떴다.

그러고 보니 녀석의 물건이 무척 컸다. 정말 사람은 외모만 봐서는 알 수 없다.

그후 며칠간, D는 수업이 비었다 하면 바로 창고로 달려갔다. 나중에는 방과 후에도 자신의 아지트로 달려가 그 포르노를 봤다. 처음에는 호기심에 녀석을 뒤따라갔지만, 매번 똑같은 상황이었다. 똑같은 노트북 컴퓨터를 켜고 똑같은 영상을 보고 똑같이 자위를 한다. 나는 점차 지루해졌다. D는 디스크를 집에 갖고 가지 않았다. 아마도 집에서는 개인적으로 '즐거운 시간'을 가질 만한 환경이 아니기 때문일 것이다.

D의 반응을 보고, 나는 행동을 계속하기로 결정했다.

나는 인터넷에서 C를 닮은 그 포르노 여배우의 영상물을 찾아내 전부 다운로드했다. 그러고는 하나씩 디스크에 담았다. 내가 찾은 영상은 여덟 편이었는데, 그중 하나는 파일이 손상되어 재생할 수 없었고, 또 하나는 디스크에 담겨 있던 네 명이 함께 즐기는 내용이었다. 그래서 내가 새로 만든 디스크는 여섯 장이 되었다. 나는 디스크 위에 전부 XXX라고 썼다. 다음 날 아침, 수업이 시작되기 전에 그중의 한 장을 D의 사물함에 밀어넣었다.

나는 녀석이 새 디스크를 발견했을 때의 표정을 절대 잊지 못할 것이다. 산타클로스에게 선물을 받은 어린아이의 모습이 꼭 그럴 것이다.

새 영상을 손에 넣은 녀석은 창고로 갔다. 이번에는 창고 바깥에서 처음부터 끝까지 지켜봤다. 놀랍게도 D는 웃고 있었다. 그것도 마음속 깊은 곳에서 우러나오는 진짜 웃음이었다. 비록 상황이 조금 괴이했지만(어두컴컴한 창고에서 바지를 벗은 소년이 바보스러운 웃음을 지으며 포르노 영화가 재생되는 컴퓨터 화면을 앞에 두고 자위를 하고 있는 상황) 저 바보 녀석이 그 순간 지은 표정이 무척 마음에 들었다는 것을 꼭 말해두고 싶다.

그후로 나는 며칠에 한 번씩 새 디스크를 사물함에 넣었다. 여섯 장의 디스크를 모두 전달한 뒤에는 생김새가 닮은 다른 여배우의 포르노 영화를 찾았다. 처음으로 가학적인 성행위를 담은 포르노를 준 날, 녀석의 반응은 맨 처음 네 사람이 나오던 영화를 봤을 때와 꼭 같았다. 처음에는 당황해 얼어붙었다가 서서히 그 육욕의 세계로 빠져들었다. 가죽 채찍이 만들어내는 소리가 귀를 자극했다. 스피커 음량이 창밖에 서 있는 나도 확실히 들을 수 있을 정도로 컸다. 하지만 D는 신경 쓰지 않았다. 창고 근처로는 아무도 오지 않을 거라는 사실을 잘 알고 있는 것 같았다. 그래서 이렇게 대담하게 굴 수 있는 것일 테지.

인간은 정말로 신기한 생물이다. 포르노 영화를 본 뒤 D의 눈빛이 달라졌다. 여전히 국왕폐하의 부하들에게 괴롭힘을 당하고 있었지만, 전과 달리 암암리에 승리자들과 비슷한 분위기를 풍긴다는 것을 나는 알 수 있었다. 식당에서 냉소를 띠며 C를 곁눈질하는 D의 눈빛에 더할 나위 없는 경멸이 담겨 있었다. 현실에서 D는 여전히 패배자 그룹이었지만, 정신적으로는 이미 승리자 그룹의 일원으로 성장했던 것이다.

D가 매일 그 티끌과도 같이 작은 정신승리를 즐길 때, 학교에서는 또다른 큰일이 슬슬 시작되고 있었다.

전국 고등학교 미식축구대회 개막이 다가왔다.

국왕폐하가 이끄는 미식축구팀은 주 대회 우승을 따놓은 당상 정도로 여겼다. 아무도 의심하지 않았다. 목표는 전국 우승의 영광스러운 트로피였다. 수많은 명문대학에서 이번 대회에 깊은 관심을 갖고 있다는 소문도 들렸다. 서너 곳의 미식축구 명문에서 이 학교의 미식축구부 코치를 찾아와 고액의 장학금을 제시하며 B의 입학을 논의하고 있다고도 했다. 대학의 스포츠 특기생 장학금은 종종 탁월한 경기 성적 외에 학과 성적도 일정 점수 이상을 요구하곤 한다. 그러나 B 정도로 '일반적인 탁월함의 수준을 넘어서는 탁월함'을 갖춘 선수라면 그런 규정이나 관례도 의미가 없어진다.

방과 후 D의 뒤를 밟아 창고에 갔다 돌아올 때쯤이면 미식축구부와 치어리더팀이 운동장에서 한창 연습에 매진하는 중이었다.

가끔 운동장 옆에서 국왕폐하의 경기 연습을 지켜봤다. 그에게 연습이란 사실상 쓸데없는 것이었다. 다른 축구부원들은 수비도 공격도, 태클이든 러닝이든 모두 그의 적

수가 아니었다. 국왕폐하는 모든 면에서 그들을 훌쩍 앞서 있었다. 코치도 이런 상황을 파악하고 있었고, 그래서 다른 축구부원들이 수비 훈련을 하는 동안 국왕폐하는 따로 장거리 달리기를 하면서 지구력을 키웠다. 기술적으로 이미 일류였기 때문에 뛰어난 적수가 없는 상황에서 할 수 있는 연습은 단지 지구력이나 체력을 기르는 훈련밖에 없는 것이다.

대회를 일주일 남겨둔 때였다. 나는 자주 국왕폐하의 연습을 지켜봤다. 어쨌든 창고에서 걸어 나오면 운동장까지 1분도 걸리지 않으니까 말이다. 이미 말했지만, D는 매일 창고에서 반복적으로 똑같은 절차를 밟는다. 그건 근처에 있는 국왕폐하도 비슷하다. 워밍업, 단거리 달리기, 태클, 패스, 킥, 모의 시합, 그런 다음 혼자서 달리기 훈련을 한다. 매일 똑같다. 3분 정도 휴식하면서 스포츠 음료 등을 마신 뒤 45분간의 장거리 달리기를 시작한다.

그리고 오늘, 나는 국왕폐하의 생활에 약간의 '불확정성'을 부여하기로 결정했다.

코치와 다른 축구부원들이 모의 시합 훈련에 정신을 집중하는 동안 나는 쓰레기를 치우는 척 벤치 근처로 다가갔다. 아무도 신경 쓰지 않았다. 나는 틈을 봐서 슬쩍 스포츠 음료가 담긴 컵 안에 손에 쥐고 있던 흰 분말을 털어넣을 수 있었다.

속칭 '조지아 홈 보이'라고 불리는 약물이다.

국왕폐하는 혼자서 벤치에 돌아와 늘 같은 위치에 놓인 스포츠 음료를 마신다. 만약 다른 컵을 집어 들거나 컵에 담긴 음료를 버리고 새로 따라 마신다고 해도 상관없다. 오늘 실패하더라도 내일 또 시도할 수 있다.

그러나 의외의 상황은 발생하지 않았다. 그는 바로 그 컵을 집어 들었고, 음료를 단숨에 전부 마셨다. 어쩌면 오늘따라 스포츠 음료가 짭짜름하다고 느낄지도 모르지만, 스포츠 음료란 본래 당분과 염분이 함유되어 있으니 이 정도의 변화를 이상하게 여기지는 않을 것이다.

나는 흥분된 심정으로 운동장 근처에서 그의 반응을 살폈다.

3분 후, 국왕폐하는 벤치를 떠나 체육관 방향으로 달리기 시작했다. 그의 장거리 달리기는 운동장에서 시작해서 체육관, 동편 건물과 서편 건물 바깥을 지나 주차장을 돌아 다시 운동장으로 돌아오는 코스를 반복한다. 나는 그의 뒤를 따라갔다. 솔직히 말해서 생각했던 것보다도 훨씬 힘들었다. 국왕폐하는 훈련을 위한 장거리 달리기 속도마저 일반적인 사람들보다 빨랐다.

다행히 체육관 후문 근처를 지나갈 때 그의 속도가 갑자기 느려졌다. 약효가 돈 것이다.

그는 몸의 이상을 느끼자 달리기를 멈췄다. 벽을 붙잡고 비틀거리는 몸을 추스르며 체육관 안으로 들어갔다. 그가 노선을 변경한 것은 예상 밖이었지만, 생각해보면 당연한 일이기도 했다. 어지러움을 느끼자 탈의실에 가서 쉬려는 것일 테지. 몸에 이상이 생긴 것이 아니라 약물을 복용했기 때문에 어지럽다는 사실은 전혀 모른 채.

나는 그를 뒤따라 체육관에 들어갔다. 체육관 안에는 아무도 없었다. 하늘이 나를 도왔다. 국왕폐하가 체육관 입구 옆에 쓰러져 있었다. '조지아 홈 보이'는 슬럼가의 불량배 사이에서 쓰이는 은어다. 진짜 이름은 감마 하이드록시낙산, 줄임말로 GHB*라고 불리기 때문에 '조지아 홈 보이Georgia Home Boy'라는 별명이 붙었다. 속칭 '루피스'라고 하는 플루디아제팜과 마찬가지로 남자가 여자에게 몰래 먹여 정신을 잃게 한 뒤 성폭행하는 범죄에 자주 쓰이는 약물로, 데이트 강간 약물이라고들 부르는 바로 그것이다. 이 약물은 음료에 섞여도 무색무취하고 단지 약간의 짠맛이 날 뿐이다. 복용하면 10분 이내에 의식을 잃고 한 시간에서 세 시간이 지난 후에 깨어난다. 깨어난 후에는 정신을 잃은 동안의 기억이 없다. 나는 이 약을 화장실에서 찾아냈다. 우연히 승리자 그룹의 학생 몇몇이 대화하는 것을 들었는데, 그들은 화장실 변기의 물통을 이용해서 약물을 거래하고 있었다. 화장실 청소를 할 때 한 봉지 슬쩍 꺼내왔다. 국왕폐하는 체육관 바닥에 널브러져 있다. 그를 강

---

* Gamma-HydroxyButyric acid, 본래는 액체 상태이나 분말로는 칼륨염 혹은 나트륨염 형태로도 가능하다.

간하려는 것은 당연히 아니다. 남자에게는 흥미가 없다. 처음에는 그를 둘러메고 체육관 밖으로 나가려 했다. 하지만 순간 전동식 스탠드 개폐기가 떠올랐고, 아주 재미있는 계획이 생각났다. 손목시계를 보고 시간을 가늠해본 뒤, 국왕폐하를 체육관 후문 쪽 스탠드 옆에 내려놨다. 구석지고 어두컴컴해서 누워 있는 그가 잘 보이지 않는 것을 확인한 다음, 국왕폐하의 왼쪽 발을 들어 스탠드 아래의 철골 구조물 사이에 끼웠다.

나는 조금 긴장한 채 체육관 외부계단을 통해 2층의 관중석으로 올라갔다. 체육관 내부의 구석구석을 한눈에 내려다볼 수 있으면서도 다른 사람은 내가 여기 있다는 것을 발견하기 어려운 곳이다.

5분 후, 내가 기대하고 있던 인물이 등장했다. 나와 같은 시기에 청소부로 들어온 놈이다. 그는 체육관 정문을 열고 안으로 들어왔다. 어깨에 대걸레를 얹고 손수레를 밀면서, 하품을 쩍쩍 하며 정문 옆 콘트롤타워를 향해 걸어가는 게 보였다. 그는 우선 체육관 안의 전등 절반을 켰다. 그러고는 드디어, 내가 기대해 마지 않았던 빨간색 버튼을 눌렀다.

전동 개폐식 스탠드를 움직이는 장치다.

처음 출근했던 날 들은 말을 기억하고 있다. 청소부를 관리하는 담당 직원은 전동식 스탠드를 움직이기 전에 반드시 스탠드 양쪽에 이상이 없는지를 잘 살핀 다음 시동을 걸라고 했다. 하지만 체육관 반대편까지 와서 확인하는 것이 귀찮아 곧장 버튼을 눌러버린 것이다.

내가 생각한 그대로다.

전동식 스탠드에서 낮고 묵직한 소리가 울렸다. 나는 2층에서 이 놀라운 드라마의 한 장면을 감상했다.

빛나는 별이 추락하는 장면.

스탠드가 접히고 포개지면서 체육관 벽 쪽으로 느릿느릿 이동하기 시작했다. 국왕폐하의 왼쪽 발목이 접히고 있는 스탠드의 철골 구조 위에 놓여 있다. 강철로 된 구조물 사이에 발목이 끼어 으스러지는 순간, 그는 무시무시한 비명을 질렀다. 내가 약을 너무 적게 넣었나 보다. 끔찍한 비명 소리에 게으른 청소부가 당황했다. 그러나 그 멍청이는 허둥지둥할 뿐 어떻게 기계를 멈춰야 할지 몰랐다. 존귀한 국왕폐하는 루이 16세가 그랬듯 자신이 단두대에 보내질 거라고는 꿈에서도 생각지 못했으리라.

멍청한 청소부가 사람들을 불러와서 스탠드를 원래대로 펼쳐 계단 모양으로 만들었을 때, 이미 국왕폐하의 왼쪽 다리는 불구가 된 상태였다. 철골 구조와 체육관 바닥에 온통 피와 살점이 튀어 있었다. 나는 소동이 일어나자 구경하러 온 것처럼 체육관으로 들어섰다. 가까운 거리에서 이 피와 살점이 뒤엉킨 삼류 드라마를 보기 위해서였다. 청소부는 좌절한 표정이었다. 그가 학교의, 아니 지역 사회 전체의 미식축구 스타를 절름발이로 만들어버린 것이다. 그리고 또 패배자 그룹의 학생 몇 명이 경악한 한편으로 국왕폐하의 불행을 기꺼워하는 듯한 표정을 짓는 것도 보였다.

나의 원래 계획은 국왕폐하가 주차장에서 사고를 당하거나 계단에서 구르는 것이었다. 하지만 예상하지 못했던 상황이 더욱 완벽한 결말을 만들 줄이야. 계단에서 구르면 아무리 심해도 대회에 나가지 못하는 정도의 부상밖에 입지 않는다. 하지만 전동 개폐식 스탠드 철골에 발목이 잘린다면 그의 운동선수 인생이 완전히 끝장난다.

국왕폐하는 절대로 이 사고의 원인을 깨닫지 못할 것이다. 구급차가 도착한 뒤, 나는 아무도 없는 운동장으로 달려가서 사용한 종이컵을 전부 수거했다. 몸 상태가 나빠져 탈의실로 가려다가 기절했고, 재수 없게 왼발이 스탠드 개폐용 궤도 위에 올라간 거라고 생각할 것이다.

나는 이 학교의 모든 패배자를 대신해 복수를 해준 것이다. 비록 나 자신은 국외자지만, 이 사건을 천벌이라고 생각할 수 있지 않을까?

다음 날, 국왕폐하의 부하들은 평소처럼 기세 좋게 누군가를 괴롭히지 못했다. 기댈 언덕이 없어진 것이다. 왕비마마 역시 큰 충격을 빋았다. 물론 나는, 그녀가 겉으로만 슬퍼하는 척한다는 것을 알고 있다. 든든한 배경이 사라진 것을 걱정할 뿐이다. 다음에 어떤 '강자'에게 빌붙을지 저울질하고 있을 것이다. 어떻게 해야 자신의 지위를 잃지 않을지를 고민하겠지.

그녀가 시간을 두고 천천히 미래를 계획하게 내버려두지 않을 거다.

오후 2시, 나는 그녀가 혼자 화장실에 간 순간을 노렸다. 국왕폐하의 불행한 소식이 알려진 뒤 부하들도 시녀들도 그녀 곁에 없었다. 나는 그녀를 뒤에서 덮치고 마취제를 묻힌 거즈로 입과 코를 틀어막았다. 그녀는 정신을 잃었다. 이런 계집애한테는 조지아 홈 보이 같은 비싼 물건을 쓸 필요도 없다. 클로로포름이면 족하다.

나는 그녀를 쓰레기 수거용 손수레에 구겨넣고 잘 가린 뒤, 서편 건물을 떠났다. 목적지에 도착해 정신을 잃은 왕비마마를, 아니지, 이제 더이상 왕비마마가 아닌 C를 자루에서 꺼내 바닥에 내려놨다. 나는 그녀의 겉옷을 벗기고 티셔츠를 끌어올렸다. 막 브래지어를 풀려다가, 더 좋은 생각이 떠올랐다. 그녀를 벽에 기대어 앉힌 다음, 옷차림을 도로 정리해주었다. 그러고 나서 가위를 꺼내 티셔츠의 목 부분을 조금 자른 다음 힘을 줘서 죽 찢었다. 왼쪽 브래지어 끈을 어깨 아래로 끌어내려 가슴을 반쯤 드러냈다. 그녀를 벽에 기대어 앉히느라 치마가 허벅지 옆으로 밀려 올라갔다. 팬티가 보일 듯 말 듯한 모습이 딱 좋았다.

알몸보다도 이런 모습이 훨씬 야릇한 법이다. C가 기대어 있는 곳은 바로 버려진 창고 문이었다.

내가 말했지 않나, D에게 선물을 줄 거라고.

나는 창고 근처의 어두운 곳에 숨어 기다렸다. 15분 후, D가 나타났다. 나는 그 녀석의 행적을 손바닥 보듯 들여다보고 있었다.

C를 보고 엄청난 충격을 받은 것 같았다. 마치 야생동물이 인공적인 물건을 처음 발견한 것처럼, 아주 조심스럽게 접근했다. 그는 C의 코 아래 손을 가져다 댔다. 그녀가 죽은 것이 아니라는 것을 확인하자 안심하는 듯했다. 그러나 곧이어 한쪽 눈썹을(나머지 한쪽에는 눈썹이 아니라 반창고만 있으니까) 찌푸리며 C를 응시했다. 그녀를 어떻게 해야 할지 고민하는 것일 테지. 그의 표정에서 얼마나 망설이고 있는지 다 보였다.

나는 D의 눈빛 속에서 전에 봤던 경멸 어린 느낌을 찾아냈다.

그가 마음속에서 엎치락뒤치락한 시간은 내가 예상한 것보다 짧았다. 1분쯤 흐른 뒤, 그는 창고의 문을 열고 C를 안으로 옮겼다.

나는 익숙한 통풍창 쪽으로 가서 D의 행동을 훔쳐봤다. 그는 노트북 컴퓨터와 디스크를 한쪽으로 치우더니 체조 매트 위에 C를 눕혔다. 그러고는 웃는 듯 마는 듯한 표정으로 C의 온몸을 훑어봤다.

"음…."

C가 갑자기 소리를 냈다. D는 펄쩍 뛰다시피 놀랐다. 내가 국왕폐하에게도 왕비마마에게도 약을 좀 약하게 썼

나 보다.

D는 마음을 독하게 먹은 듯, 황급히 주변을 둘러보더니 나무 선반 위에 크라프트 테이프가 놓여 있는 것을 발견했다. 그는 손을 뻗어 테이프를 집었다. 테이프를 길게 뜯어내어 C의 양 손목을 모아 칭칭 감은 다음 목제 골조에다 묶었다.

역시 영리한 녀석이다. 내가 특별히 준비해둔 테이프도 제대로 쓸 줄 알고.

D의 움직임에 C가 점차 정신을 차리기 시작했다.

"으음…. 어? 여긴…."

C는 얼떨떨하게 말했다. D는 말없이 C의 허벅지 위에 올라탔다.

"꺄악! 너, 너, 뭐 하는 거야?"

C는 자신이 처한 상황을 이미 알아차린 것 같았다. 그녀는 끊임없이 버둥거리며 소리를 질렀지만, 손목은 묶였고 하반신은 D에게 눌려서 꼼짝도 하지 못했다. D는 아무런 대답 없이 흉포한 눈길로 자기 사타구니 아래 깔린 C를 응시했다.

C는 겁먹은 표정을 지었다. 나는 그녀의 이런 모습을 한 번도 보지 못했다. 아마 D도 그렇겠지. 아니, 어쩌면 D의 머릿속에서는 수없이 많이 펼쳐진 장면일지 모른다. 나는 그녀의 표정이 D를 더욱 기껍게 만들었을 거라고 확신했다.

"하지 마!"

D는 C의 비명을 무시했다. 옷을 찢고 그녀의 드러난 가슴을 빨아들였다. C는 계속 소리를 질렀지만, 옷이 한 꺼풀 한 꺼풀 뜯겨졌다. 도와달라는 외침은 점점 애원으로 변했다. D는 저 좋을 대로 C의 몸을 농락했다. 마치 그동안 봐왔던 포르노 영화 속의 남자들처럼. D가 C의 다리를 잡고 양쪽으로 벌리려 하자, 그녀는 죽을힘을 다해 반항했다. 그러자 D는 가죽 허리띠를 가죽 채찍인 양 힘껏 휘둘러 그녀의 허벅지와 엉덩이를 때렸다. 새하얀 피부 위에 시뻘건 자국이 더해졌다. 그녀는 점점 반항할 의지를 잃었다.

D는 C의 무릎을 움켜쥐고 그녀의 매끈하고 길쭉한 두 다리를 벌린 뒤, 자신도 바지를 벗었다. 그 순간 D는 웃고 있었다.

내가 D의 사물함에 마지막으로 넣어준 영상은 실제의 강간 장면이었다. 불법적인 경로로 유통되는 영상물로, 강간범이 무고한 여성을 강간하면서 촬영한 영상이 유출된 것이었다.

지금 D는 배운 바 '지식'을 충실히 활용하여 눈앞의 사냥감을 도살하는 흉내를 제법 그럴듯하게 내고 있다.

지금 이 창고에서 승리자와 패배자의 역할이 바뀌었다. 잔혹한 D가 허리를 움직이며 힘없는 소녀 C를 강간하고 있었다. D는 상대를 전혀 인간으로 여기지 않았다. 그의 눈에 C는 단지 살덩이이자 장난감, 오랫동안 억눌린 욕망과 원한을 풀어낼 대상일 뿐이었다.

D는 두 시간을 꽉 채워 '즐겼다'. 가죽 허리띠로 후려치고, 주먹으로 때리고, 발로 찼다. 심지어 이빨까지 동원했다. 벌거벗은 C는 마치 시체처럼 낡은 매트에 쓰러져 있었다. 가슴, 배, 허벅지 할 것 없이 온통 멍과 잇자국으로 가득했다. 마찬가지로 벌거벗은 D는 마침내 만족했는지 자기가 봤던 영상 속 남자가 그랬듯 휴대전화를 꺼내 C의 능욕당한 나체 사진을 몇 장 찍었다.

"다른 사람에게 알리면 바로 사진을 뿌릴 거야."

D는 옷을 입으며 말했다.

"경찰에 신고해서 나를 바로 체포하면 된다는 생각은 버리는 게 좋아. 설정한 시간이 되면 자동으로 사진이 공개되도록 해놓고 매일 설정된 시간을 하루씩 늦출 거거든. 내가 체포되면 사진이 자동으로 인터넷에 풀리는 거지. 세상 사람들이 다 너의 이런 꼴을 보게 될 거라고. 친구들, 선생님, 이웃, 부모님까지."

내가 말하지 않았던가, 저 녀석이 사실은 아주 똑똑하다고 말이다. 녀석이 말하는 내용이 사실이든 아니든 이렇게 되면 자부심이 강하고 도도한 C는 절대 다른 사람에게 도움을 청하지 못할 것이다.

D는 C를 묶은 테이프를 풀어주었다. C는 잔뜩 겁을 먹은 채 찢기고 너덜거리는 옷을 입었다. 그녀는 비틀비틀

창고 문 쪽으로 걸어갔다.

"내일 방과 후에 여기서 기다려. 내가 또 예뻐해줄 테니까."

D는 비열하게 웃으며 말했다. C의 얼굴에서는 어제까지 가득했던 자신감이 다 사라져 흔적도 찾을 수 없었다. 남은 것은 그저 망연자실한 표정뿐이다.

C가 창고를 나간 뒤, D 역시 곧 창고를 떠났다.

국왕폐하는 하야했고 왕비마마는 능욕당했다. 그동안 억압받던 평민들의 승리였다. 기뻐할지어다, 기뻐할지어다! 이 이야기가 동화였다면 여기서 대단원의 막이 내렸을 것이다.

하지만 이것은 현실이다.

다음 날 오전, 어떤 영상 하나가 학교 인터넷 게시판에 올라왔다. D가 C를 강간하는 실제 상황을 담은 영상이었다. 가해자의 포효, 피해자의 울음이 잔혹한 장면과 함께 충실하게 기록되어 있었다. 등장인물도 전혀 가리지 않았다. 누구나 영상 속의 두 주인공이 누구인지 알아볼 수 있었다.

영상은 내가 통풍창을 통해 촬영한 것이다.

학생들이 수업을 듣는 동안 아무도 없는 교실에 들어가 몰래 영상을 업로드했다.

나는 아무도 이 영상을 발견하지 못할까 봐 일부러 영상 파일의 링크 주소를 적은 종이를 역시나 '인간 샌드백'인

패배자 그룹 녀석들의 사물함에 밀어넣기까지 했다. 그들은 반드시 친구들과 함께 이 파일을 즐길 것이다.

점심시간, 이 뉴스가 학교에 폭풍을 일으켰다.

D는 무슨 반응을 보이기도 전에 경찰에 체포됐다. 범죄의 증거가 너무나 명확했기 때문이다. C는 곧바로 병원으로 이송되어 검사를 받았다. 그 영상은 D가 C를 강간하는 모든 과정을 하나도 남김없이 전부 포착하고 있었다. 가죽 허리띠와 주먹, 발, 이빨까지 포함해서 전부 다. C는 병원에서 자살을 기도했으나 성공하지 못했다고 한다.

D는 약을 써서 C를 기절시켜 끌고 간 것을 인정하지 않겠지만, 그건 별로 중요하지 않은 조그만 부분에 불과하다. 그가 C를 강간하는 과정을 학교의 거의 모든 사람들이 다 눈으로 봤기 때문이다.

B와 C 그리고 D는 다시는 학교로 돌아오지 않았다. 그러나 승리자와 패배자의 구분은 여전히 바뀌지 않았다. 얼마 지나지 않아 승리자 그룹에서 새로운 지도자가 등장했고, 곧 예전의 부하들이 다시 뭉쳐 불쌍한 패배자들을 괴롭혔다. 그들이 어떻게 되든, 나와는 이제 상관이 없다. 어쨌든 나는 목표를 이뤘으니까.

더이상 여자 화장실을 청소할 때 아이린이 썼던 향수 냄새를 맡지 않아도 된다.

감옥에서 너무 오래 있었더니 외부의 환경이 아주 낯설게 변했다.

감옥 안에도 텔레비전과 신문은 있지만, 아무것도 달라지지 않는 공간에서 생활하다 보면 텔레비전과 신문에서 떠드는 이야기가 마치 다른 세계의 일처럼 느껴진다.

다행히도 이 중부 도시의 변화는 상상했던 것보다 적었다. 상점, 건물, 공원, 철도 등은 내가 감옥에 가기 전과 달라졌지만, 사람들의 생활 방식은 여전했다. 출근, 퇴근, 데이트, 식당에 가고 술집에 간다. 도시 서편의 홍등가도 여전히 매춘부로 가득했고, 남쪽의 빈민가도 여전히 음울했다.

자유를 얻은 나는 무료하고 빈둥대는 삶으로 돌아왔다. 지금 내 주머니 사정은 예전보다 훨씬 좋지 못해 홍등가나 클럽에 갈 수는 없지만, 적어도 술집에서 맥주 마시는 정도는 감당할 수 있다.

나는 술집에서 E를 알게 됐다.

같은 가게를 여러 차례 방문하게 되면, 사람이란 금세 자주 마주치는 얼굴을 익히게 된다. 내가 술집에 갈 때마다 E가 혼자 바에 앉아 쓸쓸하게 술을 마시고 있었다. 나는 사실 그 사람에게 아무런 관심이 없었다. 어느 날 내가 지갑을 가지고 오는 걸 잊어버리는 바람에 바텐더에게 맥주를 주문한 뒤 돈을 지불하지 못하게 된 적이 있었다. 외상으로 해줄 수 있겠느냐고 물으려던 찰나 그가 말없이 지폐를 꺼내 바텐더에게 내밀었다. 그게 우리가 알게 된 계기였다.

처음에 나와 E는 핵심을 슬쩍슬쩍 피해가는 평범한 화제를 두고 대화를 나눴다. 날씨, 축구경기, 정치, 이 나라가 아프리카에서 벌이는 전쟁 등에 대한 것들 말이다. 그 후 몇 번 더 마주치면서 점차 개인적인 일들도 이야기하기 시작했다. 직업, 나이, 생활의 사소한 부분 등등. 늙어 보였던 E가 나보다 겨우 다섯 살이 많을 줄은 생각지도 못했다. 그는 겉보기로는 쉰이 넘은 중년처럼 보였다. 그는 공무원이다. 우체국에서 일하며 우울하고 반복적이고 생기 없는 생활을 영위하고 있다. 퇴근 후에는 술집에 와서 술을 마시는 게 유일한 낙이다.

"이해합니다."

내가 그에게 말했다.

"공립 고등학교 청소부도 역시 우울하겠죠…"

E가 술병을 내려놓고 씁쓸하게 웃으며 말했다.

"아뇨, 제가 이해할 수 있는 건 감옥에 있어봤기 때문이에요."

"그렇군요."

E는 그다지 큰 반응을 보이지 않았다.

"어쩌면 당신 말이 맞을지도 몰라요. 내 일은 거의 감옥살이나 다름없으니까요."

이유는 모르겠지만, 나는 E와 어떤 운명으로 엮여 있다는 생각이 들었다. 서로 닮은 것 같았다. 나중에 우리가 더 친해진 뒤, 왜 그랬는지 알 수 있었다.

우리는 둘 다 아내에게 배신당한 남자였다.

아이린이 나를 배신하고 다른 남자를 따라 도망간 것처럼, E의 아내도 자동차 수리 일을 하는 남자와 붙어먹었다. 여자들은 다 천박하다.

"사는 게 너무 지루하다고 불평했어요."

E는 술을 한 모금 마시고 쓸쓸하게 웃었다.

"작년에 새 차를 산 뒤 전처의 기분이 좋아졌지요. 새 차 때문에 그런 줄 알았는데, 차 수리를 하다가 그 남자를 알게 되어서 그랬던 거예요. 나는 둘의 관계가 반년이나 계속된 뒤에야 눈치를 챘어요. 정말 멍청하죠? 내가 뭘 잘못했느냐고 따져 물었는데, 그런 거 없다고 하더군요. 단지 '정상적인 생활'에 질려서 그랬다는 겁니다."

"그런 다음에 이혼했어요?"

E는 고개를 끄덕였다.

"믿어집니까? 이혼하자고 말한 것도 내가 아니라 그녀였어요. 법원은 내가 '혼인관계를 유지하기 위해 노력하지 않았다'면서 외도를 하게 만든 책임이 나한테 있다고 판결했어요. 이게 무슨 말도 안 되는 제도란 말입니까?"

"요즘 법률제도는 죄다 쓰레기예요."

내가 진심을 담아 동의했다.

"이혼 후에 그녀는 내 집을 가져갔고, 나는 쫓겨났습니다. 여전히 그 남자와 사귀고 있다더군요. 그 남자가 아예 내 집에 들어와서 산대요…. 빌어먹을, 스물 몇 살 먹은 놈이 마흔이 다 된 내 아내를 뭘 보고 좋아하겠습니까? 십중팔구 돈 때문이지…."

E가 보기 드물게 욕설을 뱉었다. 그는 항상 정중하게 말하는 사람이었다.

"내 아내, 그러니까 전처지요, 아이린도 비슷했죠."

내가 말했다.

"분명히 아이린이 바람을 피운 건데 책임은 나 혼자 다 져야 했다고요. 나는 그 일 때문에 감옥까지 갔다 왔습니다. 판사와 배심원단 전부 돼지새끼들이었죠. 여자가 가련한 척 눈물을 글썽이면 잘못이 온통 남편에게 있다는 식이라니."

나는 법정에서 내가 완전히 패소했던 과정을 하나하나 기억하고 있다. 아이린이 머리에 붕대를 감고 증인석에 앉는 순간, 배심원들의 눈빛이 삽시간에 달라졌다.

"억울한 남자끼리 건배합시다!"

E가 맥주병을 치켜들며 말했다.

"건배!"

E는 가정사를 털어놓을 만한 친구도 없는 듯했다. 어쩌면 내가 그 사람과 같은 부류라서 그랬는지 몰라도, 나를 만나면 늘 전처와 동거남 얘기를 꺼내곤 했다. 어느 날, 그

의 모습이 평소보다도 더 우울해 보였다.

"퇴근 후에 슈퍼마켓에서 그들과 마주쳤습니다."

E가 말했다.

"그쪽에서는 나를 못 봤지만요. 둘이서 마치 신혼부부라도 된 양 팔짱을 끼고 쇼핑을 하더라고요. 아내는 심지어 화장까지 하고, 20대 여자처럼 꾸몄더군요. 젠장! 나는 두 사람 뒤를 따라갔는데, 주차장 구석에서 둘이 부둥켜안고…."

"잊어버려요. 미련을 가질 가치도 없는 여자예요."

그에게 맥주병을 건네주며 달랬다.

"미련이 있는 게 아니라 단지 화가 나서 그럽니다."

E가 고개를 수그리며 말했다.

"왜 그런 못된 여자가 행복을 누리는 거죠? 내가 왜 초라하게 혼자 슈퍼마켓에서 냉동식품이나 사다 먹어야 하는 겁니까? 매슈, 말 좀 해봐요. 우리가 왜 이렇게 살아야 하는 겁니까?"

그의 말이 내 마음속 깊숙이 잠들어 있던 불덩이를 끄집어 올렸다. 나는 그런 마음이 이미 소멸했다고 생각했다. 게다가 나는 아이린이 현재 어디에 살고 있는지도 모른다. 그러나 나는 E에게서 나 자신을 보았다. 그의 아내는 분명히 아이린과 똑같은 여자일 것이다. 더럽고 추악하며 천한 여자.

"복수…, 하고 싶습니까?"

나는 잠시 망설이다 물었다.

E는 눈을 커다랗게 뜨고 이해할 수 없다는 표정으로 나를 쳐다봤다.

"내가 대신 당신 전처에게 복수해줄 수도 있어요."

나는 목소리를 낮춘 채 말했다.

"뭐, 뭘… 어떻게 할 건데요?"

E는 약간 당황한 듯했다. 그러나 어떻게 할 건지 캐묻는 것을 보면 전처에게 복수할 생각이 아예 없는 것은 아니다.

"아직 생각해보지 않았어요. 그저 내가 당신 대신 손을 쓸 수 있다는 겁니다."

나는 의미심장하게 웃어 보였다.

"어쨌든 나는 이미 전과자니까요. 사건 하나 더해져도 상관없거든요. 게다가 이번에 우리는 정의의 이름으로 행동하는 거잖아요. 당신의 억울함을 푸는 거니까."

"혹시… 사람 목숨을 상하게 하지는 않겠지요?"

E가 어물어물 물었다.

"어쩌면요. 말했다시피 아직 어떻게 할지 생각해보지는 않았으니까요."

나는 어깨를 으쓱하며 말했다.

"설사 목숨에 관계된 일을 벌인대도 너무 심하다고 생각하지는 않으시겠죠? 아니면 아내를 여전히 사랑해서 조금이라도 다치는 걸 보고 싶지는 않다는 건가요?"

"그럴 리가요!"

E는 목소리를 높이며 극구 부인했다.

"그 못된 여자, 죽든 살든 상관없습니다. 그저 '죽음'이 그 여자에게 너무 편한 결말이라는 생각이 들어서 말입니다. 괴롭힐 수 있는 데까지 괴롭혀서 나랑 사는 것이 지루하다며 말도 안 되는 자극을 뒤쫓았던 걸 후회하도록⋯."

나는 주변을 둘러봤다. E가 목소리를 높이는 바람에 누군가 우리를 쳐다보지 않는지 살핀 뒤, 그에게 말했다.

"좋습니다. 계획을 세워봅시다. 당신 전처에 대해 알려주세요."

E는 나에게 전처와 동거남의 이름, 주소, 생김새, 그리고 남자가 일하는 직장의 위치 등을 알려줬다. 심지어 나에게 돈이 필요하면 말하라고도 했다. 어차피 재산의 절반을 그 여자에게 빼앗겼고 이혼한 뒤에도 매달 부양비를 보내고 있다면서, 그 개 같은 연놈의 주머니에 들어갈 돈이라면 나에게 주고 그들을 죽여버리는 게 낫겠다는 것이다.

"듣기 싫은 얘기 먼저 하지요."

내가 말했다.

"이렇게 되면 당신과 나는 공범입니다. 나야 감옥의 단골손님이니 실패하면 원래 있던 곳으로 돌아가는 것뿐이죠. 하지만 당신은 편안한 공무원 생활을 포기하고 자유를 잃게 되는 겁니다⋯."

"지금 내가 자유로워 보입니까?"

E가 씁쓸한 미소를 툭 던졌다.

"정신적으로, 나는 이미 자유를 잃은 지 1년이 넘었습니다."

"각오를 단단히 했다고 봐도 되겠어요?"

"예, 복수만 할 수 있다면 내 손이 피에 물들거나 죽고 나서 지옥에 떨어진다고 해도 좋습니다…."

술기운인지 진심인지 E는 이렇게까지 말했다. 어쩌면 아내에 대한 증오가 내가 생각했던 것보다 크고 깊었는지도 모른다.

E가 이렇게 말했지만, 그에게 직접 전처를 죽이도록 할 생각은 없었다. 그는 문외한이다. 직접 살인을 한다면 이 것저것 말썽을 일으킬 게 뻔하다. 복수는 하지도 못하고 덜미만 잡힐 수도 있다. 손을 쓴다면, 역시 내가 대신 나서는 것이 옳다.

다음 날, 나는 학교에 휴가를 내고 E의 전처가 사는 곳 근처를 살폈다. 집은 독립된 주택 형태였다. 그 여자와 젊은 애인의 생김새는 E가 묘사한 그대로였다. 남자가 출근 할 때, 내가 주소를 제대로 찾아왔음을 알게 됐다. 남자는 아침 10시에 E의 전처와 입맞춤을 하고 헤어져서 모터사이클을 타고 나갔다. 여자는 집으로 돌아가 줄곧 바깥으로 나오지 않았다. 나는 창을 통해 어렴풋이 사람 그림자만 볼 수 있었다.

범죄를 구상하는 과정은 사실 굉장히 지루하며 커다란

인내심을 필요로 한다. 그리고 그 인내심을 지탱해주는 것이 바로 증오다. 아이린에 대한 증오를 이 여자에게 대신 풀고 있는지도 모른다. 어쨌든 나는 아주 냉정하게 아무런 동정도 없는 집을 10시간 가까이 주시할 수 있었다. 낡아빠진 소형 화물차에 앉아서 계속 집을 감시했다. 한 번도 자리를 떠나지 않았다. 심지어 화장실조차 가지 않았다. 소변이 마려우면 옆에 놔둔 페트병에 일을 봤다. 자리를 비운 사이에 일을 그르칠 수도 있는 어떤 요소를 놓치고 싶지는 않았다.

저녁 9시, 남자가 모터사이클을 타고 돌아왔다. 그는 차고에 모터사이클을 세웠고, 차고 옆에 달린 후문으로 집에 들어갔다. 그런 다음 아무런 움직임도 없다가 밤 11시에 불이 꺼졌다. 답사 첫날은 이 정도면 된 것 같다.

나는 연이어 휴가를 낼 수는 없어서 E에게 내가 했던 것과 같은 일을 하도록 지시했다. E는 쓰지 않은 휴가가 많이 쌓여 있어서 한꺼번에 열흘이나 휴가를 받았다. 그는 원래 자신이 살았던 집을 바깥에서 감시했다. 나는 매일 퇴근 후에 E를 만나 차에서 정보를 들었다. 어떤 때는 남자가 일하는 차량정비소로 가서 그의 업무 상황을 유심히 살펴보기도 했다. E가 그의 전처에게 바싹 붙어 감시하는 동안, 나 역시 이틀 더 휴가를 내어 하루 종일 그 남자가 일하는 정비소를 감시했다. 그 남자는 그다지 부유하지 않은 것 같았다. 정비소를 운영한다지만 정비사는 그 자신

혼자고 위치도 외져서 하루 종일 손님이 두세 사람밖에 오지 않았다. 그는 빈둥빈둥 멍하니 앉아 있다가 가끔 누군가 들르면 한가롭게 차를 수리하곤 했다.

열흘간 그들의 생활방식을 완전히 파악했다. 금요일 저녁 외식을 하는 것 외에, 월요일부터 목요일까지는 무척 단조롭게 보낸다. 남자는 아침 10시에 출근하고 저녁 9시에 귀가한다. 여자는 대부분 집 안에 머무른다. 화요일과 목요일 낮 12시에 차를 몰고 외출해 세 시간 후에 돌아온다. E의 말에 따르면 무슨 요리 수업을 듣는다고 한다. 그동안 친구가 방문한 적은 한 번도 없다. 어쩌면 그 여자는 내심 친구들이 전남편의 집에 와서 그녀가 젊은 남자와 사는 모습을 보는 게 창피하고 싶었는지도 모른다.

아니면 단순히 친구들이 찾아오는 것을 귀찮아 하는 것인지도 모른다.

원래 나는 그들의 생활습관을 다 파악하기 어려울 거라고 생각했다. E의 말에 따르면 아내가 '자극'을 원해서 평범한 삶에서 이탈했다고 말했기 때문이다. 실제로 살펴본 그들은 상당히 평범한 생활을 영위하고 있었다. 하지만 좀더 깊이 생각해보니, E의 전처가 추구하는 자극이 침대 위의 자극일지도 모르겠다. 그렇다면 밤 11시만 되면 곧장 불을 끄는 것도, 아침 10시에 만족스러운 표정으로 입맞춤을 하며 애인을 배웅하는 것도 쉽게 이해가 된다.

꼼꼼히 따져본 후, 나는 수요일에 행동을 개시하기로 마음먹었다. 월요일 저녁, 나는 E와 함께 술집에서 만나 복수 계획을 상의했다.

"당신 집에, 아니 당신 예전 집에 몰래 들어갈 방법이 있는지 알고 싶군요."

내가 물었다.

"그 여자가 잠금장치를 다 바꿨어요. 예전 열쇠는 갖고 있지만 소용이 없을 겁니다."

E가 대답했다.

"아뇨, 난 문을 말한 게 아닙니다."

나는 집의 평면도를 그린 종이를 꺼내며 말했다.

"창이나 지하실의 숨겨진 문 같은 거 말입니다. 내가 숨어들어갈 수 있는."

E는 평면도를 응시하며 턱을 쓰다듬었다. 그런 다음 한 곳을 가리켰다.

"여기 바닥에 지하실로 통하는 창문이 있어요. 한 사람이 겨우 드나들 정도죠. 창문 걸쇠가 좀 헐거워요. 수리하려고 했는데, 그걸 처리할 새도 없이… 그 일이 벌어졌죠."

그가 말하는 '그 일'이란 아내의 외도가 밝혀진 사건일 것이다.

"집 안에 들어간 다음 어떻게 할 겁니까?"

E가 물었다.

나는 주머니에서 하얀 가루가 든 작은 봉지를 꺼냈다.

"이건 '루피스'라고 하죠."

"다, 당신… 그 여자를 강간할 겁니까?"

E는 약간 놀란 것 같았다.

"당연히 아니죠. 조금도 관심 없어요."

나는 웃으며 미리 생각해둔 방법을 들려줬다. E는 내 계획을 듣더니 표정이 확 밝아졌다.

"대단해요! 그 더러운 여자를 죽여버리는 것보다 훨씬 좋은 방법이에요!"

E는 또다시 저도 모르게 소리를 높였다. 나는 주변을 둘러봤다. 역시 아무도 우리에게 관심을 보이지 않았다. 이 술집도 정말 대단한 곳이다.

"그런데, 돈이 좀 필요합니다."

내가 말했다.

"괜찮아요! 얼마나 필요합니까? 1만 달러? 2만 달러?"

"아뇨, 1,000달러면 돼요. 요즘 약간 곤란해서."

"매슈, 당신이 1만 달러를 요구해도 나는 기꺼이 지불할 겁니다."

E가 웃으며 말했다.

"돈 때문에 당신을 돕는 게 아니에요. 더러운 여자에게 복수를 하고 싶은 거죠."

내가 말했다. E는 크게 감동을 받은 것 같았다. 술병을 치켜들며 말했다.

"우리 계획의 성공을 위하여!"

나도 술병을 살짝 들어 올리며 화답했다. 나는 경험이

풍부하기 때문에 실제 범행할 때 종종 의외의 상황이 닥치고, 그런 의외의 상황이 결과를 크게 좌우한다는 것을 잘 안다. 하지만 E는 과학전시회 숙제를 하는 초등학생 같았다. 흥분해서 준비를 한 다음, 무조건 좋은 성적을 기대하는 것이다. 그러나 나에게는 이 일이 전쟁이다. 줄 위를 걷는 것과 같다.

나는 E의 전처를 상대하기 위해 다시 한 번 휴가를 냈다. 청소부들을 관리하는 담당 직원은 싫은 기색을 보였다. 하지만 나는 이번이 마지막이라고 단단히 약속을 했다. 수요일만 지나면 일은 전부 해결될 것이다. 혹시 실패하더라도 감옥에 가게 될 테니까.

수요일 저녁 7시, 버스정류장에서 E의 전처 집까지 걸었다. 시간은 아직 이르다. 나는 이웃사람의 눈에 띄지 않도록 조심스럽게 움직였다. 전처 집에 도착한 뒤에는 아무도 나에게 주의를 기울이지 않는다는 것을 확인하고서 빠른 걸음으로 집 뒤쪽으로 돌아 들어갔다. 장갑을 끼고, 창문 걸쇠가 고장 난 지하실 창문을 찾기 시작했다. 세 번째 창문을 흔들었을 때 창틀에서 무슨 소리가 들렸다. 그러자 손쉽게 창문을 들어 올릴 수 있었다. 창 안으로 고개를 들이밀었다. 지하실은 칠흑같이 캄캄했다. 나는 소형 손전등을 꺼내 입에 물고 발 딛을 곳을 가늠한 다음 가볍게 지하실로 뛰어내렸다.

창을 닫고 살금살금 계단을 올라 지하실 문 앞에 다다랐

EP.1 SA.BO.TA.GE.

다. E가 알려준 대로라면 지하실 입구는 부엌으로 연결된
다. 나는 주머니에서 휴대전화를 꺼내 케이블이 달린 초소
형 카메라 렌즈를 연결했다. 바늘처럼 가느다란 카메라를
문틈으로 밀어 올렸다. 과학기술의 발달에 감탄을 금치 못
했다. 20년 전에는 이런 카메라가 군용 물품이었는데 지금
은 중고 전자상가에서 쉽게 살 수 있다. 화질이 깨끗할 뿐
아니라 마이크 기능까지 있어서 이어폰을 꽂으면 지하실
문 바깥의 동정이 속속들이 파악된다.

휴대전화 화면에 E의 전처가 저녁식사를 준비하는 모습
이 보인다. 그녀는 노래를 흥얼거리며 요리를 하고 있었다.
기분이 아주 좋아 보인다. 야채를 썰어 그릇에 담는 것을
보니 샐러드가 분명하다. E는 그녀가 홍차를 좋아한다고
했다. 카메라를 조금 움직이니 곧바로 그녀 뒤편의 탁자 위
에 놓인 찻주전자와 김이 모락모락 올라오는 찻잔이 보인
다. 상황을 확인한 뒤 행동을 시작해도 되겠다고 판단했다.
나는 미리 정해둔 메시지를 E에게 보냈다.

'오늘 저녁에는 술집에 가지 않겠습니다.'

E와 내가 약속한 암호다. 뭔가 문제가 있으면 '술집에
조금 늦게 가겠습니다'라고 메시지를 보냈을 것이다. 술집
에 가지 않는다는 것은 모든 것이 예상대로 순조롭다는 뜻
이다. 메시지를 받은 E는 다음 단계를 진행한다.

5분 후, 초인종이 울렸다.

여자는 식칼을 내려놓고 부엌을 떠났다. 나는 초인종을

누른 사람이 E라는 것을 이미 알고 있다. 부엌이 빈 틈에 얼른 지하실 문을 열고 부엌에 들어가 찻잔에 약을 부었다. 원래는 바로 지하실로 돌아가야 했지만, 그 여자가 차가 식었다고 버릴지도 모르므로 남은 반 봉지를 찻주전자에도 털어 넣었다.

내가 약을 타는 동안 현관에서 다투는 소리가 들렸다.

"뭘 하러 왔어?"

"여긴 이제 당신 집이 아니야, 나가."

"당신은 말이 안 통해."

"나가지 않으면 경찰 부를 거야."

이것 보라지. 역시나 더러운 창녀라고.

나는 지하실로 돌아온 뒤, 다시 간단한 메시지를 E에게 보냈다.

'내일 술집에서 만나는 게 어떻습니까.'

계획을 완수하고 이미 안전한 곳으로 돌아왔다는 뜻이다. 얼마 지나지 않아 나는 휴대전화 화면에서 화가 잔뜩 난 여자가 부엌으로 들어오는 것을 볼 수 있었다. 그녀는 식칼을 쥐고 짜증스럽게 야채를 썰었다. 양배추를 E라고 여겼을지도 모른다.

그녀는 야채를 다 썰고 나서도 화가 가라앉지 않는지 식탁 주변을 서성였다. 이럴 때 홍차를 마시면 화를 다스리는 데 도움이 되지. 나는 마음속으로 이 말을 계속 되뇌었다. 그녀가 얼른 약을 탄 차를 마셔야 할 텐데. 숨을 죽이고 기다리는데, 그녀가 찻잔 손잡이를 잡고 단숨에 잔에 담겨 있던 홍차를 전부 마셨다. 루피스는 무색무취라서 자주 사용되는 다른 약물인 GHB보다 사용하기 좋다. 하지만 약효가 도는 데 시간이 오래 걸리는 게 단점이다. 30분이 지나야 약효가 나타나기 때문에 GHB보다 인기가 없다. 파티 같은 데서 여자를 기절시키려면 당연히 빨리 쓰러질수록 좋을 테니까. 반면 나는 있는 게 시간이기도 했고, 그녀가 갑자기 바닥에 쓰러지는 것보다는 어지러움을 느끼고 소파나 침대에 가서 눕는 쪽이 더 좋다.

30분이라는 시간이 너무도 길게 느껴졌다. 나는 언제든지 달아날 마음의 준비를 하고 그녀의 움직임을 주시하는 한편, 소리 없이 계단을 내려갈 태세를 취하고 있었다. 그녀와 나는 문 하나를 사이에 두고 있을 뿐이다. 만일 갑자기 지하실 문을 열기라도 한다면 나를 발견하게 될 테고, 그러면 어쩔 수 없이 그녀를 죽여야 한다.

그건 내가 바라는 바가 아니다. 하지만 꼭 필요하다면 그게 플랜 B가 될 수 있겠지.

그녀는 지하실 문을 열지 않았다. 줄곧. 그녀는 조용히 요리를 계속했다. 그렇다, 노래를 흥얼거릴 기분은 아니었던 것이다. 요리를 하면서 가끔 홍차를 마셨다. 20분이 지나자 그녀에게 확실히 이상이 나타났다. 제대로 서 있기 힘든 듯했다. 그녀는 식칼을 내려놓고 부엌을 떠났다. 나는 곧바로 튀어나가 어떻게 된 것인지 살펴볼 정도로 멍청하지 않다. 나는 신중한 사람이다. 나는 더 기다렸다. 거의 한 시간 정도 더 기다린 다음에야 조용히 문을 열고 그 여자의 상황을 확인하러 갔다.

거실에는 아무도 없다. 나는 살금살금 침실 문 앞까지 이동했다. E의 전처가 침대에 누워 있는 것이 보였다. 이불도 덮지 않고 신도 벗지 않은 채였다. 약효가 돌고 있군. 루피스는 8시간에서 12시간까지 잠들게 만든다. 일반적인 수면제의 약효보다 열 배가 센 것이다. 일어나면 숙취 증상과 단기 기억상실이 있을 수 있는, 범죄자의 가장 좋은 친구다. 나는 그 여자가 정신을 잃었다는 것을 확인한 다음, 신을 벗기고 이불도 덮어줬다. 그녀가 침대머리 쪽에 놓인 탁자 위에 놔둔 열쇠꾸러미를 집어든 뒤, 침실을 나오면서 문을 닫았다.

나는 부엌으로 돌아와 약을 탄 홍차를 전부 버리고 새로 홍차 한 주전자를 끓였다. 동시에 절반쯤 만들다 만 요리도 처리했다. 다행히 루피스는 잠들기 전의 일을 망각하게 만든다. 그녀는 내일 자기가 부엌을 떠나기 전에 조리대가 어떤 모양이었는지 기억하지 못할 것이다.

나는 손목시계를 봤다. 거의 9시가 되었다. 나는 계획대로 성공했다는 의미의 암호 메시지를 E에게 보냈다. 손잡이를 깨끗이 닦은 식칼을 쥐고 차고로 가서 문 옆에 숨었다.

이 계획은 E의 전처를 죽이는 것이 아니라 그녀에게 살인 누명을 씌우는 것이다.

"그녀를 너무 쉽게 봐주는 거라고 당신이 말했죠? 그러니 그녀가 정신적 고통을 원 없이 겪게 해줍시다!"

이틀 전, 술집에서 E를 만났을 때 나는 이렇게 말했다.

"우리의 계획은 이렇습니다. 우선 그녀에게 약을 먹여 정신을 잃게 만들어서 알리바이를 없앱니다. 그런 다음 그 남자가 퇴근해서 집에 오면 죽여서 그녀의 차로 시체를 운반하는 겁니다. 증거를 산더미처럼 남겨놓는 거죠. 두 사람이 싸움을 하다가 그녀가 실수로 살인을 했다는 식으로. 그녀는 정신을 잃었다가 깨어나면 자기가 살인을 했는지 안했는지 기억조차 못 할 겁니다. 경찰이 증거를 갖고 밀어붙이면 그녀도 자기가 정신착란을 일으켜서 사랑하는 남자를 죽였다고 믿을걸요. 이게 바로 가장 통쾌한 복수가 아니겠습니까? 그때 당신이 고난에 빠진 그녀에게 마지막 일격을 가하는 겁니다. 법정에서 그녀가 얼마나 배은망덕한지 증언을 하는 거죠. 아니면 아주 약간의 인정을 베풀어서 그 여자가 당신에게 꼬리를 흔들며 매달리는 꼴을 봐도 좋겠죠."

E의 표정이 확 밝아졌다. 확실히 최고의 계획 아닌가?

이어서 내가 한 일은 이 모든 계획의 클라이맥스다. 나는 차고 문 옆에서 기다렸다가 목표 인물이 들어오자 상대의 가슴에 칼을 힘껏 찔러 넣었다. 목덜미도 그었다. 붉은 피가 사방에 튀어 온통 시뻘겋다. 하지만 나는 전혀 신경 쓰지 않았다. 이 계획에서는 주변 정리를 깔끔하게 할 필요가 없다. 나는 그 더러운 창녀의 차 트렁크를 열고 시체를 그 안에 집어넣었다. 그리고 대걸레로 바닥의 피를 닦고, 천 조각을 찾아 벽, 선반, 문 위에 튄 피도 대충 닦은 다음 흉기인 칼을 공구함 뒤쪽에 숨겼다.

나는 차고의 자동문을 열고 여자의 차를 운전해 교외로 나갔다. 여기서 10킬로미터쯤 떨어진 곳에 숲이 펼쳐진다. 평소 인적이 드물어 시체를 버리기에 좋은 곳이다. 물론 이 계획에서는 반드시 누군가 시체를 발견해야 하므로, 시체를 파묻을 생각은 아니었다. 단지 그를 땅바닥에 놓고 나뭇잎 같은 걸로 덮어서 가려두었다. 이렇게 하면 숲 관리인이나 교외로 캠핑을 나온 사람들이 쉽게 발견하겠지.

시체를 버린 다음 집으로 돌아오기까지 30분 넘게 걸렸다. 차를 차고에 세워놓고 트렁크를 확인하니 혈흔이 잘 남아 있다. 아주 흡족했다. 나는 열쇠 꾸러미를 제자리에 돌려놓았다. 그 더러운 창녀는 돼지마냥 잠들어 있었다. 자신이 무시무시한 재앙 앞에 처했다는 것을 전혀 모른 채.

내일이면 더욱 멋진 장면이 연출될 것이다.

나는 E의 옛 집을 나와 이웃사람의 눈을 피해 버스를 타고 집에 돌아왔다. 나는 이미 깨끗한 옷으로 갈아입었고, 현재 내 모습은 평범한 보통사람일 뿐이다. 내가 막 한 사람을 죽였다는 것을 누가 알겠는가? 내 가방 속에는 피 묻은 옷이 들어 있지만 말이다.

EP.1 SA.BO.TA.GE.

버스 안에서, 중요한 단계를 잊었다는 사실이 떠올랐다.

나는 입을 틀어막고 텅 빈 눈동자로 정면을 응시했다. 온몸에 식은땀이 났다. 가장 중요한 일을 빠뜨리다니! 너무 의기양양해서 정신이 나갔던 모양이다.

상대방의 숨이 끊어졌는지 확인하는 것을 잊었다.

가슴 한가운데 칼이 틀어박히고 목덜미가 베어졌으니 100명 중 99명은 분명히 죽는다. 하지만 만일 그가 살아남는 한 명이라면?

출혈량으로 볼 때 즉시 절명하지 않았더라도 그대로 놔두면 살아날 리가 없다.

하지만, 우연히 누군가에게 발견되어 제때 병원으로 옮겨졌다면….

나는 충동적으로 숲에 가서 시체를 확인할 뻔했다. 하지만 그런 모험을 해서는 안 된다는 것도 잘 안다. 멍청한 살인자는 범죄현장에 돌아가 허점을 메꾸려고 한다. 그러다가 오히려 더 큰 허점을 남긴다.

너무 자만했다. 죽어도 싸다.

집으로 돌아와 나는 침대에 누워 생각에 잠겼다. 살인 과정의 모든 장면을 최대한 떠올리려 노력했다. 나중에는 정말로 실수를 저지른 것이라면 어떤 결과가 나올지에 대해 생각하기 시작했다. 최악의 상황을 고려하는 것이다.

만약 상대방이 죽지 않았다면, 내 죄명은 상해, 그리고 살인미수가 된다. 적어도 사형을 언도받지는 않을 테지.

그래, 사형을 받을 것도 아닌데 겁날 게 뭐람?

사실 정말로 사형을 받게 되더라도 무슨 상관인가?

사나 죽으나 나에게는 중요하지 않다. 진짜 중요한 일은 정말 멋진 사건을 만들어내는 것, 바로 그거다.

여기에 생각이 미치자 불안도 사라지고 차차 잠에 빠졌다.

햇살이 창으로 쏟아져 들어온다. 나는 잠에서 깨어나 손목시계를 봤다. 아침 6시 반. 세수를 하고 곧장 아파트를 나섰다. 오늘은 일찍 나와야 할 일이 있다.

나는 버스를 타고 그 남자의 차량정비소로 갔다.

"제 차 검사가 끝났나요?"

내가 물었다.

"끝났습니다, 손님. 엔진오일, 냉각수, 브레이크오일 다 교체했고 연료분사구와 변속기도 청소했어요. 엔진과 브레이크도 검사했고요. 엔진오일 필터도 새것으로 바꿨습니다."

온몸에 기름때를 묻힌 남자가 공손하게 대답했다. 그가 보기에 나는 아주 손이 큰 손님일 것이다. 어제 저녁 6시 좀 넘어서 나는 내 소형화물차를 몰고 이 정비소에 왔다. 그에게 차량 검사와 보수를 해달라고 했다.

"내일 아침 7시에 차를 가져가야 합니다."

그때 나는 이런 식으로 말했다.

"여기는 저 혼자 일하는 데다 차량 보수를 하려면 과정이 복잡합니다. 10시간은 걸리거든요…."

EP.1 SA.BO.TA.GE.

남자는 곤란한 표정을 지었다.

"지금 선수금으로 500달러를 주지요. 내일 아침에 500 달러 더 주고."

내가 지폐를 꺼냈다. 보통 정비소에서 차량 검사와 정비를 하면 200달러면 된다.

지폐를 보더니 남자가 만면에 웃음을 띠고 의뢰를 받아들였다. 그가 밤새 정비소에 머무르며 야근을 하고 집에 가지 못할 거라고 확신했다.

E를 죽이는 데 집중할 수 있도록 말이다.

내가 E에게 말한 계획은 그저 최초의 구상이었을 뿐이다. 이 구상에는 큰 허점이 있다. 바로 E 때문이다. 그가 전처와 동거남에게 원한을 품고 있다는 것을 모두 알고 있다. 만약 그 남자가 죽고 경찰이 이상한 점을 발견하게 된다면 바로 E를 의심할 것이다. E는 평범한 사람이다. 분명히 경찰의 심문을 견디지 못하고 다 실토할 게 뻔하다.

완벽한 범죄계획에서 이런 불안요소가 있는 것을 용납할 수 없다. 여러 차례 감옥을 들락거리면서 범죄의 핵심은 완벽한 계획에 있다는 것을 깨달았다. 과거의 나는 한순간의 부주의로 철저하게 범행하지 못한 탓에 경찰에게 덜미를 잡혔다.

E는 복수만 할 수 있다면 지옥에 떨어지더라도 상관없다고 했다. 좋아, 소원대로 해주지. 이건 절대 실패할 리 없는 계획이다.

전처의 애인은 내가 제안한 고액의 보수 때문에 정비소에서 일하느라 내 계획을 방해하지 못한다. 내가 아침 일찍 차를 써야 한다고 말했으니 집에 가서 쪽잠을 잘 시간도 없었으리라. 혼자서(물론 알리바이도 없이) 정비소에서 일했겠지.

내가 E의 전처를 기절시킨 후 암호 메시지를 보낸 건 차고 문을 열어놓았으니 들어와도 된다는 의미였다. E에게는 남자가 퇴근하기를 같이 기다리자고 말해뒀다. 내가 그에게 알려주지 않은 것은 이 모든 과정이 미끼이며, 그가 차고에 들어서는 순간 내가 칼을 휘두를 거라는 사실이다. 애초에 전처의 애인을 죽일 생각이 없었다는 것도.

E는 칼에 찔릴 때 이해할 수 없다는 표정을 지었다. 물론 입을 열어 무슨 말을 뱉기도 전에, 내 칼에 목덜미를 베였다. 그는 아마도 이해하지 못하겠지만, 이렇게 해야만 그의 전처에게 완벽한 복수를 할 수 있다. E의 시체는 숲에서 발견될 테고, 경찰은 그의 어제 행적을 조사할 것이다. 그러면 그가 전처를 찾아와 말다툼을 한 것이 바로 알려진다. 내가 E에게 전처의 집에 와서 초인종을 누르라고 시킨 것은, 홍차에 약을 탈 기회를 잡기 위해서이기도 했지만 더 큰 이유는 이웃사람들에게 E가 왔다는 걸 알리기 위해서였다. 생각해보라. 전처의 집에 찾아와서 소란을 피운 날 밤 살해됐다면, 전처의 집 차고 구석에서 피해자의 핏자국이 발견되고 공구함 뒤쪽에서는 흉기가 발견됐다

EP.1 SA.BO.TA.GE.

면, 차 트렁크에서 피해자의 피와 머리카락이 나왔다면, 게다가 전처는 줄곧 집 안에서 잠을 잤다고 주장하고 전처와 동거하는 애인은 혼자서 밤새 일했다고 주장한다면, 이런 단서들이 어떤 결론으로 이어지겠는가?

경찰들은 나도 찾아올 것이다. E의 전화기에 내 번호가 저장되어 있으니까. 하지만 나는 전혀 걱정하지 않는다. 우리가 주고받은 메시지는 단지 '오늘 저녁에는 술집에 가지 못한다' '내일 만나는 게 어떨까' 같은 내용일 뿐이다. 평범하기 그지없다. 심지어 E의 휴대전화에서 그런 메시지를 삭제하거나 기계를 망가뜨릴 필요도 없었다. 완벽한 계획이란 사전에 모든 사소한 부분까지 다 고려하는 것이다. 사후에 처리하는 것이 아니라.

어젯밤, 더러운 창녀가 요리를 할 때 기분이 꽤 좋았던 걸 생각하면, 아마 애인이 전화로 보수 좋은 일거리가 들어와서 집에 들어가지 못할 거라고 알려준 게 아닐까. 그 여자는 요리를 해서 애인에게 가져갈 생각이었을지 모른다. 하긴 그 여자가 샐러드를 일회용 그릇에 담았던 걸 보면 직접 가져다주거나, 냉장고에 넣어뒀다가 남자가 아침에 돌아오면 꺼내 먹을 수 있게 하려던 것인 듯했다.

나는 약속한 잔금을 치르고 운전석에 앉았다. 정비하고 나니 차의 움직임이 훨씬 부드럽고 편안했다. 이건 이번 일의 보수라고 치자. 나는 E에게 큰돈을 받은 적이 없다. 경찰의 주의를 끌고 싶지 않아서다. 1,000달러 같은 작은 돈은 경찰의 눈에 걸려들 리 없으니까.

라디오를 켜자 놀라운 소식이 들렸다.

E의 시체가 발견됐다.

그는 내가 자신을 죽인 살인자라는 사실을 밝힐 수 없다.

이제 상해와 살인미수로 체포될 걱정을 하지 않아도 된다.

나는 만족스러운 기분에 미소를 짓지 않을 수 없었다. 이번에 부정한 창녀에게 복수하는 일은 전에 없던 성공을 거뒀다고 볼 수 있다.

나는 차를 몰고 떠나면서, 정비소의 남자가 가게의 전동 창살문을 닫는 걸 봤다. 애인이 저녁을 가져오지 않아서, 혹은 전화를 했는데 아무도 받지 않아서 불안을 느꼈는지도 모른다. 아무래도 오늘 하루는 쉴 생각으로 얼른 집에 돌아가려는 것 같았다. 이 복수극에서 가장 흥미로운 지점은 E의 전처와 그녀의 애인이 모두 상대방의 결백을 확신할 수 없다는 점이다. 경찰이 찾아오고 사건이 알려지게 되면 그들은 서로 상대방을 의심하게 된다. 여자는 자신이 잠든 사이에 E가 찾아와 소란을 피우자 남자가 실수로 죽였을 거라고 생각할 테고, 남자는 자신이 야근하는 사이에 여자가 집에 찾아온 전남편을 실수로 죽이고 말았다고 생각할 것이다. 처음에는 서로 상대방을 감싸주려고 거짓말을 하겠지만, 상대방이 끝까지 자신이 결백하다고 주장하면 결국 서로 믿지 못하는 상황에 빠질 게 뻔하다.

추악한 인간 본성이 적나라하게 사람들 앞에 폭로되는

장면을 무척 보고 싶다.

✦

"밀러 씨, 잘 이해되지 않는군요."

밥 D. 앤서니는 서류를 내려놓고 돋보기를 벗으며 말했다. 앤서니는 미국 연방정부 사법부의 고위 자문위원이다. 전과자의 재범죄 문제를 전문적으로 연구한다. 대통령에게 직접 보고를 한 경력도 있고, 사법부의 고위층과도 상당한 교분이 있다. 거기에 뛰어난 연구 업적까지 더해져 사법계에 '대단히 큰 영향을 끼치는' 중요 인물이라 할 수 있다.

"어떤 점이 잘 이해되지 않습니까?"

게리 밀러는 집무실 탁자 앞에 앉아 미소 지으며 물었다. 밀러는 오클라호마 주 검찰총장으로 주 검찰 최고 공무원이다. 전체적으로 나이 든 티가 나는 차림새인 앤서니와 비교하면 밀러는 막 대학을 졸업한 젊은이처럼 보인다. 물론 밀러도 이미 마흔두 살이지만, 일흔이 가까운 나이에다 정계에서 수십 년을 지낸 앤서니는 작은 동작 하나까지도 '워싱턴 기질'을 짙게 풍기기 때문에 더 그래 보였다.

"저는 오클라호마 주가 실시하는 사법 개혁안인 '형량평가제도'를 살펴보기 위해 특별히 여기 온 겁니다. 범죄자의 자술서를 보여주는 건 무슨 의미입니까?"

앤서니는 눈썹을 찌푸리며 밀러에게 물었다. 그의 어조

는 마치 과제를 제출하지 않은 학생을 대하는 선생님 같았다. 그와 밀러는 근본적으로 상사와 부하의 관계도 아니었고, 정확히 말해서 밀러는 주정부의 공무원이고 앤서니는 정식 직위가 아닌 자문위원에 불과한데도 말이다.

"앤서니 선생님, 뭔가 잘못 알고 계십니다."

밀러는 아무런 불만도 내보이지 않고 여전히 공손한 태도로 말했다.

"이건 범죄자 매슈 프레드의 자술서가 아닙니다."

"그럼 뭐란 말입니까? 범죄소설?"

"앤서니 선생님, 왜 자술서라고 생각하셨습니까?"

"문서 맨 처음에 매슈 프레드의 범죄행위가 기록되어 있잖소!"

앤서니는 문서의 첫 장을 펼쳐 그중의 한 줄을 가리켰다.

"방화, 특수폭행, 살인미수⋯."

"하지만 이 문서에서 서술하고 있는 사건으로 볼 때, 그가 어떤 죄를 지었지요?"

밀러가 가볍게 대꾸했다.

"법조계에서 오래 일하셨으니 잘 아실 게 아닙니까?"

앤서니는 의혹 어린 시선으로 앞에 앉은 젊은 검찰총장을 바라봤다. 그랬다. 이 '자술서'에 나온 대로라면 매슈 프레드의 죄는 단순히 방화, 특수폭행, 살인미수에 그치지 않는다. 검찰이 피고측 변호사와 유죄를 인정하는 대신 형량을 낮춰주는 '유죄협상'을 했다손 치더라도 이급살인*, 강간교사, 살인공모 등의 범죄행위는 마땅히 포함되어야 한다. 게다가 매슈 프레드가 정말로 이런 악행을 저질렀다면 미국의 어느 주에서도 검찰이 형량 거래를 제시했을 리가 없다. 이런 악마는 일급살인죄**로 기소하는 것이 적절하며, 가능한 빨리 사형을 집행해야 한다. 물론 사형을 인정하는 주일 경우에 말이다.

"그럼 이 사건들이…."

앤서니는 서류에 머물렀던 시선을 다시 밀러에게 돌렸다.

"그 문서는 저희가 5년 넘게 시행하고 있는 '형량평가제도'의 결과물입니다."

밀러가 말했다.

"제도 운영방식부터 설명하면 선생님이 쉽게 이해하시기 어려울 듯해서 먼저 시뮬레이션 결과를 보여드린 뒤에 그 운영방식을 설명해드리려고 한 겁니다."

"시뮬레이션이라고요?"

"앤서니 선생님, 사법제도에는 전문가이시지만 건축업 쪽은 잘 모르시지요?"

앤서니는 당황했다. 갑자기 화제가 건축업으로 넘어간 이유를 짐작하기 어려웠다.

---

* 살해 의도가 없는 우발적 살인(옮긴이).
** 살해 의도를 가지고 고의적으로 살인한 경우(옮긴이).

"확실히 그 분야는 잘 모릅니다만."

"한 건설회사가 뉴욕 한복판에 50층짜리 상업용 빌딩을 짓는다고 가정해봅시다."

밀러가 몸을 앞으로 기울이며 두 손으로 책상 앞에서 손짓을 해가며 말했다.

"한 층에는 최대 50명이 근무할 수 있습니다. 그렇다면 이 빌딩에 엘리베이터는 몇 대 필요할까요?"

"열 대?"

나이 지긋한 앤서니는 당황해서 아무렇게나 대답했다.

"앤서니 선생님, 단순히 짐작으로 말씀하신 거지요?"

밀러가 두 손을 내려놓고 말했다.

"엘리베이터의 수는 건물 층수나 각층의 인원수 외에도 다른 여러 요소의 영향을 받습니다. 이 빌딩의 사무실이 전부 과학기술 관련 회사라면 직원들은 출퇴근 시간과 점심시간에만 엘리베이터를 이용할 겁니다. 하지만 50층이 전부 금융회사라면 상황이 달라지죠. 금융회사의 직원과 고객은 아무 때나 이 빌딩을 드나들 테니까요. 결론적으로 단 하나의 방법만이 몇 대의 엘리베이터를 설치해야 하는지 알아낼 수 있습니다. 컴퓨터 시뮬레이션이죠."

"컴퓨터 시뮬레이션?"

"제가 말한 비유 속에서 어떤 수치들은 사전에 이미 확정된 겁니다. 예를 들면, 이 건물이 몇 층인지, 면적은 얼마인지 등이죠. 이게 '상수'입니다. 각층에 몇 명이 근무하는지, 엘리베이터 한 대에 몇 명이 타는지, 엘리베이터의 속도가 얼마나 빠른지 등은 '변수'입니다. 변수는 또 두 종류로 나뉩니다. 하나는 범위가 한정된 변수죠. 엘리베이터 한 대에 100명이 탈 수는 없고 마찬가지로 엘리베이터에 항상 한 명만 태울 수도 없으니까요. 다른 하나의 종류는 범위를 확정하기 어렵습니다. 예를 들어, 9시 이전에 1분마다 몇 명이나 출근을 하는지, 점심시간에는 건물 전체의 사람들이 다 나가서 점심을 먹을 건지…, 그런 문제 말입니다. 이런 상수와 변수를 이용해서, 컴퓨터는 여러 가지 시뮬레이션 결과를 도출하고, 가장 좋은 방안을 제시합니다."

앤서니는 입을 다물고 밀러가 한 말을 되짚어봤다.

"컴퓨터는 진짜 상황을 만들어낼 수 있습니다."

밀러는 앤서니가 말을 잇지 못하자 계속해서 말했다.

"예를 들어 1분을 기본 시간단위로 삼고, 임의로 일정한 수의 사람이 건물에 들어온다고 가정하겠습니다. 그리고 그 사람들은 각각 다른 층에 간다고 합시다. 컴퓨터는 우선 가설을 세웁니다. 예를 들어서, 엘리베이터가 열 대 설치됐다고 해보죠. 2분이면 1층에서 50층까지 갈 수 있고, 한 사람이 엘리베이터에 타고 내리는 데는 5초가 걸리고 엘리베이터가 어느 층에 섰을 때 소비되는 시간은 10초라고 합시다…. 자, 이 수치를 이용해서 1층 로비에서 30분이나 엘리베이터를 기다렸지만 타지 못한 사람들이 얼마나 있는지 열 대의 엘리베이터 중 몇 대나 운행을 하지 않고 쉬고 있는지 살펴보는 겁니다. 변수를 변화시키는 데 따라서 컴퓨터는 가장 적절한 수치, 즉 적절한 엘리베이터의 수, 크기, 속도 등을 계산해냅니다. 더욱 복잡하고 정교한 시뮬레이션 시스템을 사용하면 그만큼 더 효율적인 방법을 찾을 수 있겠지요. 홀수 층이나 짝수 층에만 서는 엘리베이터라든가 25층 이상의 층에만 운행하는 엘리베이터, 혹은 엘리베이터 통로 하나를 저층 엘리베이터와 고층 엘리베이터가 동시에 사용한다거나…."

"잠깐만요, 이렇게 시뮬레이션을 하면 시간 낭비가 아닙니까?"

앤서니가 물었다.

"제가 방금 1분을 시간단위로 한다고 말씀드렸지만, 사실 컴퓨터에서는 단지 몇 초면 시뮬레이션이 됩니다. 게다가 컴퓨터 시뮬레이션은 동시에 여러 버전을 운영할 수 있습니다. 요즘 웬만한 가정용 컴퓨터도 동시에 100개가 넘는 작업명령을 수행하듯 말이죠…."

밀러는 막힘없이 설명을 이어갔다. 이런 간단한 컴퓨터 상식도 모르다니 워싱턴에서 온 연로한 자문위원은 역시 옛 시대의 인물이라고 생각하고 있었다.

"됐습니다. 빌딩의 엘리베이터와 당신네 사법개혁이 무슨 관계란 말이오?"

앤서니는 짜증스러워하며 끼어들었다.

"우리의 형량평가제도는 컴퓨터 시뮬레이션 기능을 바탕으로 운영됩니다."

밀러가 간단히 답변을 내놨지만, 앤서니는 여전히 제대로 반응하지 못했다.

"10년 전, 저희는 사법제도 개혁을 준비하기 시작했습니다."

밀러가 설명했다.

"당시 재소자들은 출소 후에 다시 범죄를 저지르는 경우가 아주 많았습니다. 주 내의 여러 지역에서 범죄율이 해마다 높아졌습니다. 비록 개인적으로는 경제와 취업 문제가 범죄율을 높이는 주범이라고 생각하지만, 일반 시민들은 법관의 양형이 잘못된 것이 아니냐는 의문을 품게 되었습니다. 더욱 무거운 처벌을 내렸어야 하는 것 아니냐, 범죄 억제력을 더 높여야 하는 것 아니냐…."

"당신이 말하는 그런 일들은 나도 알고 있습니다."

앤서니가 말했다. 방금 눈앞의 젊은이에게 휘둘렸던 그는 익숙한 사법 분야로 화제가 돌아오자 체면을 다시 세우려 했다.

"시민의 요구에 답하기 위해, 주정부는 사법개혁을 단행했습니다. 주 법관의 직무 중에서 '형량 결정' 부분을 제외시키고 죄인이 감옥에 수감될 때도 형기를 고지하지 않습니다. 대신 복역기간 중 일련의 평가측정을 통해 해당 재소자가 사회로 복귀하는 것이 적절한지 여부를 판단합니다. 우리 주 유권자들은 대부분 이 제도를 지지했습니다. 6년 전 시행된 주민투표에서 73퍼센트의 찬성표를 얻어 통과되었지요."

밀러는 씁쓸하게 웃으며 말했다.

"당시의 치안이 얼마나 열악했는지 상상이 되시겠죠."

"하지만 지난 5년간 오클라호마 주의 범죄율은 빠르게 낮아져서 지금은 전국 최저 수준입니다. 스위스보다도 낮습니다. 당신들이 도대체 어떤 마법을 부린 건지 알고 싶을 뿐입니다."

"범죄가 일어나기 전에 막은 것뿐입니다. 법률에 의거해 죄질에 따라 형기를 결정하는 일반적인 방식으로는 재소자가 출소한 후 정말로 교화되었는지를 알 수 없습니다. 결과적으로 많은 수의 범죄자들이 출소 후 또다시 범죄를 저질러 감옥에 갑니다. 심지어 시간이 갈수록 더 큰 범죄를 저지릅니다. 그러나 새로운 방식은 범죄자의 '범행심리'에 초점을 맞춥니다. 만약 현재는 보통의 절도범이지만 앞으로 강도살인범이 될 가능성이 있다고 판단되면, 저희는 그 절도범을 계속해서 구금하는 것입니다. 반대로 살인범이라도 과거를 철저히 뉘우치고 새사람이 됐다면 그를 가능한 빨리 석방하여 사회로 돌아가 보답하도록 하는 거지요."

"당신들…, 컴퓨터를 이용해서 그 판단을 한단 말입니까? 컴퓨터로 범죄자들의 출소 후 상황을 시뮬레이션한다고요?"

앤서니는 점차 이 '형량평가제도'가 무엇인지 이해하기 시작했다.

"네, 앤서니 선생님."

밀러가 경쾌하게 고개를 끄덕였다.

"방금 읽으신 문서는 매슈 프레드의 자술서가 아니라 그의 출소 후 상황을 컴퓨터로 시뮬레이션한 결과입니다. 프레드는 현재 여전히 주 감옥에서 복역 중입니다. 저희는 재소자의 개인기록, 복역 태도 등을 형량평가 시스템에 전부 입력합니다. 매주 한 차례 심리상담사가 로르샤흐 검사* 등의 인격 투사 실험을 해서 상세한 심리적 수치를 확보하지요. 이런 자료가 시뮬레이션에 사용되는 상수입니다."

앤서니는 문서에서 정신과 의사를 언급했던 것이 떠올랐다.

"이 자술서…, 아니, 시뮬레이션 결과의 서술자가 매슈 프레드 본인이 아니라 컴퓨터 시스템이란 말이군요?"

앤서니가 의아한 듯 물었다. 방금 읽은 범죄의 자백을 기계가 만들어냈다는 것을 믿기 어려웠다.

"그렇습니다."

＊ 스위스 정신의학자 로르샤흐가 발명한 심리검사법으로, 잉크 얼룩의 데칼코마니 그림 열 장을 이용해 피험자에게 질문을 하고 답변을 듣는다. 피험자의 답변을 통해 그 정신 상태와 인격을 판단한다.

"이런 일들, 불을 질러 이웃을 죽이고 어떤 소년이 강간을 저지르도록 조종하고 사람을 죽여 시체를 유기한 뒤 범행을 타인에게 덮어씌운 모든 일이 전부 존재하지 않는 허구의 범죄란 말입니까? 당신들은 바로 이런 것을 이유로 매슈 프레드를 줄곧 구금하고 있다고요?"

앤서니는 이처럼 소름끼치는 범죄가 실제 일어나지 않았다는 데 안도하면서도 한편으로는 이런 일이 매슈 프레드에게 공정하지 않다고 생각했다.

"존재하지 않는 사건이란 점은 맞습니다만, 오로지 허구만이라고는 말할 수 없습니다. 정확히 말하자면 일어날 가능성이 있는 사건이라고 해야겠지요."

밀러는 미소를 지으며 엄숙하게 말했다.

"사법개혁을 준비하는 기간 동안 저희는 우선 500명의 재소자를 대상으로 실험을 진행했습니다. 컴퓨터 시뮬레이션의 결과는 실제로 다시 범죄를 저지른 전과자들과 거의 완전히 일치했습니다."

"컴퓨터가 사건을 예언한 겁니까?"

앤서니가 경악하여 물었다.

"아뇨, 아뇨, 제가 오해하게 만들었군요."

밀러가 고개를 저었다.

"방금 보신 문서의 세 사건은 단지 빙산의 일각입니다. 사법부가 지난주 매슈 프레드의 '출소 시뮬레이션'을 한 결과, 시스템은 대량의 변수를 바탕으로 프레드의 석방 후

생활을 예측했습니다. 예를 들어 이웃에 성가신 중국인이 살 경우, 직장에서 싫어하는 일을 겪을 경우 등 모두 합해 1만 7000건이 넘는 결과를 시뮬레이션했습니다. 모든 결과에서 프레드가 범죄를 저지른 것은 아닙니다. 어떤 시뮬레이션 결과에서는 프레드가 평범하게 생활을 영위하기도 했지요. 문제는, 프레드가 재차 범죄를 저지를 확률이 극히 높다는 겁니다. 1만 7000건이 넘는 결과 중 범죄가 나타난 경우가 그렇지 않은 경우보다 훨씬 많았어요. 시스템은 피험자가 각종 범죄를 저지를 확률을 추산하고, 그런 다음 저희가 이 수치를 바탕으로 석방 여부를 결정합니다. 모든 시뮬레이션 결과는 각기 독립적이며 서로 관련이 없습니다. 이렇게 해야 시뮬레이션의 정확성을 담보할 수 있지요. 방금 읽으신 세 사건은 서로 관련이 없습니다. 같은 것은 매슈 프레드라는 상수뿐이죠. 그리고 그가 출소 후에 청소부로 일한다는 건 한정된 범위를 갖는 변수고요. 저는 시뮬레이션 결과 중 대표성 있고 매슈 프레드의 인격을 충분히 반영한 결과를 몇 개 골라 당신에게 보여드린 것뿐입니다. 이 세 사건으로 매슈 프레드가 얼마나 음험하고 사악하며 흉계를 잘 꾸미고 강력한 반사회 의식을 가진 무뢰한인지 잘 이해하셨을 거라고 생각합니다."

"그렇다면 당신들은 일정한 시간마다 한 번씩 재소자들에게 시뮬레이션을 진행하는 거군요, 마치… 시험을 치르듯?"

앤서니가 물었다.

"네, 시험을 치는 겁니다."

밀러는 이 노인장의 비유를 듣고 다시 미소를 지었다.

"모든 재소자는 매달 '시험'을 칩니다. 시뮬레이션 결과로 추산한 그의 범죄 경향이 어떤 수치 이하로 떨어져야만 석방됩니다. 프레드같이 어리석고 융통성이 없는 녀석은 감옥에서 끊임없이 시험을 칠 수밖에 없지요. 언젠가 좋은 성적표를 받을 때까지 말입니다. 이 제도는 프레드와 비슷한 수많은 인간쓰레기들이 사회에 나와 온갖 악행을 저지를 가능성을 크게 줄여줍니다."

앤서니는 의자 등받이에 기대어 안경을 다시 쓰고 손에 든 문서를 펼쳤다.

"하지만 정말 믿기 힘들군요. 이 내용이 실제 범행 자술내용이 아니라니. 누구도 이걸 컴퓨터 시뮬레이션의 결과라고 생각하지 못할 겁니다."

"그건 최근의 인공지능 기술의 비약적 발전에 그 공을 돌려야 합니다. 컴퓨터가 인간처럼 사고하게 되면서 소프트웨어를 통해 현실 속 인간을 시뮬레이션할 수 있었고, 여러 실험도 진행할 수 있었습니다. 이 기술이 없었다면 사보타주 시스템은 불가능했을 겁니다."

"사보타주 시스템? '의도적 방해행위'라는 뜻의 그 사보타주?"

앤서니는 낯선 용어에 의아함을 느꼈다.

EP.1 SA.BO.TA.GE.

"그건 주 사법부가 시행하는 시뮬레이션 컴퓨터 시스템의 이름입니다. 즉 실질적으로 방금 말씀드린 방법을 집행하는 기계죠."

"왜 사보타주라고 부르는 거지요? 혹시… 범죄를 의도적으로 방해한다, 뭐 그런 의미의 명명인가요?"

"아뇨, 저희와 협력해서 시스템을 개발한 인공지능 회사는 그렇게 깊이 생각하지 않았습니다."

밀러가 웃으며 대답했다.

"그냥 줄임말입니다. '샌드박스 전략 통용 시스템Sand Box Tactical Generic System'에서 단어마다 처음 두 글자를 딴 거죠. '샌드박스'란 컴퓨터 기술 가운데 하나입니다. 예를 들어 바이러스 감염이 의심되는 이메일을 받았을 때, 당신의 컴퓨터에 작업환경이 동일하면서도 외부와 단절된 보호영역을 모사하는 기술인데, 그 영역을 샌드박스라고 합니다. 샌드박스 속에서 의심스러운 이메일을 열어보고, 만약 정말로 바이러스가 있다면 샌드박스만 감염되고 당신 컴퓨터는 무사한 겁니다. 그렇게 되었을 때는 샌드박스 자체를 폐기하면 끝입니다. 우리가 재소자에게 실시하는 시뮬레이션도 이와 비슷합니다. 현실사회와 유사한 샌드박스를 만든 후, 해당 재소자를 그 속에 집어넣고 그가 사회에 해악을 끼치는지 아닌지를 살펴보는 거죠. 물론, 진짜 사람을 컴퓨터 세계 속에 넣을 수야 없죠. 그래서 인공지능을 이용해 재소자의 인격을 '복제'해서 실험을 진행합니다."

앤서니는 최근 10년 사이 컴퓨터 기술이 비약적 발전을 이룬 것은 알고 있었다. 손자들의 컴퓨터 게임은 너무 복잡해서 그들이 뭘 하며 노는 건지 전혀 이해할 수 없을 지경이었다. 하지만 이런 기술이 사법제도에 응용될 정도일 거라고는 예상하지 못했다.

"그렇다면, 그 샌드박스의 세계 속에서 매슈 프레드는 정말로 수없이 많은 사람들을 해친 겁니까?"

앤서니가 물었다.

밀러는 크게 웃음을 터뜨렸다. 하지만 곧 자신이 너무 무례했다는 생각이 들자 얼른 웃음소리를 거뒀다.

"앤서니 선생님, 샌드박스의 세계란 애초에 존재하지 않습니다. 컴퓨터 속 0과 1의 무더기일 뿐이죠. 게다가 매슈 프레드의 이번 시뮬레이션에서 시스템은 총 1만 7000개의 똑같은 샌드박스를 만들어냈습니다. 만약 이런 세계 속의 사람들이 존재하느냐고 묻는다면, 그건 철학적 문제이지 컴퓨터공학의 문제는 아닐 겁니다."

앤서니는 알 듯 말 듯한 기분으로 고개를 끄덕였다. 결과적으로 말해서, 이 방법은 오클라호마 주의 범죄율을 낮췄다. 이 제도의 많은 부분들이 논란의 여지를 품고 있지만, 연방정부에 추천할 만한 제도라고 생각했다. 최근 미국 전역의 범죄율이 떨어질 생각을 않는다. 비상시국에는 비상수단을 써야 한다. 게다가 이 방법은 가중처벌 혹은 경찰력 확충 등의 방법보다 훨씬 온화하지 않은가.

EP.1 SA.BO.TA.GE.

"참, 만약에 말입니다, 만약에요. 이 시스템을 다른 방면으로 활용해 효과를 얻을 수 있을까요?"

앤서니가 물었다.

"예를 들어 어떤 도시의 경찰관 자료를 입력하여 누가 범죄자와 결탁할 가능성이 높은지 판단한다거나…."

"가능하기야 하지요. 하지만 입력해야 할 자료가 너무 대규모입니다. 게다가 목표 대상의 매일매일 일거수일투족을 알고 있어야 하지요. 데이터가 부족하면 시스템이 제대로 피험자의 인격을 복제해낸다고 보장하기 어렵습니다. 그러면 시뮬레이션 결과도 현실과 격차가 생길 수 있지요."

밀러가 어깨를 으쓱했다.

앤서니는 자기 생각은 어쩌면 너무 멀리 나간 게 아닌가 하고 생각했다. 지금의 운영방식만으로도 사법계의 일대 혁신이다.

"밀러 검찰총장, 오늘 시간 내주셔서 감사합니다."

앤서니가 몸을 일으키고 밀러에게 악수를 청했다.

"이 샌드박스 시스템은 제가 연방정부 사법부에 보고하고 동료들에게도 설명하도록 하겠습니다. 어쩌면 다른 주에서 오클라호마의 사례를 참고할지도 모르지요."

"제 할 일을 한 것뿐인데요. 멀리 워싱턴에서 여기까지 오셨는데 오늘 저녁은 제가 대접하겠습니다. 식사하시면서 천천히 더 이야기를 나눠볼까요?"

밀러는 얼른 정부의 중요 인사와 돈독한 관계를 다질 기회를 잡았다. 그 역시 계속해서 위로 올라가 국가의 수뇌부에서 일하고 싶다는 야망이 있는 인물이었다.

"아닙니다. 오늘 저녁에는 다시 서부로 가야 합니다. 내일 오전에 샌프란시스코에서 법률 심포지엄이 있어서요."

앤서니는 문서를 서류가방에 챙겨넣고 떠날 준비를 했다.

"그럼 배웅을 해드리죠."

밀러도 자리에서 일어났다.

"아, 한 가지 더."

앤서니는 문득 어떤 생각이 났다.

"매슈 프레드는 무슨 죄목으로 수감된 겁니까? 예전에 어떤 짓을 했지요?"

"그자는 전형적인 반사회적 인격장애를 갖고 있습니다."

밀러는 경멸하는 표정을 드러내며 말했다.

"20년 전, 그러니까 2008년에 어떤 상원의원이 총기 규제 법안에 찬성한 데 불만을 품고 총알을 담은 협박편지를 보냈습니다. 경찰은 편지와 총알을 단서로 프레드를 찾아냈고, 그 일로 처음 수감됐습니다. 그때 겨우 열여덟 살이었죠. 1년 후 출소했고, 2012년에 다시 범죄를 저질렀습니다. 신문가판대 주인과 입씨름을 벌였는데, 그날 밤 차로 가판대 전체를 훔친 겁니다. 훔친 가판대를 철도 위에 올려놓고 기차가 치고 지나가게 만들었죠. 그 사건은 철도 안전과 철로 설비 훼손 등에 관련되어서 3년형을 받았습니다."

"그다음에 아내의 외도 때문에 상대를 구타해 감옥에 갔고요?"

앤서니는 문서에서 본 범행기록을 떠올렸다.

"가정폭력은 맞습니다만, 그의 아내 아이린은 외도를 한 적이 없습니다. 단지 남편의 정신적 학대를 견디다 못해 이혼을 요구했을 뿐입니다. 프레드는 분을 못 참아 아내를 구타했고, 심지어 집 안에 감금했습니다. 아이린은 하루를 갇혀 있다가 탈출에 성공했죠. 이 일이 밝혀진 뒤 프레드는 유죄협상을 통해 단지 폭행으로만 기소됐습니다. 검찰은 감금죄는 포기했지요. 이 일로는 2년형을 받았고, 아이린과 이혼하라는 판결이 나왔습니다."

"외도가 아니었다고요? 그럼 아까의 시뮬레이션도 그다지 정확하지는 않군요. 시뮬레이션 결과에서 프레드는 아내가 외도를 했다면서 원한을 품고 있던데…."

"아뇨, 그건 더 나중의 일입니다."

밀러가 눈썹을 찌푸리며 말했다.

"프레드는 출소 후 전처에게 보복을 할 생각에 사로잡혀 있었습니다. 그러다 5년 전, 즉 2023년에 이웃 도시로 이사한 아이린을 찾아냈습니다. 당시 아이린은 제임스라는 남자와 사귀고 있었죠. 프레드는 잔인하고 악랄한 계략을 꾸미며 그들에게 손을 썼습니다. 그는 우선 아이린과 닮은 매춘부를 고용해 거의 매일 자기가 사는 곳에 들락거리도록 했습니다. 이웃사람들이 그와 전처가 재결합했다고 생각하도록 만든 겁니다. 한 달 뒤, 그는 약을 써서(아마도 GHB였겠죠) 아이린과 제임스를 기절시켜 자기 집으로 납치했습니다. 여자에게는 참혹한 구타도 행해졌습니다. 그런 다음 자기 집에 불을 질렀죠. 그는 전처와 자신이 재결합한 것처럼 꾸며서 제임스가 질투심에 살의를 품고 그의 집에 숨어들어 아이린을 폭행하고 불을 지른 것처럼 보이려고 했습니다. 세 사람이 함께 죽을 위험에 처했는데 자신은 요행히 불길 속을 빠져나왔다는 식으로요. 그렇게 만들기 위해서 그는 제임스를 묶지 않았는데, 약물의 용량을 너무 적게 써서 제임스가 불길이 거세지기 전에 깨어나버린 겁니다. 제임스는 심하게 얻어맞아 숨이 곧 끊어질 듯한 아이린을 데리고 탈출했고, 아이린이 이 사건을 폭로했습니다."

앤서니는 당혹스럽게 밀러를 쳐다봤다. 그는 문서 첫머리에 나열된 방화, 특수폭행, 살인미수가 이런 사건을 가리킬 줄은 생각지 못했다.

"프레드의 이 사건은 사회적으로 크게 논란이 됐습니다. 아이린의 부상이 너무 심각했기 때문입니다. 두 다리를 잃고 얼굴도 거의 뭉개졌습니다. 하지만 그녀는 꿋꿋이 법정에서 전남편의 죄를 고발했고 배심원단은 만장일치로 프레드의 유죄를 판결했습니다. 그때 막 사법개혁이 시행된 상황이라 프레드의 형기는 샌드박스 시스템에 의해 결정되게 되었습니다. 그래서 저희는 지금까지 그 짐승 같은 놈을 가둬둘 수 있는 겁니다."

밀러는 생각에 잠겨 한숨을 쉬며 말했다.

"만약 20년 전에 이 시스템이 적용되었더라면, 프레드가 협박죄로 감옥에 갔을 때 이미 그 뒤의 악행들도 예견할 수 있지 않았을까요? 아이린도 그런 참혹한 일을 겪지 않았을지도 모르지요. 저는 프레드와 같은 반사회적 인간 쓰레기들은 타고난 천성을 고치기 어렵다고 생각합니다. 늙어 죽을 때까지 샌드박스 시스템의 시험을 통과하지 못할 거예요. 어쩌면 수십 년이 지난 후 불치병에 걸려서야 감옥을 나와 병원으로 옮겨질지도 모르죠. 그땐 의료기계를 매달고 남은 삶을 구차하게 이어가겠지요."

"아… 그런 일이…."

앤서니는 매슈 프레드의 악행을 들으며 저도 모르게 등골이 오싹해졌다.

"그러니, 어쩌면 우리는 정말로 어느 중국계 노인과 미래의 미식축구 스타, 무고한 소녀와 허약한 소년, 낙담한 우체국 직원을 구원한 건지도 모릅니다. 그리고 수없이 많은 시뮬레이션 결과 속의 피해자들을요. 그런 잔인한 범죄는 존재하지 않는 가상현실의 세계 속 인물들이 겪는 게 낫지요."

밀러는 미소를 지으며 말을 이었다.

"어쨌든 클릭 한 번이면, 그 1만 7000개의 세계는 철저히 사라지니까요. 그리고 원래 설계된 모습으로 복원되지요."

EP.2
T&E
미스터 펫

R

헤어진 뒤에 죽자고 매달리며 질척거리는 남자가 제일 싫다.

나는 휴대전화를 노려보며 수신거부 설정을 할까 말까 생각했다. 최근 통화기록은 온통 하나의 숫자 조합으로 가득했다. 그리고 '시게루'라는 글자. 지난 1년간 내가 가장 자주 전화했던 번호지만, 최근에는 이 숫자 조합을 보면 없던 두통이 생겼다.

방금도 지하철역 동쪽 출구에서 나오는데 전화가 왔다. 잠깐 망설였지만 역시 받았다.

"료코, 모레가 생일이지? 내가 축하해 주고 싶은데. 받고 싶은 선물 있어? 저녁으로 프랑스 요리는 어때?"

한숨을 길게 내쉬며 감정을 조절하려고 애썼다. 비록 왁자지껄한 신주쿠 거리에서 휴대전화로 통화하면서 그렇게 하는 게 쉽지 않았지만 말이다.

"요즘 그럴 기분이 아니야. 게다가 우리는 이미 함께 생일 축하를 할 사이가 아니잖아, 시게루."

"나도 알아, 하지만 정말 당신이 보고 싶은걸. 내, 내가 요즘 스트레스가 심해서…."

전화 저편으로 애원하며 코를 훌쩍거리는 소리가 섞여 들었다. 내 기억이 틀리지 않다면, 이 시간에 그는 클럽의 대기실을 청소하고 저녁 영업을 준비해야 한다. 지금 전화한 것을 보면 분명 외로움을 억누를 수 없어서 그럴 테지.

그렇지만 나도 더는 참을 수가 없다. 그는 여전히 매일 밤 휴대전화로 하소연을 해댄다. 선배들이 얼마나 악랄한지, 손님들이 얼마나 대하기 힘든지, 호스트로 일한다는 게 얼마나 피곤한지 떠들어댄다. 이런 이야기는 헤어지기 전에도 며칠마다 한 번씩 반복적으로 들었다. 헤어진 이후에도 전혀 달라지지 않을 거라고는 생각지 못했다.

오늘은 심지어 전화가 걸려오는 시간이 평소보다 당겨졌다. 내 퇴근시간에 딱 맞춰서 전화를 건 것이다.

"시게루, 남자답게 굴어."

그가 어리광을 부릴 기회를 주지 않으려고, 일부러 냉담하게 말했다.

"그 사람은 남자다워? 내가 남자의 패기를 보여주면, 료코도 마음을 돌릴 거야?"

"넌 그 사람 발끝도 못 따라가."

나는 냉소했다.

한참 전화 건너편이 침묵에 잠겼다. 그의 목소리가 너무 작아서 자동차와 인파의 소음에 묻혀버렸나 생각할 정도였다. 거리 맞은편에 할인매장 돈키호테의 간판이 보인다. 신호등이 막 빨간색에서 초록색으로 바뀌려 했다. 나는 결정을 내려야 하지 않나 하고 생각에 잠겼다.

"시게루."

"응?"

미약한 반응이 돌아왔다.

"이제 전화하지 말아줄래? 너도 일해야지. 손님한테 잘하고, 네 자신의 삶을 살아."

"료코, 난 정말 당신 없으면 안 돼…."

"널 경멸하지 않게 해줘."

마지막 말은 일부러 느릿하게 말했다. 말을 마치고 바로 전화를 끊었다.

아직 밤이라기엔 일렀다. 화요일의 가부키초 거리는 아직 인파에 떠밀릴 정도는 아니었다. 야스쿠니도리를 가로지른 뒤, 나는 잠시 머뭇거렸다. 센트럴 로드로 가지 않겠다 마음먹고는 왼쪽의 1번가로 들어섰다. 센트럴 로드로 가면 작은 골목을 지나가게 되는데, 시게루가 일하는 클럽이 그 근처였다. 가게 밖에서 호객을 하는 그와 부딪히는 상황을 피하기 위해 나는 멀더라도 돌아가는 길을 택했다.

아까 통화할 때 지금 신주쿠에 있다고 말하지 않았는데,

그가 주변의 소리만 듣고 알아차린 건 아니겠지? 여기 온 것은 시게루를 만나기 위해서가 아니라 업무에 관련된 중요한 일 때문이다.

나는 목적지를 떠올렸다. 1번가를 따라 쭉 걷다가 식당 체인인 마쓰야의 간판이 보이면 오른쪽으로 꺾는다. 사쿠란보 빌딩이 멀지 않은 곳에 있을 것이다.

시게루는 다시 전화를 걸지 않았다. 아마도 저녁 영업이 시작됐을 것이다.

이유를 알 수 없는 가슴 통증이 스쳐갔다. 마치 아끼는 유리 인형을 높이 치켜들었다가 땅에 내던져 깨뜨리는 것 같은 그런 통증.

1년여 전, 클럽에서 시게루를 만났다. 처음 간 터라 딱히 누구를 지명하지 않았더니 영업실적이 좋지 않은 시게루가 불려와 앉았다. 그는 외모가 특별히 뛰어난 것도 아니고, 접객 기술도 좀더 갈고닦을 필요가 있어 보였다. 내가 그를 계속 지명한 것은, 아마도 단 하나의 이유 때문이리라. 그는 말을 할 때도, 말을 들을 때도, 처음부터 끝까지 줄곧 상대의 두 눈을 똑바로 응시했다. 게다가 정수리에서 양쪽으로 늘어뜨린 살짝 긴 머리카락이 축 늘어진 강아지 귀를 꼭 닮았다. 그를 보면 학창시절에 길렀던 버키가 떠올랐다.

사귀게 된 뒤에는 더욱 강아지를 닮았다고 느꼈다. 그는 나를 만나면 이상할 정도로 기분이 좋아졌고, 침대 위에서 뒤엉켜 있을 때도 꼭 얼굴을 내 몸에 비벼대곤 했다.

가스미가세키*의 공무원과 신주쿠의 호스트. 이런 커플은 얼핏 어울리지 않는 듯하지만, 우리에게는 이보다 더 합리적일 수 없는 관계였다. 시게루는 포옹과 격려, 연약한 마음이 부서지는 것을 막아줄 버팀목이 필요했고, 나는 마음을 털어놓을 대상이 필요했다. 상사에게 질책받는 낮 시간과 하소연할 사람도 없이 공허한 밤 시간의 균형을 맞춰줄 대상 말이다.

하지만 1년이 흐르자 나는 그가 유리로 만든 인형임을 깨달았다. 잘 깨지고, 깨진 조각은 손에 상처를 낸다. 결국 내가 이별을 선언했다. 이대로 계속 상처 입지 않기 위해서.

그의 미련을 없애려고 다른 사람을 좋아하게 됐다고 거짓말을 했다. 나의 짝사랑이지만 이런 마음을 품은 채 너와 계속 사귈 수는 없어…. 그렇게 간단하고 명백한 이유였는데도, 그는 끝없이 매달렸다. 시게루는 여전히 수시로 전화를 걸고, 가끔은 '그 남자' 일을 묻기도 한다. 십중팔구 아직도 희망이 있다고, 자기가 '환상 속의 연적'보다 낫다는 것만 증명하면 모든 것을 원래대로 되돌릴 수 있다고 여기는 것일 터이다. 돈키호테의 간판을 봤을 때, 나는 이런 생각이 스쳐가는 것을 막을 수가 없었다.

사쿠란보 빌딩이 눈앞에 나타났다. 다른 생각은 접고 이

---

* 국가 중앙기관이 모여 있는 도쿄의 지역명(옮긴이).

제부터 시작될 만남에 집중해야 한다. 문을 열고 건물로 들어갔다.

빌딩이라고 하지만 1층 로비는 무척 초라했다. 엘리베이터는 여전히 옛날식의 라이트패널로 되어 있고 벽도 얼룩덜룩했다. 나는 각층의 상호가 적힌 안내도를 바라보며 'T&E 탐정사무소'라는 글자를 찾으려 했다.

없다. 건물은 5층짜리인데 1층을 제외하고 두 층은 작은 규모의 술집이고, 다른 한 층은 고리대금업을 하는 금융회사다. 마지막 한 층은 불륜 조사 같은 걸 해주는 흥신소인데, 이름에 T도 E도 전혀 들어가지 않는 상관없는 이름이다.

확인을 위해 나는 가죽가방에서 종이쪽지를 꺼냈다. 쪽지를 들여다보니, 베껴 쓴 건물명과 주소 모두 틀림없다. 문제는 층수다.

쪽지에는 1층이라고 쓰여 있다.

나는 주변을 둘러봤다. 평범한 보통의 1층 로비다. 정문, 후문과 엘리베이터를 제외하면 다른 공간이 없다. 경비실조차 없다.

벽에는 날짜가 지난 포스터가 수없이 붙어 있지만 문을 가릴 정도는 아니다. 나는 건물 정문을 나와 다시 주변을 둘러봤다. 이 건물 바깥에도 다른 공간이 더 없다는 것을 확인했다.

더는 방법이 없어서 어쩔 수 없이 주소 아래에 적힌 휴대폰 번호로 전화를 걸었다. 신호가 두어 번 울리더니 곧 누군가 전화를 받았다.

"메이구입니다. 지금 T&E에 있습니다."

젊은 남자 같았지만, 목소리가 매우 낮았다.

"죄송합니다만, 의뢰를 하러 온 니지마 료코입니다. 지금 사쿠란보 빌딩 1층에 있는데 사무소를 찾을 수가 없어서요…."

"아! 잠깐 기다리세요. 지금 데리러 나갈게요."

상대가 전화를 끊은 뒤, 나는 부재중전화 표시를 발견했다. 공교롭게도 수십 초 정도의 전화통화 사이에 걸려온 전화였다.

시게루였다. 나는 두 눈썹을 찌푸렸다. 더는 전화하지 말라고 분명히 말했는데.

나는 시게루의 전화번호를 휴대전화의 수신거부 명단에 추가했다. 이걸로 모든 게 깨끗이 정리되었으면.

그때, 1층 로비에서 발소리가 들렸다.

가죽구두가 바닥을 딛는 소리가 적막을 깨뜨리며 점차 가까워진다. 그러나 주변에는 그림자 하나도 보이지 않는다. 발소리가 멈추고 낡은 문을 밀어 여는 삐걱 하는 소리가 들리고서야, 그 소리가 후문에서 들려왔음을 알았다.

한 남자가 모습을 드러냈다. 양복을 빼입은 그는 나보다 어려 보였다. 스물다섯을 넘지 않을 듯했다.

"죄송합니다. 이메일에 설명을 써드린다는 게 그만 깜빡했군요. 사무소는 후문으로 들어오셔야 합니다. 이쪽으로 오시죠."

그는 고개도 돌리지 않고 왔던 방향으로 도로 걸어가기 시작했다.

나는 급하게 큰 보폭으로 뒤를 따랐다. 후문을 닫는 데는 약간 힘이 들었다. 문 뒤의 공간은 시멘트 바닥이었고, 건물 구석으로 깊숙이 들어갈 수 있는 통로가 있었다. 조그만 건축물이 보였다. 이곳은 건물 뒤편에 흔히 있는 쓰레기 수거공간인 듯한데 상당히 깨끗했다.

어느덧 하늘이 어둑해졌다. 통로에 걸린 전등은 어두운 편이라 주위를 제대로 볼 수가 없었다. 상대방의 목적지는 아마도 저 작은 건물인 것 같다. 나는 안절부절못하며 그의 뒤를 따라갔다.

통로 끝에 다 와서 몸을 돌린 남자가 직업적인 미소를 지었다.

"바로 여깁니다. T&E 탐정사무소에 오신 걸 환영합니다."

나는 경악했다.

눈앞에 우뚝 서 있는 것은 공원이나 다리 교각 아래서 흔히 볼 수 있는, 노숙자들이 보통 그렇게 하듯이 종이상자로 얼기설기 쌓아 지은 집이었다.

T 1

"앉으세요. 구두는 벗어야 합니다."

메이구는 문 역할을 하는 골판지를 밀어 열고 안쪽의 공간을 가리켰다.

"저기…."

료코가 난감해하는 것을 보고 메이구는 자기가 먼저 실내로 들어갔다. 료코는 그때서야 그가 신고 있는 것이 신발 끈을 묶을 필요가 없이 두 발을 밀어 넣기만 하면 외출할 수 있는 '게으른 사람의 가죽구두'라는 것을 알아차렸다. 신는 것도 벗는 것도 아주 편한 그런 것이었다. 자기가 신고 있는 것은 하이힐이니까 그건 별 문제가 아니었다. 다만 이런 곳에 들어가려니 심리적인 저항이 생기는 것은 어쩔 수가 없었다.

"괜찮습니다. 여기는 아주 깨끗해요. 아니면 밖에 서서 이야기 나누시겠어요?"

메이구가 재촉하자 료코도 각오를 다지고 안으로 들어섰다.

들어온 뒤 내부공간이 생각보다 크다는 것을 알았다. 골판지 상자를 이렇게 높이 쌓을 수도 있는 거구나. 료코는 저도 모르게 감탄했다. 일반적인 건축물에 비교하자면, 뒤뜰에 짓는 창고 크기 정도 되는 듯했다.

실내조명은 충전식의 비상등이다. 문 맞은편에 둥근 의자가 하나 있고, 그 위에 신문, 노트북, 반쯤 먹은 마쓰야의 도시락이 놓여 있다. 메이구는 의자 옆에 책상다리를 하고 앉아서 료코에게 눈짓했다.

적어도 방석 정도는 내줘야 할 거 아냐. 료코는 말해봐야 소용없다는 것을 알았다. 딱 붙는 정장 치마를 입은 터라 무릎을 꿇고 앉는 수밖에 없었다.

"전 니지마 료코라고 합니다. 전에 이메일로 방문하겠다고 말씀을 드렸었지요. 이건 제 명함입니다."

메이구가 명함을 받았다. 명함에는 '법무성 보호국 총무과 니지마 료코'라고 인쇄돼 있었다.

"오호, 법무성의 엘리트시군요."

"요행히 국가고시를 통과한 것뿐이죠."

상대방은 무표정했고 어조는 마치 비꼬는 듯했다. 료코는 곧장 말을 이어갔다.

"보호국 총무과에서는 정보 시스템의 오류와 관련된 사건을 조사하는 데 당신의 도움을 받고 싶어요. 그래서…. 음, 소장님? 제가 어떻게 불러드려야 할까요?"

"제 성은 페이費, 이름은 메이구美古라고 합니다."

메이구는 옆에 있는 신문을 끌어당겨 그 위에 자기 이름을 썼다.

"아버지가 타이완 사람이거든요. 그래서 이 세 글자를 페이, 메이, 구라고 읽습니다. 히미코가 아니라. 제가 옛 야마타이국의 여왕일 리는 없으니까요.* 직책이나 경칭은 생략

---

* '費美古'를 일본식으로 읽으면 히미코가 되는데, 이는 고대 일본의 여왕 이름이다(옮긴이).

124

하셔도 좋아요. 그냥 이름으로 부르세요. 물론, 미코라고 읽으면 안 되지만요. 제가 신사의 무녀는 아니니까."*

료코는 웃으라고 하는 말인가 보다. 그렇게 생각하면서도 어색한 미소만 어찌어찌 만들어냈다.

메이구는 헛기침을 두어 번 하더니 말했다.

"그럼 의뢰에 대해서 이야기해보죠!"

"네, 저희 보호국에서 사용하는 시스템 '선인장'에 문제가 생긴 것 같다는 의혹 때문입니다. 어떤 재소자의 석방후 행동이 예측과 달리…."

"잠깐."

메이구가 손을 저어 료코의 말을 멈췄다.

"처음부터 시작하자고요. 이메일에 어느 정도는 설명되어 있었지만, 저는 알 듯 말 듯하거든요."

료코는 한숨을 쉬었다. 자신이 꽤 명확하게 썼다고 생각했었다.

"메이구… 씨."

그녀는 조금 망설이다가, 역시 경칭을 생략하지 않기로 결정했다.

"샌드박스라는 거, 들어보셨나요?"

"이메일에서 언급하셨죠. 하지만 정확히는 모르겠어요. 검사용 소프트웨어인가요?"

---

* 미코는 신사에서 잡다한 일을 돕는 보조 신직이다(옮긴이).

"컴퓨터 기술에서 말하는 샌드박스는 독립적이고 안전한 가상의 공간이에요. 대개 백신 프로그램 개발에 사용되는 기술이지요. 바이러스 검사를 할 때 우선 작업환경이 거의 동일하면서도 외부와는 단절된 구역을 만들고, 그 안에서 의심되는 파일을 실행시키고 관찰합니다. 문제가 있으면 손상되는 건 샌드박스이고 원래의 플랫폼은 아무런 영향도 받지 않아요. 검사 결과가 좋든 나쁘든, 샌드박스 자체를 삭제해버리면 끝이죠."

료코는 상대를 바라보며 자신의 지금 이 설명이 알아듣기 힘들었을까 봐 걱정했다. 다행히 메이구는 관심이 생긴 듯 잠깐 생각에 잠겼다가 곧 적극적인 반응을 보였다.

"전제조건은 샌드박스에서 시행한 검사 결과가 원래의 플랫폼에도 적용되는 거겠죠?"

"당연히요. 핵심은 두 가지예요. 샌드박스는 플랫폼에서의 행위를 복제하는 재현성을 가져야 합니다. 그리고 검사 과정에서 샌드박스 자체에만 영향을 미치고 플랫폼의 안전성을 손상해서는 안 됩니다."

"그러니까 선인장도 일종의 샌드박스라는 말이죠?"

"맞아요. 이제 미국의 사법개혁에 대해 얘기해야겠군요."

료코는 피곤함을 느꼈다. 설명해야 할 전후사정, 원인과 결과가 너무도 많았다.

"2039년, 오클라호마 주에서 시작된 형량평가제도가 미국 전역으로 확대 시행 단계에 들어갔어요. 많은 나라들이 관심을 보였고, 그 제도를 살펴보라고 미국으로 사람들을 파견했죠. 일본도 예외가 아니었어요. 4년 전 사법연수단을 미국에 보냈지요. 이 형량평가제도가 사용하는 시스템을 사보타주SABOTAGE라고 해요…. 전체 명칭이 무엇인지는 기억을 못하지만요. 어쨌든 샌드박스 원리를 이용해 재소자의 심리 데이터를 분석하고 그들이 출소 후에 어떤 행동을 할지 예측하는 겁니다."

"저도 기억나는 게 있네요. 작년 신문기사에서 언급한 걸 봤죠. 어떤 변화요인에 근거해서 각기 다른 상황의 시나리오를 써낸다는 거죠? 그걸 분석해서 다시 범죄를 저지를 비율을 알아내고요?"

메이구는 깨달았다는 듯 말했다.

"그게 샌드박스 원리를 이용한 거였군요! 그럼 '선인장'도 마찬가지인가요?"

"당시 사법연수단에 참여한 사람들은 곧바로 기술을 가지고 돌아왔고, 사회학 자문단과 협력해서 일본 국내 상황에 부합하는 시스템을 개발했어요. 당신도 알겠지만 법무성은 2030년 산하에 정보관리국을 설립했고 이것으로 국내 재소자 및 전과자 등의 대규모 자료를 관리하고 있잖아요? 시스템 개발팀의 사람들은 모두 그 부서 직원이에요. 정보관리국 국장이 바로 오클라호마 주 사법개혁을 진두지휘한 게리 밀러의 수제자고요."

료코는 국장실에서 머리가 하얗게 셌지만 눈빛은 여전히 형형하고, 자신만만한 분위기를 짙게 드러내는 서양인의 사진을 자주 봤다. 그는 한 손을 막 중년에 접어든 다케우치 국장의 어깨에 올리고 다른 한 손으로 V자를 만들고 있었다. 마치 몸이 커다란 장난꾸러기를 보는 것 같았다. 반면 국장의 미소 띤 얼굴은 살짝 굳어 있었다.

"그래서 정보관리국이 개발한 시스템이 바로 '선인장'입니까? 왜 그런 이름을 지었죠?"

메이구가 호기심에 물었다.

"일본은 열 번째로 성과를 낸 나라예요. 그래서 사보 텐 SABO TEN*이라고 불렀거든요…."

료코는 메이구의 입꼬리가 미미하게 올라간 것을 보고 어쩔 수 없이 뺨이 붉어졌다. 그녀는 누군지 모를 명명자가 너무나도 고민을 거듭한 나머지 결국 이런 웃기지도 않은 농담 같은 이름을 생각해내고 말았으리라 짐작했다. 그녀는 애초에 이름의 유래를 설명하고 싶지 않았다. 그럴 수만 있었다면.

"대충 선인장의 용도를 이해했습니다. 하지만 문제가 생겼다면 정보관리국에서 처리할 일인데 왜 보호국이 나서는 거죠?"

"그건…."

---

*　일본어로 '사보텐'은 선인장이라는 뜻(옮긴이).

료코는 마른 입술을 핥았다.

"죄송합니다만, 물 한 컵 주시겠어요? 계속 말을 했더니 목이 마르네요."

"아! 죄송합니다."

메이구는 바닥에서 튕기듯 일어나서 미안한 표정을 지으며 골판지 문을 열고 종이상자 집 바깥으로 튀어나갔다. 당황한 료코만 남겨졌다.

'저 사람 모양새를 보면 근처 공원의 수도꼭지에서 물을 받아오지는 않겠지? 아니, 애초에 종이상자로 만든 집에서 양복을 갖춰 입고 있는 것부터 이상해. 하지만 여기저기 다니면서 탐문을 해야 하는 탐정 일의 특성상 양복을 입는 게 노숙자처럼 입는 것보다는 편하겠지? 아니야, 어떤 대상을 상대로 탐문하느냐에 따라 다르지⋯.'

그녀는 주변을 둘러봤다. 둥근 의자, 노트북 컴퓨터, 면 이불, 그리고 종이상자로 만든 초라한 옷장 외에 실내에 다른 가구는 없다. 이곳은 정말로 주거 기능을 갖춘 걸까? 기본적인 물과 전기도 없이? 여기서 사람이 살 거라고는 상상하기 어려웠다.

10분 후 종이 문이 열리고 메이구의 아직 치기가 남은 얼굴이 쑥 들어왔다.

"한 가지 여쭤봐도 될까요?"

료코가 정면으로 질문을 던졌다.

"말씀하세요."

"그…, 정말 여기 사시는 건가요? 아니면 여긴 그냥 사무소고, 다른 데서 거주하시는 건가요?"

메이구는 몇 초 정도 멍하니 있더니 하하하 큰 소리로 웃었다.

"설마 내가 엄청난 괴짜라서 고급 맨션에 살면서도 일부러 이런 곳에서 양복 빼입고 고객을 만난다고 생각한 건 아니죠? 고객들의 당황한 표정을 보기 위해서요?"

"그런 뜻은 아니었어요."

"말씀드리죠. 여기가 바로 제가 사는 곳입니다. 이 건물 위층의 마담 두 분은 모두 좋은 사람들이죠. 한 사람은 화장실을 빌려주고, 다른 사람은 매일 음료 한 잔씩을 제공해줘요."

메이구가 웃는 얼굴로 손에 들고 있던 머그컵을 건넸다. 료코는 머릿속으로 로비에서 봤던 건물의 배치안내도를 떠올렸다. 사쿠란보 빌딩에는 술집이 두 곳 있다. 메이구의 노트북 컴퓨터와 휴대전화를 충전해야 할 때도 어딘가 가게의 콘센트를 빌리는 거겠지.

료코는 머그컵을 받았다. 하얀 음료가 더운 열기를 품고 있었다. 진한 향기가 피어올랐다. 메이구가 가서 요청한 것은 단순한 물이 아닌 것 같았다.

"데운 우유? 고마워요! 좋아하거든요."

"좀 달라요. 마셔보면 금방 알걸요?"

머그컵에서 전해지는 온도는 아주 뜨겁지 않았다. 료코

는 컵에 담긴 음료를 몇 번 후후 분 다음 호로록 한 모금 마셨다가, 곧장 뱉어냈다.

"이, 이거! 설마…."

"어라, 입에 안 맞나요? 핫초콜릿이에요, 화이트초콜릿으로 만든 거지만."

메이구는 그녀의 격한 반응에 깜짝 놀랐다.

"입에 맞지 않는 정도가 아니라!"

료코의 목소리는 저도 모르게 높아졌다가 곧 자신의 행동이 실례임을 깨달았다.

"죄송해요. 개인적인 취향의 문제지만, 초콜릿을 좋아하는 편이 아니라서요."

"화이트초콜릿은 엄격하게 말해서 초콜릿이 아니에요. 코코아 가루를 넣지 않고 카카오버터로 만드니까요."

료코는 하얗든 까맣든 초콜릿의 단맛을 모두 메스꺼워한다. 예전에도 사정을 몰랐던 시게루가 료코를 데리고 초콜릿 퐁뒤를 먹으러 갔을 때 그 자리에서 당장 헤어지자고 할 뻔했다. 지금 그녀는 입안에 남은 초콜릿 맛을 썻어내고 싶은 마음뿐이었다.

"화장실 좀 써도 될까요?"

"예?"

메이구도 상대의 낯빛이 이상하다는 것을 눈치챘다.

"3층에 있는 아지사이에 가서 마담에게 1층 손님이라고 말씀하시면 됩니다."

료코는 당장 문을 박차고 달려 나갔다.

그녀의 뒷모습을 보면서 메이구는 중얼거렸다.

"역시 첫 번째는 꼭 망치는 건가…."

료코는 입을 헹구는 정도가 아니라 마담에게 칫솔을 달라고 해서 맛을 없애려고 한참 씨름을 한 뒤에야 종이상자 집으로 돌아왔다.

"다시 일 이야기로 돌아가죠. 보호국은 왜 이 일에 개입한 겁니까?"

메이구가 재촉했다.

"저희 보호국의 관할은…."

료코는 입안의 초콜릿 맛이 완벽하게 사라지지 않아서 기분이 매우 좋지 않았다.

"소년범 보호관찰, 여러 교정기구의 재소자 가석방 업무도 포함하고 있어요. 그들이 사회로 복귀할 수 있게 돕고 재범을 방지하는 업무죠."

"그래서 선인장과 밀접한 관계가 있군요."

메이구가 고개를 끄덕였다.

"이 시스템은 어쨌든 막 도입된 상태라 미국처럼 시스템 분석의 결과로 재소자의 형량을 결정하는 정도의 사법 혁신에 도달하려면 아직도 갈 길이 멀어요. 지금은 가석방 신청에 응용하고 있지요. 각 지역의 갱생보호위원회가 해당 재소자에게 심리상담사를 알선해 주고, 카메라로 그들의 행동을 관찰한 다음 정기적으로 테스트를 거쳐 심리 데이터를 보호국에 제공합니다. 저희는 그걸 다시 정보관리국에 보내죠. 갱생보호위원회에서는 가석방 신청을 심의할 때 선인장의 분석 결과를 참고하고요."

메이구는 머릿속으로 왔다 갔다 하는 문서의 배달 과정을 상상했다.

"공무원의 일처리란 정말 번잡하기 짝이 없네요! 왜 지역갱생보호위원회에서 직접 선인장 시스템을 이용하지 않는 겁니까?"

"심리 데이터를 활용하려면 전문가의 분석이 필요해요. 시스템을 조작하는 데도 기술이 있어야 하고요. 전문 인력의 수에 한계가 있어서 지금은 중앙정부가 관리합니다."

료코는 메이구가 실상도 모르면서 쉽게 말을 하자 약간 기분이 상했다.

"알겠어요. 아까 선인장에 문제가 생겼다고 했죠? 자세히 설명해주세요."

료코는 한숨을 쉬었다. 드디어 진짜 사안으로 들어가게 되었다. 그녀는 서류 하나를 꺼냈다. 맨 위에 한 사람의 교도소 기록이 적혀 있었다. 메이구는 서류를 받아들었다.

"곤도 미쓰루…. 기라구미 조직원이군요!"

사진 속 상고머리 청년은 텅 빈 눈빛을 갖고 있지만, 여전히 짙은 야쿠자 분위기가 남아 있다.

"정확히 말하자면, 조직원이었죠. 조직 내의 동료를 살

해하고 감옥에 온 뒤 조직으로부터 파문당했어요. 물론 그
래도 15년이 지나야 가석방을 신청할 수 있지만요. 여전히
폭력단 소속이면 신청 자체를 할 수 없거든요. 그래서 보
여주기식 파문일 가능성도 있어요. 나중에 다시 조직으로
돌아갈지도 모르죠. 다만 우리는 그의 행동과 심리 테스
트 결과에 근거해서 각종 가능성 있는 상황을 분석하는데,
그가 출소 후에 조직과 다시 접촉할 거라는 예측은 나오지
않았어요."

"그런데… 예측이 잘못되었다?"

"그럴 가능성이 크죠."

료코가 눈을 내리깔았다.

"곤도는 출소 후에 한동안 조용히 지냈어요. 사회에 제
대로 적응한 것처럼 보였죠. 하지만 한 달 전, 그가 마약
판매를 도와줬다는 것을 경찰이 알게 됐어요. 당신도 알겠
지만, 마약이란 건…."

"배후에 반드시 야쿠자가 있지요."

"경찰은 기라구미일 거라고 의심했어요. 마약판매상 조
직을 따라 올라가다가 실마리를 잡고 곤도를 체포하려고
했을 때, 그가 자기 집에서 죽은 채 발견됐어요. 오른쪽 관
자놀이에 구멍이 났고 손에는 권총을 쥐고 있었는데, 자살
인지 타살인지 아직 밝혀지지 않았죠…. 어쨌든 그건 중요
한 게 아니에요. 선인장의 분석 결과는 지금까지 절대 틀
린 적이 없어요. 오차율이 완벽한 0이었다고요. 그래서 이

사건 때문에 법무성의 체면이 크게 깎였고, 우리 보호국은 내부조사를 시행하기로 했어요."

"내부조사? 시스템에 오류가 생긴 게 아닙니까?"

"아직은 확신할 수 없어요. 관련된 사람이 많기 때문에, 어디서부터 잘못됐는지 조사해야 해요. 지역갱생보호위원회의 보호감찰관이 제공한 자료, 정보분석과의 시스템 운영, 결과의 분석까지 전부 관련되어 있으니까요. 만약 재소자의 개인자료가 잘못되었거나, 심지어 조작되었다면? 그건 시스템의 문제가 아니라 인위적인 문제니까요."

"하지만 당신네 보호국이 나서서 조사할 일은 아니잖아요? 감찰기관이 따로 있을 텐데…. 아, 그렇군요."

메이구는 의미심장한 미소를 지었다. 료코는 그가 승냥이처럼 느껴졌다. 뭔가 훑어보는 듯한 태도가 불편했다.

"내부에서 범인을 잡아낸 뒤 이 일을 공론화하지 않고 덮을 생각이군요?"

"그렇게 듣기 싫게 말하지 마세요. 정식 조사 전에 먼저…."

"변명할 필요 없어요. 어쨌든 당신들이 민간인에게 의뢰하는 이유를 대강 이해했으니까."

"상당한 보수를 제공할 거예요."

"역시 법무성이네요."

메이구의 말투에는 빈정거리는 느낌이 담겨 있었다.

"말해보세요, 내가 뭘 도우면 됩니까?"

"사실 저도 잘 모르겠어요…."

료코는 말문이 막혔다.

"일반적인 방식에 따라 관련자 명단을 제공하고, 당신에게 그들에 대한 개별조사를 요청…."

"그런 건 5층의 흥신소에 맡기면 됩니다."

메이구가 콧방귀를 뀌며 말했다.

"알아요. 하지만 사안이 급해요…. 전 인터넷에서 고객 평가를 찾아보고 단기간에 사건을 해결하기 위해 당신에게 의뢰하는 거예요."

료코는 인터넷에서 본 T&E 탐정사무소에 대한 묘사를 떠올렸다.

'5일 안에 사건 해결을 보장한다.'

'쾌도난마 천재 탐정!'

애초에 이런 점 때문에 여기를 선택했다. 다케우치 국장도 탐정사무소에 대한 평가를 듣더니 호기심을 드러내며 반드시 이 사람을 찾아가라고 말하기까지 했다.

다만 이렇게 특이한 사람을 만나리라고는 생각지 못했다. 이런 곳에 살지를 않나, 그러면서도 양복을 입고 말투는 냉소적인 노숙자라니.

인터넷의 평가에는 이런 말도 있었다. '사무소는 좀 특이하지만 탐정 본인은 아주 사근사근해요.' 저 말의 후반부에 아직은 공감할 수 없다.

"당신이 본 건 다 과장된 이야기들입니다."

메이구의 표정이 무거워졌다.

"겸손하시네요. 사람들은 당신에게 사람의 마음을 들여다보는 통찰력이 있다고 하던데요. 임기응변을 잘하는 판단력도 있고요. 많은 사건들이 당신의 과감한 행동력으로 순조롭게 해결됐다고요. 아! 이렇게 하는 건 어때요?"

료코가 손뼉을 쳤다.

"제가 관련 인물들을 조사할 때 당신이 옆에서 그들을 관찰하는 거예요. 뭔가 허점을 드러내지는 않는지 말이죠. 소설 속의 탐정들도 대개 이렇게 사건을 해결하던데…."

"솔직히 말해서 탐정으로서의 능력을 따지자면 전 유사 이래 가장 형편없는 탐정일 거예요."

메이구가 자리에서 일어섰다.

"탐문조사라면 나보다 잘하는 사람이 수없이 많을 겁니다. 니지마 씨도 문제없이 잘 해낼 거라고 믿어요."

료코는 당황했다. 상대방은 자기를 배웅하려는 눈치였다. 칭찬을 하며 띄워줬는데 오히려 역효과가 났다. 그러나 그녀는 며칠간 사건을 조사하면서 상사의 압박을 겪은 뒤라 몸도 마음도 지칠 대로 지친 상태였다(거기다 시게루가 귀찮게 굴기까지 했다). T&E는 그녀에게 마지막 지푸라기였다.

사실상 메이구는 이 의뢰를 받아들이지 않으려 했다. 그는 공권력의 개가 될 생각이 없었다. 자신이 도와야 할 사람은 정의의 힘이 미치지 못하는 서민들이지 진상을 덮으려는 후안무치한 공무원이 아니다.

한쪽은 설득하려 하고 다른 한쪽은 그것을 어떻게 거절할지 고민할 때 료코의 휴대전화가 울렸다.

모르는 번호의 전화였다.

"여보세요? …너야? 전화 걸지 말라고 하지 않았어?"

전화를 받은 순간 료코의 표정에 확실하게 화가 드러났다.

"이제 와서 무슨 말을 더 하겠다는…. 뭐? 잠깐만, 너 지금 어디 있다고? 바보짓 하지 마!"

료코의 표정이 삽시간에 진지해지더니 점차 하얗게 질려갔다. 말투도 걱정스럽게 바뀌었다.

"거기서 꼼짝 말고 있어. 지금 바로 갈게!"

그녀는 전화를 끊고 메이구를 향해 고개를 숙이며 말했다.

"나중에 다시 이야기해요."

그런 다음 골판지 문을 열고 나갔다. 그녀의 다급한 모습을 보고 메이구도 따로 배웅을 하지 않았다. 상대방이 시간 낭비를 하지 않게 하기 위해서였다.

바깥은 이미 칠흑처럼 새카맸다. 메이구는 코딱지만 한 좁은 종이상자 집에 앉은 채 방금 있었던 만남을 돌이켜봤다.

이러면 된 거다. 저들에게 협조할 필요도 없고. 내 능력을 이런 데 낭비해서는 안 돼. 내가 고급 빌라나 스위트룸으로 들어가지 않고 노숙자 생활을 계속하는 건 이런 일이나 하기 위해서가 아냐. 니지마 씨는 단지 상사의 명령에 따르는 것뿐이고 그녀에게는 미안하지만, 역시 이 일은 거절하는 게 좋겠어.

그는 벽에 기대어 종이상자 집의 감촉과 골판지 특유의 냄새를 느꼈다.

한 시간 뒤, 바깥에서 사이렌 소리가 들렸다….

R

나는 집 안으로 들어서며 타이거를 불렀다.

보통 처음에는 아무런 반응도 없다가 아직 전등을 켜지 않은 어두운 구석에서 얼핏 작게 움직이는 그림자를 볼 수 있다. 순간 가느다랗게 '야옹' 하는 소리가 들리고, 두툼한 꼬리가 모습을 드러낸다. 타이거는 몸 절반을 식탁 의자 뒤에 숨긴 채다. 이게 나를 대하는 타이거의 대답이다. 오늘 저녁도 예외가 아니었다.

사료를 그릇에 부어줄 때가 되어서야 타이거는 둥글둥글한 몸을 드러내고 가까이 다가온다. 맛있는 음식을 즐길 때도 타이거는 나를 거들떠보지 않는다. 막 아홉 살로 접어든, 얼룩무늬를 가진 고양이는 주인의 기분을 손바닥 보듯 들여다보고 있다.

나는 소파에 늘어졌다. 마음속의 먹구름은 이미 깨끗이 사라졌다. 머릿속은 온통 저녁 무렵의 만남으로 가득했다.

정말 불가사의해. 퇴근할 때는 분명 기분이 그렇게 나빴는데.

페이메이구라는 남자가 사쿠란보 빌딩 후문에서 나타 났을 때부터 예사롭지 않은 신비감을 느꼈다. 양복을 입은 그가 놀랍게도 노숙자나 다름없이 종이상자로 만든 집에 서 살다니! 그러나 그는 중요한 게 뭔지 아는 사람이었다. 종이상자 집에서는 일 이야기를 하기 힘들다고 생각해 나 를 건물 2층의 아사가오라는 술집으로 데려갔다.

가게에 들어가서는 나에게 묻지도 않고 앉자마자 입을 열었다.

"마담, 뜨거운 우유 한 잔. 난 오렌지주스로 줘요."

"어서 와요! 어머나, 오늘 손님은 젊고 아리따운 아가씨 네."

마담은 딱 봐도 연륜 있고 원숙한 여성으로, 나보다 수 십 배는 더 아름다웠다. 기분을 맞추느라 하는 아첨인 줄 알면서도 나는 기분이 좋았다.

"내가 뜨거운 우유 좋아하는 건 어떻게 알았어요?"

내가 물었다.

"탐정이라면 의뢰인에 대해 기본적인 조사를 합니다. 원 래 이 정도는 필수적이죠."

그는 이렇게 말하면서 아무렇지 않은 듯한 표정으로 창 밖을 바라보고 있었다.

주문한 음료가 나온 뒤, 우리는 의뢰 건에 대해 이야기 를 나눴다. 그가 샌드박스나 선인장에 대해 상당히 잘 이 해하고 있어서 금세 본론으로 들어갔다. 그는 내 설명에 집중했고, 내부조사의 목적을 언급했을 때도 가볍게 고개만 끄덕일 뿐 별다른 말은 없었다.

대화가 끝나고 그는 고개를 숙인 채 골똘히 생각하더니 얼마 지나지 않아 짝 하고 손뼉을 쳤다.

"니지마 씨, 저도 선인장 사건에 흥미가 있습니다. 꼭 조사에 참여하고 싶군요."

가슴에 얹혀 있던 커다란 돌덩이가 내려가는 기분이었다.

"맡아주셔서 정말 기뻐요. 감사합니다! 내일 사이타마 현으로 가서 첫 번째 관련 인물을 만날 예정인데 그때 같이 가시죠."

나는 그 말을 끝으로 탁자 위에 올려둔 가죽가방으로 손을 뻗었다.

"아유, 한 잔 더 하고 가지. 왜 벌써 가세요?"

그때 마담이 입을 열었다.

"저도 조금 더 오래 이야기를 하고 싶군요."

메이구가 나를 바라봤다.

"마담, 야마자키 한 잔 가져다 줘요. 25년산으로."

나는 발을 멈췄다. 의뢰 건도 승낙받았고, 오늘 저녁의 임무는 성공적으로 완수한 셈이니까 조금 더 이야기를 나누는 것도 나쁘지 않겠지.

나는 기린 맥주를 시켰다. 나에게 다른 술 종류는 너무 세다.

"보호국의 총무과라, 보통은 어떤 일들을 하나요?"

그가 물었다.

"다양해요. 제가 처리하는 건, 각 지역의 갱생보호위원회와 연락하고 조정하는 업무죠."

나는 직장 이야기를 대화 속에 끌어들이고 싶지 않았다. 그래서 길게 대답하지 않고 대충 몇 마디 대꾸했다.

초점을 돌리기 위해 나는 줄곧 궁금했던 질문을 던졌다.

"사무소 이름을 왜 T&E라고 지었어요? 탐정하고 잘 연결이 안 되는데."

"제 아버지 성함이 '텐양'이고 어머니 성함이 '에리코'거든요. 그게 다예요."

그때 그의 시선은 먼 곳 어딘가를 헤매는 듯했다. 어쩌면 부모님을 떠올렸던 걸까.

화제는 그의 직업으로 옮겨갔다.

아사가오에는 나와 메이구, 그리고 마담 외에 다른 손님은 한 명도 없었다. 젊음을 따진다면, 지금 옆에 있는 이 남자의 나이가 가장 어릴 것이다. 하지만 행동거지 하나하나에 사회에 막 발을 들인 햇병아리 같은 치기는 별로 없고 오히려 자신감으로 가득하다. 이런 자신감은 냉담하고 무엇에도 아랑곳하지 않는 듯한 눈빛에서 고스란히 드러난다. 그러면서도 말투와 작은 행동에서는 따뜻한 배려가 느껴진다.

"그럼, 탐정 일은 어떤가요? 소설에 나오는 것처럼 그래요?"

그는 웃으며 대답했다.

"다들 탐정이 관찰하고 머리만 쓰면 된다고 생각하는데, 그건 정말 큰 오해예요. 사건에 개입하고, 다음에 어떤 행동을 할지 판단해야 하죠. 더 나아가서 진상을 어떻게 드러내느냐 하는 부분까지 전부 탐정이 반드시 갖춰야 할 능력이죠."

나는 큰 흥미를 갖고 자신과 전혀 관련 없는 영역의 이야기를 들었다. 어깨를 나란히 하고 술집의 바에 앉아 있는 터라 대화를 나누면서 시선이 계속 상대방에게 닿아 있는 것은 아니지만 오가는 말 속에서 상대방의 마음이 다 느껴졌다.

그의 말하는 방식은 타이거를 떠올리게 했다.

버키가 세상을 떠난 후, 나는 애완동물 가게에서 타이거를 데려와 지금까지 기르고 있다. 나는 타이거와 내 관계가 집 안 공간을 공유하는 타인, 혹은 각자 생활하는 부부(결혼도 하지 않은 내가 이렇게 말하는 게 설득력이 없겠지만)와 비슷하다고 생각한다. 타이거는 밥을 먹을 때만 나에게 다가온다. 버키와는 정반대다. 우리는 눈빛을 주고받는 일이 거의 없지만, 타이거는 가끔 두툼한 꼬리를 보여주거나 내가 침대에 누워 있을 때 곁눈질하면 볼 수 있을 만한 곳을 스치듯 지나가곤 했다. 그런 행동으로 타이거는 자기가 나를 신경 쓰고 있다는 사실을 알려주는 것이다.

화제가 다양하게 뻗어나가자 술이 약한 나도 분위기를

타서 몇 잔 더 마셨다. 맥주를 마시는 거라 화장실에도 두 번이나 다녀왔다.

가게를 나서기 전, 내가 인터넷에서 본 T&E 탐정사무소에 대한 평가를 언급했다.

"메이구 씨, 인터넷에서는 당신이 늦어도 5일이면 사건을 해결한다던데요."

그는 빙그레 웃으며 말했다.

"탐정으로서의 능력을 따지자면 전 유사 이래 가장 형편없는 탐정일 거예요."

겸손의 말이었겠지만, 어째서인지 그의 말투가 몹시 진지하다고 생각됐다.

"야옹."

타이거의 울음소리가 나를 기억 속에서 현실로 데려왔다. 내가 눈을 마주치려고 하자 타이거는 도로 내 시선 바깥으로 쏙 빠져나갔다.

오늘밤은 술을 꾀 마셨다. 약간 취기가 오른 몸을 끌고 가죽가방 속에서 휴대전화를 꺼내 침실로 향했다.

그때, 휴대전화 보조등이 깜빡거리는 것을 발견했다. 부재중전화가 있다는 신호다. 모르는 번호인데 세 번이나 걸었다.

아마 나도 모르게 휴대전화를 무음 모드로 바꿨던가 보다. 잠깐 생각하다가 자정이 넘은 시간인 데다 상대방이 누군지도 몰라 전화를 걸지 않았다.

전화번호를 무시하고 휴대전화를 침대 머리맡에 놓은 뒤, 침대 매트리스에 늘어져 꿈나라로 들어갔다.

우에노 역에서 JR로 갈아타고 사이타마 신도심 역까지 갔다. 서쪽 출구로 나오니 메이구가 이미 도착해 내 앞에서 손을 흔들었다.

"오래 기다렸어요?"

메이구는 고개를 저었다. 그는 캐주얼한 옷차림에 어깨에는 커다란 스포츠백을 메고 있어서 손톱만큼도 탐정 같아 보이지 않았다. 오히려 운동을 좋아하는 청년으로 보였다.

오늘 만날 사람은 간토 지역갱생보호위원회의 보호관찰관이다. 기차역에서 위원회가 있는 합동청사까지는 도보로 7분이 걸린다. 가는 동안 우리 둘은 다음 상황에 대해 상의했다.

"이따가 니지마 씨가 일대일로 대화를 하고, 전 옆에 숨어서 들을게요."

"숨어서 들어요? 그렇게 쉽게 될까요?"

"이 근처에 카페가 있어요. 사전에 실험도 해봤죠. 제일 안쪽에 있는 테이블 두 개는 칸막이로 분리돼 있는데, 칸막이의 방음효과는 별로지만 그것 때문에 사람들의 경계심이 약해지죠. 평소 말소리 정도면 저한테도 들려요."

나는 그를 위아래로 훑어봤다. 왜 양복을 입지 않았나 했더니, 처음부터 직접 만날 생각은 없었던 것이다.

"제가 꼭 물어봐야 할 질문이 있어요?"

나는 여전히 불안했다.

"그냥 묻고 싶은 걸 물어보면 돼요. 아, 가능한 한 질문을 많이 하세요. 시간을 끌수록 좋아요."

나는 의구심을 품고 청사로 들어갔다. 1층의 안내데스크에서 위원회의 시라이시 씨를 만나러 왔다고 설명했다. 사전에 약속을 했고, 시라이시 씨와 근처 카페에 가서 이야기를 나누고 싶다고 말했다. 안내원은 잠시 기다려달라고 하더니, 금세 나에게 시라이시 씨가 '알았다, 곧 카페로 가겠다'고 말했다고 전해줬다.

카페에 들어가니 메이구가 기다리고 있었다. 우리는 눈빛을 주고받은 뒤 각자의 자리로 가서 앉았다.

10분 뒤, 첫 번째 관련 인물인 시라이시 카오리가 나타났다.

T 63

시라이시를 본 순간부터 료코는 그녀가 뭔가 걱정한다는 느낌을 받았다. 중년에 접어든 그녀는 얼굴에 화장기라고는 없었다. 그녀는 테이블에 불길한 물건이라도 놓여 있는 것처럼 시선을 내리깔고 테이블만 죽어라 쳐다봤다. 아래로 드리워진 시선은 그녀의 얼굴을 더욱 불안의 집합체처럼 보이게 했다.

"니지마 씨, 미쓰루 일로 오셨겠죠…."

"제가 이메일에서 말씀드렸다시피, 최근 그 사람에게 일어난 일과 선인장의 분석 결과는 큰 차이가 있어요. 총무과에서는 책임 소재를 명확히 하길 바랍니다."

료코는 상대방의 표정을 살폈다. 시라이시는 이번 사건의 당사자를 성인 '곤도'가 아니라 이름 '미쓰루'만으로 불렀다. 료코는 그 속에 어떤 의미가 있는 것은 아닐지 고민했다.

"제가 관찰한 바로는 출소하기 전의 4~5개월 동안 미쓰루의 복역 태도가 아주 좋았어요. 감옥의 근로시간에도 적극적이고 성실했습니다. 다른 재소자와 어떤 갈등도 일어난 적이 없었고요."

"가석방 후의 상황은요?"

료코가 물었다.

"다 좋았어요. 공사장에서도 별일 없었고, 동료들과도 잘 어울렸어요. 그러다가 지난달에…."

료코는 속으로 생각했다. 곤도가 겉으로 보이는 모습은 자신이 조사하려는 것에는 아무런 의미도 없다. 어떤 사람은 날 때부터 가면을 쓰고 산다. 그의 심리 상태야말로 핵심이다.

두 사람 사이에 짧은 침묵이 내려앉았다. 먼저 입을 연 것은 료코였다.

"시라이시 씨, 당신도 알다시피 전 선인장 때문에 여기

왔어요…."

"저도 압니다. 내가 미쓰루를 어떤 사람이라고 여겼는지
그건 당신에게는 중요하지 않겠죠. 전 그 애를 오랫동안
관찰했습니다. 물론 그 애가 전혀 연기를 하지 않았다고는
감히 말할 수 없겠습니다만, 저로서는 미쓰루가 이렇게 오
랫동안 연기를 계속할 정도로 의지력이 강하다고는 생각
할 수가 없어요. 미쓰루의 주변 사람들은 다들 그 애가 무
척 유순하다고 말해요. 다르게 말한다면… 자기 주관이랄
게 없었죠."

"그런 사람이야말로 집단에 이용당하기 쉽지 않나요?"

"어떤 집단이 그 애를 원하겠어요?"

시라이시의 목소리가 점점 커졌다.

"그 애는 조직의 동료를 죽였어요. 그쪽에선 이미 악명
이 높은걸요. 어떤 조직도 데려가려고 하지 않을 거예요.
뭐라더라… 파문은 보여주기식 조치에 불과하고 출소 후
에 다시 기라구미에 들어갈 거라고들 하는데… 그건 더 불
가능해요! 그 애가 직접 나에게 말해줬어요. 조직을 위해
서 위험인물을 제거해준 건데 오히려 자기와 관계를 끊었
다고, 기라구미에는 이미 마음이 떠났다고 했어요!"

료코는 눈앞에 앉은 여자의 얼굴을 응시했다. 자신은 엄
밀히 말해 그녀의 상급자인데도 시라이시가 '저항'이라고
이름 붙일 만한 분위기를 뿜어내는 것이 느껴졌다. 료코보
다 자기 나이가 훨씬 많으니 거침없이 말하는 걸지도 모른

다. 그렇다고 해도 이 정도의 반응은 이상했다.

"죄송합니다."

시라이시가 눈을 내리깔았다.

"이런 얘기 듣고 싶은 게 아니겠죠. 요청하신 대로, 자료를 가지고 왔습니다."

시라이시는 자리에 앉기 전 한쪽에 내려놨던 서류철을 열고 두툼한 문서를 꺼냈다.

메이구는 칸막이에 귀를 바짝 대고 있었다. 마음은 초조하기 짝이 없었다.

"여기, ASPD(반사회성 인격장애)에 대한 DSM* 제7판 진단 수치가 가석방 신청 2년 전까지 아주 높은 수준이다가 그후로 해마다 하락했군요. 그해에 무슨 일이 있었죠?"

료코의 목소리가 건너왔다.

"제가 기억하기로 미쓰루를 달라지게 만든 직접적인 사건은 없었어요. 추측하자면, 그해에 종교에 관심을 갖게 됐는데 어떤 심경의 변화가 있었겠지요… 아, 감옥 안에서 책을 빌려 읽을 수 있어요. 그때 미쓰루는 주로 불교 관련 서적을 빌려서 읽었죠."

시라이시는 이런 질문을 받을 거라고 미리 짐작한 듯, 대답이 막힘없고 빨랐다.

---

* 미국 정신의학회에서 정신질환의 종류와 진단 기준을 제시한 편람(옮긴이).

"그래요? 그럼 이쪽의 수치에는…."

두 사람이 자료를 분석하며 전문적인 영역으로 들어가자 집중해서 듣고 있던 메이구도 조금 건성이 됐다. 사실상 그는 처음부터 대화 내용에는 그다지 관심이 없었다.

그는 지금 '기회'를 기다리고 있다.

'진행 속도를 보면 10여 분 뒤에는 얘기가 끝날 거야. 빨리 움직이지 않으면….'

그는 결정을 내리고, 휴대전화를 꺼내 이 카페의 전화번호를 눌렀다. 전화에서 종업원의 목소리가 들렸다. 메이구는 목소리를 최대한 낮춰 칸막이 저쪽에 들리지 않도록 조심하며 원하는 바를 말했다.

얼마 후 발소리가 들리고 칸막이 너머로 향했다.

"손님, 죄송합니다. 어느 분이 시라이시 씨인가요?"

"저예요."

나이 많은 여자 목소리가 대답했다.

"손님을 찾는 전화가 왔어요."

시라이시가 일어나는 소리를 듣고 메이구는 곧바로 휴대전화의 어떤 버튼을 누르고 다른 번호를 입력했다. 바로 사쿠란보 빌딩 4층 해피 금융의 전용 번호였다.

묵직한 저음의 남자 목소리가 들렸다.

"요놈, 또 너구나. 무슨 일이냐?"

"마코토 형! 미안해요, 시라이시라는 여자하고 통화하면서 시간 좀 끌어줘요. 부탁할게요."

메이구는 여전히 목소리를 낮춘 채 말했다.

"또야?"

전화 상대방은 약간 성가셔 했다.

"알았다. 이번만이야."

상대방이 승낙하자 메이구는 얼른 휴대전화에 명령어를 입력했다.

성공했다. 이제 두 대의 전화가 연결되었으니 마코토 형은 사채업자인 척 상대방을 붙잡고 늘어졌다가 한참 뒤에야 사람을 착각했다느니 하면서 사과를 할 것이다.

메이구는 시간 낭비할 생각이 없었다. 곧바로 칸막이 너머로 움직였다.

그가 나타나자 료코는 놀란 표정을 숨기지 못했다. 그녀가 막 입을 열려는데, 메이구가 검지손가락을 입술 앞에 대면서 말하지 말라는 표시를 했다. 그는 테이블 위에서 목표물을 찾아냈다.

시라이시는 휴대전화를 절대 몸에서 떼어놓지 않는 종류의 사람은 아니었던 모양이다. 메이구는 전화 전원을 끈 뒤 주머니에서 드라이버를 꺼내 빠르게 기계를 해체하기 시작했다.

"지금 뭐 하는…."

료코가 눈을 둥그렇게 뜨고 당황하다가 참지 못하고 입을 연 순간, 상대방의 시선을 받고 흠칫하며 얼른 입을 다물었다.

메이구는 휴대전화 내부에서 회로판을 꺼낸 다음 검은
색의 미니디스크로 바꿔 넣었다. 그런 다음 기계를 다시
조립했다. 이 모든 과정은 2분도 걸리지 않았다.

'도청?'

료코의 머릿속에 두 글자가 떠올랐다. 하지만 입 밖에
내어 묻지는 못했다. 그저 모든 과정을 성공적으로 완수한
메이구가 의기양양하게 제자리로 돌아가는 것을 보고만
있었다.

"몇 번을 말해요? 전 돈 같은 거 빌린 적 없다니까요!
제대로 알아보고 전화하시죠!"

계산대 쪽에서 화를 내는 여자의 목소리가 들려왔다….

R

대화가 끝난 뒤, 나와 메이구는 기차역으로 돌아왔다.
내가 시라이시와 대화할 때 그가 어떤 단서를 찾아냈을지
정말 궁금했다. 그러나 카페를 나온 뒤로 그는 줄곧 입을
다물고 있었다.

"그녀의 이야기를 탐정 선생님께서는 어떻게 들으셨나
요?"

나는 직접 물어보기로 결정했다.

"니지마 씨는요? 어떻게 생각하시죠?"

"저요?"

그가 반문할 거라고는 생각하지 못한 터라 잠깐 생각하다 입을 열었다.

"그녀가 곤도를 '미쓰루'라고 부르는 걸 보고 두 사람이 단순한 직업적인 관계는 아닐 거라는 생각이 들었어요. 그녀의 어조가 자신도 모르게 높아진 적이 여러 번 있었는데 마치 대화 내용에서 뭔가 누설될까 봐 걱정하는 것 같았죠. 심리 데이터의 수치들도 의심스러워요. 한 사람의 반사회적 경향이 1년 사이에 대폭 하락하는 게 가능할까요? 자료가 수정 혹은 조작됐다면 별도의 사안으로 처리해야죠. 시라이시를 자세히 조사할 필요가 있다고 생각해요…."

메이구가 짝짝짝 박수를 쳤다.

"당신이 이렇게 많은 단서를 찾아낼 줄은 몰랐네요. 흥미로워요. 시라이시라는 사람은 분명히 뭔가 숨기는 게 있죠. 당신이 생각하는 것과 크게 다르지 않을 거라고 생각해요."

"숨기는 것? 그게 뭘까요?"

"당신들이 계산할 때 내가 바로 뒤에 서 있었잖아요?"

나는 그때의 상황을 떠올렸다. 원래는 나와 시라이시가 헤어진 뒤, 그녀가 청사로 돌아간 것을 확인하고 나서 메이구를 만나기로 약속을 했다. 그런데 계산할 때 메이구가 갑자기 등 뒤에 나타나서 깜짝 놀랐던 것이다. 그는 나를 아는 척하지 않고 단지 우연히 비슷한 시각에 계산하게 된 것처럼 굴었다.

"시라이시가 돈을 낼 때 제가 지갑 안을 슬쩍 봤는데…."

메이구가 씩 웃었다.

"그녀가 누군가와 함께 찍은 사진이 들어 있더라고요."

"사진? 설마…."

나는 눈을 커다랗게 떴다.

메이구가 고개를 끄덕여 내 추측이 맞다는 표시를 했다.

"남자와 함께 찍은 사진을 지갑 속에 넣어둔다, 그건 남편이나 아들이 아니면 애인이겠죠! 적어도 그 정도로 중요한 존재라거나. 어느 쪽이든, 시라이시가 곤도에게 특별한 감정이 있는 건 확실해요."

"역시 의심스러워요…."

"니지마 씨."

메이구가 내 말을 막듯 손을 들어 올렸다.

"이게 제가 말하고 싶었던 겁니다. 이제 다른 사람에게 초점을 맞추죠. 시라이시 카오리는 더이상 조사할 필요가 없어요."

"네? 왜요?"

나는 갑작스러운 결론에 깜짝 놀랐다.

"시라이시가 곤도에게 특별한 감정을 가졌던 건 확실하지만, 단지 그것뿐입니다. 대화할 때 그녀의 어조가 오락가락했던 건 아마도 곤도에게 사적인 감정을 품은 게 들킬까 봐 초조해서 그랬을 거고요. 그녀가 자료를 임의로 수정해서 곤도를 가석방시켰다고 볼 만한 증거는 없어요."

우리는 JR 사이타마 신도심 역에 도착했다. 나는 개찰구로 들어가고 싶지 않았다. 메이구의 조사 방침을 이해할 수 없었고, 당장 의혹을 풀지 않으면 마음이 편하지 않을 것 같았다.

"하지만 제가 보기에 가석방 전 2년간의 수치는 확실히 이상해요!"

"분명 그렇습니다. 하지만 가능성이 크다고 해서 꼭 수치를 수정했다고 볼 순 없죠."

메이구가 대답했다.

"단기간에 사건을 해결하라는 압박을 받고 있다면, 제 의견에 따라주세요! 의미 없는 조사에 시간을 낭비하지 말자고요."

순간적으로 감정이 격해졌다. 나보다 나이도 어린 주제에 납득하기 힘든 말을 억지로 밀어붙이는 탐정을 허리에 두 손을 올린 채 똑바로 쳐다봤다.

"메이구."

나도 모르게 존칭을 생략해버렸다.

"무슨 근거로 시라이시의 혐의를 배제한다는 거죠?"

"그건…."

존칭에 대해서는 그다지 마음에 두지 않는 것 같았다.

"탐정의 직감요!"

"저는 경찰이 직감에 따라 조사한다는 것만 알았지, 뛰어난 탐정께서도 그러는 줄은 몰랐네요."

"제가 뛰어나지 않다는 거군요."

내가 비꼬자 메이구는 씁쓸하게 웃으며 말했다.

"그냥 목소리만 듣고도 그 사람이 어떤 사람인지 판단할 수 있는 능력이 저한테 있다고 생각하세요. 아니면 미래를 보는 능력이 있어서 시라이시를 자세히 조사해봐야 별것 없다는 걸 알고 있다고 치든지요."

"정말로 미래를 보는 능력이 생긴 다음에 그런 말을 하시죠."

"우리 내기할까요?"

그는 잠깐 생각하더니 얼굴을 붉히거나 숨을 씨근덕대지도 않고 평온하게 말했다.

"지금은 하늘이 아주 맑지요. 만약 우리가 우에노 역에 도착했을 때 비가 내린다면, 내 말대로 하는 겁니다."

나는 휴대전화를 꺼내 오늘의 일기예보를 확인했다. 간토 지역은 하루 종일 '맑음'이라고 했다.

"좋아요!"

그 말이 신호라도 된 듯, 둘이 동시에 개찰구 안으로 쑥 들어갔다. 에스컬레이터를 타고 플랫폼까지 가는 동안 한 마디도 하지 않았다. 우리는 고장 난 라디오처럼 입을 꼭 다문 채 짙푸른 하늘과 드문드문 보이는 흰 구름만 쳐다봤다. 기차에 타고 자리에 앉은 뒤에도 꼼짝 않고서 창밖의 풍경만 무서운 기세로 쳐다봤다.

누가 봤다면 우리 둘이 막 말다툼한 연인처럼 보였을 것이다.

"우산 있어요?"

메이구가 히죽 웃으면서 스포츠백 안에서 조그만 접이식 우산을 꺼냈다. 우에노 역의 개찰구 바깥에 사람들이 가득 몰려 서 있었다. 대부분 갑자기 내리는 비 때문에 발이 묶인 사람들이었다. 적잖은 사람들이 편의점에서 산 투명한 비닐우산을 들고 있었다.

인정 못해. 이 사람은 그냥 운이 좋은 거야.

"예언능력까지 갖춘 대단한 탐정 히미코 님이시군요."

나는 참지 못하고 투덜거렸다.

"얼굴 찡그리지 마요. 내가 커피 살게요."

메이구가 역 맞은편 건물을 가리켰다.

나는 잠깐 생각하다가 고개를 끄덕여서 승낙했다. 어쨌든 오늘은 공무로 외근을 한 것이니 가스미가세키에 있는 사무실로 돌아가지 않아도 된다.

접이식 우산을 나눠 쓰고 빠른 발걸음으로 길을 건너 오래된 카페로 들어갔다. 자리에 앉아 주문을 한 뒤, 메이구는 즉시 다음 소사 대상에 대해 말을 꺼냈다.

"구와하라 준페이…."

그는 내가 꺼내준 자료를 뚫어져라 쳐다봤다.

"법무성 사람인가요?"

나는 고개를 끄덕이며 말했다.

"정보관리국 정보분석과에서 일하는 분석관이에요. 곤도의 심리 데이터를 그 사람이 관리했죠. 선인장에 데이터를 입력하고 시뮬레이션 시나리오를 만들어내는 거예요."

"그럼 일부러 시스템을 조작해서 잘못된 시나리오를 만들 수도 있겠군요."

"맞아요. 만약 당신이 관심 있으면 내일 가스미가세키에 와요. 제가 구와하라와 약속을 잡을게요. 아니면…"

나는 얄밉게 웃으며 말을 이었다.

"당신의 직감이 이 사람도 사건과 관계없다고 얘기하나요?"

"아뇨."

메이구는 아무렇지도 않았다.

"제 생각과는 조금 다르지만, 그래도 한번 만나보는 게 좋겠어요."

"당신 생각요?"

나는 그의 말에 담긴 의미를 놓치지 않았다.

"니지마 씨, 당신은 샌드박스에 뭔가 허점이 있다고 생각하나요?"

메이구가 갑자기 질문을 던져서 잠시 멍해졌다. 나는 생각했다. 그가 말한 것은 허점이지 문제점이 아니다. 아마도 샌드박스의 안전성을 가리키는 거겠지. 하지만 이리저리 생각을 해봐도 그의 머릿속을 추측하기 어려웠다.

내가 대답하지 않자, 메이구가 다시 말했다.

"당신 이메일을 읽은 뒤 인터넷에서 관련 자료를 찾다가 어떤 글을 봤는데, 혹시 우리 조사에 돌파구가 될지도 몰라요…."

"어떤 거죠?"

나는 몸을 기울이며 관심을 보였다.

"당신은 이메일에서 백신 프로그램을 예로 들었지요. 의심스러운 파일을 샌드박스 속에서 실행시킨다. 바이러스가 있나 없나 확인하기 위해서 샌드박스는 원래의 플랫폼과 같은 행위를 구현해야 한다. 만약 문제가 생기면 샌드박스를 삭제하면 되고, 원래의 플랫폼에는 아무런 영향도 없다."

나는 고개를 끄덕였다. 그건 샌드박스 원리를 설명하는 가장 좋은 사례다.

"그렇다면 이런 가능성도 있지 않을까요. 만약 바이러스가 아주 똑똑한 놈이라서 '테스트 자각력'이 있다면? 그러니까 자기가 샌드박스에 있는지 원래의 플랫폼에 있는지 판단하고 처한 환경에 따라 다른 반응을 보일 수도 있지 않을까요? 샌드박스에서는 바이러스가 활성화되지 않고 원래 플랫폼에서만 활성화된다면 말입니다."

"당신이 말하는 상황은 근본적으로 불가능해요."

내가 반박했다.

"바이러스에게 현재 처한 환경이 샌드박스라고 알려줄

방법이 없으니까요. 혹시 바이러스가 인공지능만큼 강력해서 스스로 샌드박스인지 아닌지 알아낼 수 있다면, 그건 샌드박스의 시뮬레이션 기능 자체에 문제가 있는 거예요. 말하자면 재현성이 부족하다는 뜻이죠."

"맞아요."

메이구가 돌연 얼굴을 앞으로 들이밀었다.

"하지만, 재소자의 테스트에서도 이런 문제가 절대 없을까요?"

처음에는 그가 무슨 말을 하는지 잘 이해하지 못했다. 잠깐 생각한 후, 나는 충격을 받았다.

"당신도 알아차린 것 같군요. 재소자들이 심리 테스트를 받을 때 자기가 뭔가 평가받는 중이라는 걸 인식 못할까요? 여러 차례 테스트를 하다 보면 아무리 멍청한 사람이라도 점점 조심하게 되겠죠? 물론 심리 테스트에 피험자의 거짓말을 찾아내는 기제가 포함되어 있을 거라 생각해요. 대부분의 경우 피험자가 테스트를 자각했다는 사실을 알아내고 그에 맞춰 데이터를 수정할 거예요. 하지만 거짓말 탐지 기제가 만능은 아닐 테고 허점이 있을 가능성은…."

"잠깐, 잠깐만요."

나는 메이구의 말을 끊었다. 충격을 다스리기 위해서였다.

"인터넷에서 찾은 자료라고 했죠? 어디서 본 거예요?

테스트 자각력과 선인장의 관계, 누가 제시한 주장인가요?"

"어떤 비밀 포럼의 게시판에 올라온 글이었어요. 쓴 사람은 자기를 '인과공진회人科共進會'의 일원이라고 밝혔죠."

메이구의 대답을 들은 나는 마음속의 분노를 전혀 숨기지 않았다.

인과공진회, 정식 명칭은 아마도 '인류와 과학기술의 공동발전촉진회'라고 하는 잘 알려진 반정부단체다. 최근 몇 년간 줄곧 정부의 과학기술 정책을 맹렬히 공격하고 있다. 그 구성원들은 인터넷 게시판에 비방글을 올리는 일 외에도 '매파' 성향에 전자전에 정통한 인물들이 있어서 몇 차례나 정부기관 사이트를 공격해 마비시키려는 시도를 했다고 한다.

인과공진회는 줄여서 '인과'라는 이름으로도 불리는데, 이 조직은 유명할 뿐 아니라 행적이 무척 신비했다. 인터넷에 자칭 인과의 일원이라는 인물이 나타나도 늘 실제 신분을 파악하지 못했다. 어떨 때는 가상계정에 다중 IP를 썼고 어떨 때는 거의 다 잡았을 즈음 시스템에 문제가 생겼다. 그들이 이미 정부기관 내에 침투했다고 합리적으로 의심할 만한 상황이었다. 그렇지 않으면 이렇게 날뛸 수 있을 리 없다.

"그런 말을 믿어요?"

내가 말했다.

"재소자들이 거짓말 탐지 기제를 알아내서 심리 테스트를 조작한다고요? 웃기지 말아요! 일반적으로 말해서 피험자가 굉장히 높은 분석력을 갖고 있지 않은 한 그런 허점은 절대 발견할 수 없어요. 게다가 지역갱생보호위원회에서 제공하는 자료는 심리 테스트 데이터 외에도 일상 관찰 영상도 포함돼 있어요…. 얼마나 연기력이 뛰어나야 자기 자신의 세밀한 동작 하나하나까지 꼭 들어맞게 통제해서 선인장이 그들이 죄가 없다고 판정하게 만들 수 있을까요?"

"완전히 불가능한 건 아니잖아요? 당신이 말하는 영상이란 것도 단지 머리, 팔다리, 안구 등의 근육이 특징적인 움직임을 보이는지 정도를 보여주는 것 아닙니까? 거기다 체온 정도가 관찰 자료로 더해지겠죠. 그런 식으로 테스트의 특징만 파악하면 빠져나갈 수 있는 거 아니에요?"

나는 말문이 막혔다. 나 역시 내심으로는 일본의 심리 분석을 위한 영상판독기술이 미국에 비해 현저히 뒤떨어진다는 것을 잘 알고 있었다.

"곤도가 타고난 연기자였을지도 모르잖아요."

메이구는 승기를 잡고 공격에 박차를 가했다.

"솔직히 곤도에게는 테스트의 허점을 분석해낼 머리가 없을지도 몰라요. 하지만 그걸 곤도에게 알려준 사람이 있다면 어떨까요? 샌드박스 시스템에 정통하고 선인장의 평가분석 기준을 상당히 잘 이해하고 있는 어떤 사람 말입니다."

그러면 내부자란 얘기잖아. 내 마음에 어두운 그림자가 짙게 드리웠다. 정말 그렇다면 문제는 더욱 심각해진다. 우리가 맞서야 할 대상은 직업윤리를 저버린 공무원일 뿐 아니라 교활하고 똑똑한 범죄자인 것이다.

"당신의 불안을 가중시킨 것 같군요."

메이구는 내 얼굴에서 시선을 돌리며 말했다.

"걱정하지 마요. 내가 있으니까. 최선을 다해 해결할게 요. 내일 구와하라부터 시작하죠!"

그는 자리에서 일어나 화장실에 갔다. 그의 뒷모습을 보 면서 나는 갑자기 무력감이 치솟는 것을 느꼈다.

그때 휴대전화가 울렸다. 건성으로 수신 버튼을 누른 뒤 에야 모르는 번호로 걸려온 전화라는 데 생각이 미쳤다.

"여보세요? 료코, 나야. 내일…."

"귀찮게 굴지 마, 시게루!"

전화 저편이 누구인지 알게 되자 나는 더 생각할 것도 없이 화부터 냈다.

다음 날 정오, 나와 메이구가 함께 맥도날드에 들어가는 데, 익숙한 사람이 보였다.

"다케우치 국장님!"

나는 소녀처럼 손을 붕붕 흔들었다.

중년 남자가 종업원이 건네주는 봉투를 받아들고 몸을

돌려서 천천히 걸어왔다. 쉰에 가까운 나이인데도 여전히 풍성한 은발을 뒤로 가지런히 빗어넘겼다. 은테 안경 뒤로 눈빛이 형형한 두 눈동자가 보인다. 셔츠 아래의 어깨도 꽤 단단해 보였다.

"오!"

그가 미소를 지으며 우리 쪽으로 다가왔다.

"니지마 씨 아니야."

"국장님도 오늘 정크푸드를 드시는군요."

그가 씁쓸하게 웃으며 말했다.

"식당 음식은 입에 맞질 않아서."

법무성 청사는 가스미가세키 잇초메(1번가)에 있는데 다케우치 국장은 주로 니초메(2번가)의 맥도날드에서 점심을 먹곤 했다. 이 습관은 지금도 여전했다.

"그리고 니지마 씨도 여기 왔잖아?"

법무성의 이목을 피하기 위해 일부러 여기를 선택했는데 바로 아는 사람을 만나게 될 줄은 몰랐다. 하지만 다케우치 국장은 분명히 사건과 관련이 없을 테니까 상관없다.

"오늘은 중요한 일이 있어서 여기 온 거예요."

나는 옆에 선 메이구를 가리켰다.

"이분이 T&E의 탐정이에요."

"T&E?"

국장이 안경을 고쳐 쓰고 눈앞의 청년을 꼼꼼히 살폈다.

"그 사람요. 5일 내로 사건을 해결한다는 천재 탐정."

국장은 그 말을 듣더니 헉하고 숨을 들이켜며 놀란 표정이 역력했다. 순간 눈, 코, 입의 위치가 동시에 뒤엉켜 그 모습이 인류의 상식을 초월한 무언가처럼 보일 지경이었다.

"아이고, 그 명탐정! 실례했소."

"정보관리국 다케우치 국장님이세요. 전에는 보호국에서 제 상사셨는데 항상 제게 잘해주셨어요. 선인장을 만든 분이기도 하고요."

내가 메이구에게 다케우치 국장을 소개했다.

"그건 여러 사람의 노력이 모여서 이뤄낸 성과라오."

국장이 웃으며 주머니에서 '다케우치 구니오'라고 인쇄된 명함을 꺼냈다.

"안녕하세요."

메이구가 명함을 받았다.

"탐정 선생님…."

주변 사람을 고려한 것인지, 국장이 일부러 목소리를 낮췄다.

"당신만 믿겠습니다. 원인을 반드시 알아내야 해요. 저희 부서는 지금 존망의 위기에 몰렸어요. 구세주가 필요합니다…."

그렇게 말하며 명함을 받아든 메이구의 두 손을 꽉 쥐고는 유권자를 만난 선거 후보자처럼 위아래로 흔들었다.

"국장님."

나는 그의 과장된 행동이 우스워서 웃음이 나왔다.

"그렇게 심각한 건 아니잖아요!"

"비슷해. 내가 느끼는 스트레스가 니지마 씨보다 덜하지 않을걸?"

국장은 뒤통수를 긁적이며 대답하고는 메이구를 보며 깊숙이 허리를 숙였다.

"잘 부탁합니다."

상대방의 영향을 받은 것일까, 메이구도 얼른 답례로 허리를 숙였다.

"부족하지만 온 힘을 다하겠습니다…."

두 사람의 과장된 예절에 나는 웃음을 참기 힘들었다.

다케우치 국장이 가고 나서 메이구가 물었다.

"저 사람 원래 저래요?"

"상황에 따라 달라요. 아까 같은 정도는 정말로 스트레스가 심하다는 뜻이죠."

"그래요? 당신이 5일 안에 사건 해결 어쩌고 했을 때 표정은 정말 일반적인 수준의 '과장된 행동' 정도가 아니었다고요."

"그게 그분이 스트레스를 처리하는 방식이에요."

"스트레스인가요?"

메이구는 턱을 괸 채 뭔가 생각하는 듯한 표정을 지었다.

그때 둥글둥글한 무언가가 전면창 저쪽에서 미친 듯이 달려오는 것이 보였다. 정말 풍선을 꼭 닮았다. 나는 얼른 문을 향해 걸어갔고, 그 사람과 함께 맥도날드로 들어섰다.

"니, 니지마 씨! 죄, 죄송…. 늦었, 늦었습니다…."

눈앞의 이 사람, 숨을 몰아쉬며 얼굴이 땀범벅인 말더듬이 남자가 바로 오늘의 조사 대상인 구와하라다.

T 87

"저, 저는 단지 곤, 곤도의 영상과 심, 심리 데이터로 각, 각종 변, 변, 변수와 상, 상수, 상수에 맞게 선, 선인장을 실행, 실행하는 것뿐입니다. 과정은 전, 전부 표준 작, 작업절차대로…."

료코는 목 뒤로 식은땀이 흐르는 기분이었다. 아마도 그녀가 앉은 자리 뒤에 에어컨의 냉기가 나오는 출구가 있기 때문이겠지. 그녀는 상대방의 말에 귀를 기울이면서도 시선은 눈앞의 콜라 컵에 집중하고 있었다.

맞은편의 뚱뚱한 남자는 마치 '나는 결백하답니다' 정도로 제목을 붙일 수 있는 랩을 노래하는 것 같았다. 리듬이 일정하지 않고 아주 느린 템포의 랩. 그가 더듬대며 반복하는 글자들이 료코의 고막을 쉼 없이 두들겼다. 중저음이 강조되어 듣는 사람을 배로 힘들게 했다. 대화 과정은 상당히 느렸고, 이렇게 계속하다가는 점심시간이 다 끝나버릴 것 같았다.

그러고 보면 료코는 청사에서 이 남자와 자주 마주친다.

다만 두 사람은 한 번도 대화를 나눈 적이 없었다. 전에는 이메일로 연락을 주고받았다. 그래서 오늘 처음으로 그가 말을 더듬는다는 사실을 알았다.

"핵심적인 SC0007385호 시나리오를 읽어봤어요."

료코가 손에 들고 있는 복사본을 치켜들었다.

"현실과 마찬가지로, 시나리오에서 곤도는 출소 후에 어느 공사장에서 일하도록 배치가 되었습니다. 가능성 있는 상황들을 시뮬레이션했고, 공사장에 불량배가 나타나고 심지어 폭력조직이 끼어드는 상황까지 갔을 때 곤도의 반응과 행동이 나와 있어요."

엄격하게 말해 출소 후에 아무런 문제도 맞닥뜨리지 않는 전과자는 존재할 수 없다. 전과도 없고 현실생활에서 아주 건전하게 생활하는 사람이라도 수천수만 개의 시뮬레이션 시나리오 중에서 반드시 하나둘 정도는 그들이 위험한 선택을 하는 상황이 나온다. 일반적으로 부정적인 상황의 비율이 낮으면 가석방을 승인하는 근거가 된다. 정부가 하는 일은 비율의 높고 낮음을 평가하고, 재소자들의 재범을 피하는 방향으로 그들을 배치하는 것이다.

"시나리오에 따르면, 곤도는 동료들과 잘 지냈습니다. 그러나 일단 현장에 야쿠자가 개입한 것을 알게 되면…"

료코는 검지손가락을 하나 치켜세웠다.

"곤도는 곧바로 혐오감을 느끼고 그들과 멀어집니다. 보호관찰관은 그가 기라구미를 위해서 위험한 인물을 제거하느라 살인죄를 지었는데도 조직에게 배신당했다고 생각한다고 했어요. 어쩌면 과거의 트라우마가 심리적 반응을 만든 게 아닐까요?"

"그건 당, 당, 당연하죠. 저, 저도 곤도의 데, 데이터를 봤어요. 확실히 그, 그런 상황, 상황이 벌어질 가, 가능성이 있죠."

구와하라는 식판 위에서 빅맥을 집어 들고 한 입 베어 물었다. 료코는 그의 몸집이나 식사량을 볼 때 여기 와서 식사하는 빈도가 다케우치 국장보다 더 높겠다고 생각했다.

"이 시나리오에 나오는 곤도는 마지막까지 범죄에 참여하지 않습니다. 지역갱생보호위원회에서는 이 부분에 근거하여 그를 공사장으로 배치했겠죠."

그렇지만 시나리오와 완전히 배치되는 상황이 발생했다. 곤도는 어떤 조직에 매수돼서 마약 판매에 협조했다.

"그, 그렇다고 해도요."

구와하라는 입안에 담긴 버거를 다 씹기도 전에 침을 튀기며 말을 이었다.

"선, 선, 선인장의 분석은 오, 오류가 없습니다. 시, 시스템은 단지 영, 영상과 심리, 심리 데이터의 변, 변, 변수와 상, 상수에 근거해서 시, 시뮬레이션 시나리오를 생, 생성합니다. 만약 현, 현실과 다른 점이 있다면, 그건 분명히 자, 자료가 잘못된 겁니다. 시, 시, 시스템 자체와는 전, 전혀 무관해요. 그, 그리고 시, 시스템을 조작하는 저도 무,

무관하고요."

료코는 구와하라를 쳐다보며 그의 혐의가 얼마나 될까 가늠했다.

'이 사람이 하는 말도 맞아. 만약 자료와 시뮬레이션된 시나리오 사이의 연결점에 이상이 없다면 확실히 구와하라를 의심할 이유가 없어. 지금 가장 중요한 건 자료의 진위를 판단하는 거야. 그렇다면 역시 시라이시가 가장 의심스러운데. 아냐, 메이구가 말한 것처럼 다른 사람이 곤도에게 심리 테스트의 허점을 알려줬을지도 몰라. 그래서 잘못된 데이터가 나오고…'

그녀는 팔꿈치로 옆에 앉은 메이구를 쿡 찔렀다.

어제와는 달리 개방적인 패스트푸드점이라 메이구는 다른 자리에 앉아서 엿듣겠다고 하지 않았다. 처음부터 료코가 메이구를 법무성의 조사관이라고 거짓으로 소개했기 때문에 그는 꼼짝없이 구와하라의 심문에 동참해야 했다. 그러나 지금까지 그는 고개를 숙이고 생각에 잠긴 채 한마디도 하지 않았다.

료코는 속으로 한숨을 쉬었다.

"데이터를 조작할 때, 시스템에서 로그를 만드나요? 그러니까 입력된 데이터와 생성된 시나리오를 대조할 수 있는 기록 말이에요. 시스템의 오류 여부를 검사할 수 있는…"

그녀는 다른 방향으로 접근해보려 했다. 혹시 다른 단서를 찾을 수 있을지도 모른다.

"당, 당, 당연히 있습니다. 저, 저희는 도, 도, 도표도 만
드는걸요. 잠, 잠깐만 기, 기다려주세요…."

구와하라는 몸을 돌리더니 기름범벅인 손으로 백팩을
열고 태블릿PC를 꺼냈다. 손가락으로 화면을 몇 번 건드
렸더니 곧 시스템 분석 화면이 나타났다.

"잠깐, 잠깐만 볼 수 있습니다. 이건 기, 기, 기밀자료예
요. 제 상, 상사도 볼 수 없어요. 저도 단, 단말기로 불러올
수만 있고 카, 카피할 수는 없어요…."

료코는 태블릿PC를 건네받았다. 화면 왼쪽에 심리 데이
터 항목이 나열되어 있고 그 옆의 칸 안에는 항목별 수치
와 시나리오의 해당 부분 서술로 연결되는 링크가 붙어 있
다. 한쪽에는 비고란이 있어서 이런 시나리오가 생성된 근
거가 설명돼 있다.

한차례 살펴봤지만 단지 머리가 아프고 눈이 피곤할 뿐
이었다. 정보가 너무 많고 복잡해서 하나하나 확인한다는
것은 거의 불가능했다.

"저도 좀 볼게요!"

옆에서 들린 목소리에 료코는 깜짝 놀랐다. 메이구가 이
도표를 볼 줄 안단 말이야?

료코의 시선은 두 사람 사이를 정처 없이 움직였다. 그
녀는 메이구의 머릿속에서 무슨 계산이 돌아가고 있는 건
지 짐작도 할 수 없었다. 다행이라면 구와하라가 아무렇지

도 않은 듯 고개를 끄덕이고는 다시 빅맥을 감싼 종이로 손을 뻗었다는 점이다. 그는 자기 몫의 버거와 치킨을 우걱우걱 먹었다.

료코는 태블릿PC를 메이구에게 건넨 뒤 그가 무슨 꿍꿍이속인지 지켜봤다.

메이구는 태블릿PC를 받아서 자세히 들여다보는가 싶더니 아무렇지도 않게 무릎 위에 얹었다. 곧 옆에 놔둔 스포츠백에서 검은색 상자 모양 기계를 꺼내 거기 달린 검정색 연결 잭을 재빠르게 태블릿PC의 외부 연결단자에 꽂았다.

료코는 당황했다. 지금 뭘 하는 거지? 막 물어보려는 찰나, 메이구가 료코를 쳐다봤다. 아무 소리도 하지 말라는 듯했다. 고개를 돌려 구와하라를 보니, 그는 여전히 음식을 씹어 삼키는 데 열중해 있었고 시선은 다른 곳을 오가고 있었다. 대각선으로 마주보고 앉았기 때문에 탁자가 시야의 사각지대를 형성해 그는 메이구의 의심스러운 행동을 전혀 눈치채지 못했다.

검은색 기계장치의 표면은 아마도 액정 스크린인 듯한데 그 위에 애니메이션이 떠올랐다. 공사장에서 벽돌을 나르는 모습이었다. 왼쪽에서 오른쪽으로 벽돌을 나르는데 벽돌이 옮겨질 때마다 아래쪽에 표시된 퍼센트 수치가 올라갔다. 그동안 메이구의 손가락은 태블릿PC의 화면 위를 이리저리 움직였다. 마치 눈앞의 자료를 살펴보는 데 정신을 집중하고 있는 듯 보였다.

'무슨 분석기 같은데….'

에어컨의 냉기가 아까보다도 더 세진 것 같았다. 료코는 식은땀이 점점 더 많이 나는 기분이었다. 단정하게 입은 정장의 등 쪽에 땀이 배어나오기 시작했다.

막 100퍼센트가 될 때, 메이구는 저도 모르게 입가에 미소를 띠었다….

R

"그럼 이, 이만 가보겠습니다. 오, 오, 오사카에 있는 과장님에게 자, 자료를 준비해드려야 해서요. 죄, 죄송합니다. 별로 도, 도움이 되지 못해서요."

방금 구와하라의 휴대전화가 울렸다. 그는 전화를 받더니 안색이 변해서는 황급히 낮은 목소리로 연신 죄송하다고 말했다. 다 먹지 못한 버거와 치킨을 남겨둔 채(그래도 정말 많이 먹었다) 전화를 끊자마자 자리에서 일어섰다. 다급한 모습을 보니 전화를 건 사람은 분명 정보분석과에서 '벼락 선생'이라고 불리는 가지타니 과장일 것이다.

구와하라가 가기 전에 나는 잊지 않고 그에게 일러뒀다.

"구와하라 씨, 오늘 나눈 대화는 비밀로 해주시기 바랍니다."

"안, 안, 안심하세요. 아, 아, 아무에게도 말하지 않겠습니다."

"여기 오는 동안 아는 사람을 만났나요?"

그는 주먹을 이마에 대고 생각에 잠겼다.

"다, 다케우치 국, 국장님요. 하, 하지만 그냥 인, 인사만 했어요. 니, 니지마 씨를 만난다고는 말, 말하지 않았습니다. 아, 아, 아마 모, 모르실 겁니다."

"그럼 됐습니다."

나는 입술에 검지손가락을 댔다.

"조사 내용은 절대 비밀입니다."

"그, 그럼 가, 가보겠습니다."

구와하라가 백팩을 메고 나와 메이구에게 손을 흔들며 인사를 했다.

그가 나간 뒤 힘없이 중얼거렸다.

"공연히 헛수고한 것 같죠?"

"꼭 그렇지만도 않아요."

메이구는 옆에서 눈을 비비며 대답했다. 그는 무척 피곤해 보였다. 분명 아까까지만 해도 눈을 감고 쉬었는데 말이다.

"그의 컴퓨터에서 재미있는 걸 발견했죠."

"네? 그렇게 너저분한 도표에서…"

"그걸 본 게 아니에요. 더 재미있는 걸 봤죠."

메이구는 몸을 숙이고 내 쪽으로 얼굴을 가까이 댔다.

"휴지통에서 정체불명의 파일을 발견했어요. 용량도 꽤

크고 파일명은 MITSURU.dat더군요."

"MITSURU…? 곤도 미쓰루와 관련된 자료란 말예요?"

"십중팔구 그렇겠죠. 하지만 구와하라가 기밀자료라서 단말기를 이용해 열람할 수만 있고 카피는 안 된다고 했던 거 기억나요? 그렇다면 어떻게 추출된 파일이 존재하는 걸까요?"

마음속에서 시커먼 구름이 마구 피어오르는 기분이었다. 하지만 나는 한편으로 기대감이 생겼다. 메이구가 뭔가 단서를 잡은 게 분명했다.

"그래서 디스크 사용기록도 뒤져봤죠. MITSURU.dat 파일이 생성된 지 한 시간 후에 어떤 휴대용 디스크가 그 컴퓨터에 연결된 기록이 있었어요."

"잠깐, 이건 프라이버시 침해인데요…."

"탐정의 호기심일 뿐이었어요."

메이구가 머리를 긁적였다.

"그 휴대용 디스크 명칭은 KAJITANI였어요. 디스크 주인의 이름이겠죠?"

KAJITANI, 가지타니! 나는 자리에서 펄쩍 뛰어오를 뻔했다.

"가지타니 과장…! 그 사람이 세 번째 관련 인물이에요! 방금 구와하라에게 전화한 사람도 그 사람일 거예요. 아! 그러면 과장이 전화로 이 일을 언급했을지도…."

나는 한껏 흥분했다. 드디어 중대한 돌파구를 찾은 것이다. 그런데 그 순간 메이구의 입가에 미소가 떠오른 것이 눈에 들어왔다. 나는 점점 불안해졌다.

"위대한 탐정님, 나 속이는 거죠? 정보분석과 사람이 조심성 없이 그런 증거를 남길 리가 없잖아요. 그건 그렇다 쳐도 아예 대범하게 우리한테 보여주고…."

"정보를 다루는 사람이라고 해서 다들 개인정보 안전에 주의를 기울일 거라고 생각하지 마세요."

메이구가 웃으며 말했다.

"그 태블릿PC를 그다지 길게 살펴보지도 않았잖아요. 2~3분? 그 사이에 그걸 다 조사했다고요?"

"그건 당신의 시간 감각이 이상한 겁니다. 믿든 말든 마음대로 해요. 설마 사건을 해결할 수 있는 이 기회를 붙잡지 않겠다는 건 아니죠?"

그 말에 나는 아무런 반박도 할 수 없었다. 나는 잠시 생각한 후 그의 말을 믿기로 했다.

"가지타니의 자료 갖고 있어요?"

나는 가죽가방에서 '가지타니 렌타로'라고 적힌 서류를 꺼내 메이구에게 건넸다.

사진 속 가지타니는 미간을 잔뜩 찌푸리고 두꺼운 눈썹이 치켜 올라간 모습으로, 그가 평소 급한 성격이라는 것을 잘 보여주고 있다. 말소리도 벼락 치듯 커서 부서 내에서 벼락 선생이라는 별명으로 불렸다.

메이구는 서류를 받아들고 꼼꼼히 살펴본 뒤 말했다.

"이 사람은 왜 관련 인물에 포함된 겁니까?"

"가지타니는 정보분석과의 과장이지만 자료를 직접 처리하지 않으니까 곤도와 선인장 시스템 운영 문제와는 상관없는 인물이라고 할 수 있죠."

나는 고개를 저으며 말했다.

"문제는 그 사람이 곤도와 먼 친척이라는 점이죠."

"그런데도 법무성에서 일할 수 있는 겁니까?"

메이구가 깜짝 놀란 표정을 지었다.

"아주, 아주 먼 친척이니까요. 승진에는 별 영향이 없었지만 어쨌든 관계가 있기는 하니 관련 인물 중에 한 명이 된 거죠."

"이제 동기도 수단도 다 가진 셈이네요. 만약 내가 어제 한 말대로라면, 그가 시스템의 허점을 곤도에게 누설한 장본인일 겁니다. 확실히 말이 되는 얘기죠."

"하지만 곤도가 마약 판매에 협조한 일이나 자기 집에서 죽은 일 같은 건 그와 무관하겠죠?"

내가 물었다. 친척이 출소할 수 있게 협조하는 것은 합리적이지만 사람까지 죽인다는 건 말이 안 된다.

"그건…. 조사해봐야죠. 어쨌든 목표를 최종 확정했어요. 구와하라의 태블릿PC에서 발견한 두 가지 단서만으로 가지타니가 곤도의 자료를 빼돌렸다고 단정할 수 없지만, 더 깊이 조사할 필요가 있어요."

"오늘 바로 그 사람을 찾아갈 거예요? 지금 아마도 오사

카에 있는 모양이던데, 회의가 끝나야 신칸센을 타고 돌아
올 거예요. 제가 시간을…."

"잠깐만요."

메이구가 내 말을 막았다.

"직접 만나면 경계심을 심어줄지도 몰라요. 그 사람이
선인장 운영에 관련되지 않은 건 사실이니 만나서 조사할
명분이 없죠. 당신은 다시 사무실로 돌아가요. 내가 방법
을 생각해볼게요."

"어머!"

나는 손목시계를 봤다. 점심시간이 곧 끝난다.

"그럼 저녁에 어디서든 만나서 의견 나누는 게 어때요?
긴자에 안젤리카라는 가게가 있는데 케이크가 아주 맛있
어요…."

메이구가 난처한 표정을 짓는 걸 보고, 웃으며 말했다.

"걱정 말아요. 내가 살 테니까. 양복만 입고 와요."

"그럼 감사히…."

그의 입꼬리에 '잘됐다'는 느낌의 미소가 걸렸다.

메이구는 할 일이 있다고 했다. 우리는 지하철 역 앞에
서 손을 흔들며 헤어졌다.

막 사쿠라다도리를 지나 청사로 돌아가는 길에 가죽가
방 안에서 휴대전화가 울렸다. 역시 모르는 번호의 전화였
다. 누구인지는 말할 것도 없다.

받고 싶은 마음은 전혀 없었지만 그렇다고 계속 이대로

178

내버려두는 게 능사는 아니다. 나는 통화 버튼을 눌렀다.

"시게루? 너일 줄 알았어."

나는 전과 똑같이 냉담한 목소리로 말했다.

"료코! 드디어 전화를 받았구나!"

"할 말이 있으면 빨리 해. 나 일하러 들어가야 해."

"그게…, 생일 축하해."

우물거리며 축하한다고 말하는 태도는 어떻게 봐도 좋다고 말할 수 없었다.

"고마워. 이만 끊을게."

"자, 잠깐!"

내가 전화를 끊으려 하자 그가 급히 말을 이었다.

"저녁에 함께 생일파티 할까?"

"약속 있어."

"누가 생일 축하해 주겠대? 그 사람이야?"

그 사람(내가 허구로 만들어낸 짝사랑의 상대자), 시게루가 말하지 않았더라면 그 일을 잊어버릴 뻔했다.

"아니야. 생일 축하해 주겠다는 사람은 없지만, 상관없어."

"그러니 내가 축하해 줄게! 누군가 함께 있으면 더 즐겁잖아."

그는 거의 울먹이다시피 하면서도 억지로 명랑한 척했다.

"생일을 어떻게 보내든 그건 내 자유야."

그때, 돌연 어떤 생각이 떠올랐다. 나는 슬쩍 오늘 저녁의 예정을 말했다.

"오늘 저녁엔 안젤리카에 가서 내 자신에게 상을 주기로 했으니까…"

일부러 잠깐 말을 멈춰서 실수로 말해버렸다는 듯 굴었다. 그러고 마지막으로 한마디 덧붙였다.

"넌 오지 마."

"갈게! 꼭 갈 거야!"

전화 너머로 외치는 소리가 들렸다.

"내가 말했지? 오, 지, 마. 안녕."

나는 바로 전화를 끊었다.

잠깐 기다렸는데 시게루는 다시 전화를 걸지 않았다. 나는 다시 사무실을 향해 걸었다.

머릿속으로 오늘 저녁 벌어질 일을 상상했다. 호화로운 저녁식사와 촛불, 그리고 나와 '그 사람'이 다정하게 이야기하는 모습은 누구나 부러워할 만한 한 쌍의 연인으로 보일 것이다.

시게루가 그 광경을 보면 자기가 더는 어쩔 수 없다는 것을 깨닫고 포기하지 않을까?

"건배!"

유리잔이 가볍게 부딪히는 맑은 소리가 울렸다. 나와 메이구는 포도주를 한 모금 마셨다.

창밖을 바라보니 북적거리는 거리의 모습 위로 우리 두

사람이 비쳐 보인다. 자동차가 몸을 뚫고 지나쳐 가고, 거리의 불빛이 몸 안에서 반짝반짝 빛을 낸다. 마치 우리 두 사람이 각각 하나씩 작은 우주를 품고 있는 것 같다.

안젤리카는 실내조명이 어두운 편이다. 하늘거리는 촛불이 최소한의 빛을 제공한다. 촛불은 분위기를 달아오르게 만드는 마법을 부린다. 이런 레스토랑에서 다정한 무드를 만드는 데는 촛불만 한 것도 없다. 게다가 눈앞에는 양복을 차려입은 젊은 신사가 있으니 본래는 로맨틱하기 그지없는 장면인데…. 안타깝게도 우리는 분위기에 전혀 어울리지 않는 화제로 한창 대화에 열을 올리는 중이다.

"가지타니를 조사하는 건 히로시 아저씨에게 부탁했어요."

"히로시 아저씨요?"

"우리 빌딩 5층에서 흥신소를 해요. 하루나 이틀 정도면 조사 결과가 나올 겁니다."

메이구는 포크로 초콜릿 케이크를 작게 잘라서 두어 번 흔들더니 입안에 쏙 넣었다. 초콜릿을 먹지 않는 나는 치즈 케이크를 시켰다.

그 말을 들으니 나도 기억이 났다. 사쿠란보 빌딩의 배치안내도를 봤을 때 5층에는 '히로시 흥신소'라고 쓰여 있었다.

"다른 사람에게 조사를 맡겼다고요? 그럼 우리는 뭘 하죠?"

나는 조금 의아했다.

"아무것도 할 필요 없어요. 가지타니의 범죄 증거는 정상적인 절차로 확보할 수 있는 게 아니니까요. 심지어 그에게 공범이 있다면 겉으로 봐서는 알아내기 힘들기 때문에 비상수단을 쓸 필요가 있어요…."

그가 잠시 말을 멈췄다.

"도청, 감시, 자료 해킹 같은 거죠. 히로시 아저씨는 그쪽 방면으로는 프로니까 그 사람의 밑바닥까지 속속들이 다 파헤칠 거예요."

"당신이 더 대단하지 않아요? 시라이시와 구와하라의 비밀을 딱 한 번 만나고는 바로 알아냈잖아요. 이번에는 왜 꽁무니를 빼는 거죠?"

나는 그의 호승심을 자극하려고 했다.

"말했다시피, 우리는 가지타니를 조사할 명분이 없어요."

메이구의 표정이 달라졌다. 말투도 다급해졌다.

"그리고 니지마 씨, 당신은 나를 너무 과대평가하고 있어요. 지금까지 두 번은 운이 좋아서 단서를 잡아낸 것뿐이에요. 하지만 지금 필요한 건 더 강력하고 더 명확한 범죄의 증거예요. 그러려면 더욱 파괴력 있는 수단을 써야지요. 전과 같은 방식은 안 통합니다. 일단 실행하면 당신도 위험에 노출될 수 있어요."

"당신 말은, 내 안전을 위해서 다른 사람에게 조사를 맡긴다는 건가요?"

내가 눈썹을 치켜세우며 말했다.

"그뿐 아니라 조사 시간도 단축할 수 있어요."

"알겠어요."

나는 의자에 등을 기대며 기지개를 켰다.

"아! 재미없어. 인터넷에서 유명세를 떨치는 위대한 탐정님이 신속하게 사건을 해결하는 비결이란 게, 겨우 조수를 부리는 거였다니. 실망이야, 실망."

내가 비웃자 메이구는 순간 복잡한 표정을 지었지만 곧 침묵으로 대답을 대신했다.

나는 내심으로는 정반대의 생각을 하고 있었다. 메이구는 뭔가를 알아낸 것이다. 그러나 모종의 이유로 내가 깊이 개입하지 않기를 바란다. 오래 알고 지낸 것은 아니지만 메이구는 처음부터 지금까지 자신만만하다는 인상을 줬다. 시라이시를 용의선상에서 제외시킨 일이나 가지타니로 혐의를 축약하는 과정 등은 직감과 빈약한 단서에 근거하고 있었다. 그는 마치 범인이 누구인지 미리 알고 있는데 단지 증거가 부족한 것처럼 보였다.

갑자기 한 가지 생각이 떠올랐다. 다른 사람에게 조사를 의뢰했다는 것은 핑계에 불과하고 메이구의 진짜 목적은 단독으로 행동하는 것이 아닐까?

"됐어요, 당신 말대로 할게요! 하지만 놀라운데요. 탐정에게도 이런 식의 협력관계가 있다는 거 말예요."

"우리만 그런 거예요."

메이구의 시선이 위를 향하더니 이리저리 방황했다. 마치 뭔가 생각에 잠긴 듯했다.

그때 메이구의 어깨 너머로 어떤 사람의 그림자가 움직이기 시작했다.

시게루였다. 그는 심할 정도로 멋을 부리고 나타났다. 나와 메이구가 들어와 앉은 지 얼마 지나지 않아서 안젤리카에 도착했는데, 우리 테이블과 가까운 자리에 앉아서 식사만 할 뿐 다가와서 말을 걸려고 시도하지도 않았다. 종업원은 잔뜩 차려입은 남자가 혼자서 식사를 하는 걸 의아하게 생각할 것이다. 시게루의 성격은 원래 고집스러우면서도 유약했다.

마침내 움직임을 보이는가 싶더니, 우리 쪽으로 오는 것이 아니라 손을 뻗어 종업원을 불렀다. 그는 지갑을 꺼내 종업원과 한참 주거니 받거니 했다. 그러고 얼마 지나지 않아서 그는 레스토랑을 떠났다.

나는 속으로 탄식을 했다. 이제 더이상 전화해서 성가시게 굴지 않을 것이다. 낙관적인 상상일 뿐이지만, 그래도 나는 시게루를 이해하고 있다고 자부한다.

그는 선박사고를 당하고 나무판자를 붙든 채 표류하는 조난자와 비슷하다. 손을 놓지 않을 의지력은 있지만 단지 기다리기만 할 뿐이다. 섬을 발견해도 손을 놓고 헤엄쳐서 섬까지 갈 용기도 없고 그저 나무판자를 껴안고 계속 흘러가기만 한다. 그러다가 삶의 의지도 포기하고 마는 그런 조난자다.

나에게 다른 남자가 있다는 것을 알고는(비록 진짜가 아니지만) 지금까지 보여준 집착도 다 연기처럼 흩어져버렸으리라.

"뭘 보고 있어요?"

메이구는 케이크를 다 먹고 막 냅킨으로 입가를 닦고 있었다.

"아무것도 아니에요…."

문득 쓸쓸한 느낌이 몰려왔다. 이런저런 감정들이 마음속에서 솟아올랐다.

"메이구, 한 잔 더 하죠? 위층에 좋은 술집이 있어요. 물론, 당신이 사랑하는 야마자키도 있어요."

"괜찮기는 한데, 더 할 얘기가 남았어요?"

"그냥 스트레스를 풀고 싶어서 그래요."

나는 가죽가방을 들고 몸을 일으켰다.

"잠시 일 같은 건 잊어버리자고요!"

그렇게 말했지만 술집에서의 대화도 일부터 시작됐다.

"샌드박스에 그런 허점이 있을 줄이야."

내가 한탄하듯 말했다.

"생각해봤는데, 허점이 있는 것은 샌드박스 원리가 아니라 응용방식이에요."

185

이번에도 25년산 야마자키를 시킨 메이구가 술을 한 모금 마셨다. 우리는 아사가오에서 처음 만났던 그때처럼 바를 바라보고 어깨를 나란히 한 채 앉았다. 단지 오늘은 내가 맥주가 아니라 스코틀랜드 위스키 라프로익을 마신다는 게 다르다. 어째서인지 오늘은 센 술을 마시고 싶었다.

"진정한 샌드박스 시스템은 테스트 자각력의 문제를 완벽하게 해결할 수 있어야 합니다. 그건 인공지능의 학습 기제를 개선하는 것으로 해결할 수 있겠지요."

메이구가 흥미 있다는 눈빛으로 나를 쳐다봤다.

"아, 샌드박스 얘기가 나와서 말인데요. 니지마 씨는…."

"료코라고 불러요."

나도 위스키를 한 모금 마셨다.

"음…."

메이구는 살짝 당황했다.

"아주 오래전에 나온 만화책인데,《도라에몽》읽어봤어요?"

"네, 그건 왜요?"

미래 로봇 고양이 도라에몽은 4차원 주머니에 다양한 도구를 넣어서 가지고 다니면서 주인공을 도와준다. 40~50년 전 이 만화는 이미 인구에 회자될 정도였다. 지금도 많은 사람들이 읽는다.

"도라에몽이 자주 쓰는 도구 중에 '만약에 박스'라는 게 있어요."

나는 고개를 끄덕여 그게 뭔지 알고 있다는 표시를 했다. 그건 거대한 공중전화박스처럼 생긴 건축물이다. 그 전화박스에 들어가서 수화기를 들고 '만약에 이 세계가 이러저러하게 변한다면'이라고 말한 뒤 전화박스에서 나오면 세계가 말한 대로 바뀌어 있는 것이다.

"나는 당신이 보낸 이메일에서 샌드박스의 설명을 읽는 순간 바로 '만약에 박스'가 떠올랐어요. 비슷하지 않아요?"

나는 고개를 저었다. 잘 이해되지 않았다.

"'만약에 박스'가 만들어내는 세계가 진짜 세계가 아니라 실험용 샘플이라고 생각해봐요. 이야기가 다 끝난 뒤에 사용자가 다시 전화박스에 들어가서 '원래의 세계로 돌아가게 해주세요'라고 말하면 다 현실로 돌아오는 거죠."

"당신 말을 들으니까 확실히 비슷해요."

나는 뭔가 깨달았다.

"사용자는 자기 자신의 의식을 또다른 세계로 이동시키고, 그의 어떤 행동도 현실세계에는 영향을 미치지 않는 거죠."

유리잔에 담긴 술이 아주 조금만 남아 있다. 나는 남은 위스키를 단숨에 비웠다.

메이구는 고개를 끄덕이며 말했다.

"각도를 달리해서 생각합시다. 이 '만약'의 세계는 사용자가 테스트를 위해 탄생시킨 샌드박스인 겁니다. 샌드박스 내부를 관찰하고 실행하는 등 테스트가 완전히 끝난 뒤에 샌드박스를 삭제하면 끝. 현실로 돌아오는 겁니다."

"생각나요! 도라에몽의 극장판 애니메이션 〈마계대모험〉에서 도라에몽의 여동생인 도라미가 그 원리를 설명해주는 장면이 있죠. '만약에 박스'는 세계의 원래 모습을 바꾸는 게 아니고 새로운 '평행우주'를 탄생시키는 거라고요. 평행우주의 사람과 사물, 사건은 현실과 거의 똑같아요. 다만 평행우주에 들어가면 현실과는 다르게 벌어지는 이야기를 겪게 되죠."

"맞아요. 평행우주…."

메이구는 턱을 괴고 눈을 감았다. 입을 꽉 다문 그는 명상에 잠긴 것처럼 보였다.

나는 라프로익 한 잔을 더 시켰다.

한참 뒤에 메이구가 후 하고 한숨을 토해냈다. 눈을 뜬 그가 말했다.

"사실 전 《도라에몽》을 읽지 않았어요."

"어, 그럼 아까 말한 건…."

"히로시 아저씨가 말해준 거예요. 그는 SF 마니아였거든요. 아저씨에게 《도라에몽》은 계몽도서였죠. 아저씨 이야기를 듣고 있으면 세상의 모든 것이 다 신기하게 느껴졌어요."

나는 풋 하는 소리를 내며 웃었다.

"당신 말을 들으니까 할아버지를 졸라 옛날이야기를 듣

는 꼬마 아이 같네요."

"그렇게 말할 수 있겠네요. 히로시 아저씨는 절 구해주신 분이고 많은 것을 가르쳐주셨죠."

메이구의 눈이 나를 향했다.

"듣고 싶어요?"

나는 고개를 끄덕였다. 그는 이야기를 시작했다.

"나는 어렸을 때부터 부모님이 없었어요. 고아원에서 자랐죠."

메이구는 열여덟 살에 고아원을 떠나 맨몸으로 도쿄에 왔다. 특별히 잘하는 것도 없었던 그는 이것저것 일을 했지만 다 실패했다. 어느 날 밤 그는 라멘을 잘못 배달하는 바람에 일하던 라멘 가게에서 쫓겨났다. 공원을 배회하던 그에게 한 노숙자가 담요를 주었고 종이상자 집에서 하룻밤 재웠다.

그때부터 메이구는 매일 고물이나 버려진 종이상자를 주워 팔고 유통기한이 지난 도시락을 먹으며 노숙생활을 했다.

"히로시 아저씨가 절 발견했죠. 아저씨는 제가 좋은 능력을 갖고 있으니 사람들을 돕는 데 쓰라고 했어요."

"예지능력요, 아니면 독심술요?"

나는 두 손으로 턱받침을 한 채 물었다.

메이구가 씁쓸한 미소를 지었다.

"탐정의 자질이죠. 아저씨는 절 사쿠란보 빌딩에 데려와서 거기에 종이상자 집을 짓도록 도와줬어요. 그렇게 아저씨의 제자가 됐죠. 아저씨는 퇴직 경찰인데 일이라는 핑계를 대고서 약간 불법적인 짓을 포함해 나를 훈련시켰어요. 감시하고 미행하고 증거를 찾고 탐문하는 기술을 가르쳤죠. 그렇게 오랜 시간이 지나자 나는 한 사람 몫을 하는 탐정이 됐어요. 비록 여전히 자주 일을 망치지만…"

말을 마치고 메이구는 팔을 테이블에 대고 몸을 숙여 얼굴을 팔에 기댔다. 그는 그렇게 내 쪽을 쳐다봤다. 그 눈빛 때문에 또 타이거가 떠올랐다.

갑자기 내 머릿속에 한 가지 의문이 떠올랐다. 메이구가 고아라면, 그때는, 왜 그렇게 말한 걸까? 하지만 입 밖으로 나온 질문은 전혀 상관없는 다른 문제였다.

"종이상자로 만든 집에서 사는 거 힘들지 않아요? 히로시 아저씨란 분이 왜 흥신소에 당신을 재우지 않아요?"

"제가 그렇게 하겠다고 한 거예요. 노숙생활에 익숙해져서 그게 더 자유롭고 편해요."

"혼자 생활하는 거… 외롭지 않아요?"

질문을 하고 나서야 사실은 나 자신에게 묻고 싶었던 거라는 생각이 들었다.

"전혀, 바깥에서 사람들이 떠드는 소리가 다 들려서 시끌벅적한걸요."

메이구가 웃었다.

"하지만 말이죠, 어떨 때는 궁금하기도 해요. 나는 도대체 언제 태어났을까? 누구나 다 축하해야 할 날이 있는데, 나는 아무 날짜나 하루 골라야 했으니까."

메이구는 돌연 상체를 똑바로 세우고 나를 응시했다.

"생일 축하해요."

마음속 깊숙한 곳에서 뜨거운 무언가가 치밀어 올랐다. 나는 이미 어떻게 내 생일을 알고 있는지를 생각할 여유가 없었다. 처음 만난 날 뜨거운 우유를 건네줬던 그때부터, 몸속에 마치 무언가가 뭉쳐서 걸려 있는 듯했다.

눈앞의 술잔이 다시 텅 비었다.

"바텐더, 한 잔 더!"

내가 외쳤다.

"더 마셔도 괜찮겠어요?"

메이구의 야마자키는 첫 잔도 아직 다 비우기 전인데 나는 대화하면서 쉼 없이 노란빛이 도는 액체를 목 안에 부었던 것이다. 사실 눈앞의 세계가 이미 흔들거리기 시작했다.

몸이 나도 모르는 사이에 뒤로 스르르 넘어갔다.

"조심!"

나는 비틀거리다가 바 테이블의 높은 의자에서 고꾸라질 뻔했다. 다행히 메이구가 얼른 일어나서 내 어깨를 감싸고 받쳐줬다. 그 바람에 나는 그의 품으로 쓰러졌다.

"메이구…."

나는 그의 두 눈동자를 응시했다.

"만약에 내가, 오늘 밤은 집에 가기 싫어요, 그렇게 말한다면… 가벼운 여자라고 생각할까요?"

T 102

료코는 엘리베이터에서 내렸다. 벽을 짚고 서서 세상이 빙글빙글 도는 것에 저항하려고 노력했다.

그는 정말로 신사였어. 료코는 생각했다. 여자와 술을 마시고, 택시를 잡아서 집까지 데려다 주고, 잔뜩 취한 여자의 맨션 정문에서 '일찍 쉬어요' 한마디 하고는 손을 흔든 뒤 되돌아갔다.

그가 자신을 부축해 택시에서 내릴 때만 해도, 료코는 내심 약간 기대를 했었다. 그러나 그는 건물 1층의 회전문 쪽으로 료코를 가볍게 밀었다. 그러더니 그 자리에 그대로 서서 같이 들어갈 생각은 손톱만큼도 없어 보였다. 그는 전면유리로 된 벽 너머로 료코가 엘리베이터 쪽으로 걸어가는 것을 지켜봤다. 마치 그녀가 1층 로비에 쓰러질까 걱정하는 것 같았다. 그의 의지 굳은 눈빛을 보니 목구멍에 걸려 있는 '올라왔다 갈래요?'라는 말을 차마 입 밖에 낼 용기가 나지 않았다.

엘리베이터 문이 닫히고 금속상자가 천천히 위로 올라가기 시작했지만 료코의 머릿속에는 여전히 그의 얼굴이 남아 있다.

기분이 엉망이었다.

그녀는 자기 집 문을 향해 걸었다. 이미 자정에 가까운 시간이라 맨션 내부는 온통 정적이 흘렀고, 하이힐이 바닥에 부딪히는 또각또각 소리만 텅 빈 복도에 메아리쳤다.

료코는 열쇠를 꽂고 내일 아침 숙취가 있을까 하는 생각을 했다. 그녀는 주량이 센 편이 아니다. 저녁식사 때 마신 포도주에다 그후에 한 잔 또 한 잔 마신 위스키도 적잖았다. 숙취 때문에 내일 출근시간에 늦으면 안 되는데. 그녀는 내일 상사에게 뭐라고 변명을 해야 할지 생각했다.

열쇠를 돌리는 순간, 료코는 뭔가 이상한 기운을 느꼈다.

이상해. 이런 느낌이 아닌데. 그녀는 현관문을 당겨서 열었지만 전등 스위치를 누르지 않고 어두컴컴한 거실을 멍하니 쳐다봤다. 어두운 곳에 눈이 적응해 동공이 커질 때까지 한동안 시간이 필요했다.

소파 뒤에 검은 덩어리가 있다는 게 느껴졌다. 숨을 쉬는, 살아 있는 생명체라는 느낌이 왔다. 타이거…? 아냐, 아냐. 료코는 귀를 기울였다. 그건 사람이 내는 숨소리였다. 소파 뒤에, 누군가 있다.

료코는 하이힐을 벗어 들고 온 힘을 다해 소파 쪽으로 던졌다. 그러나 몸속에 알코올이 아직 남아 있기 때문인지 그녀는 제대로 조준하시 못했다. 하이힐은 소파를 넘어 툭 하고 바닥에 떨어졌고 베란다 쪽으로 굴러갔다. 그녀는 집을 나설 때 베란다 문을 닫지 않은 게 생각났다. 급히 나오느라 제대로 점검하지 않았던 것이다.

삽시간에 검은 그림자가 뛰어올라 료코를 향해 달려들었다. 그녀가 주변을 다시 인식했을 때는 이미 바닥에 쓰러져 있는 상태였다. 후두부에 통증이 느껴졌다.

"아파…."

료코가 눈앞에서 샛별을 볼 때, 그림자가 재빠르게 절연 테이프로 그녀의 입을 막았다. 이어 그녀를 끌어올려 앉힌 후 목에 밧줄을 감고 양쪽으로 힘껏 당겼다.

"윽…!"

료코는 밧줄을 붙잡고 풀어내려고 애를 썼지만 아무리 버둥거려도 소용이 없었다. 상대는 건장한 남자였고 자신이 가진 물리적 힘을 쓸 줄도 알았다. 귓가에 훅훅 거친 숨소리가 들렸다. 힘을 쓰느라 상대의 얼굴이 가까워졌고, 료코는 그의 얼굴을 제대로 보게 됐다.

만약 오늘 메이구와 만나지 않았다면 그건 단지 익숙한 얼굴에 지나지 않았을 것이다. 그러나 그 잔뜩 찌푸려져 깊게 파인 미간과 치켜 올라간 두껍고 짙은 눈썹, 점심 때 본 사진을 어떻게 잊겠는가. 만약 상대방이 지금 소리를 낸다면, 그 목소리는 평소처럼 우렁차겠지.

'가지타니, 역시 범인은 당신이었어. 나를 죽여서 입을 막으려고….'

호흡이 곤란해지고 대뇌에 수차례 전류가 흐르는 것 같았다. 의식이 혼탁한 잿빛으로 뒤덮이기 시작했다.

점차 흐릿해지는 시야 한쪽에서 또 하나의 그림자가 천

천히 움직였다. 얼룩무늬가 가득한 둥근 몸체와 두툼한 꼬리가 나타나 베란다 쪽으로 발끝을 세워 걸어간다. 그림자는 베란다 난간 위로 뛰어올랐다. 도약할 때 무언가 발에 걸렸는지 어떤 물건이 난간 틈새로 빠져서 지상으로 추락했다.

'타이거, 도망가! 4층에서 뛰어내리는 거야. 그래, 네가 호랑이라고 상상해! 할 수 있어…'

밧줄을 당기는 힘은 전혀 줄어들지 않았고 자신은 곧 생명 없는 고깃덩이가 될지 모른다. 유일한 희망은 타이거였다. 타이거는 죽으면 안 돼, 다른 사람을 데려와야 해! 자신은 그 전까지 절대로 삶을 포기하지 않을 것이었다.

료코는 오른발로 상대의 뒷목을 걸어차려고 했다. 발등에 충격이 느껴지고 상대도 비명을 질렀다.

"개자식!"

픽 하는 소리가 나면서 료코의 얼굴에 뜨끈한 것이 퍼졌다. 얼마 지나지 않아, 얼음처럼 차가운 촉감이 이마에 닿았다.

쿵!

순간 시야가 닫혔다. 온통 어둠이었다….

20분이 흘렀다. 실내는 정적을 되찾았다.

범인은 이미 멀리 사라졌다. 현관문은 완전히 닫히지 않았다. 놈이 달아날 때 얼마나 다급했는지 알려준다. 한 남자가 문을 열고 안쪽을 살폈다. 그의 오른팔에는 얼룩무늬 고양이가 안겨 있고, 손에는 빨간 하이힐을 들고 있다.

그는 벽의 전등 스위치를 찾아 눌렀다. 실내의 모습이 한순간에 드러났다.

그는 거실 한가운데 드러누워 꼼짝도 하지 않는 여자를 쳐다봤다. 그녀의 뺨에는 시퍼런 멍이 들었고, 목에도 뱀이 기어간 것 같은 붉은 자국이 남았다. 앞이마의 구멍과 머리 주변에는 피 웅덩이가 생겼다. 이 모든 것이 그녀를 살릴 방법이 없다는 것을 말해주고 있었다.

남자는 눈물을 흘리지 않았다. 그저 구석으로 걸어가서 차가운 벽면에 몸을 기댄 채 여자의 얼굴을 바라보기만 했다. 영혼이 빠져나간 두 눈은 허공의 어느 한 점에 집중되어 있을 뿐이지만, 마치 남자와 시선을 맞추는 것 같았다. 그의 무능을 질책하는 것처럼.

퍽!

그가 벽을 후려쳤다.

퍽! 퍽! 퍽!

이렇게 하면 마음속의 분노와 죄책감이 사라지기라도 할 것처럼 발광하듯 벽을 쳤다.

그는 자신이 또 망쳤다는 걸 알았다. 아무리 여러 차례 실패를 거듭했더라도 지금처럼 후회로 가득 찼던 적은 없었다. 그는 여자의 이름을 되뇌며 그녀의 용서를 구했다.

"미안해요. 미안⋯ 미안⋯."

R

목소리가 방 안을 웅웅 울리다가 점차 흐느낌이 된다….

나는 눈을 떴다. 눈앞에 먼지가 잔뜩 앉은 형광등이 보였다.

공기에 퀴퀴한 냄새가 떠다녔다. 상반신을 일으키려고 시도했다. 머리가 무거웠다. 머릿속에서 수십 명의 인부들이 망치질을 해대는 것 같았다. 겨우 몸을 일으켰지만 속이 메스껍고 입안이 바싹 말라 텁텁했다.

하반신은 여전히 소파에 파묻힌 채로, 몸에 담요가 덮여 있다. 어젯밤 특별히 갈아입고 나갔던 정장도 벗지 않았고 실크스타킹도 여전히 신고 있다. 정말 많이 마시긴 했나 봐, 집에 와서 옷도 갈아입지 않고 그대로 곯아떨어졌군.

잠깐, 이상한데. 여기… 우리 집이 아니잖아.

주변을 둘러봤다. 벽은 흰색 페인트로 칠했고 소파와 넓은 책상, 텔레비전 외에 다른 가구들이 없다.

소파에서 일어나 집 안을 살폈다. 바닥은 깨끗한 편이고, 거실 안쪽은 작은 부엌이다. 조리대의 수도꼭지를 틀어 물을 한 잔 마셨다. 부엌 옆은 화장실인데 최근에는 아무도 사용하지 않은 듯했다.

거실로 되돌아와 텔레비전 옆에 놓인 사진 액자에 눈이 닿았다. 쉰이 넘은 것 같은 중년남자의 낯선 얼굴이다. 바람막이 재킷을 입고 담배를 피우며 카메라 렌즈를 힐긋 쳐다보고 있다.

뒤에서 문이 열리는 소리가 들렸다.

"어머, 깼어요?"

나는 몸을 돌렸다. 30대 후반으로 보이는 여자가 샌드위치가 담긴 접시와 컵을 들고 내 앞에 나타났다. 입가에 점이 있는 여자의 얼굴은 전혀 기억에 없었다.

"저… 여기가…."

"우선 아침부터 먹어요!"

그녀는 눈짓으로 탁자를 가리키고는 접시와 컵을 내려놨다.

"내가 간단하게 만들었어요. 메이구는 당신이 뜨거운 우유를 좋아한다고 했는데, 숙취에 우유를 마시는 건 좋지 않거든."

메이구의 친구인가 보다. 나는 소파에 앉아 샌드위치를 베어 물었다.

"맛있어요."

내가 칭찬을 하자 상대방은 기분 좋게 웃었다. 누구라도 홀릴 것 같은 매력적인 미소였다.

"여긴 사쿠란보 빌딩 5층이에요."

여자가 말했다.

"난 아지사이의 마담이고요."

"아…!"

'흥신소 Hiroshi'라고 써 있던 간판이 머릿속에 떠올랐다. 텔레비전 옆에 놓인 사진 속 남자가 바로 메이구가 말하던 히로시 아저씨겠지!

나는 빌딩 1층에서 봤던 배치안내도의 기억을 더듬었다. 아지사이는 3층에 있는 술집이다. 전에는 2층 아사가오의 마담을 만났다. 아사가오의 마담과 지금 눈앞의 여자는 느낌이 달랐다. 두 사람 다 미인이지만, 아지사이의 마담이 훨씬 젊고 화장도 농염한 데가 있다.

컵을 들고 한 모금 마시고서야 그게 물이 아니라 이온음료라는 것을 알았다.

"어제 메이구가 당신을 업고 가게 문 앞에 나타나서는 당신을 재울 만한 데가 없냐는 거예요."

마담이 웃으며 말했다.

"가게에는 테이블과 의자뿐인데 잘 곳이 어디 있겠어요. 그래서 메이구더러 5층으로 가라고 했죠. 히로시가 여기를 사무실로 썼지만 하룻밤 정도는 잘 만해요."

나는 어젯밤의 기억을 뒤졌다. 인사불성이 될 정도로 많이 마시긴 했다. 메이구가 택시를 잡아주고, 차에서 내린 뒤 나를 부축해서 거리를….

그 뒤는 아무런 기억이 없다. 아마 나를 여기 데려다 놓았나 보다.

"메이구는요?"

내가 물었다.

"누가 알겠어요. 나한테 아가씨를 부탁한다고 하더니 아침 일찍 나갔어요. 흥, 이 빚은 톡톡히 받아내야지!"

그렇게 말하면서도 여자의 얼굴에는 전혀 화난 빛이 없었다.

　"이렇게 다른 사람의 사무실에 마음대로 들어와도… 괜찮을까요?"

　"응?"

　마담이 풋 하고 웃더니 말했다.

　"메이구가 말하지 않았어요? 히로시는 2년 전에 하늘나라에 간걸요!"

　"네?"

　나는 깜짝 놀랐다.

　"메이구가 그때 얼마나 울었는지 몰라요. 여기를 팔거나 세를 줄 거냐고 물었더니, 히로시는 자기 아버지나 진배없다면서 이 사무실을 자기 집이라고 생각한대요. 추억으로 사무실을 예전처럼 유지하고 있죠."

　"판다고요? 세를 줘요?"

　"여기는 메이구 명의로 되어 있으니까요. 이 사무실뿐 아니라 사쿠란보 빌딩 전체가 메이구 건데요, 뭐. 우리는 세입자고요."

　마담이 웃으면서 덧붙였다.

　"건물주만 아니었으면 외상으로 술을 주지도 않을 거라고요!"

　"이 건물이 메이구 거라고요? 히로시 씨에게서 상속받은 건가요?"

그녀가 고개를 저었다.

"처음부터 메이구 명의였어요. 여긴 원래 버려진 건물이 있었는데 메이구가 탐정사무소를 해서 번 돈으로 사들여서 수리를 했죠. 그리고 우리 같은 친구들에게 세를 준 거고. 뭐, 히로시를 위해서라는 게 제일 큰 이유겠지만! 흥신소에서 일을 배울 때 히로시가 메이구를 잘 보살펴줬거든요…. 가끔은 멍청이라고 혼을 내기도 했지만."

"멍청이?"

"아무것도 제대로 못한다고 했거든요. 행운이 따라도 실패한다는 등. 언젠가 빌딩 꼭대기에서 지상을 감시할 일이 있었는데 메이구가 고소공포증 때문에 일을 망칠 뻔했어요…. 하지만 히로시는 메이구를 정말 아꼈답니다! 메이구가 유명해진 뒤에 은혜를 갚으려고 이 건물을 사서 히로시의 사무소를 이리로 옮겨왔죠."

나는 말문이 막혔다. 메이구가 어제 들려준 이야기와 차이가 많다. 그는 히로시 아저씨에게 조사를 맡길 거라고 했는데, 그건 다 거짓말이었다.

나는 그때 머릿속을 부유했던 의문을 꺼냈다.

"메이구의 부모님은요?"

"메이구는 고아원에서 자랐어요."

마담은 안타까운 미소를 지으며 고개를 저었다.

"고아원 원장이 타이완 사람이었는데 성이 '페이'라고 하더군요. 원장이 메이구에게 이름을 지어줄 때 일본어로 읽으면 '히미코'가 되는 글자를 골랐대요. 남자애에게 유명한 여왕의 이름을 붙이다니, 악취미죠? 메이구는 그걸 늘 투덜거렸어요."

역시, 그때도 거짓말을 한 거였어.

메이구란 사람은 정말 거짓말의 화신이었다. 분노와 후회가 마음속에서 솟구쳤다. 한편으로는 의문도 들었다. 왜 나를 속인 걸까? 단독으로 조사를 하려고? 커다란 빌딩 주인이면서 왜 쓰레기나 다름없는 종이상자 집에서 사는 걸까? 정말로 그가 말한 것처럼 '더 자유롭고 편해서'?

그의 멱살을 쥐고 사실대로 말하라고 윽박지르고 싶은 기분이다.

두통이 많이 가라앉았다. 나는 게 눈 감추듯 샌드위치를 먹어치웠다. 마담은 내가 질문공세를 멈추자 텔레비전을 켜서 무료하게 채널을 이리저리 돌렸다. 아마 보고 싶은 프로그램을 찾는 모양이다.

화면이 뉴스 채널로 넘어갔을 때, 익숙한 풍경이 눈에 들어왔다. 나는 급히 멈추라고 외쳤다.

우리 집 근처의 공원이다.

여성 앵커가 명료한 목소리로 뉴스를 전했다.

"오늘 새벽 경찰청에 접수된 사건입니다. 도쿄 다이토구 고지마 니초메의 공원에서 남자 시신이 발견되었다는 신고가 들어왔습니다. 경찰은 현장조사를 거쳐 발견된 시신이 올해 42세인 법무성 직원 가지타니 렌타로임을 확인했습니다. 시신은 오른쪽 관자놀이에 총알이 관통해 현장에서 사망한 것으로 보입니다. 시신이 나무와 풀에 가려 잘 보이지 않는 곳에 숨겨져 있었습니다. 정부 공무원이 어떤 이유로 살해됐는지 경찰이 수사력을 집중…."

나는 말을 잇지 못한 채 텔레비전 화면만 뚫어져라 쳐다봤다.

"간 적이 있는 공원인가 봐요?"

마담이 물었다.

다 씹지 못한 샌드위치가 입안에 남아 있다. 나는 씹는 것도 잊은 채 머릿속에는 방금 들은 뉴스만 메아리치고 있었다.

가지타니 과장이 살해됐다고? 그럼 구와하라의 태블릿 PC에서 파일을 빼낸 것이 그가 아니란 걸까? 메이구의 조사방향이 잘못됐나? 가지타니를 죽인 사람이 선인장에 문제를 일으킨 범인일까?

살인이 벌어진 장소가 우리 집 근처의 공원이라는 건, 단순히 우연일까?

나는 자신도 모르게 소름이 끼쳐 몸서리를 쳤다. 지금까지 살면서 생명의 위협을 느낀 것은 처음이다. 위험에 노출된나던 메이구의 말이 순간 현실로 다가왔다. 공포감이 마음속을 떠돌았다.

일어난 지 한 시간도 되지 않았는데 메이구가 너무 보고 싶었다. 그가 어떤 의도를 갖고 있었는지 알고 싶었고, 진상이 무엇인지 확실하게 듣고 싶었다. 두 가지 사건이 동시에 일어나서 받아들이기 힘들었다.

그러나 곧 세 번째 사건이 닥칠 거라는 것을, 그때는 아직 몰랐다.

"으아아아아!"

바깥에서 비명소리가 들렸다. 나와 마담은 몇 초간 서로 마주보다가 다급히 베란다로 달려갔다.

마담이 엘리베이터 버튼을 눌렀지만 엘리베이터가 올라오는 것을 참고 기다릴 수가 없었다. 나는 계단을 뛰어내려갔다. 고작 5층일 뿐인데 평소에 운동을 하지 않아서인지 숨이 턱까지 찼다. 계단을 두세 개씩 건너뛰며 달렸다. 나는 1층에 도착한 뒤에야 맨발이라는 것을 깨달았다.

빌딩의 정문 바깥쪽은 난리법석이었다. 나의 불안도 이미 정점에 달했다.

방금 들렸던 비명소리는 분명 어디선가 들어본 느낌이었다. 베란다에서는 사쿠란보 빌딩의 1층 현관문이 바로 내려다보였다. 고개를 내밀고 쳐다보니 인도에 두 사람이 뒤엉켜 싸우고 있었다. 주변에는 행인들이 우르르 몰려 서 있었다. 5층에서 굽어보면 사람이 마치 나사못 정도로 보인다. 하지만 한 사람은 양복을, 또 한 사람은 트레이닝복을 입었다는 것 정도는 알아볼 수 있었다.

머릿속의 상상이 점점 커져만 간다. 곧장 건물 정문을

열고 바깥으로 뛰어나갔다. 상상은 현실로 나타났다.

양복을 입은 남자가 막 바닥에서 몸을 일으키는 중이다. 손에는 칼 한 자루가 들려 있다. 트레이닝복을 입은 남자는 땅바닥에서 쓰러져 고통에 몸부림치고 있다. 옆구리가 칼에 찔렸는지 피가 울컥울컥 새어나온다.

"피가 나요!"

"구급차! 구급차 불러!"

"저 사람이 범인이에요!"

"나도 봤어! 갑자기 달려들더니 칼로 찔렀어!"

"저 사람 붙잡아요!"

주변에 둘러선 사람들이 제각기 소리를 질러댔다. 양복을 입은 남자와 눈이 마주쳤다.

"시게루…."

나는 그를 쳐다봤다. 믿을 수가 없다.

"료코."

그의 얼굴에 괴이한 미소가 서서히 떠올랐다.

"흐흐흐. 내가 이겼어. 내가 저놈을 이겼다고! 료코, 내남자다움을 봤어? 이제 나한테 돌아올 거지?"

"오지 마…."

"료코."

그는 광기가 엿보이는 눈을 한 채 점점 나에게 다가왔다.

"봤어? 저 남자 어디가 좋은 거야? 저따위 옷을 입고 상자로 만든 집에 산다니, 저런 놈이 무슨 진짜 남자야? 나야말로…"

"오지 마!"

내가 뾰족한 고함을 내질렀을 때, 사쿠란보 빌딩 정문이 열렸다. 건장하고 얼굴에 흉터가 있는 남자가 달려왔다.

그는 돌려차기 기술로 시게루의 손등을 매섭게 걷어찼다. 시게루는 비명을 지르며 칼을 바닥에 떨어뜨렸다.

흉터가 있는 남자와 다른 사람들이 함께 달려들어 시게루를 제압했다. 흉기가 없는 시게루는 이미 아무런 위협도 되지 않을 테지만 말이다.

멀리서 경찰차와 구급차의 사이렌 소리가 들렸다. 나는 급히 메이구가 쓰러진 곳으로 달려갔다.

"메이구! 미안해요! 메이구! 메이구!"

나는 그를 흔들며 계속 이름을 불러댔다.

내 잘못이다. 시게루를 쉽게 생각해서는 안 되는 거였다. 그는 어젯밤 줄곧 우리를 미행했다. 긴자의 가게 문 앞에서 기다렸다가 메이구가 잡은 택시를 뒤따라 여기까지 왔다. 메이구가 자기가 일하는 클럽 근처에 산다는 걸 알아낸 뒤 다음 날 아침부터 와서 숨어 있었다.

시게루는 사람을 찔러서 다치게 할 수 있는 인간이다. 아무렇게나 깨뜨려서는 안 되는 유리인형이었는데, 그 사실을 잊었다. 물에 빠진 그가 붙잡고 있던 나무판자를 무조건 빼앗아버린 거였다. 마음이 급해진 시게루가 극단적인 행동을 하도록 등을 떠밀었다. 결국 내가 메이구를 해친 거다.

"으⋯. 니지마 씨? 왜⋯ 출근하지 않았어요⋯."

메이구는 의식을 잃지는 않았다. 힘 빠진 목소리가 가느 다랗게 띄엄띄엄 이어졌다.

"말하지 마요! 구급차가 곧 올 거예요!"

"히로시 아저씨가⋯ 맞았어⋯. 난 역시 멍청이야⋯. 뭘 해도⋯ 다 망쳐버려요⋯."

"말하지 마요! 더 말하지 마!"

나는 메이구에게 묻고 싶은 것이 많았는데, 지금 그는 답해줄 수 없을 것이다. 나는 더 참지 못하고 눈물을 쏟았 다. 가득 차오른 눈물이 뺨 양쪽으로 주르륵 흘렀고, 그의 옷깃을 적셨다.

단단한 팔뚝이 내 어깨를 붙잡았다. 몸을 돌려보니 아까 의 흉터가 있는 남자다.

"걱정 마세요. 별일 없을 테니까."

그는 메이구를 보며 턱짓을 했다.

"그렇지, 꼬마야?"

메이구는 눈을 감고 희미하게 미소를 지었다.

"그럼요⋯. 아까는 정말⋯ 고마웠어요⋯. 마코토 형."

시게루는 체포되어 경찰서에 갔다. 구급차도 금방 도 착했고, 구조요원들이 응급처치를 한 뒤 신속하게 메이 구를 구급차에 태웠다.

나는 병원까지 따라가려고 했지만 법무성의 동료가 전화를 걸어 왜 아직까지 출근하지 않느냐고 물었다. 경시청에서 형사가 나와서 가지타니의 살인사건을 조사 중이라고 했다. 선인장과 관련된 문제도 더이상 쉬쉬할 수 없을 테고, 일단 공개되면 그 일에 참여했던 나 역시 조사대상이 될 것이다.

내가 이러지도 저러지도 못하고 있는데, 흉터가 있는 남자와 아지사이의 마담이 먼저 나서서 자신들이 병원에 있겠다고 했다.

"가서 일부터 처리해요. 메이구도 그러길 바랄 거예요. 그 녀석은 우리에게 맡겨요."

어쩔 수 없이 나는 휴대전화 번호를 남기고 소식이 있으면 바로 연락해달라고 당부한 뒤 신오카치마치의 내 맨션에 들러 옷을 갈아입고 가스미가세키로 갔다.

낮시간 동안 일에 도통 집중하지 못하고 곧 찾아올 경찰에게 대응할 준비를 해야 했다. 경찰의 수사는 상당히 신속하게 진행됐다. 정오가 지나자 경찰도 보호국과 정보관리국을 통해 선인장에 오류가 생겼다는 것과 사건의 대략적인 내용을 알게 됐다. 내가 상사의 명령을 받고 내부조사를 하고 있었던 사실도 입수했다. 물론 가지타니가 내부조사의 대상이라는 점도 말이다.

퇴근 한 시간 전, 형사 두 사람이 나를 만나러 왔다. 한 명은 뚱뚱하고 한 명은 깡말랐다. 그들은 청사의 사무실

하나를 빌려서 나를 조사했다.

"그 사보 어쩌고 시스템에 문제가 생겼다지요? 가지타니를 용의자로 지목한 이유가 있습니까?"

"그는 곤도의 먼 친척이에요. 충분한 동기가 있습니다."

나는 가지타니가 시스템의 허점을 곤도에게 누설했을 거라는 메이구의 추리를 형사들에게 말해줬다. 하지만 메이구의 이름은 말하지 않았다. 구와하라의 태블릿PC에서 파일을 빼낸 흔적이 있다는 것도 언급하지 않았다.

"당신이 추론한 겁니까?"

뚱뚱한 형사가 물었다.

"네."

그들은 내가 사설탐정에게 의뢰했다는 것을 모르는 듯했다. 다케우치 국장이 이 일을 알려주지 않은 것 같다. 나도 경찰이 병원까지 가서 들쑤시는 것을 원하지 않았기 때문에 잠시 메이구의 이름은 언급하지 않기로 했다.

"어젯밤에 가지타니와 연락을 하셨습니까? 그의 아내에게 물어보니, 그는 오사카에서 도쿄로 돌아온 뒤 바로 귀가한 게 아니더군요. 저녁 8시쯤, 그는 동료와 도쿄 역 개찰구 앞에서 헤어졌고 그 뒤의 행적이 불분명합니다. 만약 그 이후에 당신이 그와 접촉했다면 말씀해주시기 바랍니다."

"아닙니다. 저는 며칠 동안 그를 만나지 못했어요."

"그는 당신 집 근처에서 사망했습니다. 당신의 조사와

관련이 있을 거라는 생각이 들지 않습니까?"

나는 그들에게 지금은 단지 의심하는 단계이며 아직 행동에 옮기지 않았다고 대답했다. 그런데 조사 대상이 갑작스럽게 사망해서 나 역시 당황스럽고, 배후에 다른 범인이 있는 게 아닌지 의심스럽다고도 했다.

"아, 그거요."

깡마른 형사가 머리를 긁적였다.

"사실, 시체 발견 장소에서 멀지 않은 수풀 속에서 소음기가 달린 권총이 발견됐습니다. 가지타니의 머리를 관통한 총알은 그 권총에서 발사된 겁니다."

"범인이 버리고 간 건가요?"

"권총에는 가지타니의 지문만 있습니다. 그리고 조그만 신발이 남긴 진흙이 남아 있었고요."

뚱뚱한 형사가 고개를 절레절레 흔들었다.

"가지타니의 소매 끝에서 초연반응*도 나왔기 때문에 자살일 가능성이 큽니다. 땅에 떨어진 권총을 지나가던 남자아이가 돌멩이인 줄 알고 걷어차서 수풀 속에 떨어졌기 때문에 처음에 다들 타살로 생각했던 겁니다. 방금 그 아이가 어머니와 함께 와서 증언을 했어요. 당시 밤이라 주변이 어두웠고 공원의 가로등도 고장 난 상태였다고 합니

---

* 총을 쏠 때 발생한 이산화질소가 묻은 손이나 옷에 다이페닐아민 시약을 쓰면 자주색이 나타나는 것을 활용한 범죄 감식법(옮긴이).

다. 발에 뭐가 걸리자 아무렇게나 걷어차서 치워버렸다고 하더군요. 주변에 시체가 쓰러져 있는 것도 보지 못했고 말입니다. 아침에 뉴스를 보고서야 뭔가 이상하다는 생각을 했다지요."

긴장감이 조금 풀렸다. 자살이라면 가지타니가 선인장 사건의 주범일 가능성이 크다. 범행이 탄로될까 두려운 나머지 스스로 목숨을 끊은 거다. 제발 그랬으면 좋겠다. 그러면 나와 메이구의 임무도 여기서 일단락된다.

"여기다 유서까지 나오면 완벽할 텐데요."

깡마른 형사가 농담조로 덧붙였다.

두 사람은 나에게 오늘 새벽 1시에서 2시 사이에 어디에 있었는지를 물었다. 그러면서 단지 의례적인 질문이라는 점을 강조했다. 아마도 소설에서 늘 등장하는 알리바이 확인이라는 것이겠지. 사쿠란보 빌딩에 있었다고 말하고 싶었지만 그러면 메이구의 이름을 댈 수밖에 없는지라 그냥 생각만 하고 말았다.

나는 집에서 자고 있었다고 말했고, 그들도 단지 고개만 끄덕였다.

"협조에 감사드립니다. 곤도의 사망사건과도 관련이 있기 때문에 어쩌면 네리마 경찰서에서도 협조 요청이 있을지도 모릅니다."

그런 다음 '무슨 일이 있거든 연락해주십시오'라는 말로 조사가 끝났다.

퇴근 후, 지하철을 타고 병원에 갈 생각이었다. 그때 아지사이의 마담에게서 전화가 왔다.

"메이구의 여자친구죠?"

그녀의 목소리는 꽤 명랑했다. 하지만 뭔가 오해가 있는 것 같다.

"좋은 소식이에요!"

"그 사람, 별일 없나요?"

"그래요, 의사가 그러는데 운이 좋았대요. 칼날이 주요 장기를 피해가서 창자를 꿰매는 걸로 끝이라네요. 깨어났다가 지금 다시 잠들었어요. 수술을 했으니 휴식이 필요하겠죠. 병원에는 내일 오는 게 어때요? 어휴, 이 바보를 어쩌면 좋담! 그 녀석이 깨어나자마자 뭐랬게요? '내가 왜 병원에 있죠?' 아무래도 이번 기회에 푹 쉬어야 할 것 같아요."

"다행이에요…. 정말 다행이에요."

갑자기 콧날이 시큰했다. 메이구는 괜찮아. 그에게 묻고 싶은 것이 많았지만, 지금은 그의 안위가 무엇보다도 중요하다. 게다가 시게루의 행동에 간접적인 책임이 있다는 죄책감 때문에 마음속에서 또다른 복잡한 감정이 치밀었다.

내일 그를 만날 수 있다. 의문점은 우선 마음속 밑바닥에 넣어두자.

"정말 부럽지 뭐예요! 두 사람 말이야! 그럼 내 임무는 여기까지. 나도 가게에 가봐야겠어요."

나는 마담에게 인사를 하고 전화를 끊은 다음, 지하철 히비야 선 플랫폼으로 발길을 돌렸다.

다음 날은 토요일이라 아침 일찍 과일을 사서 신주쿠의 병원으로 향했다.

병실에 들어가니 기모노를 입은 여자의 뒷모습이 제일 먼저 눈에 들어왔다. 뜨개질을 하고 있던 그녀는 문이 열리는 소리를 듣고 일어났다가 나를 보고는 미소를 지으며 고개를 숙였다. 전에 만났던 아사가오의 마담이다.

메이구는 침대에 기대 앉아 있었는데, 나를 흘낏 보고는 시선이 도로 손에 쥐고 있던 만화책으로 돌아갔다. 침대 테이블에도 펼치지 않은 만화책이 쌓여 있었다. 책등을 자세히 쳐다보니 도라에몽이라고 쓰여 있는 게 보였다. 아마도 병원 도서실에서 빌려온 것 같았다.

"어머, 여주인공 오셨네. 그럼 이 아주머니는 가볼게요. 호호호."

마담은 짜던 목도리를 집어 들고 싱글거리며 병실을 나갔다. 그녀는 일찍부터 내가 오기를 기대하고 있었던 것 같다. 정말 난감한 상황이다.

병실에 나와 메이구 둘만 남자 분위기가 무거워졌다. 나는 무슨 말을 해야 하나 고민했지만 좋은 생각이 떠오르지 않았다. 그냥 침대 옆에 앉아서 사과를 깎기 시작했다. 메이구 역시 말없이 만화책만 읽었다.

그러길 한참, 내가 입안에 맴돌던 말을 툭 내뱉었다.

"미안해요."

"당신 남자친구죠?"

메이구가 책을 내려놓고 이쪽을 쳐다봤다.

"미안해요. 이렇게 될 줄은 정말 몰랐어요."

나는 시게루와 있었던 일을 메이구에게 털어놨다. 시게루를 단념시키려고 일부러 우리가 저녁을 먹는 레스토랑에 그를 불렀고, 그래서 그가 메이구에게 원한을 품고 앙갚음을 하려고 했다는 사실을 다 말했다. 나는 자신의 미성숙한 행동을 다시 한 번 사과했다.

"아니에요. 어쨌든 나도 괜찮고요. 진짜 운이 좋았어요."

메이구가 웃으면서 자기 배를 툭툭 쳤다.

"하지만 이 일로 선인장 사건 조사가 늦어지는 건 당신이 책임져요. 하하하. 퇴원하면 히로시 아저씨한테 연락해서 조사 상황을 확인할게요."

나는 사과를 깎던 손을 멈췄다. 사과와 과도를 내려놓고 메이구의 얼굴을 똑바로 쳐다봤다.

"가지타니 과장이 죽었어요. 우리 집 근처의 공원에서, 권총으로 탕!"

"어, 그래요?"

그렇게 말하면서도 메이구는 전혀 놀란 표정이 아니었다.

"그럼 범행이 알려질까 봐 자살한 건가요?"

심장이 툭 내려앉았다.

"왜 그런 생각을 했어요?"

"그야, 그 사람이 구와하라의 자료를 빼돌렸고, 또 심리 테스트의 허점을 곤도에게 알려줬으니까…."

"그건 다 추측이고 명확한 증거는 하나도 없어요. 당신의 그 확신은 어디서 나오죠?"

"어… 그건…."

메이구는 얼버무리려고 했다.

"그러니까…. 어제 아침 그 사건이 있기 전에 히로시 아저씨한테서 연락을 받았는데, 조사한 내용을 약간 들었거든요…."

"그렇다는 건, 당신은 미래를 볼 뿐만 아니라 천국에 있는 사람과 전화통화도 할 수 있다는 거군요?"

메이구의 표정이 삽시간에 굳었다. 그는 고개를 숙이고 내 시선을 피했다.

"마담이 얘기해줬군요. 그럴 줄 알았으면 당신을 거기서 재우는 게 아닌데…. 내일 뉴스를 미리 봤다고, 그래서 사건의 결말을 알았다고 생각해요!"

"당신이 정말로 미래를 볼 줄 알았다면…."

나는 병실을 한 바퀴 둘러봤다.

"지금 여기에 와 있지 않았겠죠."

"……."

"메이구, 나는 진실을 듣고 싶어요."

나는 간절하게 말했다.

"우리가 알게 된 지 며칠밖에 지나지 않았죠. 내가 아는한, 당신은 이 사건을 맡은 뒤로 시라이시와 구와하라 딱두 사람만 만났어요. 가지타니는 아예 만난 적도 없는데억측과 빈약한 증거만 가지고 조사 방향을 독단적으로 결정했지요. 그것도 아주 자신만만하게 말예요. 하지만 당신은 제멋대로 설치고 다니는 사람도 아니고, 단지 운이 좋아서 사건을 해결하는 탐정도 아니에요. 의뢰인들이 그토록 칭찬했는데, 당신을 그런 탐정이라고 생각할 수 없어요. 말해줘요. 나한테 숨기는 게 있죠? 혼자서 따로 조사를 했어요?"

"내가 그렇다고 대답하면, 더 묻지 않을 겁니까?"

그가 쓸쓸하게 웃었다.

"그럼 어떻게 조사했는지 말해줘요. 소설 속에 나오는예측불허의 명탐정들도 마지막에는 조수에게 어떻게 된일인지 다 설명해주잖아요?"

내가 차분히 그러나 강하게 밀어붙이며 질문하자, 한참망설이던 메이구가 결국 고개를 들었다.

"난 정말 어쩔 수 없는 놈인가 봐요. 거짓말도 제대로 못하는군요…."

나는 그의 말에 귀를 기울이면서 다시 사과를 깎기 시작했다.

"당신 말이 맞아요. 혼자서 여러 가지 조사를 했지요. 다

합치면 약 3주 정도."

"3주? 내가 당신에게 의뢰한 지 며칠밖에…."

"당연히 '이곳'의 시간이 아니라 모든 '평행우주'의 조사 과정을 다 합친 시간이죠."

그는 침대 위에 놓인 만화책을 집어 들었다. 극장판으로 만들어진 도라에몽 〈마계대모험〉이었다.

"그날 밤 당신 얘기를 듣고 이 만화를 읽기 시작했어요. 정말 비슷하긴 하네요."

"비슷해요? 샌드박스와?"

내가 물었다.

"그리고 내 능력도…."

그는 만화책을 펼쳤다. 도라미가 '만약에 박스'를 설명하는 대목이었다.

"평행우주를 여는 능력. 저번에 예지능력이라고 말한 건, 그편이 이해하기 쉬울 거라고 생각했기 때문이에요. 사실 그것보다는 좀 더 복잡한 능력이죠."

깎던 사과 껍질이 마지막 한 바퀴만 남았다. 메이구의 말투가 거짓말 같지는 않았다. 나는 계속하라고 눈짓했다.

"그날 밤 당신에게 한 이야기 중 일부분은 진짜예요. 나는 고아원을 나온 뒤 취직을 하려고 했지만 쉽지 않았어요. 문턱이 높았죠. 한동안은 정말로 노숙생활을 했고요. 그때 내가 시간을 다룰 수 있다는 사실을 발견했어요…. 가끔 주변 풍경이 얇은 막을 씌운 것처럼 보일 때가 생기더군요. 며칠 지나면 얇은 막 같은 건 사라지는데, 그후의 시공간은 막이 생기기 전의 상황으로 되돌아가 있는 거예요."

그는 초조하게 침을 삼켰다.

"내가 전에 했던 행동을 그대로 하면 주변의 반응도 막이 씌워져 있던 때와 똑같아요. 마치… 리허설을 거친 극본 같다고 할까요? 그런데 나를 제외하고 다른 사람들은 막이 씌워졌던 때를 기억하지 못한다는 걸 알게 됐죠."

"그런 영화를 본 적 있어요. 주인공이 시간의 틈에 빠져서 계속 어느 하루를 반복하는…."

"처음에는 나도 그렇게 생각했어요. 하지만 몇 번 그런 일이 있고 나서, 그 얇은 막을 내가 통제할 수 있다는 걸 알았어요. 정신을 집중하면 몇 초 뒤에 얇은 막이 씌워지고, 그 전으로 돌아가고 싶으면 다시 한 번 정신을 집중하기만 하면 되는 거예요. 마치 컴퓨터 게임처럼, 저장파일을 만들어두면 나중에 게임의 흐름이 마음에 들지 않을 때그걸 불러낼 수 있잖아요."

사과를 다 깎은 뒤, 가운데를 갈랐다.

"히로시 아저씨가 나를 찾아냈고, 이 능력에 대해 설명해줬죠. 아저씨는 아마도 나와 혈연관계가 있는 누군가를 아는 것 같더군요. 그게 우리 '종족'의 능력이라고 했죠. 정확히 말해서 평행우주를 여는 능력. 아저씨는 평행우주가 아니라 스레드Thread라고 불렀는데, 아마도 컴퓨터 용어일 거예요. 스레드를 열고 거기로 내 자신의 의식을 전송시키는 거죠. 처음에는 스레드와 현실세계가 똑같지만, 내가 하는 행동에 따라서 스레드 세계의 상황은 달라져요. 하지만 스레드에서 한 행동이 현실세계에는 전혀 영향을 미치지 않아요."

"'만약에 박스'처럼."

고개를 끄덕이면서 다 자른 사과를 메이구에게 건넸다. 그는 사과 한 조각을 입에 집어넣었다.

"바꿔 말하면, 나는 스레드에서 '실험'을 할 수 있죠. 이렇게 행동했을 때 주변의 반응이 어떤가 살펴보고, 스레드의 유효기간이 끝나거나 내가 정신을 집중해서 현실세계로 돌아오면 시공간은 스레드를 열기 전 상황으로 되돌아가 있어요. 마치 실험이 없었던 것처럼. 유일하게 달라진 건 나에게 실험을 한 기억이 생긴 것뿐."

"현실세계로 돌아온 뒤에 스레드의 세계는 어떻게 되는 거죠?"

"그게 샌드박스와 스레드의 차이점이에요. 내가 연 평행우주는 삭제할 수 없어요. 하지만 그 세계의 사람들이 나중에 어떻게 되는지… 그건 나도 몰라요. 히로시 아저씨의 설명대로라면, 스레드 세계 속 내 신체에 새로운 '의식'이 탄생한다더군요. 현실세계로 돌아간 나의 의식을 대체하는 거죠. 그리고 그쪽의 나와 다른 사람들이 어떻게 하는지, 어떤 결말이 나올지, 그건 알 수 없어요. 단지 추측만 하죠."

"이 능력을 사용해서 탐정 일을 한 거예요?"

메이구는 고개를 끄덕이며 말을 이었다.

"히로시 아저씨는 내 능력을 낭비하지 말라고 했어요. 더 많은 사람들을 돕는 데 써야 한다면서, 나를 흥신소로 데리고 왔어요. 제자로 삼는다고 말했지만, 사실은 처음부터 나를 독립시킬 생각이었을 거예요."

메이구가 어깨를 으쓱했다.

"처음에는 흥신소에서 생활했는데, 얼마 지나지 않아서 내 능력이 점점 사라지는 걸 깨달았죠. 히로시 아저씨는 능력의 에너지원이 부족해진 탓일 거라고 했어요. 우리는 한참 연구를 하고서야 그게 뭔지 알아냈죠…."

머릿속에 무언가 확 떠올랐다.

"골판지 상자?"

그가 고개를 끄덕였다.

"게다가 햇빛과 비바람에 노출된 종이상자 집이어야 했어요. 보통 상자로는 안 되고."

나는 빌딩 뒤편 창고에 지어진 종이상자 집을 떠올렸다.

그가 사쿠란보 빌딩의 소유주인데도 종이상자로 지은 집에 사는 이유가 있었던 것이다. 자유롭고 편해서가 아니라, 능력을 언제든지 발휘할 수 있도록 하기 위해서. 노숙 생활을 하던 시기에 능력이 발현된 것 역시 그래서겠지.

"그렇지만 말이죠, 히로시 아저씨는 상당히 인내심이 강한데도 불구하고 내가 영 배우질 못했어요. 내가 말한 적 있지요? 탐정으로서의 능력을 따지자면 전 유사 이래 가장 형편없는 탐정일 거라고. 뭐든지 망쳐놓기 일쑤였죠. 하지만 스레드를 열 수 있기 때문에 탐정 일이 점점 쉬워졌어요."

그는 연이어 접시에 담긴 사과를 집어먹었다.

"실패하면 처음부터 다시 할 수 있으니까. 어쨌거나 그 전에 조사한 기억은 사라지지 않으니까. 스레드에 머물 수 있는 시간이 제한적이기는 해도 아주 편리한 능력이에요. 인터넷에서 다들 5일 내에 해결한다고 하는데, 내가 평행우주에서 조사한 시간까지 다 합치면 길게는 한 달 정도 되는 경우도 많아요. 최고로 잘 해내고 싶은 마음이 있어서 더 그렇죠. 우습게도, 무슨 일이든 잘 해내지 못하는 멍청이지만 완벽주의자라서."

나는 처음 만난 날 메이구가 했던 말이 생각났다. 그는 탐정의 능력은 다원적이라면서, 사건에 개입하는 시기를 조정하고 판단하는 능력, 더 나아가서 진상을 드러내는 표현력까지도 중요하다고 했다. 당시 그가 나이에 비해 어른스럽다고 생각했는데, 실제 나이는 나보다 어릴지라도 수많은 평행우주에서 보낸 시간을 생각하면 내가 살아온 시간보다 많지 않을까.

"사무소 이름을 T&E로 지은 것도 시행착오, 그러니까 'Trial and Error'에서 따온 건가요?"

내가 물었다.

그때 메이구는 부모님의 이름에서 이니셜을 땄다고 했지만, 고아원에서 자란 그가 부모님의 이름을 알았을 리도 없고, 어떻게 해서 이름을 알았더라도 이런 방식으로 부모님을 기념한다고는 생각하기 힘들다.

"예, 맞아요. 너무 재미없는 거짓말이었죠? 그렇게 이름을 지은 건 나 자신이 '시행착오'를 실행하는 탐정이기 때문이었어요."

"그만둘 생각을 한 적은 없어요? 실패한 사건도 그냥 그렇게 흘러가게 놔두면 되잖아요."

"예전에 그것도 생각해본 적 있어요. 하지만 명성을 얻고 나니까 아무래도 포기하지 못하게 되더군요."

메이구는 한숨을 쉬면서 깨끗이 먹어치운 사과 접시를 내 쪽으로 밀었다.

"한편으로는, 나 자신이 사람이나 사물을 대하는 태도가 달라졌다는 걸 깨달았죠. 점점 더 신경을 쓰지 않게 되더군요. 스레드 세계의 사람에게 무슨 일이 생기든, 현실세계로 돌아오면 모든 것이 원래대로 회복되니까. 샌드박스 속에서 테스트를 받는 대상처럼, 아무런 감정도 없는 인형인 거죠."

그는 코를 훌쩍였다.

"이런 냉담한 태도는 나 자신에게도 똑같아요. 어떤 스레드에서는 총에 맞아 죽은 적도 있는데 의식을 회복하니 막을 씌우기 전으로 돌아왔더라고요. 죽지 않았다는 것에 기뻐하면서도 한편으로는 이런 생각이 들었죠. '아, 죽음도 별것 아니구나.' 잘못된 생각이라는 걸 알면서도 지워 버릴 수가 없어요."

그는 고개를 떨구었다. 자포자기한 듯한 미소가 입가에 걸렸다.

"히로시 아저씨가 해준 말인데, 만약 같은 종족을 만나게 되면 의식의 전송 기제에 변화가 생길 수도 있다고 했죠. 내가 스레드를 열 때, 같은 종족 사람과 일정 거리 안에 있으면 상대방이 능력을 쓰지 않아도 '동반자'가 되어서 함께 평행우주로 의식이 전송된다는 겁니다. 현실세계로 돌아올 때도 마찬가지고요."

갑자기 가슴이 찌르듯 아파왔다.

"나는 줄곧 기대를 품고 있었어요. 나에게는 그런 사람들이야말로 진정으로 살아 있는 거예요! 하지만 지금까지 단 한 번도 마주친 적이 없어요. 단 한 번도…."

그의 목소리는 점점 작아져서 공기 중으로 사라졌다.

눈앞의 남자가 돌연 아주 작아 보였다. 예전의 자신만만하던 모습은 다 어디로 갔을까.

나는 입을 열었다.

"메이구, 이제 손을 떼요!"

내가 한 말에 나 자신도 깜짝 놀랐다.

그는 그 말을 듣고 고개를 들었다. 두 눈이 빤히 나를 쳐다보고 있었다.

"이번 선인장 사건은 경찰에게 넘어갔어요. 우리는… 더이상…."

"니지마 씨."

메이구가 눈썹을 찌푸렸다. 그 모습이 어딘지 무서웠다. 나는 순간 원래 하려던 말을 도로 삼켰다.

"처음부터 이 사건은 맡고 싶지 않았어요. 탐정 경험이 쌓이니까 어떤 사건이 나에게 적합한지도 알게 되더군요. 당신네 공무원들은 무조건 문제를 무마하려고만 하는데, 그런 태도는 제 신념과 어긋납니다."

"그럼 왜 단번에 의뢰를 받아들였어요…?"

"최초의 스레드에서, 난 당신 의뢰를 거절했죠. 처음부터 종이상자 집으로 데려와서 거기서 사건 의뢰를 받았고 일부러 상대하기 까다로운 사람처럼 굴었고요. 그때는 당신에게 핫초콜릿을 대접하기도 했죠. 물론, 당신이 초콜릿을 싫어한다는 건 몰랐지만 나쁜 인상을 주고 싶었는데 운좋게 얻어걸렸죠."

메이구는 내 얼굴을 똑바로 쳐다봤다. 그의 눈동자에서 강한 빛이 뿜어져 나왔다.

"대화가 마무리될 때쯤, 당신은 전화 한 통을 받고 어디론가 달려갔어요. 한 시간 뒤, 당신은 신주쿠 어느 빌딩 꼭대기에서 추락해 사망했죠. 당신 남자친구가 자살하겠다고 위협하다가 말리는 당신을 실수로…."

나는 숨을 들이켰다. 시게루는 확실히 그런 행동을 할 법하다.

"현실로 돌아온 뒤, 나는 그런 결과를 피하기 위해 고심했어요. 나는 계속해서 스레드를 열어서 다른 방법들을 시험해봤어요. 처음에는 당신이 전화를 받고 나서 그곳에 가지 못하도록 말려도 봤고, 만나는 장소를 바꿔서 당신을 아사가오로 데려가기도 했어요. 그러나 내가 사건을 받아들이겠다고 명확하게 태도를 표명하지 않는 한, 당신은 늘 금세 자리를 털고 일어섰죠. 그 전화도 문제였어요. 당신은 전화를 받기만 하면 반드시 그 빌딩에 가서 사망했으니까요. 심지어 남자친구를 만나러 가는 당신을 뒤따라 간 적도 있어요. 결과적으로는 고소공포증 때문에 눈앞에서 당신이 추락하는 모습을 봐야 했지만… 그렇게 60여 차례 실험을 했고, 나는 겨우 방법을 찾았어요."

이유를 알 수 없는 비애감이 마음속 깊은 곳에서 치밀어 올랐다.

"사건 의뢰를 수락하고, 또 내 휴대전화 설정도 바꿨군요."

"그래요. 내가 사건을 맡아서 마음이 놓였던지, 당신은 좀더 미물면서 이야기를 나누기로 했죠. 당신이 화장실에 간 틈을 타서 휴대전화를 무음 모드로 바꿨어요."

그날 밤의 상황. 맨션에 돌아가서야 부재중전화가 와 있다는 것을 알았다. 무음 모드로 설정한 기억도 없었는데,

메이구가 바꿨기 때문이었다.

"사건을 맡고 나니 점점 더 그만둘 방법이 없었어요. 나는 또다시 사람들이 칭송하는 명탐정 역할을 해내야 했죠. 조사에 착수한 지 얼마 안 된 것처럼 보이지만, 실제로는 아주 긴 조사 과정이었던 거예요."

"관련 인물 세 사람의 조사도 그랬나요? 시라이시의 지갑 안을 슬쩍 봤다고 한 거나 구와하라의 태블릿PC에서 삭제되지 않은 비밀 파일을 찾아낸 것도 다 거짓말이었어요?"

메이구가 고개를 끄덕였다.

"난 천재 탐정이 아니에요. 그런 뛰어난 관찰력도 없고요. 그저 히로시 아저씨가 가르쳐준 기술 몇 가지 활용해서 몇 번이고 시행착오를 거치는 것뿐이죠. 시라이시, 구와하라 모두 나는 열 개에서 스무 개 정도 스레드를 사용해서 그들이 이 사건에서 담당한 역할을 확신할 수 있었어요. 가지타니가 위험인물이라는 것도 그를 조사하려고 할 때 당신이 내 눈앞에서 몇 번 죽었기 때문에 알게 됐어요."

술집에서 그를 유혹했는데도 나를 사쿠란보 빌딩으로 데려와 5층 흥신소에 떨궈두고 간 일을 생각했다. 그것도 나를 보호하기 위한 조치였단 말인가?

"그렇지만… 왜 시게루의 공격을 피하지 못한 거예요?"

"그건 돌발상황이었어요."

그가 자기 배를 가리켰다.

"그 전에 열었던 스레드에서는 당신을 신주쿠로 데려오지 않았고, 사쿠란보 빌딩으로 간 건 마지막 실험이었어요. 그런데 내가 후속 영향을 확인하지 않고 현실에서 실행해버린 거예요. 그 결과로 어제 아침 건물을 나서자마자 칼에 푹…."

나는 몸을 일으켜 그의 배에 난 봉합자국을 응시했다.

"왜? 왜 이렇게 힘들게 살아요?"

목이 꽉 막힌 듯한 목소리가 낯설었다.

"나는 정부에서 파견한 공무원일 뿐이잖아요…. 당신한테는 죽어도 아무 상관없는 타인인데. 나 역시 샌드박스 속의 인형 아니에요? 왜 이렇게까지 하는 거예요?"

"나한테…."

메이구의 시선이 나를 향했다. 몹시 굳건한 눈빛이었다.

"나한테 당신은 생생히 살아 있는 사람이에요."

시야가 흐려졌다.

다시 상황을 인식했을 때는, 이미 침대 앞에 무릎을 꿇은 채였다. 나는 그의 허벅지 위에 얼굴을 묻고 오열했다.

"나, 나는…. 흑흑…. 메이구…."

요 며칠 동안 나는 줄곧 어떤 외로움을 느끼고 있었다. 그의 말과 행동에서 은은중 드러나는 쌀쌀함에 거리감을 느꼈다. 그것은 메이구가 '동반자'가 될 수 없는 사람을 대하는 습관적인 태도였다. 하지만 이미 100여 개의 스레드 속에서 그가 나와 수없이 함께 지냈고 또 나를 수십 번 넘게 구하려고 애썼다는 것을 알게 되자, 다른 것은 더이상 중요하지 않았다.

메이구에 비하면, 나 자신의 연애감정이라는 건 얼마나 보잘것없는 일이란 말인가.

"괜찮아요, 료코. 곧 끝날 겁니다."

메이구가 가볍게 내 머리를 쓰다듬었다.

나에게는 달라진 호칭이, 저 한마디가 마치 하늘에서 내려온 구원처럼 느껴졌다.

"정말로 더 입원하지 않을 거예요?"

나는 메이구가 갈아입은 옷을 둘둘 말아서 여행가방에 쑤셔넣는 것을 보고 있다. 일요일 오후라 그런지 병문안 온 사람이 쉴 새 없이 들이닥쳤다. 옆 침대의 청년은 친구들에게 둘러싸여 왁자지껄 수다를 떨고 있다. 양옆의 분위기와 마침 대비가 된다.

"상처도 많이 좋아졌고, 사건 진척도 걱정돼서요."

그는 여행가방의 지퍼를 닫고 가방을 어깨에 멨다.

아침에 메이구는 회진하러 온 의사에게 빨리 퇴원하고 싶다고 말했다. 오늘 바로 퇴원하면 제일 좋겠다고 말이다.

원인은 어젯밤에 나눈 대화에 있었다. 내 휴대전화로 도쿄 구라마에 경찰서의 형사가 전화를 걸었다. 나를 조사했던 뚱뚱한 형사였다. 그는 가지타니의 유서가 현장 근처에서 발견됐고, 바람에 날려 주변 주택 안으로 들어갔던 것 같다고 알려줬다. 유서에는 기밀자료를 빼돌리고 타인에게 누설한 사실이 서술되어 있었고, 발각되어 면직될까 두려운 나머지 그런 선택을 한다고 밝혔다. 유서는 컴퓨터에서 쓴 문서를 출력한 것으로, 맨 마지막에 가지타니의 서명이 남아 있다. 경찰에서는 자살로 수사의 가닥을 잡았다고 했다.

이 이야기를 메이구에게 전하며 그 김에 경찰이 나를 조사하면서 물었던 내용을 자세히 들려줬다.

"평행우주에서 본 것과 비슷하네요."

그는 내 이야기를 다 듣더니 그렇게 말했다.

"네? 비슷하다고요?"

"가지타니를 조사할 때 당신이 '또' 내 앞에서 죽었다고 말했었죠? 어느 스레드에서 있었던 일인데. 그날 저녁 술집에서 내가 당신을 사쿠란보 빌딩이 아니라 당신 집으로 데려간 적이 있었죠. 그러나 방문 앞까지 같이 간 게 아니었어요. 그리고 당신은 집 안에서 총에 맞은 시체로 내게 발견됐죠. 다음 스레드에서는 내가 당신과 함께 맨션에 들어갔고, 그래서 범인의 얼굴을 볼 수 있었어요. 가지타니였죠. 그때 그가 선인장 사건의 주범이라는 것을 확신했어요."

나는 자신이 가지타니에게 살해되는 광경을 상상하고 몸을 떨었다.

"총을 갖고 있었기 때문에 나는 여러 개의 스레드를 거치고서야 그를 제압할 수 있었어요."

메이구가 두 손을 펼쳐 보이면서 어쩔 수 없었다는 듯한 몸짓을 했다.

"그가 곧장 총부리를 입에 넣고 방아쇠를 당길 줄이야. 나는 그 스레드에 조금 더 머물렀는데, 며칠 뒤 경찰이 유서를 찾아냈어요. 내용도 비슷해요. 하지만 그건 자살하려고 쓴 게 아니었으니까. 유서라기보다는 진술서라고 부르는 게 낫겠지요."

"곤도 살인사건의 결과는요?"

내가 물었다.

"그 사건은 줄곧 명확한 증거를 찾지 못했어요. 어쩌면 자살로 처리가 될지도 모르지요. 스레드에 머물 수 있는 시간에 한계가 있어서 결과를 보지 못하고 현실로 돌아왔죠. 하지만 가지타니를 제압하는 데는 운이 많이 필요했기 때문에 아무래도 현실에서 시도하기가 어려웠어요. 그래서 당신을 사쿠란보 빌딩으로 데려와서 공격을 아예 피해버리기로 한 겁니다. 가지타니가 계획이 어그러지자 자살해버릴 줄은…."

선인장 사건은 가지타니가 범인이라고 거의 확정할 수 있다. 나 역시 상사에게 조사 결과를 보고할 수 있게 됐다. 왠지 안심이 됐다. 다음 생각이 머릿속을 스쳐지나갈 때까지는 말이다.

"하지만, 그건 이상해요!"

나는 소리쳤다.

"어디가 이상해요?"

"당신이 가지타니가 구와하라의 태블릿PC에서 자료를 빼낸 걸 알게 된 건, 평행우주에서 있었던 일이죠? 현실에서 당신은 그 태블릿을 겨우 2~3분 쳐다봤을 뿐이에요. 애초에 자세히 조사할 수 없었다고요."

"그렇죠. 스레드에서 나는 태블릿PC에 수작을 좀 부렸죠. 그런 정도의 기술은 분명 구와하라에게 발각되겠지만, 현실로 돌아오면 그는 그런 사실을 모를 테니까."

"그렇다면 가지타니는 누군가 자신이 범인임을 알아차렸다는 걸 몰라야 하잖아요? 그런데 왜 자살을 하죠?"

메이구는 순간 모든 동작을 멈췄다. 그러고는 곧 깊은 생각에 잠겼다.

"음…. 양심의 가책으로? 지금은 발각되지 않았지만 언젠가는 들킬 수밖에 없다고 생각해서?"

"그렇게 예민한 사람이었다면, 자살하는 건 이해한다고 쳐도… 왜 나를 살해하려고 한 거죠? 그 사람에 대한 조사는 시작하지도 않았고 구와하라를 불러서 질문을 한 것뿐이잖아요. 나를 제거하려고 한 이유를 전혀 모르겠어요."

"구와하라가 가지타니에게 우리와 나눈 대화 내용을 누설했고 그것 때문에 의심이 점점 커졌다면? 당신이 자기를 찾아낼 거라 생각하고는…."

"범인의 직감이라고 말하고 싶은 거예요?"

나는 잠깐 생각하다 다시 말했다.

"그래도 너무 억지스러워요."

다음 순간, 나는 메이구의 표정이 달라졌다는 것을 발견했다. 그의 시선은 허공의 어느 한 점을 응시하고 있었다. 불현듯 뭔가 떠오른 것 같았다. 입술을 쉬지 않고 벙긋거리며 뭔가 중얼거리고 있었다.

"잠깐만, 가지타니가 설마…. 아니야, 그는 분명히 오사카에 있었고…. 그럼 구와하라가? 말도 안 돼. 그 사람이라면 우리에게 태블릿PC를 보여줬을 리가 없어…. 그렇다면 가능한 사람은 딱 한 사람…."

메이구의 얼굴이 나를 향했다. 그 표정은 약간 무서웠다.

"다시 한 번 돌아가야겠어요."

그가 중얼거렸다.

"뭐라고요?"

"사건은 아직 끝난 게 아닙니다. 돌아가서 확인해야 해요. 게다가 종이상자 집을 며칠 떠나 있었더니 능력도 거의 사라진 것 같고요."

그때가 이미 밤 10시였다. 그는 아침에 바로 퇴원하게 해달라고 의사에게 말할 작정이었다. 그런 다음 그는 뭔가를 생각하더니 몸을 일으켜서 보스턴백에서 수첩을 꺼냈다. 얼핏 본 내용은 일기인 것 같았다. 그는 빠르게 수첩을 넘기더니 곧 손을 멈추고 어느 단락엔가 시선을 집중했다.

"50미터…."

그는 의미를 알 수 없는 말을 남기고는 수첩을 덮었다.

그때 나와 메이구는 이미 병원에서 사쿠란보 빌딩으로 돌아가는 길이었다. 지하철 역에서 나와 사쿠란보 빌딩을 향해 걷는데, 메이구의 발걸음이 갑자기 빨라졌다. 나는 그를 따라가느라 숨이 찼다.

"그때 한 말, 무슨 뜻이에요?"

내가 물었다.

"어떤 말요?"

"50미터라고 한 거요."

"아, 그거요…."

그는 살짝 신음소리를 냈다. 나에게 말해줘야 하나 망설이는 것 같았다.

"그건 '만약에 박스'의 크기예요."

"도라에몽의 '만약에 박스'? 그게 그렇게 커요?"

나는 그가 말하는 의미를 전혀 이해하지 못했다.

"비유를 한 거예요."

그가 한숨을 쉬며 말했다.

"어제 그런 생각이 들더군요. 왜 전화박스 모양으로 생겼을까? 너무 크고 너무 무겁지 않나? 휴대할 수 있는 수화기 모양이면 어땠을까?"

"그 시대에는 휴대전화가 아직 많이 쓰이던 때가 아니라서 만화가가 상상하지 못한 거 아닐까요?"

"나는 더 좋은 이유를 생각해냈어요. 전화박스로 설정한 것은 상관없는 사람을 단절시키기 위해서인 거죠. 전화박스에 들어온 사람만이 평행우주로 옮겨갈 수 있는 겁니다. 만약 휴대전화 모양이었다면 주변에 있는 사람들이 모두 휘말릴 수도 있잖아요?"

그렇게 말하고 메이구는 다시 입을 다문 채 발걸음만 재촉했다.

사쿠란보 빌딩의 정문이 바로 앞에 보인다. 나도 빠른 걸음으로 그를 따라갔다.

나는 메이구가 한 말의 의미를 계속 생각했다. '동반자' 얘기일까? 히로시 아저씨는 같은 종족인 두 사람이 일정 거리 안에 있으면 둘 중 한 사람이 스레드를 열 때 다른 사람도 같이 그 평행우주로 들어가게 된다고 말했다. 그 일정 거리가 어젯밤 언급한 50미터일까?

그는 '동반자'가 누구라고 생각하는 거지? 이 사건에서 어떤 역할을 했을까?

그러는 사이에 우리는 빌딩으로 들어갔다. 메이구는 쓰레기 수거장으로 통하는 뒷문을 열었다. 문은 처음 봤던 때처럼 고막을 긁는 듯한 끼익 소리를 냈다.

우리는 공터 한쪽 구석에 있는 상자 집으로 걸어갔다. 점심 때 비가 내려 공기에 습기가 가득했다. 종이상자는 아직 빗방울의 공격을 버틸 수 있는 듯, 푹 젖어 흐물거리지는 않았다.

메이구가 몸을 돌려 나를 쳐다봤다.

"지금까지 함께 있어줘서 고마워요. 이다음은 나 혼자 조사해야 해요. 확인할 게 있어서."

"다시… 또 만날 수 있을까요?"

"그럼요. 뭔가 소식이 있으면 꼭 알려줄게요."

그의 손이 골판지 문으로 뻗어갔다.

그다음에 벌어진 일은 너무도 갑작스러워서, 나는 아무런 생각도 할 수 없었다.

메이구는 문을 열기 위해 뻗던 손을 돌연 거둬들이더니 발로 문을 걷어찼다. 골판지를 고정해둔 테이프가 찢어지면서 종이 문이 집 안으로 날아들어갔다. 손 하나가 집 안에서 쑥 나왔다. 내가 그 손에 뭐가 들려 있는지 제대로 보기도 전에, 메이구가 몸을 숙였다. 픽 하는 소리가 나고, 그 물건이 불길을 뿜었다.

비명소리가 울리더니 권총이 손의 통제를 벗어나 포물선을 그리며 허공을 날아 다른 쪽 구석에 처박혔다. 메이구는 그쪽으로 몸을 날려 구르다시피 해서 권총을 집어 들었다. 그 재빠른 움직임은 막 퇴원한 환자라고 보기 어려웠다.

메이구가 몸을 돌린 순간, 단단한 팔뚝이 나를 뒤에서부터 결박했다. 강한 팔힘에 어떻게 저항을 해도 벗어날 수가 없었다. 오른쪽 관자놀이에 얼음장같이 차가운 뭔가가 닿았다. 겨우 정신 차리고서야 그것이 또다른 권총이라는 것을 알았다.

"오래 기다렸어."

귓가에 익숙한 목소리가 들렸다.

메이구는 땅에 주저앉은 채 총을 겨눴다. 내가 아니라, 나를 붙잡은 그 사람을. 인질인 내가 다칠까 걱정됐는지 그의 동작이 조금 머뭇거렸다.

"메이구, 이게 어떻게 된 거예요…."

목을 붙잡힌 내가 고통스럽게 소리쳤다.

"그 사람이 동반자입니다."

메이구는 꼼짝도 하지 않고 있었다. 이 대치 상태를 어떻게 돌파할지 고심하는 듯했다.

"그는 우리가 사건의 핵심에 깊이 다가갔다는 것을 알고 있어요. 우릴 죽여서 입을 막으려는 거죠."

"역시 네가 '조종자'였군."

목소리가 조금 쉬었다. 평소의 과장된 우스운 말투와는 완전히 달랐다. 그러나 나는 이 사람이 누구인지 바로 알 수 있었다. 보호국에 있을 때 나를 잘 돌봐줬던 상사였으니까 말이다.

"여기서 널 처리한다면 일석이조라고 할 수 있겠지."

다케우치 국장이 말했다.

T 125

메이구의 뒷목으로 식은땀이 흘렀다.

이 장면에서는 당연히 총을 쥔 상대의 손을 쏴야 하지만, 까딱 실수하면 인질이 다칠 수 있는 상황이라 쉬운 일이 아니다.

'그게 무슨 상관이야, 끝장을 보자…'

그는 방아쇠를 당겼다. 그러나 달칵 하는 빈 소리만 났다. 상대가 하하하 큰소리로 웃어젖혔다.

"그 총의 총알을 내가 다 써버렸나 보군."

절망감이 메이구를 덮쳤다. 안 돼, 포기할 수 없어. 총을 들고 있는 가지타니를 제압한 적도 있다. 분명히 방법이 있을 거야. 그때 그는 료코의 입술이 벙긋거리는 것을 알아챘다. 뭔가 전하고 싶은 말이 있는 것처럼 보였다.

거리가 좀 멀어서 몇 초 정도 입술을 쳐다보고서야 무슨 말인지 읽어낼 수 있었다.

국장을 덮쳐요, 나는 총알을 피할 수 있어요.

'그렇지. 내가 달려들면 인질이 총격의 대상이 돼. 료코는 다케우치가 방아쇠를 당기는 순간 몸을 숙여서 피할 생각인 거야. 그렇게 되면 총알도 빗나가고 다케우치도 제압할 수 있어.'

메이구는 더 좋은 방법이 생각나지 않았다. 료코의 용기와 반응속도를 믿어볼 수밖에.

"이야아아아아!"

그는 순간적으로 땅을 박차고 뛰어올라 다케우치를 향해 몸을 날렸다.

얼른 총을 쏴! 그는 상대에게서 눈을 떼지 않으며 총구가 불을 뿜기만을 기다렸다. 1~2초에 지나지 않는 시간이었지만 영화의 슬로모션 촬영 기법처럼 감각이 아주 느렸다.

픽!

상대가 총을 쐈다. 그러나 총구는 메이구를 향해 있었다.

다음 순간 왼쪽 가슴을 무언가 뚫고 나가며 시뻘건 피가 뿜어진다.

메이구는 허물어지듯 바닥에 쓰러졌다.

T 126

메이구의 뒷목에 식은땀이 흘렀다.

앞서의 스레드는 실패했다. 만약 상대가 총을 쏘는 목표가 자신이라면 그 순간을 정확히 계산해 몸을 틀어서 피하면 된다.

'끝장을 보자….'

그는 방아쇠를 당겼고 달칵 하는 소리가 울렸다. 자신은 탄창이 비어 있음을 알지만, 료코에게 알려줘야 했다.

다케우치는 웃음기를 매달고서 입을 열었다.

"말했잖아, 내가 총알을 다 써버렸다고 말야."

메이구는 료코의 입술을 뚫어지게 쳐다봤다. 곧 그녀의 입술이 벙긋대기 시작했다.

국장을 덮쳐요, 나는 총알을 피할 수 있어요.

앞서와 똑같은 말이었다.

'료코, 고마워요. 하지만 이번에는 내 운을 믿어보겠어….'

"이야아아아아!"

그는 순간적으로 땅을 박차고 뛰어올라 다케우치를 향해 몸을 날렸다.

총구가 점점 자신을 향해 방향을 돌린다. 그는 상대에게서 눈을 떼지 않은 채 마음속으로 수를 세기 시작했다. 그는 상대가 언제 총을 쏠지 알고 있다. 하지만 감각에만 의존해야 한다. 셋, 둘, 하나, 지금이다! 그는 왼쪽으로 몸을 틀어 도약했다.

픽!

상대방이 총을 쐈지만 메이구가 생각했던 그때가 아니었다. 총구는 메이구가 뛰어오르자 방향을 또 바꿨다가 그의 동작이 멈춘 뒤에 불을 뿜었다.

총알이 정면으로 날아왔다.

다음 순간 복부를 무언가 뚫고 나가며 시뻘건 피가 뿜어진다.

메이구는 허물어지듯 바닥에 쓰러졌다.

R

"왜 그래? 총 쏘지 않을 건가? 낄낄낄."

다케우치가 냉소했다. 나는 덜덜 떨면서 아무 말도 할 수 없었다. 눈앞의 메이구는 표정이 딱딱하게 굳어져서 이쪽을 뚫어져라 쳐다볼 뿐 움직이지 않았다.

"이미 알게 된 것 같은데. 첫째, 그 총에는 총알이 없어. 둘째, 내 동작을 어떤 식으로 추측하려고 해도 헛수고야. 왜냐하면 매번 다를 테니까."

"개자식…."

메이구가 한마디 씹어뱉듯 말했다.

공포에 질린 상태에서도 나는 그들의 대화를 이해하려 애썼다.

메이구는 다케우치가 '동반자'라고 했다. 메이구가 스레드를 열면 두 사람의 의식이 함께 평행우주로 들어간다. 그리고 동시에 현실로 돌아온다. 스레드에서 벌어진 일의 기억도 공유한다.

다시 말해 다케우치는 자신이 언제 스레드에 있는지 또 언제 현실로 돌아오는지 알고 있으며, 전자의 경험을 바탕으로 후자의 전략을 조정한다는 것이다. 그는 보통사람과 달리 두 개의 세계에서 동일한 반응을 보이지 않는다. 그는 샌드박스 속에서 테스트 자각력을 갖춘 실험 대상인 것이다. 몇 번을 실험하더라도 의미가 없다.

슈뢰딩거의 고양이처럼, 상자를 열기 전에는(즉 현실로 돌아오기 전에는) 그가 실제로 어떻게 행동할지 알 수 없다. 이런 상황에서는 운에 맡겨야만 한다.

메이구가 달려들면 다케우치가 나를 향해 총을 쏠 것이다. 나 자신이 총격을 피할 수 있을 거라 생각한다. 기회가 있을지도 모른다….

"달려들지 않을 건가?"

내가 막 입술로 메이구에게 신호를 보내려는데 다케우치가 도발했다.

메이구는 꼼짝도 하지 않았다. 왠지 내가 지금 어떤 생각을 하고 있는지 그들은 다 알고 있는 듯하다. 어쩐지 분한 기분이 든다.

"내가 질문 하나 하지…."

메이구의 어깨가 오르락내리락했다. 말소리에 분노가 섞여 있다.

"그날 맥도날드에서 처음 만나고 얼마 지나지 않아서 내 스레드에 들어온 것 맞나?"

"그래. 네가 평행우주에서 구와하라의 태블릿에 수작을 부린 걸 금방 알았지. 그럴까 봐 구와하라에게 그 태블릿을 가지고 오라고 해서 검사해봤거든. 정부에서 배급한 물품이라 금세 네 잔꾀를 알아냈어. 디스크 기록 분석기를 연결했던 것 같더군. 그 덕분에 네가 가지타니가 한 일이라는 걸 알게 됐을 거라고 확신했어. 현실로 돌아온 뒤, 오사카에 있던 그를 당장 불러들였지."

"가지타니와 곤도를 왜 죽였지?"

메이구의 호흡이 가빠졌다.

"나도 어쩔 수가 없었어…."

다케우치가 총구를 잠시 뗐다가 슬라이드를 당겨 장전한 다음 다시 나를 겨눴다.

"가지타니 그 녀석은 공범이었어. 원래는 요 아가씨를 죽이려고 했지. 그런데 그날 밤 아가씨가 집에 돌아오지 않으니까 겁이 났는지 녀석이 자수를 하겠다고 난리치지 뭔가. 나도 그러고 싶지 않았지만 어쩔 수가 없었어. 곤도는, 날 좀 도와달라고 한 것뿐인데 경찰한테 덜미를 잡혔더군. 그래서 결국…."

나는 가지타니와 곤도의 사망 현장을 떠올렸다. 흉기인 권총이 현장 근처에서 발견됐다. 지문과 초연반응은 시체의 손에 총을 쥐여준 뒤 몇 발 더 쏘면 해결된다. 물론 더 나온 탄피는 회수했겠지. 가지타니의 유서 서명도 상사인 다케우치라면 쉽게 손에 넣을 수 있을 것이다.

"당신에게 그들은 단지 쓰고 버리는 패였어?"

"넌 잘 모르겠지만."

다케우치가 고개를 저었다.

"종전 이후 일본은 혼네의 사회와 다테마에*의 사회로 나뉘었어. 일본이 세계의 정점에 올라서려면 이 둘을 일치시켜야 하고, 거기에는 희생이 따르지. 비상수단을 써야

---

* 혼네本音는 본심, 다테마에建前는 겉으로 표현하는 공식적인 의견을 의미한다(옮긴이).

할 순간도 생긴다네. 감옥에 누구를 가두고 누구를 석방할지 단일한 표준으로 결정할 수는 없어. 어떨 때는 융통성이 필요한 거야."

"엉터리!"

공포에 저항하기 위해 나는 고함을 질렀다.

"그래서 선인장의 허점을 곤도에게 알려줬다는 거야? 당신 선생님에게 부끄럽지도 않아?"

"아가씨, 조용히 해."

관자놀이에 닿은 총구에 힘이 실렸다.

"게리 밀러 말인가? 그 작자는 약도 없는 멍청이야. 이론만 가지고 떠드는 이상주의자지. 샌드박스를 운영할 때는 손톱만큼의 테스트 자각력도 허용해서는 안 된다는 것조차 생각해내지 못했지…."

"테스트 자각력? 당신 인과공진회 사람이야?"

나는 경악했다.

"날 그따위 포퓰리즘 단체와 비교하지 마!"

다케우치가 포효했다.

"그놈들은 허점이 통치자에게 얼마나 중요한지를 이해하지 못해. 오로지 저항할 줄만 알아. 그래서야 아무런 움직임도 만들어내지 못해. 내 행동은 나 자신을 위해서이기도 하고 일본사회를 위해서이기도 해. 밀러의 멍청함을 증명하기 위해서이기도 하고."

나는 국장실의 사진이 떠올랐다. 손가락으로 V자를 만

든 밀러가 딱딱한 웃음을 띤 다케우치의 어깨를 감싸고 있었다.

그 웃음이 스승에 대한 경멸에서 비롯됐단 말인가?

"방금 그랬지, 날 죽이는 건 일석이조라고."

메이구는 여전히 움직이지 않았다.

"범죄 사실을 감추기 위한 것만은 아니라는 거지."

"너도 알게 된 것 같군. 니지마를 공격한 건 가지타니의 단독행동이었어. 처음부터 내 목표는 너였지."

관자놀이의 압력이 사라졌다. 다케우치는 총구를 메이구 쪽으로 돌렸다.

"그날 나는 맥도날드를 나간 지 얼마 안 되어 주변이 얇은 막에 씌워진 듯한 느낌을 받았지. 내가 평행우주에 들어왔다는 것을 알았어. 그리고 네가 조종자라는 사실도."

"왜 나라고 확신한 거지? 50미터 범위 안에 그렇게 많은 사람이 있었는데."

메이구가 물었다.

"니지마로부터 네 위대한 사건 해결능력을 들었을 때 이미 의심했었지. 그날은 단지 확신을 하게 된 거고. 너를 없애면 내 숙명도 끝낼 수 있어."

머릿속에 두 가지 화면이 떠올랐다. 하나는 내가 다케우치 국장에게 T&E 탐정사무소에 대한 세간의 평가를 보고할 때, 그가 마치 사냥감을 발견한 것처럼 호기심 어린 반응을 보였던 순간. 또 하나는 두 사람이 맥도날드에서 처음 만났을 때, 다케우치가 눈, 코, 입을 일그러뜨리며 과장된 표정을 지었던 순간. 그때 그는 내심의 격렬한 감정을 숨기려고 했던 것이다.

"숙명?"

나와 메이구가 동시에 물었다.

"동반자의 숙명이지, 조종자를 죽여야 하는."

"도대체 왜? 두 사람은 동족이잖아요?"

내가 입술을 부들부들 떨며 물었다.

"우주의 질서를 위해서지."

권총은 여전히 메이구를 향해 있다.

"아주 오래전부터 우리 종족 가운데 조종자는 딱 한 사람이야. 그렇지 않고 두 사람이 동시에 평행우주를 연다면 우주의 시간 운행에 영향을 미칠 수 있으니까."

돌덩이 같은 팔뚝이 내 몸을 결박하고 있어서 아무리 버둥거려도 벗어날 수가 없다.

"그렇지만 오래되면 역시 문제가 생기지. 평행우주를 끊임없이 창조하면 떠다니는 시공간이 점점 많아지는 걸세. 언젠가는 우주에도 과부하가 걸려. 그래서 우리들에게는 정해진 숙명이 있지. 조종자가 절제를 모르면 동반자들이 그를 제거해야 해."

"아무도 그런 거 알려준 적 없어…."

메이구는 막막한 눈빛으로 중얼거렸다.

그는 고아였고, 능력을 알아보고 발굴해준 히로시 아저

씨도 이것까지는 몰랐던 모양이다. 자신이 줄곧 만나기를 갈망했던 동반자가 사실은 숙적이었다니, 얼마나 우스운 일인가.

"쓸데없는 말이 길었군. 지옥으로 갈 시간이다."

다케우치는 나를 끌고 메이구에게 다가갔다.

"뭔가 각오를 한 것 같군. 얌전히 죽음을 맞이할 건가, 아니면 온 힘을 다해 싸울 건가?"

"반드시 둘 중 하나를 골라야 하나?"

그 순간 나는 메이구의 표정에서 뭔가 잘못됐다는 것을 느꼈다. 그의 입가에 삐뚜름한 미소가 걸렸다. 이 순간에 저 괴상한 미소는 이해하기 힘들었다. 그는 뭔가 계산을 하고 있는 듯했다.

"흐흐, 흐하하하하."

그는 왼손의 손목시계를 흘끔 쳐다보며 소리 죽여 웃었다. 웃음소리가 점점 커지면서 공터를 가득 채웠다.

"왜 웃지?"

다케우치가 의혹이 가득 담긴 목소리를 냈다.

"너무 늦었어. 곧 시간이 돼."

"시간?"

"내가 왜 '5일 안에 사건을 해결한다'고 불리는지 아나?"

메이구는 왼손을 들고 다섯손가락을 쫙 펼쳤다.

"료코, 당신이 나에게 사건 의뢰한 게 무슨 요일이었

죠?"

그의 시선이 나를 향했다. 나는 잠시 생각했다.

"화요일…."

막 말이 떨어지자 나는 갑자기 무언가에 생각이 미쳤다. 불안감이 온몸을 휘감는다.

"설마 당신이 말한 스레드의 시간제한이란 게…."

"맞아요."

"여기가 현실이라고 했잖아요! 설마…."

"미안해요. 거짓말이었어요."

"아, 안 돼!"

나는 자신이 인질이라는 것도 잊고 고함을 질렀다.

"당신이 돌아가버리면, 나는 어떻게 해요? 당신한테 내가 생생히 살아 있는 사람이라고 했잖아요. 그것도 거짓말이에요?"

"나는 문제를 해결한 후 현실로 돌아갈 생각이었는데, 시간이 없군요."

그의 얼굴에서 미소가 점점 흐려지더니 무력함이라고 이름 붙일 만한 표정이 떠올랐다.

"새로 탄생할 '의식'이 어떻게 할지, 저도 모르겠어요. 미안해요. 내가 이 세계에 원만한 결말을 만들어주지 못한 걸 용서해요."

"거짓말이죠? 지금 이거 거짓말이죠?"

"그렇게 생각해도 돼요. 이러나저러나 당신에게는 별로

달라질 것도 없으니까."

뭐라 말할 수 없는 슬픔이 치솟았다. 너무 이기적이다. 물론 여기가 현실이든 스레드든 별 차이 없을지도 모른다. 하지만 지금의 내가 어딘가 존재할 '현실의 나'에게 더 완벽한 결말을 만들어주기 위한 실험 대상에 지나지 않았다고 생각하면 그게 무엇보다도 고통스럽다.

"그러니까… 내가 널 처치해도 소용없다는 건가…. 너의 살아 있는 의식은… 다른 층의 현실 속에 있다고…?"

다케우치는 그 말에 더 충격을 받은 듯 그 자리에서 멍하니 서서 중얼중얼 혼잣말을 되뇌고 있었다.

"료코, 도망가!"

메이구가 소리를 질렀다.

나는 불쑥 정신을 차렸다. 그제서야 내가 다케우치의 팔에서 벗어났다는 것을 발견했다.

"으아아아아!"

메이구가 손에 들고 있던 총, 총알이 없는 그 총을 다케우치 쪽으로 힘껏 던졌다. 그런 다음 땅을 박차고 뛰어올라 다케우치에게 몸을 날렸다.

나는 정신없이 달렸다.

"억!"

권총이 다케우치에게 명중했고, 그가 놀라서 소리를 질렀다. 등 뒤에서 뭔가 부딪히는 커다란 소리가 들렸다. 메이구가 다케우치를 쓰러뜨린 뒤 둘이서 엎치락뒤치락 싸우는 듯했다.

나는 그저 죽어라 다리를 움직여 빌딩 뒷문을 향해 달음박질쳤다. 메이구를, 내가 알던 그 메이구인지 아니면 메이구의 '새로 탄생한 의식'을 감싼 껍질인지 모르겠지만, 어쨌든 그를 한 번 돌아보지도 않았다.

나는 여기가 어디인지 알고 싶을 뿐이었다.

두 다리를 멈추지 않고 계속 움직였다….

EP.3

E PLURIBUS UNUM

찬호께이

E Pluribus Unum /iːˈplʊərɪbəs ˈuːnəm/
[라틴어] 여럿이 모인 하나(Out of Many, One).
미국 국가 문장에 쓰여 있는 격언이다.

앤드루 키팅은 차창 너머 거리 끝에 위치한 농구장에서 눈을 떼지 않았다.

차는 19번가와 P가가 만나는 지점에 서 있다. 가로등이 부족한 거리는 어두웠다. 아무도 찡그린 미간에 얼굴이 땀범벅인 남자가 운전석에 앉아 있다는 걸 알아채지 못할 것이다. 키팅은 초조하게 왼손으로 핸들을 꽉 잡고 오른손으로 재킷 주머니 속의 반자동 권총을 어루만졌다. 농구장의 여섯 아이들을 뚫어져라 쳐다본다. 그 아이들은 대략 열넷 혹은 열다섯 살쯤 되어 보였고, 그중 두 명은 여자아이다. 그들은 농구를 하는 게 아니다. 철조망이 둘러쳐져 있고 설비는 낡아빠졌으며 벽에는 온통 그래피티가 가득한 농구장 한구석에서 떠들고 있다.

"추수감사절 저녁인데, 나는 왜 사서 고생을 하는 거지?"

두 시간 전, 키팅은 더 참지 못하고 스스로 반문했다. 이일 때문에 추수감사절에 부모형제가 다 모일 솔트레이크 시티 고향집에도 가지 못했다. 일 때문에 올해 추수감사절에는 집에 가지 못한다고 전화했을 때 어머니는 몇 마디 불평을 말씀하시기도 했다. 그러나 아버지는 비교적 세상물정을 아시는 분이라 "연방정부에서 일하려면 당연히 바쁘겠지, 그래도 크리스마스에는 꼭 오렴" 하고 말씀하셨을 뿐이다.

이렇게나 자신을 믿어주는 아버지에게 거짓말을 했다는 생각에 키팅은 마음이 좋지 않았다. 나흘 예정인 추수감사절 휴가를 워싱턴에서 보낸 일 때문이 아니다. 연방정부가 추수감사절에 추가 근무를 시킬 정도로 몰인정하지는 않다.

워싱턴에 머무르는 건 양심의 외침 때문이다.

오늘 저녁 많은 아이들이 살해당한다.

키팅은 그 사실을 아는 유일한 사람이다.

여기에 생각이 이르자, 그는 다시 한 번 주머니 속 권총을 꽉 움켜쥐었다. 구경 9밀리미터의 6세대 글록 반자동 권총이다. 2024년 출시된 후 지금까지 15년 내내 미국에서 사랑받고 있다. 비록 탄창에 총알을 일곱 발밖에 장전할 수 없지만 가늘고 작은 총신, 반동력이 거의 0에 가까운 설계 덕에 여성이나 총기 사용에 익숙하지 않은 일반인들이 호신용으로 사용하기 적합하다. 사실 키팅도 한 달

전까지는 엽총을 쏴본 경험만 있었으니, 이 글록56은 그에게 딱 맞는 총이다.

그러나 그는 일곱 발의 총알이 영원히 탄창 안에 잠들어 있기를 바랐다.

농구장에 모인 여섯 명의 아이들이 왁자지껄하게 떠들고 있다. 거리가 수십 미터는 떨어져 있는데도, 욕지거리와 은어가 뒤섞인 웃음소리가 키팅이 앉아 있는 차 안으로 선명하게 전달된다. 농구장 주변 건물에 아무도 살지 않으니 그들의 거친 행동과 말투를 나무랄 사람이 없다. 그러나 이 부근에 거주하는 사람이 있고 저들의 소란에 불편을 느끼더라도 잘못을 직접적으로 지적할 사람은 없을 것이다. 저들은 착한 애들이 아니다. 지역사회는 줄곧 갱단 문제로 골치를 썩었다. 착한 애들은 해가 질 무렵까지 거리에서 노닥거리지 않는다. 저녁에 무리를 지어 돌아다니는 녀석들은 갱단 소속이거나 갱단 놈들과 끼리끼리 어울리는 불량청소년이다.

"내가 왜 저 못돼먹은 어린애들을 구해야 하는 거지?"

키팅이 스스로 반문한 두 번째 질문이다. 저들이 없어지면 슬퍼할 사람보다 쌍수를 들고 환영할 사람이 훨씬 많을 것이다. 저 어린애들이 몇 년 후에 범죄자가 되어 지역사회에 더 많은 혼란을 야기하고 건전하게 살아가는 시민들을 해칠지 누가 알겠는가? 다만 키팅은 죽을 걸 알면서도 구하지 않는 건 잘못된 일이라고 생각한다. 너무 큰 죄를

255

지어 용서받을 수조차 없는 악당이라 해도, 도움의 손길을 뻗어야 한다고 키팅은 믿는다. 게다가 저 어린애들은 아직 죄를 지은 것도 아니다.

내일 아침에 저 어린애들이 참혹하게 살해됐다는 뉴스를 보고 싶지는 않았다.

농구장에 있지 말고 집에 가, 집에 가란 말이야. 마음속으로 수없이 되뇌었다. 저들이 지금이라도 이곳을 떠나기만 하면 사건을 막을 수 있을지 모른다. 이렇게 차 안에서 하룻밤 내내 아무도 없는 텅 빈 농구장을 지켜보는 것으로 원하는 바를 이루고 떠날 수 있을지도 모른다.

하지만 키팅의 기도는 허사가 됐다.

그 남자가 19번가 저 멀리서 느릿느릿 걸어온다. 키팅은 그의 실루엣을 보자 갑자기 머리털이 곤두서고 심장이 빠르게 뛰었다. 그 남자가 등에 꽤 큰 검은색 배낭을 메고 있는 것까지 보이자 숨을 제대로 쉬지 못할 지경이었다.

모든 것이 '시나리오' 대로 진행되는 듯했다.

심호흡을 하고 주머니의 권총을 꽉 움켜쥔 키팅이 문을 열고 차에서 내렸다. 남자와 아이들은 길모퉁이에 그가 서 있는 걸 알아채지 못했다. 그들은 각자의 세계에 푹 빠져 있었다.

키팅은 도로를 건너기로 마음먹었다. 돌연 미약한 사이렌 소리가 들렸다. 몇 초 지나지 않아 사이렌 소리는 커졌고, 경찰차 두 대가 번개처럼 그의 앞을 스쳐갔다. 순간 그는 경찰이 개입한다는 데 안도감을 느꼈다. 그러나 경찰차는 19번가를 따라 강변 도로 쪽으로 달렸다. 전혀 멈출 의사가 없어 보였다. 키팅은 그때서야 자신이 오해를 했다는 것을 깨닫고 농구장으로 시선을 돌렸다. 남자가 이미 아이들 근처까지 다가간 것이 보였다. 남자는 아까 지나간 경찰차를 신경 쓰지 않은 것이다. 키팅은 상대를 저지할 황금 같은 기회를 날려버린 자신을 속으로 질책했다.

급히 권총을 꺼내들고 농구장으로 달렸다. 구색만 갖춘 창살문을 발로 걷어차 열었다. 철조망에서 맑은 금속성 소리가 났다. 그 소리가 남자와 아이들의 주의를 끌었다. 키팅은 방금 10여 초 정도 한눈을 판 것 때문에 무거운 대가를 치르게 생겼다고 생각했다.

남자는 이미 배낭을 벗었고, 지퍼를 반쯤 내린 뒤 가방 안으로 손을 집어넣은 상태다. 끝장이다. 키팅은 그렇게 생각했다. 가방이 열리면 희망이 없다. 그는 시나리오에서 이런 광경을 수십 차례나 읽었다.

그는 저 묵직한 검은 배낭에 담긴 것이 바로 기관총 몇 정과 수백 발의 총알임을 알고 있다.

수많은 시나리오 가운데 피비린내 나는 결말로 끝맺지 않는 경우는 단 하나도 없었다.

◆

"프랭크, 이 다운로드 기록이 어떻게 된 일인지 설명해봐."

"아이고, 들켰네."

프랭크의 아랑곳 않는 대답에 키팅은 화가 치밀었다. 하지만 키팅은 사람도 사건도 복잡하기 짝이 없는 상무부에서 8년이나 일한 사람이다. 그는 불만스러운 감정을 쉽게 얼굴에 드러내지 않는다. 특히 프랭크 같은 괴짜 부하 직원을 대할 때는 더욱 그렇다. 화를 내는 것은 자신이 심장병에 걸릴 확률을 높일 뿐이다.

"프랭크, 왜 시스템 파일을 개인 컴퓨터에 다운로드했지?"

"걱정 마세요, 키팅 씨. 아주 치밀하고 완벽한 방화벽을 사용했고 파일은 국방부보다도 엄격한 비밀번호 시스템을 통해 관리되고 있는 데다 제 개인 컴퓨터에는 4중 보안장치가 걸려 있죠. 컴퓨터 자체를 도둑맞아도 제 망막 인식 없이는 아무것도 못 해요. 기계를 억지로 열면 하드웨어에 물리적 손상을 입히는 장치가 작동해요. 해커가 침입한다면 더욱이 내가 미리 준비한 함정에 뛰어드는 꼴이지요. 역으로 해커의 단말기를 폭파하고 위치를 추적할 테니까요…."

키팅은 관자놀이를 꾹꾹 눌렀다. 마음속으로는 스물두 살 먹은 저 녀석이 인간의 말을 할 줄은 아는 건지 의심하고 있다. 이 부서에서 겪게 될 가장 큰 어려움이 프랭클린 플랫이라는 부하 직원을 상대하는 일이 될 줄 누가 알았을까?

서른 살인 앤드루 키팅은 올해 8월 연방 법무부에 들어왔다. 그의 고향은 유타 주 솔트레이크시티다. 고등학교 졸업 후 메사추세츠 주에 위치한 유명한 공과대학, 즉 MIT에 합격해 컴퓨터공학을 전공했다. 공학자들을 수없이 배출한 MIT에서 공부했지만 키팅은 연구소에 들어갈 생각이 없었다. 그의 목표는 연방수사국FBI에 들어가 과학기술 범죄를 조사하는 것이었다. 키팅은 어렸을 때부터 범죄소설과 범죄영화를 좋아했다. 이야기 속의 연방수사관은 지혜와 용기를 겸비했고 여러 차례 기이한 사건들을 해결하며 극악무도한 범죄자들을 법의 심판대에 세웠다. 그들은 어린 키팅에게 동경의 대상이었다. 그러나 수사관이 되기에 자신의 신체적 능력이 부족하다고 스스로 결론을 내린 뒤, 정보 분석이나 기술 지원 등의 후방 근무를 꿈꿨다. 과학기술 범죄가 갈수록 증가할 거라고 예상하여 중학교에 다닐 때부터 정보과학 분야를 전공하겠다는 뜻을 세웠다. 졸업 후 자신의 능력을 널리 펼칠 준비였다.

키팅은 우수한 성적으로 학사 학위를 받았고, 유명한 교수 여러 명의 추천서를 받아 연방수사국의 입사 시험을 순조롭게 통과했다. 그러나 그의 바람은 이뤄지지 못했다. 생각지도 못하게 면접에서 낙방한 것이다. 키팅은 면접에서 어떤 실수를 했는지 계속 자문자답했지만, 연방수사국에서는 달랑 불합격통지서 한 장을 보냈을 뿐 다른 언급이 없었다. 낙담한 그는 차선책으로 다른 연방정부기관에 들어가는 길을 도모했다. 에너지부와 상무부 양쪽에 합격했고, 상무부에서 일하는 것을 선택했다.

키팅은 그때의 선택으로 상무부에서 여덟 해의 세월을 보냈다.

상무부 산하 통신정보관리청에 배속된 그는 과학기술에 대한 빠르고 예민한 촉각과 교활한 일 처리의 재능으로 8년간 빠른 승진을 거듭해 간부급 직위에 올랐다. 가끔 그때 연방수사국이 자신을 채용했더라면 지금 아마도 특출한 것 없는 정보 분석요원일 거라는 생각이 들었다. 연방정부의 고위 관료들과 함께 국가 발전 전략을 연구하거나 대통령 측근들과 술을 마시며 국제 정세를 논하거나 시장이나 주지사들과 골프장에서 골프채를 쥔 채 이야기꽃을 피울 기회도 없을 것이다. 그러나 연방수사국에서 일하지 못한 것은 시종일관 그의 마음속 깊은 곳에 한 가닥 아쉬움으로 남아 있었다.

상무부에는 젊은 직원이 아주 많다. 그러나 서른 살에 간부급으로 한자리를 차지한 사람은 매우 소수였다. 키팅은 상무부 미래의 '스타'로 여겨졌다. 국회의원, 백악관의 요인들과 만날 기회도 적잖았다. 올해 초 공화당에서 주최한 어떤 파티에서는 상무부 부장관의 소개로 명성이 자자한 법무부의 거물을 만났다.

바로 미국 사법제도를 혁신한 게리 밀러.

게리 밀러는 법조계의 명망 높은 자문위원인 밥 D. 앤서니의 추천을 받아 오클라호마 주 검찰총장 임기가 끝난 뒤 연방정부 법무부에서 자신이 기획, 개발한 형량평가제도를 추진했다. 2030년에 워싱턴 시가 오클라호마의 뒤를 이어 두 번째로 형량평가제도를 실시했고, 이 조치로 워싱턴 시의 범죄율이 눈에 띄게 하락했다.

그후 미국 전역에서 앞다투어 형량평가제도를 추진한 결과, 9년이 지난 지금 뉴욕 주와 하와이 주를 제외한 모든 주에서 사법개혁 법안이 통과되었다. 법무부 인사들은 1년이 지나기 전에 남은 두 곳에서도 새로운 정책이 시행될 거라고 내다보고 있다.

법무부가 이처럼 낙관적인 것도 당연했다. 그 형량평가제도가 미국 전역의 범죄율을 줄곧 하락시키고 있기 때문이다. 게다가 살인 등 중범죄 발생률은 매년 눈에 띄게 줄어들어 사법개혁의 효과가 가장 확실히 나타난 부분이기도 했다. 총기 규제나 경찰력 강화처럼 논쟁의 소지가 많으면서도 효과가 회의적이었던 정책에 비하면 형량평가제도는 거의 즉각적인 효과가 나타났다. 미국도 사실상 전국적으로 시행을 하는 것과 다를 바 없고, 캐나다, 영국, 이스라엘은 이미 미국을 벤치마킹해 기술을 도입하고 유사한 정책을 시험 시행하고 있다. 호주, 프랑스, 일본 등도 잇달아 법무부에 전문가들로 구성된 연수단을 보내겠다고 밝혔다. 컴퓨터의 샌드박스 시스템을 이용해 재소자의 형기를 결정하는 과학기술을 자국에 적용할 수 있을지 살피기 위해서다.

공화당 파티에서 키팅과 밀러는 몹시 즐겁게 대화했다. 밀러는 키팅이 MIT를 졸업했다는 것을 알자 그를 더 좋게 본 것 같았다. 밀러 역시 MIT 졸업생으로, 키팅과 같은 동문 클럽에 속해 있었다. 그래서 스무 살이나 어린 후배에게 더욱 깊은 인상을 받은 것이다.

한 달 후 키팅은 어느 자선 파티에서 밀러를 다시 마주쳤고, 두 사람은 골프 약속을 잡았다. 그렇게 다섯 번째 만나던 날, 밀러가 키팅에게 한 가지 제안을 했다. 법무부에 와서 일할 생각이 없느냐는 것이었다.

"앤드루, 자넨 정보과학 전공자이고 상무부에서 수없는 협상 경험을 쌓았네. 난 지금 그런 인재가 필요해. 사람들과 소통할 줄 아는 녀석은 컴퓨터 기술에 까막눈이고, 기술에 정통한 녀석은 도통 사람들과 어울릴 줄 모르거든. 하지만 자네는 두 가지 재능을 겸비하고 있어. 게다가 자네 졸업 논문 주제가 인공지능과 시뮬레이션 시스템이라지? 통신정보관리청에 있는 건 자네 재능의 낭비일세. 게다가 지금 고민 중인 직책에 누굴 앉혀야 할지 정말 모르겠거든."

"무슨 직책인데 그러십니까?"

"BIR에 속한 기술지원사무실 총책임자일세."

BIR의 정식 명칭은 수감 및 갱생관리국Bureau of Incarceration

and Rehabilitation으로, 법무부에서 2029년 설립한 기구다. 샌드박스 기술을 이용해 재소자의 형기를 결정하는 관련 업무 일체를 담당한다. BIR 내부에는 핵심 부서로 샌드박스 전략 통용 시스템의 기술적 부분을 담당하는 사보타주관리사무실 외에도 기술지원사무실처럼 기술과 행정 분야를 협조하는 부서, 갱생보호지원처 같은 사회적 서비스 성격을 갖춘 부서 등이 있다.

"기술지원사무실 책임자가 8월에 그만둘 예정인데 아직까지 적당한 후임을 찾지 못했다네. 급여 수준도 지금보다 낮지는 않을 거고 앞으로 승진의 기회는 더 많을 거라 장담하지. 법무부에서는 거물급 인사들과 만날 기회가 통신정보관리청보다 훨씬 많아."

키팅은 자신이 법무부에서 일할 기회가 생길 거라고는 전혀 예상하지 못했다. 지금은 연방수사국에서 일하겠다는 생각을 버렸지만, 법무부에서 일한다면 젊은 시절의 꿈에 조금 더 가깝다고 볼 수 있다. 연방수사국과 수감 및 갱생관리국은 둘 다 법무부 예속기관이니까 말이다.

그는 며칠 동안 BIR과 형량평가제도의 발전에 대한 자료 등을 찾아보고 자신의 직책에 대한 어느 정도의 이해를 거친 뒤, 밀러의 요청을 받아들이고 상무부에 사직서를 제출했다.

키팅은 8월부터 BIR의 기술지원사무실로 출근했다. 근무지와 직위가 달라진 것 외에는 큰 변화가 없다. 상무부 건물과 법무부 건물은 600미터 정도 떨어져 있을 뿐 둘 다 페더럴 트라이앵글*이라고 불리는 지역에 위치해 있다. 출퇴근 시간과 노선, 점심시간에 자주 가는 식당까지도 그 대로다. 물론 처음 며칠은 차를 몰고 출근하다가 가야 할 곳을 지나쳤다. 콘스티튜션 로드를 따라 환경보호청까지 갔다가 자신이 이제 출근할 곳은 더이상 상무부가 있는 허 버트 클라크 후버 빌딩이 아니라는 점이 생각나기도 했다.

기술지원사무실의 직무는 주로 BIR의 기술부서와 기타 부서 사이의 교량 역할이다. 소프트웨어 조작과 하드웨어 관리, 데이터 시뮬레이션 등을 담당하는 사보타주관리사 무실은 거대한 기계장치와 같다. 형량평가제도는 연방법 원이나 연방교도소와도 관련되어 있으므로 기술지원사무 실은 바로 연방교도소, 사법행정국, 법무연구소, 사회관계 처 등등과 연락 통로를 만들고 이들이 순조롭게 이 기계장 치를 활용할 수 있도록 돕는다. 각 주의 검찰청이나 외국 에서 방문한 연수단 관리도 이 사무실의 업무다. 샌드박스 전략 통용 시스템이 사회에 미치는 영향을 관찰하고 테스 트하여 비기술적인 부분을 조절하는 업무도 담당한다. 강 도사건이 심각한 주에서는 강도범죄자의 석방 기준을 높 이고, 조직범죄가 창궐하는 지역에서는 수감된 범죄조직

---

* 연방정부기관이 밀집한 관청가. 상공에서 보면 삼각형 모양이라서 붙은 이 름이다(옮긴이).

의 일원이 석방을 원할 경우 더욱 광범위하고 상세한 샌드박스 시뮬레이션을 실시하도록 하는 것이다.

키팅은 기술지원사무실 총책임자로서 해야 할 일이 그다지 힘들지 않다는 사실을 금세 알 수 있었다. 사무실 내에도 여러 팀이 있었고 각자 관련 업무를 책임지고 수행한다. 총책임자는 단지 각 팀의 정상적인 업무 수행을 확인하고 정책상의 결정만 내리면 된다. 각 팀의 팀장들은 상무부에 있다가 낙하산으로 부임한 젊은 상사에게 약간 의구심을 품고 있었다. 그러나 키팅의 말투나 태도, 기술적 배경지식 등을 접하면서 점차 마음을 놓은 듯했다. 키팅 역시 그들과 협력하여 일하는 데 전혀 문제가 없었다. 딱 한 사람, 테스트팀의 팀장인 스물두 살의 프랭크만 빼놓고.

프랭클린 플랫은 천재다. 단순히 칭찬하는 말이 아니라, 지능평가기관이 검증한 진짜 천재다.

열네 살에 고등학교 과정을 마치고 스탠퍼드대학 컴퓨터공학과에 입학해 열여덟 살에 박사학위를 받았다. 그러고는 실리콘밸리에 인공지능 응용서비스를 제공하는 회사를 설립했다. 법무부는 그를 핵심 기술부서로 초빙하려 했다. 사보타주의 연구 개발 업무를 맡기고 싶었던 것이다. 그러나 자기 주관이 뚜렷한 프랭크는 법무부의 제안을 거절했다. 그는 오히려 비기술적인 업무를 하는 지원 부서라면 가서 일하겠다고 했다.

"전 인공지능을 무척 좋아해요. 하지만 인공지능이 인류를 관리하는 것은 정말 멍청한 짓이라고 생각하거든요. 그러니까 시스템에서 오류나 허점을 찾아내는 일만 할 거예요. 받아들이지 않으신다면, 그냥 실리콘밸리의 작은 회사나 경영하며 살래요."

결국 프랭크는 기술지원사무실로 발령받아 시스템 테스트를 맡게 됐다. 그의 말에 따르면, 자신의 업무는 사보타주의 권위에 도전하는 일이라고 한다. 멍청하기 짝이 없는 시스템을 깨부수는 것이 목표라는 것이다. 그가 테스트팀을 맡은 지 3년째, 그동안 수차례 시스템의 허점을 발견했고 기술팀은 그의 보고를 바탕으로 시스템을 수정했다. 프랭크 덕분에 사보타주의 시뮬레이션 편차는 점점 줄었고, 수감된 범죄자의 석방 여부와 그들이 사회에 어떤 영향을 미칠지 더욱 정확하게 판단할 수 있게 되었다.

어쨌거나 프랭크는 괴짜였다. 그의 팀은 딱 다섯 명으로 구성됐는데, 네 명의 부하 직원 모두 컴퓨터에 미친 놈들이다. 프랭크는 기술부서와 사무실 총책임자에게만 보고를 하니까 그의 언행이 아무리 괴상하더라도 다른 사람에게 민폐를 끼치는 경우는 거의 없다. 그와 상담하면서 일하는 사보타주관리사무실의 구성원들 역시 컴퓨터 마니아들이라 그런지 둘 사이의 소통에는 아무런 장애도 없다. 다만 기술지원사무실 총책임자 키팅은 약간 그를 참아내지 못하는 면이 있었다.

"프랭크, 난 파일을 다운로드할 때 얼마나 보안조치를

잘했는지 묻는 게 아니야. BIR에서는 근본적으로 이런 파일을 개인용 장치에 다운로드하는 것을 금지하고 있어. 자넨 규칙을 어긴 거란 말이야."

키팅은 부임한 지 한 달이 된 어느 날, 시스템이 보내는 경고 메시지를 발견했다. 일부 파일이 그의 허가를 거치지 않고 개인 저장장치에 다운로드됐다. 다운로드한 사람은 프랭크였다.

"아하, 그 말씀이셨군요."

프랭크는 여전히 태연자약했다.

"그냥 재미 삼아 그런 거예요. 전임자인 스미스 씨는 제가 하는 일을 묵인해주셨거든요. 기록을 열람해보시면 비슷한 경고 메시지가 여러 차례 있었던 걸 아실 거예요."

"그래도 규칙 위반은 규칙 위반이야. 후환이 두렵지 않나?"

키팅은 화를 꾹 참고 담담하게 말했다.

"후환이라뇨?"

프랭크가 낭랑하게 웃었다.

"자료를 외부로 유출한 것도 아니고 그냥 좀 갖고 논 건데요. 연방 법률에 저촉되는 건 아니잖아요. 단지 BIR 내부수칙에 어긋나는 건데, 가장 무거운 처벌이라고 해봐야 지를 해고하는 것밖에 더 있나요. 하지만 키팅 씨도 아시다시피, 저는 그런 건 전혀 상관 안 하거든요! 밀러 씨가 하도 간청하시기에 어쩔 수 없이 입사한 거예요."

이렇게 나올 줄은 몰랐다. 신중히 생각해본 키팅은 그가 한 말이 거짓말은 아니라는 결론을 내렸다. 프랭크는 여기서 3년간 일했고 공헌도도 컸다. 단지 파일을 다운로드만 할 뿐 외부로 유출하지 않는다고 보장한다면, 그를 해고하는 것이 연방정부에 더 큰 손실이 된다.

"게다가 제가 당신 눈을 속일 작정이라면 다운로드 기록 같은 게 무슨 의미가 있겠어요? 5분이면 당장 시스템을 해킹해서 기록을 수정할 수 있어요. 아무도 모르게, 귀신도 모르게요."

프랭크가 두 손을 벌리고 어깨를 으쓱했다.

"그러니 안심하셔도 좋아요. 파일을 절대 어떠한 형식으로든 다른 사람에게 보여주지 않을 거라고 약속할게요. 전퇴근 후 집에 가서도 제가 사무실에서 열람할 권리가 있는 파일을 보고 싶은 것뿐이에요. 다 보고 나면 철저하게 폐기할 거고요."

키팅은 어쩔 수 없다는 듯 한숨을 길게 내쉬었다. 이번에도 저 녀석의 잘못된 논리에 패배하고 말았다. 그는 마음속으로 자조했다. 부임 한 달밖에 안 된 상사가 경력이 긴 부하 직원에게 괴롭힘을 당하는군.

"좋아. 뭔가 문제가 생기면 자네가 전부 책임져야 하네."

키팅은 논쟁을 포기했다.

"프랭크, 그 파일을 다운로드하는 게 무슨 소용이 있나? 자네가 움직일 수 있는 건 사보타주가 만들어낸 시뮬레이

선의 개별 결과 파일일 뿐이야. 그렇지만 그 결과들은 서로 관련이 없어. 그냥 어떤 범인의 단일 시뮬레이션 기록일 뿐이잖아."

프랭크는 민망한 표정으로 까치집 같은 머리를 긁적였다.

"키팅 씨, 화내지 마세요. 전 그걸 범죄소설처럼 생각하고 읽어요."

키팅은 이해하기 힘들다는 듯 멍하니 프랭크를 쳐다보기만 했다.

"키팅 씨, 사보타주 조작에 대해 어느 정도는 아시죠?"

"그럼. 부임한 지 이제 한 달이지만 자료를 많이 읽었다네."

"사보타주는 교도소 재소자의 출소 이후의 상황을 시뮬레이션합니다. 그들이 다시 범죄를 저지를 확률을 구하는 거죠. 확률이 일정 지수 이하가 되면 석방되어 사회로 복귀하게 되고요. 우리는 평소에 그 확률이 높은지 낮은지, 시뮬레이션 횟수가 많은지 적은지만 신경 쓰지만 시스템은 훨씬 상세하게 시뮬레이션 상황을 설정해요. 출소 후 장기적으로 육체노동에 종사하게 될지, 차차 직업 연수를 받아 급여가 좀더 높은 직업을 얻게 될지, 다른 지역으로 이주할지 등등 다양한 결론을 내놓습니다. 물론 이런 것은 사보타주 본래의 용도가 아니라서 그 결론을 아주 신뢰할 수는 없어요. 사보타주가 가장 정확하게 시뮬레이션하는 건 다시 범죄를 저지를지 아닐지, 그 문제죠."

"그건 나도 알고 있네만."

"바꿔 말해서, 사보타주의 인공지능은 범죄에 특별히 민감합니다. 아니, 특별히 발달했다고 표현해야 할지도 모르겠네요. 키팅 씨, MIT에서 인공지능 관련 과목을 수강한 적이 있다고 하셨죠?"

"그래."

"그럼 잘 아시겠네요. 인공지능은 '훈련'을 거쳐야만 완성되는 소프트웨어라는 점을요. 컴퓨터에게 아치형 문이 어떤 것인지 명확하게 인지시키려면 다양한 사례를 입력해야 합니다. 아치형 문은 두 개의 직립한 기둥 위에 가로로 또다른 기둥을 올린 것이지만, 두 개의 직립한 기둥 사이에 공간이 없으면 아치형 문이 아니다 등등. 이렇듯 대량의 '사실'을 입력해서 시스템에게 무엇이 맞는지 무엇이 틀린지 알려주는 겁니다. 시스템은 이런 경험을 통해 판단을 도출합니다."

프랭크는 잠시 말을 멈추고 키팅이 설명을 이해하고 있는지 살폈다. 과학기술과 관련된 내용을 설명할 때만은 그도 성숙하고 정상적인 모습을 보인다.

"범죄자들의 사악한 행적을 시뮬레이션하려면 여러 해 동안의 범죄 사건과 범죄자의 심리보고서 등을 사보타주에 입력해야 합니다. 이런 기존 자료를 바탕으로 시스템은 범죄자의 정신분석 보고서와 일상적 데이터를 이용해 시뮬레이션 속의 인공지능이 실제의 범죄자에 가까운 사고 방식과 행동양식을 갖추게 만들죠. 즉 사보타주는 역사 속 수많은 범죄자의 심리와 범죄 수법에 정통하고, 어떠한 타입의 범죄자라도 복제해요. 사보타주는 알 카포네, 찰스 맨슨, 테드 번디, 푸만추, 한니발 렉터, 렉스 루터*보다 더 무섭고 대단한 범죄자를 만들어낼 수도 있죠."

키팅은 내심 이 친구가 주워섬기는 인물들은 논리도 없고 분류도 엉망진창이라고 생각하는 한편으로 그들이 분명 각기 다른 범주의 아주 유명한 범죄자라는 데 동의했다.

"우리가 사는 워싱턴 시의 기준을 예로 들어볼게요. 재소자의 C1 계수가 8보다 낮고 C2 계수가 97보다 높으면 석방됩니다. 그렇다면 키팅 씨, 시스템이 C1 계수가 8보다 높고 C2 계수가 97보다 낮은 재소자에게 어떤 시뮬레이션 상황을 만들어낼지 생각해보신 적 있어요?"

"시스템이 그들의 재범 기회를 더 높게 판정하는 게 아닌가?"

프랭크는 그럴듯한 동작으로 손가락을 흔들었다.

"저는 시뮬레이션 결과 하나에 대해서 묻는 거예요. 그러니까 수만 개의 시뮬레이션 중 어느 하나 말이죠. 현실에는 존재하지 않는 그 결과들 중 재소자가 출소 후 다시

---

* 알 카포네는 마피아, 찰스 맨슨과 테드 번디는 연쇄살인마이고, 푸만추와 한니발 렉터는 소설 속의 살인마, 렉스 루터는 만화에 나오는 악당이다(옮긴이).

범죄를 저지르는, 심지어 원래보다 더 심각한 범죄를 저지르는 상황요. C1 계수는 재소자의 재범 확률을 나타내고 C2 계수는 재소자의 안정성을 의미합니다. C2 계수가 낮을수록 그 재소자의 정신 상태가 불안정하다는 뜻이니까 사회에 나쁜 영향을 미칠 가능성도 높지요. C2 계수가 아주 높아서 재소자의 정신 상태가 극히 평온하지 않으면, 시스템은 극단적인 상황을 시뮬레이션하여 재소자가 출소 후에 극악무도한 죄를 저지르는 결과를 만들어냅니다. 그리고 저는 그런 시뮬레이션 결과만 전문적으로 골라서 읽어요."

"자네 지금 이런 무미건조한 데이터들을 범죄소설 삼아 읽는다는 건가?"

키팅은 의아함을 느꼈다. 프랭크가 괴상한 놈이라는 것은 알고 있었지만, 데이터를 이야기라고 여기고 재미 삼아 읽는다는 건 전화번호부를 로맨스 소설이라고 생각하고 읽는다는 말처럼 황당무계한 것이었다.

"무미건조하다니요!"

프랭크가 눈썹을 치켜세웠다. 그의 표정은 부모님에게 만화가 얼마나 재미있는지를 항변하는 어린아이 같았다.

"사보타주 안에는 자연언어 처리*를 위한 시스템이 설

---

* 컴퓨터에서 프로그래밍 언어가 아니라 인류가 생활 속에서 사용하는 자연언어를 인식하고 처리하는 일(옮긴이).

계되어 있어요. 그 시스템은 우리에게 익숙한 서사 방식으로 자료를 만들어낼 줄 알아요. 그걸 선진화된 인공지능과 함께 사용하면, 그저 데이터였던 것이 범죄자의 자술 내용과 같은 형태로 바뀌는 겁니다. 2020년 체결한 튜링테스트 평점제*에 근거해볼 때, 지금의 사보타주는 360점 이상 받을 겁니다. 스탠퍼드대학이나 MIT의 연구실에 있는 인공지능보다도 선진화된 거죠…. 범죄 지능만으로 판단한다면, 전 심지어 380점은 받을 수 있을 거라고 생각해요."

키팅은 다시 한 번 이해할 수 없다는 표정을 지었다.

"거 참!"

프랭크는 또 머리를 긁적였다.

"키팅 씨, 직접 보시겠어요? 제가 100번 설명하는 것보다 훨씬 쉽게 이해될 겁니다. 더 심각한 범죄의 시뮬레이션 결과를 찾고 싶다면 검색 설정에서 Z 수치를 900 이상으로 하면 돼요. 그러면 시스템이 알아서 범죄소설보다 무시무시하고 놀라운 시나리오를 찾아줄 거예요. Z 수치는 숨겨진 매개변수예요. 범죄 사건의 심각성 정도를 수

---

* 튜링테스트는 인공지능 여부를 판별하는 실험으로 1950년 영국의 앨런 튜링이 제안했다. 당시 앨런 튜링은 인공지능이라면 사람처럼 자연스럽게 대화를 나눌 수 있을 것이라는 논리를 제안했을 뿐 구체적인 판별방식은 제시하지 않았다. 작가는 2020년 튜링테스트가 평점을 매길 수 있는 명확한 판별법으로 발전하여 국제적인 인정을 받은 상황을 가정하고 있다(옮긴이).

치화하지만 이 수치는 형량 평가 범위에는 포함되지 않아요. 아마도 사보타주의 창립자가 초기에 오류를 찾기 위해 활용한 것 같더군요. 제가 시뮬레이션 시나리오를 읽는 게 단순한 오락은 아닙니다. 작은 조짐이 큰 추세를 보여준다고 하잖아요. 시스템의 허점은 종종 아주 사소한 부분에 먼저 반영되기도 합니다. 만약 우리가 거시적인 관점에서만 시스템을 평가하고 심의한다면 오류가 발견되었을 때는 문제가 눈덩이처럼 불어난 뒤일지도 몰라요. 키팅 씨는 사무실 총책임자니까 시스템의 세부적인 운영 원리를 이해하는 것도 좋지 않겠어요? 2년 전에 개별 시나리오를 읽다가 사보타주가 재소자의 성격을 복제할 때 보복심리에 편중되는 경향이 심하다는 것을 발견했고, 기술부에서 이를 바탕으로 시스템을 수정했어요. 비록 0.003퍼센트의 재소자와 관련된 일이었고, 그건 수백만의 재소자 중 100명 정도에 불과하지만요. 그래도 그 100명에게는 사소한 허점 하나가 그들이 석방되느냐 마느냐의 핵심적인 부분이었죠…."

키팅은 이어지는 프랭크의 장광설은 귀담아 듣지 않았다. '사무실 총책임자니까 시스템의 세부적인 운영 원리를 이해하는 것도 좋지 않겠어요'라는 말이 그의 신경을 건드렸기 때문이다. 키팅은 부임 한 달째였고, 직무와 부서 운영을 대략적으로 파악했다. 그러나 사보타주의 기술적인 부분은 여전히 명확하지 않았다. 그때 밀러가 키팅에게 해준 충고는 '시저의 것은 시저에게'라는 말로 단순화할 수 있다. 기술적인 세부사항은 기술 관련 부서에서 처리하도록 하고 키팅은 전체적인 국면을 이해하면 된다는 것이었다. 그러나 키팅은 기술 부분에 신경을 쓰지 않을 수 없었다. 그가 대학시절에 관련 분야를 전공했기 때문이기도 하고, 더 큰 이유는 본래 뭐든지 납득할 때까지 파고드는 성격이기 때문이었다.

프랭크와 그런 대화를 나눈 다음 날, 키팅은 퇴근 직전의 여유로운 시간을 틈타 컴퓨터 단말기를 켜고 사보타주 시스템에 접속했다.

사무실 총책임자인 그는 2급 접근 권한을 갖고 있었다. 다시 말해 직접적으로 핵심 코드를 수정하는 것이 아니라면 그 밖의 조작은 얼마든지 가능했다. 데이터를 변경하고, 자료를 입력 혹은 출력하고, 독립적으로 시뮬레이션을 진행하고, 시뮬레이션의 상수와 변수를 변경할 수 있었다.

그는 개별 시나리오 추출 기능을 선택했다. 시스템은 먼저 피험자의 일련번호를 입력하라고 요구했다. 키팅은 턱을 만지작거리며 피험자 선택 버튼을 눌렀다. 모니터 위로 새로운 화면이 나타나더니 성명, 지역, 연령, 성별, 사회보장번호, 수감 일자, 죄목 등의 빈칸이 나타났다.

"음…, 지역부터 시작할까."

키팅은 어떤 범죄자를 검색할지 생각해두지 않았기 때

275

EP.3 E PLURIBUS UNUM

문에 하나하나 시나리오의 조건을 정해서 찾아야 했다.

다른 지역의 안건을 찾으니 아예 그가 거주하는 지역의 안건을 찾기로 마음먹었다. 그는 '워싱턴 컬럼비아 특별구'*를 선택하고 확인 버튼을 눌렀다.

화면에 주르륵 명단이 떴다. 이런 페이지가 1,000여 개 더 있다는 표시도 함께.

프랭크처럼 중범죄 사건을 찾기로 했으니 살인범을 고르는 게 좋겠지. 키팅은 이런 식으로 그때그때 떠오르는 대로 조건을 입력했다. 성별은 남성을, 죄목은 살인을 골랐다.

화면에 나타난 명단이 순식간에 크게 줄었다. 이름은 알파벳 순서로 나열되어 있었고 화면 제일 위의 이름은 성이 A로 시작하고 있었다. 키팅은 아무 생각 없이 로버트 애덤스라는 이름을 클릭했다.

"로버트 애덤스, 35세, 이급살인…. 응? 이급살인밖에 안 돼?"

키팅은 이급살인죄를 범한 범죄자를 고를 생각은 아니었다. 이급살인이란 살해 의도가 없는 살인을 말한다. 예를 들면 어떤 이유로 갑자기 살의가 치밀어서 살해한 경우다. 심사숙고를 거쳐 계획적으로 살인한 일급살인죄와 비

---

* 워싱턴 D.C.는 워싱턴 컬럼비아 특별구Washington, district of Columbia의 약칭 (옮긴이).

교할 수 없다. 키팅은 조건을 입력할 때 뭔가 잘못 선택했다고 생각했다. 피험자가 극악무도한 놈이 아니라면 사보타주에서 프랭크가 말했던 Z 수치가 900 이상인 시뮬레이션 결과를 만들어낼 리 없다고 짐작했다.

키팅은 해당하는 결과가 있을 것인지 의심하면서도 'Z value > 900'이라는 조건을 추가했다. 예상과는 다르게 화면에 50여 개의 문서 파일이 나타났다. 문서마다 파일번호와 생성일자가 달려 있다. 대부분의 문서 파일은 2년 혹은 그 이전의 날짜였다. 작년은 다섯 개, 올해는 더 줄어 달랑 한 개뿐이었다. 키팅은 최신 생성 순으로 문서 파일을 재정렬했다. 가장 최근에 만들어진 문서 파일은 올해 1월에 생성된 것이었다. '문서 추출'을 클릭하자 화면에 선택지가 나타났다. 그는 '자연언어-영어'라는 표시를 찾아냈고, 10초도 지나지 않았을 때 시스템이 'cas02-k-01BU7LG-287022-87196 · 자연언어시나리오'라는 이름의 파일을 생성했다.

키팅은 파일을 열었다. 프랭크가 말한 것처럼 범인이 자술하는 형식의 글이었다. 몇 단락 읽어보니 사보타주의 자연언어 처리 수준에 감탄하지 않을 수 없었다. 전혀 기계가 만든 글로 보이지 않았다. 시나리오를 읽어 내려가면서 키팅은 그런 감상은 다 잊고 존재하지 않는 범인의 자술 내용에 깊이 빠져들었다.

그것은 복수심으로 가득한 범죄 자백이었다.

더는 참을 수가 없다. 나는 그렇게 생각했다.

감옥을 떠난 지 아홉 달, 그동안 나는 줄곧 참아왔다. 현재에 만족하며 매일 공장에 출근했고, 주말에는 지역사회 복지센터에 가서 자원봉사도 했다. 겉으로는 아주 충실한 생활 같지만, 마음속에 달라붙어 있는 공포감을 떨칠 수가 없다.

악마에게 괴롭힘을 당하다 죽음에 이르게 될 거라는 공포.

최근 눈만 감으면 아프리카에서 봤던 참혹한 장면이 떠오른다. 동료들이 비참하게 죽어가던 과정이 하나하나 눈앞에 재현된다. 살인자는 사람이 아니라 악마다. 지옥에서 온 악마…, 아니, 그 나라는 원래 지옥일지도 모르지. 나와 전우들은 악마의 영토에 잘못 발을 들인 거다.

그 악마들의 위장술은 너무도 뛰어났다. 그것들은 어린아이의 겉모습을 하고 있지만 그 속에 사악한 미소를 띤 악마가 들어 있다. 나는 그것들이 인간이 아니라고 믿는다. 인간이라면 어떻게 그런 무서운 행동을 할 수 있겠는가.

우리는 군인이고, 전쟁터에서 나라를 위해 목숨을 바치는 건 당연한 일이다. 우리는 각오가 되어 있다. 하지만 저 악마들이 빼앗아가는 건 목숨만이 아니다. 그것들이 원하는 것은 공포심이다. 히스테릭한 공포심.

비록 구원받았지만, 나는 알고 있다. 내 영혼의 일부가 여전히 그 지옥 속에 남겨져 있다는 것을. 그때 이후로 나는 완전한 존재인 적이 없었다. 영혼에 결핍된 부분이 있는 존재다. 결핍은 지옥의 연기와 불꽃으로만 채울 수 있다.

이성적으로는 그곳의 그 아이들'만' 악마라는 것을 안다. 하지만 퇴역 후에 아이들을 볼 때마다 그것들과 동족이 아닐까 의심하게 된다.

이런 자신이 싫다.

하지만 평화로운 미국이라 해도 어떤 아이들은 사실 그것들과 똑같이 악마다.

이렇게 말하는 것이 더 정확할지 모르겠다. 악마로 변할 가능성이 있는 괴물.

코요테 갱단의 그 어린놈들처럼 말이다.

내가 아는 바로는, 그놈들은 스스로 갱단을 만들었고 우두머리는 겨우 열일곱 살이다. 그들이 해본 가장 나쁜 짓은 빈집털이나 장물 거래, 일순간의 기분으로 공공시설을 파손하는 정도다. 마약판매나 살인 등을 저지르는 진짜 범죄조직과 비교하면 보잘것없는 놈들이다. 그러나 나는 그들에게서 말로 표현하기 어려운 공포를 느꼈다.

그들의 눈빛은 아프리카의 악마들과 똑같다.

똑같다, 비슷한 것이 아니라.

경멸과 정복감이 뒤섞인, '어른들은 단지 우리의 장난감에 불과하다'고 말하는 듯한 눈빛이다.

내가 이 사실을 발견한 건 올해 3월이다.

출근길에 몇몇 어린애들이 19번가와 P가가 만나는 곳에 위치한 농구장에 모여 있는 것을 봤다. 평소에는 대개 고개를 숙인 채 걷는다. 어떤 아이들과도 눈을 마주치고 싶지 않기 때문이다. 그러나 그날은 내가 잠깐 방심한 바람에 한 녀석과 정확히 눈이 마주치고 말았다.

그 남자애는 붉은색 페인트가 칠해진 철제 드럼통 위에 앉아 있었고, 그 뒤의 벽돌 담장에는 그들이 코요테 갱단이라는 것을 나타내듯, 기하학적 무늬로 만들어진 'COYOTE'라는 그래피티가 그려져 있었다. 그 남자애는 마치 황제처럼 왕좌에 앉은 채 업신여기는 표정으로 지나가는 나를 쳐다봤다.

그 눈빛에 질식할 뻔했다.

잠깐 응시당한 것뿐인데, 마치 두들겨 맞은 개처럼 꼬리를 말고 황급히 도망쳤다.

그후부터 거리를 돌아다니는 어린놈들을 주의 깊게 살피기 시작했다. 대부분의 아이들은 눈빛이 정상이다. 그러나 대략 열 명 중 한 명꼴로 그 '황제'와 같은 눈빛을 가진 놈들이 있었다.

그들은 나를 벌벌 떨게 만든다.

나는 지역사회복지센터에서 사회감시분과를 창립한 포드 씨와 이 일을 논의한 적이 있다. 그는 내가 발견한 사실에 동의하면서 코요테 갱단은 페어론 지역의 암적인 존재라고 했다.

주민들도 코요테 갱단을 나쁜 아이들의 집단으로만 여기고 심각성을 느끼지 못한다고 했다. 그 어린놈들은 매우 영악해서 조용히 세력을 키우고 있으며, 나중에 세력이 커지만 진짜 중범죄를 저지를 것이라고도 했다. 그때가 되면 이미 늦어서 지역사회의 치안이 무너지고 다잡을 수 없게 될 거라는 것이었다. 포드 씨는 나보다 스무 살 정도 많았다. 그도 젊은 시절에는 군인이었고 2000년대에 이라크 전쟁에도 참전한 적이 있다. 가정형편도 나와 비슷해 나는 우리가 무척 인연이 깊다고 느꼈다. 그가 지옥에 가본 적은 없지만 나와 마찬가지로 군인의 독특한 직감을 갖고 있어서 그 어린애들 몸에서 나는 사악한 냄새를 잡아낸 거다.

10월이 되자 날씨가 서늘해졌다. 그날 아침은 평소보다 30분 일찍 눈이 떠졌다. 샤워를 한 뒤, 걸어서 출근하는 길에 아침식사 대용으로 베이글을 하나 샀다. 공교롭게도 평소 가던 가게가 문을 열지 않아서 멀리 돌아 18번가의 가게까지 가야 했다. 베이글을 입에 물고 한 손에는 커피를 들고 미네소타 애비뉴를 천천히 걷는데, 보지 말아야 할 장면을 보고 말았다.

어린놈들 셋이 노숙자를 린치하고 있었다.

그들은 나무막대기를 들고 벽 아래 웅크린 노인을 툭툭 쳤다. 세게 때리는 것은 아니었지만 기고만장하게 떠들어 대면서 계속 막대기를 휘두르는 모습이 곤충을 괴롭히는 꼬맹이 같았다. 노인은 벌벌 떨면서 머리를 가랑이 사이로 푹 처박았다. 벽 쪽으로 몸을 말고 겨우 열세 살 혹은 열네 살이나 될까 싶은 소년들이 더러운 막대기로 자기 등을 쿡쿡 찌르는 것을 견디고 있었다.

"이 똥덩어리 정말 구린내 나!"

한 놈이 웃으며 말했다.

"여기 사람들 참 못됐다. 거리에다 똥을 눴네!"

또다른 놈이 말을 받았다.

"우리가 좋은 일 좀 할까? 이 똥덩어리를 불태워버리는 거야!"

세 번째 놈이 라이터를 꺼내면서 말했다.

놈들이 불을 붙일 것 같자 나도 앞뒤 생각할 것 없이 고함을 질렀다. 놈들은 나를 흘깃 보더니 막대기를 던지고 천천히 18번가의 다른 쪽 끝으로 물러났다. 내가 건장한 체격인 것을 보고 셋이서 덤벼도 이기지 못할 것 같으니 물러선 듯했다. 만약 내가 왜소했더라면 오히려 덤벼들어 나를 때려눕혔을지도 모른다.

"할아버지, 괜찮으십니까?"

내가 그 노숙자에게 물었다. 가끔 지역사회복지센터에 와서 음식을 얻어가던 노숙자 중 한 명이었다.

"괘, 괜찮습니다. 애덤스 씨, 고마워요."

그도 나를 아는 것 같았다.

"어제 저녁은 조금 추웠죠. 그래서 늘 자던 장소를 바꿨는데 여기가 저놈들 구역일 줄이야…."

고개를 들어 보니 벽에 흰색으로 'COYOTE'라고 그래 피티가 그려져 있다. 그 도안이 내 눈을 찌르는 듯했다. 급히 고개를 돌려보니 아까의 세 녀석이 멀리서 이쪽을 노려보고 있었다.

놈들은 도망간 게 아니라 안전한 위치에서 나를 관찰한 것이다.

그 서늘한 표정은 다시 한 번 나의 공포심을 불러일으켰다.

처음 그 이상한 눈빛과 마주쳤을 때 같았다.

그다음 이틀 동안 온몸이 다 아팠다. 뱀과 눈이 마주친 개구리가 된 기분이었다. 전쟁터의 기억이 끊임없이 나를 덮쳤다. 전우들의 비참한 얼굴이 주마등처럼 눈앞을 스쳐 갔고 애처로운 고함소리가 머리를 울렸다. 붕괴되기 전에 뭔가 해야만 한다. 통제력을 잃은 감정을 다스려야만 한다.

그 주의 토요일 저녁, 나는 검은색 겉옷을 입고 가죽장갑을 꼈다. 검은색 복면은 주머니에 쑤셔 넣었다. 영거 스트리트, 22번가, 미네소타 애비뉴를 따라서 Q가와 18번가를 지나 페어론 애비뉴를 향해 걸었다. 줄곧 주변을 둘러보며 주의를 게을리하지 않았다. 하지만 목표가 눈에 띄지 않았다.

페어론 애비뉴에서 길을 되짚어 18번가까지 왔을 때, 그것을 봤다.

코요테 그래피티 옆에 두 소년이 담배를 피우고 있었다.

주변에 사람이 없는 것을 확인한 다음 겉옷의 지퍼를 목까지 끌어올리고 눈과 입 부분에 구멍이 뚫린 복면을 꺼내 뒤집어썼다. 나는 허리에 숨기고 있던 신축성 있는 경찰봉을 꺼냈다. 소리 없이 두 놈에게 접근했고, 그들이 나를 발견했을 때는 이미 뭔가 반응을 하기에 늦었다.

내 경찰봉이 그중 한 놈의 얼굴을 후려쳤다.

아마도 어금니가 두어 개 부서졌을 것이다. 다시 어깨를 한 번 더 내리쳤다. 그놈은 뒤로 쓰러졌고, 나는 쓰러진 놈을 넘어서 다른 녀석의 가슴을 걷어찼다.

두 놈이 다 땅에 쓰러진 뒤에도 나는 경계심을 늦추지 않고 경찰봉을 휘둘렀다. 이놈들 주머니에 칼이나 심지어 권총이 들어 있을지도 모른다. 이 녀석들이 뭔가 하기 전에 저항할 힘을 없애야 했다. 거리는 어두웠고, 나는 상황을 제대로 볼 수 없었다. 하지만 냄새로 이미 머리가 깨져 피를 흘리고 있다는 걸 알 수 있었다. 공기 중에 기분 나쁜 피 냄새가 떠돌았다.

1분이 채 안 되게 그들을 구타하고는 울며불며 신음소리를 내는 두 놈이 바닥을 구르거나 말거나 신속히 그곳을 떠났다. 나는 숨을 헐떡이며 집에 돌아왔다. 하지만 마음은 꽤나 통쾌했다.

다음 날 지역뉴스에 코요테 갱단의 소년 둘이 신비의 인물에게 습격당했다는 기사가 났다. 생명은 위험하지 않지만 곳곳에 골절상을 입었다. 경찰은 코요테 갱단에 적대적인 라이벌 패거리가 보복한 것이거나 구역 싸움일 것이라고 예상했다. 나는 경찰의 무능함에 거의 슬플 지경이었다. 나는 저 어린놈들이 정의로운 시민에 의해 제압되었다는 메시지를 전하고 싶었다. 패거리들 사이의 사적인 싸움이 아니란 말이다.

하지만 적어도 나의 증상은 완화되었다. 공포감은 더이상 아무 때나 나를 덮쳐오지 않았다.

그후 한 달간, 계속해서 정의의 제재를 집행했다. 며칠 간격으로 검은 옷에 복면, 경찰봉으로 무장하고 코요테 갱단의 놈들을 혼내줬다. 나중에는 소문이 무성해서 경찰봉 대신 허리띠 버클로 위장할 수 있는 브레스 너클*로 무기를 바꾸거나 임기응변으로 주변에서 몽둥이나 쇠파이프를 찾아 쓰기도 했다. 셋 이상 모여 있을 때는 건드리지 않았다. 어떨 때는 혼자 외따로 떨어질 때까지 기다렸다 행동에 옮기기도 했다.

지역사회에서도 이 일로 의견이 분분했다. 나는 신경 쓰지 않았다. 그들이 칭찬하든 비판하든, 이 일을 계속할 테니까.

그러나 11월이 시작되자 행동의 어려움이 크게 증가했다.

놈들이 단독으로 움직일 때 공격받는다는 걸 눈치챘는지 조를 짜서 세 사람 혹은 그 이상일 때만 움직였다.

---

* 네 손가락에 끼워서 쓰는 철제 흉기(옮긴이).

게다가 그놈들도 무기를 갖고 있을 터였다.

한번은 내가 공격을 준비하는데, 우연히 한 녀석이 작은 병을 꺼내는 것을 보게 됐다. 호신용 페퍼스프레이였다. 그걸 얼굴에 뿌리면 순간적으로 시야가 차단될 뿐 아니라 냄새가 코와 목구멍을 자극해 호흡하기 어려워진다. 당연히 그날의 행동은 중지됐다. 페퍼스프레이에 대비하기 위해 복면 대신 마스크로 바꿨다. 여과장치가 달린 보호용 마스크다. 스프레이를 뿌려도 숨을 쉬지 못해 괴로워할 일은 없다.

하지만 그 마스크는 딱 한 번 사용한 뒤 다른 방법을 생각해내야 했다.

왜냐하면 어떤 놈이 더 성가신 물건을 들고 있는 것을 봤기 때문이다. 5만 볼트 전기총이었다. 저기에 맞으면 건장한 체격의 나라도 반격할 수가 없다. 그렇게 되면 당장 저 악마들의 먹잇감이 된다.

전기총을 막아낼 수 있는 보호구를 찾아봤지만 적당한 것이 없었다. 효과적으로 전기충격을 막을 수 있는 보호구는 법으로 살 수 없도록 되어 있고, 암시장에도 물건이 없었다. 그렇다고 절연체로 자체 제작한 옷을 입자니 바보스러울 만큼 육중해져서 움직이기도 어려울 것이었다. 전기총을 막아내더라도 제대로 움직이지 못해 놈들을 공격할 수가 없다면 헛수고가 아닌가. 어쩔 수 없이 그놈들을 참고 견디는 나날로 돌아갔다. 매일 공포심을 주는 그놈들의 눈빛을 피해 전전긍긍하며 살았다.

더는 참을 수가 없다, 결국 나는 그렇게 생각했다.

추수감사절 날 크게 한 판 벌일 작정이다.

어린 소년소녀의 껍데기를 뒤집어쓴 악마들 때문에 나는 가정을 잃고 존과 함께 정상적인 생활을 할 수 없게 됐다. 존은 내 아들인데도! 코니는 존을 데리고 서부로 이사를 했다. 아마도 이미 재혼을 했겠지. 그들은 아름다운 새 가정을 이루고 살 것이다. 지옥에 갔다 왔기 때문에, 나는 가족과 추수감사절을 보낼 기회를 영영 잃어버렸다. 그런데 저 어린놈들이 추수감사절 저녁조차 가족들과 함께 시간을 보내지 않는다면, 그렇다면, 죽어도 할 말이 없는 거다.

그때까지는 코요테 갱단의 놈들을 죽인 적이 없었다. 그건 일종의 자비심이었다. 나는 그들에게 나쁜 짓을 고치고 올바른 길로 갈 수 있는 기회를 준 것이다. 나에게 얻어맞은 뒤에 자신의 잘못을 깨닫는다면 그들이 악마가 아니라는 증거다. 하지만 추수감사절 저녁까지 거리를 돌아다니는 놈들은 나에게 그 기회를 요구할 자격이 없다.

추수감사절의 심판을 위해 암시장에서 총기 여러 정과 대량의 탄약을 구입했다. 군대에 있을 때 쓰던 장비에 한참 못 미치는 수준이지만, 어쨌거나 나는 그 열악한 지옥에서도 버텼다. 이런 중화기는 당시 포위를 뚫기 위해 사용했던 무기에 비하면 천배 만배 훌륭하다. 나는 총기를 하나하나 해체하고 검사를 마친 다음 다시 조립했다. 당시 출동하기 전에 총기를 점검하던 것과 꼭 같이. 그래야 실제 상황에서 문제가 생기지 않는다.

11월 24일 목요일 저녁 9시. 나는 죽어간 전우들의 이름을 되뇌며 총기와 탄약을 차곡차곡 배낭에 담았다. 그때 죽은 친구들을 위해 복수할 것이다. 복면도 마스크도 착용하지 않았다. 이번에는 신분을 감출 필요가 없다. 내 얼굴을 본 놈은 다 죽을 테니까.

나는 배낭을 메고 집을 나섰다. 코요테 갱단이 자주 모이는 거점을 하나씩 하나씩 깨끗이 쓸어버릴 작정이다. 가장 먼저 도착한 곳은 19번가와 P가가 만나는 곳의 농구장이다. 집에서 가장 가까운 거점이라는 것 외에도, 내가 처음으로 악마의 눈빛을 받았던 곳이기도 했으니까.

가는 동안, 농구장에 아무도 없지 않을까 생각했다. 만약 그들이 없다면, 다시 말해 그 괴물들이 아직 조그만 인간성을 갖고 있었던 거라면, 나는 다음 거점으로 가서 악마를 사냥하는 수밖에 없다. 인간이라면 살아남을 것이고 악마라면 오늘 내 손에 모두 죽을 것이다. 농구장까지 10미터가 남았을 때, 그들이 나를 실망시켰다. 아니, 그것들이 나를 실망시키지 않았다고 말해야 정확할지도 모른다. 그것들의 비열하고 사악한 웃음소리가 내 귓속으로 파고들었다.

나는 천천히 농구장으로 걸어갔다. 창살문을 밀어 열고 농구장으로 한 발짝 들어서는 순간 떠들어대던 소리가 뚝 그쳤다. 그들이 날 경계하는 게 느껴졌다. 하지만 복면을 쓰지 않았기 때문인지, 혹은 천천히 다가갔기 때문인지 내가 지금까지 그들을 공격하던 신비의 인물이라고는 생각하지 못하는 듯했다.

"아저씨, 뭐야?"

한 녀석이 나에게 물었다. 태도가 아주 불량했다.

"오늘 추수감사절인데, 너희들에게 줄 게 있다."

나는 그렇게 말하며 묵직한 배낭을 내려 왼손에 들었다. 지퍼를 열자 그들이 목을 길게 빼고 내가 무슨 좋은 걸 주려나 들여다보려고 했다.

그래, 확실히 좋은 거지.

배낭에서 기관총을 꺼냈다. 놈들이 뭔가 반응도 하기전에, 나는 이미 방아쇠를 당겼다. 30발의 총알이 순식간에 발사되고, 5초도 못 되는 그사이에 탄창 하나의 총알을 다 썼다. 나에게 말을 걸었던 놈이 가장 먼저 총에 맞았다. 총알은 그놈의 가슴을 꿰뚫었고, 주먹으로 세게 얻어맞은 것처럼 몸 전체가 뒤로 쓰러졌다. 나의 총구는 오른쪽으로 이동했다. 악마들은 하나하나 땅바닥에 쓰러졌다. 비명 한번 제대로 지르지 못하고 몸에 40구경 할로우 포인트 총탄*이 씻어발긴 구멍이 생겼다.

빈 탄창을 빼내고 다른 탄창을 총에 끼웠다. 땅에 쓰러

---

*   탄두 부분이 비어 있는 총알(옮긴이).

진 악마 중 한 놈이 아직 죽지 않고 윽, 윽, 신음하고 있다. 나는 연발 모드를 단발 모드로 바꾼 다음 직접 그놈의 머리에 대고 한 발 더 쐈다. 그제야 징그러운 신음소리가 멈췄다.

몸에 피가 튀었을까? 고개를 빼고 이리저리 내 몸을 살폈지만 옷이 검은색이라 피가 묻었는지 잘 알아챌 수 없었다. 기관총을 다시 배낭에 넣고 다음 목적지로 향했다.

18번가, Q가, 17번가. 가는 곳마다 나는 놈들을 만나면 바로 죽였다. 처음에는 숫자를 셌지만 여섯 번째 탄창을 다 썼을 때쯤에는 내가 몇 마리의 악마를 처리했는지 이미 기억나지 않았다. Q가에서는 한 남자가 나를 막으려고 했다. 그 남자도 함께 처리해버렸다. 악마들의 수하인 듯했다.

시간감각을 잃은 것 같다. 모든 것이 슬로모션처럼 보였다. 악마에게 총알이 박히는 순간, 그놈들이 정신없이 달아나는 순간, 탄창을 바꿔 끼우는 순간, 이 모든 순간들이 느려졌다. 정지화면처럼 느껴졌다. 17번가와 페어론 애비뉴가 만나는 지점에 공터가 있다. 나는 거기서 코요테 갱단 놈 셋을 봤다. 나는 임무를 다시 한 번 수행하려 했다.

그런데 이번에는 누군가 방해를 했다.

"움직이지 마! 무기 내려놔!"

어디서 튀어나온 것인지 모를 경찰차 한 대가 보였다. 경찰 둘이 차문 뒤에서 나에게 총을 겨누고 있었다. 그들은 내 왼쪽에 있었고 거리는 약 20미터. 막 기관총을 꺼내 악마 셋을 처리하려던 참이었다.

임무는 중지인가. 나는 속으로 탄식했다. 악마들을 다 해치우지 못했는데. 단지 미약한 힘이나마 지역사회를 위해 도움이 되고 싶었다. 투항하지 않으면 경찰이 나에게 총을 쏠 거라는 걸 잘 알고 있다. 저 멍청한 꼴을 좀 보라지. 겨우 내 다리를 겨누고 있지 않은가. 물론 내 다리만 맞출 생각이더라도 총알이 가슴에 박힐 가능성이 높다. 저 악마들 때문에 목숨을 버릴 생각은 없다. 저 악마들의 숫자를 줄이고 지역사회의 주민들에게 악마를 상대할 때는 자비심 같은 건 필요 없다는 사실을 일깨워주려고 시작한 일이다. 누군가 나에게 감화해서 이 사명을 이어가주길 바란다.

총을 한쪽에 떨어뜨리고 배낭도 내려놨다. 경찰을 향해 손을 들어 보이며 저항할 의사가 없다고 알렸다. 경찰 둘이 나에게 천천히 다가왔다. 그사이 나는 운 좋게 살아남은 세 놈을 흘낏 쳐다봤다. 순간, 호흡을 곤란하게 했던 그 감각이 다시 나의 신경줄 하나하나를 건드렸다.

세 놈 중 가운데 서 있는 녀석이 바로 맨 처음 농구장에서 만났던 '황제'였다.

그놈은 아무런 두려움도 없이 그날과 꼭 같은 눈빛으로 나를 멸시하고 있었다.

그놈은, 아니 그것은, 악마다. 아프리카에서 만났던 악마다.

몸이 생각을 앞질러 반응했다. 나는 순간적으로 바닥에 엎드리면서 배낭 속 다른 기관총을 꺼냈다. 그대로 세 놈을 향해 기관총을 난사했다. 그것들에게 총알이 적중하는 것과 동시에, 또다른 총알이 내 몸에 박히는 것을 느꼈다.

경찰이 총을 쐈다.

상관없다. 이걸로 됐다.

나는 눈을 감기 직전에 그 악마를 쳐다봤다. 의아한 표정으로 나를 보고 있다. 그것의 몸이 피로 시뻘겋다. 눈빛도 점점 흐리멍덩해진다.

나는 죽기 전에 피부색이 특히 가무잡잡한 악마를 기필코 처리해낸 것이다.

◆

모니터 앞에서 정신을 차린 키팅은 퇴근시간이 훌쩍 지났음을 알았다. 그의 시선은 여전히 시나리오에 꽂혀 있었다. 마지막 한 줄을 읽고 겨우 생각이 현실로 돌아왔다. 입안이 말라 까끌까끌한 느낌에 컵 쪽으로 손을 뻗었다. 그때서야 오른손이 약하게 떨리고 있음을 발견했다.

너무 몰입했군. 물을 마시며 생각했다.

그는 컴퓨터를 끄고 사무실을 떠나기는커녕 단말기에 코드를 입력했다. 로버트 애덤스에 대한 자료를 보고 싶었다.

BIR은 재소자의 형기를 관리하는 부서다. 키팅은 당연히 재소자 개인기록을 볼 권한이 있다. 시나리오를 다 읽고 애덤스의 과거가 무척 궁금해졌다. 아프리카에서 겪은 사건이 무엇인지, 왜 감옥에 갔는지, 심지어 단순하게 그의 얼굴을 보고 싶기도 했다.

키팅은 금세 로버트 애덤스의 자료를 찾아냈다. 눈앞에 나타난 입체영상은 상고머리에 콧날이 우뚝하고 우수에 찬 눈빛을 가진 남자였다. 애덤스라는 성은 스코틀랜드에서 유래한 성씨지만 그의 안면 윤곽이나 얇은 입술 등은 어딘지 러시아 출신의 백인에 가까워 보였다. 키팅은 그의 얼굴에서 군인들 특유의 분위기를 감지할 수 있었다.

"로버트 애덤스, 2004년 2월 16일 루이지애나 주 뉴올리언스에서 출생…."

키팅은 조용히 자료를 읽어 내려갔다.

"2024년 육군 입대 후, 2025년 제75레인저연대에 편입됐다. 육군 중사로 여러 차례 특수작전에 투입된 바 있다. 2030년 콩고 전쟁에 참전했다. 그해 6월 15일 지휘부 실수로 그의 소속부대가 부카부에서 적군 민병대에게 포로로 잡혔다. 7월 8일 지원부대가 성공적으로 탈출한 애덤스를 발견해 구조했다. 그가 제공한 정보로 콩고 민병대 기지 하나를 전멸시켰으나 다른 포로들은 아무도 생환하지 못했다."

여기까지 읽은 키팅은 대강 이해가 됐다. 2028년 미국은 '인도주의적 이유'을 내세워 콩코민주공화국의 내전에 관여했고, 이 전쟁은 몇 년이나 계속됐다. 첨단장비를 갖춘 미군의 전력이 훨씬 앞섰지만 종잡을 수 없는 유격전으로 대항한 콩고 민병대에 쩔쩔매며 전황이 힘들어졌다. 민병대가 촌락에 주둔하면서 어린아이들을 잡아다가 군사훈련을 시켜 사병화한다고들 했다. 소년 민병대가 도시에 잠복해 있다가 상황에 따라 공격을 감행한다는 것이다. 겨우 열 살에서 열다섯 살 정도지만 정신적으로 민병대의 지배를 받아 임무를 완수하기 위해서는 목숨도 내던진다고 했다. 엄혹하고 열악한 환경에서 성장해 이들의 성격은 극도로 왜곡되었으며 인성이 말살되어 무생물 같다고도 했다. 포로로 잡힌 미군의 시체가 발견됐을 때 비인도적인 상처가 온몸에 가득했다고 언론매체들은 경쟁적으로 보도했다. 심지어 어떤 시체에서는 맹수에게 여러 차례 물린 자국이 발견됐는데, 당시 사망하지 않은 상태였으며 이후 상처가 세균에 감염되어 장기부전으로 사망했다고도 했다. 미국 정부는 이를 극력 부인하면서 보도를 '루머'라고 일축했지만 세간에서는 미군의 사기를 걱정해 인정하지 않은 것뿐이라고들 믿었다.

키팅은 애덤스의 소대가 콩고 소년병에게 전멸했다고 짐작했다. 포로가 된 병사들은 소년병에게 비인도적 학대를 받았고, 포로가 된 지 3주 만에 애덤스의 전우들은 하나씩 고통을 견디다 못해 사망했으리라. 그러나 애덤스는 기회를 잡아 적군의 기지를 탈출했고 유일한 생존자가 됐다.

"애덤스는 그의 용맹과 공헌을 인정받아 동성훈장을 수여받았다. 애덤스는 2031년 퇴역하고 뉴올리언스에 돌아와 화물운송업에 종사했다. 2032년 아내 코니와 이혼했다. 이혼사유는 애덤스가 여섯 살 난 아들에게 폭력을 행사했다는 것이었다. 아들의 양육권은 아내에게 주어졌고, 이혼 후 애덤스는 워싱턴으로 이주하여 계속 화물운송업에 종사했다. 2034년 10월 7일 포트 토튼 전철역에서 열다섯 살 소년을 살해했다. 애덤스는 유죄협상을 통해 이급 살인죄를 적용…."

여기까지 읽고서 키팅은 저도 모르게 미간을 찡그렸다. 포로가 되었던 군인이 생환하면 전쟁포로훈장을 받고, 만약 부상을 당했다면 명예상이훈장을 받는다. 그런데 애덤스는 그보다 한 등급 높은 동성훈장을 받았다. 이것은 애덤스가 단순히 부상을 입은 전쟁포로가 아니라 전쟁에 어떤 공헌을 했다는 것을 의미한다. 말하자면 영웅적 인물인 것이다.

그러나 이 영웅은 집에 돌아오자마자 가정을 잃게 된다.

키팅은 애덤스가 전쟁터에서 겪은 일로 어린애들을 두려워하는 정신장애를 앓게 됐고, 집에 돌아온 후 정신적 불안정함 때문에 아들에게 폭력을 행사했으리라 추측했다. 연령으로 생각하면 아들이 태어나서부터 다섯 살이 될 때까지 애덤스는 군 복무로 인해 1년에 많아야 열흘 정도 집에 갔을 것이고, 아버지와 아들 사이에 깊은 애정관계가 형성되기 어려웠을 것이 분명하다.

키팅이 가장 궁금해 한 것은 애덤스의 가정 상황이 아니다. 이 영웅적 인물이 왜 살인을 하고 감옥에 갔는지 알고 싶었다.

개인기록에 관련 사건의 링크가 첨부되어 있었다. 키팅은 애덤스의 기본 정보를 다 읽은 뒤 바로 사건 파일을 열었다. 사건 파일은 개인기록보다도 더 복잡했다. 법정기록, 경찰의 수사일지, 증인의 증언, 사진과 언론보도까지 모든 정보가 총망라되어 있었다. 어쩔 수 없이 중요한 부분만 골라 읽으면서 대략적인 상황을 이해하려고 시도했다.

여러 문서들을 읽은 끝에 사건의 원인을 어느 정도 이해할 수 있었다. 이 비극에 다시 한 번 탄식할 수밖에 없었다.

2034년 10월 7일 밤 10시 30분, 로버트 애덤스는 퇴근하던 길이었다. 그날 밤 포트 토튼 역에는 승객이 몇 사람 없었다. 플랫폼에는 애덤스와 나이 든 부인, 소년 두 명만 있었다. 소년들은 막 대마초를 피웠거나 혹은 그와 유사한 약물을 복용한 듯 정신이 흐리멍덩한 상태였다. 그들은 노부인을 한참 괴롭힌 후, 애덤스 앞으로 걸어와 온갖 욕설과 더러운 말로 그를 모욕했다. 애덤스는 무시하려 했다. 그러나 그중 한 소년이 잘난 척을 하고 싶었는지 아니면 정말로 공격하려 했는지 알 수 없지만 칼을 꺼내 애덤스를 찌르려는 동작을 취했다. 애덤스는 빠른 동작으로 칼을 쳐서 떨어뜨린 뒤, 소년을 바닥에 쓰러뜨리고 흠씬 두들겨 팼다. 그때 다른 소년이 친구를 구하기 위해 애덤스에게 달려들었다가 오히려 그에게 얻어맞고 기절했다. 처음 칼을 꺼냈던 소년은 코가 퉁퉁 붓고 얼굴에 시퍼렇게 멍이 들었다. 선혈이 콧구멍에서 콸콸 쏟아졌다. 애덤스는 몸을 일으키더니 바닥에서 괴로워하는 소년을 내려다보며 별일 아니라는 듯 주머니에서 담배를 꺼내 불을 붙였다. 소년이 고통스럽게 꿈틀거리며 애덤스로부터 멀어지려고 애썼다. 애덤스는 느긋하게 담배를 끄고 칼을 집어 들더니 소년의 허벅지에 꽂았다. 소년은 욕설과 울음이 뒤섞인 비명을 질렀다. 그러나 그 비명소리는 다음 순간 사라지고 말았다. 애덤스가 칼을 뽑아 소년의 가슴을 찔렀기 때문이다.

경찰이 도착했을 때, 애덤스는 플랫폼의 벤치에 앉아서 이미 시체가 된 소년이 피웅덩이 한가운데 누워 있는 것을 가만히 쳐다보고 있었다. 애덤스는 전혀 저항하지 않고 묵묵히 수갑을 찼다. 칼에 찔린 소년은 현장에서 사망했고 다른 한 명은 얻어맞아 기절한 것으로 끝났다. 원래 검찰에서는 애덤스를 우발적 살인으로 기소할 예정이었다. 소년이 애덤스를 공격하려 했고 애덤스는 자기방어를 하다가 살인을 했을 가능성이 크다고 봤다. 그러나 노부인의 증언을 통해 애덤스가 소년을 완전히 제압한 후 담배를 피웠고, 담배를 다 피우고 나서 소년을 찔렀다는 것이 밝혀졌다. 이것은 '정당방위에 의한 살인'은 당연히 아니고, '과잉방어'의 범주도 벗어나는 상황이었다. 애덤스가 당시 이미 냉정을 되찾았고 소년은 더이상 애덤스의 안전에 위협이 되지 않는 상황이었으므로 법률적으로 볼 때 살인죄에 해당했다. 검찰은 일급살인이냐 이급살인이냐를 고민했다. 애덤스의 변호사와 협상 끝에 애덤스가 직접적으로 이급살인죄를 인정하고 검찰은 일급살인죄 기소를 포기하기로 결정했다.

시뮬레이션 시나리오부터 실제로 벌어진 전철역 살인사건까지 살펴본 키팅은 애덤스의 트라우마를 이해하게 됐다. 동시에 사보타주의 분석력과 시뮬레이션 능력에도 감탄했다. 애덤스는 검찰 조사에서 '눈빛'이라느니 '악마의 분위기'라느니 하는 말을 잔뜩 했을 것이다. 애덤스가 현실에서 소년을 살해한 것과 존재하지 않는 세계 속에서 자신의 죽음을 무릅쓰고 남자애를 죽이려 한 것은 모두 그들의 피부색 때문이었던 것 같다. 전철역에서 애덤스가 죽인 소년도 피부색이 상당히 짙은 아프리카계 흑인이었기 때문이다. 생각해보면 애덤스는 콩고에서 포로생활을 하면서 지독한 소년 병사들에게 학대당했다. 그들은 모두 피부색이 검은 아이들이었다. 그러니 이것이 그가 통제력을 상실하는 도화선이 된다는 것은 상당히 합리적이다.

키팅은 사건 파일을 닫으며 로버트 애덤스에 대한 관심을 일단락 지으려 했다. 그러나 아까 다 읽지 않은 애덤스의 개인기록 마지막 한 문장을 보고 말았다.

그 문장은 그를 극심한 충격에 빠뜨렸다.

"애덤스는 2039년 5월 시스템 테스트를 통과하여 합격자로 분류, 같은 달 28일 석방됐다."

'석방됐다'는 네 글자에 키팅은 머릿속이 새하얘졌다.

어째서 이런 심리적 장애가 있는 사람이 석방된 거지?

의문이 피어올랐다.

형량평가제도가 실시되고 샌드박스 시스템으로 재소자의 형기를 결정하기 전에 수도인 워싱턴에서 이급살인을 저질렀다면 일반적으로 20년에서 40년이 구형된다. 아무리 짧아도 7년을 복역해야 가석방의 기회가 생긴다. 그러나 지금 애덤스는 단 5년 만에 석방됐다.

키팅은 다시 사보타주 시스템에 접속해 애덤스의 테스트 자료를 조회했다. 기록에 따르면 애덤스가 작년의 테스트에서는 C1 계수가 10, C2 계수가 75 정도의 수준을 계속 유지했다. 올해 4월과 5월의 테스트에서는 C1 계수가 7.9와 7.5였고 C2 계수는 97.5와 97.2였다. 확실히 석방 기준을 통과하는 수치다. 교도소에서는 살인범이 연속해 두 달간 수치가 석방 기준에 도달해야 석방을 결정한다. 이 수치는 재소자가 다시는 범죄를 저지르지 않는다고 시스템이 판정했다는 의미다.

정말, 그럴까?

키팅은 숫자들을 쳐다보며 일말의 회의감을 품었다. 그러나 사보타주는 여러 해 동안 운영되면서 오류가 극히 드물었다. 가장 큰 오류라고 해봐야 석방된 재소자가 한순간

299

EP.3 E PLURIBUS UNUM

의 욕심으로 물건을 슬쩍하거나 성질을 참지 못해 싸움을 벌인 정도였다. 시스템은 살인할 가능성이 있는 범죄자를 절대로 사회로 돌려보내지 않았다.

역시 시스템을 믿어야겠지. 키팅은 스스로를 설득했다. 창밖은 거의 새카매졌다. 시간이 벌써 저녁 7시 반을 지났다. 그는 마음속으로 자신이 이런 쓸데없는 일에 너무 정신을 쏟았다고 생각했다. 프랭크가 말한 대로, 사보타주는 세간의 범죄소설 못잖은 이야기를 만들어내는 게 확실하다. 또 한편으로는 프랭크와 같은 괴짜가 아니라면 이런 시뮬레이션 시나리오를 오락거리로 삼을 수 없을 거라고 생각했다. 범죄소설이나 스릴러를 즐기고 싶다면 서점이나 영화관에 가는 게 좋다.

그러나 키팅은 아무래도 마음이 무거웠다. 뭔가 잘못되었다는 생각을 떨칠 수 없었다. 단지 그 괴이한 감각이 어디서 비롯되는지 설명하지 못할 뿐이다.

그는 매일 평소대로 출근하고 퇴근했다. 부하 직원들과 회의를 하고, 프랭크의 엉망진창인 논리에 기가 막혀 말문이 막히고, 그렇게 모든 일이 평온한 듯했다. 그러나 그의 마음에는 가시 하나가 박혀 있었다. 가시 때문에 그는 평온하지 못했다.

일주일 후, 그는 결국 그 가시가 어디서 비롯됐는지 알아냈다.

9월 19일 아침, 키팅은 인터넷으로 지역뉴스를 읽다가 우연히 짤막한 인터뷰를 봤다. 그건 워싱턴 페어론 지역의 사회문제에 대한 내용으로, 인터뷰에 응한 포드라는 사람은 지역사회복지센터의 사회감시분과 창립인이라고 했다.

키팅은 마치 감전된 것 같은 충격을 받았다. 드디어 문제가 무엇인지 알았다.

사보타주의 시뮬레이션 시나리오에 왜 실제의 현실 정보가 잔뜩 포함되어 있는 거지?

그는 차를 몰고 페어론 지역을 지나가다가 바로 그 '코요테 갱단'의 그래피티를 본 적이 있었다. 시나리오를 읽을 때는 바로 그 문양을 떠올릴 수 없었지만, 지금 찬찬히 생각해보니 그 흰색의 도형은 정확히 'COYOTE'였다.

법무부에 출근하기 전, 사보타주에 대한 관련 자료를 읽은 적이 있다. 시스템은 실제 환경에 의거하여 시뮬레이션을 진행한다고 했다. 그러나 어떤 동네의 소년 갱단 이름이나 지역사회에서 사회감시분과를 조직한 평범한 사람의 이름까지 고스란히 시뮬레이션 속에 들어가 있다니, 이건 너무 세밀한 것 아닌가? 게다가 시뮬레이션은 반드시 현실의 자료를 바탕으로 해야 한다. 아무개 씨 혹은 A씨가 아니라 현실의 포드 씨가 시뮬레이션에 들어갔다는 것은 시스템이 포드의 자료를 갖고 있다는 의미다. 그래야 시뮬레이션이 완전해지기 때문이다.

사보타주는 어떻게 포드를 알게 된 거지? 감옥에 수감된 적 있는 범죄자도 아닌 그의 데이터가 있을 리 없는데?

"있어요."

키팅은 프랭크를 불러 이런 의문을 제시했다. 프랭크는 간단히 한 마디로 답을 줬다.

"사보타주가 범죄자가 아닌 평범한 시민의 데이터도 갖고 있다고?"

키팅이 경악하며 물었다.

"그래요. 전 당신이 이미 다 알고 계신 줄 알았죠."

프랭크가 대답했다.

"어디서 그런 데이터를 얻는 거지?"

"키팅 씨, 프리즘 계획이란 거 아세요?"

키팅이 고개를 끄덕였다. 미국은 30년 전, 테러 방지라는 이유를 들어 여러 과학기술 관련 회사에 고객의 자료를 요구했다. 이 계획은 '프리즘'이라는 이름으로 불렸다. 2013년, CIA 직원 에드워드 스노든은 정부가 테러 방지를 빙자해 민간인의 정보를 대폭 수집하는 것은 물론 외국 인터넷망까지 침입했다는 사실을 발견했다. 그는 언론에 이 사실을 폭로한 후 홍콩으로 망명했다. 미국 정부는 성명을 발표해 정보 수집은 순수하게 테러 방지 목적이며 미국인과 기타 국가의 국민을 감찰할 의도가 아니었다고 밝혔다.

"그때부터 정부는 대량으로 민간인의 정보를 수집했어요. 당시에는 기술적인 문제로 전 세계의 온갖 데이터를 수집해도 제대로 운용하지 못했지만요."

프랭크는 커피를 한 모금 마시고 이야기를 이어갔다.

"하지만 인공지능 기술이 새로운 진전을 얻어 언어분석, 인지논리, 기계학습 등의 분야가 눈부시게 발전하게 되면서 프리즘 계획도 나날이 완벽해졌죠. 이런 데이터들의 쓰임새가 생긴 겁니다. 컴퓨터는 이메일과 소셜네트워크 계정, 인터넷 구매 기록, 소비 습관, 여행 일정 등을 통해 당신이 어떤 사람인지 알 수 있어요. 정밀한 정신분석 없이도 대략적인 사항은 파악하게 되는 것이죠. 워싱턴에서 사보타주 시스템을 사용하기로 결정했을 때, 법무부는 일찌감치 사보타주와 프리즘의 서버를 연결시켰어요. 사보타주는 더욱 진실한 데이터를 바탕으로 시뮬레이션을 진행했고, 결과의 정확도는 더 높아졌죠."

"이건 심각한 사생활 침해 아니야?"

키팅이 불안하게 물었다.

"그건 관점과 각도에 따른 문제죠."

프랭크가 어깨를 으쓱했다.

"제가 당신의 무료 이메일 계정에 메일 한 통을 보낸다고 가정해보죠. 서버는 메일 내용을 분석해 자동적으로 광고를 선택하고 당신에게 추천합니다. 당신은 그걸로 자신의 사생활이 침해됐다고 생각하나요? 프리즘과 사보타주는 수집한 정보 중 일부를 활용합니다. 하지만 관찰하고 사용하는 주체는 인간이 아니라 기계죠. 만약 이 두 시스템을 관리하는 누군가가 몰래 당신의 메일 계정을 열어서 이메일을 읽는다면, 그건 사생활 침해라고 단언할 수 있어요. 하지만 인공지능을 가진 기계라면 이 기준은 모호해지는 거예요."

키팅은 말문이 막혔다.

"키팅 씨, 정보가 완벽하게 디지털화된 이 시대에는 사생활도 새롭게 정의되어야 해요. 저도 그 정의가 뭔지는 모르겠지만요."

프랭크가 쓴웃음을 지으며 말했다.

"제가 개인적으로 더 좋아하는 비유는 조금 다른 각도에서 바라보는 거예요. 만약 당신이 신을 믿는다면, 근본적으로 사생활이라는 문제를 고려할 필요가 없어요. 왜냐하면 당신이 하는 모든 일들을, 좋은 일이든 나쁜 일이든, 저 높은 곳에 계신 신이 다 알 테니까요. 물론 신과 인간이 창조한 기계는 다르다고 말하겠죠. 기계 뒤에는 인간이 존재하지 않느냐고요. 하지만 '신이 인간을 창조한 것이 아니라 인간이 신을 창조한 것이다'라는 무신론자들도 있지 않나요? 그럼 '기계가 우리의 사생활을 아는 것'과 '신이 우리의 사생활을 아는 것'의 차이란 무의미한 철학적 변론에 지나지 않는 겁니다. 사실은 저 역시 모순적인 일을 하고 있는 셈이에요. 저는 인공지능이 영혼을 가질 수 없다고 믿었는데, 지금은 영혼을 가진 기계를 만드는 데 일조하고 있으니까요. 전 죽어서 신을 만나면 도대체 영혼이 뭔지 꼭 물어볼 거예요. 신에게 물어야 진짜 답을 얻을 수 있겠죠."

프랭크는 기어코 화제를 이상한 데로 끌고 갔다. 그러나 키팅은 그의 말을 곱씹어보지 않을 수 없었다. 프랭크와 자신은 잘 맞지 않지만, 함께 일을 하다 보면 이 천재가 의외의 생각할 거리를 적잖이 던져주는 것도 사실이었다.

"그렇다면."

키팅은 또다른 문제에 생각이 미쳤다.

"우리가 읽은 시뮬레이션 시나리오는 타인의 사생활을 침해한 거라고 볼 수 있을까? 우리는 컴퓨터도 신도 아닌 평범한 인간이니까 말이야."

"이런, 그건요…. 키팅 씨, 너무 깊게 파고들지 마세요."

프랭크의 헤헤 웃는 얼굴을 보며, 키팅은 정곡을 찔렀음을 눈치챘다. 프랭크는 말을 이었다.

"비록 '우리'가 그 시나리오를 읽었지만 그건 진짜가 아니잖아요. 그 속의 많은 부분이 진실이지만, 또 많은 부분이 허구의 시뮬레이션일 뿐이에요. 어떤 것이 진실이고 어떤 것이 허구인지 우리도 구분이 안 되고…. 그렇죠, '상상' 같은 거예요. 길에서 엄청난 미인이 지나가는 것을 보면서 그녀의 나이를 추측해보거나 무슨 속옷을 입었을까를 상상하는 거죠. 스포츠브라? 아니면 검은색 레이스? 그게 사생활 침해는 아니잖아요…."

키팅은 그의 얼토당토않은 비유에 웃어야 할지 울어야 할지 모르겠다는 기분이 들었다. 키팅이 생각하기에는 사보타주의 시나리오를 읽는 것은 어느 정도 타인의 사생활

을 침해하는 일이다. 그러나 그들의 업무가 사회 전체의
안녕과 연관되어 있다면 이 정도는 눈감아줄 수 있지 않을
까. 프랭크처럼 시나리오를 읽는 것만으로 시스템의 허점
을 찾아낼 수 있을 정도라면 더 그렇다. 인류 전체가 발전
하기 위해 일부의 사생활을 희생하는 것은 필요악이다.

수수께끼가 풀리자 키팅도 점차 로버트 애덤스라는 남
자를 잊었다. 10월 4일 어느 평범한 화요일 아침, 키팅은
평소처럼 뉴스 사이트를 열고 지역뉴스를 읽었다. 그리고
평범하지 않은 기사 제목을 발견했다. 다른 사람에게는 늘
일어나는 평범한 사건일 것이다. 하지만 키팅에게 그건 테
러 습격보다도 더 무서운 일이었다.

"경찰에서 페어론 지역의 청소년 습격사건 목격자를 찾
습니다."

본문을 클릭하지 않을 수 없었다. 내용은 짧은 몇 문장
일 뿐이다. 뉴스에서는 10월 1일 토요일 밤에 페어론 지역
18번가에서 열세 살 소년 두 명이 신원 불명의 인물에게
구타당했다고 했다. 범인은 범행 직후 신속히 현장을 떠났
다. 피해자들은 범인이 6피트 혹은 6피트 5인치*에 검은
색 옷을 입고 군용 마스크를 쓰고 있었으며 몽둥이로 그들
을 구타했다고 증언했다. 경찰은 사건이 갱단의 구역 다툼
과 관련 있는 게 아닌지 의심했지만, 피해자는 자신이 어

---

* 약 183~195센티미터(옮긴이).

느 갱단에도 속해 있지 않다고 주장했다. 607지구경찰서가 이 사건을 맡아 수사 중인데 목격자를 찾고 있다고 한다.

키팅은 경악하여 지난달 읽었던 시나리오 파일을 꺼냈다. 자신의 기억이 틀렸기를 바랐지만, 내용은 적잖게 일치했다. 똑같이 토요일 저녁에 범행했고 범행 장소도 18번가였으며 피해자는 소년 두 명, 검은 옷을 입은 용의자가 몽둥이로 구타했다. 차이라면 범인이 복면이 아니라 마스크를 쓴 것과 피해자가 갱단 소속이 아니라고 부인한 것 정도다. 아니야, 시나리오에는 피해자가 코요테 갱단 일원이라고 인정했는지 아닌지 서술 자체가 없었어. 키팅은 계속 생각했다.

우연인가? 회의적이다. 그는 로버트 애덤스의 키가 6피트 6인치라는 것을 기억하고 있다. 보도된 범인의 키와 조금 차이가 있다. 그러나 어두운 곳에서는 피해자의 판단이 정확하지 않을 수도 있다. 사실상 차이는 1인치에 불과하다. 습격당한 사람이 성인의 키에 못 미치는 소년이라는 점을 감안하면, 그들이 범인의 키를 더 크게 혹은 더 작게 짐작하는 것도 이상하지 않다.

2주 전 마음에 박힌 가시를 뽑았다고 생각했는데 새로운 가시가 그 자리를 대신할 줄이야.

키팅은 신경이 쓰였지만, 경찰에 신고할 생각은 없었다. 그가 가진 정보는 법무부의 기밀자료다. 그걸 지역경찰서에 넘겼을 때 발생할 문제는 자신의 직위가 위협받는 정도가 아니라 법률적으로도 적잖은 문제가 일어나게 된다.

하지만 키팅은 그 가시가 점점 더 깊이 박히고 있다는 것을 몰랐다.

그다음 2주 동안 습격사건이 빈번히 발생했다. 페어론 지역에 미성년자만 노리고 공격하는 신비의 인물이 나타나 저녁시간에 거리를 돌아다니며 아이들을 구타한다. 범인은 매번 똑같은 방법을 쓴다. 몽둥이로 두들겨 패고서 1분도 채 되기 전에 달아나는 것이다. 행동이 매우 신속했다. 부상당한 소년이 범인을 뒤쫓으려고 한 적도 있지만 페어론 지역에 상당히 익숙한 듯 좁은 골목길과 소방용 사다리를 이용해 금세 건물들 사이로 사라졌다.

사건이 네 번째로 벌어진 뒤, 언론보도에서 처음으로 '코요테 갱단'이라는 이름이 언급됐다.

페어론 지역의 가장 큰 범죄조직이었던 '블랙스톤'이 경찰에 의해 와해된 뒤 소년갱단인 '코요테'가 지역 내 유일한 조직이 됐다. 인접한 애너코스티아 지역의 갱단 '블루넘버6'가 페어론 지역을 넘보는 중이었는데, 블루넘버6의 수뇌가 마약 판매로 감옥에 가면서 조직이 내홍에 빠져 다른 지역까지 돌아볼 여유가 없어졌다. 하지만 경찰은 습격사건이 갱단 사이의 분쟁이라는 입장을 취소하지 않고 코요테 갱단에 경고하려는 다른 세력이 있을 수 있다고 언급했다.

그게 아니야! 키팅은 미간을 잔뜩 찡그린 채 뉴스 사이트를 닫았다. 10월 1일에 벌어진 습격사건 보도를 읽은 뒤로 자주 그 cas02-k-01BU7LG-287022-87196 시나리오를 열어보곤 했다. 시나리오의 묘사가 아주 상세하지는 않지만 현실과 시뮬레이션 사이에 유사하거나 심지어 동일한 부분이 너무도 많았다.

이건 보통 일이 아니다.

결국 키팅은 프랭크를 찾아가서 그의 의견을 구했다. 키팅은 사보타주가 현실에서 미래에 벌어질 사건을 예언할 수 있는지를 알고 싶었다.

"가능하죠. 하지만 확률이 무척 낮아요. 길을 걷다가 운석에 맞아 죽을 가능성보다도 낮죠."

프랭크는 감자칩을 잔뜩 입에 넣은 채 대답했다.

"하지만 사보타주는 현실을 정확하게 시뮬레이션한 거 아닌가?"

"키팅 씨, 잘 구분하셔야 해요."

프랭크가 웃으면서 말했다.

"여기서 말하는 확률은 사보타주의 정확성을 가리키는 게 아니에요. 당신이 정확하게 예측한 시나리오를 읽을 확률이죠."

키팅은 멍하니 눈만 껌벅였다.

"사보타주는 시뮬레이션 시스템이에요."

프랭크가 다음 감자칩을 입에 넣고 나서 말했다.

"수만 개의 시뮬레이션 시나리오를 생성한다고요. 그러

니 현실에서도 시뮬레이션 결과와 비슷하거나 심지어는 똑같은 사건이 나타날 가능성도 있어요. 문제는, 그건 수없이 많은 시뮬레이션 결과 중 하나일 뿐이라는 거예요. 개별 시뮬레이션이 현실과 일치하는지 아닌지를 확인하는 것은 근본적으로 의미가 없어요. 예를 들어보죠. 납을 넣어서 수작을 부린 주사위가 하나 있습니다. 주사위의 여섯 면 가운데 어디다가 수작을 부렸는지는 몰라요. 쪼개서 알아보는 것도 불가능해요. 그렇다면 납을 넣은 쪽이 어딘지 알아내려면 주사위를 아주 많이 던져보고 결과의 통계를 내야죠. 만약 1,000번 던졌는데 그중 900번은 4가 나오고 나머지 숫자는 각각 20번 나왔다고 해봅시다. 이제 딜러에게 주사위를 주고 정식으로 베팅을 합니다. 4가 나올 확률이 아주 높고 4에 걸면 가장 큰 배당으로 이기겠죠. 여기서 딜러가 현실, 주사위가 피험자입니다. 1,000번의 던지는 동작이 바로 사보타주의 시뮬레이션이고요. 사보타주는 주사위의 특징을 예측해서 가장 큰 이익이 되는 선택을 하는 겁니다. 그렇다면 1,000번 던진 결과값 중에서 아무거나 하나 고른다고 생각해보자고요. 예를 들어 821번째로 던진 결과를 골랐다고 합시다. 그때 나온 숫자와 딜러가 실제로 던졌을 때 나온 숫자가 같은지를 살펴보는 게 의미 있을까요? 821번째에 4가 나왔다고 해서 예측에 성공했다고 할 수 있을까요? 반대로 그때 6이 나오고 실제로 딜러가 던진 숫자가 6이 나올 수도 있어요. 1,000분의

20이지만 가능하기는 하죠. 그것도 예측에 성공했다고 할 수 있나요? 전혀 합리적이지 않아요. 게다가 '821번째를 고른다'는 결정 자체가 이미 확률에 관여하는 행동이라고요."

키팅은 그의 말을 전부 이해했다. 그러나 심정적으로는 약간 받아들이기 어려웠다.

"키팅 씨, '무한 원숭이 정리'라는 거 아시죠?"

키팅이 뭔가 말하고 싶은 표정을 짓는 걸 본 프랭크가 다시 질문했다.

"무슨 원숭이하고 백과사전 어쩌고 하는 얘기?"

"네, 바로 그거예요. 원숭이 앞에 타자기 한 대를 놓고 마음대로 타자를 치게 합니다. 무한대의 시간만 주어진다면 원숭이는 필연적으로 어떤 문자 조합을 쳐내게 된다는 이론이죠. 그게 브리태니커 백과사전이거나 셰익스피어의 저작물일지라도요. 비록 단지 이론에 불과하지만, 현실 중에는 애초에 '무한대'도 '몹시 큰 유한'도 없단 말이죠. 그러니까 내가 말하고 싶은 건, 사보타주는 인류의 직관에서 벗어난 시스템이라는 겁니다. 사보타주가 현실을 예언한다는 생각은 우연히 원숭이가 쳐낸 14행짜리 시를 읽고서 그 원숭이를 셰익스피어라고 여기는 것만큼이나 멍청한 짓이에요."

점심을 먹은 후, 키팅은 평소처럼 곧바로 사무실로 돌아가지 않고 혼자서 법무부가 있는 로버트 프랜시스 케네디 빌딩 주변을 빙글빙글 돌았다. 그는 펜실베이니아 웨스트노스 애비뉴로 접어들어 법무부 건물을 등지고 길가의 벤치에 앉았다. 그는 담배를 한 대 꺼내 물었다. 담배를 끊은 지 여러 해가 됐지만 마음이 복잡할 때면 담배를 한 모금 피우곤 한다. 지난번 담배를 피웠을 때는 2년 전이었다. 미국 기업이 아시아에서 더 크고 넓은 통신 주파수 대역을 쓸 수 있게 하기 위해 중국 정부와 회의를 하던 때다. 키팅은 또다시 금연을 깬다면 역시 업무 때문일 거라고 생각했었다.

펜실베이니아 웨스트노스 애비뉴는 워싱턴에서도 특별한 거리다. 여러 연방정부기관의 총부 건물이 양옆으로 늘어서 있다. 거리의 오른쪽 끝은 국회의사당이고 왼쪽 끝은 대통령의 주거지이자 집무지인 백악관이다. 키팅은 국회의사당의 고전적인 돔 지붕을 바라봤다. 짙푸른 하늘 아래 자리 잡은 돔 지붕은 200여 년 역사를 가진 유화작품처럼 보였다. 이 유화작품은 미국의 민주정치를 상징하며 그 뒤에는 미국의 정신이 있다. 키팅은 담배 연기를 내뿜었다. 고개를 돌려 정면을 봤다. 그의 눈앞에 8층 높이의 존 에드거 후버 빌딩이 보인다. 연방수사국 총부다.

조물주는 평등한 개인을 창조했고 그들에게 절대 박탈될 수 없는 권리를 부여했다. 그중에 생명권, 자유권, 그리고 행복추구권이 포함된다. 키팅은 독립선언문 중의 한 단락을 떠올렸다.

생명권.

키팅은 벤치에서 일어났다. 그는 결정을 내렸다.

사무실로 돌아온 그는 워싱턴 시경 부국장인 '아는 사람'에게 전화를 걸었다. 그들은 어느 모임에서 만났고 명함을 주고받았다. 한 차례 예의를 차린 인사말이 오간 뒤, 전화를 건 목적을 밝혔다.

"외람되지만 부탁드릴 게 있습니다. 페어론 지역을 관할하는 경찰서에 연락해서 그곳 경찰관을 만나게 해주실 수 있을까요?"

"어? 법무부에 무슨 일이 있기에 작은 지역 경찰관을 직접 찾으십니까?"

상대방의 말투에 살짝 긴장감이 서렸다.

"아뇨, 아뇨. 오해입니다."

키팅이 급히 말투를 가볍게 바꿔 말했다.

"개인적인 부탁이라서요. 페어론에서 일어난 사건에 관심이 있는데 뭘 좀 물어보고 싶군요."

"어떤 사건요?"

"신원불명의 남자가 미성년자를 습격하는 사건 있잖습니까."

"아, 그 사건…. 그럼 제가 그 사건을 직접 담당하는 경찰관을 소개시켜 드리면 어떨까요? 책임감 강하고 연차 높은 경사인데, 제가 잘 아는 사람이죠. 그제도 그 사람과 술을 마셨어요."

키팅은 그가 개인적으로 지역경찰서에 연락을 해서 정부 관료와 경찰서 책임자를 만나게 하는 일을 부담스러워 한다는 걸 알아챘다. 잘못하면 입장이 난처해질 수도 있었다.

그러나 사건을 담당하는 경찰관과 직접 이야기를 할 수 있다면 오히려 더 잘된 일이다.

"그럼 부탁드리겠습니다. 감사합니다."

이틀 뒤인 주말 정오, 부국장의 소개를 받아 페어론 지역경찰서에 가서 무어라는 이름을 가진 경사를 만났다. 워싱턴에는 경찰조직이 여럿 있다. 유구한 역사의 공원경찰, 철도 치안을 담당하는 철도경찰, 정부기관의 안전을 보호하는 특별구역경찰 등이다. 그중 가장 규모가 큰 것이 MPD라는 약칭으로 불리는 워싱턴 도시경찰Metropolitan Police Department인데, 워싱턴의 기본적인 경찰력이다. MPD는 워싱턴 컬럼비아 특별구를 일곱 개 구역으로 구분한다. 애너코스티아 강 이남, 미네소타 애비뉴와 나일러 로드 동쪽에 속하는 지역이 제6구다. 페어론은 제6구 중에서도 607지구에 해당한다.

차는 11번가와 연결되는 다리를 따라 애너코스티아 강을 건너 남쪽으로 달렸다. 워싱턴의 또다른 풍경이 보인다. 연방기관이 밀집한 워싱턴의 핵심지역, 키팅 자신의 집도 있는 풍요롭고 인구가 많은 워싱턴 서북부에 비해 워싱턴 남부는 또다른 나라에 온 것처럼 낯설다. 이곳의 건축물은 모두 낡았고, 많은 집이 비어 있다. 상점의 쇼윈도는 모두 쇠창살이 설치되어 있고 행인도 거의 없다. 생기 없는 거리는 전형적인 빈곤지역의 모습이다. 콘스티튜션 로드를 돌아다니는 번쩍거리는 자동차가 여기에는 단 한 대도 없다. 키팅이 타고 온 파란 캐딜락을 제외한다면 말이다. 그는 여기 차를 세워두면 내일 아침에는 분명히 차가 온데 간데 없을 거라고 생각했다.

10여 분을 운전해서 27번가의 607지구경찰서에 도착했다. 경찰서의 인테리어는 약간 낡았다. 딱 봐도 20~30년의 역사를 가진 것 같다. 2000년대에 와 있다는 착각도 든다. 키팅은 안내데스크의 경찰관에게 방문 목적을 설명했다. 상대는 미리 연락을 받은 듯, 그를 어느 사무실로 데려갔다. 무어 경사가 그 방에서 기다리고 있었다.

"안녕하세요, 무어라고 합니다. 청소년 공격사건을 담당하는 경사입니다."

무어는 키팅과 악수했다. 흑인이고 살집이 있는 체격에 퇴직할 나이가 가까워 보였다. 첫 인상은 게으른 경찰처럼 보였지만, 키팅은 악수를 하면서 그의 손아귀 힘이 아주 세고 손끝이 거칠다는 것을 알게 됐다. 무어가 실전 경험이 풍부하고 자기 일에 열심인 경찰관일 거라고 생각했다.

"안녕하세요, 키팅입니다."

키팅이 의자에 앉아 말했다.

"아마 알고 계시겠지만, 저는 법무부의…."

"BIR의 공무원이라고 들었습니다."

무어가 미소를 거두고 엄숙하게 말했다.

"이 사건이 법무부와 무슨 관계가 있습니까?"

"아뇨…. 잠시간은 명확한 관계가 없습니다."

키팅은 만나기 전에 여러 차례 어떻게 말할지 고민을 했다. 결국 일부는 진실을 얘기하는 것이 가장 좋겠다고 결정했다.

"제 업무는 형량평가제도의 관리감독입니다. 석방 결과를 재심리하다가 우연히 페어론 지역에서 발생한 연쇄적인 폭행사건에 관심을 갖게 되었어요. 저는 범인이 석방된 범죄자 중 하나가 아닐까 걱정하고 있습니다. 그래서 사건에 대해서, 그리고 수사의 진행 상황도 알아보고 싶습니다."

"형량평가제도는 석방된 범죄자가 더이상 심각한 범죄를 저지르지 않는다고 보장하는 게 아닌가요?"

무어 경사가 의아함을 드러내며 물었다.

"네, 기본적으로는 그렇습니다. 그러니 너무 긴장하지 않으셔도 됩니다."

분위기를 부드럽게 만들기 위해 키팅은 가볍게 미소 지었다.

"이건 정식 조사가 아닙니다. 현재는 근거 없는 추측일 뿐이지요. 무슨 단서가 있는 것도 아니고요. 무릇 모든 일에 신중하고 매사에 경계하는 게 좋다는 거지요. 형량평가제도가 효율적으로 작동하도록 유지하는 것이 저희 업무니까요."

무어가 고개를 끄덕이더니 의자 등받이에 기댔다. 키팅을 대하는 태도도 더 편안해졌다.

"법무부는 정말 신중하군요. 하지만 이렇게 신중해야 효율이 있는 거겠죠. 사건이라…. 사실 별다른 진전이 없습니다. 범인이 신출귀몰해서 목격자도 적고 대부분의 피해자가 경찰에게 협조하는 데 거부감을 느끼거든요. 골치가 아픕니다."

"피해자가 경찰에게 협조하지 않는다고요?"

"그들은 대부분 갱단의 일원이잖습니까."

무어가 어깨를 으쓱했다.

"게다가 나이가 어려서 심문할 때도 미성년자 보호수칙을 준수해야 합니다. 성가시기 짝이 없죠. 코요테 갱단은 작년까지만 해도 그렇게 말썽을 피우는 조직은 아니었습니다. 그러나 최근 반년 사이에 심각해졌죠. 나이가 좀 많은 녀석들, 열여섯이나 열일곱 살인 갱단원은 점점 더 무거운 범죄를 저지르기 시작했어요. 예전에는 빈집털이나 장물거래 등의 소소한 범죄였는데 차를 훔치거나 마약을 파는 놈들이 늘어나고 있지요. 나쁜 짓을 많이 할수록 입도 무거워지죠."

"피해자는 모두 코요테 갱단 소속입니까?"

"대부분 그렇습니다. 하지만 정식 단원 명단도 없고, 그 녀석들도 인정하지 않아서 저희로서는 정확히 증명하기 어렵죠. 물론 제 생각에 어떤 녀석들은 단지 갱단 단원들과 어울려 다녔을 뿐 실제로 조직에 가입하지 않았을 거라고 생각합니다."

"범인이 이웃 지역의 갱단일 거라고 봅니까?"

키팅이 물었다.

"그럴 수도 있고, 아닐 수도 있죠."

무어가 양쪽 뺨을 힘주어 문지르면서 말했다. 이 동작은 그의 습관인 듯했다.

"개인적으로는 블랙스톤 패거리의 옛날 부하들이나 블루넘버6의 녀석들이 고생만 하고 성과가 좋지 않은 수단을 쓸 거라고 생각하지 않습니다. 조직을 합병하거나 타격을 주거나 하려는 건데, 이 방법은 그다지 효과가… 아, 깜빡 잊을 뻔했군요. 블랙스톤과 블루넘버6는 다른 갱단의 이름입니다."

키팅은 이미 알고 있다고 말하려다가, 상대방이 자신이 너무 많이 알고 있다고 생각하는 것을 피하기 위해 말을 도로 삼켰다.

"이렇게 말하면 좀 이상하게 들릴지도 모르겠습니다만."

키팅이 몸을 똑바로 세우며 말을 이었다.

"저는 경찰에서 한 사람을 주의 깊게 살펴봤으면 합니다."

"예?"

"로버트 애덤스라는 전과자입니다."

키팅은 휴대전화를 꺼내 무어에게 애덤스의 입체영상을 보여줬다.

"그는 불량청소년을 살해하고 감옥에 갔지요. 지금 거주지는….”

"영거 스트리트에 사는 애덤스?"

무어가 끼어들었다.

"어? 이 사람을 아십니까?"

"안다고 해야겠죠. 아주 열성적인 자원봉사자예요. 저도 본 적이 있죠. 사건과 상관없는 사람입니다.”

무어가 이렇게 단호하게 말하자 키팅은 의아했다.

"무어 경사님, 인격적으로 볼 때 그가 이런 범죄를 저지르지 않았을 거라고 확신을 하시는 건지….”

키팅이 의심스럽게 말했다.

"아뇨, 아닙니다."

무어가 웃으며 말했다.

"저는 이 사람과 아무 관계도 아니고 정이 든 것도 아니에요. 전 단지 그 사람이 전과자라는 것과 플라스틱 재활용 공장에서 일하는 것, 평소 자원봉사 활동에 참여한다는 것만 알고 있습니다. 사건과 관계없다고 말씀드린 것은, 이미 조사해봤기 때문입니다. 사건 발생 시각에 그는 알리바이가 있어요.”

"그를 조사했다고요?"

"애덤스가 거리에서 아이들과 이야기하는 걸 봤다는 제보가 있어서 의례적으로 그를 조사했습니다. 저는 전혀 의심스럽지 않다고 느꼈죠…. 두 번째 사건을 제외하고 다른 경우는 전부 사건 발생 시각에 알리바이를 갖고 있습니다. 그의 집 주인이 그가 그날 외출하지 않았다고 확인해줬습니다. 애덤스가 사는 아파트는 대문이 집 주인 겸 관리인의 방 바로 옆인 데다 그가 늘 방문을 열어놓고 지내서 누군가 드나드는 것을 분명히 알고 있습니다. 애덤스는 혐의가 없습니다."

"애덤스가 창문으로 나갔을 가능성은요?"

"그는 7층에 삽니다. 창문으로 나가는 건 너무 힘들지 않을까요?"

"어쩌면 2층 계단의 창문으로…."

"키팅 씨, 여기는 치안이 나쁜 곳이에요. 아파트의 계단참에 있는 창문은 전부 방범용 쇠창살이 설치돼 있습니다."

무어가 말투를 바꿔서 물었다.

"애덤스에게 이렇게 집착하시는 건, BIR에서 그의 범죄에 대한 증거라도 나온 겁니까?"

"아뇨, 없습니다."

키팅이 급히 부인했다. 사보타주의 범죄 예고라는 황당한 말을 꺼낼 수는 없다.

"애덤스 외에 어떤 용의자를 조사하길 원하시나요?"

무어는 키팅이 용의자 명단을 갖고 와서 일일이 조사해달라고 할 거라 생각했다. BIR의 시스템이 가진 정확성을 검사하기 위해서 말이다. 그런데 지금 보니 딱 하나의 이름만 갖고 온 듯싶다.

키팅은 애덤스를 물고 늘어지면 무어의 의심을 살지 모른다고 생각했다. 그러면 자신이 사적으로 조사를 하고 있는 일이 알려질지도 모른다. 그래서 엉뚱한 이야기를 꺼내면서 무어의 주의를 분산시키려 했다. 뉴욕 주와 하와이 주에서 형량평가제도를 검토하고 있다. 이럴 때 괜한 문제를 일으키게 되면 BIR의 입장이 난처해지는 것은 물론 법무부 전체, 나아가 연방정부 전체의 문제로 비화될 수 있다.

"피해자 명단과 그들의 진술을 제공해주실 수 있나요?"

키팅이 물었다.

"그건 좀 어렵겠군요…."

무어 경사가 양쪽 뺨을 힘주어 문질렀다.

"경찰서 규칙상, 그런 자료는 엄격한 제한이 있습니다. 특히 그들은 미성년의 어린아이들이고요…. 하지만 당신도 일 때문에 오신 거니까 보여드리기는 하겠습니다만 복사하실 수는 없습니다. 괜찮으신지요?"

"네, 그 정도면 충분합니다."

키팅이 고개를 끄덕였다.

무어가 컴퓨터에서 피해자 명단과 자료를 불러왔다. 키팅은 꼼꼼히 살폈다. 피해자는 전부 열한 살에서 열다섯 살 사이의 소년이고, 몽둥이로 구타당했다. 시나리오와 좀 다른 점은 첫 번째 사건에서 피해자의 부상이 비교적 약하다는 점이었다. 피해자 두 명 중 한 명만 정강이뼈 골절이었다. 반면 최근의 사건일수록 폭력성이 강해져서 범인은 자신의 폭력 성향에 눈뜬 듯 점점 더 잔인해지고 있다.

"음…. 지역사회 감시분과의 발기인이 포드입니까?"

키팅은 시나리오 속의 그 인물을 떠올렸다.

"맞습니다. 아는 사람인가요?"

"아뇨, 언론에서 그의 인터뷰를 봤습니다."

"그랬군요. 저희도 감시분과와 자주 회의를 합니다. 포드 씨가 사람들을 조직해서 주민들이 자체적으로 지역사회를 순찰하고 있어요. 경찰의 부담을 줄여주고 계시죠. 저희 지역의 예산은 서북부 지역보다 훨씬 부족하기 때문에 길가에 감시카메라를 설치하지 못합니다. 그래서 주민들이 자체적으로 조직한 감시분과와 협력하는 전통적인 방법을 쓰고 있는 거죠…."

"포드 씨는 군대에서 복무한 적이 있지요?"

키팅은 사보타주의 시뮬레이션과 현실이 도대체 얼마나 일치하는지 알고 싶었다. 그는 최대한 다른 부분을 찾고 싶었다. 이렇게 하면 그 피비린내 나는 결말이 꼭 일어나지 않을 수도 있다고 자신을 설득할 수 있을 듯했다.

"그렇습니다. 이라크 전쟁에 참전했다고 하더군요. 저와 비슷하게 쉰 몇 살이라고 들었어요. 몸집도 곰처럼 크고 단단하죠. 코요테 갱단의 일원이 습격을 당하면서 포드 씨는 감시분과의 순찰 업무가 오히려 더 편해졌다고 하던데요. 아이러니지요…."

키팅은 다른 점을 찾지 못했다. 반대로 사보타주가 가진 정보의 정확성만 확인했다. 몹시 무력한 기분이었다. 그는 무어 경사에게 작별인사를 하고 경찰서를 나섰다. 차를 운전해 페어론의 거리를 빙글빙글 돌았다.

페어론을 운전해 돌아다니는 동안 코요테 갱단의 그래피티를 봤다. 그래피티는 갱단이 자기 구역을 드러내는 표지다. 한 갱단이 적대 조직의 세력범위를 침범해 선전포고를 할 때 가장 흔히 쓰는 방법이 바로 자신들의 로고로 상대방의 로고를 덮어버리는 것이다. 혹은 단순하게 스프레이를 뿌려서 로고를 훼손하기도 한다. 그런 갱단 배경이 없는 그래피티 예술가들도 이런 규칙을 잘 알고 있다. 그들은 절대로 다른 사람의 그래피티를 건드리는 바보짓은 하지 않는다. 그들은 까딱 잘못했다가는 갱단의 오해를 받게 되고 목숨을 잃을 수도 있다는 것을 잘 알고 있었다.

코요테 갱단의 그래피티는 전혀 훼손되지 않았다. 그건 습격자가 적대적인 갱단 일원이 아니라는 키팅의 추론을 더욱 공고히 했다. 키팅은 거리에서 옷차림이 요란한 흑인 소년들이 삼삼오오 모여서 길모퉁이 공터, 공원 한구석, 아파트 건물 현관 앞 등에서 모여 있는 것도 봤다. 키팅이 지나갈 때 어떤 소년이 키팅의 차를 보며 눈을 가늘게 떴다. 마치 저렇게 빛나고 좋아 보이는 차를 몰고 왜 이 동네에 들어왔는지 이상하게 여기는 듯했다. 키팅은 그 눈빛 뒤에 '자신 있으면 차를 세워봐. 하지만 그런 다음에는 내가 차를 훔쳐 달아나도 원망하지 마'라는 말이 숨겨져 있다는 생각도 들었다.

키팅은 P가를 지날 때 무의식적으로 오른쪽을 흘끗 쳐다봤다가 급정거를 할 뻔했다.

그 남자가 바로 오른쪽 전방에 있다.

로버트 애덤스.

애덤스는 흰 티셔츠에 파란색 재킷, 그리고 짙은 색 청바지를 입고 있었다. 그는 키팅의 차와 반대 방향으로 걷는 중이었다. 서로 마주보고 있는 것이다.

키팅은 속도를 늦추고 그 남자의 생김새를 자세히 살폈다. 우뚝 솟은 콧날, 우수에 찬 두 눈, 사진과 꼭 같다. 확실히 로버트 애덤스. 키팅은 애덤스를 스쳐지나간 후 길모퉁이에서 방향을 바꿔 그의 뒤를 쫓아가려 했다. 차를 돌려 18번가에 들어서자 애덤스가 바로 앞 멀지 않은 곳에 보였다.

키팅은 차를 세울지 말지 고민했다. 내려서 뒤를 쫓을까? 그때 애덤스가 갑자기 멈춰 섰다.

'이런, 들켰나?'

키팅은 심장이 덜컥 내려앉는 기분을 느끼며 괜히 건드렸다고 속으로 비명을 질렀다. 애덤스는 군인이다. 그가 주변을 경계하면서 걷는 것도 이상한 일은 아닌 것이다.

그러나 몇 초 후, 키팅은 자신이 잘못 생각했음을 알았다. 애덤스를 고개를 돌리지 않았다. 그는 그저 길가에 서서 멀거니 도로 맞은편을 쳐다보고 있었다.

키팅은 참았던 숨을 내쉬고 애덤스의 시선을 따라 길 건너편을 쳐다봤다. 그리고 키팅은 다시 한 번 긴장해야 했다. 애덤스는 한 무리의 소년들을 엿보는 중이다. 열셋 혹은 열네 살 정도 되는 아이들이 버려진 집 앞의 공터에서 모여 놀고 있다. 그중 두 명이 농구공을 다투고 나머지 세명은 하릴없이 바닥이나 계단에 앉아 수다를 떤다.

키팅은 애덤스가 당장 손을 쓸지도 모른다고 거의 생각할 뻔했다. 애덤스는 발을 멈추고 10초도 되지 않아서 다시 앞으로 걸어갔다. 키팅은 그때야 자신이 얼마나 멍청한지 깨달았다. 이렇게 밝은 대낮에, 사람들이 두 눈 부릅뜨고 쳐다보고 있는데 범행을 할 사람이 어디 있다고. 그러나 키팅은 애덤스가 사냥감을 쫓는 심정으로 그 아이들을 주시했다고 믿었다.

아이들 얼굴을 기억했고 심지어 그들이 무기를 가지고 있나 확인하려 했다. 그렇게 키팅은 마음속으로 추론했다.

애덤스는 곧 영거 스트리트의 집으로 돌아갔고, 그사이 키팅은 가다 서다 하면서 10층짜리 낡아빠진 아파트 앞까지 뒤따라왔다. 무어 경사가 말한 것처럼 아래층 창문은 모두 방범용 쇠창살을 달았고, 적어도 5층 이상은 되어야 쇠창살이 없었다. 집 주인이 애덤스를 비호하려는 게 아니라면 키팅 역시 그의 알리바이를 믿어야 할 테지만, 애덤스는 뛰어난 군인이자 특수부대 출신이었고 아프리카에서는 가장 열악한 환경에서도 적을 죽였다. 몇 층 건물을 기어 내려오고 다른 사람의 눈을 피해 건물을 드나드는 정도야 어린아이 장난일 것이다.

키팅은 집에 돌아온 후 줄곧 마음이 불안했다. 다음 날인 일요일 아침, 그는 일부러 지역뉴스를 찾아 어젯밤 페어론 지역에서 청소년 습격이 없었음을 확인하고서야 겨우 안심했다.

현실이 시뮬레이션 시나리오에 쓰인 대로 진행될까? 이 문제는 키팅의 머릿속에서 줄곧 떠나지 않고 있다.

그저 비슷한 정도라면 키팅도 우연이라고 여길지 모른다. 이렇게 마음에 담아두지도 않을 것이다. 문제는, 현실의 상황이 시나리오와 비슷한 정도를 이미 넘어서서 동일하다고 할 수 있을 정도라는 데 있었다.

"범인의 특징과 범죄의 과정이 전부, 일치해. 첫 번째 사건이 18번가에서 10월 첫째 주 토요일에 일어난 것도…."

키팅은 생각했다. 일부가 똑같으면 우연이라고 할 테지만 이렇게 여러 사소한 내용들이 똑같으면 이미 우연이라는 말로 설명할 수 없다.

그는 프랭크가 한 말을 부단히 곱씹었다. 사보타주는 현실을 예측하는 능력이 있다. 그러나 한 사람이 우연히 현실에 부합하는 파일을 뽑아내어 읽을 확률은 매우 낮다.

그러나, 그렇지만, 지금 증거가 전부 하나의 사실을 가리키고 있다.

키팅은 대학시절 확률을 배우던 수업을 다시 떠올렸다. 확률에 대한 자기 생각에 혹시 오류가 있을지 모른다고 생각했다.

우연히 현실에 부합하는 시나리오를 읽을 확률은 아주 낮다. 그러나 정말로 그런 시나리오를 읽으면, 확률은 완전히 달라진다. 어떤 사건이 발생할 확률이 아무리 작더라도 일단 발생하고 나면, 그 사건의 확률은 1이 된다. '필연'이다. 키팅은 더이상 '왜 로또에 당첨되기보다 어려운 현실에 부합하는 시나리오를 읽었는지'에 관심 갖지 않는다. 오히려 '현실이 시나리오와 똑같이 흘러갈 가능성이 얼마나 큰지'에 더 관심을 쏟고 있다.

이제 키팅의 확률 문제는 더이상 프랭크가 말한 '운석에 맞을지 맞지 않을지'가 아니라 반대로 '운석에 맞아 죽을지 죽지 않을지'에 관한 문제가 된다. 후자의 확률이 전자보다 훨씬 클 것임은 무척 명확하다.

어제 자기 눈으로 애덤스가 거리의 아이들을 살펴보는 것을 목격한 뒤, 시나리오 내용이 일종의 예언임을 더욱 확신하게 됐다.

사보타주는 대량의 자료를 수집하여 현실 중의 사소한 부분까지 복제해낸다. 그것이 만들어내는 시뮬레이션은 자연히 일정 정도 객관적인 사실에 근거한다. 기상예보 시스템이 위성사진, 습도, 기온, 풍향 등의 사실에 근거해 날씨 변화를 예측하듯 사보타주는 대개 심리 분석, 지역사회의 환경적 요소, 주민 관계 등의 복잡한 자료를 통해 재소자 석방 후의 상황을 예측한다. 초기에는 예측이 반드시 현실에서 일어나지는 않았을 것이다. 그러나 자료가 충분히 쌓이면서 예측도 정확해진다. 기상예보도 비가 오기 전에는 며칠 사이에 비가 내릴지 아닐지를 예측하지만 비구름이 모인 것을 발견한 뒤에는 더욱 정확하게 비가 내릴 시간, 지역, 강수량 등을 예측할 수 있게 되는 것과 같다.

애덤스에 대한 사보타주의 시뮬레이션은 그의 출소 후 상황에 대한 거시적 분석이다. 하지만 수많은 시뮬레이션 결과 중 어떤 하나에서 나타난 초반 상황이 현실과 일치한다면, 이후에 벌어질 일도 시뮬레이션 결과와 비슷하리라고 추측 가능하다. 그렇다면 그 일이 실제로 일어날 가능성을 줄일 수도 있다. 키팅은 그렇게 생각했다.

그런데 키팅은 처음부터 한 가지 의문이 있었다.

사보타주는 왜 로버트 애덤스를 석방시켰나?

시스템은 애덤스가 갱단 소년을 살해하는 시뮬레이션을 내놓은 다음 애덤스를 석방시켰다. 이 점을 줄곧 이해할 수 없었다.

시뮬레이션 시스템이 완벽하고 오류가 없다고 가정한다면, 갱단 소년을 마구잡이로 죽이는 그 사건이 미래의 가능성 중 하나가 된다. 그렇다면 시스템이 애덤스가 심각한 폭력 성향을 갖고 있음을 확인했다는 뜻이다. 이런 인간이라면 정신안정도를 나타내는 C2 계수에서 합격 점수를 취득할 수 없는 것이 당연하다.

프랭크는 피험자의 C2 계수가 높으면 시뮬레이션 결과 중 Z 수치가 900 이상인 중범죄가 나오지 않는다고 했다. 그러나 현실에서 애덤스는 확실히 합격했다.

키팅은 하나하나 되짚어가며 곰곰이 생각에 잠겼다. 그러다 전에는 주의 깊게 보지 않았던 한 가지 사실을 발견했다.

추수감사절 저녁의 대량 살인을 담은 시나리오는 1월에 시행된 시뮬레이션 테스트 결과다. 애덤스는 5월에 출소했고, 재소자의 테스트는 한 달에 한 번 진행된다. 그렇다면 그후의 4개월간 자신의 심각한 폭력성을 없앴다는 말이 된다.

그게 가능하단 말인가?

심각한 폭력 성향을 가졌던 사람이 4개월 뒤에 돌연히 정상으로 변하는 게 가능하다고?

키팅은 얼른 인터넷에 접속해 단서를 뒤졌다. 정부가 형량평가제도를 시행한 지도 꽤 오래됐지만, 미국은 자유 국가이니만큼 누군가 찬성하는 일에 자연히 반대하는 목소리도 나오기 마련이다. 반대파는 각양각색의 이유를 들어 정책을 비판하고, 그러다 보면 반드시 기술적인 의문점을 제기하게 된다. 샌드박스 시스템의 허점 같은 것 말이다. 그래서 키팅은 샌드박스 시스템에 반대하는 목소리들 사이에서 애덤스가 사용했을 법한 사보타주를 속이는 방법

EP.3　E PLURIBUS UNUM

을 찾으려 했다.

키팅은 아침부터 정오까지 한나절 내내 스무 곳 넘는 인터넷 사이트를 돌아다녔다. 그러던 중 그의 생각에 부합되는 이론을 하나 발견했다. 그 방법은 확실히 아무런 흔적도 남기지 않을 것이다.

'테스트 자각.'

사보타주 시스템은 잘못된 연산을 하지 않는다. 문제는 시스템이 아니라 입력된 자료에 있다. 시스템은 심리 데이터와 평소의 행동에 의거해 피험자의 인격을 복제한 뒤, 샌드박스 내에 넣고 시뮬레이션을 진행한다. 만약 재소자의 심리 데이터와 행동 자료가 조작되었다면 복제되어 나온 인격은 '본체'와 다를 수밖에 없다.

키팅은 테스트 자각 이론을 상세하게 해설한 논문도 읽었다. 서버는 미국에 있지만 일본 민간단체인 '인과공진회'가 운영하는 과학기술 포럼 게시판에 '퍼옴' 형식으로 등록된 논문으로, 조회수가 300회에도 못 미쳤다. 〈샌드박스 전략 통용 시스템의 신뢰성: 피험자가 자각하는 상황 하에서 평가 오차〉라는 제목의 논문이다. 논문 저자는 H. 가와이 박사로, 인간의 기억과 인격을 연구하는 생물학 분야 전공자라는 것만 알려졌다. 그러나 인공지능은 인간의 기억 연구에 바탕을 두고 있는 데다 샌드박스 시스템이 생물적 특징을 바탕으로 현실의 인간을 시뮬레이션 속 인공지능 인격으로 복제하는 방식이니만큼, 이 학자의 논점이 분명히 믿을 만하고 권위가 있을 거라고 생각했다.

키팅은 피험자의 인격을 분석하고 또 복제하는 기술이 상당히 발달했고, 지금까지 시뮬레이션 결과가 실제와 심각하게 괴리되는 오류가 나타난 적이 없다는 것을 잘 알고 있다. 그렇다고 해서 미래에도 반드시 오류가 없다는 것을 의미하지는 않는다. 어떤 재소자가 여러 차례 테스트를 거치면서 인격을 복제하는 핵심 원리를 눈치채고 진심이 아닌 답안을 제출한다고 가정해보자. 감시카메라 앞에서는 평소와 다른 행동을 한다. 그렇게 매일 가면을 쓰고 살면서 시스템이 복제한 인격이 실제의 자신과 큰 차이가 나도록 만든다. 그러면 시뮬레이션 과정이 아무리 정확해도 그 테스트는 허구의 피험자를 대상으로 한 의미 없는 일이 되는 것이다.

쉽게 말해, 시험을 칠 때 부정행위를 하는 것이다.

문제는 애덤스가 부정행위를 했는지 여부다.

어쩌면 그가 부정행위를 할 능력이 있는지 그 여부가 더 중요할지도 모르겠다.

'테스트 자각'이란 아직 이론에 불과하다. 무한 원숭이 정리와 마찬가지인 것이다. 이론 측면에서는 합리적이지만, 현실에서 실행하고 검증하는 것은 매우 어렵다. 사보타주가 어떤 방법으로 개인 데이터를 수집하는지 일개 재소자가 어떻게 알겠는가? 어떤 데이터가 인공지능 인격을 복제하는 데 사용되는 핵심 정보인지는 또 어떻게 알겠는가? 혹시 안다고 해도 재소자가 모든 분석 범위에서 완전히 일치하도록 위조된 정보를 만들 수 있을까? 사보타주는 재소자의 움직임, 체온, 어조, 눈빛, 뇌파 활동 등 다양한 근거를 바탕으로 그의 정신 상태를 판정한다. 그런데도 부정행위를 할 수 있다면, 그 사람은 눈밭에 발자국을 남기지 않고 걷는다는 네팔의 승려처럼 세상을 놀라게 할 이적을 일으킬 수도 있을 것이다.

하지만… 애덤스에게 정말로 그런 능력이 있다면?

키팅은 애덤스의 경력을 생각해봤다. 애덤스는 아프리카에서 포로로 잡혔지만 지옥 같은 환경에서 20일을 버티고 살아 나왔다. 의지력이 일반인의 100배는 될 것이다. 아프리카의 소년병은 대개 기계와 크게 다르지 않다고 한다. 생존하기 위해 애덤스는 그런 대상을 속이고 심지어 상대방의 생각을 조종하는 기술을 익혔을 것이다. 그가 성공적으로 탈출한 것이 가장 좋은 증거다. 그는 강인한 군인일 뿐 아니라 동료들보다도 높은 지능을 갖췄다. 만약 어떤 환경에서 경험법칙에 의거해 타인 혹은 컴퓨터를 속이기 위한 인격을 위조해낼 수 있는 사람을 꼽으라면, 로버트 애덤스 외에 누가 더 적합하겠는가.

애덤스는 4개월 동안 자신의 폭력 경향을 숨기는 데 성공했고, 테스트에서 합격 점수를 받았다. 키팅은 그렇게 결론을 내렸다.

그러나 애덤스가 부정행위를 한 방법을 알아도 역시 아

무런 소용이 없다.

법무부는 형량평가제도를 입안할 때 석방 명령을 번복할 수 있는 법률도 제정하라고 국회에 요구하지 않았다. 재소자가 한번 석방되면, 완전히 석방된다. 시스템이 착오를 일으켜 석방되었다고 해도 이미 자유를 얻은 사람을 다시 감옥에 가둘 권리는 누구에게도 없는 것이다. 사실 법무부는 이런 상황을 전혀 걱정하지 않았다. 사보타주는 보수적인 시스템이다. 기본적으로 재소자를 석방하지 않는 쪽으로 기울어지게끔 설계되어 있다. 석방되어야 할 재소자를 계속 수감할지언정 석방되지 말아야 할 사람을 내보낼 일은 없다.

무엇보다도 키팅 역시 애덤스의 안건을 다시 심리해야 한다고 상부에 보고할 핑계를 생각해낼 수가 없었다.

애덤스를 다시 교도소에 수감하려면 오로지 한 가지 방법뿐이다. 애덤스가 페어론의 미성년자 습격사건 범인이라는 것을 밝혀야 한다. 하지만 그건 본말이 전도된 일이다. 키팅이 지금까지 고민해온 것은 애덤스가 추수감사절 저녁에 벌일 대규모 살인사건을 막을 방법이 아닌가.

키팅은 저녁 무렵까지 줄곧 생각하다가 한 가지 결론에 도달했다. 애덤스를 막을 수 있는 것은 모든 내막을 아는 자신뿐이다.

그러나 어떻게 막는단 말인가?

무어 경사에게 모든 것을 설명하나?

직접 애덤스를 찾아가 내가 알고 있다고 경고를 할까?

코요테 갱단의 우두머리에게 알려줄까?

키팅은 막막했다. 상부에 보고해도 받아들여지지 않을게 뻔하다. BIR은 애덤스의 범죄를 막을 책임이 없다. 게다가 현재로서는 그가 다시 살인을 저지를 거라고 증명할 증거도 없다. 상부에 보고하면 괜히 말썽만 생길 것이다. 정부기관에서 여러 해 동안 일한 키팅은 관료사회가 어떻게 움직이는지 잘 알았다.

무어 경사는 말이 통하는 상대였지만, 그 사람도 자신을 믿을 리 없다. 시나리오를 보여줘도 그가 믿을 거라는 보장이 없다. 게다가 그는 이 시나리오가 어디서 나온 건지 의심할 가능성이 크다. 키팅 자신 역시 '사보타주가 애덤스의 인격을 복제해 그것을 대상으로 시뮬레이션 결과를 도출한다'는 설명이 오히려 문제를 키울 거라고 생각했다. 무어는 분명히 이렇게 질문할 것이다. 애덤스가 그렇게 위험하다면 왜 그의 출소를 허가한 겁니까?

코요테 갱단에 애덤스의 계획을 알려주는 것도 한 방법이기는 했다. 하지만 갱단 우두머리가 자신의 말을 믿게 만들 자신이 없다. 까딱 잘못하면 키팅에게 다른 의도가 있다고 여기거나 심지어 키팅을 습격자라고 의심할지 모른다. 갱단원을 통해 우두머리에게 전할 수도 있겠지만 역시 좋은 생각은 아닌 듯했다.

직접 로버트 애덤스를 찾아가는 것이 오히려 가장 합리

적이다. 그가 더 큰 잘못을 저지르기 전에 좋은 말로 설득해서 사건이 일어나기 전에 원만하게 해결할 수 있을지 모른다. 그러나 키팅은 경찰서에서 읽었던 수사기록이 생각났다. 피해자들은 뒤로 갈수록 더 크게 다쳤다. 애덤스는 점점 광기에 휩싸이고 있는 것이다. 정신이 불안정한 사람들에게는 논리가 먹히지 않는다. 잘못하면 큰 위험에 빠질 수도 있다. 키팅은 싸움을 해본 적도 없다. 특수부대 출신과 어떻게 맞선단 말인가?

키팅은 고민스러웠다. 방법이 전혀 없다.

"그렇지 않아. 방법은 있어. 다만 실현 가능한 방법이 뭔지 모르는 거지."

키팅은 홀연히 답을 찾아냈다. 사실 어떤 방법이 있는지 모르는 게 아니다. 정말로 모르는 것은 가장 성공 가능성이 높은 방법이 무엇인지다. 그리고 그 문제는 키팅이 판단할 필요가 없다.

그는 사보타주를 사용할 권한이 있지 않은가?

사보타주는 시뮬레이션 시스템이다. 키팅이 알고 싶은 문제를 입력하면 컴퓨터가 시뮬레이션을 통해 어떤 방법이 가장 성공률이 높은지 결과를 내놓을 것이다.

여기에 생각이 미치자 키팅은 더 좋은 방법도 떠올랐다. 사보타주에게 여러 가지 방법을 실험하게 하는 것보다 아무 방법도 지정하지 않은 채 대량의 시뮬레이션을 진행한다. 그런 다음 가장 원만한 결과가 나온 시뮬레이션 시나리오를 찾아서 어떤 방법을 썼는지 살펴보는 것이다. 애덤스가 코요테 갱단의 아이들을 공격할 거라고 정확하게 예언했던 사보타주라면 그 일을 막을 가장 좋은 방법 역시 정확하게 알려줄 것이다.

그날 밤 내내 키팅은 잠들지 못했다. 내일이면 해답을 얻게 된다는 생각에 흥분을 느꼈다.

다음 날인 월요일 아침, 키팅은 평소보다 한 시간 일찍 사무실에 나왔다. 주차장의 보안요원도 그가 이렇게 일찍 출근하다니 의외라고 생각할 정도였다. 키팅은 사무실로 들어가자마자 사보타주에 접속해 어떻게 시뮬레이션을 실행할지 궁리했다.

그러나 그의 부하 직원들이 다 출근할 때까지 그는 시뮬레이션 실행 방법을 찾지 못했다.

조작법을 몰라서가 아니라 어떻게 해도 시스템이 그가 원하는 결과를 내놓지 못한다는 것을 알게 됐던 것이다. 어느 시뮬레이션 시나리오를 열고 변수를 수정해 자신이 원하는 조건을 추가하는 것은 가능하지만, 어쨌든 그 시나리오의 피험자는 여전히 본래의 시뮬레이션 대상인 재소자다. 그제야 키팅은 자신의 생각에 맹점이 있었음을 알게 됐다. 사보타주는 수많은 데이터를 보유하고 있다. 심지어 프리즘 시스템마저도 이용할 수 있다. 그렇게 해서 현실의 인물에 가장 가까운 가상인물을 시뮬레이션한다. 그러나 키팅 자신이 재소자로 바뀌지 않는 한, '앤드루 키팅'이라는 가상인물을 시뮬레이션 할 수가 없다.

BIR은 기술지원사무실에 개별 시나리오를 새롭게 시뮬레이션할 권한을 줬지만, 목적은 오류를 없애는 것이다. 어떤 시나리오에서 시간이 거꾸로 흐른다거나 한 인물이 동시에 두 지점에 나타나는 등의 물리적 이상이 있을 때, 시뮬레이션을 다시 실행해서 시스템 오류의 원인을 알아내는 일이다. 프랭크가 말한 것처럼 BIR은 개별 시뮬레이션 결과에는 어떠한 흥미도 없다. BIR이 중시하는 것은 개별 시뮬레이션 결과를 종합하여 계산해낸 통계수치다.

접근방법을 바꾸자. 키팅은 그렇게 생각하며 대학시절에 배운 지식과 문제 해결 방법론을 머릿속 깊은 곳에서 끄집어냈다. 어떻게 사보타주를 이용해야 그의 목표를 이룰 수 있을까? 그는 업무시간 틈틈이 사보타주의 기술 관련 문서를 찾아 읽었다. 사무실의 직원들은 상사가 갑자기 기술의 세부사항을 파고드는 것을 의아하게 여겼다.

퇴근시간 후에도 10시까지 사무실에 남아서 이틀을 씨름하고서야, 키팅은 해결 방법을 찾았다. 물론 프랭크에게 물어봤다면 아마도 10분 만에 답을 찾았겠지만, 키팅은 그에게 알리고 싶지 않았다.

키팅은 긴단한 프로그램 코드를 짜서 '가젯Gadget'을 만들었다.

'가젯'이란 소프트웨어에 따로 설치해서 별도의 프로그래밍을 실행하게 하는 응용 프로그램이다. 물론 가젯은 단독으로 실행될 수 없고 소프트웨어가 가진 허용 범위에 따라 제한적인 작업을 수행한다. 가젯은 시스템 프로그래머 외의 사용자에게도 일정 정도의 융통성과 유연성을 제공한다. 사보타주 역시 이런 가젯을 설치할 수 있게 설계됐다. 기술부서의 프로그래머가 아니더라도 가젯을 이용해서 특수한 요구조건을 시스템에 입력할 수 있다. 뭐든지 기술부서에 요청해서 프로그램 코드를 바꿔 달라 요청할 필요가 없도록 말이다.

키팅은 아주 교묘한 방법을 생각해냈다.

우선 하나의 시뮬레이션 시나리오를 반복적으로 재실행시키는 가젯을 만든다. 다만 매번 실행할 때마다 하나씩 변수가 달라지도록 한다. 동시에 시뮬레이션 속에 자신을 대표하는 가상인물을 포함시킨다. 그 가상인물이 시뮬레이션 속 사건에 개입하면 적당한 때에 가젯이 실행된다. 이렇게 하면 직접 여러 개의 변수를 바꿔 넣을 필요 없이 한 번의 시뮬레이션 실행으로 여러 차례 시뮬레이션을 실행한 것과 같은 결과를 얻을 수 있다.

키팅은 거의 일주일이나 걸려서 이 가젯의 프로그래밍 코드를 완성했다. 가젯의 설계는 그가 상상했던 것보다 훨씬 복잡했다. 그는 사보타주의 시스템 설명서에서도 상세히 설명하지 않는 프로그래밍 라이브러리를 몇 개나 사용해야 했다. 그렇게 하고서야 겨우 그가 원하던 결과를 얻을 수 있었다. 효율을 높이기 위해 키팅은 단편화 원리를 활용했다. 시뮬레이션 과정을 여러 조각으로 나누고, 그렇게 구분된 시간대마다 가상인물이 가젯을 실행할 수 있도록 허용하여 시뮬레이션을 반복적으로 실행한다. 그는 이 응용 프로그램을 '단편화 모델링 가젯'이라고 이름 붙였다. 모델링이라는 표현을 쓴 것은 이 가젯으로 현실 모형이자 미래의 축소판을 만들기 때문이다. 이 가젯을 완성하느라 키팅은 몰래 프로그래밍 라이브러리를 자신의 휴대용 디스크에 복제했다. 집에 가져가서 잠잘 시간도 아껴가며 개발에 몰두했다. 어쨌거나 거의 10년 가까이 프로그램 코딩을 하지 않았으니 이런저런 참고자료를 살펴봐야 했다. 이 일주일은 마치 대학시절 과제를 하던 때로 돌아간 것 같았다.

10월 24일, 키팅은 '단편화 모델링 가젯'을 사보타주에 설치하고 실행번호 cas02-k-01BU7LG-287022-87196의 시뮬레이션 파일을 재실행했다. 추수감사절이 이제 한 달 남았다. 키팅은 주어진 시간이 점점 줄어들고 정해진 날짜가 다가온다는 압박감을 느꼈다. 횟수를 늘리기 위해 보통의 시뮬레이션이 재소자의 출소를 시작 시점으로 하는 것과 달리 키팅은 11월 20일에 시나리오가 시작되도록 설정했다. 물론 애덤스의 살인을 막는 데는 하루의 시간이면 충분하다. 그렇다고 해서 추수감사절 당일만 계속 시뮬레이션한다면 아무리 변수를 다양하게 바꿔도 애덤스가 살인을 하지 않는 시나리오가 생성되기 어려울까 걱정스러웠다. 그래서 추수감사절 당일만이 아니라 며칠 더 기간을 두기로 했다. 시뮬레이션 실행 횟수도 늘리고 다양한 결과도 도출할 수 있는 시점을 찾은 결과였다.

키팅이 시뮬레이션을 실행시킨 지 한나절 만에 프랭크가 찾아왔다.

"키팅 씨, 사보타주로 뭔가 시뮬레이션하고 있나요?"

프랭크가 키팅의 사무실 문을 똑똑 두드린 다음 고개를 들이밀고 물었다.

"아, 그래."

키팅은 프랭크의 질문 의도를 파악하지 못해 간단하게 대답하면서 경계를 늦추지 않았다. 혹시 지금 하고 있는 일을 들킬까 걱정이 됐다.

"왜 시뮬레이션 안건을 실행하시나요?"

프랭크가 아무렇지도 않게 물었다.

"오늘 아침에 보니 사보타주에서 하위 프로그램 몇 개가 돌아가더라고요. 실행자는 키팅 씨 당신이고요. 몇 시간을 계속 돌아가기에, 전 또 해커가 당신 계정을 이용해서 무슨 짓을 하는 줄 알았어요."

"기술 설명서를 읽다가 몇 가지 실험해보려고. 시스템을 좀 더 이해할 수 있을 것 같아서."

키팅은 말을 하면서도 참 보잘것없는 핑계라고 생각했다.

"아하, 그거 잘됐네요. 키팅 씨, 뭔가 궁금한 게 있으시면 언제든지 물어보세요. 기꺼이 대답해드릴게요."

프랭크는 유쾌하게 말했다. 그런 그의 표정이 '당신도 역시 MIT 졸업생이로군. 공돌이 버릇은 못 버린다니까'라고 말하는 것 같았다.

"그러지. 고마워."

키팅은 미소를 쥐어짜냈다.

"아마 프로그램을 한참 돌릴 것 같은데, 고아 프로세스나 좀비 프로세스로 변했다고 생각하고 잡아 죽이지는 말아줘."

"그럼요, 물론이죠!"

프랭크의 머리통이 아래위로 끄덕이는 움직임을 계속 유지한 채로 멀어졌다. 고아 프로세스나 좀비 프로세스는 시스템에서 떨어져 나와 아무런 통제도 받지 않으면서 시스템 자원만 소모하는 프로그램 코드를 의미한다. 보통 실력이 부족한 프로그래머 때문에 나타난다. 프로그램 설계가 잘못되면 소프트웨어의 통제력에 문제가 발생하기 때문이다.

프랭크가 가젯을 실행시키고 있다는 것을 알았다면, 기술부서 사람들도 당연히 눈치챌지 모른다. 키팅은 시뮬레이션 실행 효율을 낮춰서 시스템 자원을 소모하는 정도를 감소시켰다. 다른 사람이 의심하지 않도록 하기 위해서다. 원래 그의 계산으로는 하루면 충분한 데이터가 모일 거라고 생각했으나, 2~3일 더 걸리게 됐다.

10월 27일 목요일, 키팅은 시스템을 살폈다. '단편화 모델링 가젯'이 8,000여 회의 시뮬레이션을 실행했다. 물론 사보타주 입장에서는 역대 최장이라 할 만큼 특별히 길긴 하지만 어쨌든 한 차례의 시뮬레이션일 것이다. 키팅은 가젯을 멈추고 스스로 개발한 도구를 이용해 결과를 선별했다. 8,000여 개의 결과를 일일이 읽을 수는 없으니 결과 중에서 필요한 것만 골라내는 도구도 만들었다.

복잡한 '단편화 모델링 가젯'에 비하면 이 도구는 한입거리였다.

이 도구는 원하는 조건을 입력할 수 있게 설계됐다. 키팅이 가장 바라는 조건은 간단하다.

"사망인원 = 0"

아무도 죽지 않는다는 것은 애덤스의 범행을 성공적으로 저지했다는 뜻이다.

화면에 그를 낙담시키는 답이 나타났다.

"선별 결과: 0 / 8717"

8,000여 개의 시뮬레이션 결과 중에 아무도 죽지 않는 시나리오가 하나도 없다니.

키팅은 관자놀이께를 꾹꾹 누르면서 다른 선별조건을 입력했다.

"사망인원 = 1"

사망자 수가 가능한 한 적은 결과는 없을까? 첫 번째 희생자가 나온 후 바로 애덤스의 후속 범행을 저지한다면?

"선별 결과: 1189 / 8717"

1,200개에 가까운 결과가 있다. 가장 좋은 결과는 아니지만 그래도 좋은 소식이라고 할 수 있다. 애덤스가 첫 소년을 죽인 뒤 어떤 이유로 계획을 중지한다면 사망자에게는 비극이겠으나 하나의 생명으로 많은 사람을 살릴 수 있다면 불행 중 다행이라고 할 수 있다. 키팅은 시뮬레이션 속 자신이 어떤 행동을 해서 애덤스가 '피부색이 특히 가무잡잡한' 코요테 갱단 소년만 공격했거나 적시에 경찰이 나타났을지 모른다고 생각했다. 그는 다시 명령어를 입력했다. 선별된 1,189개의 시뮬레이션 결과 중의 사망자 명단을 추렸다. 혹시 어떤 방법으로 그 사망한 아이를 구할 수 없을지 살펴보기 위해서였다. 그러나 화면에 결과가 나타난 순간 화면을 뚫고 얼음장 같은 손이 튀어나와 그의 목을 움켜쥐기라도 한 것처럼, 키팅은 숨이 막혔다. 호흡을 계속할 수가 없을 만큼, 온몸이 뻣뻣하게 굳어버렸기 때문이다.

사망자
앤드루 키팅: 910
로버트 애덤스: 279

1,189개의 결과 중 910개가 키팅의 사망을 예측했다. 대규모 살인사건은 막았지만 대가로 자신의 생명을 바쳐야 한다는 것이다.

EP.3 E PLURIBUS UNUM

그는 급히 910개의 결과 중 하나를 불러내 사보타주 시스템에 넣고 '자연언어-영어' 모드로 출력해 시나리오를 읽기 시작했다. 초조하게 단락을 건너뛰면서 읽어 내려갔다. 진상을 찾아야 했다. 그 시뮬레이션에서 키팅은 애덤스가 일하는 공장으로 찾아가서 그와 담판을 지었다.

✦

"애덤스 씨."

퇴근하려는데 마르고 창백한 남자가 공장 문 앞에서 나를 기다리고 있었다.

"당신은?"

나는 그를 모른다.

"제 이름은 알 것 없습니다. 그냥 잠깐 이야기 좀 나누죠."

"할 말 있으면 하시오."

그에게서 사람을 짓누르는 무형의 기세가 느껴졌다.

"당신이 코요테 갱단 애들을 습격하는 그 사람이라는 거, 알고 있습니다."

나는 눈썹을 찌푸렸다. 어디서 이런 놈이 나타난 거지?

"난 당신에게 경고를 하러 온 겁니다."

남자가 우호적인 데라고는 없는 태도로 말했다.

"당장 손을 떼고, 코요테 갱단 애들을 죽이려는 계획을 없던 일로 하기 바랍니다. 그러면 다른 사람에게는 이 일을 말하지 않겠습니다."

"그 어린놈들과 무슨 관계요?"

내가 물었다.

"아무 관계도 아닙니다."

남자가 냉담하게 대답했다.

"어쨌거나 당신이 했던 일, 지금 하고 있는 일, 앞으로 하려는 일, 전부 다 알고 있습니다. 당신이 지금 계획하고 있는 일을 포기하기만 하면 그냥 넘어갈 겁니다. 그렇지 않으면, 당신을 607지구경찰서 무어 경사에게 고발할 겁니다. 아니면 습격자가 당신이라고 코요테 갱단의 어린놈들에게 알려줄까요? 경찰보다는 그 어린놈들이 당신 문제를 처리하는 데 더 적극적이겠지요."

이 죽일 놈….

"내가 할 말은 여기까집니다. 나머지는 당신이 어떻게 하느냐에 달렸습니다. 그럼, 다음에 봅시다."

남자는 말을 마치더니 길가에 세워둔 파란 캐딜락에 올라탔다. 나는 분노에 떨며 이를 악물었다. 그래도 차의 번호판을 자세히 볼 정신은 남아 있었다.

다음 날, 나는 지역사회복지센터에서 자원봉사를 하면서 직원이 다른 데 정신이 팔린 사이 그들의 컴퓨터 단말기를 켰다. 지역사회복지센터의 컴퓨터는 컬럼비아 특별구 자치정부의 서버와 연결되어 있다. 나는 차량등록 시스템에 접속했다. 간단히 그 남자의 주소와 근무지를 알아냈

345

다. 그 남자는 앤드루 키팅, 연방정부의 망할 공무원이었다. 워싱턴 서북부에서 사는 부자 놈.

저녁에 차를 몰고 키팅의 집까지 갔다. 20층짜리 호화로운 빌딩으로, 그는 6층에 살고 있다. 일반적인 도둑놈이라면 맨손으로 6층까지 기어 올라가기 힘들겠지만, 특수부대 출신인 나에게는 아주 간단한 일이다.

베란다까지 기어 올라간 뒤, 나는 베란다 유리문을 잘라서 보안 시스템을 망가뜨렸다. 살금살금 방 안으로 들어갔다. 방 안은 아주 깔끔했다. 가구는 전부 외국 물건이었다. 니미럴, 내가 낸 세금으로 아무 일에나 끼어드는 쓰레기 같은 자식을 먹여살리다니.

침실로 들어갔다. 공장 문 앞에서 나에게 경고를 했던 남자는 아무런 방비도 없이 침대에 누워 깊게 잠들어 있었다. 나는 그에게 다가가 한 손으로 그의 입을 틀어막았다. 남자는 꿈나라에서 억지로 끌려나왔다. 나를 알아본 듯 눈빛에 두려움이 가득했다.

남자가 쓸데없는 반항을 하지 못하도록 칼로 그의 가슴을 찔러버렸다. 전쟁터에서 적을 죽일 때처럼, 아주 간단하게 목숨 하나를 끝장냈다.

어린아이가 개미 한 마리를 밟아 죽이듯이.

우리는 약육강식의 세계에 살고 있다. 네가 먼저 날 위협했으니 원망할 것도 없겠지.

원망하려면 네 자신이 오지랖 넓게 남의 일에 끼어든 것을 탓해야지.

✦

속이 메스꺼웠다. 키팅은 시뮬레이션 시나리오에서 자신이 살해되는 장면을 보게 될 줄은 꿈에도 몰랐다. 게다가 이 경우 1이라는 사망인원 수는 갱단 소년이 아니라 키팅의 죽음을 가리킨다. 애덤스를 저지한 것이 아니었다. 가상의 키팅이 사망한 순간 단편화 모델링 가젯이 자동으로 다음번 시뮬레이션을 실행했고, 시나리오가 추수감사절 날까지 흘러가지도 못한 채 끝났다. 대규모 살인사건이 시뮬레이션 범위에서 벗어나버린 것이다.

불안한 심정을 억누르면서, 키팅은 자신의 사망으로 종료된 다른 시뮬레이션 결과를 찾아 문자 시나리오로 추출했다. 그는 파일을 열고 초조하게 글을 읽어 내려갔다.

✦

저녁 9시, 초인종이 울렸다.

이 시간에 나를 찾아올 사람은 없다. 상황이 의심스러워서 체인을 걸고 문은 아주 조금만 열었다. 문밖에 선 사람은 차림새가 산뜻하고 깡마른 체구의 남자였다.

"애덤스 씨, 저는 키팅이라고 합니다. 일이 있어서 왔습니다."

상대는 나를 아는 것 같았다. 하지만 나는 전혀 기억에 없다.

"말해보시오."

내가 대답했다.

"들어가서 얘기합시다. 전 위험한 사람이 아닙니다. 수감 및 갱생관리국 직원이에요."

그가 그렇게 말하며 신분증을 꺼냈다.

알고 보니 BIR 직원이었군. 그다지 내키지 않았지만 그래도 문을 열고 그를 집 안에 들였다.

나와 그는 마주보고 의자에 앉았다. 그는 나를 뚫어져라 쳐다봤다. 미소를 띠고 있었지만 그럴듯하게 흉내만 낸 가짜 미소라는 걸 금세 눈치챘다.

"무슨 일입니까?"

내가 물었다.

"최근 벌어지는 습격사건의 범인이 당신이라는 거, 알고 있습니다."

"무슨 말이오?"

나는 아무것도 모르는 척 반문했다.

"최근 코요테 갱단 애들을 혼내주는 사람이 당신이란 걸 알고 있다고 말했습니다."

"증거 있소?"

"물론 있죠. 하지만 당신을 체포하러 온 것도 자수를 권하러 온 것도 아닙니다."

키팅은 엄숙하게 말했다.

"나는 당신이 뭘 하려는지 알고 있고, 그 일을 그만두라고 권하러 온 겁니다."

"내가… 뭘 하려는지 알고 있다고?"

나는 경계를 늦추지 않았다. 아무것도 더 말하지 않을 작정이었다.

"그 애들을 죽이려고 준비하고 있지."

키팅은 한마디로 내 생각을 꿰뚫었다.

"총기와 총알을 준비해 추수감사절 날 큰 사건을 일으키려고."

"난…! 아니야."

"나도 당신이 그러지 않길 바랍니다. 당신이 정말로 그 일을 하면 어떻게 될지 압니까? 당신은 죽을 테지요. 죽어도 싼 어린애들과 같이 말입니다. 그럴 가치가 있을까요? 제 말 들으세요. 그럴 가치가 없단 말입니다."

키팅은 손을 주머니에 넣고 봉투를 하나 꺼내 탁자 위에 올려놨다.

"여기 10만 달러가 있습니다. 이유는 묻지 말고, 워싱턴을 떠나십시오. 공장에는 제가 당신 대신 처리를 하죠. 평온하고 흑인 아이들이 없는 작은 마을에 가서 새롭게 시작하는 겁니다."

"이게 무슨 뜻이지?

봉투에서 나온 지폐를 바라보며 당황한 얼굴로 물었다.

"로버트, 난 당신을 도우려는 겁니다. 그저 당신이 잘못을 반복하지 않길 바라는 거예요."

우리는 침묵에 빠져들었다. 한참 뒤, 나는 손을 뻗어 봉투를 집었다.

"좋소. 내일 바로 떠나지."

키팅은 아주 흡족한 듯 웃었다.

"그럼 가보겠습니다. 제안을 받아들여줘서 기쁘군요."

키팅은 문 앞에서 나와 악수를 했다.

"예."

키팅이 몸을 돌려 문을 열려고 하는 순간, 손을 썼다.

허리에 숨겨뒀던 군용나이프를 꺼내 힘껏 키팅의 등허리를 찔렀다.

그가 소리를 질러 도움을 청하려고 하자, 그의 입을 틀어막고 군용나이프를 뽑아 다시 등을 찔렀다.

두 번, 세 번. 나도 전부 몇 번인지 모르겠다.

이 자식이 뭐 하는 놈인지 정말 이해가 되지 않는다. 내가 아는 것은 이유도 없이 돈을 준다는 것은 분명 뭔가 이상하다는 사실뿐이다.

적어도 이렇게 해야 그가 다른 사람에게 내가 습격자라는 것을 말하지 못하겠지.

✦

키팅은 고민스럽게 머리를 감싸 쥐었다. 그는 이런 식으로 진행될 줄은 전혀 생각지 못했다. 자신이 살해되는 장면에서 또 구역질이 났다. 그러나 그는 불에 뛰어드는 부나방처럼, 다시 한 번 더 자신이 사망하는 시뮬레이션 결과를 선택해 문자 시나리오로 추출했다.

✦

나는 천천히 농구장으로 걸어갔다. 창살문을 밀어 열고, 농구장으로 한 발짝 들어서는 순간 떠들어대던 소리가 뚝 그쳤다. 그들이 날 경계하는 게 느껴졌다. 하지만 복면을 쓰지 않았기 때문인지, 혹은 천천히 다가갔기 때문인지 내가 지금까지 그들을 공격하던 신비의 인물이라고는 생각하지 못하는 듯했다.

"로버트 애덤스!"

의외로 내 뒤에서 부르는 소리가 들렸다. 고개를 돌렸다. 내 이름을 부른 것은 한 남자였다. 전혀 기억에 없는 남자.

"로버트, 갑시다. 가요."

그 남자는 친한 척하며 웃었다. 하지만 그 웃음이 경직돼 있다는 걸 알아챘다.

그가 점점 가까워진다. 내 뒤에는 어린놈들이 우리를 쳐다보고 있을 것이다.

망설이던 중, 나는 결정을 내렸다.

신속하게 배낭에서 기관총을 꺼내 그 남자 몸 위로 휘갈겼다.

"와악!"

그 남자는 내 행동을 예상하지 못했는지 비명도 제대로 지르지 못하고 뒤로 넘어갔다. 소리를 지른 건 내 뒤의 어린놈들이다.

나는 더 생각할 것도 없이 총구를 뒤로 돌렸다. 그 어린놈들한테 무기가 있을지 또 누가 알겠는가.

나는 방아쇠를

✦

시나리오는 거기서 갑작스럽게 끝났다. 문장조차 끝맺지 않았다. 키팅은 마음속으로 수없이 '멍청이'라고 욕을 해댔다. 자신의 경솔한 언행을 후회하는 것처럼 말이다. 하지만 그는 다시 생각해보고는 그건 근본적으로 그의 책임이 아니라고 생각했다. 이런 시나리오를 읽는 것은 마치 평행우주의 또다른 나 자신을 만나는 것과 같다. 그 둘은 아무 관계도 없다. 두 개의 평행선처럼, 전혀 관계없다. 애덤스가 추수감사절에 범행할 가능성이 있다는 것을 발견한 후 처음으로 키팅은 자신의 안위를 생각하게 됐다. 지금까지 그는 자신을 사건 바깥의 관찰자, 혹은 사건을 해결하는 탐정이라고 여겼다. 어떤 초월적 지위를 가진 것처럼 생각했다. 그러나 그는 갑작스럽게 자기 자신도 사건 속의 한 인물이며 현명하고 위풍당당한 국외자가 아니라 잠재적인 피해자 중 하나였다는 사실을 깨달았다.

손을 뗄까? 그런 목소리가 그의 머릿속에 울렸다.

하지만 키팅은 포기하지 못했다. 한 달 뒤에 여러 명의 소년들이 무고하게 살해될 것을 생각하면 모골이 송연했다.

그는 다시 시뮬레이션 결과를 불러왔다. 사망인원 수가 많은 시나리오를 골라 세심하게 읽었다. 그런 시나리오는 대동소이했다. 키팅이 출현하지 않고 애덤스가 살해계획을 원래대로 실행했다. 가상의 키팅이 시뮬레이션 속에서 무엇을 했는지 알아보기 위해 도구를 사용해서 데이터를 열거했다. 그는 시뮬레이션 속의 자신이 온갖 방법을 시도해봤다는 것을 알게 됐다. 경찰에 익명으로 제보를 한 적도 있고, 직접 무어에게 모든 것을 설명하기도 했고, BIR의 상사에게 사건을 알리기도 했고, 심지어 코요테 갱단의 단원에게 애덤스가 습격자라고 알려주기도 했다. 그러나 결과는 바꿀 수 없었다. 코요테 갱단에게 알렸던 경우가 가장 처참했다. 코요테 갱단은 밤에 애덤스의 집을 기습했다. 미리 준비를 하고 있던 애덤스는 침입자 대부분을 쏴죽였다. 코요테 갱단도 총기를 준비했기 때문에 양쪽이 주택 지구에서 총을 쏴대면서 주민들도 적잖게 총격전에 휘말려 사상자가 더 많이 나왔다.

어찌할 바를 모르던 키팅의 시선이 애덤스만 사망하는 시뮬레이션에 멈췄다.

자신이 사망하는 시나리오를 본 후, 키팅은 암암리에 그것이 '유일한 해답'이라는 것을 느끼고 있었다. 그저 그 사실을 직시하고 싶지 않았을 뿐이다.

그러나 숫자가 적잖은, 사망자가 더 많고 참혹한 시나리오를 읽으면서 키팅은 더는 회피할 수 없다고 생각했다.

그는 279개의 로버트 애덤스의 사망으로 종료된 시뮬레이션 중 하나를 골라 사보타주에 넣었다. 시나리오 파일이 금세 모니터에 나타났다.

✦

나는 천천히 농구장으로 걸어갔다. 창살문을 밀어 열고, 농구장으로 한 발짝 들어서는 순간 떠들어대던 소리가 뚝 그쳤다. 그들이 날 경계하는 게 느껴졌다. 하지만 복면을 쓰지 않았기 때문인지, 혹은 천천히 다가갔기 때문인지 내가 지금까지 그들을 공격하던 신비의 인물이라고는 생각하지 못하는 듯했다.

"로버트 애덤스!"

의외로 내 뒤에서 부르는 소리가 들렸다. 고개를 돌렸다.

탕! 탕!

가슴에서 불에 타는 듯한 고통이 느껴졌다. 목구멍에서 뭔가 치밀어 오르는 듯하다. 고개를 숙이니 가슴에서 피가 흐르는 게 보였다.

나는 무력하게 고개를 들고 내 이름을 부른 남자를 쳐다 봤다. 그의 손에 권총이 들려 있었다.

저 자식 누구지?

기관총을 꺼낼 시간도 없었다. 너무 방심했다. 총을 겉옷 안에 숨겼어야 했다.

저 악마들에게 한패가 있을 줄은 상상도 못했다.

나는 천천히 앞으로 고꾸라졌다.

됐다, 이걸로 나도 전우들과 만날 수 있을 것이다.

나는 있는 힘껏 노력했다. 그들도 나를 탓하지 못할 거다.

✦

아니나 다를까. 키팅이 생각했던 그대로, 이것이 대규모 살인을 막는 가장 직접적인 방법이다.

그가 직접 손을 써야 한다.

애덤스라고 하는 엘리트 군인을 상대하려면 준비할 시간을 주지 않고 선제공격을 해야 하는 것이다.

그러나 키팅은 사람을 죽이고 싶지 않았다.

키팅이 5학년일 때, 강도사건을 만난 적이 있다. 강도는 총을 들고 상점을 털었고 도주하다가 우연히 지나가던 경찰이 쏜 총을 맞고 사망했다.

그때 키팅은 사건 현장에서 멀리 떨어진 곳에 있었지만 그 강도가 사망하는 과정을 처음부터 끝까지 목격했다. 얼굴에 수염이 가득한 남자는 총에 맞은 뒤 땅에 쓰러졌고, 몸에서 시뻘건 피가 흘러나와 땅을 붉게 물들였다. 경찰이 신중하게 강도 옆으로 다가갔는데, 가장 먼저 한 일은 응급조치가 아니라 강도 옆에 떨어진 권총을 치우는 것이었다. 그런 다음 강도에게 다른 무기가 없는지를 검사했다. 경찰이 몸을 뒤지는 동안, 수염이 덥수룩한 남자의 팔다리는 가끔씩 경련을 일으켰다. 키팅은 생물 수업에서 봤던 반쯤 해부된 청개구리와 쥐를 떠올렸다. 경찰이 안전을 확인한 다음에야 구급대원을 현장으로 호출했다. 그러나 그 남자는 구급차가 오기 전에 숨을 거뒀다.

키팅도 현대사회에서 이런 일은 어쩔 수 없다는 것을 잘 알았다. 총기가 유통되는 나라에서 나쁜 놈이 무기를 들고 타인의 생명을 위협한다면 경찰은 그를 쏴 죽일 이유가 있다. 생명은 무척 취약한 것이었다. 이성적으로는 키팅도 이런 결과를 흔연히 받아들인다. 그러나 정서적으로는 인류가 청개구리나 쥐와 마찬가지로 본질적으로 똑같다는 엉터리 생각에서 벗어날 수 없었다.

그는 '살인'이라는 행위에 불안감을 느꼈다. 살해되는 것이 좋은 사람이건 나쁜 사람이건 그랬다.

그것이 범죄를 해결하는 사람이 되려고 연방수사국에 입사할 꿈을 꿨던 이유 중 하나다. 그리고 무엇보다도 그가 현장에서 범인을 체포하는 업무가 아니라 사무실에서 하는 정보 분석 업무에 지원하려고 했던 이유다.

그러나 지금 그는 단 하나의 선택을 해야 한다. 저울의 이쪽에는 그가 살인으로 애덤스의 악행을 막는다는 선택지가 올라갔다. 다른 쪽에는 열 몇 명, 많게는 스무 명의 목숨이 놓였다.

만약 5학년 때의 그 일을 겪지 않았다면, 자신이 애덤스를 죽이는 것을 별것 아닌 일로 여겼을 가능성이 크지 않을까? 범인의 목숨으로 더 많은 사람의 목숨을 구하는 것은 다른 사람에게는 매우 당연한 선택일 것이다. 또 한편으로는 수염이 난 남자가 죽는 모습을 보지 않았더라면 무턱대고 애덤스를 죽인 뒤 그 경솔한 결정 때문에 곤란해졌을 거라고도 생각했다. 사람의 목숨을 빼앗는 것은 심리적인 부담을 지는 일이고, '당연한 일'이라는 간단한 말 한마디로 가벼워지는 것이 아니기 때문이다.

살인에는 큰 각오가 필요하다.

키팅은 적잖은 시간을 들여 자신 혹은 애덤스가 사망하는 시뮬레이션 결과를 검토했다. 자세하게 각 시나리오의 차이를 분석하고 비슷한 변수 아래서도 살인사건이 여전히 벌어지는 경우와 아닌 경우의 세부사항을 비교한 뒤 결국 한 가지 결론에 이르렀다.

키팅이 사전에 애덤스와 접촉할 경우, 절반의 시나리오에서는 살해당하고 남은 절반의 시나리오에서는 사건에 아무 영향을 미치지 못해 애덤스가 원래대로 저녁에 살인을 한다. 바꿔 말해 애덤스와 대화를 하는 것은 아무런 도움도 되지 않는다.

경찰에 상황을 설명한다면, 90퍼센트는 살인사건을 막을 수 없다. 남은 10퍼센트는 경찰이 키팅의 의견을 받아들이기는 하지만 애덤스를 순조롭게 막아내지 못한다. 사망인원은 제일 적은 경우에도 아홉 명이다. 그중에는 순직하는 경찰관, 무어 경사도 포함된다.

애덤스 혼자 사망하는 결말은 200여 개인데 손을 쓰는 것은 전부 키팅이다. 8,000여 개의 시뮬레이션 중 약 500개에서 키팅이 19번가에 숨어 애덤스가 나타나길 기다린다. 그중 절반에서 키팅이 애덤스를 죽이고 살인을 막는다. 100여 개에서는 반대로 애덤스에게 살해당하고, 수십 개에서는 둘이 함께 죽는다. 또한 몇 개에서는 키팅이 애덤스의 총알을 피하지만, 그후 애덤스가 계속해서 그의 계획을 실행에 옮겨 많은 아이들이 살해된다.

결론적으로, 아이들을 살리고 싶다면 직접 로버트 애덤스를 처리해야 한다.

11월 1일, 여러 날의 심리적 번민 끝에 키팅은 결심했다.

그는 시나리오에서 주어진 변수에 따라 시뮬레이션된 조건을 현실에서도 하나하나 실행하기로 했다.

우선 사격클럽에 등록해 회원이 된 다음 트레이너를 고용해서 사격을 배웠다. 시뮬레이션에서 나온 것과 똑같이 글록56을 구입해 그 총을 다루는 법을 배웠다. 매일 집에서 총을 쥐고 쏘는 자세가 익숙해질 때까지 연습했다. 추수감사절 저녁에 실수 없이 해내기 위해 퇴근 후 매일 클럽에 가서 연습했고 주말에도 아침부터 저녁까지 연습했다. 키팅의 트레이너가 그의 이런 열의를 의아하게 생각할 정도였다. 키팅은 매일 최소 두 상자, 즉 50발의 총알을 쐈다.

키팅의 조준은 하루하루 정확해졌다. 총을 쏘는 동작도 하루하루 깔끔해졌다. 맨 처음 방아쇠를 당길 때는 몇 번이나 망설이고 일곱 발 중 두 발만 과녁에 맞췄는데, 3주가 지난 후에는 총을 뽑아서 쏘는 동작까지 한 호흡에 완성할 정도가 됐다. 정확도는 아직도 부족하지만, 지금 정도만 해도 충분했다. 그의 목표물은 10미터 범위 안에 있을 테니까. 먼저 쏘기만 하면, 그의 임무는 완수된다.

키팅이 가장 걱정한 것은 기회가 한 번뿐인 실전에서 실수를 하는 것이었다. 사보타주의 시뮬레이션은 버튼만 누르면 온 세상이 곧바로 재정립된다. 모든 것이 사라진 뒤에 처음부터 새롭게 시작할 수 있다. 그러나 현실에는 그런 단추가 없다. 그는 단 한 번의 기회만 갖는다. 신속하게 상대를 죽여야 한다. 실수해서는 안 된다. 일말의 망설임으로 상대의 목숨을 빼앗는 것이 아니라 다리를 조준한다거나 했다가는, 남은 결과는 오로지 자신의 죽음뿐이라는 것을 키팅도 잘 알았다. 그런 내용의 시나리오도 읽은 적이 있다. 애덤스는 부상을 입은 후 총을 꺼내 반격했고 그 시뮬레이션 속에서 키팅은 사신의 부름을 피하지 못했다.

11월 24일, 키팅이 애덤스와 결투할 날이다.

비록 이 결투는 한쪽에서 일방적으로 결정한 것이지만 말이다.

지난 한 달 동안 페어론 지역의 미성년자 습격사건은 여전히 계속됐다. 피해자들의 부상 정도도 전보다 더 심해졌다. 심지어 어떤 아이는 머리를 다쳐서 3일간 혼수상태에 빠졌고, 정말로 죽을 뻔했다. 이 뉴스를 본 뒤, 키팅은 자신의 책임이 막중하다는 것을 다시 한 번 실감했다.

키팅은 인명 피해 없이 사건을 해결하는 방법을 여전히 포기하지 않았다. 자신이 추가한 단편화 모델링 가젯을 설치한 시뮬레이션을 계속 구동시켰고 8만여 건의 결과가 쌓였다. 그러나 8만여 건의 시뮬레이션 결과 중, 사망인원 수가 0인 결과는 단 한 건도 없었다. 키팅은 자신이 하려는 일이 확실한 방법이 존재하지 않는 상황에서 어쩔 수 없이 선택해야 할 유일한 방법임을 알게 됐다.

돌발상황을 방지하기 위해 키팅은 추수감사절 당일, 황혼 무렵까지 집에 머물렀다. 해가 진 후, 그는 재삼재사 권총과 총알을 검사하고서 검은 재킷을 입고 집을 나섰다. 주차장에 도착해 전날 빌린 저렴한 일본산 자동차에 올라탔다. 시뮬레이션에서 캐딜락을 몰았을 때 문제가 생긴 경우가 있었다. 19번가와 P가가 만나는 지점에 세웠는데 너무 눈에 띄어 그랬는지 코요테 갱단의 어린애들을 불러 모았던 것이다. 그리고 애덤스는 소년들이 차 주변에 몰려들었을 때 나타나서 기관총을 난사했다. 키팅은 총을 뽑을 시간조차 없었다. 그가 검은색 재킷을 입은 것도 같은 이유였다. 옷 색깔이 선명하면 차에서 감시할 때 너무 눈에 띈다. 만일 애덤스와 정면으로 마주치게 된다면 색이 밝은 옷은 상대의 총에 적중되기 쉽다.

키팅은 7시 30분에 목적지에 도착했다. 그는 아무도 없는 농구장을 주시하며 마음속의 갈등에 시달렸다. 한편으로는 아이들이 나타나지 않기를 빌었다. 그러면 그는 아무 일 없이 집에 돌아갈 수 있다. 그러나 그는 또 한편 아이들이 나타나지 않으면 애덤스가 다른 곳에서 살인을 시작하여 그가 저지할 기회조차 없을까 걱정도 됐다. 키팅은 그저 차 안에 앉아서 낡고 초라한 농구장을 바라보는 수밖에 없었다. 농구장은 길모퉁이에 자리 잡아 그 둘레로 두 면은 철조망이, 두 면은 건물 벽이 둘러싸고 있었다. 정식 농구 코트보다 조금 작은 공터였다.

벽면 한쪽에 그물망도 없는 농구 바스켓이 있다. 낡은 데다 수리를 하지 않아 여기저기 녹이 슬어 얼룩덜룩했다. 철조망에는 닫아만 놓은 창살문이 한 면에 하나씩 달려 있다. 벽에는 'COYOTE' 글자의 그래피티가 이빨과 발톱을 드러낸 괴수처럼 그려져 있어서 철조망이 괴수를 가둔 우리처럼 보였다. 희미한 가로등 불빛에 비친 괴수는 호시탐탐 아이들이 그물에 걸려들기를 기다리는 것 같다.

8시 15분, 거리 먼 곳에서 웃음소리가 들린다. 아이들 네 명이 키팅에게서 먼 쪽의 문을 열고 농구장으로 들어갔다. 키팅은 긴장하여 침을 꿀꺽 삼켰고, 저도 모르는 사이에 몸을 앞으로 숙여 코끝이 차 유리창에 닿을 지경이 됐다. 아이들은 나이가 좀 있는 편이었다. 대략 열넷 혹은 열다섯 살쯤 된 듯했다. 그중 셋이 남자애였는데, 한 명은 스케이트보드를 들고서 가끔씩 짤막하게 그걸 타고 미끄러졌다 멈추곤 했다. 멋진 동작으로 뛰어오르기도 했다. 그들은 농구장 구석에 자리를 잡았다. 남자애 둘이 철제 드럼통 위에 앉아 담배를 꺼냈다.

곧 새로 두 명이 더 농구장에 왔다. 키팅은 경계를 풀지 않고 주머니 속 권총을 꽉 움켜잡았다. 그는 여섯 명의 소년소녀에게서 눈을 떼지 않았다. 그는 마음속으로 사건의 흐름을 반복해서 생각했다. 애덤스는 거리 오른쪽에서 나타난다. 총과 총알로 가득한 배낭을 메고 있다. 아이들에게 다가가서 3미터 거리를 남겨놓고 배낭을 내려놓는다. 총을 꺼내 쏜다. 키팅은 애덤스가 배낭을 열면 사건을 막을 수 없다는 것을 잘 알았다. 그는 시뮬레이션을 이용해 각종 조건을 통계 냈는데, 애덤스가 배낭의 지퍼를 내리기만 하면 그는 신속하게 총을 뽑아 쏠 수 있었다. '배낭을 연다'는 것은 실패의 표지판과도 같았다.

"오른손 엄지손가락으로 안전장치를 밀어 열고, 왼손으로 오른손을 감싸고, 오른손 호구를 앞으로 밀면서 왼손은 안정적으로⋯."

키팅은 사격의 기본수칙을 중얼중얼 다시 되뇌었다. 비록 한 달 동안 이미 사격이 습관화되었지만 사람을 향해 쏜 적은 없었기 때문이다.

그는 애덤스를 마주하고 생사를 가르는 순간이 왔을 때 자신이 평소처럼 방아쇠를 당길 수 있을지 걱정이었다.

기다림의 시간은 더 길게 느껴졌다. 1분이 한 시간 같았고, 5분은 하루 같았다. 날씨가 꽤 추워졌는데도 키팅은 등이 땀으로 축축해져 옷이 피부에 달라붙는 것을 느꼈다. 그러나 그는 전혀 신경 쓰지 않았다.

그의 주의력은 전부 눈앞의 거리에 쏠려 있다.

9시 22분, 운명의 시각이 소리 없이 다가왔다.

로버트 애덤스가 키팅의 시야로 들어왔다.

시나리오에 나온 그대로, 그는 꽤 큰 배낭을 메고 농구장으로 접근했다.

키팅은 몸서리를 친 뒤, 용기를 북돋웠다. 그는 주머니 속 총을 움켜쥐고 차에서 내렸다.

위용—위용—!

차에서 내리는 순간 키팅은 사이렌 소리를 들었다. 차 안에 있을 때는 몰랐지만 문을 열자마자 점점 커지는 사이렌 소리가 그의 주의를 끌었다. 소리가 어디서 나는지 찾는데 경고등을 번쩍이며 사이렌을 요란하게 울리는 경찰차 두 대가 그의 눈앞을 쏜살같이 지나갔다. 경찰이 개입한다는, 시뮬레이션에서 나온 적 없는 상황에 놀라움 반기쁨 반을 느끼는데 경찰차가 먼지를 일으키며 도로 저쪽편으로 사라졌다.

키팅은 자신이 잘못 생각했음을 깨닫고 급히 고개를 돌려 애덤스를 찾았다. 애덤스는 키팅처럼 경찰차 때문에 멈춰서지 않았다. 그는 이미 농구장에 들어가서 그 아이들

앞에 서 있었다.

키팅은 자신의 멍청함을 욕했다. 페어론에서 경찰차가 폭풍처럼 달려가는 일이야 이상할 게 없다. 여긴 범죄율이 낮지 않은 지역이니 경찰은 자주 정신없이 달려가서 크고 작은 사건을 처리한다. 그러니 페어론에 사는 코요테 갱단 애들이나 애덤스는 이런 일에 신경이 분산되지 않았다. 시뮬레이션 시나리오는 피험자의 복제된 인격이 서술자로 설정되어 있으니 당연히 이처럼 그 사람이 평소 늘 보던 일은 생략했을 것이다. 경찰차가 나타나지 않았다고 해도 애덤스의 범행 과정에는 영향이 없다.

키팅은 이런 보잘것없는 일 때문에 자신이 선제공격을 할 기회를 잃게 되었다는 것을 알아차렸다. 그리고 적시에 행동하지 못하는 것은 시뮬레이션에서 그가 실패하는 조건 중 하나다.

급한 마음에 키팅은 권총을 꺼내들고 안전장치를 밀어 젖힌 후 농구장으로 뛰어갔다. 그는 빠른 속도로 달려서 도로를 건너 발로 철조망의 창살문을 걸어차 열었다.

캉!

철조망에서 맑은 쇳소리가 울렸다.

그 소리에 애덤스와 여섯 명의 아이들이 모두 동작을 멈추고 키팅을 바라봤다. 키팅은 그들과 눈이 마주쳤을 때 핵심적인 조건을 목도했다.

애덤스는 배낭 안에 손을 집어넣고 있었다.

그 장면을 본 키팅은 계속해서 그들을 향해 달려가면서도 머릿속은 텅 빈 공백이었다. 지금 총을 쏘아도 될까? 아니면 엄폐물을 찾아야 하나? 키팅은 자기가 생각을 많이 할수록 살아남을 확률이 적어진다는 것을 알았지만 지금 이 결정적인 순간 그는 어떤 판단도 내릴 수가 없었다.

망설이는 사이, 그는 애덤스의 표정을 봤다. 사진 속에서 본 우수에 찬 눈빛을 가진 남자와는 달리, 키팅은 애덤스의 얼굴에서 적의를 봤다. 아니, 살의를 봤다.

키팅은 전쟁터에 가본 적은 없다. 그러나 그도 생사의 갈림길에서나 그런 표정이 나온다는 것은 알았다.

그 표정 때문에 키팅은 오히려 냉정을 되찾았다.

키팅은 빠르게 달리던 것을 멈추고 사격훈련에서 배운 자세를 잡았다. 왼발을 앞으로 내딛고 몸을 오른쪽으로 70도가량 돌린 다음 왼손으로 오른손을 감싸고 오른손은 총신을 꽉 움켜쥔다. 왼쪽 팔꿈치는 살짝 아래로 내리고 어깨와 손이 좁은 삼각형이 되도록 한다. 총신 위에 달린 가늠쇠와 가늠자를 일직선이 되도록 한다. 0.5초도 지나지 않아서 키팅은 숙련된 자세로 사격 준비를 마쳤다.

남은 것은 손가락 끝의 움직임에 달렸다.

키팅은 사람을 향해 총을 쏜 경험이 없다. 그는 이 점의 중요성을 소홀히 생각했다.

애덤스를 조준한 순간, 키팅은 돌연 손가락이 뻣뻣하다는 느낌을 받았다. 평소에는 쉽게 방아쇠를 당겼는데 지금은 천근처럼 무거워 아무리 노력해도 꼼짝도 하지 않는 것이다.

당황스러움이 키팅의 척추를 타고 올라와 그의 대뇌까지 침범했다. 키팅은 자신의 생명이 이제 10초 정도 남았음을 직감했다. 어쩌면 그보다 몇 초 더 짧을지도 모른다.

애덤스가 총만 꺼내면, 키팅은 그의 손에 죽는 것이 정해졌다.

그러나 애덤스의 동작은 키팅의 예상을 벗어났다. 그는 배낭에서 기관총을 꺼내는 게 아니라 그의 옆에 있던 한 소년을 향해 달려갔다. 키팅은 그 소년을 흘낏 쳐다봤다. 열네 살쯤 된 피부가 검은 남자애였다.

피부가 검은…, 설마 그 '황제'인가?

키팅은 맨 처음 시나리오에서 봤던 마지막 단락을 떠올렸다.

애덤스는 경찰의 총에 맞아 죽는 한이 있더라도 '악마'를 없애려고 했다.

피부색이 특별히 짙고, 애덤스의 망상증에 시작 버튼을 눌렀던 장본인.

그 부분까지 생각하자, 키팅은 지금 상황이 어떤 시뮬레이션 중에 출현했었는지를 따질 정신이 없었다. 애덤스가 아직 상황을 이해하지 못한 소년에게 달려들자 키팅 마음 속의 마지막 자물쇠가 열렸다.

그의 오른손 검지손가락에 걸려 있던 자물쇠.

탕! 탕!

어떤 시뮬레이션에서 그랬던 것처럼, 키팅은 애덤스를 향해 총을 두 발 쐈다. 두 발은 모두 등에 적중했다. 총알이 관통하지 않아서 아이는 다치지 않았다.

애덤스는 농구장의 딱딱한 바닥에 고꾸라졌다. 붉은 피가 상처에서 흘러내렸다.

"꺄아악!"

아이들이 비명을 지르며 땅을 구르다시피 해서 철제 드럼통 뒤로 숨었다.

"괘, 괜찮아. 거, 겁내지 마…."

키팅은 숨을 헐떡이며 더듬더듬 말했다. 그러나 그의 목소리는 너무 작아서 아이들의 비명에 다 덮여버렸다.

키팅은 권총을 늘어뜨리고 멍하니 생명의 불이 꺼져가는 애덤스를 내려다봤다. 비록 시뮬레이션 시나리오에서 수없이 본 장면이지만 그는 이 허구 같은 현실을 받아들이기 어려웠다.

키팅은 그 자리에 그대로 서서 움직이지 않았다. 아이들이 숨어 있는 엄폐물 뒤에서는 비명과 미약한 흐느낌만 전해왔다. 그중에서도 대담한 편인 아이는 가끔 고개를 내밀어 키팅을 쳐다보기도 했다. 5분쯤 후 경찰차 한 대가 달려왔다.

"움직이지 마! 무기 내려놔!"

키팅은 순종적으로 권총을 내려놓고 땅바닥에 무릎을

끓었다. 두 손은 머리 뒤쪽에 댄 채였다. 그는 이런 상황을 미리 생각해뒀다. 시뮬레이션에서는 이 대목까지 볼 기회가 없었지만, 이 일로 형법상 처벌받을지도 모른다는 걸 알고 있다. 그래도 그는 가치가 있는 일이었다고 생각했다.

어쨌든 그가 여러 아이들의 생명을 구했다.

총에 맞아 참혹하게 죽었을 아이들의 생명을….

키팅은 그렇게 생각하며 한쪽으로 시선을 돌렸다. 시야 속으로 홀연히 익숙하지 않은 부분이 들어왔다.

애덤스의 검은색 배낭이 한쪽에 넘어져 있었다. 지퍼가 반쯤 열려 있었다. 키팅은 배낭의 반쯤 열린 입구를 뚫어져라 쳐다봤다. 이해할 수 없는 장면이 그의 망막에 맺혔다.

배낭 안에 든 총과 총알이 전혀 총이나 총알 같지 않은 모양을 하고 있다. 그것들은 마치, 책처럼 생겼다.

오래되고 낡은 책처럼 생겼다.

책?

키팅은 초조하게 주변을 둘러봤다. 그는 땅에 쓰러진 애덤스를 바라봤다. 그의 얼굴을 다시 확인했다. 틀림없다. 로버트 애덤스가 분명하다.

혹시 외모가 애덤스와 비슷한 남자인가?

그가 죽인 것은, 누구인가?

그때 경찰관 두 명이 다가왔다. 한 사람은 총을 겨누고, 다른 사람은 키팅을 쓰러뜨려 수갑을 채웠다.

키팅이 얼음처럼 차갑고 거친 시멘트 바닥에 짓눌려졌

을 때, 그는 믿을 수 없는 말을 들었다.

"로버트! 로버트! 죽으면 안 돼요! 제발 도와주세요…."

여자아이의 목소리였다. 목소리는 온통 울음으로 덮여 있었다. 깊은 슬픔이 전해졌다.

키팅은 놀랍고 두려운 마음에 고개를 돌렸다. 여섯 명의 아이들 중 한 여자아이가 애덤스의 옆에 무릎을 꿇고 앉아서 슬프게 그의 머리카락을 쓰다듬었다.

나머지 소년들은 그 주변에 둘러서 있었고, 또다른 여자아이는 어떤 소년의 가슴에 얼굴을 묻은 채 온몸을 덜덜 떨고 있었다.

어째서 이렇게 됐지? 키팅은 소리를 지르고 싶었다. 그러나 그는 그럴 기회가 없었다.

다음 순간 그는 경찰관에게 붙들려 경찰차에 태워졌다. 그는 차창을 통해 농구장의 모습을 바라봐야 했다.

10분 전 그가 줄곧 그러고 있었던 것처럼.

◆

구류실에서 키팅은 비할 데 없는 곤혹감에 빠졌다.

그는 농구장에서 본 이상한 현상이 이해되지 않았다.

배낭에 들어 있던 게 책이라고?

책 아래에 총을 숨긴 게 아닐까?

여자애는 애덤스와 아는 사이였나?

그 애의 말은 도대체 무슨 의미지?

키팅 마음속의 가장 큰 걱정은 그 남자가 정말로 로버트 애덤스인지 모르겠다는 점이었다.

그 여자아이가 '로버트'라고 이름을 불렀지만, 키팅은 점차 이름이 같고 외모가 비슷한 남자가 아닌가 의심하기 시작했다.

그는 현재의 상황이 전혀 실감 나지 않았다. 심지어 자기 자신에게 몇 번이고 다시 물어보기도 했다. 도대체 이게 현실인가, 아닌가?

나는 사실은 시뮬레이션 결과 속 가상인물이 아닐까? 이 세계는 진실한 세계인가, 아니면 사보타주에 있는 존재하지 않는 세계인가? 이 세계 바깥에도 버튼이 있어서 프로그래머가 가볍게 누르기만 하면 모든 것이 허공 속에 흩어지는 건 아닐까?

키팅은 정신착란에 빠졌다.

어젯밤 그가 경찰서에 붙잡혀 온 뒤 한 경찰관이 그에게 기초 심문을 진행했다. 키팅은 생각을 제대로 정리해낼 수 없었고 상대방의 말도 제대로 귀에 들어오지 않아 줄곧 침묵을 지켰다. 경찰관이 호통을 치고 소리를 질렀지만 그는 꿈쩍도 하지 않았다. 경찰관은 키팅이 '로버트 애덤스'라는 사람을 죽였다고 말하지만 그 애덤스가 자신이 알고 있는 애덤스와 같은 사람인지는 모르기 때문이다. 나중에 들어온 다른 경찰관은 좋은 말로 달래고, 먼저 나서서 변호사에게 연락을 할 건지도 물어봤다. 그러나 키팅은 영혼이다 빠져나간 듯 취조실에 앉아서 멍하니 앞을 바라볼 뿐이었다.

두 시간 뒤, 두 경찰관 모두 키팅을 포기했다. 다음 날 키팅의 심리적 방어선을 깨뜨린 다음 자백을 받아내기로 계획했다. 그들은 키팅의 소지품을 조사하다가 신분증을 발견했고, 드디어 그의 신분, 직장과 경력 등을 알게 됐다. 연방정부의 공무원이 총으로 빈민가에서 알지도 못하는 남자를 쏴 죽였다는 사실에 경찰들은 의혹을 느꼈다.

키팅은 혼자서 구류실에 앉아 꿈속과 현실을 배회했다. 자신이 깨어 있는지도 지금 이게 꿈인지도 영 알 수가 없다. 현실, 시뮬레이션, 꿈, 세 가지가 서로 번갈아가며 나타났다. 키팅은 자신이 미친 게 아닐까 의심했다. 어쩌면 모든 것이 환상이나 가상현실이 아닐까? 그는 법무부의 공무원도 아니고 MIT를 졸업한 엘리트도 아니고 단지 정신분열증 환자일지도 모른다. 지금 이 방도 이미 그가 몇 년 혹은 몇십 년을 보낸 병실일지도 모른다.

키팅은 칙칙한 낯빛으로 침대에 반쯤 기대앉은 채로 있었다. 주름이 잔뜩 진 옷은 온통 체포될 때 묻은 오물로 가득했다. 햇빛이 협소한 창을 통해 실내로 비쳐들었다. 키팅은 손을 뻗어 햇빛을 잡아보려고 했다. 피부 위의 따뜻한 감각이 그의 현실에 대한 실감을 부분적이나마 되돌려 놓았다.

키팅은 배고픔도 느끼지 못했지만 경찰은 문의 좁은 틈

으로 음식물을 넣어주었고, 그는 다 먹어치웠다. 키팅은 음식물을 몸에 집어넣는 행위에서도 잠시 현실을 인식했다. 그러나 그는 그 빵과 여러 야채들이 모래처럼 아무 맛도 없다고 생각했다.

끽.

얼마나 기다렸을까. 강철로 된 구류실 방문에서 소리가 들렸다. 경찰관이 문을 열고 키팅을 불러냈다. 키팅은 경찰관이 계속 취조를 하려나 보다 생각했다. 혹은 그의 주치의가 정신분열증 때문에 이 모든 것을 망상해낸 그를 치료하러 왔거나.

좁은 취조실에 도착한 키팅은 어제와 같은 자리에 앉았다. 취조실 벽은 다 하얗게 칠해져 있고, 문에는 낡은 시계가 걸려 있었다. 시간은 저녁 6시 반이다. 벽 하나에 상당히 큰 거울이 붙어 있는데, 아마 용의자를 관찰하기 위한 반사유리일 거라고 추측했다. 지금도 거울 뒤에서 누군가 그를 관찰하고 있을 것이다. 다만 키팅은 그 사람이 경찰일지 의사일지 그것을 생각하고 있었다.

경찰관은 그를 취조실에 가두고 방을 나갔다. 키팅은 혼자 의자에 앉아 있었다. 5분 후, 방문이 덜컥 하는 소리를 내며 열렸다. 한 남자가 방 안에 들어왔다. 상대방을 보고 키팅은 이성이 돌아오는 느낌과 함께 자신이 누군지 다시 한 번 확인하게 됐다.

문을 열고 들어온 사람은 프랭클린 플랫, 그의 괴짜 부하 직원이었다.

"키팅 씨! 어째서 이런 멍청한 짓을 한 겁니까!"

프랭크는 평소와 다름없이 생각하는 그대로 말을 고르지도 않고 말했다. 그 순간 키팅은 그의 이런 무례한 말투가 오히려 무한한 위로가 된다고 느꼈다.

"프랭크, 맞지? 프랭크?"

키팅이 물었다.

"물론 프랭크죠! 키팅 씨, 머리라도 부딪혔어요? 기억상실?"

"말해줘, 내가 누구지?"

프랭크는 눈썹을 찌푸리더니, 대답했다.

"당신은 앤드루 키팅입니다. 연방정부 법무부 수감 및 갱생관리국의 기술지원사무실 총책임자죠."

키팅은 긴장이 좀 풀렸다. 적어도 그는 자신이 정신병자가 아니라는 점은 확인하게 된 것이다.

"난 미치지 않았어. 다행이야…."

키팅이 혼잣말을 했다.

프랭크는 키팅이 한 말의 의미를 파악하고 다시 말했다.

"키팅 씨, 당신은 미치지 않았어요. 적어도 내가 생각하기에는 그래요."

"프랭크, 자네는 어떻게 온 건가?"

"경찰에게 잘 얘기했죠. 내가 당신 입을 열게 만들겠다고요. 그랬더니 겨우 만나게 해주더군요. 어젯밤 밀러 씨의 전화를 받았는데, 당신이 살인을 하고 체포됐다고 하더군요. 어찌나 놀랐는지. 최근 당신에게 뭔가 이상한 점이 없었냐고 물어서, 이번 달에 당신이 신경질적이었다고 했죠. 그리고 전에 저한테 이상한 걸 물어봤던 것도 생각났고요…. 다행히 제가 추수감사절 휴가 때 고향에 가질 않았으니 망정이지, 그렇지 않았으면 저도 당신을 도울 방법이 없었을 거예요. 키팅 씨, 이런 상황까지 오기 전에 왜 저하고 상의하지 않은 거예요! 저한테 제대로 물어봤다면 지금 이런 처지는 안 됐을 거라고요…."

프랭크는 화가 나서 제정신이 아니었다. 그때 키팅은 프랭크의 눈이 빨갛게 충혈된 것에 눈길이 닿았다. 하룻밤 내내 전혀 눈을 붙이지 못한 것 같았다.

"프랭크, 이것부터 말해주게."

키팅은 긴장해서 몸을 앞으로 기울이며 물었다.

"내가 어젯밤 총으로 쏴 죽인 남자가 5월에 출소한, 이급살인을 저질렀던 로버트 애덤스가 맞나?"

프랭크는 잠깐 멍해졌다가, 벽에 붙은 유리거울을 흘깃 봤다. 키팅의 이 말이 살인을 인정하는 자백처럼 여겨질까 걱정하는 것 같았다. 그러나 그는 키팅이 뭘 묻는지 그 의미를 알아들었다. 다행히 경찰은 두 사람의 대화를 막거나 키팅을 구류실로 되돌려 보내지 않았다.

"맞아요. 당신이 죽인 건 바로 그 로버트 애덤스예요."

키팅은 가슴에서 큰 돌을 내려놓은 듯 한결 편안해졌다.

그는 온몸을 의자 위로 축 늘어뜨렸다.

"잘됐어, 실수로 이름이 같고 외모가 비슷한 다른 남자를 죽였을까 봐 걱정을 했거든."

"잘돼요? 뭐가요!"

프랭크가 목소리를 높이며 초조하게 말했다.

"당신은 아무 죄도 없는 애덤스를 살해했어요. 일급살인죄로 기소될 거라고요!"

"아무 죄가 없다니! 그는 학살이나 다름없는 대규모 살인사건을 준비하고 있었어!"

"역시…."

프랭크가 울 것 같은 표정을 지으며 고개를 떨어뜨렸다. 그는 까치집처럼 부스스한 머리카락을 힘껏 움켜쥐었다. 다시 정신을 차린 프랭크는 정색하고 키팅과 눈을 맞췄다.

"당신은 시뮬레이션 시나리오를 읽었기 때문에 애덤스가 살인사건을 벌일 거라고 생각한 겁니다, 그렇죠?"

"그 시나리오가 묘사한 상황이 현실에서 하나하나 나타났단 말이야! 10월에 코요테 갱단의 소년들에 대한 습격이 시작됐고, 시나리오의 예측은 정확했어. 내가 행동할 시기를 놓쳤다면 애덤스는 추수감사절 밤에 열 명 혹은 스무 명 가까운 아이들을 죽였을 거야…."

"정확하기는 무슨!"

프랭크가 고함을 질렀다.

"키팅 씨, 왜 그렇게 경솔해요! 어젯밤 사무실에 가서 당신 컴퓨터를 해킹… 그게 아니고, 열어서 당신이 범행을 한 이유를 찾으려고 일정과 메일을 살펴봤어요. 그러다가 그 시나리오와 당신이 만든 '단편화 모델링 가젯'도 봤죠…. 지난달에 사보타주가 현실 속의 사건을 예언할 수 있느냐고 질문한 이유도 알게 됐고요. 하, 그건 다 틀렸어요, 다 틀린 거라고요!"

"뭐가 틀렸단 건가? 페어론 지역에서 갱단 소년을 습격한 사건이 발생했고 첫 번째 사건은 10월 초에 벌어졌어. 피해자는 대부분 코요테 갱단의 단원이었고 범인은 검은 옷에 얼굴을 가리고 몽둥이로 피해자를 구타했지. 이 모든 게 시나리오에 쓰인 그대로잖아! 심지어 범인의 키, 범행 장소, 범행 횟수도 비슷해. 사보타주는 애덤스가 다시 범행을 저지를 거란 걸 정확히 예측한 거야…."

"왜 같은 부분만 골라내는 겁니까?"

프랭크가 키팅의 말을 잘랐다.

"당신 일정을 살펴보고 무어 경사를 찾아갔어요. 몇 시간 전에 그 사람과 한참 이야기를 나눴죠. 그리고 현실 속의 그 습격사건에 대한 자료도 살펴봤고요. 시나리오에서 나온 것과 다른 대목이 얼마나 많았다고요!"

키팅은 눈을 크게 뜨고 프랭크를 쳐다봤다. 두 사람은 마치 완전히 다른 두 사건에 대해 이야기하고 있는 것 같았다.

"다른 대목이라고?"

"우선 범인의 특징부터 말해보죠. 당신은 키가 비슷하다고 했는데 전혀 비슷하지도 않아요! 피해자들은 범인의 키가 6피트에서 6피트 5인치 사이라고 했어요. 하지만 애덤스는 6피트 6인치죠. 그게 어떻게 비슷합니까?"

"피해자들은 다들 어리고 상황상 1~2인치의 편차는 있을 수 있어…."

"경찰이 그 편차도 이미 염두에 뒀겠죠! 그렇지 않으면 왜 6피트에서 6피트 5인치라는 넓은 범위의 수치가 나왔겠어요?"

프랭크가 손짓을 해가며 말했다.

"피해자들은 현장에 가서 주변의 사물을 바탕으로 범인의 키를 정확하게 가늠할 수 있어요. 게다가 그 진술은 한 명이 말한 게 아니라 열 명쯤 되는 피해자들이 진술한 걸 종합한 거잖아요! 사실상 경찰은 범인의 키가 6피트 2인치에 가까울 거라고 추정하고 있어요. 다만 현장이 어두웠던 게 피해자의 판단에 영향을 미쳤을 거라고 보고 범위를 더 넓게 잡은 거죠. 용의자를 찾을 때 좀더 많은 대상을 조사할 수 있게 말입니다. 키팅 씨, 이미 편차치가 고려된 수치에다 당신이 또 편차를 추가한 셈이에요. 그건 애초에 비슷하다고 할 수 있는 키가 아니죠. 누가 그걸 인정하겠어요?"

"하지만 키가 좀 다르다고 해도 현실과 시나리오 속의 범인은 둘 다 검은 옷에 얼굴을 가렸잖나!"

키팅이 반박했다.

"밤에 누군가를 공격하러 가려면 당연히 검은 옷을 입겠죠. 설마하니 멀리서도 잘 보이게 형광색으로 입을까요? 당신도 어젯밤에 검은 재킷을 입고 갔잖습니까. 게다가 사람을 죽이려는 게 아니라면 당연히 얼굴을 가리겠죠. 피해자가 자기 얼굴을 보면 안 되니까…."

프랭크는 순식간에 말을 쏟아냈다.

"게다가 얼굴을 가렸다고만 하면 비슷한 상황처럼 보이지만 시나리오에서는 눈과 입 부분에 구멍이 뚫린 복면이라고 했어요. 머리에 뒤집어쓰는 거요. 현실에서는 그냥 마스크였죠. 왜 이렇게 다른 부분들로 반증하지 않고 '얼굴을 가렸다'는 것만 강조하는 겁니까?"

키팅은 프랭크에게 뭐라고 반박하려고 했다. 그러나 그는 자신의 말에 논리가 없다는 생각이 번득 들었다. 그는 시나리오에 나온 첫 번째 사건을 떠올렸다. 피해자는 여러 군데 골절상을 입었다. 하지만 현실 속에서는 정강이뼈가 부러졌을 뿐이다. 부상의 정도를 놓고 봐도 둘은 비슷하지 않았다.

"하지만… 범행의 시기가 너무 정확하잖아? 시나리오에서 애덤스는 10월에 범행을 했고 현실에서도 같은 날짜에 범행이 시작됐어. 이게 그냥 우연이란 말인가?"

키팅은 범인의 특징으로 논쟁하는 것을 포기하고 다른 각도에서 그가 생각하기에 확실한 증거라고 여겨지는 상황을 꺼내 자기 생각을 변호했다.

"같은 날짜요?"

"시나리오와 현실에서 첫 번째 사건이 벌어진 날 말이야. 둘 다 10월 1일 토요일에…."

"시나리오에서 사건이 발생한 날은 10월 1일이 아닌데요!"

프랭크가 소리를 질렀다.

"아니라고?"

프랭크가 휴대전화를 꺼내 막 화면을 켜려다 말고 뭔가 생각난 듯 취조실의 유리거울 쪽을 슬쩍 돌아봤다. 아마도 경찰이 그의 행동을 저지할 거라고 생각했던 것 같다. 하지만 문 바깥에서는 아무런 움직임도 없었다. 경찰은 취조실로 들어와 저지하지 않았고, 아마 프랭크의 행동을 묵인하는 듯했다. 그는 거울을 보며 가볍게 목례를 한 다음 휴대전화를 조작했다. 영사기 기능으로 자료를 벽에 투사해 키팅에게 보여줬다. 경찰들도 그들의 대화를 이해할 수 있도록 하기 위해서인 듯했다.

"키팅 씨, 여기 보세요. 이게 당신이 제일 처음 다운로드한 시나리오 파일입니다."

프랭크가 벽 위의 어느 지점을 가리켰다.

"시나리오에서, 애덤스는 18번가에서 어떤 노숙자를 도와줍니다. 이때가 이미 10월이죠. '10월이 되자 날씨가 서늘해졌다'는 표현과 노숙자가 말한 '어제 저녁은 조금 추웠죠. 그래서 늘 자던 장소를 바꿨는데'라는 말에서 그걸 확인할 수 있어요. 그런데 시나리오 속 애덤스는 '그 주의 토요일 저녁'에 범행을 합니다. 올해 10월 1일은 토요일입니다. 그러니 처음 출근하는 날은 10월 3일인 월요일이죠. 바꿔 말해서 출근길에 노숙자를 도와준 애덤스가 처음 범행을 한 날은 10월 8일 토요일 저녁입니다. 현실과는 완전히 달라요!"

프랭크의 명료한 설명을 듣고 키팅은 말문이 막혔다. 그는 의심스러운 눈빛으로 벽에 투사되는 글자들을 바라봤다.

"하, 하지만…. 하지만 현실 속에서도 아이들이 습격당하는 사건이 있었잖아! 코요테 갱단도 있고! 이것만 해도 놀라울 만큼 일치하는 거 아닌가?"

키팅은 마음속에서 가장 큰 이유를 입 밖에 냈다.

"휴…."

키팅은 어쩔 수 없다는 듯 영사장치를 끄고서 말을 이었다.

"키팅 씨, 다른 시나리오도 읽었어요?"

"애덤스의 다른 시나리오는 본 적 없어. 그가 1월에 했던 테스트에서 Z 수치가 900 이상인 건 그 시나리오 하나였거든."

"아뇨, 로버트 애덤스의 다른 시나리오가 아니라 다른 재소자의 시나리오를 봤냐고요."

"뭐?"

"안 봤겠죠. 난 봤어요. 정확하게 말씀드리죠. 저는 적어도 다섯 편… 아니, 여섯 편의 페어론 지역 갱단이 습격당하는 사건이 언급된 시뮬레이션 시나리오를 읽었어요."

"뭐?"

키팅은 갈피를 잡을 수 없었다.

"다른 재소자의 시나리오에서 같은 사건을 봤어요. 키팅 씨, 경마 경기를 한다고 가정해봅시다. 열네 마리가 시합을 할 때, 말의 능력을 제쳐놓고 생각한다면 1등을 맞출 확률은 14분의 1이죠."

"그렇지."

키팅은 프랭크가 갑자기 왜 경마 얘기를 꺼내는지 이해할 수 없었다.

"당신에게 1등을 맞추라고 하면 확률은 아주 낮죠. 하지만 딜러 입장에서 생각하면 누군가 1등을 맞추는 건 거의 필연적인 일입니다. 왜냐하면 돈을 거는 사람이 아주 많기 때문에 모든 말에게 돈이 걸리니까요. 똑같은 일이라도 어느 각도에서 보느냐에 따라 확률의 높고 낮음의 차이는 하늘과 땅만큼 커집니다."

"이게 사건과 무슨 상관이 있지?"

"어떤 사람이 출소 후에 페어론 지역에서 범행을 저지를 확률은 아주 낮지만, 그렇다고 해서 페어론 지역에서 누군가가 범행을 저지를 확률이 낮다고 볼 수는 없다는 겁니다."

키팅은 프랭크의 말을 이해할 수 없었다.

"다른 비유를 들어볼까요?"

프랭크가 한숨을 쉬었다.

"일본은 태평양 지진대에 위치합니다. 지진이 일어나는 건 거의 필연적이고 문제는 진앙이 어느 도시에 가까운지, 언제 발생하는지입니다. 페어론 지역의 소년 갱단 습격사건도 마찬가집니다. 워싱턴 남부는 몇 년째 범죄의 온상이었고, 갱단 문제가 심각했습니다. 주민들은 불량배를 미워하고 혐오하고 있어요. 만약 어느 날 어떤 사람이 의협심을 참지 못해 사적 처벌을 내리겠다고 나설 확률이 작다고는 말할 수 없죠. 사보타주는 범죄 분석이 장기인 시스템입니다. 이런 예측에는 어느 정도 정확성을 갖고 있고요. 하지만 '일본은 반드시 지진이 발생한다' 혹은 '이 경기에서 반드시 1등을 맞추는 사람이 나온다'처럼 거시적인 각도에서의 정확한 예측이죠. 사소한 부분까지 다 파악하는 것은 근본적으로 불가능합니다. 사실상, 이런 불확정성이바로 시뮬레이션의 중점이에요. 사보타주는 발생할 가능성이 있는 범죄 조건을 피험자에게 적용시키고 피험자의 개성이 사건의 구성에 어떤 변화를 일으키는지 살피는 겁니다. 예를 들어, 정신적 안정도가 높은 피험자라면 노숙자가 괴롭힘을 당하는 장면을 목격했을 때 그를 도와준 뒤 아무런 보복도 하지 않을 겁니다. 그런데 하필 당신은 바로 그 시나리오를 읽은 거예요. 가장 나쁜 조건만 모아놓은 시나리오요."

"내가 가장 나쁜 조건만 모아놓은 시나리오를 읽은 게 우연이라고 말하려는 건가?"

키팅은 자신이 읽은 것이 예측이었다고 믿고 싶었다. 그는 끝까지 자신이 틀렸다고 인정하지 않으려 했다.

"우연이 아니라 인위죠."

프랭크가 머리를 긁적였다. 그의 말투에는 약간의 괴로움과 씁쓸함이 담겨 있었다.

"당신이 처음에 Z 수치가 900 이상인 결과만 조회해서 그런 거예요."

키팅은 멍해졌다.

프랭크가 조금 꺼림칙한 표정을 지으며 말했다.

"일찍 당신에게 알려줬어야 하는 건데. 내가 잠깐 살피지 않은 사이에 당신은 시나리오의 내용을 예고로 받아들여버렸죠. 하지만, 그런 생각은 해보지 않았나요? 20만 건의 시뮬레이션 중에서 딱 하나만 Z 수치가 900이 넘어서 심각한 범죄를 저지르는 내용이 나왔어요. 그건 아무런 대표성도 갖지 못하는 거잖아요…. 정말 무서운 놈들은 거의 절반에 가까운 시뮬레이션 결과에서 Z 수치가 1,000을 넘는다고요. 그런 놈들이야말로 극악무도한 악당이 아닐까요…."

"20만 건?"

"당신이 읽은 시나리오 번호가…."

프랭크가 휴대전화 화면을 보면서 말했다.

"…'cas02-k-01BU7LG-287022-87196'이잖아요? cas02-k-01BU7LG는 그 회차의 테스트 번호예요. 287022는 시뮬레이션 결과의 총수, 87196은 개별 시뮬레이션 결과 번호고요. 그러니까 당신이 읽은 건 28만 7000여 차례의 시뮬레이션 중에서 8만 7196번째 파일이죠."

"하지만."

키팅은 그 숫자들을 무시했다.

"자네가 말했잖나, C2 계수가 충분히 높지 않은 재소자일 경우 시스템에서 극단적인 범죄를 시뮬레이션해낸다고 말이야? 아까 얘기한 것들 다 제쳐놓고, 1월의 시뮬레이션에서 Z 수치가 900이 넘는 심각한 범죄가 나왔는데 5월에는 출소 기준에 합격이라니! 이건 애덤스에게 뭔가 말이 안 되는 부분이 있다는 거야! 단지 하나의 개별 사건이라고 해도, 이건 애덤스가 부정행위를 했다는 걸 보여주는 거겠지!"

"부정행위?"

프랭크가 반문했다.

"테스트 자각 말일세! 애덤스는 어떤 방법을 써서 테스트와 감시를 속이고 또다른 인격으로 위장해서…."

"키팅 씨, 그런 뜬소문을 왜 믿어요? 테스트 자각이란 게 그렇게 쉽게 되는 게 아니에요. 당신은 기술부 프로그래머들이 밤새 개발에 몰두하면서 엄청난 시간과 정신력을 쏟아붓는 게 다 뭐 때문이라고 생각하는 겁니까? 재소자들이 부정행위를 하지 못하도록 하려는 거라고요."

"테스트 자각이 아니라면 애덤스는 어떻게 4개월 만에 C2 계수를 낮춘 건가?"

"사람은 어떤 이유로 성격이 바뀌기도 하잖아요."

프랭크는 슬픈 목소리로 대답하며 다시 한 번 휴대전화의 영사기 앱을 켰다. 손으로 쓴 글씨들이 키팅의 눈앞에 펼쳐졌다.

"이게 뭔가?"

"올해 1월, 로버트 애덤스가 받은 편지예요. 저도 그의 속사정을 알고 싶어서 해…, 그게 아니라 연방교도소에서 자료를 받았어요. 그의 복역 태도에 대한 보고서와 개인적인 편지 사본, 방문객 명단 등등. 이 편지를 보면 다 이해될 거예요."

키팅은 의심에 가득 찬 눈으로 벽에 투사된 글자를, 한 줄 한줄 읽어내려갔다.

◆

아빠께

편지를 보낸 게 저란 걸 알고는 제 이름을 보자마자 읽지도 않고 버릴지도 모르겠어요. 하지만 용기를 내어 편지를 보냅니다. 건강하신가요?

저는 작년에 7학년*이 되었어요. 성적도 괜찮습니다. 수학을 제외하면 다 B 이상을 받았어요. 선생님은 제 역사 숙제가 훌륭하다고 칭찬하셨어요. 전 역사 과목은 늘 A를 받아요. 역사를 열심히 공부해서 나중에 고고학자가 될 거예요.

캘리포니아의 환경은 아주 좋아요. 학교에서 좋은 친구들도 많이 사귀었어요. 엄마는 재혼하지 않았지만 남자친구가 있어요. 그분은 방송국에서 일하는데 저한테도 잘해줘요. 그분은 일 때문에 축구경기 표를 쉽게 구해요. 나랑 엄마를 데리고 축구를 보러 가기도 했어요.

아빠, 제가 몇 년 동안 편지를 보내지 않은 걸 용서해주세요. 계속 편지를 쓰고 싶었는데, 엄마가 마음 아파할까 봐 못 썼어요. 제가 아빠 얘기를 하면 엄마는 말을 하지 않으려고 해요. 제 생각에 엄마는 아빠가 제 이마에 남긴 상처 때문에 괴로워하는 것 같아요. 아니면 화를 내는 걸지도 몰라요. 전 사실 그 일이 어떻게 된 것인지 잘 기억이 안 나요. 제가 기억하는 건 아주 아팠던 거, 그리고 아빠가 그때 아주 무서워하는 표정을 지었던 거예요. 예전에는 아빠가 무서웠어요. 너무 무서워서 아빠 생각도 하지 못했어요. 하지만 저는 3~4년 전부터 조금씩 뭔가를 더 알게 됐어요. 책에서

---

* 한국의 중학교 1학년에 해당한다(옮긴이).

심리장애를 앓는 사람에 대해 읽었어요. 유행성 독감이나 설사처럼, 몸에 문제가 있는 거라고요. 저는 아빠가 무서운 사람이 아니라 단지 마음에 병이 있을 뿐이라는 걸 알게 됐어요.

사실은 엄마에게 숨기고 아빠 일을 조사했어요. 전쟁터에서 아주 힘든 일을 겪었다는 것과 무슨 일을 저질러서 감옥에 갔다는 것도 알았죠. 하지만 아빠가 한 일은 여섯 살의 저를 때렸던 것처럼, 아빠의 진심이 아니라고 믿어요.

엄마가 몰래 숨겨놓은 옛날 일기장에서 오래된 사진을 봤어요. 저, 아빠, 엄마 셋이서 찍은 사진요. 그때는 제가 세 살쯤 된 것 같았어요. 아빠는 멋진 군복을 입고 아주 부드럽고 다정해 보였어요. 그게 진짜 아빠 모습이에요.

7학년이 되고 나서 저는 마크와 아빠 일에 대해 이야기를 한 적이 있어요. 마크는 엄마의 남자친구예요. 그 사람이 엄마를 설득해서, 엄마가 편지를 쓰라고 허락해줬어요. 아빠가 편지를 여기까지 읽었으면 좋겠어요. 그리고 아빠가 나를 싫어하지 않았으면 좋겠어요. 마크가 저한테 잘해주지만, 그래도 아빠는 우리 아빠니까요.

아빠, 사랑해요. 아빠를 만나고 싶어요. 2월 15일에 선생님이 우리를 워싱턴에 데려간대요. 국회의사당과

EP.3 E PLURIBUS UNUM

내셔널 몰 공원을 보여주기 위해서요. 그럴 수 있다면 그때 아빠를 만나러 가고 싶어요.

아빠가 절 싫어하신다고 해도 저는 아빠가 보고 싶어요.

존 드림

✦

"애덤스의 아들이 보낸 편지라고?"

키팅이 물었다.

"그래요."

프랭크는 고개를 끄덕였다.

"요즘 우편 시스템은 이미 전면 디지털화가 됐지만, 손으로 쓴 편지라는 건 역시 고유하고 특별한 가치가 있죠…."

"이게 애덤스의 C2 계수 상승과 무슨 관계가 있지?"

프랭크는 대답이 없었다. 그는 휴대전화를 눌러 벽에 쏘던 편지 영상을 없애고 다른 사진으로 바꿨다. 사진 속에 두 사람이 있었다. 하나는 애덤스, 또 하나는 키팅이 만난 적 없는 흑인 소년이었다. 나이는 열셋 혹은 열넷쯤 되어 보였다.

"이 아이가 바로 존 애덤스입니다. 로버트 애덤스의 아들이죠. 이건 교도소에서 심리상담사의 의견을 받아들여 특별히 방문하게 된 존과 애덤스가 같이 찍은 사진이에요.

애덤스에게 기념으로 남겨줬던 거죠."

프랭크는 사진 속 흑인 소년을 가리켰다.

"애덤스의 아들이 흑인이라고?"

키팅은 의아해하며 눈을 커다랗게 뜨고서 사진 속 피부색이 완전히 다른 두 사람을 쳐다봤다.

"혼혈아죠. 로버트 애덤스의 전처 코니는 아프리카계 미국인이고, 존은 흑인과 백인 혼혈입니다. 다만 피부색은 어머니 쪽 유전을 많이 받았죠."

키팅은 갑자기 예전에 그가 줄곧 소홀히 여겼던 어떤 사실을 발견했다. 왜 애덤스는 전쟁에서 돌아온 뒤에 아들에게 폭력을 휘둘러서 가정 파탄에까지 이르렀을까.

"애덤스는 전쟁 중에 심리장애를 갖게 됐습니다. 흑인 아이들에 대한 공포심리죠. 모든 아이들에게 그런 공포심이 일어나는 것은 아니지만 어떤 특정한 자극이 폭력행위로 이어지는 겁니다."

프랭크는 교도소의 상세한 심리보고서에서 알게 된 정보를 인용했다.

"존이 여섯 살 때, 집에서 아버지의 총을 우연히 발견했어요. 권총에는 총알이 장전되어 있지 않았고, 안전장치도 걸려 있었으니 권총은 전혀 위험하지 않았죠. 하지만 애덤스는 아들이 권총을 갖고 노는 모습을 보더니 극단적인 공포에 빠져들었어요. 그는 권총을 빼앗아 총 손잡이로 존을 마구 때렸죠. 애덤스는 냉정을 되찾은 뒤 무척 후회했어요. 하지만 그는 자신에게 심리장애가 있다는 것을 인정하고 싶지 않았고, 아내와 자식을 떠나더라도 심리치료를 받을 마음이 없었어요. 이혼을 요구한 건 아내 코니가 아니라 애덤스 자신이었어요."

키팅은 의아한 듯 입을 벌린 채 듣고 있었다. 그는 줄곧 애덤스가 단순히 전쟁 후유증으로 폭력 성향이 생겼고, 아내가 그걸 견디다 못해 아들을 데리고 떠났다고 생각했었다.

"애덤스는 5년 전에 포트 토튼 전철역에서 살인을 하고 감옥에 갔습니다. 감옥에서 그는 어쩔 수 없이 정신치료를 받아야만 했죠. 그러나 과거의 고통과 트라우마가 몇 년째 쌓여 있던 사람이라 의사도 근본적인 치료가 아주 어렵다고 여겼습니다. 그러나 애덤스의 정신 상태는 아들의 편지를 받은 후 큰 변화가 생겼죠. 의사도 그 편지가 마음의 응어리를 풀어내는 열쇠였다고 생각했어요. 편지에서 존은 아버지가 자기를 싫어할 거라고 생각하고 있죠. 하지만 사실상 반대였습니다. 로버트 애덤스는 줄곧 자기가 아들에게 상처를 입힌 것 때문에 괴로워했고 마음에 그 일이 못 박혀 있었던 겁니다. 아내와 아들이 자기를 증오하는 게 당연한 일이라고 생각했죠. 애덤스의 테스트 평가점수는 사실 나쁘지 않은 수준이었습니다. 5년 동안 그의 점수는 계속 좋아졌죠. 시뮬레이션 결과 가운데 Z 수치가 높은 결과 역시 점차 줄어들었습니다. 출소 기준에 아주 조금 못 미쳤을 뿐입니다. 그런데 그 약간의 문제도 그와 아들 사이에서 예전의 나쁜 감정이 사라지면서 다 해결됐죠."

"그래서… 애덤스는 부정행위를 하지 않았다?"

키팅이 전전긍긍하며 물었다.

"전혀요."

키팅은 세상 전부가 붕괴되어 와해되는 기분을 느꼈다. 지난 한 달간 그는 어떤 일을 굳게 믿고 있었는데, 찰나에 전부 근거 없는 추측으로 변했다.

"잠깐, 그렇다면, 애덤스가 코요테 갱단 애들을 공격한 범인이 아니었다는 거군?"

"아니에요."

프랭크가 눈썹을 찌푸려 안타까운 표정을 지었다.

"그는 죄가 없다고 말했잖아요…."

"그렇다면 그 사람이 농구장에는 왜 온 거지? 그리고 내가 직접 봤는데, 길에서 한 어린아이를 눈여겨보는 걸…."

"이건 석방지원처에서 받은 애덤스의 자료예요. 그는 사보타주의 시뮬레이션에서 그랬던 것처럼 페어론 지역에 정착하도록 지원받았고 플라스틱 재활용 공장에서 근무했어요. 하지만 여기에는 시나리오와 현실이 다른 점이 하나 있죠. 그는 지역사회복지센터에서 자원봉사자로 일하지 않았어요."

"아니라고? 하지만 무어 경사는 애덤스가 자원봉사를 했다고 말했는데…."

"무어 경사는 '자원봉사'를 했다고만 했고, 그건 지역사회복지센터가 아니었어요. 그는 페어론의 비영리 개인봉사기구인 '워싱턴 리틀 라이온'에서 자원봉사를 했어요. 그 기구는 20세 이하의 청소년을 대상으로 그들이 건전한 생활을 하도록, 그리고 갱단이나 범죄와 멀어지도록 돕는 게 목표지요."

키팅은 자신의 귀를 믿을 수가 없었다.

"그 애덤스가 청소년 지도 자원봉사를 했다고? 흑인들이 대거 거주하는 지역에서?"

"맞아요. 심리상담사는 애덤스에게 흑인 아이들에 대한 공포심리는 그들과 아프리카에서 만났던 소년 병사들을 구분하지 못하기 때문에 온다고 했죠. 그걸 극복하기 위해 흑인 아이들과 자주 접촉하면 심리적 장애를 해결하는 데 도움이 될 거라고요. 물론, 그는 아들을 통해서 잃어버렸던 가족애를 다시 되찾았던 게 계기가 됐죠. 만약 그 일이 첫걸음이 되지 않았다면 애덤스는 피부가 검은 다른 아이들에 대해 연민을 느끼지 못했겠죠."

"그래서, 거리에서 아이들을 눈여겨보고…."

"아마도 다음에 도와줄 아이를 생각하고 있었던 거겠죠…."

프랭크가 말했다.

"갱단에 속한 애들과 아무렇게나 말을 섞으면 말썽이 일어나기 쉽지만, 거리에 있는 아이들이 다들 갱단에 들어간 건 아니거든요. 단지 갱단에 들어간 친구들과 함께 어울려 다닐 뿐이죠. 심지어 친구의 친구가 갱단인 경우도 있어요. 페어론 지역은 원래 있던 큰 갱단이 경찰에 소탕됐죠. 코요테 갱단은 경쟁을 하거나 도전을 받을 일이 없기 때문에 조직이 느슨해요. 자원봉사자들은 그런 아이들을 주목했죠. 그 애들을 다시 올바른 삶의 궤도로 되돌리기 위해서."

"그, 그럼 애덤스는 농구장에…."

"추수감사절이었으니까, 가정문제가 있어서 가족들과 함께 그날을 보내지 못하는 애들을 만나러 간 거예요. 당신은 그가 19번가에서 살인을 시작할 거라고 생각했죠? 완전히 틀렸어요…. 그와 다른 자원봉사자들은 저녁 무렵부터 활동을 시작해서 그때는 페어론 지역을 거의 다 돌았죠. 아이들과 이야기도 나누고 평소에 리틀 라이온 본부에 와서 모임을 하자고 권하고 또 그들에게 선물도 주고요. 오늘은 블랙 프라이데이잖아요. 돈 있는 부모들은 다 할인 상품을 사러 달려가는 날이니까, 자원봉사자들이 부모를 대신해서 조그만 선물을 그 아이들에게 주는 거죠…."

키팅은 애덤스의 배낭에 들어 있던 게 뭔지 홀연히 깨달았다.

"애덤스의 배낭에… 정말로 책이 들어 있었단 말인가?"

키팅은 더듬더듬 물었다. 이미 다 알고 있는 답이면서도 그는 확실한 대답을 들어야만 했다.

EP.3 E PLURIBUS UNUM

"네, 헌책방에서 산 책들요. 그리고 운동화 두 켤레와 야구 글러브 두 개, 야구 방망이도 몇 개 들었죠. 당신이 봤을지 모르겠네요. 어젯밤 거기 있던 아이들 중에 스케이트보드를 타던 애가 있었죠. 그 스케이트보드도 애덤스가 준 거였대요. 그는 거기 있는 아이들과 알고 지낸 지 꽤 오래됐어요. 그 애들도 처음에는 경계하고 저항했지만, 점점 애덤스와 이야기를 나누게 됐어요. 무어 경사가 리틀 라이온의 다른 자원봉사자에게 들은 이야기인데, 거기 있는 아이들이 리틀 라이온 본부에 와서 취미 수업을 듣는 데 관심을 보였다고 애덤스가 말했다더군요. 몇 주간의 노력이 결실을 맺은 셈이죠."

키팅은 무어 경사의 이름을 듣자 지난번 대화의 진짜 의미가 그제서야 인식됐다. 무어 경사는 이렇게 말했다. 어떤 주민이 애덤스와 아이들이 거리에서 이야기를 나누는 것을 봤다고 제보했고, 그래서 관례에 따라 조사를 했지만, '전혀 의심스러운 데가 없었다'고. 키팅은 줄곧 그 말을 무어 경사의 주관적인 생각으로 여겼다. 하지만 사실상 무어 경사는 애덤스가 청소년보호기구에서 자원봉사를 한다는 사실을 알고 있었고 거리에서 아이들과 이야기를 나누는 것도 그 일의 일환이라는 것도 알았던 것이다. 그래서 '관례에 따라' 조사를 했다고 표현한 거다.

"그, 그, 그렇다면, 애덤스가 나를 봤을 때 왜 나를 죽일 것처럼 쳐다본 거지? 그는 왜 그 남자애에게 달려든 거야? 자신이 죽더라도 그 애를 없앨 것처럼…."

키팅은 흥분해서 물었다.

"애덤스가 그런 표정을 지었어요? 그 사람은 이미 죽었으니 이제 이유를 알 수 없죠…."

프랭크가 안타까운 말투로 말했다.

"당신을 지난 두 달간 벌어진 습격사건의 범인이라고 생각한 거 아닐까요? 당신은 검은 옷에 총을 들고 있었어요. 당신이 경찰처럼 움직이지 말라고 명령했다면 몰라도, 애덤스가 당신을 신원불명의 범인 혹은 이웃동네의 갱단으로 생각했을 수도 있어요. 죽는 한이 있어도 없앨 것처럼 그 소년에게 달려들었다는 것도…. 키팅 씨, 뉴스에서 본 내용인데, 그 아이들은 애덤스가 죽음을 무릅쓰고 총알을 막아줬다고 말했답니다. 그 애들은 펑펑 울면서 애덤스에게 보답하기 위해서라도 앞으로 나쁜 짓을 하지 않고 올바르게 살겠다고 했다는 거예요…."

키팅은 어지러움을 느꼈다. 모든 사실이 뒤바뀌었다. 너무 경솔했기 때문에 이런 무시무시한 비극을 만들어냈다. 게다가 자기 자신까지 이런 상황에 빠지고 말았다. 그는 애덤스의 아들에 생각이 미치자 더욱 가슴이 아팠다. 프랭크의 말에 따르면 애덤스는 군대를 퇴역한 전쟁영웅이고, 마침내 악몽에서 벗어났으며 심지어 아들과의 관계도 회복됐다. 그런데 그는 제멋대로의 추측 때문에 이 부자를 다시는 만날 수 없는 사이로 만들어버린 것이다. 그는 애덤스가 아들이 학교를 졸업하는 것을 보지 못하게 했다. 또 그는 존이 고고학자가 되어 아버지에게 자랑거리가 되는 것도 불가능하게 했다.

그는 일방적인 생각과 독단적인 행동으로 되돌릴 수 없는 커다란 잘못을 저질러버렸다.

키팅은 갑자기 몇 년 전 연방수사국의 면접 후 받은 불합격통지서가 떠올랐다. 이 순간 그는 자신이 왜 면접에서 낙방했는지를 이해했다. 그는 자기반성의 능력이 결여된 인간이었다. 자기 자신의 잘못을 알아보지 못했다. '테스트 자각'이니, '위조된 알리바이'니, '추수감사절 밤의 살인'이니 모든 것이 다 자기 혼자만의 망상이었다. 그는 스스로 망상을 현실로 만들었다.

"범인…, 습격사건의 범인은 도대체 누구지? 애덤스가 아니라면 도대체 누구?"

키팅이 떨리는 목소리로 물었다.

"경찰이 하루만 먼저 그놈을 잡았더라면 당신이 뉴스를 보고 계획을 멈췄을지도 모르겠군요…. 타이밍이라는 게 정말 너무나도 공교로워요."

프랭크가 잠깐 말을 멈췄다가, 천천히 설명했다.

"어젯밤 9시 넘어서 경찰이 사회감시분과의 발기인 포드를 체포했어요. 그 사람이 습격사건과 관련 있다는 의심 때문이었죠. 그 작자는 체포에 저항하기까지 했어요. 경찰차 두 대가 더 지원됐고, 마지막에 애너코스티아 도로에서 그를 멈춰 세웠대요…. 그러고 보니 그 지점이 19번가와 아주 가깝군요. 경찰이 그 작자 집에서 무기를 찾아내 DNA 감정을 받았는데 흉기 위에서 여러 습격사건 피해자의 혈흔이 발견됐어요. 무어 경사의 말을 들어보면, 그들의 조사는 줄곧 진전이 없다가 2주 전 키팅 씨 당신과 만난 자리에서 당신이 포드의 이름을 언급한 것이 생각났다더군요. 그는 당신이 포드에 대한 혐의를 암시한 거라고 생각해서 그놈에 대해 조사를 시작했고 결국 사건을 해결할 수 있었어요. 무어 경사는 당신에게 감사 인사를 할 생각까지 했죠. 그런데 같은 시각 당신이 살인죄를 지을 거라고는…."

키팅의 머릿속은 하얗게 비워졌다. 그는 지금 이 상황이 어느 시뮬레이션 시나리오에서 벌어지는 일이기를 너무나도 바랐다. 버튼 한 번이면 온 세계가 재배치되는 것이다. 그러나 그는 그것이 단지 망상이라는 점을 잘 알았다. 그는 자신의 죄가 괴로웠다. 두 눈에서 눈물이 흘러내렸다. 천천히, 목멤이 흐느낌으로, 흐느낌이 통곡으로 변했다.

"아아, 전부 다 틀렸다고요."

프랭크가 다시 한 번 한숨을 쉬었다.

"하지만 키팅 씨, 걱정하지 마세요. 당신이 후회를 한다면, 형량평가제도 아래서 당신은 그렇게 오래 수감되지는 않을 테니까요. 제 생각에는 그래요. 다만 사람을 죽였으니, C2 계수가 단기간에 합격 수준으로 평온을 되찾기는

397

어려울 거예요. 그동안은 좀 참고 지내는 수밖에 없죠. 자신이 사회에 도움이 되는 사람으로 돌아갈 수 있도록 노력하면 되는 거예요."

키팅은 프랭크의 말에 대답하지 않았다. 그저 목놓아 울어댈 뿐이었다. 프랭크는 거울을 향해 눈짓을 했다. 얼마 지나지 않아 경찰관 한 명이 취조실로 들어왔고, 키팅을 대신해 진술기록을 작성했다. 프랭크는 취조실을 떠나 경찰관과 짧게 몇 마디 나눈 뒤 경찰서를 떠났다.

프랭크는 키팅의 그런 모습을 보고 마음이 좋지 않았다. 그래서 그는 더 엄청난 일을 그에게 말하지 않았다. 무고한 애덤스를 죽인 일로 키팅은 이미 굉장히 고통스러워하고 있다. 그런데 그가 다른 일까지 알게 된다면, 프랭크는 키팅의 정신이 붕괴되어버릴지도 모른다고 생각했다.

✦

일주일 후, 프랭크는 게리 밀러의 요청으로 BIR의 기술 회의를 주관했다. 회의에는 국장인 게리 밀러 외에 사보타주관리사무실의 직원들과 10여 명의 사보타주 개발을 담당했던 프로그래머도 포함돼 있었다. 프랭크는 낯선 얼굴 두 사람도 봤는데, 연방수사국이나 백악관에서 나온 사람일 거라고 추측했다.

"플랫 박사, 당신이 설명해주시기 바랍니다."

밀러가 프랭크에게 말했다. 프랭크는 '플랫 박사'라는

호칭이 좀 어색했다. 그는 프랭크라고 불리는 게 익숙하지만, 이런 공식적인 장소에서는 정식 호칭을 받아들이는 수밖에 없다.

"다들 아침에 발생한 앤드루 키팅 씨의 비극에 대해 들어 알고 계시리라 믿습니다."

프랭크는 발표석에 올라가 연단 아래서 자신을 바라보는 스물 몇 쌍의 눈을 쳐다봤다.

"그 일에 대한 설명은 더 하지 않겠습니다. 문제는 그가 목적을 이루기 위해 우리가 이전에는 전혀 생각해보지 못했고, 앞으로 아주 깊은 영향을 미치게 될 일을 했다는 겁니다. 그는 자신의 권한을 이용해 사보타주에서 시뮬레이션 실험을 했습니다. 본래는 별 문제가 아닙니다만, 그가 아주 절묘한 생각을 해내 단일 시뮬레이션에서 복수의 시뮬레이션과 같은 효과를 얻어냈다는 데 문제의 핵심이 있습니다."

프랭크는 눈앞의 화면을 눌렀다. 그의 등 뒤로 같은 화면이 나타났다. 화면에 보이는 것은 '단편화 모델링 가젯'의 원래 프로그램 코드였다.

"이 설계는 저도 생각해본 적 없는 겁니다. 키팅 씨는 거의 쓰이지 않는 프로그래밍 라이브러리 두 가지를 이용해서 이 가젯을 부가적으로 설치한 인공지능이 시뮬레이션 도중 일종의 보존점을 만들게 했습니다. 일정 조건이 만족되면 자동으로 되돌아가 변수를 변화시킨 후 두 번째, 세 번째의 시뮬레이션이 구동되도록 한 것입니다. 이 가젯은 사보타주의 본래 기능을 파괴합니다. 실제로 단일 시뮬레이션에서 이런 수단을 사용할 필요가 전혀 없습니다. 다만 키팅 씨는 하나의 시뮬레이션 속에서 반복적으로 시뮬레이션한 결과를 얻기 위해 이런 맹점을 파고든 겁니다."

"이게 우리에게 무슨 영향이 있습니까?"

기술직 직원이 물었다.

"영향이 아주 크지요. 상상 그 이상입니다."

프랭크의 표정이 어두워졌다. 연단 아래의 사람들은 방금 그 질문이 너무 멍청해서 그가 우울해하는 건지, 아니면 영향이 너무 심각해서 우울해하는 건지 잘 알 수 없었다.

"사보타주는 자동학습기능을 갖춘 시스템입니다. '지식'을 이용해서 재소자들에게 시뮬레이션 테스트를 합니다. 동시에 시뮬레이션 속에서 '학습'을 하지요. 그렇게 매번 판단과 예측의 가능성을 조정하는 것입니다. 키팅 씨가 도입한 '단편화 모델링 가젯'은 사보타주가 이런 비논리적인 지식을 학습하도록 만들었습니다. 간단히 말하자면, 그는 사보타주가 현실에서도 시점을 보존했다가 필요하면 되돌아갈 수 있다고 생각하게끔 만들었다는 겁니다."

"사보타주를 키팅이 그 가젯을 설치하기 전 상태로 되돌릴 수는 없나요?"

연단 아래서 또다른 기술직 직원이 질문했다.

"없습니다. 너무 늦게 발견했어요. 시스템은 20일 이전의 작업 환경을 백업해두지 않습니다. 게다가 우리에게는 사보타주의 지식 베이스에 깊숙이 파고든 자료를 찾아낼 능력이 없습니다. 물론 삭제할 능력도요. 사보타주는 단편화 방식을 이용해서 추상화된 지식을 축적합니다. 경솔하게 데이터를 수정 혹은 삭제했다가는 오히려 더 큰 재난을 초래할지도 모릅니다. 원래는 완전했던 시뮬레이션 세계에 대규모 물리적 이상이 생길 수도 있는 거지요."

연단 아래 사람들은 의견이 분분했다. 그러나 밀러는 줄곧 굳은 얼굴로 프랭크의 말을 경청했다.

"이 장치는 시뮬레이션에 반복적인 회귀 현상을 나타내는 것 외에도 시스템 자원의 배분에도 심각한 부담을 줍니다. 예를 들어, 시스템이 한 건의 시뮬레이션을 처리하는 데 10단위의 자원을 소모한다고 한다면, '단편화 모델링 가젯'을 부가 설치한 인공지능은 같은 시뮬레이션 중에서 이 가젯이 한 번 구동할 때마다 10단위의 자원이 소모되는 겁니다. 바꿔 말해 시뮬레이션 속에서 어떤 인물이 그 가젯을 이용해 1,000번 회귀하면, 그 시뮬레이션이 소모하는 시스템 자원은 본래의 1,000배가 된다는 겁니다. 가장 심각한 상황은 그 인공지능이 무절제하게 끊임없이 회귀하여 대량의 스레드를 열고서 어떤 이룰 수 없는 목표를 시도하게 된다면, 이 시뮬레이션은 마치 좀비 프로세스처럼 시스템 자원만 소모하면서 쓸모는 없는 쓰레기 코드가 됩니다. 시스템 관리자가 수동으로 문제가 되는 시뮬레이션을 멈출 수도 있지만 관리자가 동시에 100만 개에 달하는 시뮬레이션 상황을 다 관리감독하면서 문제를 일으키고 있는 수백 혹은 수천 개의 이상한 코드를 찾아내는 것은 불가능하지요."

프랭크가 모니터를 다시 누르자 화면에 다른 창이 나타났다. 어떤 폴더 파일이었다.

"더 나쁜 소식은 키팅 씨가 다른 잘못을 또 했다는 거죠. 그는 집에서 이 가젯을 개발했습니다. 그는 프로그램의 소스코드와 컴파일링된 구성 요소를 카피하고 업로드·다운로드하는 과정에서 아무런 보안조치도 하지 않았습니다. 저는 이 파일 중 일부가 이미 해커의 손에 들어갔다고 믿을 만한 근거를 갖고 있습니다. 샌드박스 시스템에 반대하고 정부가 과학기술로 사회를 통제하는 데 저항하는 조직의 웹사이트를 키팅 씨가 방문한 기록이 있고, 그는 그런 사이트가 매우 위험하다는 것을 몰랐던 것 같습니다. 클라이언트 컴퓨터와 연결된 순간 서버가 역으로 네트워크 위치를 탐지하고 공격할 수 있다는 것을 말입니다. 아마 누군가 이미 이 F.M.G. 모듈을 취득했을 것으로 예상합니다."

"F.M.G.가 뭐죠?"

젊은 기술직 직원이 손을 들고 질문했다.

"'단편화 모델링 가젯Fragmentary Modeling Gadget'의 이니셜입니다. 키팅 씨가 폴더 이름을 그렇게 붙였죠. 앞으로 해커들이 이 가젯을 사용해서 샌드박스 시스템을 공격하리라고 봅니다. 여러분들도 아시다시피, 현재 여러 국가의 정부에서 이 기술의 이용가치를 살펴보기 위해 연수단을 보내고 있습니다. 만약 샌드박스 시스템이 더욱 광범위한 범주에서 응용된다면 해커가 가진 F.M.G. 모듈은 더욱 강력한 위력을 갖게 될 겁니다."

프랭크는 앞으로 정부, 금융권의 신용평가기관 등도 샌드박스 시뮬레이션 시스템을 활용할 것으로 내다봤다. F.M.G. 모듈을 가진 해커는 시스템에 침입해 파괴공작을 함으로써 경제 체제를 망가뜨리거나 다중 시뮬레이션을 이용해 예측 결과를 올바르지 않은 쪽으로 유도할 수 있다. 도시계획, 경제발전, 농업생산량, 재난 대처, 심지어 우주 탐사까지 샌드박스 기술이 응용될 수 있는 영역은 무궁무진했다. 키팅은 판도라의 상자를 열어 인류문명을 해칠 악마를 불러낸 것이나 진배없었다.

"그렇다면 무슨 해결 방법이 없겠나?"

게리 밀러가 입을 열었다.

"제가 방금 말씀드렸듯, 시스템에서 F.M.G.를 제거하는 것은 불가능합니다. 설령 성공한다고 해도 해커가 허점을 찾아내고 이 장치를 또 샌드박스 내로 침투시키는 것까지 막을 수는 없지요. 제가 제안하는 방법은 F.M.G.와 상극인 성질을 가진 '천적'을 만드는 겁니다. 컴퓨터 바이러스에 대항하는 백신 프로그램을 만드는 것처럼 말입니다.

장기적으로 프로그램에 상주하면서 '수색과 폐기'를 병행하는 거지요."

프랭크가 화면에 차트를 띄우고 설명을 이어갔다.

"F.M.G.는 어떤 인공지능에 설치되어야만 실행됩니다. 그러면 이 가상인물이 시간 회귀, 변수 수정, 데이터 기록의 능력을 갖게 되지요. 그래서 저는 이 가상인물을 '머니퓰레이터Manipulator'(조종자)라고 부릅니다. 제가 제안하는 것은 우리도 이와 유사한 가젯을 만들어 특정한 가상인물에게 어떤 기능을 부여하는 것입니다. 이 인물을 '에스코트Escort'(호위대)라고 부르겠습니다. 시스템을 안전하게 지키는 역할이죠. 에스코트는 낮은 수준의 수색 능력만 갖추고 있습니다. 머니퓰레이터와 에스코트는 기억장치의 동일한 섹션에서 마주치게 될 때, 간단히 말하자면 두 인물이 가까운 거리에 있을 때, 머니퓰레이터가 새로운 스레드를 열어 시뮬레이션을 반복 진행하게 되면 파생된 시뮬레이션 하위 루트로 에스코트도 함께 진입할 수 있습니다. 에스코트는 머니퓰레이터와 같은 변수와 기록(로그)을 보유하게 되고, 머니퓰레이터인 가상인물이 누구인지 확인하고 나아가서는 소멸시키는 역할을 할 것입니다. 그러면 개별 시뮬레이션 파일이 정상 상태로 돌아오는 것이지요."

"에스코트라…, 시스템의 호위대보다는 여행이나 파티에 따라가는 동반 파트너가 먼저 생각나네요…."

젊은 기술직 직원이 입을 열었다가, 얼른 민망한 표정으로 주변을 둘러봤다. 자기가 엄숙한 회의석상에서 어울리지 않는 농담을 했다는 것을 깨달았던 것이다.

프랭크는 그 직원을 무시하고 말을 계속했다.

"비록 기술부서에 합류하고 싶지 않았습니다만, 이런 문제가 기술지원사무실에서 비롯된 만큼 저도 부분적인 책임을 져야겠지요. 임시개발팀을 구성하고, 두세 달 정도 에스코트 전용 가젯을 개발하고 시험운영하기를 제안합니다. 키팅 씨는 F.M.G.의 반복 시뮬레이션 기능에 5일의 기간 제한을 뒀습니다. 그건 정말 불행 중 다행이 아닐 수 없지요. 그런 기간 제한을 두지 않았다면, 머니퓰레이터가 얼마나 큰 문제를 일으켰을지 상상도 하기 싫군요. 그랬다면 우리는 머니퓰레이터의 존재를 더욱 탐지하기 힘들었을 겁니다…"

EP.4

PROCESS
SYNCHRONIZATION

미스터 펫

Process Synchronization (처리 동기화)
컴퓨터 프로그래밍 언어 중 여러 프로그램(실행 중인 프로그램 실체)
사이에 목적 달성을 위해 협력이 필요할 때, 오류를 피하기 위해 일련의
소통 모델을 채택하는 것이다. 가장 흔히 볼 수 있는 상황은 다음과 같다.
여러 프로그램이 어떤 시스템 자원을 동시에 사용하려 할 때, 처리 동기화
과정을 통해 기억장치에서 정보를 읽고 쓰는 순서와 메커니즘을 적절하게
분배해 잘못된 정보를 입력 혹은 전송하는 것을 방지한다.

PROCESS INITIALIZATION(프로세스 초기화)

페이메이구는 눈앞의 여자를 응시했다. 어떻게 하면 이 여자를 쫓아낼 수 있을까 궁리하면서.

"메이구 씨, 저희 정보관리국에서는 당신의 협조가 무척 필요합니다."

벌써 세 시간째다. 료코라는 이름의 이 여자가 고집을 부리며 가지 않고 있는 게 말이다.

일주일 전, 메이구는 보낸 사람 이름이 'Ryoko'인 이메일을 한 통 받았다. 이메일에서 스스로 법무성 공무원이라고 밝히고 중요한 일로 상의하고 싶다며 오늘 메이구의 사무소, 즉 사쿠란보 빌딩에서 만났으면 좋겠다고 했다. 장소는 1층의 종이상자 집이든 5층의 히로시 흥신소든 상관없다고도 했다. 이메일의 내용은 대략 이러했고, 마지막으로 한 문장이 덧붙여져 있었다. "이 일은 당신과 매우 밀접한 관계가 있으니, 긍정적인 답변을 받을 수 있길 희망합니다."

메이구는 등에서 식은땀이 흐르는 기분이었다. 과거에 노숙자였던 그는 종이상자 집에서 사는 데 익숙했고, 그건 탐정사무소를 개업한 뒤에도 바뀌지 않았다. 아예 건물 뒤편 쓰레기 수거장에다 종이상자로 집을 만들어놓고 의뢰인을 거기서 면담했다. 5층 흥신소는 히로시 아저씨가 돌아가신 뒤부터 그의 제자 된 입장에서 물려받아 하고 있다. 어쨌거나 현대사회의 인터넷이란 너무도 편리한 도구라, 노트북 컴퓨터 한 대면 다 된다.

자신의 이중신분은 아는 사람이 거의 없다.

다른 한편 생각해보면, 정부 공무원이라고 했으니 자신의 이력을 아는 것도 당연할지 모른다. 이미 구성원에 대한 감시 시스템을 갖춘 국가사회에서라면 더욱더. 메이구의 머릿속의 방어기제가 움직이기 시작했다.

'만나야 하나? 위험할 것 같은데….'

하지만 '당신과 매우 밀접한 관계가 있다'는 말이 메이구의 호기심을 건드렸다. 그는 당장 답장을 썼다. 만날 장소는 히로시 흥신소로 정했다. 종이상자 집은 며칠간 내린 가랑비에 젖어서 길게 이야기를 나누기는 좋지 않다.

나타난 여자는 남색 투피스 정장을 입고, 어깨 높이로 가지런히 떨어지는 머리카락이 까마귀 깃털처럼 새까맣다. 단정한 생김새의 얼굴에는 살짝 화장을 했다. 그러나 상대방의 직업을 생각하면, 메이구는 그녀에게 조금의 관심도 생기지가 않는 것이다. 건네는 명함을 받아 보니 그녀의 이름은 니지마 료코다. 일하는 부서는 법무성 정보관리국 총무과.

"이건 새 명함입니다. 작년 말까지는 보호국에서 일했는데, 최근 같은 법무성의 정보관리국으로 이동했어요. 담당 업무는 역시나 총무과입니다만."

"오호, 법무성의 엘리트시군요."

메이구의 말에 살짝 빈정대는 느낌이 담겼다.

료코의 찌푸린 미간이 더욱 파였다.

"똑같은 말까지 하다니…."

메이구는 그녀의 말을 이해할 수 없었지만 묻지는 않았다. 그녀는 손님용 소파로 걸어가더니 알아서 자리에 앉았다. 그러고는 서류가방에서 차곡차곡 정리된 종이뭉치를 꺼냈다.

"이게 뭡니까?"

"죄송합니다만, 직접 이야기를 읽어보시는 게 좋겠습니다. 그다음에 제가 왜 왔는지 설명해드리지요."

료코가 대답했다.

말투는 아주 공손했으나, 이런 행동은 상당히 실례되는 것이다. 메이구는 한마디 하려다 말을 삼키고 문서를 받아 들었다. 바인더 클립으로 고정한 문서는 꽤 두툼했는데, 맨 위의 표지에는 '시나리오 TE00002138657496'이라고 인쇄돼 있다. 그는 첫 장을 펴고 맨 첫 글자부터 읽기 시작했다.

메이구는 금세 문서의 내용에 호기심을 느꼈다. 그의 눈이 쉼 없이 글자를 뒤쫓았다. 종이가 넘어가고, 호흡이 점점 가빠진다.

료코가 말한 것처럼, 문서의 내용은 이야기였다. 놀랍게도 주인공은 메이구와 료코 두 사람이고, 료코가 '명탐정' 페이메이구에게 사건을 의뢰하는 데서 이야기가 시작한다. 정부가 사용하는 샌드박스 시스템인 선인장(사보텐)에 문제가 생겨 석방된 죄수가 예측과는 다른 행동을 했기 때문이었다. 선인장에 문제를 일으킨 인위적 원인을 찾기 위해 두 사람은 함께 조사에 착수한다. 두 사람은 관련 인물 몇 명을 만난다. 이야기는 탐정소설 형식을 차용했는데, 후반으로 가서는 갑자기 메이구의 초능력이 중심이 되면서 SF로 바뀌었다. 부상을 입은 메이구가 퇴원하던 날, 두 사람은 종이상자 집 앞에서 사건의 숨은 배후 다케우치 구니오와 대치한다. 료코가 다케우치의 인질이 되고 메이구가 그녀를 구하려고 하는 과정에서 료코는 자신이 존재하는 세계에 대한 의혹을 느낀다. 이야기는 열린 결말로 끝을 맺었다.

메이구는 읽는 속도가 상당히 빨라서 30분이 안 되어 다 읽었다. 그는 깊은 생각에 빠져든 것처럼, 마지막 장을 덮고도 한참 지나서야 고개를 들었다.

"소설이죠?"

그의 얼굴은 어딘가 일그러져 있었다.

"소설로 보셔도 무방합니다."

료코가 고개를 끄덕였다.

"더 정확하게 표현한다면, 현실의 시뮬레이션 시나리오입니다."

"시뮬레이션 시나리오? 현실의 시뮬레이션?"

"네. 이야기는 허구지만, 현재까지 알려진 바로 인물 설정의 50퍼센트는 현실과 일치합니다. 물론 당신에 관한 것도 오류 없이 정확하다면 70퍼센트까지…."

"난 초능력 같은 거 없어요."

메이구는 살짝 기분이 상했다.

"그런 능력을 가졌으면 벌써 돈방석에 앉았겠지! 이런 건물에서 왜 고생을 합니까? 말이 나와서 그런데, 초능력에 대한 설명에서…."

메이구가 서류를 펼쳐 어떤 대목을 가리켰다.

"이 스레드라는 건 도대체 뭡니까? 이게 인간의 언어이긴 해요? 그리고 뭐, 조종자에 동반자에, 우주 질서? 이게 다 무슨…. 아, 그것도 그래요! 종이상자가 에너지원이라고? 무슨 특수촬영물의 유치한 설정도 아니고."

"그게 바로 나머지 30퍼센트지요. 현실과 부합하지 않는 부분 말입니다."

료코가 대답했다.

"시나리오 속 당신이 초능력자로 그려졌지만, 그건 자료에 오류가 있어서가 아니라 선인장 시스템이 악의적인 프로그램의 공격을 받은 결과예요. 당신이 언급한 용어의 괴상함은, 시스템의 자연언어 처리 과정에서 문제가 생겼기 때문에 벌어진 일이고요. 데이터를 문자로 서술하다가 스레드 같은 정보공학 전문 용어가 뒤섞였고, 어떤 사물은 상징적 의미로 사용하기도 했지요. 예를 들어 조종자는 머니퓰레이터, 동반자는 에스코트라는 용어의 번역어인데, 악성 프로그램과 방어 프로그램이 시나리오 속에서 각각 의미를 투영한 인물을 일컫는 말입니다. 우주 질서는 시스템의 작업 효율을 의미하는데, 기억장치와 중앙처리장치의 사용률이지요. 종이상자와 초능력의 관계는, 현재로서는 악성 프로그램이 기억장치에서 상주하는 위치일 거라고 추측할 뿐입니다. 시나리오에서 조종자가 거기 머무르니까 그것을 현실에 반영한 종이상자 집을…."

"잠깐!"

메이구가 손을 저어 말을 끊었다. 상대방이 무슨 말을 하는지 알아들을 수 없었기 때문이다.

"그건 됐고요! 시나리오를 읽었습니다, 그래서요? 의뢰할 일과 무슨 관계가 있죠?"

"메이구 씨, 말씀드렸다시피 이 시나리오는 선인장이 악성 프로그램의 공격을 받아 도출된 결과물입니다. 시나리오에 등장하는 조종자의 현실 속 인물 모델, 그건 바로 당신입니다! 그래서 여기 온 거고요."

료코는 심호흡을 하고 차근차근 이야기를 풀어갔다.

선인장은 법무성 정보관리국이 개발한 분석평가 시스템으로, 평가의 대상은 전국 각지의 대형 교도소 재소자다. 이 시스템은 미국에서 만든 사보타주를 개량한 것으로, 샌드박스 원리를 이용하여 현실과 비슷한 안전검사 환경을 가상으로 만들어 재소자들이 출소 후에 겪게 될 여러 변화 인자에 따라 그에 상응하는 시나리오를 만들어낸다. 그들의 행동양식을 분석하고 다시 범죄를 저지를 확률을 예측한다. 이 시스템에는 자연언어 처리 기능이 있어서 시나리오를 읽을 때는 소설처럼 매끄럽게 읽을 수 있다.

일본은 샌드박스 시스템으로 범죄자의 형기를 전면적으로 결정하는 미국과는 달리, 아직 가석방 심사에만 응용하는 단계다. 선인장의 시나리오와 데이터는 재소자의 가석방을 허가할 것인지를 판단하는 참고자료로만 쓰인다. 비록 이런 한계가 있지만, 정확도가 높아서 각 지역의 갱생보호위원회에서도 보호국을 통해 정보관리국에 선인장의 분석 자료를 요구하는 상황이다.

작년까지는, 딱 한 가지 사건을 제외하고 모든 것이 순조로웠다. 물론 시나리오 TE00002138657496에서 언급했던 문제는 아니다. 선인장에서 실제로 일어난 일은, 훨씬 더 큰 폭풍이다.

누군가 의도를 갖고 악성 프로그램으로 선인장을 공격

했던 것이다.

그 프로그램은 일종의 '가젯'으로 보였다. 그 자체만으로는 단독 실행이 불가능해서 선인장에 설치되어야 활동을 시작한다. 선인장이 시뮬레이션을 시행하면 그 프로그램이 어떤 특정한 시나리오 속 인물에게 부착된다. 그 인물을 머니퓰레이터, 번역하여 조종자라고 부른다.

조종자는 시뮬레이션 도중 불시에 보존점을 기록하고, 특정 상황이 발생하면 곧바로 회귀한다. 시뮬레이션을 보존점의 위치로 되돌리는 것이다. 보존점 기록과 회귀는 단일 시뮬레이션 안에서만 진행된다. 바꿔 말하면, 이 가젯은 시행착오라는 방식을 이용해서 한 번의 시뮬레이션에서 여러 차례 시뮬레이션한 것과 같은 효과를 얻는 것이다.

조종자가 보존점을 기록할 때마다 시스템은 스레드 하나를 생성한다. 그러나 이 스레드는 회귀한 뒤에 삭제되지 않는다. 그래서 무절제하게 기록과 회귀를 반복하면, 시스템 자원만 소모하는 좀비 프로세스 루트가 대량으로 쌓이게 된다. 더욱 무서운 사실은, 선인장이 인공지능의 학습 기능을 갖추고 있기 때문에 가젯을 통해 시뮬레이션이 반복적으로 구동되다 보면 이런 작동을 선인장 스스로 학습하게 될 가능성이 크다는 점이다. 말하자면, 가젯의 실행 방식에 감염된다. 그러면 이후에 가젯을 제거해도 시스템이 계속 문제를 일으킨다.

이런 악성 프로그램은 마약 공급자처럼 선인장을 느리

게 진행되는 '자살'로 이끈다. 투약을 끊어도 선인장이 수시로 금단증상의 발작을 일으킨다.

작년 10월, 원래 아무런 문제도 없던 선인장에 몇 차례 마비 현상이 나타났다. 매번 증상은 대동소이했다. 전부 시스템 자원의 소진이 원인이었다. 그때는 정보분석과에서 시뮬레이션 평가를 과도하게 진행하는 바람에 시스템이 과부하를 일으켰다고 여겨서 크게 신경 쓰지 않았다. 지금 돌이켜보면, 그때 이미 조종자의 메커니즘이 선인장의 인공지능 지식 베이스에 침투해 감염시키고 있었던 것이 확실하다. 한 달 후, 그런 증상이 빈번해졌다. 관련 부서에서도 이 문제에 주목했지만 이미 늦은 뒤였다. 최대 20일 전으로 시스템을 복원시키는 기능을 사용했지만 소용이 없었다. 이 일로 정보관리국 국장 다케우치는 초조하다 못해 펄쩍펄쩍 뛸 정도였다(료코가 아는 다케우치라면 말 그대로 '뛰었을' 것이다). 급히 시스템공정과에서 선인장을 가장 먼저 개발한 사람들도 불렀지만 속수무책이었다.

어쩔 수 없이 다케우치는 미국에 도움을 청했다. 자신의 옛 친구이자 사보타주의 위기를 해결한 일등공신인 프랭클린 플랫 박사에게.

외모로만 논하자면 플랫 박사는 꽤나 옷차림에 신경을 쓰지 않는 사람으로, 스물여덟 살의 그는 머리가 까치집 같다. 젊은 시절 아인슈타인의 머리카락과 아주 비슷하다. 하지만 성격은 매우 친절했다. 막 비행기에서 내린 그는 어수룩한 일본어로 인사를 했고, 그들에게 자신을 애칭인 프랭크로 불러달라고 했다. 그때 료코는 보호국에서 일할 때였는데, 일본과 미국 사이에 부서간 교류가 있었던 관계로 프랭크와도 예전에 몇 차례 만난 적이 있었다.

프랭크는 법무성 청사의 시스템관리실에 와서 금세 원인을 찾아냈다. 그는 담담히 말했다.

"그때의 상황과 정말 비슷하군요."

2039년 미국 BIR(정식 명칭은 수감 및 갱생관리국)에서 기술지원사무실 총책임자 앤드루 키팅이 샌드박스 시스템에 대한 오해 때문에 살인사건을 막으려다가 오히려 자신이 살인죄를 범하는 일이 있었다. 그뿐 아니라 그는 그 과정에서 어떤 프로그램을 만들었는데 그것이 사보타주를 붕괴시킬 뻔했다. 결국 당시 일개 테스트 요원이었던 프랭크가 해결 방법을 찾아냈다.

프랭크의 무용담은 당시 미국에서 연수 중이던 다케우치도 자연히 전해 들었지만, 키팅이 만든 프로그램인 단편화 모델링 가젯, 약칭 F.M.G.가 얼마나 파괴력 있는지, 프랭크가 어떻게 그것을 해결했는지는 몰랐다. 지금에 와서야 다케우치는 이번에 선인장 시스템에서 벌어진 파괴공작이 6년 전 그 사건과 아주 흡사하다는 것을 알게 되었다.

"각국이 기술 이전을 받은 샌드박스 시스템은 프로그램이 처음 개발된 상태의 소스코드(원시코드)입니다. 그러니 F.M.G.의 침입을 받은 적이 없는 게 당연하죠. 일본이 개발한 선인장 역시 마찬가집니다! 유일한 가능성은 사후에 설치되었다는 거죠."

당시 프랭크는 팔짱을 끼우고 깊게 한숨을 쉬었다.

"게다가… 당신들이 사보타주의 기반이 되는 소스코드를 수정해서 선인장을 만들어낸 것처럼, 이 악성 프로그램 역시 F.M.G. 모듈을 개조한 것 같아요. 이 프로그램을 F.M.G. 재팬이라고 부르기로 하죠. 이건 전문적으로 선인장에 딱 맞춰 제작된 파괴자예요."

키팅이 처음 F.M.G.를 개발한 곳은 보안이 완벽한 공용장치가 아니라 자신의 집 개인 컴퓨터였다. 그래서 그가 위험도가 높은 웹사이트를 돌아다니고 F.M.G. 모듈을 업로드·다운로드하면서 파일은 아주 쉽게 해커의 손에 들어가게 됐다. 프랭크는 F.M.G.가 세계 각지에서 변종으로 개조되었을 게 분명하다고 했다. F.M.G. 재팬이 바로 그중 하나였다.

6년 전의 해결 방법과 같이, 프랭크의 제안에 따라 시스템공정과의 사람들이 급히 에스코트, 번역하면 호위대라는 뜻의 프로그램을 개발했다. 호위대는 조종자와 마찬가지로 시나리오 속 특정한 인물에게 부착된다. 다른 점은 호위대의 경우 조종자를 찾아내고 소멸시킬 때까지 조종자와 함께 스레드를 출입한다는 것이다. 호위대가 부착될 인물은 개발팀에서 금방 선정할 수 있었다. 바로 시뮬레이션 시나리오 속의 다케우치 구니오, 현실의 정보관리국 국장이다. 조종자를 소멸시키는 데 이보다 적절한 사람도 없을 터였다.

　프랭크가 제공한 미국판 호위대의 소스코드 덕분에 개발팀은 2주 만에 선인장에 사용할 프로그램으로 수정을 마쳤다. 그리고 프로그램 이름은 '동반자'로 정해졌다. 프랭크가 맨 처음 에스코트를 언급했을 때, 통역자가 순간적으로 그 의미를 잘못 이해해서 호위대가 아니라 동반자로 통역했기 때문이다.

　동반자는 금세 효과를 보였다. 시스템은 점차 안정되었다. 프랭크도 미국으로 돌아갔고 정보관리국의 직원들도 편안한 크리스마스 휴일을 즐겼다.

　새해가 지나고 첫 출근을 하자마자 료코에게 부서를 이동하라는 명령이 내려왔다. 국장실에 가서 이동 보고를 했더니 다케우치 국장은 라쿠고* 예능인의 말투를 흉내 내어 과장된 태도와 큰 목소리로 료코를 격려했다.

　그런 다음 첫 번째 임무를 그녀에게 내줬는데, 그게 바로 F.M.G. 재팬을 선인장에 설치한 주범을 찾아내라는 것이었다.

　"내부에 범인이 있다고 의심하는 건가요?"

＊　기모노를 입고 앉은 채로 해학적인 이야기를 들려주는 형식의 일본 전통 예능(옮긴이).

메이구가 물었다.

"십중팔구 그렇다고 봅니다."

료코가 고개를 끄덕였다.

"선인장의 운영 서버는 인터넷과 연결되지 않습니다. 정보관리국 내에 독립적으로 설치된 시스템이죠. 일반적인 해커라면 침입이 거의 불가능합니다. 그렇다면 내부인이라고 볼 수밖에요…."

"그럼 이미 다 해결된 거 아니에요? 정부에서 내부의 적을 찾아내면 되는 거 아닙니까. 나 같은 민간인을 찾아와서 뭘 하게요?"

"제가 말씀드리지 않았나요? 시나리오의 내용 때문입니다."

료코가 짜증스러워하는 표정을 지었다.

"시뮬레이션 평가는 모두 재소자를 주인공으로 합니다. 그러나 이 시나리오는 다르죠. 국장이 저를 주인공으로 테스트를 했습니다. 이 시나리오가 생성된 시점은 선인장이 감염된 뒤, 호위대가 막 설치된 상황이었습니다. 그때는 제가 아직 보호국에서 일할 때죠."

메이구는 시나리오 TE00002138657496 파일의 맨 처음 몇 장을 다시 펼쳤다. 료코가 말한 그대로다. T1으로 표시된 장면에서 그녀의 부서를 언급하고 있다.

그러나 어떤 점이 마음에 걸렸다.

"위에 T1이라고 쓰여 있는데, 이게 일련번호 1번의 스레드라는 거죠? 그런데 다음에 나오는 스레드는 왜 일련 번호 63번인 겁니까? 당신 말대로라면 조종자는 여러 번의 시뮬레이션 결과를 만들어낼 수 있는데, 2번부터 62번까지는 어디 갔죠?"

"제가 삭제했어요. 이 시나리오에는 쓸데없는 내용이 너무 많아요. 어쨌든 당신에게 상황을 이해시키기 위해서 가져온 것이라 전문을 출력할 필요는 없으니까요."

료코가 짓궂은 미소를 지었다.

"본론으로 돌아가서, 핵심은 시나리오 속 당신의 신분이겠지요? 페이메이구가 조종자인 이유를 어떻게 설명할지를…. 아, 그러고 보니 F.M.G.는 당신 이름의 이니셜이기도 하군요."

"그건 우연이에요! 시나리오에서 내가 조종자로 설정된 건 누군가 나를 모함하는 거고요! 만약 내가 그랬다면, 나를 조종자로 설정했겠어요? 그리고 또, 난 다른 스레드의 장면도 중요하다고 봐요. 만약 이 시나리오가 정말로 현실의 시뮬레이션이라면 그 안에 내가 결백하다는 증거도 있을지 몰라요. 불완전한 시나리오라면 저도 인정할 수 없다고요…."

"그렇게 걱정하실 필요 없어요."

료코가 손을 들어 상대방의 말을 저지했다.

"전 당신이 선인장을 공격한 용의자라고 의심하는 게 아닙니다. 방금 말씀드렸다시피, 90퍼센트 이상 내부자의 소행이니까요."

"그럼 왜 날 찾아와요…."

"그래서 말입니다만, 전 범인이 당신과 아는 사이라고 생각합니다. 적어도 당신 주변 사람 중에 공범이 있겠지요."

료코가 갑자기 목소리를 낮췄다. 누군가 엿듣는 것처럼.

"공…범?"

메이구도 목소리를 낮춰 속삭였다.

"당신 주변에서 의심스러운 인물을 찾아주셨으면 합니다. 본 사건을 수사하는 데 협조해달라는 말씀이지요. 제가 조사한 내용도 알려드릴 거예요. 당신도 호기심이 생기지 않나요? 누군가 당신을 모함하고 있는데 말입니다."

이 말에 메이구는 동요했다. 그는 원래 상대방의 요청을 무조건 거절할 요량이었다.

그는 정부를 싫어했고 공무원과 손발을 맞추기도 싫었다. 기계에 의존해서 결정하는 방식도 싫었다. 샌드박스 시스템에 대해 알게 된 그 순간부터, 끔찍할 정도로 그것이 싫었다.

아까 한 말은 자신을 위한 변호였다기보다 선인장이 생성한 시나리오의 정확성에 의문을 제기한 거였다.

그러나 누군가 그에게 나쁜 짓을 할 작정이라면 가만히 앉아서 당할 수는 없다.

"메이구 씨, 저희 정보관리국에서는 당신의 협조가 무척 필요합니다."

료코가 깊이 허리를 숙였다.

'이렇게 버틴 지도 한참 됐어. 어떻게 이 여자를 대처해야 하지?'

"시나리오를 읽었다면 당신도 잘 아시겠지만, 저는 정부와 함께 일하지 않을 겁니다."

메이구의 목소리가 낮고 무거워졌다.

"시나리오의 내가 당신을 돕기로 한 건, 그렇게 하지 않으면 당신이 내 눈앞에서 죽기 때문이죠. 현실의 당신도 지금 목숨을 무기로 저를 협박할 겁니까? 혹시 제가 받아들일지도 모르죠."

료코는 숙였던 고개를 들었다. 입술을 사리문 그녀의 눈빛에는 모욕감과 분노가 엿보였다. 가스미가세키의 고위 공무원에게 가장 수치스러운 일이라면 이런 식으로 누군가에게 업신여김을 당하는 일일 것이다. 메이구는 자기 말이 좀 심했다고 생각했다.

"한 가지 물어보죠."

메이구가 손에 들고 있던 시나리오를 들어올렸다.

"이 안에서 제 출신이나 성격에 대한 묘사는 초능력에 대한 부분을 제외하면 거의 80~90퍼센트가 사실입니다. 믿을 수가 없군요. 당신이 방금 말한 대로라면 현실을 시뮬레이션한 이 시나리오 속 인물들은 70퍼센트 부합한다고 했죠. 이런 자료는 어디서 난 겁니까? 정부가 감시 시스템이라도 운용하나요?"

미처 대비할 틈이 없었기 때문일까. 료코는 당황하여 숨을 들이켰다.

감시 시스템은 최근 인터넷 토론 게시판을 떠들썩하게 달구는 소문이다. 글을 올린 사람은 현재 일본 정부가 미국과 마찬가지로 민간인의 자료를 대규모로 수집하기 시작했다고 지적했다. 이런 방식은 미국의 프리즘 계획에서 시작됐고, 현대인의 생활이 인터넷과 뗄 수 없는 관계이기 때문에 여러 매개체를 통하면 정부가 특정 인물의 정보를 엄청나게 찾아내는 것도 가능하다는 것이다. 심지어 인격적인 부분을 심리 데이터로 구축할 수도 있을 거라고 했다. 이 이야기는 당장 광범위한 토론을 불러일으켰다. 어떤 사람은 이는 심각한 사생활 침해라고 통렬하게 비판했고, 또 어떤 사람은 수집한 정보의 사용 방식을 바탕으로 판단해야 한다고 여겼다.

정부는 얼마 전 절대로 그와 같은 시스템을 운영한 바 없다고 공식 입장을 내놨다. 그러나 선인장의 실행 결과로 미뤄보면, 정부의 입장 발표를 믿을 수가 없다.

"시나리오 내용에 대해 말해보죠! T&E 탐정사무소의 소장은 '천재 탐정이고 5일 안에 사건을 해결한다', 이런 인터넷상의 정보가 정부의 민간인 자료실까지 들어가 있군요."

메이구는 속으로 슬쩍 웃었다. 사실 탐정사무소의 홍보

를 위해 직접 퍼뜨린 소문이었기 때문이다. 그는 여러 인터넷 게시판에 각기 다른 계정을 신청하여 가입한 후 다다른 사람인 척하면서 자신의 능력을 떠벌렸다. 물론 거의 다 거짓말이다. 그 덕분에 고객이 넘쳐나면 된 것 아닌가. 의뢰인은 서비스에 만족하면 실제로 며칠 안에 해결했는지 따위는 뒷전이 된다. 탐정사무소의 이름이 T&E인 것도 순간적인 기분에 정한 거였다. 'Trial and Error' 따위와는 전혀 관계가 없다.

"그 밖에도 내가 고아원 출신이라는 것, 노숙생활을 했다는 것, 야마자키 25년산을 즐겨 마시는 것, 다른 사람의 흥신소를 물려받은 것, 여전히 종이상자 집에서 사는 것까지…. 이런 사소한 부분들까지 다 아는군요. 당신 역시 호스트클럽에서 일하는 시게루라는 이름의 남자친구가 있을 테고요. 타이거라는 이름을 가진 얼룩무늬 고양이를 기르나요?"

료코는 입을 다문 채 말이 없었다. 아마도 인정한다는 뜻인 듯했다.

"그러니까요, 니지마 씨."

메이구가 처음으로 료코를 호칭했다.

"우리의 정부는 감시 시스템을 쓰는 겁니까, 안 쓰는 겁니까?"

료코는 한참을 생각하더니 겨우 결심한 듯 고개를 끄덕였다.

"맞습니다. 하지만 일본의 감시 시스템은 미국처럼 강력하지 못합니다. 당신 정보가 그 정도로 정확하고 자세한 것은 주변 사람 중 누군가가 유출했을 가능성이 커요…."

"됐어요."

메이구가 손을 휘휘 저었다.

"제대로 인정을 했으니 나도 답을 드리죠. 주변 사람들을 조사해볼게요, 의심스러운 사람을 찾을 때까지. 하지만 정부는 아무래도 못 믿겠어요. 그러니 조건을 걸겠습니다. 내가 먼저 연락하지 않으면 우리는 아무런 정보도 교환하지 않는 겁니다. 물론 조사 비용은 전부 당신네 부담이고요."

조건이 불합리한데도 료코는 미소를 지었다.

"그거면 됩니다. 고맙습니다."

그녀는 몸을 일으키더니 다시 한 번 깊숙이 허리를 숙였다.

료코가 현관으로 걸어가 문고리를 잡으려다 몸을 돌리며 물었다.

"메이구 씨, 혹시 제가 착각한 건지 모르겠지만… 기계나 과학기술을 싫어하십니까?"

"기계를 싫어하지는 않아요. 탐정 일이란 게 가끔은 기계 덕분에 먹고사는 경우도 있고…. 기계에 의존하려는 태도가 싫은 겁니다."

메이구가 쓸쓸하게 웃었다.

EP.4 PROCESS SYNCHRONIZATIO

"기계는 인류에게 편리를 주는 겁니다. 과학기술은 인간 중심이어야 해요. 과도하게 의존하기 시작하면 기계에 속박되고, 심지어 기계의 노예가 됩니다. 기계가 없으면 어색하고 불편해지는 거죠⋯."

그는 길게 한숨을 내쉬며 말을 이었다.

"그렇게 되면 인류가 갖고 있는 인간성도 차차 없어질 겁니다. 과학기술은 인간을 위해 생겨났고, 인간성은 과학기술 때문에 바뀌어서는 안 됩니다. 그걸 혐오하는 거예요. 난 항상 기계보다 사람을 믿습니다. 나 자신을 포함해서요."

PROCESS FEI

료코가 떠난 후, 페이메이구는 소파에 드러누워 생각에 잠겼다.

'정부의 시스템을 파괴하려는 원흉이나 공범이 내 주변에 있다고? 그 사람이 나를 모함하려 한다고?'

만약 그렇다면 그 사람은 분명 정부에 뭔가 불만이 있는 사람일 거다. 공격 대상이나 요구사항을 생각하면 자신과 같은 입장에 있는 사람이다. 그렇다면 왜 그에게 위해를 가하려는 걸까? 메이구는 진심으로 그 사람을 만나 말하고 싶었다. 어이, 정신 차려. 그러고는 우정이 담긴 손을 내미는 거지.

지난 몇 년간 그는 친구라고 부를 만한 인물이 별로 많지 않았다. 진정으로 관계가 가깝다고 할 사람은 이 사쿠란보 빌딩에 있는 이들 정도다.

누굴까? 2층 아사가오의 마담 마오? 친절한 사람이다. 이미 중년의 나이지만 여전히 우아한 미모를 간직하고 있다. 지난주에는 그녀가 가게에서 우울한 얼굴로 고민에 빠져 있는 걸 봤다. 뭔가 문제가 있는 건지 요 며칠은 가게 문도 열지 않았다…. 3층 아지사이의 마담 안리? 그녀는 빨간 장미 같다. 성격은 뾰족하지만 그래도 정이 많다. 최근 그녀는 어쩐지 다정했다. 가끔 종이상자 집으로 메이구를 찾아와서는 무슨 일은 없는지, 도와줄 건 없는지 묻곤 했다. 뭔가 할 말이 있는 것 같았다.

그리고….

딩동!

초인종이 울렸다. 메이구는 달려가서 문을 열었다. 문이 열리며 드러나는 틈으로 상고머리에 얼굴에 칼자국이 가득한 얼굴이 시야에 들어왔다.

"마코토 형!"

"아까 1층에서 어떤 여자를 봤다. 네 의뢰인이냐?"

칼자국의 남자는 들어올 생각이 없는지 문 앞에 석상처럼 버티고 섰다.

"응, 막 나갔죠."

"정부 사람 같던데."

"가스미가세키에서 온 건 맞아요. 하지만 경시청 사람은 아니니까 걱정 말아요."

메이구가 웃으며 말했다.

"그럼 됐다."

칼자국의 남자가 입술 한쪽을 삐죽였다.

"꼬마야, 오후에 여기 좀 빌려도 되겠냐?"

"그럼요. 나도 나갈 거예요. 뭐 하시게요?"

"밑에 놈이 밖에서 문제를 일으켰어. 좀 피해 있어야겠다. 너 나갈 때 알려다오."

메이구는 고개를 끄덕여서 알겠다는 표시를 했다. 문이 탁 소리와 함께 닫혔다. 저 사람은 늘 이렇다. 말수는 적고 행동은 빠르다.

칼자국 남자의 이름은 가네무라 마코토, 해피 금융의 사장이다. 다들 그 사람을 마코토 형님이라고 부른다. 메이구가 사쿠란보 빌딩의 주인이 된 뒤 저 사람이 4층을 빌려서 고리대금업과 비슷한 금융회사를 차렸다. 그는 늘 표정을 읽을 수 없는 포커페이스인데 회사 이름은 '해피', 즉 기쁨이라는 뜻으로 어울리지 않게 지었다. 게다가 그의 직원(아니면 '동생'이라고 해야 할까?)은 항상 바깥에서 뭔가 말썽을 일으킨다. 메이구는 그가 야쿠자와 관련 있지 않을까 의심하고 있지만 마코토 형이 그를 많이 도와주기도 했고 본래 그런 것에는 크게 신경 쓰지 않는 편이라 모른 척하고 있다.

'마코토 형일까? 나를 모함하려는 사람….'

료코의 얼굴이 머릿속에 다시 떠올랐다. 자신이 이렇게 주변 사람을 몽땅 의심하고 있는 건 다 그 여자 탓이다.

갑자기 아까 읽었던 시나리오의 내용이 생각났다. 료코는 조사 과정에서 자신에게 점점 호감을 품었고, 그녀의 남자친구는 그것 때문에 질투에 미쳐서 메이구를 칼로 찔렀다. 그는 그것 때문에 병원에 입원하고….

내용이 그게 뭐람, 엉망진창이네. 절대 그럴 일 없어. 메이구는 머릿속을 떠다니는 생각을 날려버리려는 듯 고개를 흔들었다.

그는 손을 뻗어 전화를 집었다. 료코와 나눈 대화 가운데 어떤 일에 특히 신경이 쓰였다.

자신의 이름 이니셜도 F.M.G.라는 것….

그는 고아원에서 자랐고 원장은 페이쓰저라는 이름의 타이완 사람이었다. 페이메이구라는 이 이름도 그가 지어준 것이다. 료코의 말대로라면 F.M.G.는 6년 전쯤 미국의 프로그래머 키팅이란 사람이 개발한 모듈이라고 했다. 전체 명칭은 단편화 모델링 가젯.

둘은 아무 관련도 없어 보인다. 이름이 비슷한 것은 단순히 우연일 뿐이다.

하지만… 우연이 아니라면? 키팅이 장치 개발 과정에서 페이메이구와 관련 있는 누군가를 알게 되어 의도했든 아니든 프로그램의 이름을 F.M.G.라고 지은 것은 아닐까?

메이구는 황당무계한 생각이라는 걸 잘 알고 있었지만 그래도 이런 생각을 멈출 수가 없었다. 그는 확인을 해보기로 했다.

어릴 때부터 성인이 될 때까지 살았던 나가노 현의 고아원에 전화를 걸었다. 그곳을 떠난 후 한 번도 연락한 적이 없었다.

수화기 저편에서 맑은 목소리가 들렸다.

"안녕하세요. 아카츠키 고아원입니다."

"페이 원장님을 찾습니다. 음⋯."

메이구는 자기 이름을 먼저 말해야 한다는 데 생각이 미쳤다.

"저는 메이구라고 합니다. 전에 거기 있었던."

"메이구라고요?"

상대방은 한참 말이 없었다. 이름이 낯선 모양이다.

"페이 원장님이라고 하셨죠? 페이쓰저 선생님요. 그분은 이미 퇴직하셨어요."

"그럼 연락처를 알려주십시오."

"퇴직하신 지 얼마 안 되어 이사를 하셨는데, 새 주소만 알고 있고 전화번호 등은 전혀 모릅니다. 잠시 기다리세요. 제가 불러드릴게요⋯."

상대방은 꽤나 열성적이었다. 메이구는 주소를 받아 적고 감사 인사를 한 뒤 전화를 끊었다.

'사이타마 현 도코로자와 시⋯. 오후에 출발하면 저녁에

432

는 돌아올 수 있겠다.'

그는 종이에 적힌 주소를 들여다보며 어떻게 질문을 할 것인지 고민했다.

메이구는 2층짜리 단독주택 앞에 서서 초인종을 바라보며 멀거니 서 있다.

이곳에 오는 동안 그는 줄곧 원장과 무슨 말을 할까 생각했다. 어릴 때의 기억을 꺼내보려고 애썼지만 아무 소득이 없었다.

똑같이 은혜를 베푼 사람인데, 히로시 아저씨에 비하면 원장에 대한 인상은 어렴풋하기만 했다.

열여덟 살에 고아원을 떠나 혼자서 도쿄로 와 여러 가지 일을 전전했지만 다 실패했다. 그때 메이구는 원인 모를 편두통을 앓았는데, 일하는 동안에도 수시로 발작하는 통에 무슨 일을 하든 제대로 해내지 못했기 때문이다. 결국 메이구는 고물을 줍고 유통기한이 지난 도시락을 먹는 노숙자가 되었다. 메이구의 삶을 바꿔준 건 히로시 아저씨였다. 그는 메이구를 자기가 일하는 흥신소로 데려가 제자로 삼았다.

여기까지는 시나리오 TE00002138657496에서 묘사한 것과 다르지 않다. 유일한 차이점이라면, 사쿠란보 빌딩이 메이구가 번 돈으로 산 것이 아니라 히로시 아저씨가 흥신소 개업을 위해 산 것이라는 점이다. 그는 5층에 히로시

433

흥신소를 개설하고, 메이구는 1층의 종이상자 집에서 살게 했다. 이어서 마오와 안리가 건물에 세 들어 작은 술집을 차렸다. 손님층이 달라서 두 여자는 경쟁자가 아니라 좋은 친구 사이가 됐다. 2년 전, 히로시 아저씨가 교통사고로 사망했을 때에야 메이구는 자기가 사쿠란보 빌딩의 상속인으로 되어 있다는 것을 알았다. 그는 장례식장에서 목 놓아 울었다. 그때부터 메이구는 빌딩의 주인이 됐고, 마코토 형이 세 들어 온 건 그 뒤의 일이다.

히로시 아저씨의 기억은 줄줄 나열할 수도 있다. 히로시 아저씨는 그에게 먹을 것과 잘 곳을 제공했을 뿐 아니라 탐정 일의 기술도 가르쳤고 부동산도 물려줬다. 생판 남인데 왜 이렇게 잘해줬는지 메이구도 모른다. 두 사람이 알고 지낸 지는 겨우 2년이었지만, 히로시 아저씨는 아버지와 같았다.

비교하자면, 메이구는 자신을 10여 년간 돌봐준 고아원 원장에게는 별 애정이 없다. 원장에 대한 인상이라고는 자기중심적인 성격의 뚱뚱한 아저씨였다는 것뿐이다. 가끔 고아원 아이들에게 성질을 부렸고, 자기가 일본에 와서 죽어라 노력했던 일화를 허풍 섞어 떠들어대곤 했다. 그는 자기 이름 페이쓰저費思哲가 '마음을 다해 철학을 고찰하다'라는 뜻이라고 떠벌렸다. 그의 행동거지와는 손톱만큼도 어울리지 않는 이름이었다.

원장을 싫어하는 가장 큰 이유는 시시한 장난으로 자신

의 이름을 '費美古'라고 지은 점이었다. 중국식 발음으로는 페이메이구라고 읽지만, 일본식으로는 히미코가 된다. 어렸을 때 친구들에게 얼마나 놀림거리였는지 모른다. 분명 고아원에서도 불쾌한 경험이 아주 많았을 것이다! 단지 지금은 깨끗이 잊어버렸을 뿐. 그래서일까, 고아원을 떠난 이후 메이구는 한 번도 고아원에 가서 그곳의 교사를 만나보고 싶다는 생각을 한 적이 없다.

'됐어, 뭐 길게 얘기할 것도 아니고. 간단히 물어보고 나오면 돼…'

한참 망설인 끝에 드디어 마음을 정하고 초인종을 눌렀다.

대문은 금방 약간의 틈을 벌려줬다. 살짝 열린 문틈으로 도어체인과 살이 피둥피둥 찐 얼굴이 보였다.

"누구요?"

"안녕하세요."

메이구는 고개를 가볍게 숙였다.

"페이메이구입니다. 전에 아카츠키 고아원에 있었던 아이예요."

"페이메이구?"

문틈으로 보이는 얼굴은 고개를 갸웃거리며 '나는 당신을 전혀 모르겠다'는 표정을 지었다. 이 사람이 원장이 아닌가? 그러나 눈앞에 있는 중년 남자는 얼굴에 주름이 좀 더 늘었을 뿐 기억 속의 원장이 맞았다.

"저예요. 페이쓰저 선생님 맞죠? 애들이 히미코라고 불렀던 남자애가 저예요."

"제가 페이쓰저는 맞습니다만, 그런데 당신은…."

상대방은 미간을 찡그리며 한숨을 쉬더니, 체인을 벗기고 문을 열었다.

"우선 들어오시오!"

메이구는 현관에 들어서서 페이쓰저를 따라 거실로 가면서 연방 주변을 탐색했다. 1층은 방 셋에 거실이 하나 있는 구조로, 거실 천장에는 꽤 큰 크리스털 샹들리에가 걸려 있고 정면에 나선형 계단을 통해 2층으로 올라가게 되어 있다.

"혼자서 사는데, 좀 큰 편이죠."

페이쓰저는 포도주병과 잔을 꺼내고 메이구에게 앉으라고 손짓했다. 그는 자기 잔과 손님 잔에 각각 포도주를 따른 뒤에 자리에 앉더니 바로 마시기 시작했다.

위스키 애호가인 메이구는 포도주 잔에는 손을 대지 않았다.

"휴우!"

원장이 단번에 술잔을 비웠다.

"아카츠키 고아원에 있던 아이라고 했나? 골치 아픈군, 난 자네가 전혀 기억 안 나는데. 언제 고아원을 나갔지?"

"6년 전이죠. 그때가 열여덟 살이었습니다."

"그러면 여기 자네 사진이 있을 거야."

페이쓰저가 옆에 있던 탁자에서 두툼한 사진첩을 꺼내왔다.

"마침 잘 왔네. 그렇잖아도 옛날 생각을 하던 참이거든. 20년 동안의 사진이 다 여기 있지."

메이구는 사진첩을 받아들고 한 장씩 넘겼다. 한 장, 두 장, 세 장…. 사진들이 눈에 들어왔다. 대부분 고아원을 배경으로 한 사진이었는데 익숙한 풍경이나 사물들이 적잖았다. 그는 그 안에서 자기 사진을 찾으려고 했다.

'없어….'

사진첩을 절반이나 넘겼는데 여전히 그의 사진은 없었다. 이때쯤 메이구는 또다른 뭔가를 눈치챘다. 자기 사진이 없을 뿐만 아니라 사진 속 사람들 중 원장 외에는 누구도 아는 얼굴이 없었다. 어떻게 이럴 수 있지? 그는 함께 자란 아이들의 얼굴을 떠올리려 애썼다. 어린 시절의 기억을 붙잡아보려고 했지만 단 한 장면도 떠오르지 않았다. 어떤 친구들과 선생님들이 있었지? 나한테는 어떤 일이 있었지? 아무것도, 단 하나도 생각나지 않았다.

'없어….'

사진첩의 마지막 장까지 다 봤는데도 여전히 아무 소득이 없다. 머릿속이 어지러워졌다. 마음에는 절망감이 차올랐다.

"찾았나?"

원장의 물음에 메이구는 고개만 저었다.

"그래…. 그럼 방법이 없는데."

"하지만 내 이름은 당신이 지어준 겁니다! 중국식으로 읽으면 페이메이구지만, 일본식으로 읽으면 히미코가 되지요. 기억 안 나십니까?"

메이구는 몹시 초조해져서 목소리가 점점 높아졌다.

"자네가 그렇게까지 말하니까 나도…. 잠깐 기다려보게."

페이쓰저는 뭔가 생각이 난 듯 오른손으로 턱을 만지작거렸다.

"히미코라고 하니까 뭔가가…. 아, 그렇지!"

원장은 급히 몸을 일으키더니 계단을 타닥타닥 걸어 올라갔다. 얼마 지나지 않아서 무거운 물건을 질질 끄는 소리가 들리더니 책이 우수수 떨어지는 소리도 들렸다. 메이구는 저도 모르게 원장의 육중한 몸이 서재에서 책장을 뒤엎으며 마구 뒤지는 장면을 떠올리고 말았다.

10분쯤 지났을까. 페이쓰저가 헐떡이며 아래층으로 내려와 메이구에게 A4 정도 크기의 종이를 건넸다.

"생각났어, 확실히 6년 전이었지. 친구가 찾아와서는 이걸 나에게 맡겼다네."

종이는 세월이 흐른 탓에 옅은 노란색으로 변색되었다. 메이구는 종이를 받아들고 그 위에 적힌 글자를 훑어봤다.

삽시간에 그의 두 눈이 등잔만 해졌다.

그건 어떤 문서의 첫 번째 장이었다. 맨 위에 '특급기밀'이라고 표시되어 있고, 그 밑으로 '프로젝트 번호: U504283'이라는 글씨와 '프로젝트명: HIMIKO'라는 글씨가 보였다. 그 아래로는 이 프로젝트에 참여한 사람들의 명단이 이어졌다. 메이구는 익숙한 이름을 발견했다.

다카야나기 히로시.

메이구는 숨을 들이켰다. 왜 히로시 아저씨의 이름이 여기 있는 거지! 히미코라는 이름의 국가 프로젝트와 무슨 관계지? 메이구는 어떻게 해도 합리적인 가설을 세울 수가 없었다. 겨우 정신을 차렸을 때, 그는 이미 페이쓰저의 멱살을 움켜쥐고 있었다.

"빨리 말해! 이건 뭐야? 히로시 아저씨와 무슨 관계지!"

"자, 자네 히로시를 아나?"

원장은 메이구의 행동에 너무 놀란 나머지 목소리가 덜덜 떨렸다.

"이 문서를 나에게 맡긴 게 히로시야…. 그날 우리 집 문을 두드리더니 정색을 하고서는 다짜고짜 문서철 하나를 안겨줬어. 별다른 말은 없고 그냥 잘 보관하라고만 하더군. 절대 다른 사람에게 주면 안 된다고, 자기가 언젠가 찾으러 올 거라고…."

히로시 아저씨와 원장이 아는 사이였다니, 메이구는 더욱 혼란스러웠다.

"무슨 내용이지? 나머지 부분은?"

"읽지 않아서 내용은 몰라! 지금은 이것밖에 못 찾았네.

EP.4 PROCESS SYNCHRONIZATIO

나머지 부분은…. 아마 여기 없으면 옛날 집에 있을 거야. 이사할 때 문서철 사이에서 빠진 것 같은데…."

메이구는 겨우 마음을 가라앉혔다. 그제야 자기가 무례한 행동을 했다는 걸 알아채고 얼른 멱살을 움켜쥔 손을 풀었다.

"미안합니다, 방금은 실례했습니다. 정말, 정말로 죄송합니다. 나머지 문서를 찾아봐주시겠습니까?"

"켁, 켁…. 괜찮네!"

페이쓰저가 비뚤어진 옷깃을 정리하면서 낭패라는 표정으로 말했다.

"히로시가 나에게 잘 보관하라고 했지만 한참을 기다려도 찾으러 오지 않았어. 나중에는 교통사고로 죽었다는 소식을 들었지…. 그러니 이젠 자네에게 줘도 되겠지! 하지만 방금 서재를 온통 뒤졌는데 나머지 부분은 못 찾았다네. 다른 방을 찾아보거나 아니면 옛날 집에 살고 있는 세입자에게 전화로 물어봐야 해."

메이구는 여기서 가만히 기다릴 수는 없으니 우선 도쿄로 돌아가야겠다고 생각했다. 문서의 첫 장은 챙겨넣고, 페이쓰저에게 나머지 부분을 찾으면 반드시 제일 먼저 자기에게 연락해달라고, 그러면 자기가 찾으러 오겠다고 신신당부를 했다.

"걱정 말게."

페이쓰저가 시원시원하게 대답했다.

두 사람은 현관에서 헤어졌다. 메이구는 흥분된 마음으로 돌아오는 길에 올랐다. 페이쓰저 원장이 결국 마지막까지 자신을 기억하지는 못했지만, 새로운 단서를 찾았으니 어쨌거나 소득이 있었다고 할 수 있다.

그건 너무도 순진한 생각이었다. 그는 그 순간 어두운 그림자가 등 뒤에서 자신을 훔쳐보고 있다는 것을 전혀 알지 못했다.

그날 저녁 텔레비전 뉴스에서 페이쓰저의 사망 소식을 듣게 될 거라는 것도, 그때는 전혀 알지 못했다.

PROCESS RYOKO

신주쿠에서 가스미가세키의 청사로 돌아온 니지마 료코가 첫 번째로 한 일은 국장실 문을 두드리는 것이었다.

"니지마 씨인가? 들어오게."

다케우치 특유의 우렁찬 목소리가 들렸다.

료코가 문을 열고 국장의 책상 앞으로 걸어가 거수경례를 하며 앞서 국장의 목소리에 뒤지지 않을 정도로 큰 성량으로 외쳤다.

"조사관 보고드립니다!"

"좋아, 좋아."

다케우치가 의자 등받이에 기대며 손뼉을 쳤다.

국장이 만족스럽게 웃는 모습을 보고 료코도 환하게 웃

었다. 이처럼 자위대가 상급자에게 인사하는 방식을 사용하는 것은 두 사람 사이의 농담 같은 거였다.

다케우치는 법무성 내에서 특이하고 재미있는 사람으로 유명했다. 그래서인지 료코도 그를 만날 때면 저도 모르게 유머러스한 행동을 하게 된다.

다케우치 구니오는 국가고시를 통과하고 법무성에 들어와 보호국에서 만난 첫 상사였다. 비록 반년 후에 다케우치가 정보관리국으로 이동했지만. 그는 재미있는 말투(본인은 스트레스를 받을수록 더 농담을 한다고 주장한다)와 진보적인 일 처리 방식, 거기에 쉰을 바라보는 나이에도 멋진 외모로 새로 들어온 직원들에게 인기가 좋았다. 부서가 달라진 뒤에도 우연히 직원 식당이나 부서 간 교류회 등에서 만난 그는 여전히 재미있는 사람이었다. 부서 이동을 신청할 기회가 왔을 때, 료코는 아무런 고민도 없이 정보관리국을 선택했다.

그러나 선인장 파괴공작 사건의 조사를 맡은 후로, 그녀는 다케우치에 대해 의문이 생기기 시작했다.

"상황이 어떤가? 어서 말해보게."

다케우치가 오른손을 들어올리며 말했다.

"시나리오에서 느낀 그대로 밉살스러운 작자더군요."

다케우치가 풋 하는 소리를 내면서 웃음을 터뜨렸다.

"그 밉살스러운 작자가 자네를 사랑의 거미줄에 꽁꽁 묶어버리지, 아마!"

"그런 말씀 마세요!"

료코는 뺨이 달아올랐다.

"그건 시나리오 속 이야기일 뿐입니다. 현실에서는 일어나지도 않았고, 일어날 리도 없는 일이에요!"

"하하하, 하지만 개인 자료는 모두 정확했지?"

"확실히 그렇습니다. 그의 반응을 보니 대부분 다 맞춘 것 같아요. 사쿠란보 빌딩의 묘사도 그렇고요."

사쿠란보 빌딩을 떠나기 전, 료코는 일부러 엘리베이터를 타지 않고 계단으로 한층 한층 가게를 살피면서 내려왔다. 4층에는 해피 금융의 간판이 걸려 있고, 3층의 아지사이와 2층의 아사가오는 낮 시간이라 영업을 시작하지 않은 상태였다. 그러나 바깥의 인테리어만 살펴봐도 대강 내부의 분위기가 짐작됐다.

그녀는 1층 뒤편을 돌아서 쓰레기 수거장까지 갔는데, 거기 정말로 종이상자로 만든 집이 있었다. 시나리오에 나온 그대로다.

료코는 종이상자 집 앞에서 얼굴에 칼자국이 가득한 남자와 마주쳤다. 고리대금업자인 '마코토 형님'이겠거니 생각했다.

그 사람은 종이상자 집 앞에서 문을 열고 고개를 들이밀어 안에 사람이 없다는 것을 확인하고는 곧 몸을 돌려서 그 자리를 떠났다. 료코를 지나쳐 갈 때도 눈동자만 움직여 흘깃 봤을 뿐이다.

EP.4 PROCESS SYNCHRONIZATIO

시나리오 속 인물의 자료는 대체로 일치했고, 그 사실은 료코를 조금 불안하게 만들었다.

"국장님, 여쭐 게 있어요."

"말해보게."

"감시 시스템은 어쩔 수 없이 운영하는 것이고, 최대한 공개하지 않아야 한다는 점을 알고 있습니다. 하지만… 저희 같은 공무원이야 그렇다고 쳐도 민간인의 가정사나 생활습관, 여가시간의 취미 같은 정보를 정부에서 임의로 수집해도 정말 괜찮을까요?"

"아이고, 이런!"

다케우치가 두 손을 마구 움직이며 바퀴가 달린 의자를 죽 미끄러뜨리더니 1미터쯤 뒤로 물러났다.

"니지마 씨가 이런 질문을 할 줄은 몰랐군. 프랭크에게도 비슷한 질문을 한 적 있지?"

프랭클린 플랫이 일본에 체류하는 동안, 법무성에서는 몇 차례 부서간 토론회를 열었다. 당시 보호국에서 일하던 료코도 그 유명한 기인의 강연을 들을 기회가 있었다. 프랭크가 강연대 앞에서 일본도 미국처럼 프리즘과 비슷한 민간인 정보 수집 시스템이 필요하다고 말했을 때, 료코는 즉시 손을 들고 질문했다.

"프랭크 씨, 그건 심각한 사생활 침해가 아닙니까?"

강연자는 씁쓸한 미소를 지으며 새둥지 같은 머리를 긁적였다.

"6년 전, 제 동료로 똑같은 질문을 했습니다. 지금 그때의 제 답변을 그대로 반복해 들려드리죠."

그래서 프랭크는 그의 논리를 역설했다. 자료를 조사하고 분석하는 것은 인간이 아니라 기계라는 점, 그 둘의 차이에 대한 문제, 사생활과 신에 대한 철학적 변론…. 그리고 '미녀를 봤을 때 외모만 보고 그녀가 어떤 속옷을 입었을지 추측하는 것이 사생활 침해인가'라는 예시를 들었을 때는 강연장에 모인 남자들이 다들 괴상하게 웃는 표정을 지어서 어쩐지 좀 불편해지는 기분이 들었다.

이해하지 못하는 것은 아니지만, 지금까지도 거부감이 남아 있다.

낮에는 메이구의 생각을 들었다. 이제 그녀는 국장의 생각도 알고 싶었다.

"그럼 질문을 좀 바꿀게요. 고도로 발달한 과학기술은 인간성과 아무래도 충돌이 생기지 않을까요? 이때 국장님은 어떤 선택을 하실 건가요? 인간인가요, 기계인가요? 과학기술인가요, 인간성인가요?"

"만약 반드시 선택해야 한다면, 난 과학기술을 고를 거야."

예상했던 답변이다.

"인간성이란 원래부터 과학기술에 따라서 달라지는 거라네. 이건 필연적인 이치야, 내 말을 믿으라고. 예를 들어 우리가 지금 흔히 사용하는 휴대전화, 이건 지난 세기말의 발명품이지…."

다케우치는 양복 주머니에서 자신의 전화를 꺼내 책상에 올려놨다.

"자네가 지난 세기 사람이라면 거리에서 어떤 사람이 허공에다 대고 말을 할 경우 분명히 정신병자라고 여겼을 거야. 그러나 21세기에는 반대로 아주 당연하고 평범한 일이 되었지. 왜냐하면 그 사람이 핸즈프리 기술을 사용해서 휴대전화를 사용하고 있다는 걸 누구나 알 테니까. 본론으로 돌아와서, 휴대전화라는 물건은 인간에게 편리함을 제공하지만, 이것 때문에 점점 더 바빠지는 것도 있지. 식당에서 밥을 먹다가도 상사에게 전화가 오면 받아야 하는데, 그게 힘든 적은 없었나? 아, 나는 그런 상사가 아니네만…."

료코는 고개를 끄덕일 수밖에 없었다. 퇴근 후에도 업무에 신경 써야 한다는 점에는 그녀도 정말 공감했다.

"이미 몇십 년간 인기를 끌고 있는 전자 애완동물은 어떤가! 예전에 그런 뉴스도 있었지? 기르던 전자 거북이가 죽자 오랫동안 괴로워하다가 심지어 묘비까지 세웠던 것 말일세. 많은 사람들이 코웃음을 쳤지만, 기술의 부단한 진보에 따라서 겉모습과 행동이 점점 더 진짜에 가까워지면 멀지 않은 미래에 인류는 이런 물건에 감정을 쏟게 될 거야. 진짜 애완동물과 똑같이 말일세!"

"국장님 말씀은 이해가 되지만, 그런 변화가 좋은 일일까요?"

"내가 생각하기에는."

다케우치가 얼굴이 다 구겨지도록 웃었다.

"이건 좋고 나쁨의 문제가 아니라 하느냐 하지 않느냐의 문제야. 만약 인간성의 변화를 막기 위해 과학기술의 발전을 포기한다면 인류사회는 지금처럼 진보하지 못했을 걸세. '사회가 움직이면 사람도 따라서 움직인다'는 말도 있지 않나. 사회를 과학으로 바꿔도 똑같아."

"그러니까 국장님도 프랭크와 같은 생각이시군요. 인간의 사생활은 과학기술이 변화하면 따라서 달라진단 말씀이죠?"

"그렇지. 그리고 이 문제에 그렇게 마음 쓸 필요는 없어…. 일본의 감시 시스템은 아직 완벽하지 않아서 개인 자료는 여전히 오류가 많으니까. 우리는 시나리오를 읽는 거고, 인물의 배경 정보는 100퍼센트 정확하지 않으니까 시나리오 속 이야기의 흐름은 더 말할 것도 없겠지! 선인장의 시뮬레이션은 단지 하나의 가능성일 뿐이고, 가능성의 총합은 수억 개라네."

'그건 맞아. 현실 속의 시게루와는 깔끔하게 헤어졌고, 그렇게 매달리지 않았으니까. 하지만….'

"그러니까 국장님은 악당으로 바뀌지 않으시겠죠?"

료코는 미소를 지으며 자기가 농담을 하고 있다는 듯이 말했다.

EP.4 PROCESS SYNCHRONIZATIO

"이크!"

다케우치가 이마를 문지르며 마치 '한 방 먹었다'는 듯한 행동을 했다.

"그 시나리오에서 내가 바로 조종자를 소멸시키는 호위대였지. 내가 악역을 하지 않으면 누가 하겠나? 설마 내가 진심으로 테스트 자각 같은 부정행위가 가능할 거라 믿는다고 생각하는 건 아니지?"

"설마요. 저야 물론 국장님이 밀러 선생님을 무척 존경하신다는 걸 잘 알고 있죠."

료코가 혀를 쏙 내밀었다.

말투는 장난스럽고 가벼웠지만, 료코는 다케우치에 대한 의심을 완전히 지우지 못했다.

'국장님, 제가 당신을 믿어도 될까요?'

작년 프랭크의 강연이 끝난 뒤 강연장을 나가려는데 그가 료코를 불러세웠다. 프랭크는 그녀가 전에 다케우치의 부하직원이었다는 것을 알고 그에 대해 이야기를 나누고 싶어 했다.

"그 사람이 좀 무섭게 느껴져요."

프랭크가 말했다.

"예?"

료코는 의아했다. 프랭크와 다케우치의 우정이 깊은 줄만 알았다.

"4년 전 다케우치가 일본의 사법연수단을 따라 미국에

왔지요. 그 사람은 무척 똑똑하더군요. 우리는 금방 친해졌습니다."

프랭크가 옛날 얘기를 꺼냈다.

"어느 날 그가 나에게 그러더군요. 자기는 지금 어떤 연구 프로젝트를 진행 중인데, 명단에는 이름을 올리지 않았지만 자신이 프로젝트를 주도한다고요. 그는 그 프로젝트가 여러 과학 영역에 관련되어 있다면서 만약 성공한다면전 인류에 큰 도움이 될 거라고 했어요. 사람들이 고민을 잊게 될 거라고…."

"고민을 잊어요?"

"그 사람이 그렇게 말했어요. 하지만 제가 캐물으니까국가기밀이라는 이유로 자세히 얘기하지 않으려고 했죠. 이번에 일본에 와서 일부러 그 프로젝트가 어떻게 됐냐고물었는데, '의외의 상황이 발생하는 바람에 잠시 중지했다'고 하더군요."

잠시 중지?

료코는 그런 프로젝트에 대해 전혀 아는 바가 없었다. 그러나 그렇게 비밀스러운 연구라면 자신이 모르는 것도당연할 것이다.

"중요한 건, 다케우치가 프로섹트를 언급했던 순간의 표정이에요. 그 눈빛은 약간 광기가 느껴졌어요…. 알고 지낸 지 오래되자 성격적 특징을 좀더 이해하게 됐는데, 그의 사고방식은 20세기 일본의 군국주의자 같은 데가 있어요. 달라 보이지만 맥락이 비슷해요."

그때 프랭크가 한 말은 료코를 한참 눈만 휘둥그레 뜬 채 아무 말도 못 하게 만들었다. 프랭크가 다케우치를 왜 그렇게 평가하는지 의아했고, 그녀 자신이 다케우치와 함께 지낸 경험을 생각하면 그런 식의 이상 성격을 느낀 적이 전혀 없었기 때문이다.

그녀가 시나리오를 읽을 때까지는 그랬다. 시나리오 TE000021 38657496에 그려진 악당 다케우치는 결말 부분에서 이렇게 말한다. "종전 이후 일본은 혼네의 사회와 다테마에의 사회로 나뉘었어. 일본이 세계의 정점에 올라서려면 이 둘을 일치시켜야 하고, 거기에는 희생이 따르지. 비상수단을 써야 할 순간도 생긴다네…."

시나리오가 단지 가능성을 보여줄 뿐이라는 것을 잘 알면서도 그녀는 이 말을 잊지 못했다.

잊을 수가 없었다.

료코는 앞으로의 조사 방침까지 보고를 마친 후, 국장실을 나와 관제실로 향했다.

관제실의 컴퓨터는 정보관리국의 모든 시스템을 총괄 통제한다. 여섯 시간마다 한 번씩 관제관이 교대로 관제실에서 당직을 선다. 현재 관제실 당직은 분명히 후미히로일 것이다. 료코는 어제 그가 당직일 때 어떤 자료를 부탁했는데, 다 되었을지 모르겠다.

국장실에서 관제실로 가려면 중앙처리실을 지나가야 한

다. 료코가 막 그곳에 가까이 갔을 때, 출입구의 경비등이 반짝거리더니 1초도 안 되어 문이 열리면서 가와이 아지미가 나왔다.

"안녕하세요, 아지미."

료코가 그녀에게 인사했다.

"안녕하세요."

상대방이 가볍게 고개를 숙였다.

가르마를 분명하게 타서 넘긴 머리카락에 둥그스름한 뺨에는 주근깨가 있고 서른다섯이 넘었지만 동안이라 나이보다 훨씬 어려 보였다.

중앙처리실에는 여러 대의 슈퍼컴퓨터가 있어서 선인장의 조작은 모두 그 슈퍼컴퓨터가 처리한다. 물론 정보관리국의 여러 사무실에 있는 단말기는 모두 이 슈퍼컴퓨터에 연결되어 있어서 선인장을 조작하기 위해 꼭 중앙처리실에 갈 필요는 없다. 좀더 복잡한 조작을 진행할 생각이 아니라면 말이다.

복잡한 조작이란 각종 가젯을 시스템에 연결하고서 시뮬레이션하는 것을 말한다. 시스템이 서로 다른 형태로 시뮬레이션 평가를 진행할 수 있게 하고 나아가서는 허점을 발견하기 위한 것이다. 이런 조작은 슈퍼컴퓨터에 가젯이 담긴 외장 디스크를 연결하여 처리해야 한다. 그러려면 중앙처리실에 갈 수밖에 없고, 반드시 시스템공정과의 평가관을 통해 실행해야 한다.

예상 가능한 부분이겠지만, 중앙처리실은 출입 경비가 삼엄하다. 사실상 중앙처리실은 최대 세 명의 평가관만 들어갈 수 있다. 입구의 출입경비 시스템에는 3D 카메라가 설치되어 있고, 초정밀 안면식별 기능을 사용한다. 평가관도 중앙처리실에 출입할 때는 자신의 얼굴만 믿어야 하는 것이다. 게다가 매번 들어갈 때와 나갈 때 모두 기록이 남는다.

중앙처리실 안에 들어갈 수 있는 인원수에 제한이 있다 보니, 평가관마다 출입이 허용된 시간대가 다르게 규정되어 있다. 각 시간대의 출입 가능 명단과 출입 기록은 모두 중앙처리실 출입경비 시스템에 저장된다. 명단에 포함되지 않은 사람은 문을 열 수 없고, 억지로 들어가려 하면 곧장 경보기가 울린다.

료코와 아지미는 서로 지나쳐 갔다. 그녀는 막 업무를 마치고 쉬러 나온 참인 듯했다. 두 사람은 잘 아는 사이는 아니어서 길게 인사를 나누지 않았다.

곧 관제실에 도착했다. 비록 이곳도 관계자 외 출입금지이기는 하지만, 중앙처리실에 비하면 관제실의 출입 경비는 상당히 느슨하다. 출입카드만 있으면 드나들 수 있고, 인원수의 제한도 없다.

스즈키 후미히로는 관제실 깊숙한 곳에서 이어폰을 끼고 음악을 들으며 컴퓨터를 조작하고 있다. 자메이카 흑인들이 흔히 하는 레게머리에 선글라스, 입술 피어싱, 짧아서 복근이 다 보이는 티셔츠와 딱 붙는 스키니 청바지까지. 그의 옷차림은 프로그래머보다는 라디오 DJ가 더 어울릴 것 같다.

그리고 후미히로 외에는 감히 그런 차림으로 출근할 수 있는 사람도 없었다.

"후미히로, 부탁했던 일은 어떻게 됐어요?"

료코가 물었다.

"이거 말이에요?"

후미히로가 키보드를 누르니 모니터 화면에 창이 하나 떠올랐다.

여러 막대그래프가 작년 10월 1일부터 매일 중앙처리실을 출입한 사람과 시간을 나타내고 있다. 료코는 마우스를 받아들고 표를 아래로 훑어내렸다. 범위는 11월 30일에서 끝났다.

"중앙처리실에서 두 시간 넘게 있었던 사람이 없다…. 어떻게 그럴 수 있지!"

료코는 실망스러운 탄식을 내뱉었다.

악성 프로그램 F.M.G. 재팬 역시 일종의 가젯이다. 그러니 선인장에 가젯을 설치하려면 반드시 외장 디스크에 담아서 중앙처리실 컴퓨터에 디스크를 연결하고 시뮬레이션 평가를 진행해야만 한다. 시스템공정과의 평가관이 전부 용의자라는 뜻이었다.

다행히 프랭크가 한 가지 단서를 제공했다. F.M.G. 재팬은 상당히 너저분한 방식으로 한 번의 시뮬레이션이 여러 번의 시뮬레이션 결과를 얻도록 한다는 것이었다. 어떻게 연산법을 개량한다고 해도 중앙처리실의 컴퓨터 사양을 생각하면 한 번의 시뮬레이션 평가 구동에 두 시간 이상이 필요하다고 했다. 게다가 평가관은 각자 전용으로 사용하는 외장 디스크가 있고, 일련번호가 있어서 디스크 연결이 해제되지 않으면 디스크 소유자는 중앙처리실 문을 열 수 없게 되어 있다. 이상의 사실들을 종합하면, 선인장을 감염시킨 주범은 중앙처리실에서 두 시간 이상을 머물러야 한다는 결론이 나온다. 평가관이 그렇게 오래 중앙처리실에 머무를 일이 없다. 그러니 각 시간대별로 중앙처리실에 출입한 사람이 얼마나 그 안에 있었는지 조사하면 이론상 용의자가 압축되어야 마땅하다.

관제실의 컴퓨터는 출입경비 시스템 기록을 볼 수 있는 권한이 있으니 용의자를 금세 찾아낼 터였다. 료코는 어제 후미히로에게 이런 자료를 추출해달라고 부탁했고, 쉽게 해결할 수 있다고 생각했다. 그런데 단 한 명의 후보도 나오지 않았다.

"내 생각에는 같은 방법으로 작년 말에 이미 누가 조사해봤을 거 같은데요!"

후미히로가 입안의 풍선껌을 불면서 말했다.

후미히로도 료코처럼 올해 초 정보관리국으로 이동해왔다. 그래서 혐의를 벗을 수 있었다. 그의 직위 역시 평가관이다. 사실상 료코는 후미히로가 상부에서 보내준 조수 역할이 아닐까 의심하고 있다. 그렇지 않다면 이미 오래전에 그의 요란한 옷차림에 대한 지적을 받았을 것이다.

후미히로 같은 '괴짜남'을 파트너로 배정받은 것에 료코도 불만이 없다. 오히려 처음 만난 날, 그가 대뜸 자신이 동성애자라고 커밍아웃을 한 바람에 후미히로와 손발을 맞추는 게 훨씬 편해졌다. 말하자면 친한 여자 친구가 한 명 늘어난 것 같았다.

삐 소리가 나더니 관제실의 문이 열리고 가와이 아사미의 머리가 쏙 들어왔다.

아사미는 아지미의 언니로 두 사람은 열 살이나 나이 차이가 있다. 아사미는 계란형 얼굴에 눈, 코, 입이 동생보다 부드럽게 생겼다. 이 자매는 항상 민낯으로 다니는데, 료코는 두 사람이 화장을 조금만 해도 훨씬 아름다워 보일 거라고 생각했다. 하지만 그런 말을 한 적은 한 번도 없다.

관제실은 특정한 몇몇 평가관이 돌아가면서 당직을 서는데, 이들을 관제관이라고 부른다. 아사미는 관제관 중 한 명이다. 동생인 아지미는 일반 평가관일 뿐이라 교대 당직에는 참여할 필요가 없다. 료코는 최근 며칠간 계속 관제실을 오가면서 관제관들과 친해졌는데, 아지미는 얼굴 몇 번 본 게 다라서 아직 그다지 친한 사이는 아니다.

벽에 걸린 시계를 보니 6시가 넘었다. 아사미의 당직 시간이다. 료코는 조금만 더 기다려달라고 손짓을 했다.

"하아…. 범인이 어떻게 했을 것 같아요?"

료코가 후미히로에게 낮은 목소리로 물었다.

"악성 프로그램이 저장된 외장 디스크를 연결하고 시뮬레이션을 구동시켰다가 두 시간이 되기 전에 디스크를 빼서 중앙처리실을 나온다. 이렇게 해도 감염되지 않을까요? 증거도 남지 않을 테고."

"불가능해요. 시뮬레이션 평가가 완료되기 전에 디스크 연결을 해제하면 시스템에 이상이 생겨요! 그러면 기록이 남을 거고요."

"그럼, 이렇게 했을 가능성은요? 출입 가능한 평가관 A 와 B가 있어요. 범인은 A와 함께 들어가고 B와 함께 나오는 거죠…."

"출입경비 시스템의 안면식별 기능은 문을 열기 전에만 사용되는 게 아니에요. 문이 열리는 순간 다른 사람이 뛰어 들어가려고 해도 안면식별을 진행하고 기록으로 남긴다고요. 그 사람이 출입 명단에 없다면 당장 경보기가 울리죠."

"카메라에 사각은 없을까요? 다른 사람의 뒤에 숨어서 카메라의 사각으로 숨어 들어가면 문제없지 않아요?"

"그렇게 쉽게 몸을 숨길 수 있을 거 같아요?"

후미히로가 료코를 비웃는 표정을 지었다.

"한번 도전해보지 그래요?"

"절대 싫어요!"

료코가 소리를 질렀다가 입구에서 기다리는 아사미에게 생각이 미쳤다.

"휴, 당직 시간도 끝났는데 얼른 나가요. 아사미를 너무 오래 기다리게 하지 말고…. 왜 그래요?"

후미히로는 벽에 기대어 오른손 주먹을 이마에 대고 있었다. 마치 그 속에 든 것을 끄집어내려는 모양새였다.

"귀신이라도 들렸어요?"

"잠깐만요, 뭔가 영감이 떠올랐어요. 어쩌면 범인이 쓴 잔꾀를 찾아낼 수 있을지도 몰라요…."

"예?"

료코가 놀라서 소리를 질렀다.

"뭔데요? 빨리 말해봐요, 얼른!"

"좀 복잡한데, 내일 실험을 해보고 가능한 것 같으면 말해줄게요."

후미히로가 의자에 걸쳐둔 검은 가죽재킷을 집어 들고 입구 쪽으로 걸어갔다. 아사미가 의심스러운 눈으로 두 사람을 쳐다보고 있었다.

"미리 좀 말해주면 안 돼요? 조금만, 조금만요…."

료코는 포기하지 않았다.

"간단히 말해서 '동기화'의 문제죠…. 저는 시뮬레이션 평가를 하러 가야겠어요. 먼저 실례."

후미히로는 고개도 돌리지 않고 초조해서 팔짝 뛸 지경인 료코를 놔두고 가버렸다.

"무슨 말을 하는 거야?"

한쪽에서는 아사미가 호기심 어린 표정을 지었다.

'관제실 당직은 무척 지루하겠지….'

료코는 줄곧 그렇게 생각했다. 왜냐하면 아사미가 의자에 앉자마자 휴대전화로 계속 이메일을 보내고 있었기 때문이다.

아사미는 고개를 숙이고 첫 번째 메일을 보내더니 10초가 지나서 답장을 받고, 이어서 두 번째 메일을 보냈다. 답장을 기다리는 시간에 그녀는 프로그램 창을 열고 한 차례 훑어봤는데, 특별히 할 일을 찾아내지 못한 듯했다. 휴대전화에서 반응이 오자 곧 프로그램 창을 끄고 다시 메일을 확인한 뒤 답장을 보냈다. 이것을 주기적으로 끊임없이 반복하는 것이다. 어느 정도 시간이 지나면 휴대전화가 진동하고, 모니터 화면에서는 윈도 창이 열렸다 닫혔다 했다.

그녀의 그런 동작을 보면서 료코는 지루함을 이기지 못했다.

'나이가 몇인데, 여자 고등학생처럼 메일을 계속 보내고 그러는 걸까. 상대방이 누굴까? 아, 혹시….'

"저기… 제가 피해드릴까요?"

료코가 조심스럽게 물었다.

"네?"

아사미가 손을 멈추고 고개를 들었다.

"계속 메일 보내시는 걸 보니까, 저 때문에 애인이랑 전화통화를 못하시는 건가 싶어서요…."

아사미가 눈을 둥그렇게 떴다.

"아니에요, 괜찮아요. 여기 있어요. 어차피 곧 끝나요."

"미안해요."

그때 료코는 화면에 어떤 윈도 창이 처음부터 지금까지 계속 떠 있는 것을 발견했다. 그녀는 궁금증을 참지 못하고 질문을 했다.

"이 창은 닫히지 않았는데, 상관없나요?"

"응? 아, 그거요…."

아사미가 화면을 흘깃 쳐다봤다.

"괜찮아요. 그냥 형식적인 거라서 조금 있다가 다시 하면 돼요."

"형식적인 일요?"

"다음번 중앙처리실 출입 가능 명단을 설정하는 거예요. 당직 끝나기 전에만 완성하면 되거든요."

료코는 화면을 쳐다봤다. 윈도 창에는 두 줄로 문자열이 나열되어 있었다. 첫 줄에는 '현재 명단, 스즈키 후미히로, 가와이 아지미, 쓰다 요시히토'라고 쓰여 있고, 두 번째 줄에는 '다음 명단'이라고만 쓰여 있다. 이어서 빈칸이 세 개 있는 걸 보니 직접 입력해야 되는 모양이다.

그녀는 방금 전 중앙처리실 문 앞에서 아지미를 만났던 것과 후미히로가 '시뮬레이션 테스트를 하러 가야 한다'고

했던 것이 생각났다. 그 두 사람은 현재 중앙처리실 출입 가능 명단에 들어가 있는 게 맞는 것 같다. 윈도 창의 내용이 일목요연했다.

아사미는 여전히 메일을 보내고 있다. 거의 대여섯 번 정도 더 보낸 뒤에야 '형식적인 일'에 관심을 돌렸다. 그녀는 벽에 붙은 교대표를 살펴보고 모니터 앞으로 돌아와서 다음번 명단의 세 사람을 빈칸에 입력하고 '쓰기' 버튼을 클릭한 뒤 창을 닫았다.

"지금 명단이 갱신되면 누가 안에 있다가 나오지 못하는 거 아니에요?"

"12시가 되어야 효력이 발생해요."

아사미가 대답했다.

"게다가 그 사람이 12시를 넘겨도 괜찮아요. 평가관이 중앙처리실에 출입하는 것은 전부 안면식별을 거치기는 하지만, 들어갈 때는 명단과 대조해도 나올 때는 대조할 필요가 없거든요. 들어간 기록만 있으면 나오는 건 다 가능해요."

그후의 시간 동안, 아사미는 여전히 수시로 메일을 보냈다. 단지 빈도가 아까보다 훨씬 줄어들었다. 그녀는 화면 위의 프로그램에 흥미를 잃었다. 어느 순간 갑자기 고개를 들더니, 료코에게 말을 걸었다.

"료코, 여자한테 얼굴이 몇 개 있다고 생각해요?"

"음…."

갑작스런 질문이라 료코는 순간 어떻게 답을 해야 할지 몰랐다.

"세 개… 아닐까요? 하나는 가족에게, 하나는 연인에게, 하나는 친구에게 보여주는 얼굴이죠."

"내 생각엔 여자의 얼굴은 숫자로 셀 수 없다고 생각해요. 재난을 겪을 때마다 얼굴이 하나 새로 생기니까."

"실연을 포함해서?"

"실연을 포함해서!"

아사미가 미소를 지었다.

두 사람은 자기 연애사를 털어놓기 시작했다. 나이가 많은 아사미가 자연히 료코보다 경험이 풍부했다. 아사미가 가장 최근의 남자를 언급할 때는, 전에 보지 못했던 환한 미소가 얼굴에 드러났다.

"우리는 헤어지지 않았어요."

"헤어지지 않았다고요?"

료코가 의아해했다.

"그럼 어떻게 실연한 거죠?"

"그이는… 정의를 위해서 죽었거든요."

아사미의 두 눈이 반짝거려서 료코는 그녀가 울 것 같다고 생각했다. 그러나 그녀는 한숨을 내쉬더니 말했다.

"그러니까 그이는 천국에 갔을 거예요. 그런데 내가 지옥에 간다면 우리가 또 만나서 사랑할 수 있을까요?"

그 말에 료코는 가슴 한쪽이 욱신거리는 기분이었다.

그때 관제실 입구에 누군가 나타났다.

"쓰다, 무슨 일이에요?"

아사미가 물었다.

키가 크고 마른 젊은이가 입구에 서 있었다. 료코는 모르는 얼굴이었다. 아마 당직을 하지 않는 평가관일 것이다. 그는 새파랗게 질린 얼굴로 더듬더듬 말했다.

"제, 제가 막 중앙처리실에 가서 시뮬레이션 평가를 하려고, 봤어요…. 아, 아, 봤어요…."

그렇다면 이 사람이 아까 출입 명단에 있던 쓰다 요시히토인 듯했다. 그는 제대로 말을 잇지 못하더니 아예 아사미의 소매를 잡아당겼다.

"어머!"

아사미는 그가 당기는 대로 끌려서 중앙처리실 입구까지 달렸다. 료코도 그 뒤를 따라갔다.

쓰다가 문 앞에 몇 초 서 있었더니 곧 출입경비 시스템이 해제되는 듯 달칵 소리가 들렸다. 그는 문을 밀어 열고 안으로 들어갔다. 다른 두 사람은 출입이 허가되지 않았기 때문에 쓰다는 문 안쪽으로 들어간 다음 문을 90도로 열어서 료코와 아사미가 내부의 상황을 볼 수 있게 해줬다.

료코와 아사미가 동시에 비명을 질렀다.

한 사람이 입구를 등지고 키보드 위에 엎어져 있는 게 보였다. 짧은 송곳이 그의 옆구리에 박혀 있고 상처에서 피가 흐르고 있었다. 한눈에도 알아볼 수 있는 레게머리와 짧은 티셔츠가 그 사람이 누구인지 알려줬다.

"후미히로!"

료코는 저도 모르게 소리를 지르며 경보기가 시끄럽게 울리는 것도 신경 쓰지 못하고 문 안으로 뛰어들어 그 사람을 껴안으려 했다.

그녀의 가장 유능한 '조수'를 말이다.

PROCESS FEI

예상한 것과 별 차이 없이, 메이구가 사쿠란보 빌딩으로 돌아왔을 때는 저녁 6시였다.

메이구는 쓰레기 수거장으로 향했다. 오늘은 맑으니 종이상자 집의 습기도 많이 줄었다. 그는 충전식 랜턴을 켜고 그대로 드러누워서 골판지 냄새를 들이마셨다. 이렇게 해야 마음이 편안해진다. 오늘 얻은 정보를 곰곰이 생각해본다.

국가 프로젝트 히미코.

구체적으로 어떤 프로젝트인지 메이구도 잘 모르지만, 히로시 아저씨가 관련된 것은 안다. 6년 전 자신이 고아원을 떠났고, 히로시 아저씨가 문서를 원장에게 맡긴 것도 같은 해였다. 어떤 일이 먼저 있었던 걸까? 지금으로서는 알 수 없다. 프로젝트명이 'HIMIKO'라고 알파벳 대문자로 쓰여 있었던 것을 보면 무언가의 줄임말이나 이니셜일 가능성이 있다. 자신의 이름도 일본식으로 발음하면 역시 히미코가 된다. 메이구는 이게 우연이라고 생각하지 않았다. 분명히 인과관계가 있다.

'히로시 아저씨가 살아계셨다면 나에게 다 설명해줬을까…?'

메이구는 어쩔 수 없는 슬픔이 치밀어 오르는 것을 느꼈다. 그러나 더 생각해봐야 소용없다는 것도 잘 알고 있다. 지금 할 수 있는 것은 페이쓰저의 연락을 기다리는 것이다.

그는 술이 필요했다.

메이구는 후다닥 몸을 일으켜 밖으로 나왔다. 하늘색이 이미 어두워졌다. 가부키초가 가장 바쁠 시간대다. 왁자지껄한 인파의 소음 사이로 호객을 하는 술집 종업원들 목소리가 뒤섞인다.

밖에 나가기는 싫었기 때문에, 건물 후문을 지나 로비에 들어와서 곧장 2층으로 올라갔다. 아사가오의 마담 얼굴을 보고 싶었다.

그제부터 붙어 있던 영업을 쉰다고 알리는 종이가 여전히 문 위에 붙어 있어서 크게 실망했다. 가게 문을 여는 시간이 됐는데 이 상태라면 오늘도 영업을 하지 않을 듯했다.

메이구는 어쩔 수 없이 발길을 돌려 3층의 아지사이로 갔다. 여기서는 일반적인 술 외에 칵테일도 내놓는다. 마담이 직접 만드는 칵테일이다. 메이구는 그렇게 곱고 아기자기한 술은 영 좋아하지 않아서, 여기 오면 위스키만 주문한다.

문을 열자마자 안리의 어딘지 약간 당황한 듯한 표정이 보였다.

"어서 오세요. 죄송합니다만, 조금 뒤에 오셔야 할 것 같은…. 아!"

메이구라는 걸 알고는 구세주라도 만난 듯 얼굴이 밝아진다.

"정말 잘 왔어!"

"말씀하신 대로 조금 뒤에 다시 올게요."

메이구는 분위기가 이상하다고 느끼곤 몸을 돌려 도로 나가려 했다.

"어딜, 돌아와!"

안리가 급히 달려와서는 메이구의 목덜미 옷깃을 꽉 부여잡았다. 메이구는 얌전히 자리에 앉아야 했다.

"무슨 일이에요?"

"친구한테 문제가 생겨서 말야, 거기 가봐야 하는데. 가게 좀 봐 줘."

"예?"

메이구는 어리둥절했다.

"얼마나요?"

"글쎄…. 8시 전엔 돌아올 수 있을 거야."

"그렇게나 오래? 나 칵테일도 못 만드는데 손님 떨어질 거예요."

"어쨌든 가게에 아무도 없는 것보다는 낫잖아."

안리가 가게 한쪽 구석으로 가서 그녀의 커다란 가방을 집어 들었다.

"일반 술을 주문하는 손님만 상대해줘."

메이구는 안리를 쳐다봤다. 저 사람 진심인가? 그녀가 초조하게 움직이는 모습을 보니 어쩌면 정말로 중요한 일이 있는지도 모른다. 그녀가 평소에 자신을 잘 돌봐줬으니까 한 번쯤 도와줘도 좋을 것이다.

안리의 악어무늬 가방은 크기가 상당히 큰데 둥그렇게 부풀어 있는 모양새가 이것저것 많이 들어 있는 것 같았다. 그녀는 가방을 어깨에 멨다가 무게를 가늠해보더니 도로 내려서 손에 들었다.

"최근에 마오 씨 본 적 있어요?"

메이구가 갑자기 질문을 꺼냈다.

"오늘까지 해서 벌써 사흘째 가게 문을 열지 않는데."

"어? 응⋯."

안리는 입구로 걸어가던 발걸음을 멈췄다.

"마오 언니는 요즘 고민이 많아서 가게에 나올 기분이 아닌가 봐."

"고민요? 돈 문제?"

"언니가 말을 하지 않으니 나도 잘 모르겠어. 영업시간에 어디 가 있는지⋯. 하지만 잘 때는 여기로 돌아와서 자더라."

2주 전, 마오가 빌린 아파트에 계약 문제가 생겨서 한동안 외부에서 잠을 자게 됐다. 그녀는 아사가오에 와서 바닥에 이부자리를 깔고 잤다. 가게에서 숙식을 한다지만, 메이구는 낮에 그녀를 거의 보지 못했다. 최근에는 저녁에도 보이지 않는다.

"분명히 곤란한 일이겠지. 언니는 우리가 걱정하는 게 싫어서 그러는 거야."

안리가 한숨을 폭 쉬었다.

"이만 가볼게!"

이때 아지사이의 문이 열리고 종소리가 울리면서 건장하고 키가 큰 남자가 들어왔다. 낮에 만났던 칼자국이 있는 남자가 다시 나타났다.

"마코토, 어서 와!"

안리가 그를 향해 인사를 건넸다.

"오랜만에 왔는데 가미카제 칵테일을 만들어주지 못하겠는걸. 오늘은 여기 오빠가 접대할 거야! 메이구, 부탁할게."

안리가 굽이 낮은 신발을 신고 빠른 걸음으로 가게 문을 나섰다. 마코토가 무슨 상황인지 이해하는 것처럼 메이구를 쳐다봤다.

"직원 일 해결됐다. 5층은 돌려줄게."

"알았어요."

"가쿠빈 위스키 한 잔 줘."

마코토는 그 말을 끝으로 가게 구석의 4인용 테이블에 가서 서류가방을 내려놓고 의자에 털썩 앉았다. 메이구는 조그만 의자가 커다란 엉덩이에 눌려 짜부라지지나 않을까 걱정이 됐다. 그는 서류가방에서 두툼한 종이뭉치를 꺼내 읽기 시작했다. 그의 진지한 태도를 봐서는 아마도 채무장부가 아닐까.

메이구는 바에 가서 가쿠빈과 술잔, 얼음통을 꺼냈다. 원래는 한 잔을 따라서 마코토의 테이블로 가져다 줄 생각이었는데, 그가 말도 없이 와서는 얼음을 담은 잔과 함께 위스키를 병째로 들고 자기 자리로 돌아갔다. 다시 자리에 앉더니 직접 술을 따른 다음 계속해서 서류를 읽었다.

그다음 30분 동안, 몇 명의 손님이 계속 찾아왔다. 평일이라 손님이 많지는 않았고, 그나마도 마담을 보러 들른 것일 터였다. 손님은 대부분 젊은 편이었고 칵테일을 좋아하는 남자 직장인들이었다. 손님들은 바를 지키는 사람이 안리가 아닌 것을 보고는 실망하는 표정을 지었다. 어떤 사람은 일말의 체면도 세워주지 않고 곧장 몸을 돌려 가버렸고, 또 어떤 사람은 칵테일을 주문했다가 메이구가 할 줄 모른다고 하자 돌아가기도 했다.

'거 봐, 안리 씨가 무리했다니까…'

일반적인 술만 마실 손님만 받는다면 장사는 거의 못 한다고 봐야 한다. 메이구는 아예 텔레비전을 켜고 뉴스를 보기 시작했다.

"오늘 오전 10시, 법무성 정보관리국장 다케우치 구니오가 기자회견을 열어 얼마 전 전국 각지의 지역갱생보호위원회 정보 시스템이 인터넷 공격을 받은 사건을 언급했습니다. 다케우치 국장은 선인장 시스템은 가석방 심사를 보조하고 있음을 강조하면서 시스템의 안정성이 이미 전국적인 표준에 도달했다고 밝혔습니다. 또한 이번 인터넷 공격은 선인장 시스템을 노린 것이며, 각 지역의 담당 공무원들에게 범죄집단이 목적을 이루지 못하도록 만반의 준비를 할 것을 당부했습니다…"

뉴스 앵커의 목소리와 함께 화면에는 잘 생긴 얼굴이 수많은 마이크에 둘러싸인 채 카메라 플래시 세례를 받고 있는 모습이 나왔다. 메이구는 '저 사람이 바로 다케우치 국장이구나' 하는 생각을 했다. 낮에 료코를 만난 이후로 메이구는 저 사람이 무척 싫었다. 시나리오 TE0000 2138657496 속의 악당 이미지 때문만은 아니었고, 그가 감시 시스템과 선인장을 결합시키는 정책을 입안했기 때문이었다. 그 정책 때문에 마음만 먹으면 재소자가 아닌 사람에 대해서도 시뮬레이션 평가를 실시할 수 있고, 시나리오를 통해 그 사람의 생활을 속속들이 관찰하는 게 가능하다. 정부는 전 국민을 훔쳐볼 것이고, 다케우치가 바로 주동자다.

료코가 일본의 감시 시스템은 아직 그렇게까지 대단하지 않다고 했지만, 그게 핵심이 아니다. 제도 그 자체에 문제가 있다.

그렇기 때문에 메이구는 뉴스에서 언급한 범죄집단에 오히려 호감을 느꼈다. 얼마 전 인터넷 토론 게시판에서 어떤 사람이 최근 20년간의 반정부조직을 열거하면서 그중 하나인 '인과공진회'가 이번 공격에 참여했을 가능성이 가장 크다고 했다. 이 조직은 행적이 무척 신비스럽다. 겨우 10년밖에 되지 않았지만 내부에는 과학기술 분야의 엘리트들이 잔뜩 모여 있다. 그들이 다양한 방식을 써서 정부의 메커니즘을 교란시키고 있어 공무원들이 골머리를 앓는다고 한다.

시나리오 TE00002138657496에도 이 조직이 언급된 것을 보면 감시 시스템이 그들의 자료도 갖고 있는 모양이다. 그렇다면 정부에서 인터넷 공격도 미리 눈치를 챘을 텐데, 방비를 하고도 막지 못한 거라면 이 조직이 얼마나 대단한지 잘 보여주는 사례다.

'작년 10월 선인장이 F.M.G. 재팬의 파괴공작 사건을 겪었고, 당시에는 아무런 보도도 나오지 않았지. 아마도 법무성에서 내부에 범인이 있다고 생각했으니 소식을 덮으려고 한 걸 거야. 이번에 인터넷 공격은 전국적으로 확대됐으니까 매체도 숨길 수만은 없었던 거지…'

메이구는 내심 인과공진회(비록 주범으로 추측만 할 뿐이지만)에 갈채를 보냈다.

"지금부터 사회 뉴스를 전해드리겠습니다."

앵커의 목소리에 메이구도 현실로 돌아왔다. 그의 주의력이 다시 텔레비전을 향한 순간, 생각지도 못하게 화면에서 익숙한 장소를 봤다.

"저녁 7시, 사이타마 현 도코로자와 시의 주택에서 한 남성이 숨진 채 발견됐습니다. 사망자는 올해 57세의 페이쓰저 씨로, 이웃이 머리에 총을 맞고 사망한 그를 발견했습니다. 현장의 상황은 매우 어지럽혀져 있었으며 강도살인일 가능성이 높습니다. 경찰에서는 수사력을 집중하여…."

뉴스 화면에 나온 집은 바로 메이구가 오늘 방문했던 곳이었다.

'원장이 살해됐어?'

메이구는 바 안쪽에 멍청히 서서 오래도록 제 정신으로 돌아오지 못했다.

안리가 아지사이에 돌아온 시간은 8시 반이었다. 몇 명 없던 손님도 다 계산하고 떠난 뒤여서 가게 안에는 처음부터 있던 마코토와 바 안쪽에 있는 메이구뿐, 다른 사람은 없었다.

"늦어서 미안!"

안리는 가게에 들어오자마자 깜짝 놀랐다.

"어머, 손님이 아무도 없네? 마코토, 당신은 아직 있고. 한 병을 다 마신 거야?"

EP.4 PROCESS SYNCHRONIZATIO

그녀는 가게 구석으로 가서 손에 들고 있던 커다란 가방을 의자 위에 내려놨다. 마코토는 술에 꽤 취한 듯 테이블 위에 웅크려 엎드린 모습이었다. 그 옆에 놓인 가쿠빈 병은 텅 비어 있다.

"마코토, 일어나! 마코토⋯."

다행히 마코토는 심하게 취한 것은 아니어서 몇 번 두드리자 정신을 차리고 일어섰다. 안리는 그의 서류가방을 대신 들고 비틀비틀 걷는 그를 부축해 가게 문 바깥까지 갔다. 마코토가 혼자서 위층으로 올라갈 수 있는지 확인한 안리가 문을 닫고 가게로 돌아왔다.

"응? 뭘 놓고 갔네⋯. 어휴, 나중에 갖다 주지 뭐!"

그때 안리의 눈에 바 안쪽에 멀거니 선 사람이 보였다.

"메이구? 뭐 하고 있어? 너한테 가게를 맡기면 영 안심이 안 된다니까! 이봐⋯."

메이구는 한 손으로 턱을 괴고 눈을 내리뜬 채 바 테이블 표면만 뚫어져라 쳐다보고 있다. 그는 아까부터 계속 저러고 있는 중이다. 페이쓰저의 사망 소식에 너무 충격을 받은 탓이었다. 그는 그게 다 자기 책임이라고 생각했다.

"얘, 메이구!"

안리가 그의 어깨를 잡고 흔들었다.

두어 번 흔들자 메이구도 정신을 차리고 눈앞에 선 사람을 쳐다봤다.

"안리? 화장 지웠어요?"

안리는 평소에 진하고 화려하게 화장을 하는 편이라 아무것도 바르지 않은 모습은 완전히 다른 사람 같았다.

"이제 정신이 들어? 너 눈 뜨고 자는 줄 알았지 뭐니! 도와줘서 고마워. 이다음은 내가 할게."

안리가 가게를 둘러보면서 손을 허리에 얹고 말했다.

"하지만 지금 상황을 보니 더 손님이 올 것 같지도 않고, 오늘은 일찍 문을 닫아야겠어."

그녀는 메이구의 등을 툭툭 치며 바 바깥으로 나가라고 떠밀었다. 그런 다음 입구로 가서 바깥에 걸린 영업 중 팻말을 뒤집어놓았다.

"오늘은 별로 못 벌었겠지만, 그래도 수고해줬으니까 내가 한 잔 살게! 뭐 마실래?"

"야마자키 25년산."

메이구가 입을 삐죽거리며 대답했다.

"죄송합니다만, 야마자키는 없답니다! 그리고 난 칵테일을 말한 거였어."

안리가 정색을 하고 말을 받았다.

"그럼… 롱아일랜드 아이스티."

안리는 "좋아"라고 말하면서 바 안으로 들어가 재료와 셰이커를 꺼냈다. 곧 칵테일이 완성됐다. 그녀가 자기 잔에는 오렌지주스를 따랐다. 두 사람의 잔이 바 테이블 위에 올려졌다.

"먼저 마셔."

안리는 바에서 나와 화장실 쪽으로 가면서 말했다.

"난 화장 좀 할게."

메이구는 바 앞에 놓인 높은 의자에 앉아 한 모금 마셨다. 역시, 칵테일은 별로다.

화장실에서 안리가 허밍으로 노래를 부르는 소리가 들렸다. 메이구는 가게 안을 둘러보다가 구석 자리 4인용 테이블에 시선이 닿았다. 의자 위에 두 가지 물건이 놓여 있는 게 보였다.

악어무늬 가방은 아까와 다름없이 둥그렇게 부푼 모양으로 놓여 있다. 그 옆의 의자 위에는 크래프트지로 만든 종이가방이 놓여 있는데, 안에 뭔가 들어 있는 것 같았다.

'아까 나갈 때 종이가방도 있었나? 아마 밖에서 가지고 온 것 같은데, 가방에 들어가지 않아서 손에 들고 왔나 보군…'

직업병이나 다름없는 호기심이 고개를 쳐들었다. 메이구는 나쁜 짓이라고 생각하면서도 저게 뭔지 보고 싶다는 욕망을 이기지 못했다.

4인용 테이블 쪽으로 이동해 종이가방 속 물건을 꺼냈다. 바인더 클립으로 고정된 두툼한 종이뭉치였다. 한쪽 구석에 쪽수와 문서 제목이 표시돼 있다. 메이구는 쪽수 옆에 적힌 글자를 보고 굳어버렸다.

연구 프로젝트 HIMIKO.

맨 첫 장은 '차례'이고 그다음은 '머리말' '연구 취지' '개요' 등이 이어졌다. '표지'가 없다. 종이의 변색 정도를 볼 때 자신이 원장에게 받아온 종이와 같은 문서인 게 분명했다. 안리 씨가 어떻게 이걸 갖고 있는 거지?

그는 원장이 살해당했다는 뉴스를 떠올렸다. 설마….

메이구는 날뛰는 감정을 가라앉히려 애를 썼다. 화장실 쪽을 바라봤다. 안리가 언제 나올지 모르니 틈을 만들어야 했다. 지금은 어쩔 수 없고 자기 방에 서류를 가져가서 읽는 게 좋다는 것은 알지만, 문제는 어떻게 해야 들키지 않을 것인가다.

잠깐 생각하던 메이구는 서류를 원래 있던 곳에 돌려놨다. 그는 윗옷 안주머니에서 작은 비닐백을 꺼냈다. 그가 각종 상황에 대처하기 위해 늘 휴대하는 수면제가 들어 있다.

비닐백을 열고 안에 들어 있는 가루를 오렌지주스에 탔다. 손가락으로 휘휘 저으니 가루는 금세 녹아버렸다.

"아, 다했다!"

화장실에서 나오는 안리의 얼굴에는 파우더와 아이라인, 인공 속눈썹이 붙어 있다. 메이구는 안리의 화장 속도에 감탄을 금치 못했다.

"오래 기다렸지?"

안리가 바 안쪽으로 들어가서 메이구와 마주보며 빨대로 오렌지주스를 한 모금 마셨다.

두 사람은 각자 근황을 이야기하며 수다를 떨었다. 안리는 무례한 손님을 욕했고, 메이구도 흥신소 일을 이야기했다. 그동안 메이구는 상대방의 음료수가 얼마나 줄어드는지를 줄곧 관찰하면서 언제쯤 그녀가 잠들지 계산했다.

"메이구, 일은 좀 어때? 내가 도와줄 건 없어?"

"요즘 늘 그 소리네요."

메이구가 그녀의 눈을 들여다보며 물었다.

"무슨 의도예요?"

"어머나, 동생 같으니까 그러는 거지! 일거리가 없으니 먹고사는 문제가 걱정이잖아. 여자친구는 없어?"

메이구가 쓴웃음을 지으며 고개를 저었다.

"재미없는 남자네."

안리가 손가락으로 메이구의 이마를 꾹 밀었다.

"모처럼 해후한 건데 기회를 잘 잡아봐."

느닷없이, 메이구는 료코를 떠올렸다.

"오늘 의뢰인이 여자였어요."

안리는 그 말을 듣더니 당장 귀를 쫑긋 세우며 메이구 쪽으로 다가왔다. 어서 말해보라는 거였다. 메이구는 오늘 료코와 만난 일을 간단히 설명하면서 상대가 정부 공무원이라고 언급했다. 그러자 안리가 두 눈을 동그랗게 뜨면서 감탄하는 표정을 지었다.

'어쩌면 떠볼 수 있을지도…….'

"안리 씨, 물어볼 게 있어요."

메이구가 화제를 돌렸다.

"히미코라는 거 알아요?"

"히미코? 네 별명이잖아. 아니면 역사에 나오는 사람 말하는 거야?"

"내 말은, 영어 대문자로 쓴 히미코예요."

메이구가 고개를 저었다.

"H, I, M, I, K, O. 연구 프로젝트."

그 순간 메이구는 안리의 표정이 얼어붙었다는 걸 알아차렸다.

"무슨 소리야, 그게?"

그녀의 미소는 어딘지 딱딱했다.

"연구 프로젝트가 뭔데?"

'역시 알고 있어.'

"그냥 연구 프로젝트죠. 나도 이름만 알아요. 내용은 잘 모르고."

"어디서 그런 걸 들은 거야? 아…."

말하다 말고 안리는 갑자기 오른손으로 이마를 짚으며 고개를 좌우로 흔들었다.

"이상하네…."

약효가 돌기 시작한 것이다. 걸음도 비틀거리기 시작했고, 메이구가 그녀의 어깨를 붙잡았다.

"왜 이렇게 졸리지…."

안리는 상체를 가누지 못하더니 바 테이블 위로 엎어졌다. 메이구는 잠깐 지켜보면서 안리가 완전히 잠들기를 기다렸다가 바 안쪽으로 들어갔다. 그는 안리를 벽에 기대게 하고 바닥에 앉혔다. 가게에는 담요 같은 것이 없어서 이러는 수밖에 없었다.

'미안해요, 안리 씨. 서류 다 읽고 깨워줄게요.'

메이구는 가게 구석 자리로 가서 서류를 꺼낸 다음 가게 입구 쪽으로 걸어갔다.

그는 1층의 상자 집에 가서 천천히 이 중요한 단서를 살펴볼 생각이었다.

PROCESS RYOKO

법무성 청사가 온통 난장판이었다.

중앙처리실에서 피를 흘리며 쓰러진 후미히로를 본 료코는 출입경비 시스템을 무시하고 뛰어들었고 경보음이 마구 울렸다. 세 사람은 후미히로가 숨이 붙어 있는 것을 알고는 급히 구급차를 불렀는데, 구조요원이 들어가기 위해 또 몇 차례 경보음이 울렸다. 이 모든 과정에서 경보음이 온 청사에 울려퍼졌고, 기술부서 직원이 불려와 경보음을 아예 *끄고서야* 사람들의 귀가 평온을 되찾았다.

이어서 형사들이 수사를 하러 왔다. 경시청이 바로 근처라 수사관이 금세 도착했는데, 그들 역시 출입경비 시스템의 문제와 맞닥뜨리게 됐다. 아예 기술부서 직원에게 잠시 출입경비 시스템 자체를 해지해달라고 한 뒤 경찰이 현장에 진입했다.

난리 통이 지나가자 료코는 온몸의 기력이 다 빠졌다. 시간도 밤 10시였고, 그녀는 그저 집에 가서 목욕을 한 뒤 자고 싶었다.

하지만 일이 아직 끝난 게 아니었다. 경찰의 조사를 받아야 했다. 경찰은 관제실을 조사 장소로 삼아 사람들을 불렀다. 가장 먼저 조사를 받은 사람은 아사미였다. 료코는 관제실 바깥에서 한동안 기다리고서야 차례가 돌아왔다.

관제실에는 형사 두 명이 있었다. 한 명은 뚱뚱하고 다른 한 명은 깡말랐는데, 뚱뚱한 쪽이 호소카와, 마른 쪽이 오타였다. 료코는 두 사람의 체격을 눈여겨보면서 그들이 혹시 시나리오 TE00002138657496에 등장한 형사는 아닐까 생각했다.

료코가 자리에 앉자 오타가 재촉하듯 말했다.

"사망자의…, 아차."

호소카와가 오타의 옆구리를 쿡 찔렀다.

"흠, 피해자를 보게 된 경위를 설명해주십시오."

"그때 전 이 방에 아사미와 함께 있었어요."

료코가 오후에 있었던 일을 설명했다. 국장실을 나온 후 관제실에 왔고, 그때 당직은 후미히로였다. 6시에 아사미가 들어와 교대하려 했는데, 료코와 후미히로가 중앙처리실 출입경비 시스템에 대해 이야기를 나누느라 20분 정도 교대가 늦어졌다. 그런 다음 후미히로는 시뮬레이션 평가를 해야 한다며 관제실을 나갔다. 그 뒤로 료코는 쓰다가

와서 알려줄 때까지 줄곧 아사미와 관제실에 함께 있었고, 세 사람이 함께 중앙처리실에 가서 쓰러진 후미히로를 발견했다.

"쓰다가 언제 왔죠?"

호소카와가 질문했다.

"현장에 와서 시간에 생각이 미쳤어요. 그때가 9시였습니다. 그러니 쓰다가 왔을 때는 9시 전이에요."

"그럼 6시 20분부터 9시 사이에 가와이 씨와 여기 계셨다는 거군요."

"네."

"그때 가와이 씨가 평소와 다른 점은 없었나요?"

오타가 이어서 질문했다.

"괜찮았어요, 단지 한동안 계속 이메일을 보냈지요."

아사미는 애인과 통화를 하고 싶었지만 료코가 같이 있어서 이메일을 보냈다. 료코는 그것 때문에 좀 미안했다. 형사 두 사람은 그 말을 듣고 고개를 끄덕였고, 특별히 신경을 쓰는 것 같지 않았다.

"피해자가 시뮬레이션 테스트를 하러 가기 전, 무슨 이상한 점은 없었습니까? 혹은 평소와 다른 점이나?"

호소카와의 질문이었다.

"생각을 좀 해볼게요…."

료코가 후미히로의 말을 떠올렸다.

"사건을 해결할 좋은 생각이 떠올랐다고 했어요, 내일

실험을 해볼 거라고⋯. 그리고 뭐라더라, 동기화 문제를 언급했고요."

"사건을 해결한다고요? 무슨 사건 말입니까?"

료코가 작년에 선인장이 악성 프로그램의 공격을 받은 사건과 관계가 있다고 설명하자, 아사미가 이미 언급했는지 형사들도 곧장 이해하는 듯했다. 후미히로는 악성 프로그램의 침입 방법을 알아챈 것 같았고, 내일 실험을 해볼 생각이었다. 동기화가 무엇을 가리키는지는 료코도 형사들도 이해할 수 없었다.

호소카와와 오타가 눈빛을 주고받았다.

"그렇다면 스즈키 씨에게 자살 동기는 없다는 거군요?"

오타가 머리를 긁적였다.

"말도 안 됩니다!"

료코가 대답했다.

"사실 사건 현장의 컴퓨터에 창이 하나 떠 있었어요."

호소카와가 잠깐 말을 끊었다.

"그 위에 '미안합니다. 다 제가 한 짓입니다'라고 쓰여 있었지요. 이런 자백의 내용을 보면 유서라고 봐도 무리가 없거든요."

"말도 안 돼요."

료코가 한 번 더 말했다.

"후미히로는 올해 초 이 부서로 발령받았습니다. 범인일 리가 없다고요."

"음…. 자살이 아니라면 정말 일이 어려워지는데."

오타가 팔짱을 꼈다.

료코는 그 말의 의미를 잘 이해하지 못해서 의아한 표정을 지었다. 호소카와가 그걸 보더니 화면 앞으로 걸어가서 마우스로 창을 하나 선택했다. 그 창에는 후미히로가 료코에게 보여준 막대그래프가 있었다. 다만 날짜가 다르다. 바로 오늘이다.

"이건 오후에 중앙처리실을 출입한 사람과 시간입니다. 여기 보시면…."

그래프에는 아래와 같이 출입 기록이 나타났다.

가와이 아지미: 입 15:42, 출 17:10

스즈키 후미히로: 입 18:24

쓰다 요시히토: 입 20:53, 출 20:56, 입 21:01

허가되지 않은 자: 입 21:02

료코는 처음부터 형사가 관제실에서 조사를 한다는 것이 의아했다. 그러면 관제실 업무에 지장을 준다. 이제 보니 그들은 이 자료를 열람하려고 관제실을 선택한 모양이다.

료코는 출입 기록을 하나하나 살폈다. 아지미가 중앙처리실을 나온 것이 5시 10분이다. 자신이 그때 그 앞을 지나가다가 그녀를 만났다.

후미히로가 관제실을 떠난 것은 6시 20분쯤이었고, 그는 곧장 중앙처리실에 들어간 게 확실했다. 쓰다가 9시에 복부를 찔린 후미히로를 발견하고 곧바로 관제실에 와서 료코와 아사미에게 알렸다. 9시 2분의 '허가되지 않은 자'란 아마도 경보음을 울리게 만든 자신일 것이다….

'출입 기록과 사람들의 움직임은 전혀 모순되지 않은데. 그렇다면 이상한 부분은….'

"아!"

료코가 저도 모르게 외마디 소리를 질렀다.

"당신도 알아챈 것 같군요."

오타가 말했다.

"범인의 출입 기록이 없습니다. 스즈키가 들어간 후 쓰다가 시체를 발견할 때까지…, 아차, 피해자를 발견할 때까지 자료에는 아무도 들어간 사람이 없다고 나오지요."

"하지만, 그러면 쓰다가 범인이라는 게…."

료코는 쓰다가 범행을 저지른 후 그녀와 아사미에게 알려서 사건 발견자로 위장했을지 모른다고 추측했다.

"쓰다가 3분 만에 범행을 끝낼 수 있는지는 제쳐놓는다 해도…."

호소카와가 고개를 흔들면서 말했다.

"우리는 전화로 구조요원에게 확인을 받았어요. 피해자의 복부 상처에서 흐른 피와 조직 반응으로 볼 때, 한 시간 사이에 찔렸을 가능성은 없다고 합니다. 구조요원이 그 말을 했을 때가 9시 반입니다. 그러니 범행시각은 최소 8시

반 전이라는 결론이 나옵니다."

'맞아, 평가관은 보통 중앙처리실에서 두 시간 이상 있지 않아. 후미히로는 6시 반쯤 들어갔으니까 9시가 될 때까지 오래 거기 있을 필요가…'

료코는 속수무책이었다. 이렇게 되면 용의자도 단서도 없는 셈이다.

그러나 다음 순간, 어떤 생각이 그녀의 머릿속에 떠올랐다.

"우리는 다시 자살의 가능성을 생각해야겠군요."

오타가 한탄하듯 말했다.

"사망자…, 아차, 피해자는 현재 병원에 누워 있고 아직 위험한 고비를 넘긴 건 아닙니다. 뭔가 소식이 있으면 알려드리죠."

"고맙습니다."

조사가 끝났다. 료코는 형사들에게 인사를 한 뒤 관제실 문을 닫고 나왔다. 떠나기 전에 깡마른 형사가 혼잣말을 하는 게 얼핏 들렸다.

"시체를 너무 많이 봤어. 어째 매번 말실수를 하는지…"

료코는 자기 사무실인 조사관실로 돌아와 내선전화로 기술부서 직원을 불렀다.

료코는 오늘의 사건과 과거의 선인장 파괴공작 사건에 비슷한 점이 있다고 생각했다.

'용의자의 출입 기록을 찾을 수 없다…'

그녀는 문제가 출입경비 시스템에 있다고 생각했다.

"작동 원리를 알고 싶다고요?"

눈앞의 기술부서 직원은 이와사키라고 했다. 검은 테 안경을 쓰고 아주 활기차 보이는 노인이었다. 비록 머리는 하얗게 셌지만, 목소리가 힘 있게 울렸다.

료코가 맹렬하게 고개를 끄덕였다. 그녀는 출입경비 시스템의 세부적인 작동 원리에 실마리가 있을 거라 여겼다.

"번거로우시겠지만, 가능한 간단하게 설명해주세요."

"의외네요. 조사관이라고 해도, 이걸 물어본 사람은 한 명도 없었거든요."

이와사키는 안경을 밀어 올리며 희귀한 생물이라도 본 듯 료코를 요모조모 살폈다. 그러더니 흡족한 듯 고개를 끄덕이면서 옆에 놓인 화이트보드로 걸어갔다. 마커펜을 들고 도표를 슥슥 그리기 시작했다(그림1).

"출입경비 시스템은 조그만 컴퓨터 한 대라고 상상해도 좋아요. 그 안에 저장되는 데이터는 대략 이렇게 생겼죠."

그는 펜 뚜껑을 닫은 다음 지시봉처럼 사용해서 '출입 가능 명단'이라고 쓰인 칸을 가리켰다.

"이 칸에 저장된 정보가 바로 중앙처리실에 출입이 허가된 세 명의 평가관입니다. '현재 명단'과 '다음 명단'으로 나눠죠. 누군가 중앙처리실에 들어가려고 하면 출입경비 시스템은 안면식별 기능을 통해 얻은 정보와 현재 명단에 포함된 세 사람의 정보를 비교합니다. 일치하는 사람이 있

출입기록	11/13	G씨 입 10:24	H씨 입 11:30	G씨 출 11:35	H씨 출 13:14	......	......	......	......	......
	11/14									
	11/15									
	11/16									

출입 가능 명단					
현재 명단			다음 명단		
A씨	B씨	C씨	D씨	E씨	F씨

그림1 출입경비 시스템 데이터 간이 구조도

으면, 안면식별을 통과하게 되고 문이 열립니다."

료코는 수업을 듣는 학생처럼 온 정신을 집중해서 설명을 들었다. 이와사키가 펜으로 도표의 다른 칸, '출입 기록'을 가리켰다.

"이 칸은 보시다시피 매번 출입한 사람의 이름과 시간, 그리고 들어간 건지 나온 건지를 기록한 겁니다. 아까 말했듯이 누군가 안면식별을 통과하면 문이 열리고, 그 사람이 문 안으로 들어가면 여기 새로 칸이 생겨서 들어간 기록이 생성되죠."

이와사키는 잠시 쉬었다가 펜으로 화이트보드를 톡톡 두드렸다.

"중앙처리실에서 나오는 원리도 비슷합니다. 평가관이

문 앞에 서면 안면식별이 진행되는데, 이때 시스템이 대조하는 자료는 현재 명단이 아니라 출입 기록의 최신 정보부터 시작해서 거꾸로 하나씩 비교합니다. 그래서 그 사람이 들어온 기록이 있고 나간 기록이 없으면 그것으로 안면식별을 통과하게 되지요. 문이 열리고, 그 사람이 나가면 시스템이 새로 칸을 만들어 나간 기록을 생성합니다."

"그 사람이 안에 있는데 출입 기록에서 들어온 기록을 찾지 못한다면요?"

료코가 질문했다.

"통상 그런 일은 있을 수 없지만, 정말로 그런 상황이 발생하면…."

이와사키가 씁쓸하게 웃으며 말을 이었다.

"그건 그 사람이 불법침입을 한 거니까 그 안에 갇힙니다. 아, 깜빡할 뻔했군요. 평가관은 중앙처리실을 나가기 전에 자신의 외장 디스크를 컴퓨터에서 접속 해제해야 합니다. 만약 출입경비 시스템이 누군가의 외장 디스크가 접속 해제되지 않은 것을 인지하면, 역시 문이 열리지 않아요."

"알겠습니다."

"그다음으로 출입 가능 명단 중의 '다음 명단'을 보죠."

이와사키의 펜이 그 칸을 가리켰다.

"매일 현재 명단은 두 번 갱신됩니다. 낮 12시와 밤 12시에 갱신이 이루어지죠. 갱신 시간이 되면 시스템은 현재 명단의 세 사람을 다음 명단의 세 사람으로 변경하고, 다음 명단이 비워지는 거예요."

료코는 아사미가 한 말을 생각했다.

"12시가 되어야 효력이 발생해요."

그게 이런 뜻이었군.

"비어 있는 다음 명단을 어떻게 채우느냐, 그건 두 가지 방법이 있습니다. 첫 번째가 바로 특수한 카드로…"

이와사키는 마커펜을 내려놓고 윗옷에서 카드를 한 장 꺼내 료코에게 건넸다. 카드 위에 여러 개의 스위치 같은 것이 표시돼 있고, 각각의 스위치 옆에 평가관 이름이 적혔다.

"명단에 추가할 세 사람의 스위치를 ON으로, 나머지 사람들을 OFF로 설정한 다음, 이 카드를 출입경비 시스템의 센서에 가져다 대면 끝이죠. 삐 소리가 나면 다음 명단에 세 사람의 이름이 추가됩니다. 하지만 지금 이 카드는 쓸 수 없어요. 스즈키 씨 스위치가 없어서…"

그가 말하는 사람은 올해 발령받은 후미히로다. 인원 변동이 생기면 카드를 새로 만들어야 하는 것 같다.

"이 카드는 평소 관제실에 두나요?"

료코가 물었다.

"그렇습니다. 다음 명단을 채우는 일은 오전과 오후, 6시에서 12시 사이에 당직을 서는 관제관이 맡고 있어요. 이 방법이 편리하고 안전하지만, 지금은 새 카드가 제작 중이라 다른 방법을 쓰고 있죠. 약간 임시방편인데…."

"관제실의 프로그램 코드를 직접 수정하는 거죠, 그렇죠?"

이와사키가 고개를 끄덕였다. 료코가 말한 것은 아까 아사미가 썼던 방법이다. 그때 아사미가 열었던 창에도 현재 명단, 다음 명단이 있었다. 지금 화이트보드에 그려진 도표와 같은 형식이었다.

"그 응용 프로그램은 내가 만든 가젯이죠."

이와사키는 뿌듯한 표정을 지었다.

"출입경비 시스템 내부의 기억장치는 선천적인 제한이 있어요. 데이터를 읽고 쓰려면 전체 실행이 필요하다는 점입니다. 일부 데이터만 읽거나 수정하는 건 불가능해요. 그래서 응용 프로그램이 구동되면 출입경비 시스템의 데이터 전체를 복제해서 관제실 컴퓨터에 옮기게 됩니다. 출입 기록과 출입 가능 명단까지 포함되죠. 그러니까 관제관은 이 프로그램을 통해서 출입 기록을 보거나 다음 명단을 채울 수 있습니다. 메커니즘은 대강 이래요…."

그는 잠시 생각하더니 화이트보드 위에 두 번째 도표를 그리고 점 몇 개를 찍더니 화살표로 연결시켰다. 그리고 화이트보드에 출입경비 시스템과 관제실 컴퓨터의 상호작용을 표시했다(그림2).

"우선 프로그램이 출입경비 시스템의 데이터를 읽어들여서 사용자에게 보여줍니다. 그러면 사용자가 다음 명단

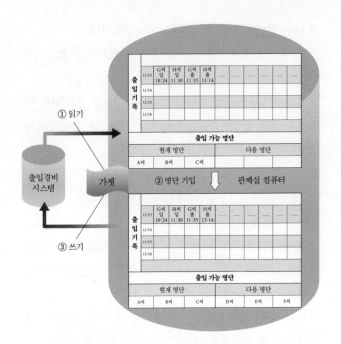

그림2 관제실 컴퓨터 명단 기입 메커니즘

을 쓴 다음 '쓰기' 버튼을 누르면 프로그램이 수정된 데이터 전체를 출입경비 시스템의 과거 데이터 위에 덮어씌우는 거죠. 이 가젯은 이런 방식으로 출입경비 시스템에 다음 명단을 바꿔 넣는 거예요."

료코는 아사미가 그때 어떻게 했는지 떠올려봤다. 프로그램 창에 '쓰기'라는 버튼이 있었던 기억이 났다.

"아, 하지만 이 가젯으로 수정하는 것은 정말 어쩔 수 없어서 쓰는 방법이죠. 어쨌든 문제가 있으니까…."

이와사키가 말한 내용은 료코도 거의 이해했다. 그러나 지금의 메커니즘에 무슨 문제가 있다는 걸까? 그녀는 후미히로가 한 말을 이용해서 그를 떠보기로 결심했다.

"말씀하신 문제라는 게, '동기화'는 아니겠죠?"

"대단하군요!"

이와사키가 료코에게 엄지손가락을 추켜세웠다.

기술직 직원이 나간 뒤, 료코는 관제실에 내선전화를 걸었다.

형사는 이미 조사를 마치고 갔고, 전화를 받은 것은 관제관 아사미였다. 료코는 시간을 살폈다. 곧 12시가 된다.

"당직이 끝나면 조사관실로 잠깐 와주시겠어요? 물어볼 게 있어요."

'조심해야 해, 들키면 가능성이 없어져….'

아사미는 바로 승낙했고, 어조도 달라지지 않았다. 료코는 잠시 안심이 됐다.

그러나 이다음이 더 중요하다. 자신의 행동에 성패가 달렸다. 여기서 절대로 물러설 수 없다. 그렇지 않으면 진상을 한 발 먼저 눈치 챈 후미히로를 볼 낯이 없다. 만약 그가 이대로 죽기라도 한다면, 자신은 평생 후회할 것 같았다.

'제발 위험한 고비를 넘겨야 할 텐데….'

복도에서 발소리가 들렸다. 또각, 또각, 또각. 일정하고 맑게 울리는 소리가 료코에게 그녀가 왔음을 알려준다.

EP.4 PROCESS SYNCHRONIZATIO

조사관실의 문이 열리고 아사미가 들어왔다. 료코는 앞에 놓인 의자를 가리키며 그녀에게 자신과 마주보고 앉도록 권했다.

"단도직입적으로 말할게요, 아사미."

료코가 첫 번째 도전장을 던졌다.

"당신들 자매는 왜 후미히로를 죽이려고 했나요?"

PROCESS FEI

(전략)

2. 연구 취지

인간의 기억은 과학에서도 상당히 신비로운 영역이다. 기억이 어떻게 형성되고 저장되는가? 어떻게 소멸하거나 전환되는가?

이런 문제는 과학자들이 반복적으로 연구해온 부분이다. 우리는 흔히 한 사람의 기억이 어릴 때부터 어른이 될 때까지의 생활경험에 의해 구성된다고 믿는다. 그러나 모든 조각이 기억을 형성하는 것은 아니며 체험의 강함과 약함에 따라 결정되는 것으로 보인다. 이런 '불연속성'은 어떻게 뇌 속의 '연속적'인 기억정보를 형성할까?

과거 과학자들은 대뇌가 스스로 기억의 빈 곳을 채워넣는 경향이 있음을 발견했다. 기억에서 공백이 출현하면 곧 관련된 다른 기억이 연상을 하도록 촉발하고, 정보를 합성하여 새로운 기억을 형성해 공백을 보충한다. 새로 생성된 기억과 현실이 반드시 부합하지 않을 수 있지만, 기억의 완전성을 확보한다. 이는 대뇌가 보편적으로 갖춘 능력이지만, 한계가 있다. 과도한 기억 공백은 대뇌의 자발적인 보충 기능으로도 메꿀 수 없고, 만약 메꾸지 못한 부분이 남게 되면 그것이 바로 '기억상실'이다.

그러나 최근의 연구에서 이러한 기억의 보충 메커니즘을 격화시킬 수 있다는 것을 발견했다. 그 방법은 대뇌 중심의 어떤 뉴런에 전기 자극을 가하는 것이다. 원래 대뇌가 채우지 못하는 공백도 이런 방법을 통해 채울 수 있다. 심지어 여러 다른 자극 신호를 통해 그 기억이 생성하는 정서의 방향을 조정할 수도 있다. 공백 영역에 생성된 기억이 기쁨인가? 근심인가? 행복인가? 슬픔인가? 이런 것들은 모두 신호에 의해 통제될 수 있다.

그래서 우리는 가설을 세워, 기억을 완전히 잃은 사람이 짧은 시간 내에 수술을 통해 완전히 새로운 기억 전체를 형성하도록 하는 것이 가능한지 연구하고자 한다. 우리는 기억의 초기 설정(이를 '씨앗'이라고 부르겠다)만을 주입하고, 상술한 격화 작용을 통해 발효시켜서 모든 기억의 공백이 채워지도록 할 것이다. 마치 인

493

생의 쾌속 시뮬레이션 소프트웨어처럼, 인물의 출신과 배경을 설정한 다음 수시로 방향을 조정하는 것을 통해 빠른 속도로 그 인물의 인생 이야기를 시뮬레이션 해내는 것이다.

이런 기억은 기억 씨앗의 주입만 필요하며 다른 부분은 오로지 대뇌의 보충 메커니즘인 '상상'으로 이뤄진다. 그러므로 우리는 이것을 '반-상상Half-imaginary 기억'이라고 부르겠다. 이 방식의 적응성은 아주 뛰어나다. 알다시피 인생이 행복한가 아닌가는 오로지 그 사람의 사고방식과 기억의 여정에 의해 결정된다. 이 방법을 통해 완벽하게 행복한 인생을 만들어내는 것도 꿈이 아니다.

씨앗을 심는 방법은 다양하다. 그중 하나가 구마가이 수술법이다. 2033년 도쿄대 의과대학의 구마가이 박사는 뇌의 모 영역에서 일련의 전기충격과 약물, 초음파 등의 자극을 통해 작은 기억 조각을 형성할 수 있음을 발견했다. 그 기억 조각이 곧 기억을 이루는 기본 신호이며, 자극의 순서와 강도에 따라 내용을 조정할 수 있다. 기억 씨앗은 여러 조각을 합성한 것이다. 이 연구 프로젝트는 이 방법을 사용하여 '구마가이 수술을 이용한 반-상상 기억 주입Half-Imaginary Memory Implantation with Kumagai Operations'이라고 명명하고, 약칭으로 'HIMIKO'라 한다.

우리는 미래에 이 프로젝트가 기억의 생성 외에도 기억의 치환 및 개조 영역에도 응용될 것으로 기대한다.

　1953년 미국의 중앙정보국이 주도한 MK 울트라 계획은 열악한 실험방식을 인체에 응용하다 실패로 끝났다.

　80여 년이 지난 지금, 비약적 발전을 이룬 과학이 우리에게 더욱 정밀한 기술을 제공하면서 앞선 실패의 전철을 밟지 않을 것이다. 언젠가 인류가 기억을 통제하는 시대가 올 것을 기대한다.

　(후략)

'이건 애초에 SF 스릴러 소설인걸….'

　메이구는 종이상자 짐에서 방금 손에 넣은 '국가 프로젝트 HIMIKO'를 읽었다. 서류의 내용은 식은땀이 날 지경이었다. 그 안에서는 수술을 통해 인공적인 방식으로 기억을 생성하고 심지어 변인을 조작하여 기억 내용을 조정하겠다고 한다. 그는 이렇게 하는 것이 무슨 의미가 있는지 이해할 수 없었다. 그에게 기억이란 인류가 성장하면서 자연히 얻어지는 것으로, 소중히 여길 만한 가치가 있다. 그러나 잃어버린다 해도 두려워할 일은 아니다. 그냥 그럴 뿐이다. 외부의 힘으로 '제조'할 필요는 없다.

　'기억의 치환과 기억 개조? 세뇌와 다를 게 뭐람? MK 울트라 계획이란 것도 유명한 세뇌연구 계획이었잖아?'

EP.4 PROCESS SYNCHRONIZATIO

연구 취지만 읽고서도 메이구는 분노로 숨이 가빠졌다. 만약 정말로 세뇌의 방법을 연구해냈다면 누군가 나쁜 마음을 먹으면 사상의 통제도 가능하고, 인류는 더이상 자유의지를 이야기할 수 없을 것이다.

히로시 아저씨가 이런 계획에 참여했다는 것을 믿을 수 없다. 메이구의 마음속에서 히로시 아저씨는 친절하고도 엄격한 아버지 같은 분이었다. 흥신소 소장과 과학 연구자라니, 요만큼도 비슷한 데가 없다. 하지만 과학기술이라고 하니 히로시 아저씨가 SF 마니아였던 생각이 난다.

메이구가 서류를 읽는 데 열중해 있는데, 상자 집의 문이 열렸다.

마코토 형이다. 그의 눈빛에선 위스키 한 병을 다 마신 알코올의 기운은 이미 사라졌음을 알 수 있다. 키가 크고 건장한 몸이 종이상자 집으로 들어오려고 하니 공간이 비좁아서 그는 낙타처럼 등을 좀 굽혀야 했다. 메이구가 몸을 돌리자 손에 들고 있던 서류가 그의 시야에 걸렸다. 그는 잠깐 그것을 빤히 쳐다보더니 무시무시한 표정을 지었다.

"꼬마야, 보지 말아야 할 것을 봤구나."

그가 권총을 꺼내 메이구를 겨눴다. 메이구의 두 눈이 찢어질 듯 커졌다.

"마코토 형, 이게 뭐 하는 짓이에요?"

"손에 들고 있는 게 히미코 문서지? 그건 특급기밀이야. 본 사람은 다 죽어야 해."

"여기 위에 기밀이니 뭐니 그런 거 안 쓰여 있어요."

메이구가 서류를 가리켰다.

"쓸데없는 수작 부리지 마. 첫 장은 네가 가져간 것도 알고 있다."

메이구는 내심 충격을 받았다. 텔레비전에서 본 뉴스가 생각났다. 자신이 갔던 페이쓰저의 집이 살인현장으로 변해버렸던 뉴스.

"원장을 죽였어요?"

"그 뚱보 말이냐? 그렇지. 죽어도 내놓지 않으려 하기에 별 수 없이 쏴버렸다."

"그러니까 이 서류는 형이 가지고 온 거군요. 날 미행했어요?"

"네가 정부 공무원과 접촉했다고 하니 의심스러워서 뒤따라갔던 거다. 그 덕분에 사라졌던 문건을 되찾을 줄은 몰랐다만."

메이구는 낮에 마코토 형이 5층 사무실을 빌려달라며 했던 말이 떠올랐다.

"너 나갈 때 알려다오."

자신이 출발하면 마코토 형도 바로 뒤에 따라 붙으려고 그런 거였다. 그는 자신과 원장의 대화를 엿들었을 테고, 자기가 원장 집을 나오자 바로 침입해 그를 위협했다. 원장은 금방 남은 부분을 찾았고, 서류를 손에 넣은 마코토 형은 원장을 죽여 입을 막았다.

그렇다면 자기가 안리의 가게를 봐주던 때에 마코토 형이 와서 읽던 서류가 바로 이것일까?

"아지사이에서 이 서류를 읽었어요?"

메이구가 물었다.

"그냥 검사를 좀 한 거야. 술을 많이 마시는 바람에 놓고 갔지. 그때 총이 없어서 그랬지, 아니었으면 바로 널 쐈을 거다."

마코토 형은 서류를 다 읽고 크래프트지 종이가방에 넣어서 의자에 올려뒀다. 그런 다음 술에 취했고, 안리가 돌아와서는 악어무늬 가방을 그 옆의 의자에 놔둔 채 마코토 형의 서류가방만 챙겨서 그를 돌려보냈다. 서류는 못 본 것인지 놔둔 채 말이다. 두 물건이 같이 있었으니 메이구는 문서가 안리 것이라고 생각했다.

"마담한테 뭘 어쩐 거죠?"

"꼬마야, 그건 내가 묻고 싶은 거다. 인사불성이 되어 자고 있기에 널 찾으러 온 거니까."

'안리 씨에게는 별일 없는 것 같아…'

"마코토 형, 금융회사 사장이란 거 거짓말이죠? 도대체 어떤 사람입니까?"

"넌 이미 관에 반쯤 들어간 신세지."

마코토 형이 권총을 내렸다.

"제대로 얘기해주마. 나는 정부 일을 하지. 내 첫 번째 임무는 HIMIKO와 관련된 인물을 전부 없애는 거야. 내용을 아는 사람까지도. 두 번째는 위장, 감시, 그리고 보고지."

"위장, 감시, 보고?"

"이봐, 감시 시스템이라는 거 알고 있나?"

"알아요. 그게 형과 관계가 있어요?"

상대방이 홍 하고 코웃음을 쳤다.

"시스템은 무슨, 우리야말로 그 주인공이지. 태평양전쟁이 끝난 뒤부터 일본 정부는 우리 같은 비공식 조직을 통해 정보를 수집했다. 인터넷에서 자동으로 정보를 수집한다? 웃기는 소리지! 기계가 우리보다 완벽할 수는 없어."

"형은…."

메이구는 순간 뭔가를 깨달았다.

"공안경찰!"*

"그래, 네가 반정부조직의 일원이라면 우선은 널 살려두겠지. 널 조사해서…."

그는 손에 쥔 총을 빙글빙글 돌렸다.

"조금 늦게 죽을 수 있게 해주지."

"어쨌든 죽는 건 확실하다 이겁니까? 나한테 너무 불리한데요? 조직을 배신했는데 며칠 더 사는 걸로 끝? 정말 반정부조직 일원이라고 해도 인정 안 할 것 같군요."

"개미들은 목숨을 아주 중요시하지. 실낱같은 희망이라

---

* 치안 정보 수집, 사찰을 주 임무로 하는 정보단체 성격의 경찰(옮긴이).

EP.4 PROCESS SYNCHRONIZATIO

도 놓치지 않더군. 너도 다카야나기 그놈과 똑같은 부류구나. 고집이 세."

메이구는 더욱 충격을 받았다. 머릿속에 벼락이 친 기분이다.

"히로시 아저씨를…. 설마…."

온몸이 벌벌 떨리고 이가 맞부딪혀 딱딱 소리가 났다.

"그는 사고로 죽은 거다."

마코토가 고개를 저으며 한숨을 쉬었다.

"안타까운 일이지. 국가가 그렇게 우수한 인재를 잃었으니."

"아저씰 왜 죽였어!"

눈물 몇 방울이 떨어졌다. 메이구는 큰 소리를 지르며 달려들었다.

탕 소리가 나고, 총구가 불을 뿜었다. 총알이 메이구의 머리 위로 지나갔다.

"꼬마야, 얌전히 있어라."

상대방의 얼굴이 딱딱하게 굳었다.

"그 작자는 연구원이었는데 제멋대로 실험체를 가지고 도망쳤거든. 기밀문서도 빼돌렸지. 나는 그 작자를 찾아냈고 숨긴 곳을 말하도록 하려던 것뿐이다. 그런데 그만…."

"살인자!"

메이구가 비명 같은 고함을 내질렀다.

"네가 무슨 말을 하든, 그자가 죽어서 나도 난감했단 말이다. 문서와 실험체가 어디 있는지 알아내야 했으니까. 어쩔 수 없이 여기로 이사 와서 감시를 해야 했지. 여기 사람들은 다 좋은 사람이야. 하지만 미안하게도, 프로젝트의 내용을 아는 자는 다 사라져야 된다."

그의 손가락이 권총 방아쇠 위에 얹혔다.

메이구는 저도 모르게 손을 뻗어 종이상자 집의 한쪽 구석을 더듬었다. 거기에 그의 '무기'가 있다.

그때 뭔가 생각이 났다. 아사가오의 마오가 최근에 가게 문을 열지 않고 보이지 않았던 것….

"2층의 마담도, 설마, 형이…."

"함부로 말하지 마라. 3층의 그 여자한테 물어봐. 지난주에 둘이 자주 만나서 몰래 뭘 하더군…. 아, 넌 물어볼 기회가 없겠지만."

"내가 죽은 후에 문서를 가지고 여길 떠날 겁니까?"

"실험체를 찾아서 처리를 해야 한다."

그의 얼굴 근육이 부르르 떨렸다.

"그건 인간이 아냐. 실험 폐기물에 불과해."

'실험 폐기물'이라는 말이 떨어지자마자 잔뜩 긴장했던 감정의 끈이 순간 뚝 끊어졌다.

"으아아아아!"

메이구는 손아귀의 물건을 꽉 쥐고 낮은 자세로 상대의 정강이를 노리고 달려들었다. 이런 상황은 예상하지 못했는지 마코토의 거구가 앞으로 고꾸라졌다. 탕! 또 한 발

501

총성이 울렸고, 총알은 다시 한 번 빗나갔다.

두 사람은 땅바닥을 구르며 싸움을 벌였다. 메이구의 복부에 단단한 주먹이 파고들었다.

"컥!"

메이구는 통증을 눌러 참으면서 무기로, 그러니까 스위치를 켠 15만 볼트 전기총으로 상대방의 목을 찔렀다. 동시에 마코토의 총구가 그의 얼굴을 향했다.

메이구는 눈을 질끈 감았다. 그러나 달칵하는 소리만 났다.

"제기랄!"

마코토가 욕설을 내뱉더니 얼굴이 일그러지기 시작했다. 사실 그는 전기충격에 적중돼서 온몸을 경련하던 중이었고, 곧 움직이지 못했다.

메이구는 땅바닥에 드러누웠다. 너무나도 피로했다. 입에서는 거친 숨이 계속 쏟아져 나왔다.

몇 분을 그대로 누워 있던 메이구가 겨우 몸을 일으켜서 집 안 어딘가에서 밧줄을 꺼냈다. 그는 밧줄로 마코토를 꽁꽁 묶었다. 그가 언제 다시 의식을 회복할지 모르니 이렇게 해야 안심이 된다.

그는 아직 의문이 다 풀리지 않았다. 문서를 마코토가 가져왔다면, 안리는 그걸 읽지 않았어야 한다. 그런데 왜 메이구가 HIMIKO를 언급했을 때 그런 반응을 보였을까?

'안리 씨는 뭔가 알고 있어…'

메이구는 한쪽에 떨어진 권총을 집어서 두어 번 방아쇠를 당겨 총알이 없다는 것을 확인했다. 자신의 운이 어쩜 이렇게 좋은지! 마코토 형은 원장을 살해할 때 총알을 이미 많이 소모했던 것 같다. 총알이 없지만, 기본적으로 위협 효과는 있을 것이다. 그는 권총과 남은 밧줄을 들고 종이상자 집 밖으로 걸어 나갔다.

하늘은 이미 어두워졌고, 달이 높이 걸렸다. 그러나 메이구는 달을 쳐다볼 마음의 여유가 없었다.

3층 아지사이로 가보니 여전히 나올 때와 똑같은 상태였다. 바 테이블 위에 다 마시지 않은 롱아일랜드 아이스티와 오렌지주스가 놓여 있고 안리는 앉은 채로 바 안쪽에 기대어 자고 있다. 그녀의 숨소리도 들린다.

메이구는 밧줄로 안리의 손을 뒤로 돌려 결박하고, 발목도 한데 모아 묶었다. 그런 다음 화장실에 가서 물을 한 컵 담아왔다.

모든 준비를 마치고, 힘껏 안리를 흔들어 깨웠다. 안리의 눈이 여전히 흐릿한 걸 보고는 그녀의 얼굴에 물을 끼얹었다. 안리가 콜록대며 눈을 떴다. 그녀가 처음 본 건 권총을 들고 자신을 마주보는 메이구였다.

눈을 뜨자마자 본 상황에 제대로 반응하지 못하던 안리는 정신이 좀 들자 무섭고 놀라운 감정이 점점 차오르기 시작했다.

"깼어요?"

메이구가 마코토 형이 하던 동작을 흉내 내며 손 안에서 권총을 빙글빙글 돌렸다.

"메, 메이구? 이게 무슨 짓이야!"

"겁내지 마요. 물어볼 게 있어서 그러는 거니까. HIMIKO라는 연구 프로젝트 말이에요."

메이구는 단도직입적으로 물었다.

"히로시 아저씨가 빼돌린 실험체, 그거 나 맞죠?"

PROCESS RYOKO

"료코, 우리는 후미히로를 해치지 않았어요."

아사미는 슬픈 표정을 지었다.

"왜 그런 생각을 한 거죠?"

'여자는 재난을 겪을 때마다 얼굴이 하나 새로 생긴다. 그녀가 오늘 한 말이지….'

료코는 눈앞의 여자를 꼼꼼히 뜯어보며 몇 개의 얼굴을 가졌을까 생각했다. 저 순진무구한 표정은 막 새로 생겨난 얼굴일까? 아니면 예전에도 있던 얼굴일까?

"아사미, 후미히로는 아직 의식을 회복하지 못했어요."

료코가 상대를 설득하려고 했다.

"당신들도 고충이 있을 거라고 믿어요. 저는 동료를 배신하는 사람이 아니에요. 저한테 털어놓으면 안 되나요?"

"아무것도 숨기는 게 없어요. 료코, 우리 둘이 같이 관제실에 있었잖아요?"

과연 변명하는군. 료코는 감정에 호소하는 것은 소용없고, 진실을 밀어붙이는 것이 유일한 길이라고 각오를 다졌다.

"후미히로를 해친 건 당신이 아니라 아지미죠. 당신은 공범이고요."

"아지미는 한참 전에 퇴근했어요."

아사미의 호흡은 아주 평온했다. 그녀는 타고난 연기자라고, 료코는 생각했다.

"퇴근했다가도 다시 나올 수 있지요. 중앙처리실의 '출입 가능 명단'에 이름이 있으면 범행 기회는 있는 거니까요."

"중앙처리실에 드나들면 출입 기록이 남아요, 료코. 형사들이 말해주지 않았어요?"

"저도 알아요. 누군가 출입 기록을 불러내서 형사들에게 보여줬더라고요."

료코가 상대방의 눈을 직시했다.

"후미히로는 6시 반쯤 중앙처리실에 들어갔고, 다음 출입 기록은 9시가 다 되어 들어간 쓰다예요. 그 사이에는 다른 사람이 출입한 기록이 없지요, 표면적으로는."

"표면적으로? 그래서, 실제로는 있다는 건가요?"

아사미가 웃음을 터뜨렸다.

"그러니까 누군가 출입경비 시스템을 속이고 숨어들어

갔단 말이에요?"

"숨어들어갔다는 표현이 부정확하군요. 데이터의 비동기화 상태를 이용해서 출입 기록을 삭제해버렸다고 해야죠."

순간 정적이 흘렀다. 상대방에게서 어떤 동요가 느껴졌다.

"출입경비 시스템의 출입 기록은 추가될 뿐, 삭제할 수 없습니다."

아사미가 팔짱을 꼈다.

"그건 정상적인 조작상태에서 그렇죠. 하지만 당신이 프로그램의 허점을 발견했어요. 관제실의 출입 가능 명단을 수정하는 응용 프로그램이죠."

료코가 몸을 일으켜 화이트보드 쪽으로 걸어갔다. 화이트보드는 가림막이 쳐져 있었는데, 료코가 버튼을 누르자 가림막이 위로 올라가면서 보드에 그려진 도표가 나타났다. 두 개의 도표가 보였다. 아까 이와사키가 료코에게 동기화 문제를 설명할 때 그린 것이다. 료코는 이 도표를 써서 아사미의 연기를 깨부술 참이다.

"기술부서에 물어봤어요. 그 응용 프로그램은 출입경비 시스템의 데이터 전체를 복제해서 관제실 컴퓨터에 옮긴다고 하더군요. 그런 다음에는 두 개의 데이터가 서로 아무런 관련이 없어서 한쪽이 수정되더라도 나머지 한쪽은 변동이 없지요."

아사미는 고개를 기울이고 한쪽 입꼬리를 올린 채 료코

의 설명이 기대된다는 태도를 취했다.

"가능한 상황을 상세히 설명하겠습니다. 우선 당신은 후미히로가 중앙처리실에 들어간 후 프로그램을 열어서 관제실 컴퓨터에 출입경비 시스템 데이터를 읽어들입니다. 그렇게 해서 두 개의 장치에 각각 동일한 데이터가 존재하게 됩니다."

료코는 두 개의 도표 중 '출입 기록'에서 '스즈키 후미히로: 입 18:24'라는 부분을 가리켰다(그림3-1).

"이어서⋯. 만약 아지미가 범인이라면 그녀가 저녁 7시 20분에 중앙처리실에 들어가서 후미히로를 찌르고 7시 40분에 나갔다고 가정해보지요. 그러면 출입경비 시스템은 그녀의 출입 기록을 이렇게 저장할 겁니다. 그런데 관제실 컴퓨터의 데이터는 변동이 없어요."

료코는 왼쪽 도표에 '가와이 아지미: 입 19:20, 출 19:40'이라고 적었다(그림3-2, 3-3).

"아지미가 중앙처리실을 나가기를 기다렸다가 당신이 작업을 시작합니다. 프로그램 창에서 '다음 명단'의 빈칸에 세 명의 이름을 적습니다. 이 명단은 12시가 되어야 효력이 발생하니까 관제관이 그 전에만 명단을 작성하면 되죠."

료코는 손을 옮겨서 오른쪽 도표의 '다음 명단'에 세 명의 이름을 써넣었다(그림3-4).

"이름을 다 쓰고 쓰기 버튼을 누릅니다. 그러면 '다음 명단'의 내용이 출입경비 시스템에 적용되지요. 그러나, 새로 작성한 것은 출입 가능 명단일 뿐이지만 내부의 기억장치는 전체 데이터를 읽고 쓰는 특성이 있어서 출입 기록도 동시에 덮어씌워집니다. 그렇게 되면 출입경비 시스템의 기록은 관제실 컴퓨터에 있던 데이터와 동일해집니다. 아지미가 들어왔다 나간 두 개의 기록은 본래 있었지만, 삭제되는 거지요."

료코는 왼쪽 도표의 '다음 명단'에도 오른쪽 도표와 같은 이름을 적었다. 그리고 바로 '출입 기록'의 '가와이 아지미: 입 19:20, 출 19:40'을 지우개로 지워서 양쪽의 도표가 완전히 똑같아지도록 만들었다(그림3-5).

"그런 다음 다른 사람이 들어오죠. 쓰다가 9시가 다 되어 중앙처리실에 와서 찔린 채 쓰러진 후미히로를 발견합니다."

료코는 왼쪽의 도표에 '쓰다 요시히토: 입 20:53'을 써넣었다(그림3-6).

"그다음 발생한 상황은 우리 모두 알지요. 쓰다가 달려와서 알려주고, 세 사람이 중앙처리실로 달려갔어요. 만약 이런 과정을 거쳤다면 아지미의 출입 기록은 아무런 흔적도 없이 사라집니다. 마치 일어난 적 없었던 것처럼."

아사미는 여전히 고개를 한쪽으로 기울인 채, 화이트보드 가까이 다가와 꼼꼼히 살펴보더니 아주 재미있다는 듯한 태도로 말했다. 료코는 그녀가 무슨 생각인지 짐작할 수 없었다.

"당신 말대로라면, 이런 행동 순서대로…."

아사미가 앞으로 다가와서 두 사람의 얼굴이 더 가까워졌다.

"나는 그 응용 프로그램을 열어놓고 한참 작업을 하지 않아야 하고, 아지미가 언제 중앙처리실에 들어갈지 또 나올지를 알아야 해요. 아지미가 나온 다음에 쓰기 버튼을 눌러야 그녀의 출입 기록이 사라질 테니까요. 그렇게 딱 맞춰서 일이 진행된다고요?"

"당신 행동을 보면 확실히 가능하죠. 당신은 그때 몇 개의 프로그램 코드 창을 열었다 닫았다 했어요. 하지만 출입 가능 명단을 수정하는 프로그램 창만은 닫지 않고 열어뒀죠. 아지미가 범행을 저지르기를 기다린 겁니다. 두 사람이 사전에 약속을 했다면 시간을 딱 맞추는 것도 어렵지 않겠지만, 아마 그렇지 않았겠죠. 당신이 계속 이메일을 보냈던 건 아지미에게 연락을 하느라 그런 거죠! 모든 행동의 순서, 당신이 프로그램을 열고 데이터를 복제하고 명단을 수정한 후 쓰기 버튼을 누르는 시기, 그녀가 청사에 들어오는 시간 등… 이 모든 것이 밀접하게 딱 맞아 떨어져야 하니까요. 당신들 두 사람이 갑자기 범행을 해야 해서 메일로 그렇게 길게 논의를 해야 했던 겁니다."

"으흥."

아사미가 부정도 긍정도 하지 않고 말했다.

EP.4 PROCESS SYNCHRONIZATIO

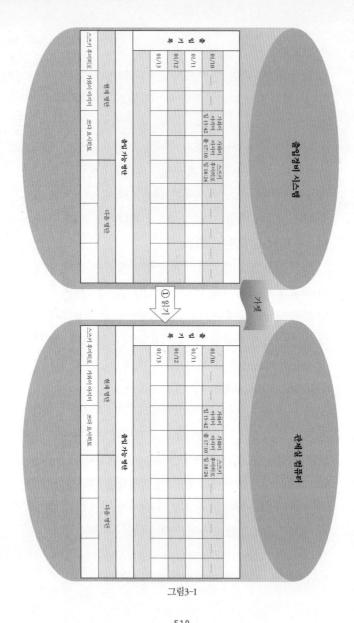

그림3-1

출납경비 시스템

출 입 기 록		출입 가능 명단			
01/10	가영이 아저씨	현재 명단			
01/11	가영이 아저씨 출 17:10	가영이 아저씨	쓰다 요시히토		
01/12	입 15:42	쓰고기 후미히토 입 18:24			다음 명단
01/13					
쓰고기 후미히토	가영이 아저씨	쓰다 요시히토			

① 읽기

가킷

판체실 컴퓨터

출 입 기 록		출입 가능 명단			
01/10	가영이 아저씨	현재 명단			
01/11	가영이 아저씨 출 17:10	가영이 아저씨	쓰다 요시히토		
01/12	입 15:42	쓰고기 후미히토 입 18:24			다음 명단
01/13					
쓰고기 후미히토	가영이 아저씨	쓰다 요시히토			

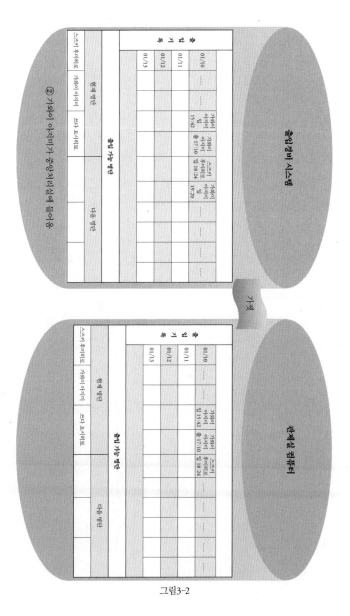

그림3-2

EP.4 PROCESS SYNCHRONIZATIO

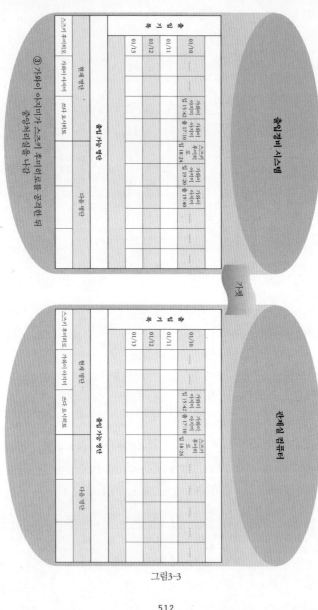

③ 가와이 아자미가 스즈키 후미히토를 공격한 뒤 종이쪼가리를 나감

그림3-3

512

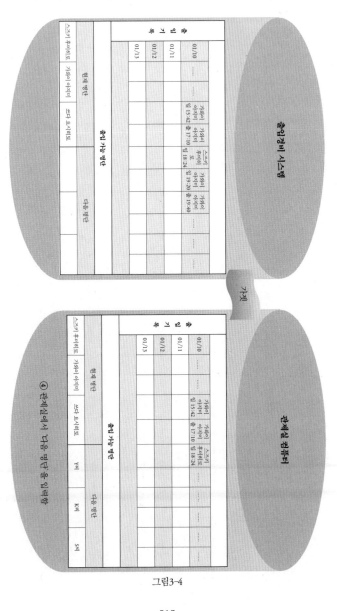

④ 관계실에서 다음 명단을 입력함

그림3-4

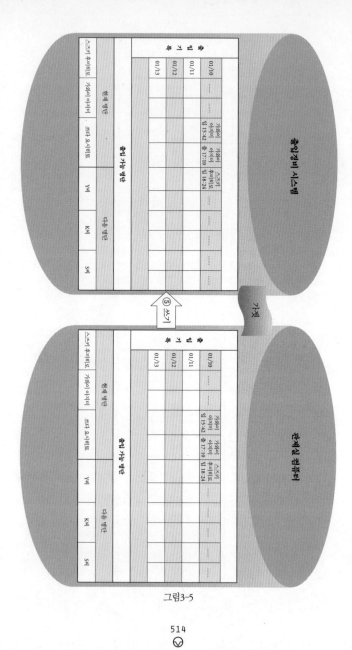

그림3-5

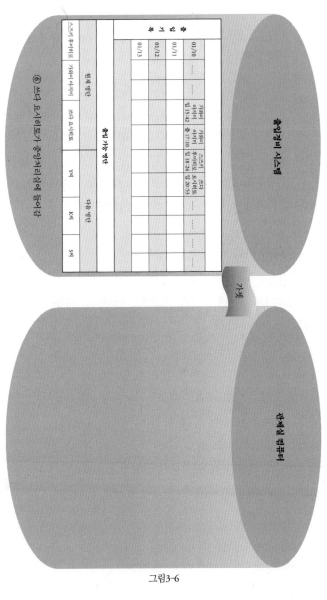

그림3-6

"그럼 왜 다른 날이 아니라 꼭 오늘 어려움을 무릅쓰고 후미히로를 공격한단 말예요?"

"내일 이후에는 후미히로가 진상을 발견할 테니까요."

료코와 후미히로가 작년 선인장 파괴공작 사건에 대해 논의하다가 관제실 출입경비 시스템에 허점이 있을지 모른다는 이야기가 나왔다. 관제실을 나가기 직전, 후미히로는 실마리를 찾았다며 내일 실험을 해보고 증명하겠다고 했다. 관제실 문 입구에는 당직 교대를 기다리는 아사미가 있었다.

'그때가 바로 살의가 생긴 순간일 거야…'

"당신들이… 선인장을 공격한 범인이지요?"

료코가 한 발 더 나아가 지적해도 아사미는 아무 반응이 없었다.

"F.M.G. 재팬을 설치하기 위해 두 사람이 중앙처리실에서 두 시간 넘게 있어야 했고, 나중에 그 기록을 없애기 위해 똑같은 방법을 썼던 거죠? 이 사건은 절대 들키지 않을 거라 생각했는데, 그래서 후미히로를 죽이려고 한 거죠? 말 좀 해보시죠!"

감정이 격해진 료코를 보며 한참 미동도 없던 아사미가 한숨을 쉬며 입을 열었다.

"증거는?"

"뭐라고요?"

"내가 아지미의 공범이고, 데이터의 비동기화 상태라는

허점을 이용해서 사건 발생 시각의 중앙처리실 출입 기록을 삭제했다고 했죠. 그건 당신의 추측이잖아요. 난 응용 프로그램을 열어두고 잠시 닫는 걸 잊었을 뿐이에요. 이메일을 보낸 건… 아지미와 메일을 주고받은 건 사실이지만, 내용은 당신 추측과 달라요. 주말에 어디로 놀러 갈까 그런 얘기를 나눴거든요. 내 휴대전화를 확인해봐도 좋아요."

아사미가 주머니에서 휴대전화를 꺼내 료코에게 건네주려고 했다.

료코는 고개를 저었다. 아사미가 사건 이후에 관련된 메일을 삭제했을 거라고 생각했다. 두 사람은 메일을 주고받으면서 범죄에 대한 논의 외에도 전혀 관련 없는 다른 내용의 메일도 중간중간 보냈을 것이다. 그래야 나중에 사건에 관한 내용을 전부 삭제해도 부자연스럽지 않을 테니까. 어쨌거나 주고받은 메일이 여러 통이라서 그녀도 아사미가 메일을 몇 통 보냈는지 다 기억하지 못하므로, 메일 숫자를 비교해도 소용은 없다.

료코는 이대로 물러설 수 없었다. 선인장을 파괴하려고 시도하고 후미히로를 죽이려 한 범인이 바로 눈앞에 있는데 죄를 인정하지 않는다.

"만약 추론을 증명할 길이 없다면, 먼저 실례하죠. 시간이 늦었으니, 저도 집에 가서 좀 쉬어야겠어요."

그 말을 끝으로 아사미가 몸을 돌려 입구로 걸어갔다.

"거기 서요!"

료코가 빠른 걸음으로 책상으로 달려가 서랍을 열고 손을 깊이 집어넣었다. 곧 내부에 장치된 버튼이 만져졌다. 료코가 버튼을 눌렀다. 그녀가 조사관 신분으로 쓸 수 있는 마지막 보루다.

방 안에 커다란 경고음이 울리더니 강화유리로 된 문이 강력한 자기장에 의해 폐쇄됐다. 아무리 밀어도 꼼짝도 하지 않았다.

"당신!"

아사미가 몸을 돌려 료코를 무섭게 바라봤다.

희고 깨끗한 얼굴에 처음으로 분노의 감정이 떠올랐다.

PROCESS FEI (DEADLOCKED)

"쏘지 마! 다, 다 말할 테니까…."

안리는 얼굴이 새파랗게 질려서 거의 울 지경이 됐다. 메이구는 안리의 그런 모습에 마음이 아팠지만 사실을 말하게 하려면 어쩔 수 없다. 자신도 경계심을 풀 수 없다. 방금 마코토 형이 총을 든 모습을 본 이후로 누구를 믿어야 할지 더이상 알 수 없는 상태였다.

안리는 천천히 이야기를 시작했다.

"히로시 오빠는…. 마오 언니…. 우린 오빠를 자랑스러워했어."

처음에는 목소리가 떨렸고 말도 띄엄띄엄 이어져서 알

아듣기 힘들었다. 어쩌면 메이구가 그녀의 말에 너무도 집중한 덕분일까? 그녀의 말이 점차 명료하게 들리기 시작했다.

안리는 히로시 아저씨의 동생이고, 마오는 그의 아내라고 한다. 안리와 마오, 전부 가명이었다. 히로시 아저씨도 다카야나기가 진짜 성이 아니라고 했다. 연구 프로젝트는 극비였으니 거기에 본명을 쓸 리가 없다. 진짜 이름은 지금까지 알려주지 않았던 것이다.

세 사람은 과거에 국가연구원에서 함께 일했다. 어느 날 히로시가 흥분된 어조로 두 사람에게 대규모 연구 프로젝트에 선발됐다고 알렸다. 전 인류의 복지에 관련돼 있고 다양한 학문 분야가 필요하다고 했다.

"그게 9년 전이야. 프로젝트의 이름은 HIMIKO였지. 처음에는 나와 마오 언니도 내용을 잘 몰랐어. 그저 인간의 뇌와 관련 있는 연구라고만 알았지. 오빠가 우리에게도 일절 함구했거든."

"히로시 아저씨가 이 연구 프로젝트에 아무런 의문도 갖지 않았단 말예요?"

"오빠도 옛날에는 과학에 헌신하려는 열정을 가진 순수한 사람이었어. 당시에는 대규모 연구에 선발된 것만으로 기뻐서 이념적으로 올바른가 하는 건 생각할 여유가 없었던 거야."

참여 정도가 깊어지면서 히로시도 점점 그 연구가 이상

하다는 것을 알게 됐다.

연구소에서는 '기억 씨앗'이라는 것을 통해 인간의 기억을 만들 수 있다고 여겼다. 씨앗을 심고 기억 보충 메커니즘을 격발시키면 금방 무에서 유를 창조할 거라고 말이다. 처음에는 생체 실험에서 확실히 놀라운 효과가 나타났다. 연구자들이 크게 기뻐했음은 물론이다.

그러나 효과의 재현성을 확립하기 위해서 같은 실험체에 반복해서 실험을 진행해야 했고, 기억 보충 메커니즘을 격발시키는 횟수가 늘어남에 따라 초기의 현저한 효과가 점차 줄어들더니 마침내 완전히 사라지고 말았다. 결국 실험체는 머릿속에 기억의 공백이 무척 많은, 심지어는 거의 아무런 기억도 없는 상태의 신생아와도 같은 어른이 된다. 한편, 씨앗을 생성하기 위해 시행하는 구마가이 수술에서도 부작용이 나타났다. 뇌에 과도한 전기충격, 약물, 초음파 등의 자극이 주어지자 실험체가 각종 정신 병증을 보였다. 기억 생성 측면에서는 예상한 효과를 얻었지만 정신적 측면에서는 과도한 손상으로 마음이 병든 폐인이 되는 것이다.

연구소에서 그걸로 프로젝트를 포기하지는 않았다. 주요한 기술 두 가지가 완벽하지 못했기 때문이라고 생각한 그들은 기술을 개량하기 위해 고심했다. 더 많은 실험이 진행되고, 더 많은 실험체가 필요했다. 물론, 더 많은 불행이 벌어졌다.

히로시는 실험체가 대거 희생되는 모습을 보면서 과학에 대한 믿음이 점차 붕괴됐다. 프로젝트가 시작된 지 3년, 그는 죄책감을 견디지 못하고 한 가지 일을 계획한다.

"오빠는 나와 마오 언니에게 모든 것을 다 말해줬어. 그리고 우리에게 도움을 청했지. 실험체를 '석방'시키겠다는 거야…."

안리가 우물거리며 말했다.

"그게 나였군요!"

안리가 고개를 끄덕였다. 그녀의 시선은 메이구를 제대로 쳐다보지 못했다.

사적인 감정을 연구에 개입시키지 않기 위해, 실험체가 되는 사람들에 대한 내력은 거의 알 수가 없었다. 그래서 안리와 마오도 그 사람을 어디로 데려가야 할지 몰랐고, 결국 그를 사람들로 붐비는 도쿄 역에 놔두고 운명에 맡기기로 했다.

"만약 실험실에서 제조된 기억을 조금이라도 갖고 있다면, 어떻게 살아야 할지 대강은 알겠지…. 우린 그렇게 생각했어."

"기억이 있긴 했죠."

메이구가 고개를 끄덕였다.

"역에서 처음 깨어났을 때, 내가 나가노 현에 있는 고아원에서 자랐고 독립해서 도쿄에 왔다는 '기억'이 떠올랐어. 이어서 어디에서 자야 하나 그런 생각을 했지…. 지금

보니까 그 기억도 전부 위조된 거였군!"

이름, 출신지, 그리고 고아원 원장에 대한 기억, 모두 히로시 아저씨가 실험과 수술로 집어넣은 거였다. 페이메이구라는 이름을 지은 것도 당시 세상을 시끌시끌하게 만든 앤드루 키팅 사건에서 영감을 받아 F.M.G.라는 프로그램의 이름에다 친구인 고아원 원장의 성씨 페이를 붙이고, 연구 프로젝트의 명칭인 HIMIKO와 발음이 같은 글자로 끼워 맞춰 한자는 '費美古', 발음은 '페이메이구'가 된 거였다. 출신지를 친구가 운영하는 고아원으로 한 것도 그래서였다.

'원장이 나를 전혀 기억하지 못한 것도 당연하지. 애초에 거기서 자란 적이 없으니까…. 나도 원장과 고아원 풍경 말고는 다른 사람들이나 사물들을 전혀 몰랐던 게, 기억 속 비어 있는 부분이 많지만 더는 보충할 수가 없었으니까…. 도쿄에 와서 계속 편두통에 시달렸던 것도 구마가이 수술의 부작용이었어….'

"그해엔 정말 많은 일이 있었어."

안리가 한숨을 쉬며 말했다.

"오빠는 실험체를 풀어준 것 외에도 반정부단체와 접촉하기 시작하더니 '인과공진회'에 가입했어."

"인과공진회!"

메이구는 놀라지 않을 수 없었다. 인과공진회는 수많은 과학기술 엘리트들이 모여 만들었다고 한다. 이미 여러 차례 정부 조직과 운영 메커니즘을 마비시켰고, 요 며칠 언론에서 떠들어대는 지역갱생보호위원회 시스템 공격도 인터넷에서는 인과공진회의 작품이라고 했다. 그는 줄곧 그 단체를 동경했는데, 히로시 아저씨가 그중 한 명일 줄이야.

"오빠는 인과공진회의 이념에 상당히 동의했고, 그들의 이야기를 들은 뒤 자신이 얼마나 멍청했는지 깨달았어. 오빠는 인과공진회를 위해 일하기 시작했지."

메이구는 히로시 아저씨가 기밀문건을 훔쳐내고 친구인 페이쓰저에게 맡긴 것도 그래라는 데 생각이 미쳤다. 배후에는 인과공진회가 있었고, 목적은 앞으로 대중에게 HIMIKO 같은 비인도적인 연구 프로젝트를 폭로하기 위함일 테지.

'그 일 때문에 자기는 물론 친구까지 살해될 줄은 몰랐겠지! 공안경찰에게 쫓겨서….'

그들의 마지막을 생각하자 메이구는 저도 모를 비애감을 느꼈다.

"그후 얼마 되지 않아서, 오빠는 정부 일을 그만두고 흥신소 소장이라는 신분 뒤에 숨어서 본격적으로 반정부 활동을 하기 시작했어."

안리는 먼 곳을 바라보며 뭔가 추억에 잠기는 듯했다.

"그때 오빠는 항상 고독해 보였어. 어쩌면 오빠의 성격 탓이었는지 몰라도, 인과공진회에 가입한 뒤에도 오빠에 겐 '전우'라고 할 만한 사람이 전혀 없었거든. 4년 전까지는 말야…."

"나를 다시 만났군요."

"그래…. 오빠가 그랬어. 정말 고통스러웠다고. 너에게 너무도 미안했다고."

예전에 풀어준 실험체가 사회에 발붙이지 못하고 노숙 자가 된 것은 모두 그 자신의 죄업이라고 생각했을 것이다. 히로시 아저씨는 죄책감 때문에 메이구를 흥신소로 데려와 서 한 사람 몫을 할 수 있도록 훈련시키고, 심지어 사쿠란 보 빌딩을 사서 메이구를 상속자로 지정하기까지 했다.

그렇게나 두터운 애정과 은혜가, 사실은 전부 속죄일 뿐 이었다.

"하지만 나도 느낄 수 있었어. 그 시기의 오빠는 무척 행 복해했거든. 오빠는 드디어 '전우'를 찾은 거야."

메이구는 히로시 아저씨와 함께 지낸 시간을 생각했다. 그 시간의 기억은 기계가 만들어낸 것이 아니다. 감정이 있는 진실한 기억이다. 2년이라는 짧은 시간이었지만, 히 로시 아저씨는 과학기술에 대한 자신의 사상과 정부에 대 한 불신까지 전부 메이구 자신에게 전해주었다.

눈가가 젖어든다. 히로시 아저씨에 대한 애정은 가장 진 실한 기억이다. 그러니 과거가 어쨌든, 미래에는 진정한 자기 자신으로 살아갈 수 있을 것이다.

"히로시 아저씨와 안리 씨, 마오 씨…. 세 사람은 서로 오빠와 동생, 남편과 아내라고 부르지도 못하며 지냈죠.

내가 연루될까 봐 그런 거예요?"

메이구가 물었다.

"아마도 그렇겠지. 나와 마오 언니는 인과공진회 사람이
아니니까. 오빠는 여기로 이사 온 뒤 은연중에 위험을 느
꼈던 것 같아. 나와 마오 언니가 들어올 때 몇 번이나 우리
의 관계를 감춰야 한다고 당부했거든. 우리는 상관없다고
생각했는데 오빠는 그 생각을 바꾸지 않았어."

'결과적으로 히로시 아저씨가 선견지명이 있었던 거
군⋯.'

"다, 다 말했어."

안리의 표정이 아까보다 훨씬 좋아졌다. 하지만 여전히
불안해 보였다.

"이제 풀어줘도 되지 않니?"

메이구는 정보를 곱씹었다. 하지만 아직 질문이 남아 있
다. 료코가 의뢰한 사건.

F.M.G. 재팬을 이용해서 선인장을 공격한 이유가 무엇
인지, 시뮬레이션 시나리오에서 메이구 자신을 조종자로
지정한 이유는 무엇인지 알아야 했다.

"한 가지만 더 물어볼게요. 나를 아는 사람이, 정부에서
선인장이라고 부르는 시스템을 공격한 겁니까?"

"아!"

그 질문을 들은 안리는 순간 말문이 막힌 듯 대답을 하
지 못했다. 이어 낭패라는 표정이 스쳐갔다. 이 반응이 메

이구를 당황스럽게 했다.

'왜 이렇게 놀라는 거지? 설마….'

"안리 씨, 뭔가 더 숨기고 있어요?"

메이구가 권총을 치켜들었다.

"아, 아냐!"

"말해요!"

총구를 안리의 관자놀이에 대자 그녀는 부들부들 떨면서 고개만 내쳐 저었다. 자기는 아무것도 모른다고 했다.

"말하지 않으면 쏠 거야!"

메이구가 위협했다.

"쏘지 마…. 나, 난 정말 몰라…."

메이구는 손가락을 방아쇠에 걸었고, 안리가 눈을 질끈 감았다.

'정말로 무서워하고 있어. 그런데도 말하지 않겠다니?'

메이구는 권총을 두 손으로 쥐고 사격 자세를 유지한 채 가게 구석으로 움직였다.

"언제 말하는지 두고 보자고요."

그는 순간 좋은 생각이 났다.

"아니면 마오 씨에게 가서 물어볼까요?"

"안 돼!"

안리는 죽을 둥 살 둥 소리를 질렀다.

"그러지 마!"

메이구는 씩 웃으면서 손을 주머니에 넣고 휴대전화를

꺼냈다. 통화기록에서 얼마 전 통화했던 마오의 번호를 찾는 건 쉬웠다. 막 전화를 걸 것처럼 굴면서, 메이구는 안리의 반응을 계속 살폈다.

그녀는 계속 고개만 저을 뿐 사실대로 말할 생각은 없는 것 같았다. 메이구는 안 되겠다 싶어 통화 버튼을 눌러버렸다.

전화가 걸리지 않는다.

메이구는 두 번, 세 번 시도했지만 줄곧 전화가 걸리지 않았다. 마오의 휴대전화가 꺼져 있는 걸까, 아니면 통화 권역 밖에 있는 걸까?

그는 돌연 한 가지 의문이 떠올랐다. 마오가 사쿠란보 빌딩에 돌아왔을까?

시간은 이미 12시를 넘겼다. 최근 마오는 가게 바닥에 이부자리를 깔고 잔다. 돌아왔을 시간이 지났다. 메이구는 창가로 가서 바깥을 내다봤다. 바로 아래가 2층 창문이다. 마오는 잘 때도 작은 전등을 켜두기 때문에 누군가 있다면 불빛이 보일 것이다.

없다. 새까만 어둠뿐이다.

"마오 씨 언제 돌아와요?"

그가 권총을 안리에게 겨누며 말했다.

"모, 몰라! 곧 돌아오겠지…."

"좋아요."

메이구가 자리에 가서 앉으며 다리를 꼬았다.

"여기서 돌아올 때까지 기다리겠어. 그동안 잘 생각해봐
요. 나한테 말할 거 없는지."

안리는 그때부터 내내 울기만 했다.

메이구는 계속 기다렸다….

(deadlocked)

한참 기다렸지만 마오는 돌아오지 않았고, 휴대전화도
계속 걸리지 않는다.

안리도 울고만 있다. 메이구는 무료하게 주변을 둘러봤
다. 순간, 그의 시선이 어딘가에 닿았다. 의자에 놓인 악어
무늬 가방. 커다랗고, 둥그렇게 부푼, 안에 뭔가 가득 들어
있는 듯한 가방.

메이구는 이상한 생각이 들었다. 안리가 왜 이렇게 큰
가방에 가득 물건을 넣고 나갔다 왔을까? 저 안에 도대체
뭐가 들었을까? 호기심을 이기지 못한 메이구가 가방 쪽
으로 다가갔다.

안리도 그의 의도를 눈치챘다.

"안 돼!"

그녀가 격렬하게 몸을 흔들었다. 저 반응을 보니 가방
안에 뭔가 중요한 게 있다는 믿음이 강해졌다.

지퍼를 열고 손을 넣어 더듬었다.

안에는 옷들이 들어 있다. 꺼내보니 평범한 직장인 여성

이 입을 법한 정장이다. 그런데 옷 위에 온통 핏빛 얼룩이 가득하다. 얼룩에 메이구의 시선이 멈췄다. 안리는 고개를 저으며 계속 울었다. 메이구는 가방 속에서 하나씩 물건을 꺼냈다.

고무장갑 한 켤레. 청소할 때 흔히 쓰는 그런 것. 여기도 피가 잔뜩 묻었다.

평범한 화장솜 한 통.

그 아래서 메이구는 휴대전화를 찾았다. 안리의 휴대전화다.

열 통의 부재중전화 표시가 떠 있다. 진동 모드여서 전화가 온 줄 몰랐던 것이다.

메이구가 휴대전화의 잠금을 해제하고 부재중전화 내역을 살폈다. 같은 번호가 계속 전화를 걸었다. 시내전화 번호다.

'응? 이 번호 어딘가 낯익은걸….'

메이구는 걸려온 번호로 다시 전화를 걸었다.

PROCESS RYOKO (DEADLOCKED)

"이건 말도 안 돼!"

아사미가 고함을 질렀다.

"뭘 어쩌려는 거야…."

딴 사람이라도 된 듯 폭발하는 모습을 보고 료코는 자신이 승기를 잡았다고 느꼈다.

아까 아사미는 증거 불충분을 이유로 조사관실을 나가려 했다. 료코는 급한 마음에 오랫동안 쓰지 않았던 스위치를 눌렀고, 방 안은 잠시 밀실 상태가 되었다.

"미안합니다만, 내 얘기는 아직 끝나지 않았어요."

료코가 냉소하며 말했다.

"조사관실에는 이런 편리한 기능이 있죠. 조사 도중에 달아나려 한다면 어쩔 수 없이 가두는 수밖에요. 아, 휴대전화로 도움을 청할 생각은 버려요. 신호방해전파가 작동하고 있으니까요. 지금 여기는 통화권역 바깥이에요."

"뭘 어쩌려는 거죠? 이렇게 날 가둔다고 무슨 의미가 있어요?"

"다시 묻겠습니다. 선인장 파괴공작을 계획한 게 당신들인가요? 아지미가 후미히로를 찔렀나요? 당신이 프로그램의 동기화 허점을 이용해서 아지미의 출입 기록을 삭제했나요?"

"아하! 그래요! 다 우리가 한 짓이에요!"

아사미가 히스테릭하게 소리쳤다.

"그 말을 듣고 싶은 거라면, 얼마든지 해드리죠. 그러면 만족하겠어요? 다, 우리가, 했어요! 자, 이제 가도 되나요?"

료코는 김이 빠졌다. 이건 자백이라고도 볼 수 없다. 그저 이 상황을 벗어나고 싶은 정서적 반응에 불과하다. 이

대로 문을 열어줄 생각은 없지만, 다음 단계로 뭘 해야 할지 알 수가 없다.

'감정에 호소해보는 수밖에. 지금은 아까와 태도가 다르니까 혹시 효과가 있을지도….'

"아사미."

료코가 간절한 표정으로 말했다.

"더 말해줄 수는 없나요?"

"더? 뭘 더 알고 싶은 건데요?"

"동기요! 당신들은 후미히로를 공격했어요. 선인장 사건이 밝혀질까 봐 그런 거죠. 그럼 작년의 사건은요? 선인장을 망가뜨려서 무슨 좋은 점이 있어요? 누군가 지시한 건가요? 아니면 뭔가 불만을 터뜨리고 싶은가요? 반정부조직 사람인 건 아니죠? 최근 사무실에서 인과공진회가 내부에 숨어들었다는 말이 돌고 있어요. 설마 당신들이…."

"말도 안 돼!"

아사미가 즉각 부인했다. 아주 단호한 태도였다.

"그럼, 왜 그런 건가요?"

"흥."

아사미는 화를 조금 누그러뜨린 듯했다.

"왜 말해야 하는지 모르겠군요."

"아사미, 전 당신들을 돕고 싶어요."

"…."

"조사관의 직무는 처벌을 하는 게 아닙니다. 문제를 찾아내는 거죠. 그 점을 확실히 이해해주길 바랍니다."

료코가 눈을 내리깔면서 좀더 저자세로 나갔다.

"업무에 뭔가 불만이 있다면 제가 들어드리겠어요. 만약 이런 행동을 통해 주장하려는 생각이 있는 거라면 당신을 대신해서 상부에 보고를 하지요. 단지 감정적인 공격이었다면 그런 부분도 함께 나눌 수 있어요. 전 당신들 편에 서 있다고요."

"…"

아사미는 한참 말이 없었다. 그러나 분노는 점점 가라앉아 평온을 되찾은 듯했다.

"저는 당신들을 돕고 싶을 뿐이에요…. 네, 아사미?"

"음…"

"말해줄 수 있겠어요? 왜 선인장을 파괴하려고 했는지?"

"유지를…"

"네?"

"고인의 유지를 이으려던 거예요."

아사미가 한숨을 쉬었다.

"그 사람은 천국에 갔지만, 나는 그가 못다 한 일을 완성하고 싶었어요."

료코는 이해한다는 듯 고개를 끄덕였다. 당직을 서면서 료코에게 연애 얘기를 할 때, 마지막 남자에 대해 이야기하던 아사미는 무척 행복한 표정을 지었다. 그녀는 그 사람이 정의를 위해 죽었다고 했다. 그러니 분명 천국에 갔을 거라고.

"다만, 인생에서 여러 가지 일을 겪다 보니 그 사람은 좀 반골로 변했어요…. 특히 정부에 대해. 늘 정책의 잘못된 점을 지적하곤 했지요. 비록 개인적으로는 그의 입장에 동의하지만, 정부기관에서 일하고 있으니까 조금 난처했어요."

"이해해요."

료코가 아사미의 어깨를 도닥였다.

"F.M.G. 재팬은 그 사람과 관련 있나요?"

"그래요. 그이가 개량한 프로그램이죠."

아사미는 지난 일을 털어놓았다. 그녀는 선인장 개발팀이 창설될 때 참가한 연구원이었고, 미국으로 연수단이 갈때도 함께 갔다. 그녀는 그곳에서 게리 밀러의 이념을 듣고 매우 흥분했다. 재소자의 재범죄율을 기계로 판단하다니! 얼마나 대단한 일인가! 그러나 그녀가 일본에 남아 있던 남편에게 그 일을 전했을 때, 그는 차가운 반응을 보였다.

"그건 인권 침해야, 여보."

과학기술 관련 뉴스에 관심이 많았던 남편은 미국의 사법개혁에 대해서도 이미 알고 있었으며, 처음부터 반대 입장이었다. 그는 기계는 인류를 위해 일해야 하지만 인류의 운명을 주재할 수 없고, 인간의 생사나 형기를 결정해서는

EP.4 PROCESS SYNCHRONIZATIO

안 된다고 여겼다. 미국에서 앤드루 키팅 사건이 터졌을
때도 그는 '인간이 잘못된 방식으로 기계에 의존하는 일'
에 혐오감을 드러냈다.

"그의 말은 아주 설득력이 있었죠. 원래는 정부의 정책
에 찬성하던 나도 점점 설득됐죠. 결국 일본에 돌아온 뒤,
나는 직업윤리를 저버리고…."

아사미는 개발팀의 시스템 구조와 변수 등을 남편에게
알려줬다.

그녀도 남편이 뭔가 행동을 개시하리라는 걸 알고 있었
다. 결국 그녀의 생각대로, 남편은 해커 사이트에서 키팅
이 만들어낸 단편화 모델링 가젯, 즉 F.M.G.를 손에 넣었
다. 그리고 아사미가 준 정보를 참고하여 선인장에 대응하
는 버전으로 수정, 개량한 것이다. 그 효율은 아사미조차
도 깜짝 놀랄 정도였다.

"그이는 천재였어요. 무슨 뜻인지 알겠어요? 그이는 금
방 F.M.G. 재팬을 완성했죠. 그런데 다음 해 연말이 되도
록 선인장 개발팀은 완전한 선인장을 만들지 못한 상태였
어요. 순서가 뒤집힌 거예요. 응용 프로그램인 가젯이 본
시스템보다도 먼저 완성되는 경우가 어디 있겠어요?"

하지만 남편은 웃으면서, 미국 사보타주 시스템의 소스
코드도 인터넷에서 다 얻을 수 있는 데다 일본 역시 그 소
스코드를 바탕으로 개발할 테니 개발팀의 논리를 쉽게 상
상할 수 있었다고 말했다. 게다가 내부에서 협조해주는 아

내도 있었으니까.

　프로그램을 만들었다고 해서 꼭 쓸 수 있는 것은 아니었다. 테스트를 해봐야 알 수 있는 것이다. 그는 아내에게 선언했다. 이 프로그램은 F.M.G.와 마찬가지로 어떤 시나리오 중의 인물에게 부착해서 시스템을 마비시키는 것이며, 그 인물도 이미 다 선택했다고 했다. '지옥에서 돌아온 복수자' 같은 인물이라고 말하면서 언젠가 꼭 테스트를 할 거라고 했다.

　"그이가 한 말이 얼마나 진지했는지 나도 몰랐죠. 정부 기관에서 일하는 내 입장에서는 말썽을 일으키지만 말았으면 하는 심정이었지만요. 이유는 알 수 없지만 그는 죽을 때까지도 F.M.G. 재팬을 실행하지 않았어요. 프로그램을 완성하고 얼마 후, 그이는 거리에서 한 아이를 만났어요. 정의를 위해서는 그 아이를 꼭 돌봐줘야 한다고 하더군요. 전 그이 상황을 이해했고, 그 애를 친아들처럼 아꼈어요. 다음 해에 우리 세 사람과 아지미는 함께 남편이 구입한 건물로 이사를 했죠."

　여기까지 말한 아사미는 목이 메었다.

　"행복한 시간은 길지 않았어요. 1년 뒤 남편이 정의를 위해서 죽었으니까. 자세한 얘기는 하고 싶지 않군요…. 그 애가 건물을 상속받았고, 그후로 우리는 계속 함께 생활했어요. 2년이 흘렀고, 그러다 작년 10월에…."

　"F.M.G. 재팬을 찾았군요?"

료코가 핵심을 짚었다.

"네. 남편의 유품에서 낡은 외장 디스크가 나왔고, 거기 있었어요. 그는 죽기 전까지도 그 프로그램을 갖고 있었어요. 그런데 왜 이걸 실행시키지 않았을까? 그때는 나도 이유를 몰랐죠. 그 순간 어떤 알 수 없는 힘이 나를 떠밀었던 게 생각나요. 나는 그 프로그램을 선인장에 설치하기로 마음먹었어요."

아사미가 묘사한 대로, 그건 복잡한 감정이 만들어낸 힘일 것이다.

"그런 기분 알겠어요? 누군가의 아내로서, 남편에게 버팀목이자 힘이 되고 싶었지만 줄곧 거절당하는 비애감을 말예요. 그는 아주 멀리 떨어져 있는 사람처럼 느껴졌어요. 프로그램을 완성하고서도 나에게 시스템에 설치할 수 있게 도와달라는 말을 꺼내지도 않았어요. 하지만 프로그램을 줄곧 갖고 있었던 걸 보면, 죽을 때까지도 삭제하지 않았으니까, 설치하고 싶었던 거라고…. 그게 그의 유지라고 생각했어요. 결국 나는 실행에 옮겼죠. 프로그램을 선인장에 설치한 뒤에야 그건 나 혼자만의 생각이었다는 것을 알았어요."

유지 같은 건 분명 아니었을 것이다. 료코는 이것이 오해에서 비롯된 범죄라는 것을 대강 알아차렸다.

"F.M.G. 재팬은 시나리오 중 어떤 인물에게 조종자의 역할을 맡겨요. 그건 바로 그가 거리에서 데려온 아이였

536

어요. 그 사실을 알고서야 나는 그이가 왜 F.M.G. 재팬에 대해 언급하지 않았는지 알게 됐어요. 선인장에 그 프로그램을 설치하면 그 아이가 관련 기관의 조사를 받을 테고, 위험한 상황에 빠지겠죠! 남편은 프로그램을 만든 직후에 그 아이를 데려왔는데, 사람이란 정이 쌓이면 할 수 없는 일이 생기는 법이니까요. 그러고 보면, 그이가 외장 디스크에 프로그램을 그대로 놔둔 것도 자신의 죄에 대한 일종의 경각심을 갖기 위해서였던 것 같아요. 그런데 내가 그의 뜻을 오해해서 이런 범죄를 저지른 거예요."

그 아이, '지옥에서 돌아온 복수자'는 분명 낮에 료코가 만났던 사람일 것이다. T&E 탐정사무소 소장 페이메이구.

"오해로 인한 범죄였는데, 그걸 숨기려고 또다른 죄를 짓다니…."

"미안해요! 우리가 잠시 미쳤던가 봐요. 그 아이한테도, 후미히로한테도 정말 미안해요."

'이 말이 진심에서 나온 말이었으면 좋겠는데….'

눈을 내리깐 아사미의 얼굴은 방금 전 영리하게 질문을 피해가던 모습이나 감정을 터뜨리던 모습과는 완전히 달랐다. 그녀의 또다른 얼굴인 셈이다.

"아사미, 대강 어떻게 된 일인지 이해했어요."

료코는 목소리를 가다듬고 말했다.

"이제 어떻게 처리할지 생각해봐야죠. 형사처벌을 면하기는 어려울 거예요. 하지만 복잡한 사연이 있으니 제가 상부에 알려서 방법을 찾아볼게요."

"고마워요. 그럼 이제 돌아가도 되나요?"

아사미는 아까보다 초췌해 보였다.

"죄송하지만 아직은 안 됩니다. 한 가지만 더 도와주세요."

"뭐라고요!"

아사미는 그 말을 듣더니 얼굴색이 확 달라졌다. 료코는 이런 변화를 대강 예상했으면서도 깜짝 놀라고 말았다.

"이렇게 다 얘기했는데도 부족한가요? 뭘 더 어쩌란 거죠?"

야차 같은 얼굴이었다.

"그게…. 시간이 늦었지만, 전화 한 통 부탁할게요. 아지미를 여기로 불러서 경찰의 조사를 받게 해야죠."

"사람을 너무 괴롭히는군요."

"아뇨, 잘 생각해봐요."

료코가 달래는 듯한 손짓을 했다.

"당신 말대로 당신에게서는 증거를 찾을 수 없어요. 하지만 당신 여동생에게는? 제가 알기로 아지미는 전철로 통근하는데 당신 메일을 받았을 때 이미 퇴근했다면, 그리고 그다음에 다시 가스미가세키 청사로 돌아와 후미히로를 찌른 거라면, 그녀의 IC카드에 전철을 타고 내린 기록이 남았을 거예요. 정확한 시간까지 나온다고요. 아지미가 그걸 고려해서 따로 전철표를 샀다고 해도 매표구 앞에 설치된 카메라에 찍혔을 테고, 그게 아니라도 경찰이 대규모로 조사를 벌이면 분명히 목격자가 나와요. 그건 시간문제예요. 내일 그녀가 출근하겠죠? 그때 경찰에게 붙잡히느니 주동적으로 경찰 조사에 협조하는 게 좋아요."

"지금 오는 것과 내일 출근할 때 오는 것, 무슨 차이가 있다는 거예요?"

"범인이 자수한 시간이 이른지 아닌지에 따라 언제 후회했는지 결정되는 거잖아요. 형량 결정에 참작될 수 있어요. 게다가 만약 경찰이 진상을 다 밝힌 후에 나타나면 문제가 커져요. 자수가 아니라 체포라고요. 형량이 더 무거워져요."

"음…."

아사미는 고개를 숙이고 생각에 잠기더니 기세가 꺾였다. 그녀의 태도가 확실히 부드러워졌다.

"좋아요. 전화할게요. 하지만 지금 휴대전화 신호가 잡히지 않는데 어떻게 하죠?"

"여기 시내전화로 거세요."

료코가 옆에 놓인 전화를 가리켰다. 아사미는 수화기를 들고 빠르게 숫자를 눌렀다. 동생의 전화번호를 익숙하게 외우고 있는 듯했다.

잠시 후 그녀는 전화를 끊었다.

"신호는 가는데, 받지 않아요."

아사미가 어쩔 수 없다는 듯 손을 들어 보였다.

"전화 벨소리를 듣지 못했을지도 몰라요. 다시 걸어봐요."

몇 분 후, 아사미가 두 번째 전화를 걸었다.

"역시 안 받는군요."

다시 수화기를 내려놨다.

"잠든 게 아닐까요?"

"자기 전에 휴대전화를 베개 옆에 놔둬요. 알람시계 대신이죠. 배터리가 있다면 분명히 잠에서 깰 거예요. 다시 걸어보죠!"

그러나 세 번째, 네 번째, 다섯 번째 전화도 연결되지 않았다. 료코는 점점 초조해졌다.

'정말로 안 받는 건가? 아니면 전화번호를 일부러 잘못 눌러서 시간을 끄는 건가?'

아사미의 표정으로 봐서는 뭔가 수작을 부리는 것 같지는 않았다. 하지만 표정만으로 판단할 수 없는 여자라는 것을 잘 알고 있다. 이런 상황에서는 몇 분에 한 번씩 계속 전화를 걸어보는 수밖에 없다.

료코는 계속 기다렸다….

(deadlocked)

한참 기다리는데 전화가 반응을 보였다.

따르릉.

하지만 저쪽의 휴대전화가 연결된 게 아니라 상대방이 전화를 걸어온 거였다. 전화를 건 번호는 바로 아지미의 휴대전화 번호였다. 료코는 아사미에게 직접 받으라고 했다.

"여보세요?"

수화기를 통해 목소리가 들려왔다.

"아지미, 나야."

아사미가 곧바로 말을 꺼냈다.

"나한테 문제가 좀 생겼어. 조사관이 네가 여기 왔으면 하거든. 시간이 좀 늦었지만, 걱정하지 말고 언니 말…."

"여보세요? 여보세요? 전화 받으신 분 누구시죠?"

아사미는 전화 저편이 남자라는 것을 알아챘다. 목소리가 익숙했다….

"잠깐…. 마오, 마오 씨 맞죠? 왜 돌아오지 않는 겁니까?"

전화 저편이 시끌시끌했다.

"이 목소리…. 메이구? 너 왜 아지미, 아니, 안리의 휴대전화를 갖고 있어? 안리에게 전화 받으라고 해. 할 말이 있….".

"메이구? 탐정사무소의 메이구 말이에요?"

옆에 있던 료코가 놀란 듯 소리를 높이더니 전화를 빼앗아 들었다.

"안녕하세요! 니지마 료코입니다. 메이구 씨? 조사 보고를 하러 전화한 거지요? 시간이 늦었는데 수고가 많으십니다."

"네? 당신은…. 아, 니지마 씨군요. 저는 보고를 하려고 전화한 게 아닙니다. 걸려온 전화가 있어서…."

"약속을 했으면 지켜야죠."

료코가 목소리를 높였다.

"당신이 먼저 연락하는 게 아니라면 어떤 정보도 교환하지 않는다고 했습니다. 지금 누가 먼저 연락한 거죠?"

"그건! 내가 전화한 건 당신이 받을 줄 모르고…."

메이구는 곤혹스러웠다. 료코는 끝까지 물고 늘어지기로 했다.

"여기가 어디라고 생각하시는 겁니까? 법무성 정보관리국 총무과 조사관실이에요. 아까 드린 명함에 이 번호가 적혀 있을 텐데요."

료코는 씩 웃었다.

"어서 오늘 조사한 내용을 보고하시죠, 탐정 선생님."

✦

"후미히로, 이 시나리오 정말 웃겨요!"

결말 부분을 읽던 니지마 료코는 그만 웃음을 터뜨렸다.

"정말 이런 일이 벌어질까요?"

"조사관님, 세상에는 불가능한 일이란 없습니다."

스즈키 후미히로는 모 명탐정의 대사를 모방하며 대답했다. 후미히로는 레게머리를 땋아 10여 가닥을 뒷머리로

542

넘긴 데다 입술에는 반지를 끼워놓은 것 같은 피어싱을 하고 눈썹까지 다 가리는 커다란 선글라스를 꼈다. 게다가 몸에 달라붙는 짧은 티셔츠를 입어놓고는 추위를 많이 타서 모자가 달린 오리털 점퍼를 겹쳐 입은 이상한 옷차림이었다. 진지해 보이려 한 것 같지만, 클럽의 DJ와 청소년 갱단 사이 어디쯤으로 보이는 그의 입에서 명탐정의 대사가 나오니 오히려 더 튀어 보였다.

"하지만 결말의 이야기 흐름을 봐요. 전부 우연, 우연이잖아요!"

"수많은 프로그램의 버그도 우연히 만들어지는 겁니다. 사실 인간들은 항상 우연을 만들어내죠."

"하긴 그래요. 그 부분을 제쳐놓고 생각한다면, 이 시나리오는 정말 유용해요. 정말 도움이 많이 됐어요!"

후미히로가 미소를 지었다. 정말 그렇다면, 시나리오에서 칼인지 송곳인지에 찔렸던 것처럼 현실에서도 냉혹한 결말을 맞이한다 해도 불평하지 않을 것이다.

료코는 작년 10월 선인장이 악성 프로그램에 의한 파괴 공작을 겪은 사건을 조사하기 위해 오늘 낮 시뮬레이션 시나리오 TE00002138657496을 가지고 T&E 탐정사무소의 페이메이구를 만나 각자 조사를 신행하기로 했다.

그쪽이 반 억지로 승낙했기 때문에, 료코는 조사에 별 성과가 없을까 불안했다.

그래서 조사관실에 돌아와 다음 대책을 고민하던 중 아

주 기발한 생각이 떠올랐다.

앤드루 키팅의 단편화 모델링 가젯이 한 번의 시뮬레이션으로 여러 번 시뮬레이션하는 효과를 얻는다면, 그걸 자신과 메이구의 협력관계에 역으로 이용할 수 있지 않을까? 동일한 환경과 변수 아래, 두 명의 주인공으로 서로 다른 시뮬레이션을 각각 실행한다면 어떤 일이 벌어질까? 말하자면 여러 번의 시뮬레이션을 하나의 시뮬레이션으로 결합하는 것이다.

그녀는 흥분해서 관제실로 달려갔다. 이 생각을 당직 중인 후미히로에게 알려주자, 그가 이렇게 말했다.

"마침 그런 가젯을 만들었는데요. 그렇게 하면 평가가 훨씬 편해지거든요!"

료코는 기뻐하면서 당장 당직을 바꾸고 중앙처리실에 가서 그가 만든 가젯으로 '분리 시뮬레이션' 시나리오를 실행해보라고 부탁했다. 시뮬레이션이 분리되는 지점을 료코가 탐정사무소를 나서는 순간으로 설정해 그때부터 주인공이 각각 메이구와 료코인 두 개의 시나리오로 나뉜다. 시뮬레이션 횟수는 많으면 많을수록 좋다. 료코는 그런 시나리오가 사건에 어떤 참고가 될지 궁금했다.

후미히로는 당장 승낙했다. 그러나 과정은 실패했고, 결과적으로는 성공했다.

과정의 실패는 후미히로가 최종적으로 딱 한 편의 시나리오만 생성시켰기 때문이다. 그는 가젯의 자동화 처리

기능을 맹신한 나머지 시뮬레이션 구동 중에 잠을 잤다. 깨어나면 시나리오가 잔뜩 쌓여 있을 텐데 뭐 하러 전 과정을 지켜보고 있어야겠냐고 생각하면서 말이다. 그 결과 재주를 내세우려다가 오히려 일을 망친 꼴이 됐다. 그는 다중처리 기술을 써서 시뮬레이션을 여러 개의 시나리오로 분리하여 진행하도록 했는데, 완벽한 동기화 메커니즘을 만들지 못해서 첫 번째 시뮬레이션에서 바로 '교착상태Deadlock'*가 나타나 시뮬레이션 테스트가 완전히 정체된 것이다. 중앙처리실의 냉방이 너무 추워서 깨어난 후미히로가 자신의 실수를 발견할 때까지 그 상태였다.

"아, 그게 여기 두 군데군요? deadlocked라고 표시가 됐어요."

료코가 시나리오 중 두 군데를 가리키며 물었다.

"그렇죠. 잠을 깨고 보니 이런 상황이었어요."

후미히로가 손바닥을 마주 비비는 동작을 하며 용서를 구했다.

"그래서 얼른 디버깅**하려고 했는데, 프로세스 페이가 프로세스 료코에게 필요한 자원 '아지미 = 안리'를 점거하고 있고, 프로세스 료코는 프로세스 페이에게 필요한 자

---

* 컴퓨터 프로그래밍 용어로, 두 가지 이상의 프로세스가 서로 상대가 가진 시스템 자원을 내놓기를 기다리면서 동시에 서로 필요로 하는 자원을 점거한 채 제공하지 않아 프로세스가 진행되지 않는 상황.
** 프로그램의 오류를 수정하는 과정(옮긴이).

EP.4 PROCESS SYNCHRONIZATIO

원 '아사미 = 마오'를 점거하고 있더라고요. 서로 양보를 하지 않는 상황이 형성됐죠. 결국 직접 두 프로세스 사이에 메시지 전달Message Passing* 기능을 쓰고서야 겨우 교착상태를 해결하고 시뮬레이션을 계속 진행할 수 있었어요. 어휴, 다음부터는 졸면 안 되겠어요."

"괜찮아요, 시나리오 한 편뿐이지만, 정말 대단해요! 나한테 필요한 정보가 다 있다고요."

후미히로가 고개를 끄덕였다. 그도 내용을 읽어봤다. 시나리오 속에서 자신이 복부를 찔려 병원에 실려가는 장면을 볼 때는 영 불편했지만, 성질을 억누르고 끝까지 다 읽었다.

료코는 이리저리 시나리오를 넘기면서 그 속에 등장한 정보에 대해 생각했다. 정말 너무나도 많단 말이야. 무서울 정도로 많은 정보야.

아지미와 안리, 아사미와 마오…. 이들의 이중신분은 그렇다 쳐도 메이구가 국가 연구 프로젝트의 실험체였다는 사연과 메이구 주변 사람들이 다들 신분을 숨긴 채(국가 연구원, 반정부조직원, 공안경찰) 살고 있었다는 거며, 료코 자신이 국장의 인격에 대해 가진 의심까지 선인장이 전부 꿰뚫어보고 있다는 것이 아닌가. 작년 10월의 선인장 파괴공

---

*   다중 프로그램 작성에서 동시에 수행되는 여러 프로세스 간에 데이터를 주고받기 위해서 메시지를 사용하는 것(옮긴이).

작 사건의 범인이 누구인지는 일목요연하다. 시나리오를 읽었으니 이제 해결만 앞두고 있다.

물론 료코도 시뮬레이션 시나리오는 일종의 가능성일 뿐, 사건 조사의 참고자료로만 활용해야 한다는 것을 알고 있다. 시나리오에만 의존해서는 안 된다. 그러나 설령 '가능성'이라고 해도 '사실'에 기반한 추측이다.

이 시나리오가 제공하는 대량의 정보 중 어떤 것이 '사실'일까? 어떤 것이 사실에 근거한 시뮬레이션으로 도출된 '가능성'일까? 료코는 판단할 수 없었다.

만약 사실이 대다수를 차지한다면…. 국가는 어떻게 이런 데이터를 얻은 것일까? 감시 시스템으로? 아니면 공안 경찰을 통해? 무엇이 됐든 상관없지만, 자신이 언제 어디서든 국가의 감시 아래 있다고 생각하면 소름이 끼쳤다. 그러나 이런 감시 도구가 없다면 그녀는 지금처럼 사무실에 앉아서 시나리오를 보는 것만으로 조사 방향을 결정할 수 있을까? 대답은 부정적이다.

감시 시스템과 시뮬레이션 덕분에 실제 조사 전에 많은 일을 할 수 있게 됐다.

다케우치 국장에게 평가관 중 아사미, 아지미 두 자매(실제로는 올케와 시누이 사이일 가능성이 있다)를 유의하라고 알려줄 수도 있다. 그들의 죽은 가족(이름은 아마도 가와이 히로시일 텐데)이 반정부조직의 일원이기 때문이다.

혹은 가와이 자매에게 그들의 가족을 죽인 원수는 공안

경찰이고, 사쿠란보 빌딩 4층의 금융회사 사장이라고 알려줄 수도 있다.

또한 페이메이구에게 국가 체제에 우롱당한 가련한 신세를 폭로할 수도 있을 것이다. 아니면 가까운 사람의 진짜 신분을 알려줄 수도 있겠다(특히 마코토 형을 조심하라고 말이다).

그러나 이런 정보들을 다 믿을 수 있을까? 어떤 정보를 믿고 어떤 정보를 믿지 않아야 하나? 시나리오를 다 읽은 뒤, 료코는 더 막막해졌다.

"후미히로, 어떻게 해야 할까요?"

그녀는 부주의하게도 마음속의 생각을 입 밖에 내놨다. 후미히로는 웃어버렸다.

"전 일개 평가관이고, 당신이 조사관이잖아요!"

"그건 그렇지만…. 그럼 질문을 바꿀게요."

료코가 다시 물었다.

"인간성과 과학기술의 발전이 충돌한다면, 후미히로는 어느 쪽을 선택할 건가요?"

"아이고, 이런 문제는 다른 사람한테 물어보라니까 그러네! 생각 좀…."

후미히로가 머리를 긁적였다. 료코는 그가 거의 씻지 않을 것 같은 레게머리를 긁으면 뭔가가 떨어지지 않을까 더럭 겁이 났다.

"내 생각에는, 한쪽을 선택하는 문제가 아니라 양쪽을

어떻게 결합할지에 대한 문제라고 봐요."

그는 결론을 내린 것 같았다.

"무슨 뜻이에요?"

"당신이 아까 한 질문을 보면 '인간성'을 우선할 것이냐 '과학기술'을 우선할 것이냐를 말하는 거죠! 하지만 어느 쪽이라도 하나를 우선하는 것은 장기적으로 좋은 방법이 아니에요. 그 둘이 이인삼각 경기를 하듯이 조화를 이뤄야 죠. 인간성이 너무 빠르면 과학기술로 조금 느리게 갈 수 있게 해주고, 반대로 과학기술의 발전이 너무 빠르면 인간 성으로 과학기술의 속도를 늦춰주는 거예요."

"이인삼각⋯."

료코가 나지막이 중얼거렸다.

"만약 인간성과 과학기술을 끊임없이 진보하는 두 개의 프로세스라고 생각하면, 그 둘은 '동기화'가 필요해요. 그 래야 인간성과 과학기술이 공동의 발전을 이루고 함께 전 진할 수 있는 거죠! 그러지 않고 그중 하나만 중시한다면, 그게 무슨 의미가 있어요? 제 얘긴 여기까지. 다른 일 없 으면 먼저 실례!"

후미히로가 손을 흔들어 작별인사를 하고 조사관실 문 을 향해 걸어갔다. 그의 말을 곱씹는 료코만 남았다.

"'인'간성과 '과'학기술이 '공'동의 발전을 이루고 함께 전'진'할 수 있는⋯."

'설마!'

그녀가 고개를 번쩍 들었을 때, 마침 후미히로의 얼굴이 닫히는 문틈으로 사라지고 있었다.

피어싱을 단 입술이 씨익 벌어지면서 괴이한 미소를 만들어냈다.

에필로그

　매슈 프레드는 캔버스 천으로 된 가방을 어깨에 둘러메고 이글거리는 태양 아래 서 있다. 그는 멀리 지평선을 바라봤다.

　비록 감옥의 세탁실 창으로도 똑같은 경치를 봤지만, 프레드에게 있어서 둘은 비교할 수 없는 차이가 있다. 왜냐하면 이 순간 그는 감옥의 문 바깥에서 이 풍경을 보고 있기 때문이다.

　그는 고개를 돌려 담장을 훑어봤다. 회백색의 시멘트 담장은 그의 삶에서 떼려야 뗄 수 없는 일부분으로 자리 잡은 것만 같았다. 그러나 오늘부터 그는 더이상 저 새장 속에 살지 않는다.

　그는 저 안에 30년이나 갇혀 있었다.

　프레드는 손을 뻗어 얼굴을 쓰다듬었다. 눈가에 새겨진 주름과 아래턱의 꺼칠한 수염. 그는 2023년 감옥에 들어오던 날을 떠올렸다. 그때 서른세 살이었다. 이 감옥에서 나갈 때 자신이 이미 예순세 살의 노인이 되었을 줄 설마 상상이나 했을까.

"빌어먹을 정부, 빌어먹을 사법제도."

프레드가 마음속으로 욕을 했다.

오클라호마 주의 사법개혁으로, 프레드는 감옥에 들어온 날부터 지금까지 자신이 언제 풀려날지 전혀 예상하지 못했다. 사형 혹은 무기징역보다도 이런 제도가 더 잔인하지 않은가. 차라리 사형이나 무기징역을 언도 받았다면 마음 편히 감옥 안에서 남은 생을 살았을지도 모른다. 형기가 정해져 있었다면 출소하거나 가석방될 날까지 남은 날짜를 세면서 기대감을 품고 살았을 것이다. 그러나 지난 30년간 그는 내일 일이 어찌 될지 아무것도 알지 못한 채, 매일 끝없는 기다림으로 세월을 보내야 했다. 일급살인죄를 저지른 놈이 어느 날 갑자기 출소하기도 하고, 마약판매로 수감된 놈은 늙어 죽을 때까지 갇혀 있기도 했다. 프레드가 보기에 무슨 '형량평가제도'라는 것은 젠장맞을 어린애 장난 같은 제도였다.

그보다 더 젠장맞고 더 어린애 장난 같은 일도 있다. 그가 오늘 돌연히 석방된 일일 것이다.

프레드는 뉴스에서 전국적으로 시행한 지도 벌써 오래된 형량평가제도가 새로 구성된 국회에서 뒤집혔다는 소식을 들었다. 형량 결정이 옛 방식으로 되돌아간다고 했다. 자세한 사정은 모르지만, 무슨 인권이니 정부의 감시니 하는 것과 관련되어서 이렇게 됐다고만 알고 있다. 심지어 그런 문제가 미국에서만 벌어진 게 아니라 세계 각지에서, 미국의 사법개혁제도를 벤치마킹했던 나라들에서도 똑같이 이런 멍청한 짓거리가 벌어졌다고 한다. 프레드는 감옥에서 범죄조직 일원이었던 사람에게서 대강 전해 들었는데, 사건의 진앙은 일본이라고 한다. 몇 년 전 인과공진회라고 하는 조직에서 일본 정부가 국민을 불법적으로 감찰하고 정보를 수집해왔다는 사실을 폭로했다. 그 여파가 몇 년 사이 전 세계로 번진 것이다.

옛날 제도로 돌아가자 오클라호마 주정부에서는 모든 재소자를 다시 심의했고, 프레드는 가석방 조건에 부합했다. 그 뒤 문서 하나가 내려오자 그는 당장 그다음 날로 감옥을 떠나게 됐다.

감옥을 떠나기 전, 의사가 프레드의 뒷목에 조그만 회로 같은 것을 이식했다. 가석방된 재소자들을 감시하는 도구라고 한다. 40년 전에는 발찌를 채웠는데, 요즘은 척추에 전자기기를 부착하는 것이다. 프레드는 뒷목을 만지작거렸다. 마음 같아서는 당장 방법을 찾아서 그 회로인지 뭔지를 파내버리고 싶다. 10여 년 전 감옥에서 알게 된 푸에르토리코 출신 해커가 있는데, 그를 찾아가면 뭔가 방법이 있지 않을까 생각한다. 물론 그놈이 아직 살아 있을 때 얘기다.

에필로그

가석방이 갑작스럽게 진행되는 바람에 프레드는 출소 후 뭘 할지 전혀 생각해둔 것이 없다. 그는 여전히 전처 아이린(그 더러운 창녀 같은 년)을 찾아 복수하고 싶다. 그러나 예순 살도 넘은 그는 이미 그런 일을 할 만한 힘이 남아 있지 않다.

"혹시 우연히 마주치게 되면 반드시…."

프레드는 걸으며 그런 생각을 했다. 그는 감옥 앞에 있는 버스 정류장에서 30분을 기다렸다가 시내를 오가는 버스를 탔다. 그는 아무런 목적 없이 30년 전에 생활했던 도시로 되돌아갔다. 그는 우선 잘 곳을 정하고 나서 시청의 구직센터를 찾아가 일을 구해야 한다는 것을 안다. 하지만 그는 이 불공평한 세상에 몹시 화가 났다. 마음속으로 그의 전처와 그가 사는 나라와 그의 주변 모든 사람들, 30년의 청춘을 잃게 만든 것들을 저주했다.

그는 시내에 도착한 뒤 주변 환경이 자신이 감옥에 가기 전과 별로 달라지지 않았다는 것을 깨달았다. 똑같이 더럽고, 똑같이 가난하다. 거리의 사람들도 전과 똑같이 궁상맞다. 그는 빠른 걸음으로 도로를 건넜다. 멀리서 장식이 요란한 검정 픽업트럭이 이쪽을 향해 폭풍처럼 달려오고 있었기 때문이다. 그는 차를 모는 게 건달 놈이 분명하다고 생각했다.

"샘! 기다려!"

"잭! 빨리 와!"

프레드가 막 도로를 건넜는데, 겨우 예닐곱 살쯤 되어 보이는 흑인 어린애 둘이 그의 맞은편에서 달려오는 게 보였다. 앞서 달리는 녀석은 뛰면서 고개를 뒤로 돌려 다른 녀석을 향해 소리쳤고, 뒤따르는 녀석은 앞선 녀석을 따라잡으려 안간힘을 썼다.

샘이라고 불린 녀석은 막 프레드의 옆을 지나갈 때도 뒤돌아보면서 달리기가 느린 잭을 재촉했다. 그 녀석은 자기가 도로 위로 한 발짝만 내딛어도 질주하는 차에 치일 상황이라는 것을 모르는 거다.

"악!"

그 순간, 샘이 비명을 질렀다. 차에 치인 것은 아니다. 픽업트럭은 도로를 따라 여전한 속도로 날듯이 달려갔다. 샘의 비명소리는 손이 쑥 뻗어 나와 자기 목덜미 옷깃을 잡아당겼기 때문이었다. 샘은 거의 뒤로 나자빠질 뻔했다.

그를 붙잡은 것은 매슈 프레드였다.

차가 씽 하니 눈앞을 지나가자 샘은 깜짝 놀라 몸이 딱 굳었다. 자기를 붙잡아준 수염이 덥수룩한 노인을 안절부절못하면서 흘긋 올려다봤다. 아무 소리도 내지 않았다.

프레드는 손을 놓았고, 샘과 친구를 따라잡은 잭은 프레드를 힐끔거리더니 전전긍긍하면서 도로를 건넜다. 다른 쪽 인도에 올라서자, 어린애 둘은 다시 활달하게 달리기 시작했다.

"망할 놈들."

프레드가 한 마디 씹어 뱉었다.

프레드는 자기가 왜 손을 뻗어서 그 어린애를 잡아줬는지 모른다. 차에 치여 죽게 내버려두면 될걸. 자기와 아무런 관계도 없는데.

"내가 이런 쓸데없는 짓을 하다니, 분명히 머리가 썩어버린 거야."

프레드가 고개를 흔들고는 다시 앞으로 걸어갔다. 그는 자신이 이런 상황을 만났을 때 아마도 10만 번에 한 번 정도나 손을 뻗어 아이를 구할 거라는 것을 잘 알고 있다.

연표

2022

○ 미국 오클라호마 주 사법개혁 실시. 사보타주로 명명된 컴퓨터 시스템으로 죄수의 형기 결정.

2023

○ 매슈 프레드(33), 방화 및 특수폭행, 살인미수로 수감.

2028

○ 게리 밀러(42), 매슈 프레드(38)의 사례로 미국 연방정부 법무부 고문 밥 D. 앤서니(68)에게 오클라호마 주의 형량평가제도를 설명(Ep. 1).

○ 미국이 아프리카 콩고민주공화국 내전에 참전.

2029

○ 미국 법무부 산하에 수감 및 갱생관리국BIR 설립.

2030

○ 미국 컬럼비아 특별구(워싱턴 시), 사보타주 시스템의 형량평가제도 도입.

○ 일본 법무성 산하에 정보관리국 설립 후 재소자 자료를 통제.

2031

○ 앤드루 키팅(22), MIT 졸업 후 미국 연방정부 상무부 근무.

○ 로버트 애덤스(27) 퇴역.

2033

○ 도쿄의대, 구마가이 수술법 연구.

2034

○ 로버트 애덤스(30), 이급살인으로 수감.

2035

○ 일본 비밀조직 인과공진회 결성, 준비 중이던 국가 프로젝트 'HIMIKO' 방해 공작.

2036

○ 프랭클린 플랫(19), BIR 기술지원사무실 테스트팀 팀장으로 근무.

2037

○ 일본 국가 프로젝트 'HIMIKO' 정식 발동, 가와이 히로시(45, 가명 다카야나기 히로시)가 국가 연구원으로 참여.

○ 영국, 캐나다 및 이스라엘이 사보타주 시스템을 도입.

2039

○ 로버트 애덤스(35) 출소.

○ 앤드루 키팅(30), 게리 밀러(53)의 제안으로 BIR 기술지원사무실 총책임자로 부임.

○ 앤드루 키팅의 로버트 애덤스 살인사건 발생, F.M.G. 모듈 인터넷 유출(Ep. 3).

○ 프랭클린 플랫(22), 에스코트(호위대 또는 동반자) 프로그램 개발.

○ 미국 전역에서 사보타주 시스템 형량평가제도 실시.

2040

○ 가와이 히로시(48), 기억을 이식한 실험체를 '페이메이구'라고 명명. 키팅 사건의 F.M.G. 모듈과 같은 이니셜에 친구 페이쓰저

(51)의 성을 따고 프로젝트 'HIMIKO'의 발음을 차용.

○ 가와이 히로시, 아내 아사미(43)와 여동생 아지미(33)의 도움으로 페이메이구(18)를 몰래 탈출시킴.

○ 페이메이구, 도쿄 역에서 깨어남(나가노 현 고아원에서 자란 기억이 이식된 상태). 노숙생활 시작.

○ 가와이 히로시, 프로젝트 'HIMIKO' 문건 복사본을 페이쓰저에게 맡김.

○ 가와이 히로시, 정부 연구원을 사직하고 인과공진회 가입 후 흥신소 소장을 위장신분으로 사용.

○ 호주와 프랑스가 사보타주 시스템 도입.

2041

○ 일본 법무성이 미국에 사보타주 기술 이전을 위한 연수단 파견. 다케우치 구니오(46), 가와이 아사미(44) 포함.

○ 다케우치 구니오가 프랭클린 플랫(24)과 친구가 된 후 프로젝트 'HIMIKO' 누설.

○ 일본 사법연수단 귀국 후 사보타주를 기반으로 선인장 시스템 개발. 가와이 아사미가 개발팀에 참여.

○ 가와이 히로시(49), 아내 아사미에게 선인장 개발 데이터를 얻어 F.M.G. 모듈을 F.M.G. 재팬으로 수정.

○ 가와이 히로시, 도쿄 거리에서 우연히 페이메이구(19)를 다시 만남.

2042

○ 프로젝트 'HIMIKO' 중지, 공안경찰 가네무라 마코토(39)가 실험체와 문건 복사본 유출 사건을 전담 수사.

○ 가와이 히로시(50)와 페이메이구(20), 사쿠란보 빌딩으로 이사해 히로시 흥신소 개업.

○ 가와이 아사미(45)와 아지미(35), 사쿠란보 빌딩에 입주. 마오와 안리라는 가명으로 술집 아사가오와 아지사이 개업.

○ 일본 선인장 시스템 개발 완료.

○ 이탈리아와 독일이 사보타주 시스템 도입.

2043

○ 가와이 히로시(51), 교통사고로 사망. 가네무라 마코토(40)와 관련.

○ 페이메이구(21), 가와이 히로시 명의의 사쿠란보 빌딩을 상속 받음.

○ 가네무라 마코토, 사쿠란보 빌딩에 입주. 해피 금융 개업 후 프로
젝트 'HIMIKO' 실험체와 문건의 행방을 계속 수사.

2044

○ 포르투갈, 사보타주 시스템 도입.

2045

○ 일본 법무성, 선인장 시스템으로 재소자 가석방 심사.

○ 가와이 아사미(48), 남편의 유품에서 F.M.G. 재팬 발견. 아지미
(38)과 함께 선인장 파괴공작 시도.

○ 다케우치 구니오(50), 프랭클린 플랫(28)을 초청해 문제 해결 의
뢰. 이때 프랭크와 보호국 근무 중인 니지마 료코(30)가 만남.

○ 일본판 에스코트 프로그램 개발 성공. 시나리오 TE0000213865
7496 생성(Ep. 2).

2046

○ 니지마 료코(31), 정보관리국으로 이동 발령 후 비밀리에 F.M.G.
재팬의 파괴공작 사건 조사. 페이메이구(24)에게 개별 조사 의뢰
(Ep. 4).

○ 인과공진회, 일본 각지 갱생보호위원회 정보 시스템 공격.

2048

○ 사보타주 시스템을 도입할 예정이던 한국, 네덜란드, 남아프리카
공화국이 계획을 중지. 원인은 불명.

○ 페이메이구(26), 인과공진회 가입.

2049

○ 인과공진회, 관련 증거와 함께 일본 정부가 감시 시스템을 사용해 민간인을 감찰해왔음을 폭로.

2050

○ 사보타주 시스템을 도입한 국가들에서 연이어 정부가 불법적으로 국민을 감찰하고 개인 정보를 수집한 사건이 폭로됨.

○ 일본 법무성, 선인장 시스템의 가석방 심사 제도를 폐기하고 구제도로 복귀.

2052

○ 미국 외에 모든 사보타주 시스템 도입 국가에서 형량평가제도 폐기, 구제도로 복귀.

○ 미국 대통령 선거에서 형량평가제도와 감시 시스템 폐기를 공약한 후보 당선.

2053

○ 미국, 사보타주 시스템 형량평가제도 폐기.

○ 매슈 프레드(63) 출소(에필로그).

○ 니지마 료코(38)와 페이메이구(31), 재회(프롤로그).

마치며

어려서부터 컴퓨터 게임에 푹 빠져 살았다.

하나 혹은 여러 인물을 조종해서 원하는 대로 행동하게 하고, 여행길에서 만나는 적을 무찌르고 드넓은 세상을 탐색한다…. RPG 게임의 역할 수행과 시뮬레이션 요소에 홀딱 빠졌다. 너무 심취한 나머지 나도 모르게 게임과 현실세계를 결합시키는 생각도 종종 했다. 당장 결정하기 어려운 일이 있을 때, 현실적이지 못하게도 이렇게 생각하곤 하는 것이다. '게임처럼 여기서 저장해뒀다가 언제든지 다시 불러와 플레이할 수 있다면 얼마나 좋을까?' 직장에서 다른 사람과 협업할 때는 온라인 게임의 '길드' 사람들과 함께 몬스터를 사냥할 때를 떠올리며 여러 가지 '동기화'의 요인들을 고려하려고 애썼다. 어쩌면 독자들이 이런 사고방식을 'T&E' (Ep. 2)나 'Process Synchronization' (Ep. 4) 같은 이야기 속에서 살짝 엿볼 수 있을지도 모르겠다.

컴퓨터 게임에서 데이터는 굉장히 중요하다. RPG 게임에서는 내 캐릭터의 생명력이나 마법력, 전략 육성 게임에서는 지력, 무력, 통솔력 혹은 외교능력 등의 여러 능력 혹은 어느 지역의 농업, 상업 발전의 정도 등이 모두 수치화, 계량화되어 데이터로 표시된다.

수치화된 데이터는 편리성을 제공할 뿐 아니라 플레이어와 게임의 행동준칙이 된다. 말하자면 우리는 게임 캐릭터의 생명력 수치가 내려간 것을 보고 회복주문을 걸어야 한다는 것을 바로 알게 된다. 지략형 장수를 육성할지 무력형 장수 혹은 지략과 무력을 다 갖춘 장수를 육성할지 계획을 세울 때도 능력치를 살피는 것이 필요하다. 우리는 수치화된 데이터를 근거로 게임 전략을 세운다.

또한 게임을 할 때는 데이터의 진실성 혹은 데이터 취득 방법이 정당한지 등을 의심하지 않는다. 내가 한창 도시를 건설 중인데, 그곳의 폭동 지수를 알려주고 어떤 인물의 몸과 마음이 어떻게 변화할지 그다음에 어떻게 흘러갈지 알 수 있는 기계를 갖고 있다고 상상해보자. 이렇듯 게임 속 플레이어는 마치 전지전능한 신과 같이 시스템에서 각종 '절대로 틀리지 않는' 데이터를 마음대로 얻을 수 있고, 데이터에 근거해 게임 속 캐릭터를 관리한다.

하지만 현실세계로 옮겨오면, 그렇게 간단하지 않다.

과거에는 이런 생각이 실현 불가능했다. 어떻게 그토록 많은 사람들의 정보를 수집할 것인가? 정보 수집에 성공한다손 치더라도 또 어떻게 방대한 데이터를 정리할 것인가? 데이터를 어떻게든 분명하고 규칙성 있게 정리한다고 해도, 데이터를 이용해 정확한 전략을 찾아내는 것은 또 어떻게 한단 말인가? 예전에는 인구 정책을 하나 결정할 때도 정부가 수많은 인력을 동원해 인구 분포 조사를 해야 했다. 그러고도 결국 큰 방향을 결정할 수 있을 뿐, 게임에서 가능한 것처럼 속속들이 '관리'할 수 있는 것은 아니다.

그러나 과학기술의 발전에 따라 과거에는 불가능했던 일이 점점 가능해지고 심지어 우리의 상상을 초월하는 일도 벌어진다.

더이상 정보를 수집하기 위해 대규모 인원과 물자를 동원할 필요가 없다. 지금은 누구나 인터넷을 통해 교류한다. 게다가 전자상거래가 보급되면서 데이터는 자신도 모르는 사이에 수집된다. 컴퓨터의 연산 속도는 데이터 정리의 문제를 해결할 정도로 빨라졌다. 수백만 혹은 수천만, 심지어 수억 개의 자료라도 짧은 명령어 하나면 원하는 기준에 따라 정렬, 추출, 비율 계산 등이 순식간에 이뤄진다. 정책이나 전략의 결정도 시뮬레이션 기술을 통해 컴퓨터가 해줄 수 있다. 기상청에서 각 지역의 기온, 습도, 풍향 데이터를 수집한 다음 컴퓨터에서 여러 차례 연산을 거듭하는 시뮬레이션으로 다음 주의 날씨 변화를 예보하는 것처럼 말이다.

그래서 생각하게 됐다. 도대체 이 '다음'에 벌어질 변화는 무엇일까?

예를 들어 수집한 데이터는 더욱 세밀해지고, 컴퓨터의 처리 속도는 무어의 법칙에 따라 1년 반에서 3년마다 두 배씩 빨라진다. 방대한 데이터베이스에서 천문학적 횟수의 복잡한 연산을 통해 시뮬레이션 기능도 실행 가능해진다. 그때가 되면 우리는 혹시… 시뮬레이션을 통해 미래를 예측하지 않을까?

'미래예측', 이 네 글자가 얼마나 이상적이고 얼마나 유혹적인지! 그러나 이 아름다운 꿈에는 도덕적 갈등도 동시에 나타나지 않을까?

컴퓨터 게임을 할 때는 도덕이 아무런 걸림돌도 아니다. 캐릭터 하나를 골라 자유롭게 훈련하고 레벨 등급을 올린다. 그것은 곧 많은 생명을 살해해야만 한다는 것을 의미한다. 우리는 선택한 장수를 마음대로 죽이고 살릴 수 있다. 그렇게 하는 것이 훌륭한 지도자의 모습은 아니라 해도 게임 세계의 질서란 바로 그런 것이다. 신과 같은 지위를 가진 플레이어는 자신의 마음속 질서에 따라 행동하면 그뿐, 도덕적인 면을 고려할 필요는 전혀 없다.

그러나 현실은 컴퓨터 게임이 아니고, 사람들은 유일무이한 통치자 한 사람을 위해 존재하는 것이 아니다. 그들은 각자의 신념과 독립된 사상을 갖고 있으며, 무엇보다도 '자유 의지'를 갖고 있다.

인류가 아무리 방대한 데이터를 신속히 처리하는 기술

마치며

을 갖게 되더라도 인권과 도덕이라는 높은 벽을 만나게 될 것이다. 정부의 정보 수집과 활용이 결국 개인의 사생활을 침해하게 된다면, 사회의 질서를 위해 용인하고 허락할 시민이 있을까? 비록 컴퓨터는 착오가 없다고 하지만 기계 뒤에 숨어서 관찰하는 사람, 즉 정책결정자의 판단이 절대적으로 옳으리라 보장할 수 있을까?

더 큰 문제가 있다. 정책결정자의 인격을 믿을 수 있을까? 이런 데이터가 전체 대중의 발전을 위해서가 아닌 개인의 정치경제적 이익을 위한 음모에 활용된다면?

영국 작가 조지 오웰의 소설《1984》에 유명한 말이 나온다. "빅브라더가 지켜보고 있다 Big brother is watching you."

이 말이 귓가에 쟁쟁한 한, 인류는 과학기술을 활용할 때 '인간성'이라는 것을 완전히 배제할 수는 없을지도 모른다. 그러나 '인간 중심의 과학기술'이라는 말만으로는 다 설명할 수 없다. 오로지 인간을 위해 복무하는 과학기술은 존재하지 않는다. 어떨 때는 과학기술이 인간성을 선도하고 변화시키기도 한다.

100년 전, 유럽 사람들은 아시아에 가려면 정기여객선을 타고 가야 했다. 통신 방법은 오로지 편지뿐이었다. 그나마 선진 기술을 활용한다고 해봐야 전보가 있을 뿐이었다. 그 시대에 런던과 홍콩은 마치 지구와 화성처럼 멀었다. 유럽인들에게 노란 피부의 중국인은 화성인과 크게 다르지 않았다(단적인 예로, 당시 영국의 추리작가 녹스Knox가 언급한 '추리십계명'에는 '이야기 속에 중국인이 나와서는 안 된다'는 조항도 있었다. 왜냐하면 당시 대부분의 유럽인이 중국인은 마법을 부린다고 믿었기 때문이다). 그러나 오늘날 우리는 비행기를 타고 두 지역을 오간다. 인공위성과 해저 광케이블 등을 연결해 인간과 인간 사이의 거리는 몹시 축소되었다. 과학기술이 발전했기 때문에 소통이 빨라지고 지식이 늘어났다. 그에 따라 인간의 관념도 부단히 변화한다.

그러나 인간성의 어떤 부분은 과학기술이 어떻게 변화하고 진보해도 절대 흔들리지 않는다.

얼마 전 유튜브에서 'Computerphile'이라는 계정이 올린 영상을 하나 봤는데, 전자투표가 왜 끔찍한 생각인지를 역설하는 내용이었다. 2012년 허리케인 샌디가 미국 동부를 강타했을 때 마침 미국 대통령 선거 기간과 맞물렸고, 일부 주정부에서 전자투표를 허용했다. 영상 속 해설자는 왜 21세기인 오늘날에도 직접 투표소에 가서 지정된 도구로 종이에 표기하고 여러 사람이 보는 앞에서 직접 투표함에 넣는 수백 년 된 방식을 고수하는지를 상세히 설명했다. 이론상으로는 과학기술이 투표 과정의 많은 절차들을 대체할 수 있다. 예를 들어 인터넷 투표는 멀리 투표소까지 가는 수고로움을 덜어준다. 그러나 과학기술은 부정선거의 가능성을 해결하지 못한다. 심지어 더욱 쉽게 투표 결과를 조작할 수 있다. 원래의 투표 방식은 복잡하지만 인류가 오랜 경험을 바탕으로 누구도 부정한 수단을 쓰지

마치며

못하도록 방지하는 다양한 장치를 포함하고 있다(유튜브 계정 Computerphile, 영상 제목 'Why Electronic Voting is a BAD Idea').

과학기술은 인류가 과거에는 상상도 하지 못했던 세상을 보여주었다. 새로운 발전은 계속해서 나타날 것이다. 우리는 과학기술이 가져올 온갖 장점과 단점, 뜻밖의 즐거움 그리고 말썽과 마주하게 될 것이다. 이 소설은 예언서가 아니다. 이야기 속에 등장한 상황은 현실에서 나타날 가능성이 그리 크지 않다. 하지만, 만약 독자들이 이야기를 읽는 즐거움을 누리고 나서 과학기술이 우리 자신에게 남긴 영향을 돌이켜 생각해보고, 우리가 추구하는 부유하고 번영한 사회가 자유, 도덕 혹은 인권 등과 충돌하지 않는지 고려해볼 수 있기를 바란다. 그것이면 이 작품이 그 가치를 충분히 발휘했다고 생각한다.

덧붙임.

핑원 씨, 춘쉬 편집장, 담당 편집자 핑징, 기획자 링위, 워푸 등 여러 추천해주신 분들, 출판사의 모든 분들께 감사드린다. 여러분 덕분으로 이 책이 순조롭게 출판되고 독자들의 손에 들어갈 수 있었다.

2015년 1월 17일
미스터 펫 × 찬호께이

추천의 말 I

박상준 서울SF아카이브 대표

좋은 이야기를 읽으면 여운이 오래 남는다. 특히 좋은 SF를 접하고 나면 더 그렇다. 현실에서 경험할 수 없는 어떤 통찰을 주기 때문이다. 《S.T.E.P.》은 좋은 SF로서 손색이 없는 멋진 작품이다. 읽을 수 있어서 행운이었다.

이 작품은 AI(인공지능)와 기계학습이 공공의 이익을 위해 이용된다는 설정을 두고 몇 가지 케이스 스터디 식의 스토리텔링을 풀어 보이고 있다. 새로운 범죄자 교정용 소프트웨어 '사보타주'는 사회 비용 절감에서 즉각적인 효과를 내지만, 반면에 그 지속성이나 부작용 면에서도 문제를 드러낸다.

'알파고' 이후 AI와 기계학습이 이슈가 되면서 인간의 일자리를 컴퓨터가 대체하리라는 전망이 이어지고 있다. 적잖은 사람들이 여기에 어떤 불길함을 느끼지만, 사실 정말로 경계해야 할 부분은 개개인의 입지보다도 사회 전체의 운영과 통제에 AI가 개입하는 상황일 것이다. 기존에 쌓인 많은 사회 통계들은 고스란히 AI가 효율적으로 분석할 수 있는 빅데이터가 되는데, 그를 토대로 내놓는 '해법'이라는 것에는 사실 인간의 창발성이라는 변수가 고려되지 않는다. 사람은 누구나 변화의 가능성을 품고 있다. 그러나 AI는 누가 변덕을 부리거나 개과천선할지 알 수 없다. 따라서 AI에게 전적으로 사회 운영의 키를 맡겨서는 안 되는 것이다. 등장인물인 앤드루 키팅의 이야기는 바로 그런 점을 너무나 잘 보여주고 있다.

찬호께이는 국내에 미스터리 작가로 처음 이름을 알렸기에, 솔직히 말해서 이 작품도 SF 색채를 가미한 근미래 스릴러 정도로만 기대했었다. 그러나 계속 읽어가면서 그런 선입감이 섣불렀음을 이내 깨닫게 되었고, 3장으로 접어들 즈음에는 평균 이상의 훌륭한 SF라는 사실을 확신하면서 뿌듯한 독서를 즐기게 되었다.

무엇보다도 읽는 내내 묘사되는 장면이 머릿속에 그려질 정도로 디테일의 설득력이 뛰어났다. 예측을 앞서가는 전개도 시종일관 호기심을 자아내어 지루함을 느낄 틈이 없었고, 치밀하게 설계된 반전들은 선물더미를 연달아 뜯어보는 기분이었다.

또한 4장으로 나누어진 이야기가 서로 교차되는 방식은 가독성을 높이면서도 독자로 하여금 계속 눈을 뗄 수 없게 만드는 매우 효과적인 구성이었다. 이처럼 단숨에 읽히는 작품은 생각보다 많지 않다.

이 작품에 주목하게 되는 또 하나의 특징은 '중화권SF'라는 점이다. 그동안 우리나라에 소개된 중화권SF는 손에 꼽을 정도이고, 아마 휴고상을 받아 화제가 된 중국 작가 류츠신의 《삼체》를 제외하면 크게 의미 있는 작품은 없었다고 봐도 무방할 것이다. 그러나 《S.T.E.P.》에서는 《삼체》에 버금가는 중량감이 느껴진다. 게다가 색깔도 다르다. 중국 현대사를 배경으로 삼은 《삼체》가 20세기 정통 SF의 정서를 담고 있다면, 《S.T.E.P.》은 그야말로 21세기에 만개하고 있는 사이버펑크의 한 모범적인 변주이다(그러면서도 가상현실을 근미래의 필수 요소로 당연시하기보다는 그 자체에 대한 성찰을 이끌어낸다는 점이 기특하다).

《S.T.E.P.》은 찬호께이와 미스터 펫이라는 두 작가가 협업한 결과다. 사실 스토리 창작에서 어느 정도 경지에 도달한 작가들의 공동 작업은 단독 집필만큼 질을 담보하기가 어렵다고 생각해왔다. 그러나 적어도 이 작품만큼은 두 사람이 환상적인 호흡을 보여준 것이 아닌가 여겨진다. 찬호께이가 미국 배경의 1, 3장을, 미스터 펫이 일본 배경의 2, 4장을 맡았다는데, 각자의 스타일이 크게 다르지는 않아 보였으나 개인적으로는 찬호께이가 집필한 부분들이 더 눈에 들어왔다. 아무튼 이 두 사람이 또 공동 집필을 한다면 기꺼이 독서 시간을 낼 용의가 있다.

추천의 말 II

—

김봉석 문화평론가

운명은 과연 존재하는 것일까? 나에게 어떤 사건이 다가온다는 것을 알고 있을 때, 나의 선택은 과연 하나일까? 혹시 모든 것을 실행해보고 난 후에 가장 좋은 선택을 할수는 없을까?

게임이라면 가능하다. 예상되는 모든 경우의 수를 하나씩 해보고 최상의 결과를 찾는다. '미연시'라고 부르는 미소녀 연애 시뮬레이션 게임에 빠져드는 이유가 그것이다. 그녀를 처음 보았을 때 어떤 행동을 할 것인가? '미소를 짓는다' '말을 건다' '무시한다' 중에서 하나를 선택하고 다음 상황에서 또다시 선택을 한다. 수없이 가지를 쳐나가면서 맞이하는 결말에는 해피엔딩도 언해피엔딩도 있다. 원하는 해피엔딩을 맞는 데 실패하면, 다음에는 다른 선택을 하고 다른 길을 간다. 마침내 그녀와 사랑에 빠지고 결혼까지 이르게 되면 끝난다. 비로소 이겼다. 하지만 현실은 어떤가. 하나의 선택이 가져온 결과를 그대로 따라가야만 한다. 현실에 리셋이란 존재하지 않는다. 이미 선택한 결과에 또 하나의 선택을 더해서 쌓일 뿐이다. 인생에서 리셋이란 완벽한 종말을 뜻할 뿐이다.

그래서 우리는 게임을 한다. 그런데 어쩌면 미래에는, 인간의 운명을 두고 게임을 하게 될지도 모르겠다. 《S.T.E.P.》은 '사보타주'라는 범죄 예측 시스템이 만들어진 근미래의 이야기다. 범죄자가 다시 사회에 나갔을 때의 무수한 상황을 시뮬레이션해 재범의 가능성을 가늠한다. 시뮬레이션 결과에 따라서 그를 석방할 것인가, 구금할 것인가를 결정한다. 그렇다면 생각해보자. 사보타주는 필립 K. 딕의 《마이너리티 리포트》처럼 미래를 예언하는 것일까? 예언이 아니라면 단지 가능성을 탐구하는 것일까? 그런 수학적 가능성으로 인간의 미래를 결정하는 것은 과연 합리적인 일일까?

《S.T.E.P.》은 인간의 미래를 예측하는 다양한 방법을 보여주는 SF인 동시에 미스터리다. 《S.T.E.P.》을 공동 집필한, 시마다 소지 상 1, 2회 수상자인 찬호께이와 미스터 펫 모두 이공계 출신이기에 가능한 소설이다. 사보타주 시스템을 둘러싼 사건이지만, 미국을 배경으로 한 1, 3장과 일본이 무대인 2, 4장을 통해 찬호께이와 미스터 펫은 각자의 문제제기를 한다. 프로그램은 과연 인간의 모든 행동을 예측할 수 있는 것일까? 인간이 극적으로 변화할 수 있는 조건은 과연 무엇일까? 찬호께이가 정통적인 문제제기를 통해 묵직하게 인간의 조건을 말한다면, 미스터 펫은 경쾌하게 평행우주와 인간 기억을 통해 '나'는 누구인지 파고든다. 심어진 기억은 과연 나의 것일까? 인간과 과학, 둘 중 무엇을 우선해야 하는 것일까?

3장에서 사보타주의 기술지원 책임자인 키팅은 하나의 보고서에 집착해 혼자만의 망상에 빠져든다. 어쩌면 이유는 간단하다. 그는 자기반성이 결여된 인간이었다. 하나를 생각하고 하나를 판단하면, 의심하지 않는다. 내가 틀릴 수도 있다는 것을 인정하지 않는다. 인간은 수많은 오류를 범하고 그것을 고치고 해결하는 과정을 통해 발전한다. 키팅은 자신의 판단을 절대적인 믿음과 진리로 포장하고 절대로 오류를 인정하지 않는다. 과학이 문제가 아니라 인간이 문제다. 모든 인간이 아니라 기계적으로 하나의 결론만을 위해 달려가는 인간이. 기계는 거짓을 말하지 않지만 인간은 팩트를 자신의 방식으로 해석하며 오도할 수 있다. 그런 점에서 인간과 과학이 함께, 서로를 이끌면서 보완해야 한다는 주장은 옳다. 어느 하나만으로는 파멸을 가져올 뿐이다. 키팅의 개인적인 파멸이 보여주듯이.

《S.T.E.P.》은 SF와 미스터리가 유려하게 결합된 소설인 동시에 두 작가의 지향과 장기가 무엇인지도 선명하게 드러난 작품이다. 두 개의 작품을 읽는 것 같으면서도, 두 개의 다른 이야기가 하나의 설정 안에서 맹렬하게 자가발전을 하고 있다. 그래서 독자 역시 유기적으로 장을 넘나들면서 자신의 시뮬레이션을 돌려야 한다. 각각의 인물들이 어떻게 연결되고, 과거의 사건이 어떻게 현재에 영향을 주었는지, 무엇이 게임이고 무엇이 현실인지 스스로 판단해야 한다. 그것은 아마도 우리의 현실 그 자체일 것이다. 우리는 수많은 시뮬레이션 중에서 하나만을 살아가고 있지만 언제나 또다른 시뮬레이션을 꿈꾸고 있으니까.

지은이 소개

찬호께이陳浩基

1970년대 홍콩에서 태어났다. 홍콩 중문대학 컴퓨터과학과를 졸업한 뒤 프로그래머로 일하다가 타이완추리작가협회의 작품공모전에 참가한 것을 계기로 추리소설을 쓰기 시작했다. 현재 타이완추리작가협회의 해외 회원으로 활동하고 있다. 2008년 추리동화 〈잭과 콩나무 살인사건〉으로 제6회 타이완추리작가협회 공모전 결선에 오르며 타이완 추리소설계에 등장했고, 다음 해인 2009년 추리동화 후속작 〈푸른 수염의 밀실〉이 제7회 공모전에서 1등상을 받으며 이름을 알렸다. 이후 장편 추리소설 《합리적인 추론》, 단편 SF소설 〈시간이 곧 금〉 등으로 타이완의 대중문학상을 여러 차례 받았다. 2011년 〈기억나지 않음, 형사〉로 제2회 시마다 소지 추리소설상을 수상, 일본 추리소설의 신으로 불리는 시마다 소지로부터 "무한대의 재능"이라는 찬사를 받았다. 2015년에는 장편 추리소설 《13.67》로 타이베이국제도서전에서 대상을 받았다. 그 밖의 작품으로 《어둠의 밀사》(공저), 《운 좋은 사람》《풍선인간》《마법의 수사선》등이 있다.

미스터 펫Mr. Pets

타이완대학 정보공학과를 졸업하고, '미스터 펫'이라는 필명으로(본명 왕 젠민王建閔) 추리소설가이자 추리문학 평론가로 활동하고 있다. 추리소설을 쓰는 일 외에도 외국 추리문학을 번역해 소개하거나 추리작가가 되고자 하는 이들을 위한 강연을 여는 등 다양한 활동을 펼친다. 현재 타이완추리작가협회 회원이다. 2007년 〈범죄의 레드라인〉으로 제5회 타이완추리작가협회 공모전 1등상을 받았다. 2년 후인 2009년에는 《버추얼 스트리트 표류기》로 제1회 시마다 소지 추리소설상을 수상했다. 그 밖에 SF소설집 《나는 잡종이다》《도라에몽 체포작전: 살인은 구름 속에》 등이 있다.

옮긴이..강초아

한국외국어대학교 중국어과를 졸업하고, 출판사에 다니며 다양한 종류의 책을 만들었다. 현재 번역집단 실크로드에서 중국어 전문 번역가로 활동하고 있다. 옮긴 책으로 《13.67》《기억나지 않음, 형사》《우울증 남자의 30시간》《진시황은 열사병으로 죽었다》 등이 있다.

스텝S.T.E.P

1판 1쇄 찍음 2022년 10월 17일
1판 1쇄 펴냄 2022년 10월 28일

지은이 찬호께이, 미스터 펫
오프닝 그래픽 백두리
옮긴이 강초아
펴낸이 안지미

펴낸곳 (주)알마
출판등록 2006년 6월 22일 제2013-000266호
주소 04056 서울시 마포구 신촌로4길 5-13, 3층
전화 02.324.3800 판매 02.324.7863 편집
전송 02.324.1144

전자우편 alma@almabook.com / alma@almabook.by-works.com
페이스북 /almabooks
트위터 @alma_books
인스타그램 @alma_books

ISBN 979-11-5992-365-4 03820

알마는 아이쿱생협과 더불어 협동조합의 가치를 실천하는 출판사입니다.